La Orden de los Mimos

Samantha Shannon nació en el oeste de Londres en 1991. En 2013 publicó *La Era de Huesos*, el primer libro con el que inauguró la serie del mismo nombre, compuesta por siete novelas, y con la que se convirtió en autora best seller de *The New York Times* y de *The Sunday Times*. Los derechos audiovisuales han sido adquiridos por Imaginarium Studios y su trabajo ha sido traducido a veintiséis idiomas. También es autora de *El priorato del naranjo* y *El día que se abrió el cielo*.

Samanthashannon.co.uk
y @say_shannon

La Orden de los Mimos

Samantha Shannon

Traducción de Jorge Rizzo

rocabolsillo

Título original: *The Mime Order*

Primera edición en Debolsillo: mayo de 2024

© 2015, Samantha Shannon-Jones
© 2022, 2024, Roca Editorial de Libros, S.L.U.
Travessera de Gràcia, 47-49. 08021 Barcelona
© 2022, Jorge Rizzo, por la traducción
Mapas e ilustraciones: © Emily Faccini
Diseño de la cubierta: Penguin Random House Grupo Editorial basado en el diseño original
de Carmen R. Balit con la dirección de arte de David Mann
Imagen de la cubierta: © Ivan Belikov

Printed in Spain – Impreso en España

ISBN: 978-84-10197-01-5
Depósito legal: B-4.463-2024

Impreso en Novoprint
Sant Andreu de la Barca (Barcelona)

RB 9 7 0 1 5

Para los luchadores…
y los escritores

Los mimos, hechos a imagen del dios de las alturas,
musitan y rezongan por lo bajo,
y corren de acá para allá.
Meros muñecos que van y vienen
al mando de vastos e informes seres.

EDGAR ALLAN POE

Índice

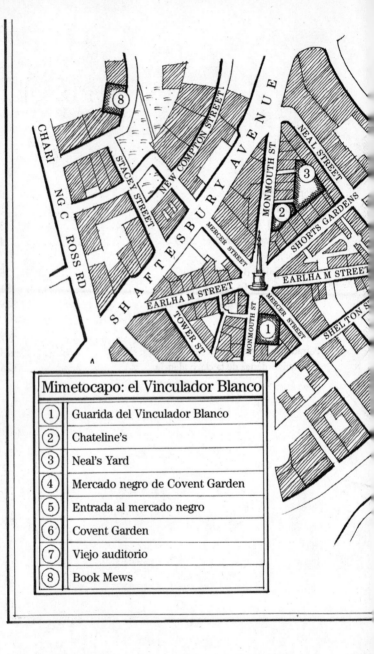

Mimetocapo: el Vinculador Blanco

①	Guarida del Vinculador Blanco
②	Chateline's
③	Neal's Yard
④	Mercado negro de Covent Garden
⑤	Entrada al mercado negro
⑥	Covent Garden
⑦	Viejo auditorio
⑧	Book Mews

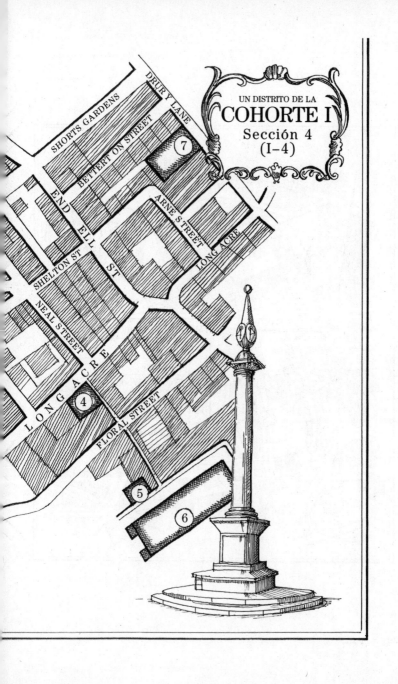

UN DISTRITO DE LA
COHORTE I
Sección 4
(I–4)

UN DISTRITO DE LA
COHORTE I
Sección 5
(I–5)

Mimetocapo: Ognena Maria	
①	Grub Street
②	Barbican
③	Torre de Wood Street
④	Bow Bells y sala del Juditheon
⑤	Banco de Scion en Inglaterra
⑥	Old Paul's

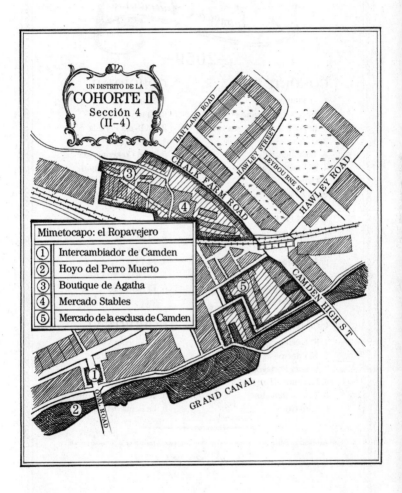

UN DISTRITO DE LA
COHORTE II
Sección 4
(II–4)

HARTLAND ROAD

HAWLEY STREET

LEYBOURNE ST

HAWLEY ROAD

CHALK FARM ROAD

CAMDEN HIGH ST

OVAL ROAD

GRAND CANAL

	Mimetocapo: el Ropavejero
1	Intercambiador de Camden
2	Hoyo del Perro Muerto
3	Boutique de Agatha
4	Mercado Stables
5	Mercado de la esclusa de Camden

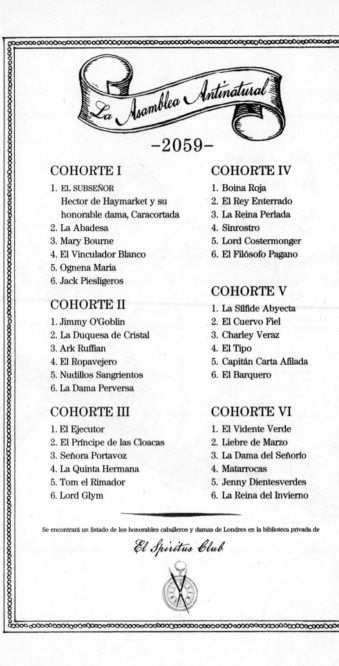

La Asamblea Antinatural

–2059–

COHORTE I

1. EL SUBSEÑOR
   Hector de Haymarket y su
   honorable dama, Caracortada
2. La Abadesa
3. Mary Bourne
4. El Vinculador Blanco
5. Ognena Maria
6. Jack Piesligeros

COHORTE II

1. Jimmy O'Goblin
2. La Duquesa de Cristal
3. Ark Ruffian
4. El Ropavejero
5. Nudillos Sangrientos
6. La Dama Perversa

COHORTE III

1. El Ejecutor
2. El Príncipe de las Cloacas
3. Señora Portavoz
4. La Quinta Hermana
5. Tom el Rimador
6. Lord Glym

COHORTE IV

1. Boina Roja
2. El Rey Enterrado
3. La Reina Perlada
4. Sinrostro
5. Lord Costermonger
6. El Filósofo Pagano

COHORTE V

1. La Sílfide Abyecta
2. El Cuervo Fiel
3. Charley Veraz
4. El Tipo
5. Capitán Carta Afilada
6. El Barquero

COHORTE VI

1. El Vidente Verde
2. Liebre de Marzo
3. La Dama del Señorío
4. Matarrocas
5. Jenny Dientesverdes
6. La Reina del Invierno

Se encontrará un listado de los honorables caballeros y damas de Londres en la biblioteca privada de

El Spiritus Club

PRIMERA PARTE

Bajos fondos

¿No somos los antinaturales enormemente superiores a ellos, pues? Porque aunque escarbemos entre los huesos de la sociedad, aunque reptemos por las cloacas y tengamos que rogar por un pedazo de pan, somos un conducto al más allá. Somos la prueba de una existencia auxiliar. Somos catalizadores de la energía definitiva, del éter eterno. Dominamos la propia muerte. Derribamos de su pedestal a la parca.

Autor misterioso,
Sobre los méritos de la antinaturalidad

1

Incendio

*E*s raro que una historia empiece por el principio. Viéndolo en perspectiva, en realidad yo aparecí hacia el principio del final de esta. Si se piensa bien, la historia de los refaítas y de Scion comenzó casi doscientos años antes de que yo naciera, y las vidas humanas, para los refaítas, son algo tan efímero como un simple latido.

Algunas revoluciones cambian el mundo en un día. Otras requieren décadas, siglos o más, y otras no llegan a dar fruto. La mía empezó con un momento y una elección. Al abrirse una flor en una ciudad secreta, en la frontera entre dos mundos.

Tendréis que esperar a ver cómo acaba.

Bienvenidos otra vez a Scion.

2 de septiembre de 2059

Cada uno de los diez vagones del tren estaba decorado como si fuera un pequeño salón. Tupidas alfombras rojas, relucientes mesas de palisandro, el ancla —símbolo de Scion— bordada en oro en cada asiento. A través de un altavoz sonaba música clásica.

En la parte trasera de nuestro vagón iba sentado Jaxon Hall, mimetocapo del I-4 y líder de mi banda de clarividentes en Londres, con las manos apoyadas en su bastón y mirando hacia delante, sin parpadear.

Al otro lado del pasillo estaba mi mejor amigo, Nick Nygård, agarrado a un aro de metal que colgaba del techo. Tras seis meses lejos de él, ver su amable rostro era como contemplar mis recuerdos.

Tenía la mano surcada de gruesas venas, y la mirada fija en la ventana más cercana, observando las luces de seguridad que pasaban de vez en cuando. Otros tres miembros de la banda estaban tirados sobre sus asientos: Danica, con una herida en la cabeza; Nadine, con las manos ensangrentadas; y su hermano Zeke, agarrándose el hombro lesionado. Solo faltaba Eliza, que se había quedado en Londres.

Desde mi posición, apartada de ellos, observé cómo desaparecía el túnel detrás de nosotros. Tenía una herida reciente en el antebrazo, en el punto del que Danica me había extraído el microchip que tenía bajo la piel.

Aún podía oír la última orden que el Custodio me había dado: «Corre, pequeña soñadora». Pero ¿adónde correría el Custodio? Centinelas armados habían rodeado la puerta de la estación, que estaba cerrada. Para ser tan corpulento podía moverse como una sombra, pero ni siquiera una sombra habría podido escabullirse por aquella puerta. Nashira Sargas, su exprometida y líder de los refaítas, no escatimaría en esfuerzos para darle caza.

En algún lugar de la oscuridad estaba el cordón áureo que unía el espíritu del Custodio con el mío. Me sumergí en el éter, pero no percibí ninguna respuesta desde el otro lado.

Era imposible que las noticias del alzamiento no hubieran llegado a Scion. Algo les habría llegado antes de que los incendios destruyeran los sistemas de comunicaciones. Un mensaje, una advertencia; habría bastado una palabra para alertarlos de la crisis que había estallado en la colonia. Estarían esperándonos con flux y pistolas, dispuestos a enviarnos de vuelta a nuestra prisión.

Que lo intentaran.

—Tenemos que hacer un recuento —dije, poniéndome en pie—. ¿Cuánto tiempo nos queda para llegar a Londres?

—Veinte minutos, creo —dijo Nick.

—No sé si quiero saber dónde acaba el túnel…

—En el Arconte —respondió, con una sonrisa preocupada—. Hay una estación justo debajo. Se llama S-Whitehall.

Se me cayó el corazón a los pies.

—No me digas que pensabais escapar atravesando el Arconte.

—No. Vamos a parar el tren antes y buscar otra salida —dijo él—. Debe de haber más estaciones en la línea. Dani dice que incluso puede que haya una salida a la red de metro, a través de túneles de servicio.

—Pero esos túneles de servicio podrían estar plagados de metro-vigilantes —objeté, girándome hacia Danica—. ¿Estáis seguros de que es la mejor opción?

—No estarán vigilados. Son para los ingenieros —dijo ella—. Pero los túneles más antiguos…, no sé. Dudo que nadie del SciORI se haya adentrado en ellos.

La SciORI era la división de robótica e ingeniería de Scion. Si alguien sabía algo de los túneles, sería alguno de ellos.

—Debe de haber otra salida —insistí. Aunque consiguiéramos penetrar en la red del metro, nos detendrían en la salida—. ¿Podemos desviar el tren? ¿O hay algún modo de subir a la superficie?

—No hay modo de ponerlo en control manual. Y no son tan tontos como para que haya accesos a la superficie desde este nivel. —Danica se levantó el trapo empapado con el que se había cubierto la herida de la cabeza y echó un vistazo a la sangre. Daba la impresión de que había más sangre que tela—. El tren está programado para volver directamente a S-Whitehall. Tenemos que accionar la alarma de incendios y salir por la primera estación que encontremos.

La idea de llevar a un grupo de personas numeroso a través de una vieja red de túneles sin luz no parecía muy sensata. Todos estaban débiles, hambrientos y agotados; teníamos que actuar rápido.

—Debe de haber una estación bajo la Torre —comenté—. No usarían la misma estación para transportar a clarividentes y a personal de Scion.

—Pues eso está a un buen trecho —intervino Nadine—. La Torre está a kilómetros del Arconte.

—En la Torre tienen a clarividentes encerrados. Parece lógico que haya una estación debajo.

—Si suponemos que hay una estación en la Torre, tenemos que calcular con precisión cuándo activar la alarma —dijo Nick—. ¿Alguna idea, Dani?

—¿De qué?

—¿Cómo podemos determinar dónde estamos?

—Ya os he dicho que no conozco esta red de túneles.

—Pues adivina.

Danica tardó algo más de lo habitual en responder. Tenía los ojos rodeados de moratones.

—Puede…, puede que pusieran postes indicadores en las líneas para que los obreros no se desorientaran. En los túneles de Scion los hay. Placas que indiquen la distancia a la estación más cercana.

—Pero tendríamos que bajar del tren para verlas.

—Exacto. Y solo tenemos una oportunidad para pararlo.

—Decididlo vosotros. Yo iré a buscar algo para hacer saltar la alarma —dije yo, y los dejé debatiendo.

Eché a caminar hacia el siguiente vagón. Jaxon me apartó la cara. Me detuve delante de él.

—Jaxon, ¿tienes un encendedor?

—No.

—Vale.

Los vagones estaban separados por puertas correderas. No podían cerrarse herméticamente, y el cristal no era blindado. Si quedábamos atrapados ahí dentro, no habría modo de huir.

Una multitud de rostros se alzaron para mirarme. Los clarividentes supervivientes, amontonados unos sobre otros. Albergaba la esperanza de que Julian hubiera subido al tren sin que yo lo viera, pero no había ni rastro de mi compañero de conspiración. El corazón se me encogió de pena. Aunque Julian y su grupo de actores sobrevivieran el resto de la noche, al despuntar el día Nashira ya les habría cortado el cuello a todos.

—¿Adónde vamos, Paige? —Era Lotte, una de las actrices. Aún llevaba el vestido para el Bicentenario, la celebración que acabábamos de arruinar con nuestra huida—. ¿A Londres?

—Sí —dije—. Mirad, vamos a tener que parar el tren antes e ir caminando hasta la primera salida que encontremos. El tren se dirige al Arconte.

Muchos cogieron aire, sobresaltados, y se miraron entre sí.

—Eso no suena muy seguro —observó Felix.

—Es nuestra única oportunidad. ¿Alguno de vosotros estaba despierto cuando lo metieron en el tren en dirección a Sheol I?

—Yo —contestó un augur.

—¿De modo que en la Torre hay una salida?

—Sí, seguro. Nos llevaron directamente de las celdas a la estación. Pero no vamos a pasar por ahí, ¿no?

—Sí, a menos que encontremos otra estación.

Mientras murmuraban entre sí, los conté. Sin incluirme a mí y al resto de la banda, había veintidós supervivientes. ¿Cómo iban a sobrevivir esas personas en el mundo real después de tantos años tratados como animales? Algunos de ellos apenas si recordaban la ciudadela, y sus bandas se habrían olvidado de ellos. Aparté aquella idea de la mente y me arrodillé junto a Michael, que estaba sentado a varias butacas de distancia de los demás. El encantador y siempre afable Michael, el único humano, aparte de mí, que el Custodio había acogido bajo su ala.

—¿Michael? —Le toqué el hombro. Tenía las mejillas sucias y mojadas de lágrimas—. Michael, escucha, sé que da miedo, pero no podía dejarte en Magdalen.

Asintió. No es que no hablara, pero usaba las palabras con mucho cuidado.

—No tienes que volver con tus padres, te lo prometo. Intentaré encontrarte un lugar para vivir. —Aparté la mirada—. Si salimos de esta.

Se limpió la cara con la manga.

—¿Tienes el encendedor del Custodio? —dije, bajando la voz.

Michael metió la mano bajo la chaqueta gris y sacó el encendedor rectangular que yo ya había visto en otras ocasiones. Lo cogí.

—Gracias.

Ivy, la palmista, también estaba sentada sola. Era la muestra evidente de la crueldad de los refaítas, con la cabeza afeitada y los pómulos hundidos. Su guardián, Thuban Sargas, la había tratado como un saco de boxeo.

Había algo en su modo de mover los dedos y en el temblor de su mandíbula que me decía que no debía dejarla demasiado tiempo sola. Me senté delante de ella y observé los moratones que tenía por toda la piel.

—¿Ivy?

Asintió casi imperceptiblemente. De los hombros le colgaba una sucia túnica amarilla.

—Ya sabes que no podemos llevarte a un hospital —dije—, pero quiero que sepas que vamos a un lugar seguro. ¿Tienes alguna banda que pueda ocuparse de ti?

—Ninguna banda —dijo con un hilo de voz—. Yo era… aprendiza en Camden. Pero no puedo volver allí.

—¿Por qué?

Meneó la cabeza. Camden era el distrito del II-4 que concentraba la mayor comunidad de clarividentes, un animado barrio comercial en torno a un tramo del Gran Canal.

Apoyé el encendedor en la reluciente mesa y junté las manos. Tenía medias lunas de roña bajo las uñas.

—¿Allí no hay nadie en quien puedas confiar? —pregunté, aún en voz baja.

No había nada que deseara más que conseguirle un alojamiento, pero Jaxon no aceptaría que una extraña invadiera su guarida, sobre todo porque yo no tenía intención de volver con él. Ninguno de aquellos clarividentes duraría demasiado en la calle.

Se presionó el brazo con los dedos, frotándoselo. Tras una larga pausa, dijo:

—Hay una persona. Agatha. Trabaja en una tienda en el mercado.

—¿Cómo se llama la tienda?

—La Boutique de Agatha, sin más. —Del labio inferior le cayó una gota de sangre—. Hace un tiempo que no me ve, pero se ocupará de mí.

—Vale. —Me puse en pie—. Le diré a alguien que te acompañe.

Tenía los ojos hundidos y la vista puesta en la ventana, muy lejos. Se me hacía un nudo en el estómago pensar que posiblemente su guardián seguiría con vida.

La puerta se abrió y los otros cinco entraron. Agarré el encendedor y fui a su encuentro.

—Ese es el Vinculador Blanco —susurró alguien—. Del I-4.

Jaxon estaba detrás, de pie, con su bastón-espada. Su silencio me ponía de los nervios, pero no tenía tiempo para jueguecitos.

—¿De qué lo conoce Paige? —Otro suspiro asustado—. ¿Tú crees que será…?

—Estamos listos, Soñadora —dijo Nick.

Ese nombre confirmaría sus sospechas. Me concentré en el éter lo mejor que pude. A mi alrededor revoloteaban numerosos onirosajes, como un enjambre de abejas. Estábamos justo por debajo de Londres.

—Aquí tienes —dije, lanzándole el encendedor a Nick—. Haz los honores.

Él lo levantó, acercándolo al panel, y levantó la tapa. A los pocos segundos, la alarma de incendios se iluminó de rojo.

— «Emergencia —dijo la voz de Scarlett Burnish—. Fuego detectado en el vagón trasero. Sellando puertas. —Las puertas del último vagón se cerraron de golpe y se oyó un zumbido agudo cuando el tren empezó a frenar—. Por favor, vayan a la parte delantera del tren y permanezcan sentados. Se ha enviado un equipo de apoyo vital. No bajen del tren. No intenten abrir puertas ni ventanas. Accionen el mecanismo de la rampa en caso de requerir una mayor ventilación.»

—No engañaremos al sistema por mucho tiempo —señaló Danica—. En cuanto vea que no hay humo, el tren se pondrá otra vez en marcha.

Al final del tren había una pequeña plataforma con una barandilla. Pasé por encima.

—Pásame una linterna —le dije a Zeke. Cuando lo hizo, apunté a las vías con el rayo de luz—. Hay espacio para caminar al lado. ¿Algún modo de desviar el tren, Furia? —Me resultó natural usar su nombre en clave del sindicato. Aquel era uno de los motivos por los que habíamos logrado sobrevivir tanto tiempo en Scion.

—No —dijo Danica—. Y hay una posibilidad nada desdeñable de que nos ahoguemos ahí abajo.

—Genial, gracias.

Sin perder de vista el tercer raíl, me dejé caer desde la plataforma y aterricé en la grava. Zeke empezó a ayudar a los supervivientes para que bajaran.

Nos pusimos en marcha en fila india, evitando pisar los raíles y las traviesas. Mis mugrientas botas crujieron al pisar el suelo. El túnel era enorme y frío, y parecía no tener fin. En los largos tramos entre balizas de seguridad estaba muy oscuro. Nosotros teníamos cinco linternas, una de ellas con poca batería. El sonido de mi propia respiración me resonaba en los oídos. Por la parte trasera de los brazos tenía la piel de gallina. Mantuve la mano apretada contra la pared y me concentré en pisar bien.

Diez minutos más tarde, los raíles temblaron y nosotros nos lanzamos contra la pared. El tren vacío que habíamos usado para salir de nuestra cárcel pasó junto a nosotros con un gran estruendo, una imagen confusa de metal y luces que se dirigía al Arconte.

Para cuando llegamos a un cartel indicador de cruce, donde brillaba una única luz verde, las piernas me temblaban del agotamiento.

—Furia —dije—. ¿Esto te dice algo?

—Me dice que hacia delante la pista está despejada, y que el tren estaba programado para tomar el segundo desvío a la derecha —dijo Danica.

El desvío a la izquierda estaba bloqueado.

—¿Tomamos el primero?

—No tenemos mucho donde escoger.

El túnel giraba, y más allá se ensanchaba. Echamos a correr. Nick cargaba con Ivy, que estaba tan débil que me sorprendía que hubiera llegado siquiera al tren.

El segundo pasadizo estaba iluminado con luces blancas. Sobre una traviesa habían grabado una inscripción que estaba roñosa y que decía WESTMINSTER, 2500 M. El primer túnel se abría ante nosotros, de un negro profundo, con una placa que decía TORRE, 800 M. Me llevé un dedo a los labios. Si había una patrulla esperando en el andén de Westminster, ya les habría llegado un tren vacío. Puede que incluso estuvieran ya en los túneles.

Una rata flaca y parduzca pasó corriendo por entre el grupo. Michael dio un paso atrás, pero Nadine la enfocó con la linterna.

—Me pregunto de qué viven.

Lo descubrimos, por supuesto. A medida que avanzábamos, encontramos cada vez más ratas, y oímos el ruido de sus chillidos y el rechinar de sus dientes. A Zeke le tembló la mano cuando el haz de luz iluminó el cadáver y vio las ratas que se alimentaban con lo poco que quedaba de carne. Aún se distinguían los restos de la casaca de un bufón, y estaba claro que la caja torácica había sido aplastada por las ruedas de los trenes más de una vez.

—Tiene la mano sobre el tercer raíl —observó Nick—. El pobre desgraciado debió de llegar hasta aquí sin linterna.

—¿Cómo pudo llegar tan lejos solo? —se preguntó una vidente, meneando la cabeza.

Alguien contuvo un sollozo. A ese bufón le había faltado muy poco para llegar a casa, después de conseguir huir de su prisión.

Por fin las linternas iluminaron un andén. Crucé los raíles y subí haciendo fuerza con los brazos; cuando levanté la linterna hasta la altura de los ojos, los músculos me temblaban. El haz de luz penetró en la oscuridad, mostrando unas paredes de piedra blancas idénticas a las de la estación en el otro extremo de la línea. El olor a peróxido de hidrógeno era tan fuerte que me lloraban los ojos. ¿Es que pensaban que les podíamos transmitir la peste? ¿Se lavaban las manos con lejía después de meternos en el tren, temiéndose que nuestra clarividencia pudiera hacerles algún daño? Casi me imaginaba a mí misma atada a una camilla, aquejada de fantasmagoría, sujetada por médicos vestidos con batas blancas.

No había ni rastro de vigilantes. Movimos las linternas para iluminar en todas direcciones. Había una señal gigantesca clavada en la pared: un rombo rojo cortado en dos por una barra azul, con el nombre de la estación escrito horizontalmente con letras blancas.

Torre de Londres

No necesitaba un mapa para saber que Torre de Londres no era el nombre de ninguna estación de la red de metro.

Debajo de la señal había un pequeño cartel. Me acerqué algo más y soplé para hacer volar el polvo que cubría las letras en relieve. LÍNEA PÉNTADA, decía. Un mapa mostraba la ubicación de cinco estaciones secretas situadas bajo la ciudadela, con unas líneas de texto minúsculas que informaban de que las estaciones habían sido creadas durante la construcción del Ferrocarril Metropolitano, antiguo nombre del metro de Londres.

Nick se situó a mi lado.

—¿Cómo permitimos que sucediera esto? —murmuró.

—A algunos nos tienen en la Torre durante años antes de enviarnos aquí abajo.

Me apretó el hombro con delicadeza.

—¿Tú recuerdas que te trajeran aquí?

—No. Me habían inyectado flux.

Una ráfaga de minúsculas imágenes me pasaron por delante. Levanté los dedos y me los llevé a las sienes. El amaranto que me había dado el Custodio había curado la mayor parte de los daños sufridos por mi onirosaje, pero aún tenía cierta sensación de malestar en la cabeza, y de vez en cuando me fallaba la vista.

—Tenemos que ponernos en marcha —dije, viendo que los otros trepaban al andén.

Había dos salidas: un gran ascensor, lo suficientemente grande como para meter varias camillas a la vez, y una pesada puerta de metal con la indicación SALIDA DE INCENDIOS. Nick la abrió.

—Parece que vamos a tener que subir por las escaleras —dijo—. ¿Alguien conoce la distribución del complejo de la Torre?

El único lugar de referencia que conocía yo era la Torre Blanca, bastión y centro neurálgico del complejo penitenciario, dirigido por una fuerza de seguridad de élite llamada la Guardia Extraordinaria. En el sindicato los llamábamos «los cuervos»: unos crueles centinelas vestidos de negro que contaban con un número ilimitado de métodos de tortura.

—Yo —dijo Nell, levantando la mano—. Una parte.

—¿Cómo te llamas? —le preguntó Nick.

—Nueve. Bueno, Nell.

Se parecía lo suficiente a mi amiga Liss como para haber podido engañar al capataz con una máscara y un disfraz —el cabello negro rizado, la misma complexión delgada—, pero las líneas de su rostro eran más duras. Tenía la piel de un tono oliváceo intenso; además, mientras que Liss tenía los ojos pequeños y muy oscuros, los suyos eran de un color azul transparente.

—Dinos lo que sepas —dijo Nick, suavizando la voz.

—Fue hace diez años. Puede que lo hayan cambiado.

—Cualquier cosa es mejor que nada.

—A unos cuantos no nos inyectaron flux —dijo—. Yo fingí estar inconsciente. Si esas escaleras quedan cerca de las puertas del ascensor, creo que vamos a ir a parar justo detrás de la Puerta de los Traidores, pero estará cerrada con llave.

—Yo puedo encargarme de las cerraduras —dijo Nadine, mostrando una bolsa de cuero llena de ganzúas—. Y de esos cuervos, si buscan pelea.

—No te pongas chula. No vamos a pelear. —Nick levantó la vista y observó el techo bajo—. ¿Cuántos somos, Paige?

—Veintiocho.

—Avancemos en grupos pequeños. Nosotros podemos ir delante con Nell. Vinculador, Diamante, ¿podéis echar un vistazo a…?

—Supongo que no pensarás que vas a darme órdenes, Visión Roja —respondió Jaxon.

Con el jaleo de bajar del tren y encontrar el andén, casi no lo había visto. Estaba de pie entre las sombras, con la mano apoyada en su bastón, recto y brillante como una vela recién encendida.

Nick tardó un momento en responder:

—Estaba pidiéndote ayuda.

—Yo me quedaré aquí hasta que aclaréis el paso —dijo Jaxon, haciéndose el digno—. Vosotros podéis ensuciaros las manos desplumando a los cuervos, si queréis.

Cogí a Nick del brazo.

—Claro que podemos —murmuró, pero no lo suficientemente alto como para que le oyera Jaxon.

—Yo los vigilaré —se ofreció Zeke, que no había hablado durante todo el viaje en tren. Se presionaba el hombro con una mano y tenía la otra apretada en un puño.

Nick tragó saliva y le hizo un gesto a Nell.

—Tú indícanos el camino.

Los tres dejaron atrás a los prisioneros y siguieron a Nell por unas escaleras en curva. Los escalones eran altos, y ella era ágil como un pájaro; me costaba seguirla. Me ardían todos los músculos de las piernas. Nuestras pisadas resonaban con demasiada fuerza, por encima y por debajo de nosotros. Nick, detrás de mí, tropezó con un escalón. Nadine le agarró del codo.

Al llegar arriba, Nell frenó la marcha y abrió otra puerta. A lo lejos se oía el aullido de las sirenas de defensa. Si sabían que nos habíamos escapado, solo era cuestión de tiempo que averiguaran dónde estábamos.

—Todo despejado —susurró Nell.

Saqué mi cuchillo de caza de la mochila. Si usábamos armas de fuego, atraeríamos a todos los cuervos de la fortaleza. Vi que a mis espaldas Nick sacaba un terminal gris y apretaba unas cuantas teclas.

—Venga, Eliza —murmuró—. *Jävla telefon…*

—Envíale una imagen —dije, mirándolo a los ojos.

—Ya lo he hecho. Necesitamos saber cuánto tardará.

Tal como Nell había predicho, la entrada a la escalera estaba justo enfrente del ascensor desactivado. A la derecha había un muro de enormes ladrillos sellados con mortero, y a la izquierda, bajo un enorme arco de piedra, la Puerta de los Traidores: una construcción negra y solemne con una luneta de celosía usada como entrada en tiempos de la monarquía. Estábamos muy abajo, demasiado abajo como para que nos vieran desde las torres de vigía. Tras la puerta se extendía otro tramo de escaleras de piedra, cubiertas de líquenes, con una estrecha rampa para subir o bajar camillas.

La luna iluminaba lo poco que se veía de la Torre Blanca. Un alto muro separaba la fortaleza y la puerta, ofreciéndonos refugio. De una torreta salía un potente haz de luz. Las sirenas emitieron una única nota prolongada. En Scion, eso suponía una grave brecha en el sistema de seguridad.

—Ahí es donde viven los vigilantes. —Nell señaló la fortaleza—. A los videntes los tienen presos en la Torre Ensangrentada.

—¿Y adónde llegaremos por la escalera?

—Al bastión central. Tenemos que darnos prisa.

Mientras hablábamos, vimos una unidad de cuervos subiendo por el camino del otro lado de la puerta, a paso ligero. Nos pegamos contra las paredes. Una gota de sudor tembló en la sien de Nick. Si veían que la puerta no estaba comprometida, quizá no la revisaran.

Tuvimos suerte. Los cuervos siguieron adelante. Cuando los perdimos de vista, me separé de la pared, aún temblando. Nell se dejó caer al suelo, maldiciendo entre dientes.

Por encima de nuestro escondrijo se oyeron otras sirenas que amplificaban la alarma. Intenté abrir la puerta, pero no hubo manera. Las cadenas estaban aseguradas con un candado. Al verlo, Nadine me apartó de un empujón y se sacó del cinturón un destornillador minúsculo de punta plana. Lo introdujo en la parte inferior de la cerradura del candado y luego sacó un punzón plateado.

—Podría tardar un ratito —dijo, aunque nos costaba oírla con todo aquel ruido—. Parece que los pernos están oxidados.

—No tenemos un ratito.

—Id a por los otros —respondió ella, sin apartar la vista del candado—. No deberíamos separarnos.

Al momento, Nick se llevó el teléfono al oído.

—¿Musa? —dijo, dirigiéndose a Eliza en voz baja—. Vendrá enseguida —me dijo a mí—. Va a enviar a los cacos de Jack Piesligeros para ayudarnos.

—¿Cuánto tardará?

—Diez minutos. Los cacos deberían llegar antes.

Diez minutos era demasiado.

El haz de luz de vigilancia se movió por encima de sus cabezas, escudriñando el bastión central. Nell se apartó, frunciendo los párpados para protegerse de la luz. Se echó hacia un rincón y cruzó los brazos, respirando por la nariz.

Yo caminé de una pared a la otra, comprobando todos los ladrillos. Si los cuervos estaban rodeando el complejo, no tardarían mucho en regresar. Teníamos que abrir la puerta, sacar a los prisioneros de allí y volver a dejar el candado en su sitio antes de que aparecieran. Hundí los dedos en la fisura que quedaba entre las puertas del ascensor, intentando separarlas, pero no se movieron ni un centímetro.

A poco más de un metro de mí, Nadine sacó otro punzón. Estaba trabajando en un ángulo extraño, dado que el candado estaba en el otro lado de la puerta, pero no le temblaba la mano. Zeke apareció por las escaleras seguido de un grupito de prisioneros nerviosos. Meneé la cabeza, indicándole que se quedara donde estaba.

Nadine consiguió por fin abrir el candado. La ayudamos a sacar las pesadas cadenas de entre los barrotes, con cuidado de no hacer demasiado ruido, y empujamos para abrir la Puerta de los Traidores. Rozó contra la grava del suelo, y las bisagras chirriaron por la falta de uso, pero el ruido de las sirenas lo disimuló. Nell echó a correr escaleras arriba y nos hizo señas para que la siguiéramos.

—Habrán bloqueado todas las salidas —dijo cuando me acerqué—. El candado era el único punto débil de este lugar. Tendremos que trepar por la muralla sur.

Trepar. Mi fuerte.

—Visión, ve a buscar al resto —dijo—. Y preparaos para correr.

Empecé a subir las escaleras, manteniendo el cuerpo bajo, con el revólver agarrado entre las manos. Tras otro tramo de escaleras llegué a una de las torres a los lados del arco. Un poco más y podríamos situarnos entre dos almenas de la muralla contigua, que era mucho más baja de lo que yo esperaba. Evidentemente, Scion no esperaba que ningún vidente llegara tan lejos, si es que conseguía escapar de la Torre Ensangrentada. Le indiqué a Nick que trajera a los otros, y luego subí el segundo tramo de escaleras a paso ligero, procurando mantenerme en la sombra. Cuando llegué al hueco entre las dos almenas, sentí que se me tensaba el pecho.

Ahí estaba.

Londres.

Al otro lado de la muralla había un terraplén muy inclinado que llevaba hasta el Támesis. A la izquierda quedaba el puente de la Torre. Si seguíamos hacia la derecha, podríamos rodear el complejo sin que nos vieran y llegar a la carretera principal. Nick sacó una bolsita de su bolsillo y se frotó las manos con tiza.

—Yo iré delante —murmuró—. Tú ayuda a bajar a los demás. Eliza estará esperando en esa carretera.

Levanté la vista y miré hacia el puente, buscando francotiradores. No veía ninguno, pero percibía tres onirosajes.

Nick se coló entre las almenas, se giró de cara a la muralla y se agarró con ambas manos. Buscó apoyos en la piedra con los pies, y algunos fragmentos pequeños cayeron al vacío.

—Ten cuidado —dije, aunque no hacía falta.

A Nick se le daba mejor trepar que caminar. Me miró, sonriéndome, y luego bajó. Cuando faltaban un par de metros se soltó… y cayó en cuclillas.

El hecho de que ahora la muralla nos separara me intranquilizaba. Le tendí la mano al primer prisionero, y me encontré a Michael y a Nell, que sostenían a Ivy. La cogí por los codos, guiándola hacia las almenas.

—Ven aquí, Ivy —dije. Me quité el abrigo de Nick, se lo puse y se lo aboché, y me quedé únicamente con lo que restaba de mi vestido blanco—. Dame las manos.

Con la ayuda de Michael, conseguí pasar a Ivy por encima de la muralla. Nick la agarró de la fina cadera y la posó en la hierba.

—Michael, que vengan aquí los heridos, rápido —dije, con un tono más imperioso de lo que habría deseado.

Él se fue a ayudar a Felix, que cojeaba.

Uno por uno, fueron pasando por encima de la muralla: Ella, Lotte, luego una cristalista temblorosa, y después un augur con la muñeca rota. Ninguno se apartó mucho del lugar donde aterrizaban, protegidos por Nick y su pistola. Le tendí la mano a Michael, pero en ese momento Jaxon lo apartó de un empujón. Se subió a las almenas sin dificultad, lanzó su bastón abajo y luego inclinó la cabeza para susurrarme al oído.

—Tienes una oportunidad más, querida mía. Vuelve a Dials y olvidaré lo que dijiste en Sheol I.

Yo no dejé de mirar hacia delante.

—Gracias, Jaxon.

Saltó desde las almenas, con tal elegancia que dio la impresión de que se deslizaba. Miré otra vez a Michael. De la herida de la cara le salía sangre que le caía por el cuello, empapándole la camisa.

—Venga —dije, agarrándole de las muñecas—. No mires abajo.

Michael consiguió pasar una pierna por encima de la muralla, agarrándome de los brazos con tanta fuerza que me clavaba los dedos.

En ese momento, Nell emitió un grito ahogado. Una larga mancha de sangre asomó por la pernera de su pantalón, empapándole los dedos. Me miró con unos ojos abiertos como platos, aterrada. Sentí una corriente que me recorría el cuerpo.

—¡Abajo! —grité, para hacerme oír por encima de las sirenas—. ¡Bajad ya!

Nadie tuvo tiempo de obedecer. Un torrente de balas se abrió paso por entre la fila de prisioneros que aún esperaban en las escaleras.

Cuerpos que caían, retorciéndose, agitándose. Un chillido penetrante. Las muñecas de Michael se me escurrieron de entre los dedos. Me lancé por encima de la balaustrada y me cubrí la cabeza con los brazos.

Había que resistir: disparar enseguida, sin preguntar. Nick gritaba mi nombre desde abajo, diciéndome que me moviera, que saltara, pero el miedo me paralizaba. Mi capacidad de percepción se redujo hasta un punto en que solo notaba el latido de mi corazón y mi respiración afanosa, y el ruido amortiguado de los disparos. Luego unas manos que me agarraban, levantándome por encima del muro, y a continuación caí.

Las suelas de mis botas impactaron contra el suelo, provocándome una sacudida en las piernas que me llegó a la pelvis, y salí disparada un par de metros hacia delante. Otra forma humana aterrizó a mi lado, con un impacto sordo y un gruñido de dolor. Era Nell, que apretaba los dientes. Se arrastró por el suelo, se puso en pie y echó a correr, cojeando, todo lo rápido que pudo. Yo me arrastré en la misma dirección hasta que Nick me agarró el brazo y se lo pasó alrededor del cuello. Me debatí, intentando soltarme.

—Tenemos que sacarlos…

—¡Paige, venga!

Nadine había rebasado la muralla, pero había otros dos que aún trepaban a las almenas. Una nueva ráfaga de disparos procedentes de la Torre Blanca hizo que los supervivientes salieran corriendo en todas direcciones. Danica y Zeke saltaron, dos siluetas recortadas a la luz de la luna.

Percibí la presencia de una francotiradora por encima de nuestras cabezas. Una chica amaurótica cayó, y su cráneo se abrió en dos como una fruta madura. Michael estuvo a punto de tropezar con ella. La tiradora le apuntó con su arma.

Todos los nervios de mi cuerpo se activaron de golpe, como si se incendiaran. Me zafé del agarre de Nick y, con la última gota de fuerza que me quedaba, lancé mi espíritu hacia el onirosaje de la tiradora, penetrando para lanzar su espíritu al éter y su cuerpo del otro lado de la barandilla. Su cuerpo vacío impactó contra el suelo justo en el momento en que Michael saltaba por encima del muro y caía en el terraplén. Le llamé gritando con todas mis fuerzas, intentando hacerme oír pese a las sirenas, pero había desaparecido. Mis pies se movieron más rápido que mi mente. Las grietas de mi onirosaje se abrían cada vez más, como heridas recientes.

Ya estábamos cerca de la carretera, faltaba poco, a punto de llegar. Las farolas iluminaban la calzada. Los disparos resonaban desde la fortaleza. Luego, el rugido de un motor de coche y el brillo azulado de los faros. Cuero bajo mis manos. Motor. Disparos. Una única nota muy aguda. Doblamos la esquina, superamos el puente. Y desaparecimos en la ciudadela, como polvo entre las sombras, dejando atrás el aullido de las sirenas.

2

Una larga historia

Apareció a las 18.00 horas. Siempre lo hacía.

Cogí el revólver que había sobre la mesa. Sonaba el tema de Scion-Vista. Una composición envolvente, dramática, basada en las doce campanadas del Big Ben.

Esperé.

Ahí estaba. Scarlett Burnish, gran anecdotista de Londres, con su vestido negro con cuello alto de encaje blanco. Siempre tenía el mismo aspecto, por supuesto —como si fuera un autómata demoniaco—, pero a veces, cuando algún pobre ciudadano había sido «asesinado» o «atacado» por algún antinatural, podía incluso mostrarse compungida. Hoy, sin embargo, sonreía.

—«Buenos días y bienvenidos a otro día en Scion Londres. Tenemos buenas noticias, puesto que el Cuerpo de Centinelas anuncia una ampliación de su División de Vigilancia Diurna, con al menos cincuenta agentes más que jurarán el cargo este lunes. La jefa de centinelas ha declarado que el Año Nuevo planteará nuevos desafíos para la ciudadela, y que en estos tiempos tan delicados es esencial que los ciudadanos de Londres se unan y...»

Lo apagué.

No había ninguna noticia del día. Nada. Pensé en ello una y otra vez. Ningún rostro. Ninguna ejecución.

Dejé la pistola, que repiqueteó en la mesa. Había pasado la noche tirada en un sofá, reaccionando como un resorte ante el menor ruidito. Tenía los músculos rígidos y doloridos; tardé lo mío en conseguir ponerme en pie. Cada vez que empezaba a disiparse un dolor, se concretaba uno nuevo por alguna magulladura o algún esguince. Debería estar yéndome a la cama, como solía hacer al amanecer, pero tenía que levantarme, aunque solo fuera un minuto. Un poco de luz natural me haría bien.

Tras estirar las piernas, encendí el reproductor de música de la esquina. Sonó *Guilty*, de Billie Holiday. Nick había pasado de camino al trabajo y había dejado unos cuantos discos prohibidos de la guarida, junto con el poco dinero que podía dejarme y un montón de libros que yo no había tocado. De pronto eché de menos el gramófono del Custodio. Te puedes acabar acostumbrando a sentirte arrullado por las canciones de desamor del mundo libre.

Habían pasado tres días desde la huida. Mi nuevo hogar era una mugrienta pensión en el I-4, oculto entre un laberinto de callejuelas del Soho. La mayoría de los alojamientos para videntes eran estercoleros, prácticamente insalubres, pero el dueño de aquella pensión —un cleidomántico, que supuse que la había abierto para poder tocar llaves y ganarse la vida con ellas— había conseguido mantener el establecimiento libre de roedores. Aunque no podía decirse lo mismo de la terrible humedad, que se colaba por todas partes. Él no sabía quién era yo; solo que debía mantenerme alejada de todo, ya que un centinela me había dado una paliza y probablemente aún estuviera buscándome.

Hasta que arregláramos las cosas con Jaxon, tendría que ir cambiando de alojamiento una vez a la semana, más o menos. De momento me las iba arreglando con el dinero que me había dado Nick, pero era el único modo de estar seguros de que Scion no podría seguirme el rastro.

Con las persianas bajadas, no entraba en la habitación ni un rayo de luz. Las abrí, solo un poco. Los dorados rayos del sol me hirieron, cegándome. Un par de amauróticos pasaron por la calle, bajo mi ventana, caminando a paso ligero. En la esquina, un adivino iba en busca de clientes videntes que quisieran una lectura rápida. Si estaba desesperado, quizá se arriesgara a dirigirse a algún amaurótico. Quizá se encontrara con alguno que tuviera curiosidad; también podía encontrarse con algún espía. Hacía tiempo que Scion desplegaba agentes por las calles para tentar a los videntes y ver si se delataban.

Volví a bajar las persianas. La habitación se tiñó de negro. Me había pasado seis meses viviendo de noche, ajustando mi patrón de sueño al de mis guardianes refaítas; eso no iba a cambiar de la noche al día. Me dejé caer en el sofá, eché mano del vaso de agua que había sobre la mesa y me lo bebí, junto con dos pastillas azules para dormir.

Mi onirosaje seguía estando frágil. Durante nuestro enfrentamiento en el escenario —cuando había intentado matarme delante de los emisarios de Scion y el resto de la audiencia—, los ángeles caídos de Nashira me habían creado unas finas grietas que hacían que los recuerdos se me mezclaran con los sueños. La capilla donde había muerto Seb. La habitación de Magdalen. Las asquerosas calles del Poblado y el psicomanteo de Duckett, donde se me deformaba la cara, adoptando unas facciones monstruosas, y se me desprendía la mandíbula, frágil como una pieza de cerámica antigua.

Luego Liss, con sus labios cosidos con hilo de oro. Arrastrada al exterior para dársela como alimento a los emim, los monstruos que merodeaban por los bosques que rodeaban la colonia. Siete cartas manchadas de sangre se quedaban girando. Yo alargaba la mano para cogerlas, haciendo un esfuerzo para ver la última —mi futuro, mi conclusión—, pero, en cuanto la tocaba, la carta chillaba, sacando una lengua de fuego. Me desperté sobresaltada, cubierta de sudor de la cabeza a los pies. Estaba anocheciendo. Tenía las mejillas húmedas, me ardían, y los labios me sabían a sal.

Esas cartas me acecharían mucho tiempo. Liss había predicho mi futuro en seis fases: el cinco de copas, el rey de bastos invertido, el Diablo, los Amantes, la Muerte invertida, el ocho de espadas. Pero no había llegado al final de la lectura.

Fui hasta el baño a tientas y me tomé otros dos analgésicos de los que me había dejado Nick. Sospechaba que el gris, más grande, sería algún tipo de sedante. Algo para combatir el temblor, el estómago revuelto, esa necesidad de coger la pistola y no soltarla.

Alguien llamó a la puerta con suavidad. Muy despacio, cogí mi pistola, comprobé que estuviera cargada y me la puse a la espalda. Con la mano libre, entreabrí la puerta.

En el pasillo estaba el casero, perfectamente vestido, con una antigua llave de hierro al cuello, colgada de una cadena. Nunca se la quitaba.

—Buenos días, señorita.

Esbocé una sonrisa.

—¿Usted no duerme nunca, Lem?

—Pues no mucho. Los clientes se mueven a todas horas. Hay una sesión de espiritismo en el piso de arriba —añadió, con gesto cansado—. Están montando un buen jaleo con la mesa. Hoy tiene mucho mejor aspecto, si me permite que se lo diga.

—Gracias. ¿Ha llamado mi amigo?

—Vendrá esta noche a las nueve. Llámeme si necesita algo.

—Gracias. Que tenga un buen día.

—Usted también, señorita.

Para ser el dueño de una pensión de mala muerte, era de lo más predispuesto. Cerré la puerta y eché la llave.

Al momento, la pistola se me resbaló de la mano. Me dejé caer al suelo y hundí el rostro entre las rodillas.

Unos minutos más tarde volví al minúsculo baño sin ventilación, me quité la camisa de dormir y examiné mis heridas en el espejo. Las más visibles eran el profundo tajo que tenía sobre el ojo, cosido con puntos, y la herida superficial que me cruzaba el pómulo. Todo en mí tenía un aspecto desgastado, raído. Las uñas sucias, la piel cetrina y las costillas y la pelvis prominentes. El casero me había mirado con preocupación el primer día, al traerme una bandeja de comida, viendo los cortes que tenía en las manos y el ojo morado. No me había reconocido como la Soñadora Pálida, dama de aquel sector, la protegida del Vinculador Blanco.

Cuando entré en el cubículo y giré la manivela, la oscuridad penetró en mis ojos. El agua caliente cayó sobre mis hombros y me relajó los músculos.

Se oyó un portazo.

La mano se me fue a una navaja que tenía oculta bajo la jabonera. Salí del cubículo y de un salto fui a parar a la pared opuesta. Me escondí tras la puerta, cargada de adrenalina, sosteniendo la navaja junto a mi pecho.

Tenía el corazón desbocado, y tardó unos minutos en bajar el ritmo de los latidos. Me separé de los azulejos mojados, cubierta de sudor y de agua. «Nada, no es nada.» Solo la sesión de espiritismo de arriba.

Temblando, me apoyé en el lavabo. Tenía el cabello mojado, ensortijado en torno al rostro, crispado y gris.

Miré a los ojos de la imagen que me devolvía el espejo. Me habían tratado como si fuera una propiedad de la colonia, refaítas y casacas rojas me habían arrastrado, manoseado y golpeado. Me di la vuelta y me pasé los dedos por las finas líneas de tejido cicatrizado que tenía en el hombro. XX-59-40. Llevaría esa marca toda la vida.

Pero había sobrevivido. Volví a cubrirme la marca con la camisa. Había sobrevivido, y los Sargas lo sabrían.

Cuando le abrí la puerta a Nick por primera vez en dos días me envolvió en un cariñoso abrazo, intentando no apretarme las heridas y las magulladuras. Yo lo había visto en muchísimos recuerdos, evocados con ayuda del *numen* del Custodio, pero aquellas imágenes quedaban muy lejos de lo que era el verdadero Nick Nygård.

—Eh, *sötnos*.

—Hola.

Nos sonreímos, con unas sonrisas pequeñas, tristes.

Ninguno de los dos dijo nada. Nick puso la comida sobre la mesa mientras yo abría las puertas del pequeño balcón. El viento nos trajo el olor del otoño de Scion —gasolina y humo de las hogueras de los limosneros—, pero el olor de las cajas que traía Nick era tan divino que apenas me di cuenta. Aquello era un festín: unas minúsculas tartaletas rellenas de pollo y jamón, pan recién horneado, chips doradas sazonadas con sal y pimienta. Nick puso una pequeña cápsula de nutrientes sobre la mesa y me la acercó.

—Adelante. Pero no corras demasiado.

Las tartaletas estaban glaseadas con mantequilla fundida y al abrirlas salía de su interior una espesa salsa. Me metí la cápsula en la boca.

—¿Cómo tienes el brazo? —preguntó Nick, cogiéndolo con ambas manos y observando la quemadura circular—. ¿Te duele?

—Ya no —respondí. Pero habría soportado cualquier dolor con tal de librarme de aquel microchip.

—No dejes de observarlo. Sé que Dani es buena, pero no es médica. —Me puso una mano en la frente—. ¿Dolores de cabeza?

—No más de lo habitual —dije, partiendo una rebanada de pan en trozos pequeños.

—Aún no hay nada en ScionVista.

—No dicen nada. Están muy callados.

Nosotros también nos callamos. Nick no hablaba de sus noches de insomnio, pero sus ojeras le delataban. Toda aquella preocupación. La espera interminable. Agarré mi taza de café con ambas manos y miré hacia la ciudadela, aquella montaña de metal, cristal y luces que se alzaba hacia un cielo infinito. Michael estaba ahí, en algún sitio, probablemente acurrucado bajo un puente o en algún portal. Si hubiera conseguido algo de dinero, quizás habría podido dormir en algún refugio, pero los centinelas comprobaban esos lugares cada noche en busca de víctimas con las que aumentar su cuota de detenciones del día antes de volver al cuartel.

—Te he traído esto —dijo Nick, pasándome un teléfono por encima de la mesa, idéntico al que había usado en la Torre—. Es de prepago. Cambia los módulos de identidad con frecuencia y Scion no conseguirá encontrarte.

—¿De dónde lo has sacado? —pregunté.

Scion nunca había fabricado ese tipo de teléfonos; tenía que ser importado.

—Un amigo del mercado de Old Spitalfields. Lo ideal sería tirar el teléfono cuando acabas el saldo, pero los que comercian con ellos cobran mucho por el terminal. —Me entregó una cajita—. No son muy útiles para recibir llamadas, ya que tendrás un número diferente cada vez, pero puedes hacerlas. Es solo para emergencias.

—Vale. —Me lo metí en el bolsillo—. ¿Qué tal te ha ido el trabajo?

—Bien. Creo. —Se dio unas palmaditas en la mejilla, cubierta con una barba de tres días. Lo hacía siempre que estaba nervioso—. Si alguien me hubiera visto subirme a ese tren…

—No te vieron.

—Llevaba uniforme de Scion.

—Nick, Scion es una organización muy grande. Las posibilidades de que alguien relacione al respetable doctor Nicklas Nygård con la colonia penitenciaria son minúsculas.

Me unté el pan con mantequilla.

—Quedaría muchísimo más sospechoso si no hubieras regresado.

—Ya. Y no me he formado en sus universidades todos estos años para después rendirme. —Cuando me vio la cara, esbozó una sonrisa forzada—. ¿En qué estás pensando?

—En la Torre perdimos a mucha gente. —De pronto ya no tenía apetito—. Les dije a todos que los llevaría de vuelta a casa.

—Déjalo ya, Paige. Ya te lo he dicho: te destruirás a ti misma si sigues pensando así. Esto ha sido cosa de Scion, no tuya.

No respondí. Nick se arrodilló junto a mi silla.

—Cariño, mírame. Mírame —dijo. Levanté la cabeza, miré aquellos ojos fatigados, pero con eso solo conseguí que me doliera más aún—. Si es culpa de alguien, es de ese refaíta, ¿no? Él te hizo subir al tren. Él te dejó marchar.

No respondí y él me rodeó con un brazo.

—Encontraremos a los otros prisioneros, te lo prometo.

Nos quedamos un rato de ese modo. Tenía razón, por supuesto que tenía razón.

Pero quizá sí hubiera alguien a quien culpar. Alguien oculto tras el velo de Scion.

¿Sabía el Custodio que el tren acabaría en Westminster, en el corazón de la bestia? ¿Me había traicionado en el último momento? Al fin y al cabo, era un refaíta —un monstruo, no un hombre—, pero tenía que confiar en que había hecho todo lo que había podido.

Después de comer, Nick recogió los restos. Llamaron otra vez a la puerta y las manos se me fueron a la pistola, pero Nick levantó una mano.

—No pasa nada. —Abrió la puerta—. He llamado a una amiga.

Cuando Eliza Renton, con sus rizos empapados por la lluvia, entró, no perdió un segundo en decir hola. Se fue corriendo al sofá, con un gesto que parecía indicar que iba a darme un puñetazo, pero lo que hizo fue tirar de mí y rodearme con sus brazos.

—Paige, idiota —dijo, con rabia en la voz—. Maldita idiota. ¿Por qué tuviste que coger el metro ese día? Sabías que había metrovigilantes, sabías lo de los controles…

—Me arriesgué. Fui una estúpida.

—¿Por qué no te esperaste a que Nick te llevara a casa en coche? Pensábamos que Hector se te habría cargado… O Scion…

—Lo hicieron —dije, dándole una palmadita en la espalda—. Pero estoy bien.

Suavemente, pero con decisión, Nick me la quitó del cuello.

—Ten cuidado. Tiene moratón sobre moratón —dijo, y se la llevó al sofá de enfrente—. Pensé que esto teníamos que oírlo más de uno, Paige. Necesitamos todos los aliados que podamos conseguir.

—Tienes aliados —dijo Eliza, con vehemencia—. Jax está preocupadísimo por ti, Paige.

—No parecía demasiado preocupado cuando me agarró el cuello con sus propias manos para asfixiarme —dije.

Aquello era nuevo para ella. Nos miró a los dos, frunciendo el ceño, como si no entendiera nada.

Corrí las cortinas. Poco después estábamos sentados en los sofás, en penumbra, bebiendo vasos de salep de la petaca de Nick. Era una infusión cremosa de tubérculos de orquídea con leche caliente y canela que solía tomarse en las cafeterías. Aquel sabor familiar me reconfortó después de tantos meses de hambre.

En la pantalla del televisor se veía a uno de los anecdotistas de Burnish.

—«Se espera que el número de centinelas de la cohorte I se duplique en las próximas semanas con la instalación, antes del mes de diciembre, de un segundo prototipo de escudo TDR, el Senshield, la única tecnología que permite detectar antinaturales. Los ciudadanos encontrarán más puntos de control en el metro, en la red de autobuses y en los taxis con autorización de Scion. La División de Metrovigilancia solicita a los ciudadanos que cooperen con el personal. ¡Si no tienen nada que ocultar, no tienen nada que temer! Y ahora pasemos al tiempo para esta semana.»

—Más vigilantes —dijo Nick—. ¿Qué es lo que están haciendo?

—Intentan encontrar a los fugitivos —respondí—. No entiendo por qué no han dicho nada.

—Puede que no sea por eso. Dentro de dos meses será la Novembrina —señaló Eliza—. En estas fechas siempre aumentan la seguridad. Y este año van a invitar al Gran Inquisidor de París.

—Aloys Mynatt, el asistente del Inquisidor Ménard, estaba en el Bicentenario. Si ha muerto, dudo que Ménard tenga muchas ganas de fiesta.

—No lo cancelarían.

—Confía en mí: si Nashira dice que se cancela, lo cancelarán.

—¿Quién es Nashira?

Una pregunta tan ingenua…, pero no tenía respuesta fácil. ¿Quién era Nashira? Una pesadilla. Un monstruo. Una asesina.

—El nuevo escudo lo cambiará todo —dije, con los ojos puestos en la pantalla—. ¿La Asamblea Antinatural aún no ha reaccionado?

La Asamblea Antinatural, compuesta por los treinta y seis mimetocapos de la ciudadela, que supuestamente controlaban la actividad del sindicato en su sector. Todos eran relativamente autónomos, pero el Subseñor, Hector de Haymarket, era el responsable de convocar las asambleas.

—En julio se habló de ello —dijo Nick—. Llegaron mensajes desde Grub Street diciendo que eran conscientes de la situación, pero desde entonces nada.

—Hector no tiene ni idea de qué hacer —señalé—. Nadie la tiene.

—Ese prototipo de escudo no es lo peor que vamos a encontrarnos. Solo puede detectar los tres primeros órdenes, según dicen.

Aquel recordatorio hizo que Eliza apartara la mirada. Ella era médium. Tercer orden. Nick le cogió la mano.

—No tienes nada que temer. Dani está trabajando en un aparato para crear interferencias —dijo—. Es algo complejo, pero Dani es muy lista.

Eliza asintió, pero tenía el ceño fruncido.

—Cree que puede tenerlo listo en febrero —añadió Nick. Eso no era lo suficientemente rápido, y todos lo sabíamos.

—¿Cómo llegasteis a la colonia? —le pregunté—. Debía de haber una seguridad increíble.

—En agosto, Jax prácticamente se había rendido —reconoció Nick—. Para entonces ya estábamos seguros de que no estabas en Londres. No habíamos recibido ninguna petición de rescate de otras bandas, no había pruebas de que te hubieran matado, ni rastro de ti en el apartamento de tu padre. Hasta el incidente de Trafalgar Square no tuvimos ninguna pista, cuando dijiste que te habían llevado a Oxford.

—A partir de entonces, Jaxon solo pensaba en ti —apuntó Eliza, mirándola fijamente—. Estaba obsesionado con rescatarte.

Eso solo me sorprendió a medias. Para Jaxon, perder a su valiosa onirámbula habría sido un agravio, una humillación, pero aun así no me esperaba que lo arriesgara todo para arrancarme de las garras de Scion. Ese tipo de sacrificio se hace por una persona, no por una propiedad.

—En el trabajo intenté buscar más información sobre Oxford, pero todos los datos estaban encriptados —prosiguió Nick—. Fue unas semanas antes de que consiguiera colarme en el despacho de la supervisora jefe y usar su ordenador. Así accedí a una especie de Scionet oscura, una parte de la red inaccesible para el público. No había demasiados datos específicos, solo que la ciudad de Oxford era un sector restringido de Tipo A, algo que ya sabíamos, y que había una estación de tren por debajo del Arconte, algo que sí era nuevo para nosotros. También había una lista de nombres que parecían remontarse cientos de años. Gente desaparecida. El tuyo estaba ahí, hacia el final de la lista.

—Dani partió de ahí —dijo Eliza—. Encontró el túnel de acceso. Solo se permitía el acceso a una unidad de ingenieros seleccionados, pero descubrió cuándo iban a abrirlo. Iban a hacer reparaciones al tren el 31 de agosto. Jax dijo que sería entonces cuando iríamos. Yo me quedé aquí para vigilar todo esto.

—Jax no es de los que suelen ensuciarse las manos —señalé.

—Se preocupa por ti, Paige. Haría lo que fuera por nuestra seguridad. Sobre todo por la tuya.

No era cierto. Eliza siempre había tenido muy buen concepto de Jaxon Hall —al fin y al cabo, nos había dado un mundo propio—, pero yo ya había visto demasiadas cosas de él que me decían lo contrario. Podría mostrarse amable, pero no lo era de carácter. Podía actuar como si se preocupara, pero siempre sería una actuación. Me había llevado años abrir los ojos y verlo.

—Esa noche —prosiguió Nick—, cuando acabaron con las reparaciones, Dani se coló en el túnel con una tarjeta que había robado a uno de los miembros de la unidad, y nos metió a nosotros.

—¿Y nadie os reconoció?

—No nos vieron. Cuando los emisarios subieron al tren, nosotros ya nos habíamos encerrado en un compartimento de mantenimiento, en la parte trasera. Los centinelas no tenían acceso, así que estaríamos seguros durante parte del viaje. Luego, por supuesto, teníamos que bajar del tren.

—¿Con centinelas con visión espiritista escoltando a los emisarios? ¿Cómo demonios lo conseguisteis?

—Esperamos hasta que se llevaron a los emisarios. Un vigilante cerró la puerta con llave desde el otro lado, lo que nos dejó encerrados, pero encontramos un viejo conducto de servicio detrás de una reja por el que pudimos salir a la calle. Entramos en el consistorio por una puerta trasera.

Un conducto de servicio. Si el Custodio lo hubiera sabido, él también habría podido huir. Suspiré con fuerza.

—Estáis todos como un cencerro.

—Teníamos que conseguir que volvieras, Paige —dijo Eliza—. Jax estaba dispuesto a intentar cualquier cosa.

—Jax no es estúpido. Meter a un grupo de gánsteres en un tren de Scion sin tener ni idea de qué podía pasar cuando llegara a destino es de una estupidez supina.

—Bueno, quizás estuviera aburrido de pasarse el día sentado en la oficina.

—Conseguimos que volvieras. Eso es lo que importa. —Nick se inclinó hacia delante—. Ahora te toca a ti.

Bajé la vista y me quedé mirando mi salep.

—Es una larga historia.

—Empieza por la noche en que se te llevaron —dijo Eliza.

—No es ahí donde empieza. Empieza en 1859.

Los otros se miraron.

Llevó un buen rato. Les expliqué que en 1859 habían llegado dos razas, los refaítas y los emim, procedentes del Inframundo —el mundo a medio camino entre la vida y la muerte—, después de que el umbral etéreo se rompiera con el aumento desmedido de los espíritus errantes, lo que había debilitado las fronteras entre los mundos.

—Vale —dijo Eliza, con tal mueca en la cara que daba la impresión de que fuera a echarse a reír—. Pero ¿qué son los refaítas?

—Aún no lo sé. Se parecen a nosotros —dije—, pero su piel es como metálica, y son altos. Tienen los ojos amarillentos, pero cuando se alimentan reflejan el color del aura de la que se han alimentado.

—¿Y los emim?

No supe muy bien qué decir.

—Nunca he visto a ninguno con luz suficiente, pero… —Suspiré—. En la colonia los llaman zumbadores o «gigantes pudrientes». Los espíritus no se les acercan. Se alimentan de carne humana.

Nunca habría pensado que Nick pudiera ponerse aún más pálido, pero lo consiguió.

Les hablé del pacto entre los refaítas y el Gobierno —que los protegerían de los emim a cambio de que les proporcionaran esclavos videntes—, que era lo que había llevado a la fundación de Scion. Les hablé de la colonia penitenciaria de Sheol I, construida en las ruinas de Oxford con la idea de que se convirtiera en un modelo de actividad espiritual, de modo que atrajera a los emim, alejándolos de ciudadelas como la de Londres. Les conté que me había subido a un metro a última hora del día y que me había encontrado con un control. Que dos metrovigilantes me habían atacado, que me habían ido a buscar al apartamento de mi padre y que el capataz me había inyectado flux. Que al despertarme ya estaba en el penal.

Les conté que me habían entregado a Arcturus Mesarthim, conocido también como el Custodio —el prometido de Nashira—, para que me entrenara como soldado. Les expliqué cómo funcionaba la colonia penitenciaria, con descripciones detalladas de cada clase. Los casacas rojas, en la élite, que contaban con el favor de los refaítas a cambio de sus servicios como soldados; los actores, condenados a una vida en los barrios bajos, donde los explotaban hasta la muerte. Les conté que los refaítas golpeaban a los humanos y se alimentaban de ellos, y que los abandonaban a su suerte si no superaban las pruebas a las que los sometían.

Las bebidas se enfriaron.

Les hablé de la muerte de Seb, que había propiciado mi ascenso a casaca roja, así como de mis entrenamientos con el Custodio en la pradera. Les hablé de la cierva y de los zumbadores en el bosque, y de Julian, y de Liss. De nuestro intento por detener a Antoinette Carter en Trafalgar Square, que provocó que Nick acabara disparándome.

Empezaba a dolerme la garganta de tanto hablar, pero no paré hasta llegar al final. Les conté todo, salvo la verdad de mi relación con el Custodio. Con cada nueva revelación que les hacía sobre los refaítas, aparecían en sus rostros nuevas muecas de asco y de horror. No podrían entender lo estrecha que se había vuelto la relación con mi guardián. No les hablé de los recuerdos evocados por la salvia, ni de cómo tocaba el órgano en la capilla, ni de cuando me había permitido penetrar en su onirosaje. Tal como yo se los había descrito, para ellos era un monstruo desconfiado con el que apenas había hablado, que me daba de comer de vez en cuando y que al final me había dejado escapar. Por supuesto, Nick veía que algo no cuadraba.

—No lo entiendo —dijo—. Cuando te trajeron a Trafalgar Square, podría haberte dejado marchar, pero te llevó de vuelta a Sheol. ¿Y ahora nos dices que te ayudó?

—Para que yo le ayudara a él. En 2039 había intentado derrocar a los Sargas. Nashira le torturó.

—¿Y luego decidió casarse con él?

—No sé si fue consecuencia directa. Quizá ya estuvieran prometidos antes de llegar aquí.

—Pues menudo compromiso —dijo Eliza, con una mueca. Ahora estaba a su lado, con los pies apoyados en los cojines—. En cualquier caso, ¿la traición no es motivo suficiente para poner fin al compromiso?

—Supongo que el compromiso es parte del castigo. Ella sabía lo mucho que la odiaba. Para él es mayor tortura seguir siendo su consorte, mientras es objeto de desprecio por parte de los otros refaítas.

—¿Y por qué no lo mató, sin más? ¿Por qué lo mantuvo con vida?

—Quizá para ellos la muerte no sea un castigo —dijo Nick—. No son mortales. No como los humanos.

—Bueno, quizá los humanos tengamos cosas más importantes en las que pensar —dije yo, con la mirada fija en el televisor—. El Custodio ya no importa.

«Mentirosa.»

Oí su voz tan clara como si estuviera allí presente, un recuerdo tan lúcido que lo sentí. Me provocó un temblor que se me extendió por los brazos hasta la punta de los dedos.

—¿Tú crees que su pacto sigue vigente? —preguntó Nick—. Nosotros huimos de la colonia: eso significa que su secreto peligra.

—Seguramente —respondí, con la vista puesta en el noticiero—. No creo que el aumento del nivel de seguridad tenga que ver con la Novembrina. Deben eliminar a todo el que lo sepa.

—¿Y luego qué? —preguntó Eliza.

—Otra Era de Huesos. Para reemplazar a todos los humanos que habrán perdido.

—Pero tendrán que meterlos en algún otro sitio —dijo Nick—. No pueden seguir usando la primera colonia, ahora que sabemos dónde se encuentra.

—Tienen pensado construir un Sheol II en Francia, pero no creo que hayan empezado siquiera —dije—. Su primer objetivo será encontrarnos.

Se hizo un breve silencio.

—De modo que el Custodio quiere ayudar a los humanos —comentó Eliza—. ¿Adónde se fue?

—En busca de Nashira.

—No tenemos ninguna prueba fehaciente de que esté de nuestro lado, Paige —dijo Nick, al tiempo que guardaba su tableta de datos—. Yo no confío en nadie. Los refaítas son enemigos hasta que se demuestre categóricamente lo contrario. Incluido el Custodio.

Al oír eso noté algo en el estómago, como un pinchazo. Nick se puso en pie y se quedó mirando la ciudadela.

No podía decirle lo del beso. Pensaría que estaba loca. Confiaba en el Custodio, pero era cierto que no acababa de comprender sus intenciones; quién era, qué era.

Eliza echó adelante la cabeza, por encima de la mesa.

—Volverás a Dials, ¿verdad?

—Lo he dejado.

—Jax aceptará que regreses. Seven Dials es el lugar más seguro para ti, y él es un buen mimetocapo. Nunca te ha obligado a acostarte con él. Hay jefes mucho peores para los que trabajar.

—¿Así que estoy en deuda con él por no haberme convertido en su caminanoches? ¿Por no ser Hector? Tú no lo viste. A ti no te hizo esto —dije, levantándome la manga de la blusa y mostrándole la abultada cicatriz blanca de mi brazo derecho—. Está como una cabra.

—Cuando te hizo eso no sabía quién eras.

—Sabía que estaba dándole una paliza a una onirámbula. Yo soy la única onirámbula que conocemos.

—Esto no nos ayuda —dijo Nick, frotándose la comisura del ojo—. Eliza, dile a Jax que Paige y yo pronto volveremos a Seven Dials. Mientras tanto, necesitamos trazar un plan de actuación.

Eliza frunció el ceño.

—¿Qué quieres decir con un «plan de actuación»?

—Bueno, tendremos que hacer algo con los refaítas. No podemos dejar que sigan con las Eras de Huesos.

—No sé… —Eliza se ajustó el abrigo—. Mira, hemos rescatado a Paige. Quizá deberíamos… intentar centrarnos en volver al trabajo. Jax dice que hemos perdido muchos ingresos desde que desapareciste —añadió, dirigiéndose a mí—. Necesitamos que vuelvas a Covent Garden.

—¿Quieres enviarme otra vez al mercado negro? —Me la quedé mirando fijamente; no podía evitarlo—. Scion es un Gobierno títere. A los videntes los mandan a un campo de la muerte.

—Nosotros somos insignificantes, Paige. Si pasamos desapercibidos, nunca nos enviarán allí.

—No somos tan insignificantes. Somos los Siete Sellos, una de las bandas de mayor renombre de la cohorte central. Y no tendríamos que pasar desapercibidos de no ser por Scion. No seríamos delincuentes. Ni chusma. Tenemos que hacer que el sindicato se una, rápido, antes de que instalen el Senshield.

—¿Para qué?

—Para luchar.

—¿Contra Scion? —Meneó la cabeza—. Venga, Paige. La Asamblea Antinatural nunca lo aprobaría.

—Pediré comparecer para explicar la situación.

—¿Y tú crees que te creerán?

—Bueno, vosotros me creéis, ¿no? —dije. Cuando vi que la expresión de Eliza no cambiaba me puse en pie—. ¿No?

—Yo no lo he visto —respondió con voz tenue—. Mira, estoy segura de que tienen algún tipo de prisión en esa zona, pero… te inyectaron flux, y todo eso suena…

—Eliza, para. Yo también he estado ahí —dijo Nick.

—No he estado colocada con flux durante seis meses —repetí, con rabia en la voz—. He visto a gente inocente que ha muerto solo por intentar salir de aquel infierno. Y va a volver a suceder. Sheol II, Sheol III, Sheol IV. No estoy dispuesta a fingir que aquello no era real.

Pasó un buen rato sin que ninguno hablara.

—Le diré a Jax que ambos regresaréis pronto —dijo Eliza por fin, rodeándose el cuello con la bufanda—. Espero estar contándole la verdad. Ya corren rumores de que has dejado de trabajar para él.

—¿Y si así fuera? —dije, sin más.

—Piénsalo bien, Paige. No durarás mucho sin una banda, y lo sabes.

Salió cerrando la puerta tras de sí. Esperé hasta que dejé de oír sus pasos para decir lo que pensaba.

—Ha perdido la cabeza. ¿Qué demonios cree que va a pasar cuando pongan el Senshield en las calles?

—Tiene miedo, Paige —dijo Nick, con un suspiro—. Eliza no ha conocido otra cosa que no sea el sindicato. La dejaron abandonada en la calle y se crio en una mísera bodega en el Soho. Estaría recorriendo las calles si Jaxon no le hubiera dado una oportunidad.

Aquello me dejó sin palabras.

—Pensaba que había trabajado en teatros callejeros.

—Lo hizo. Cogió ese trabajo para pagarse el alquiler, pero acabó gastándoselo todo en áster y en bares de oxígeno. Cuando Jaxon la encontró, enseguida reconoció su talento. Le proporcionó pinturas muy caras, un lugar seguro donde dormir, más modelos en los que inspirarse de los que habría podido imaginar. Recuerdo el día que llegó a la guarida. Estaba tan impresionada que se echó a llorar. Para ella no hay nada más importante que mantener unidos a los Siete Sellos.

—Si mañana la capturaran, Jax la reemplazaría en un día, y lo sabes. No se preocupa por nosotros. Solo le importan nuestros dones. —Paré un momento y me toqué donde me dolía, por encima del ojo—. Mira, sé que esto es grande. Más grande que ninguno de nosotros. Pero si bajamos la cabeza, ganarán ellos.

Nick se me quedó mirando.

—Los refaítas saben que el sindicato es una amenaza —proseguí—. Es un monstruo de su propia creación, un monstruo que no pueden controlar. Pero bajo el liderazgo de Hector, no es más que una madriguera de ladrones. Tenemos a cientos de videntes en el sindicato. Está organizado. Tiene poder. Si pudiéramos usarlo contra los refaítas, en lugar de jugar al tarot y matarnos unos a otros, quizá conseguiríamos librarnos de ellos. «Tengo» que hablar ante la Asamblea Antinatural.

—Pero ¿cómo? Hector no ha convocado ninguna asamblea. —Hizo una pausa—. Hector «nunca» ha convocado ninguna asamblea.

—Cualquiera puede solicitarla.

—Ah, ¿sí?

—He sido la dama de Jaxon un tiempo: algo he aprendido. —Cogí tinta y pluma de la mesilla—. «Cualquier miembro del sindicato tiene derecho a enviar una petición al Subseñor para que convoque a la asamblea.» —Lo escribí, indiqué mi sector al final, metí el papel en un sobre y se lo entregué a Nick—. ¿Podrías entregar esto en el Spiritus Club, por favor?

Lo cogió.

—¿Es una convocatoria? ¿Para la asamblea?

—El escondrijo de Hector estará lleno de correo; nunca lo lee. El club enviará un recadista para entregarle la nota en persona.

—Jaxon se enfurecerá si se entera.

—He dejado de trabajar para él, ¿recuerdas?

—Quizá no llegues muy lejos sin un mimetocapo. Eliza tiene razón. Necesitas una banda, o el sindicato te silenciará.

—Tengo que intentarlo.

Él se metió el sobre en el bolsillo, pero no parecía muy convencido.

—Esto no es algo que pueda pasar de la noche a la mañana. No se creerán una palabra de lo que les digas, y a Hector no le importará especialmente. Y aunque se lo creyeran, te enfrentas a décadas de tradición y de corrupción. Décadas no; siglos. Ya sabes lo que pasa cuando alguien agita el corral.

—Que las gallinas se escapan. —Apoyé las manos en el alféizar—. No podemos esperar. Los refaítas tienen que alimentarse, y no les quedan muchos videntes en su ciudad. Antes o después vendrán a por nosotros. No sé cómo podemos enfrentarnos a ellos (ni siquiera sé si podemos luchar contra ellos), pero no me puedo quedar de brazos cruzados y dejar que Scion decida cómo tiene que ser mi vida. No puedo hacerlo, Nick.

Silencio.

—No —dijo él—. Yo tampoco puedo.

3

Y quedaron cinco

*E*l día siguiente fue igual. Y el día siguiente. Durmiendo cuando lucía el sol, despierta de noche.

No recibí respuesta de la Asamblea Antinatural tras mi petición. Dejaría pasar una semana antes de insistir. Los recadistas del Spiritus Club eran rápidos, pero Hector podía tardar días en siquiera mirar la nota.

No podía hacer otra cosa que esperar. Sin saber lo que había ocurrido en el Arconte, no podía trazar plan alguno. De momento, Nashira tenía toda la ventaja.

El quinto día comprobé el estado de mis lesiones. El morado de la espalda había adoptado un color marrón desvaído, y la mayoría de los cortes pequeños se habían cerrado. Tras escuchar las noticias —nada de interés— me senté en el sofá y me comí el desayuno que me había traído el casero.

Nick me había traído algunas cosas más de Seven Dials, incluida la PVS², la máscara de oxígeno que me había mantenido con vida cuando había usado mi don durante períodos de tiempo demasiado largos. Me tendí en la cama y me la puse, cubriéndome la nariz y la boca. No había echado un vistazo a mi onirosaje desde hace días, pero si quería intentarlo siquiera, necesitaba tener el cuerpo y la mente plenamente funcionales. Ahora que había madurado, mi espíritu sería mi mejor arma. Activé la máscara y me adentré en mi mente.

Sumergirme en mi interior me dolió. Cuando por fin lo conseguí, sentí el roce de las amapolas mustias sobre los pómulos. Abrí los ojos.

Me encontraba en un confín de mi zona soleada, con los pies apoyados en un cojín de pétalos, y el cielo palpitaba, rojo y candente, sobre mi cabeza. Un viento árido me agitaba el cabello. Había grandes espacios de tierra removida. Eso era el tejido de mi mente, rasgado y revuelto, como desgarrado por una máquina infernal.

Me arrodillé junto a una amapola moribunda y recogí sus semillas en la palma de la mano. Al contacto de mi mano, de cada semilla creció un pequeño tallo que floreció, pero aún no eran amapolas de verdad. Eran anémonas, de un rojo más intenso, más pequeñas, olían a fuego.

La sangre de Adonis. Lo único que podía hacerles daño a los refaítas. Atravesaron mi onirosaje como una ola roja. Cien mil anémonas.

No intenté deambular por mi onirosaje. Una tormenta mental de aquella magnitud tardaría tiempo en disiparse. Aún tardaría unos días en poder penetrar en el éter.

Me planteé mis opciones. Era muy posible que Hector no respondiera a mi petición. Si no lo hacía, tendría que arreglármelas sola.

Se me planteaban dos problemas graves: el dinero y el respeto. O, más específicamente, la falta de ambos.

Si dejaba de trabajar para Jaxon, necesitaría mucho dinero para sobrevivir. Tenía algo de efectivo cosido al interior de mi almohada, en la guarida. Quizá Nick y yo pudiéramos crear nuestra propia banda. Si uníamos nuestros ahorros —su dinero de Scion, el mío de Jaxon—, quizá tuviéramos suficiente como para comprarnos una guarida pequeña en una de las cohortes exteriores, al menos. Y entonces podríamos empezar a buscar aliados.

Me fui al balcón con los brazos cruzados. Quedaba por resolver el segundo problema. Lo único que no se podía comprar con dinero era el respeto. Yo no era una mimetocapo. Sin Jaxon, no era siquiera la dama de nadie. Había normas. Si Nick y yo queríamos crear nuestra propia banda en otro sector, tendríamos que pedir permiso al mimetocapo del lugar. El Subseñor tendría que dar su aprobación, algo que no hacía casi nunca. Y si lo hacíamos de todos modos, nos cortarían el cuello, a nosotros y a cualquiera que tuviéramos la audacia o la estupidez de contratar.

Por otra parte, si volvía con los Siete Sellos, Jaxon me daría la bienvenida con la cartera abierta y dando saltos de alegría. Si me negaba a trabajar para él, no solo perdería todo el respeto que hubiera podido llegar a tener, sino que me convertiría en una paria para el sindicato, y el resto de los videntes me harían el vacío. Y si Frank Weaver ponía precio a mi cabeza, esos videntes se darían de tortas por llevarme al Arconte y hacerse con la recompensa.

Jaxon no había dicho explícitamente que no me ayudaría en mi lucha contra los refaítas, pero yo había visto cosas en él que no podía olvidar. A lo mejor había tenido que darme aquella paliza en Trafalgar Square o asfixiarme en la pradera para convencerme de que Jaxon Hall era un hombre peligroso, que no tenía problemas en volverse contra los suyos en caso necesario. Sin embargo, quizá fuera mi única esperanza de tener voz en el sindicato. Tal vez mi mejor opción fuera volver a Seven Dials y mantener la cabeza gacha, como había hecho siempre. Porque si había algo más peligroso que tener a Jaxon Hall como jefe, era tenerlo como enemigo.

Frustrada, me aparté de la ventana. No podía quedarme ahí encerrada para siempre. Ahora que estaba curada tenía que ir a Seven Dials y enfrentarme a él.

No. Todavía no. Primero tenía que ir a Camden, donde había dicho que iría Ivy. Quería asegurarme de que lo había conseguido.

La bolsa con mi ropa estaba colgada de la puerta. Me la llevé al baño, me situé frente al espejo y me vestí. Me puse un abrigo de lana negra, con el cuello subido para cubrirme la nuca, y me calé un gorro. Si bajaba la cabeza, mis labios oscuros quedarían ocultos bajo el pañuelo que me había puesto alrededor del cuello.

Del bastidor de la cama colgaba el regalo que me había hecho el Custodio: un vistoso colgante que ahuyentaba a los espíritus malignos. Me lo puse al cuello y sostuve las alas entre mis dedos. Era una filigrana, complejo y delicado. Una pieza así sería de gran valor por las calles de Londres, por donde aún merodeaban los espíritus de algunos de los asesinos más famosos de la ciudad.

Hubo una época en que me encantaba sumergirme en el laberinto de Londres, vivir de su corrupción. En otro tiempo no me lo habría pensado dos veces antes de salir al exterior, incluso con la DVN rondando por las calles. Tenía mi doble vida controlada, como hacían muchos de los videntes. Era fácil pasar desapercibida ante los cuerpos de seguridad de Scion: evitando las calles con cámaras, manteniéndome a distancia de los guardias con visión espiritista, evitando parar de caminar..., la cabeza gacha y los ojos bien abiertos, como me había enseñado Nick. Pero ahora sabía que lo que vivía era una fachada, y que en las sombras se escondían los que manejaban los hilos del guiñol.

Estuve a punto de venirme abajo. Pero luego miré hacia el sofá donde me había pasado tantas horas atenazada, aterrorizada, mañana y noche, esperando que Scion entrara en cualquier momento tirando abajo aquella puerta, y supe que si no salía ya, nunca lo haría. Levanté la ventana de guillotina y saqué las piernas para saltar a la escalera de incendios.

El frío viento me arañó el rostro. Me quedé allí un minuto, paralizada. Aterrorizada.

Libertad. Eso era la libertad.

Me atravesó un temblor. Me agarré con fuerza al alféizar y volví a encoger las piernas. La habitación era la seguridad. No debía abandonarla.

Pero las calles eran mi vida. Había luchado con uñas y dientes para volver, había derramado sangre. Con las manos entumecidas, me giré y me agarré a la escalera, avanzando a cada paso como si fuera el último.

En cuanto mis botas tocaron el asfalto, miré por encima del hombro, en busca del éter. Había un par de médiums junto a una cabina telefónica, hablando en voz baja, uno de ellos con gafas oscuras. Ninguno de los dos me miró.

Camden estaba a unos cuarenta minutos a pie. Mis dedos trabajaron a gran velocidad, escondiendo mis mechones rubios bajo el gorro.

La gente pasaba a mi lado, charlando y riendo. Pensé en todas las veces que había paseado por Londres. ¿Alguna vez me había detenido a mirar a alguien a la cara? Seguramente no. ¿Por qué iban a mirarme a mí?

Salí a una calle principal, donde se oía el rugido de los motores. Los faros de los coches me cegaban. No vi ningún taxi negro libre, y no me paró ningún *rickshaw*. Taxis blancos, ciclotaxis blancos, triciclos-taxi blancos con asientos de un negro brillante. Los edificios de la ciudad se elevaban por encima de mí, cubiertos de neones y de anuncios de colores, y los rascacielos parecían tocar las estrellas. Demasiada luz, demasiado ruido, demasiada velocidad. Yo estaba acostumbrada a calles sin luz eléctrica, libres de contaminación acústica. En comparación, este mundo parecía una locura. Mi sórdido, mi querido SciLo, mi prisión, mi hogar.

Muy pronto vi Piccadilly Circus a lo lejos. Imposible no verlo, con esas enormes pantallas colgadas en lo alto de los edificios, mostrando un espectro de anuncios electrónicos, información y propaganda. Los puestos principales los ocupaban Brekkabox y Floxy, las grandes firmas comerciales, mientras que en las pantallas más pequeñas se anunciaban los últimos programas para tabletas de datos: Eye Spy, Busk Trust y KillKlock, todas ellas para el entretenimiento de los ciudadanos a costa de los antinaturales. Una pantalla más ancha iba pasando una serie de alertas de seguridad de Scion: MANTENGAN UNA CONDUCTA CÍVICA. HAY CENTINELAS NOCTURNOS DESPLEGADOS POR LA CAPITAL. AVISEN AL CUERPO DE CENTINELAS SI SOSPECHAN DE ALGUNA CONDUCTA ANTINATURAL. POR FAVOR, ESTÉN ATENTOS A CUALQUIER AVISO DE SEGURIDAD PÚBLICA. El estruendo era increíble: fragmentos musicales, motores, sirenas, gente hablando y gritando, voces de los anuncios y el traqueteo de los *rickshaws*. Los luciérnagas estaban apostados bajo las farolas, con sus faroles verdes, para ofrecer protección contra los antinaturales. Me dirigí a los *rickshaws*.

Tenía una mujer amaurótica delante, con un abrigo de color crema plegado sobre el brazo. Llevaba un vestido del estilo de Burnish, de terciopelo rojo, fruncido y ajustado, y sostenía un teléfono entre la oreja y el hombro.

—... seas «tonto». ¡No es más que una fase! No, ahora voy al bar de O$_2$. Quizá luego pueda llegar a esa ejecución.

Se subió a un *rickshaw* riéndose. Yo esperé junto a la barandilla, agarrando el metal con el puño apretado. Eran triciclos a pedal con motor eléctrico auxiliar y una cabina ligera cerrada tras el conductor, con capacidad para uno o dos pasajeros. Me subí.

—Al mercado de Camden, por favor —dije, poniendo mi mejor acento inglés. Si me estaban buscando, estarían buscando a una irlandesa.

El *rickshaw* atravesó la cohorte I en dirección norte, hacia el II-4. Me acomodé en el asiento. Aquello era arriesgado, pero el paseo tenía un punto emocionante. Sentí que la sangre me bullía en las venas. Ahí estaba yo, atravesando el corazón de SciLo a cara descubierta, y no parecía que nadie se diera cuenta. Un cuarto de hora más tarde bajé del *rickshaw* y pagué la carrera.

Camden Town, centro neurálgico del II-4, era un pequeño mundo en sí mismo, donde amauróticos y videntes se mezclaban en un oasis de color y música de baile. Cada pocos días venían por el canal los vendedores ambulantes que traían mercancías y comida de las otras ciudadelas. Vendían *numa* y áster ocultos en frutas. Era un hervidero de actividad ilegal, uno de los lugares más seguros para cualquier fugitivo. Los centinelas nocturnos con visión espiritista nunca habían denunciado la existencia del mercado: muchos de ellos dependían de lo que encontraban en él, y muchos más aún pasaban aquí el tiempo cuando no estaban de servicio. Aquí se encontraba el único cine *underground* de la ciudadela, el Fleapit, una de las numerosas atracciones «arriesgadas» del barrio.

Me dirigí hacia la esclusa, dejando atrás estudios de tatuajes, bares de oxígeno y puestos de corbatas y relojes baratos. Muy pronto me encontré ante el Camden Hippodrome: *boutique* de lujo de día, discoteca de noche. En la puerta había un hombre con una cola de caballo de color amarillo limón. Supe que era un sensor antes de acercarme siquiera: los videntes del barrio solían teñirse el cabello o las uñas a juego con sus auras, aunque era una coincidencia que solo podías ver si eras vidente. Me planté delante de él.

—¿Estás ocupado?

Me miró.

—Depende. ¿Eres de aquí?

—No. Soy la Soñadora Pálida —dije—. La dama del I-4.

Al oír aquello apartó la mirada.

—Ocupado.

Levanté las cejas sin moverme un centímetro. En su rostro no se veía reacción alguna. La mayoría de los videntes habrían reaccionado al oír la palabra «dama». Le di un empujón con mi espíritu, y se le escapó un gritito ahogado.

—¿De qué demonios vas?

—Yo también estoy ocupada, sensor. —Le agarré del cuello de la camisa, manteniendo mi espíritu lo suficientemente cerca de su onirosaje como para ponerlo nervioso—. Y no tengo tiempo para juegos.

—Yo no estoy jugando a nada. Tú ya no eres dama —me espetó—. Se dice que el Vinculador y tú habéis tenido un desencuentro, Soñadora Pálida.

—¿Eso se dice? —respondí, intentando mostrarme impasible—. Bueno, pues debes de haber oído mal, sensor. El Vinculador Blanco y yo no tenemos desencuentros. Y ahora, ¿quieres arriesgarte de verdad a que te dé una paliza, o quieres ayudarme?

Frunció un poco los ojos, intentando analizarme. Los tenía ocultos tras unas lentillas amarillas.

—Pregunta —dijo.

—Estoy buscando la Boutique de Agatha.

Él se zafó de mi agarre echando el cuerpo atrás.

—Está en el mercado Stables, pasada la esclusa. Pregúntale por un diamante de sangre y te ayudará. —Se cruzó de brazos; tenía los antebrazos cubiertos de tatuajes, sobre todo de esqueletos que cubrían de huesos sus músculos pintados—. ¿Algo más?

—Ahora mismo no. —Le solté el cuello—. Gracias por tu ayuda.

Respondió con un gruñido. Mientras pasaba por delante de él en dirección a la esclusa, tuve la tentación de darle otro empujón, pero me contuve.

Había corrido un riesgo. De haber sido de los Traperos, no me habría permitido jalearlo así. Los Traperos eran la banda dominante en el barrio, una de las pocas que se habían creado un «uniforme» distintivo: americanas de rayas y pulseras hechas de huesos de rata, y el cabello teñido. El nombre de su mimetocapo se susurraba por todo el II-4, pero solo un puñado de personas habían podido ver en persona al escurridizo Ropavejero.

Jaxon debía de haber hecho correr la voz de que ya no era su dama. Ya estaba minando mi posición en el sindicato, para obligarme a volver. Tendría que haber imaginado que no esperaría mucho.

Percibí el olor de la esclusa de Camden en cuanto la tuve cerca. Por las sucias aguas verdosas flotaban barcas pilotadas por los vendedores ambulantes. «Compren, compren», gritaban. «¡Cordones para sus botas, diez por dos libras!», «¡Tortas calientes, venga antes de que se enfríen! ¡Cinco chelines por una de manzana!», «¡Castañas recién asadas, veinte por una libra!».

Al oír aquello último reaccioné. La barca era de un rojo intenso, con detalles morados y volutas doradas. En otro tiempo debía de haber sido bonita, pero ahora tenía la pintura apagada y pelada, y la popa desfigurada con pintadas anti-Scion. Llevaba un hornillo en el que se asaban las castañas, y el metal presentaba unos cortes en forma de X por el que se veía su contenido.

Al acercarme, la vendedora me sonrió, mostrándome unos dientes torcidos. La luz que emanaba del hornillo se le reflejaba en los ojos, que brillaban bajo la solapa de su bombín.

—¿Un cucurucho de castañas, señorita?

—Por favor —respondí, entregándole el dinero—. Estoy buscando la Boutique de Agatha. Me han dicho que estaba por aquí. ¿Tiene idea de dónde?

—A la vuelta de la esquina. Por ahí hay una vendedora ambulante de salep. Cuando la oiga, estará cerca. —Llenó un cucurucho de papel con castañas y les echó un chorro de mantequilla fundida y una pizca de sal gruesa por encima—. Aquí tiene.

Fui comiéndome las castañas mientras cruzaba el mercado, empapándome del ambiente de toda aquella gente. Toda esa energía no se sentía en Sheol I, donde las voces no eran más que susurros y los movimientos estaban todos medidos.

La noche era el momento más peligroso para los videntes, porque la DVN estaba de ronda, pero también era cuando nuestro don se manifestaba con más fuerza, cuando la necesidad de actividad nos quemaba por dentro… y, como polillas que éramos, no podíamos evitar salir al exterior.

Los escaparates de la *boutique* brillaban con gemas falsas. En el exterior había una chica vendiendo salep, una botanomántica menuda con orquídeas en el cabello, de color celeste. Pasé a su lado.

Sonó una campanilla al abrir la puerta. La propietaria —una mujer anciana y enjuta, envuelta en un chal de encaje blanco— no levantó la vista cuando entré. Vestía toda de verde fluorescente, a juego con su aura: el cabello verde cortado al rape, uñas verdes, máscara de pestañas verde y pintalabios verde. Una médium parlante.

—¿Qué puedo hacer por ti, cariño?

A una amaurótica le habría parecido que tenía voz de fumadora empedernida, pero yo sabía que aquella voz rasposa se debía a que los espíritus habían maltratado su garganta. Cerré la puerta.

—Un diamante de sangre, por favor.

Se me quedó mirando. Intenté imaginarme qué aspecto tendría yo si me pintara entera del color rojo de mi aura.

—Tú debes de ser la Soñadora Pálida. Ven, baja —dijo—. Te están esperando.

La mujer me condujo a unas escaleras en mal estado ocultas tras un armario lleno de quincalla que giraba sobre sí mismo. Tenía una tos persistente, rasposa, como si tuviera un trozo de carne atravesado en la tráquea. No tardaría mucho en quedarse muda. Algunos médiums parlantes acababan cortándose la lengua para evitar que los espíritus los utilizaran.

—Llámame Agatha —dijo—. Esta es la salida de emergencia del II-4. No se ha usado desde hace años, por supuesto. Los videntes de Camden se dispersan por todas partes cuando hay una alarma.

La seguí a una bodega iluminada por una única lámpara. Las paredes estaban cubiertas de novelas baratas y ornamentos cubiertos de polvo. El resto del espacio lo ocupaban dos colchones llenos con colchas de *patchwork*. Ivy dormía sobre un montón de almohadas. Llevaba un blusón, pero se le marcaban todos los huesos.

—No la despiertes. —Agatha se agachó y le acarició la cabeza—. Necesita descansar, pobrecilla.

El segundo colchón lo compartían otros tres videntes, todos con el aspecto característico de haber pasado por Sheol: vientre hundido, aura débil. Al menos llevaban ropa limpia. Nell estaba en el centro.

—Así que conseguiste escapar de la Torre —dijo—. Deberían darnos un distintivo por haber sobrevivido a eso.

En la colonia penitenciaria casi no había hablado con Nell.

—¿Cómo tienes la pierna?

—No es más que un rasguño. Esperaba más de la Guardia Extraordinaria. Más bien era una «guardia mediocre» —dijo, aunque aún hacía una mueca al tocársela—. Conoces a estos dos gamberros, ¿no?

Uno de sus compañeros era el cantor al que yo había ayudado una vez en Sheol I, un chico de ojos marrones y piel oscura, vestido con un peto holgado sobre la camisa; tenía la cabeza encajada bajo el brazo de Nell. El cuarto superviviente era Felix, de aspecto nervioso y algo flaco para su altura, pecoso y con una melena de cabello negro. Había desempeñado un papel esencial en la comunicación de mensajes durante la rebelión.

—Perdona. Creo que ni siquiera llegué a preguntarte cómo te llamabas —le dije al cantor.

—No pasa nada —dijo, con una voz dulce y suave—. Soy Joseph, pero puedes llamarme Jos.

—Vale. —Miré hacia las esquinas de la bodega, con un nudo en la garganta—. ¿Consiguió escapar alguien más?

—No creo.

—Encontramos un taxi pirata en Whitechapel —dijo Felix—. Venían con nosotros otros dos, pero ambos han…

—Muerto. —Agatha tosió, con un paño frente a la boca. Cuando lo apartó, estaba manchado de sangre—. La chica no conseguía retener la comida. El chico se tiró al canal. Lo siento, cariño.

Sentí un hormigueo en la parte trasera de las piernas.

—El chico… hablaba, ¿verdad?

—Michael consiguió escapar —dijo Jos—. Fue corriendo hasta el río, creo. Nadie lo ha visto.

No debería sentirme aliviada —al fin y al cabo, había muerto otro chico vidente—, pero la idea de que Michael se suicidara me provocaba un dolor físico. Felix se rascó el cuello.

—¿Así que no has encontrado a nadie más?

—Aún no —dije—. No sé muy bien dónde buscar.

—¿Dónde estás viviendo?

—En una pensión. Es mejor que no sepáis dónde. ¿Aquí estáis seguros?

—Están seguros —dijo Agatha, dándole una palmadita a Ivy en el brazo—. No te preocupes, Soñadora Pálida, no los perderé de vista.

Felix esbozó una sonrisa tímida.

—De momento estamos bien. Camden parece seguro. Además…, cualquier cosa es mejor que lo de antes.

Me puse en cuclillas junto a Ivy, que no se movía.

—Yo era su iniciadora —dijo Agatha. Se quitó el chal de encaje y se lo puso a Ivy sobre los hombros—. Pensaba que había huido de mí. Mandé a todos esos desgraciados en su busca, pero no encontramos nada. Entonces supe que debían de haberla raptado.

Aquello no me gustó. Los iniciadores recogían a los aprendices en la calle y los entrenaban para que robaran y pidieran limosna, en muchos casos infligiéndoles crueles heridas para que dieran más pena.

—Estoy segura de que la habrás echado muchísimo de menos —dije, pero si Agatha notó mi tono de desaprobación, no lo demostró.

—Sí —dijo—. Mucho. Para mí era como una hija. —Se puso en pie y se frotó la nuca—. Te dejo con lo tuyo. Tengo que ocuparme de mi negocio.

La puerta se cerró tras ella. Su tos resonó en el hueco de la escalera. Felix sacudió suavemente a Ivy.

—Ivy. Ha venido Paige.

Ella tardó un rato en reaccionar. Jos la ayudó a enderezarse, poniéndole cojines debajo para que se recostara. La mano le quedó apoyada sobre las costillas. Cuando enfocó por fin la vista y me vio, sonrió, dejando entrever el hueco de un diente que le faltaba.

—Aún no estoy muerta.

Jos parecía preocupado.

—Agatha ha dicho que aún no debes levantarte.

—Estoy bien. Ella siempre se preocupa demasiado —respondió Ivy—. ¿Sabes?, deberíamos enviarle una invitación a Thuban para que venga a verme a mi lecho de muerte. Estoy segura de que le encantaría ver el fruto de su trabajo.

Nadie sonrió. Ver todas aquellas magulladuras me impactó.

—Bueno… Así pues, ¿Agatha es tu iniciadora?

—Confío en ella. No es como otros iniciadores: me acogió cuando estaba muerta de hambre. —Se ajustó el chal de encaje, envolviéndose los hombros—. Nos esconderá del Ropavejero. Nunca le ha gustado.

—¿Por qué tenéis que ocultaros de él? —pregunté, sentándome en el colchón—. ¿No es vuestro mimetocapo?

—Es violento.

—¿No lo son la mayoría de los mimetocapos?

—Créeme, a este no quieres tenerlo en contra. No querrá que un puñado de fugitivos creen problemas en su distrito. Nadie le ha visto la cara, pero Agatha ha coincidido con él una o dos veces. Lleva años al cargo de la salida de emergencia, desde la época en que yo trabajaba para ella.

—¿Quién es la dama del Ropavejero? —preguntó Nell.

—No estoy segura. —Ivy levantó la mano para tocarse la cabeza rapada y apartó la mirada—. Aquí hay mucho secretismo.

Tendría que preguntarle a Jaxon por aquel tipo. Eso si volvía a hablar con Jaxon alguna vez.

—Y, entonces, ¿por qué habéis vuelto a este lugar?

—No tenemos ningún otro sitio —respondió Nell, con una mueca—. No tenemos dinero para pagar una pensión, ni amigos que puedan darnos cobijo.

—Mira, Paige —intervino Felix—, tendríamos que pensar qué hacer, y hacerlo pronto. Con lo que sabemos, Scion va a ir a por nosotros.

—He pedido que se convoque la Asamblea Antinatural. Tenemos que hacer correr la voz sobre los refaítas —dije. Ivy miró hacia los lados, nerviosa—. Hemos de conseguir que todos los videntes de Londres sepan lo que Scion nos ha hecho.

—Estás loca —soltó Ivy, mirándome fijamente y con la voz temblorosa—. ¿Tú crees que Hector haría algo al respecto? ¿Crees que le iba a importar?

—Vale la pena intentarlo —respondí.

—Tenemos nuestras marcas —señaló Felix—. Tenemos nuestras historias. Tenemos a todos los videntes que siguen desaparecidos.

—Podrían estar en la Torre. O muertos. Aunque se lo contáramos a todo el mundo, no hay garantía de que eso cambie nada —señaló Nell—. Ivy tiene razón. Hector no se creerá ni una palabra. Una vez, un amigo mío intentó informar de un asesinato a sus secuaces, y le dieron una paliza por molestarles con esa historia.

—Necesitamos un refaíta para demostrarlo —propuso Jos—. El Custodio nos ayudará. ¿No, Paige?

—No lo sé… Ni siquiera sé si está vivo.

—Y no deberíamos colaborar con los refaítas —dijo Ivy, apartando la mirada—. Todos sabemos cómo son.

—Pero él ayudó a Liss —dijo Jos, frunciendo el ceño—. Yo lo vi. La sacó del choque espiritual.

—Pues dale una medalla —replicó Nell—, pero yo tampoco voy a colaborar con él. Por mí como si se pudren todos en el infierno.

—¿Y qué hay de los amauróticos? —preguntó Felix—. ¿Podemos colaborar con ellos?

Nell resopló.

—Perdona, ¿me quieres recordar por qué iba a importarles un comino a los carroños lo que nos pueda pasar?

—Podrías mostrar algo de optimismo.

—Sí, las ejecuciones semanales me ponen muy optimista. En cualquier caso, en Londres hay diez carroños al menos por cada uno de nosotros —añadió—. Aunque consiguiéramos poner a un número mínimo de nuestra parte, el resto acabaría con nosotros. Así que ahí acaba ese plan tan brillante.

Se notaba que llevaban un tiempo encerrados en aquel pequeño cuarto.

—Los amauróticos podrían acabar ayudándonos. Scion siempre les ha inculcado el odio hacia la clarividencia —dije—. Imaginaos cómo reaccionaría el ciudadano medio si descubriera que Scion está controlado por videntes. Los refaítas son más clarividentes que nosotros, y nos dominan desde hace dos siglos. Pero tenemos que centrarnos primero en los videntes, no en los carroños ni en los refaítas. —Me acerqué a la ventana y me quedé observando los barcos que pasaban por el canal ofreciendo su mercancía—. ¿Qué dirían vuestros mimetocapos si les pidierais ayuda?

—Veamos. El mío me daría una paliza —respondió Nell—. Luego…, mmm…, probablemente me pondría a pedir limosna en la calle con cortes en los brazos, viendo lo bien que se me da mentir.

—¿Quién es tu mimetocapo?

—Matarrocas. III-1.

—Ya. —Matarrocas era tan bruto como daba a entender su nombre—. ¿Felix?

—Yo no era sindi —confesó.

—Yo tampoco —dijo Ivy—. Solo era aprendiza.

Suspiré.

—¿Jos?

—Yo también era aprendiz, en el II-3. Mi iniciador no nos ayudaría. —Se agarró las rodillas—. ¿Tendremos que quedarnos aquí, Paige?

—De momento —dije—. ¿Agatha os pedirá que trabajéis?

—Claro. Ya tiene veinte aprendices que alimentar —respondió Ivy—. No podemos exprimirla sin más.

—Lo entiendo, pero habéis pasado por mucho. Nell, tú has estado fuera diez años. Necesitas tiempo para adaptarte.

—Yo estoy contenta solo con que nos haya acogido —dijo ella, recostándose en la pared—. Volver al trabajo me sentará bien. Casi se me ha olvidado lo que es que te paguen por trabajar. ¿Y qué hay de tu mimetocapo? Tú estás con el Vinculador Blanco, ¿no?

—Voy a hablarle de ello. —Miré a Ivy, que se apretaba un callo del nudillo—. ¿Agatha sabe lo de la colonia?

Ivy negó con la cabeza.

—Entonces, ¿qué le habéis contado?

—Que nos escapamos de la Torre —contestó Ivy, que seguía meneando la cabeza—. Yo… no he sido capaz de explicárselo. Quería olvidarlo todo.

—Pues déjalo así. La verdad es nuestra mejor arma. Quiero que la oigan por primera vez en la Asamblea Antinatural, para que no piensen que no es más que un rumor que se ha descontrolado.

—Paige, «no se lo cuentes» a la asamblea —dijo ella, abriendo los ojos como platos—. No dijiste nada de volvernos contra ellos, ni de hacerlo público. Nos dijiste que nos llevarías de vuelta «a casa». Y ya está. Tenemos que seguir ocultos. Podrías ponernos a todos en…

—Yo no quiero seguir escondiéndome. —La voz de Jos sonó tenue, pero decidida—. Quiero arreglar las cosas.

Justo en ese momento regresó Agatha con una bandeja de comida.

—Es hora de que te vayas, cariño —me dijo—. Ivy necesita descansar.

—Si tú lo dices… —Me giré a mirar a sus cuatro protegidos—. Cuidaos.

—Un momento —dijo Felix, y garabateó un número de teléfono en un trozo de papel—. Por si acaso, por si nos necesitas. Es el teléfono de una vendedora ambulante, pero si la llamas, nos dará el mensaje.

Me metí el papel en el bolsillo. Mientras subía por las desvencijadas escaleras, maldije a Agatha mentalmente. ¿Cómo había podido permitir que se le murieran dos videntes a su cargo? Parecía bastante amable, y aquello era una carga que le había caído del cielo, pero Ivy podría correr la misma suerte si no se andaba con cuidado. Aun así, ver a cuatro supervivientes en un lugar seguro, limpios y alimentados, con un sitio donde dormir y otros videntes que los protegieran ya era más de lo que habría podido esperar al iniciar aquella excursión.

Cuando salí de la Boutique de Agatha lloviznaba. Paseé por el mercado cubierto, donde se exponía una gran cantidad de comida a la luz de las lámparas de nafta. Humeantes guisantes con mantequilla en pequeños boles de papel; montones de puré de patata, en algunos casos blanco y esponjoso, en otros teñido de verde guisante o de rosa; salchichas crepitando en planchas de hierro… Pasé junto a un puesto de chocolate fundido y no me pude resistir. Era dulce y sedoso, y me sabía a conquista. Todo lo que comía y bebía era como un desplante a Nashira.

Pero enseguida me sentí mal por haberlo hecho. Liss habría dado un brazo por un sorbo de aquel chocolate.

Un hombro chocó contra el mío, y el chocolate que me quedaba en el vaso salió volando.

—Lárgate.

Era una voz tosca, de hombre. Estuve a punto de responder, pero cuando vi sus rayas y sus pulseras de hueso me contuve. Eran traperos. Aquel era su terreno, no el mío.

Cuando faltaban unas horas para el amanecer, dejé atrás el mercado nocturno y me dirigí hacia el sur, fijándome en el tráfico por si encontraba quien me llevara. No tardé mucho en llegar a la frontera de la cohorte I. Encontré un callejón y me apoyé contra la pared para echar un vistazo al reloj. Era un antiguo escondrijo de limosneros, sucio y en silencio, lleno de bidones de basura quemados junto a las puertas de entrada de las casas. No me di cuenta al momento, pero desde luego no era un buen lugar para pararse.

Mi sexto sentido reaccionó tarde. No percibí su llegada hasta que los tuve encima.

—Bueno, mira a quién tenemos aquí. Mi vieja amiga, la Soñadora Pálida.

Me quedé de piedra. Conocía esa voz empalagosa, vaya si la conocía. Era Hector de Haymarket.

4

Grub Street

Ver al Subseñor de la ciudadela de Scion en Londres no resultaba agradable fuera cual fuese la distancia. Aun así, ahora que tenía su cara a solo unos centímetros de la mía, recordé por qué le sentaba tan bien la oscuridad. La nariz deformada, los dientes rotos y los ojos enrojecidos, surcados por pequeños vasos sanguíneos, componían una sonrisa morbosa. El cabello grasiento le asomaba bajo el bombín. Sus secuaces —los rastreros— se dispusieron a mi alrededor, formando un semicírculo cerrado.

El Sepulturero, vinculador del I-1, cerraba el grupo; resultaba inconfundible con su sombrero de copa. Tenía tantos nombres grabados en el brazo derecho que apenas le quedaba tejido sin cicatrices. A su lado estaba Solapado, el enorme guardaespaldas de Hector.

—Parece que nuestra pequeña está algo lejos de su casa —dijo Hector, con voz suave.

—Estoy en el I-4. Estoy en casa.

—Qué graciosa. —Le pasó su farol a Solapado—. Te hemos echado de menos, Soñadora. Es estupendo verte otra vez.

—Me encantaría poder decir lo mismo.

—El tiempo que has pasado lejos de Londres no te ha cambiado. El Vinculador no nos ha contado dónde has estado.

—Tú no eres mi mimetocapo. No tengo que responder ante ti.

—Pero sí ante tu mimetocapo. —Sonrió, juntando los finos labios—. Tengo entendido que habéis tenido una disputa.

No respondí.

—¿Qué estáis haciendo vosotros en el I-4?

—Teníamos que recogerle unos huesos a tu jefe. —Socarrón me sonrió, mostrándome un incisivo izquierdo que llevaba dibujada una minúscula imagen del tarot en tinta. Socarrón era un hacha con los juegos del tarot. El cartomántico más hábil con el que había jugado nunca—. Uno de sus lacayos ha solicitado que se reúna la Asamblea Antinatural.

—Tenemos derecho a convocar la asamblea.

—Solo cuando lo decido yo —dijo Hector, presionándome la garganta con el pulgar—. Y resulta que no estoy de humor para celebrar aburridas reuniones. Imagina que tuviera que responder a todas las convocatorias que me solicitan, Soñadora Pálida. Me pasaría la vida escuchando las quejas de mis mimetocapos.

—Pero es que quizá sus quejas sean importantes —respondí, sin variar el tono de voz—. ¿No te corresponde a ti responder a las peticiones de convocatoria?

—No, controlar al rebaño es tarea de mis subordinados. Mi trabajo es manteneros a raya. Los insignificantes problemas de este sindicato solo son importantes si yo considero que sean importantes.

—¿Y tú crees que Scion es importante? ¿Te parece importante que estén a punto de aplastarnos con el escudo Senshield?

—Ah. —Hector me puso un dedo sobre los labios—. Me parece que hemos encontrado a nuestra sospechosa. Has sido tú, ¿verdad, Soñadora Pálida? La convocatoria es cosa tuya, ¿verdad?

Los demás respondieron a aquellas palabras con unas sonoras carcajadas, y tuve la sensación de que mi espíritu se hinchaba, que salía volando.

—¿Tú crees que puedes convocarnos? —preguntó Socarrón, con una sonrisa a juego con su nombre—. ¿En qué nos hemos convertido? ¿En tus perros falderos?

—Sí, Socarrón, parece ser que ha sido ella. Qué presuntuoso por su parte.

Hector echó la cabeza hacia delante y me susurró al oído:

—El Vinculador Blanco sabrá lo disgustado que estoy por haberte permitido actuar como si pudieras darme órdenes, Soñadora Pálida.

—No actúes como si fueras un rey, Hector —respondí, sin moverme lo más mínimo—. Ya sabes lo que les pasa a los reyes en Londres.

En cuanto dije aquello, el éter tembló con un retumbo de mal agüero. El aire de la noche me recorrió la espalda; en ese mismo momento, de las paredes emergió un duende.

—Este es el Monstruo de Londres —dijo Hector—. Otro viejo amigo. ¿Lo conoces? Recorría estas calles a finales del siglo XVIII. Le encantaba arrancarles la piel a las jovencitas.

Aquella presencia en el éter bastó para que la garganta se me llenara de bilis y que un escalofrío me recorriera las piernas.

—He visto cosas peores —dije—. Esa cosa es una versión barata del Destripador.

El médium parlante de Hector, Pelado, soltó un bufido siniestro.

—¡Que te revienten los ojos, maldita perra! —gruñó. El duende hablaba por boca de Pelado.

El Sepulturero dobló un dedo largo y huesudo. A regañadientes, el duende se retiró. Pelado espetó un puñado de maldiciones atropelladas y luego por fin se calló.

—¿Algún otro truco de fiesta? —pregunté.

—Yo te enseñaré uno.

Era la dama de Hector, Caracortada. Era bastante más alta que su mimetocapo, lucía una larga trenza pelirroja y llevaba varios cuchillos colgando de la cintura. Sus ojos, de un color marrón claro engañoso, me miraron fijamente. Tenía una mueca permanente en la boca, por efecto de una cicatriz en forma de S que le atravesaba ambos labios.

—Yo conozco un par de trucos, Soñadora Pálida —dijo, apoyando la punta de un cuchillo largo que brilló al reflejarse la luz del farol en la hoja—. Y creo que te harán sonreír.

Me quedé inmóvil. Caracortada solo tendría uno o dos años más que yo, pero ya era tan cruel como Hector.

—Una dama debería tener cicatrices. —Me pasó el pulgar por la tenue línea que me cruzaba la mejilla—. ¿Dónde te hiciste esto? ¿Te rompiste una uña? ¿Demasiado maquillaje? Eres una farsa. No eres nadie. Tú y tus Siete Sellos me dais asco.

Y me escupió. Los otros se echaron a reír, salvo el Sepulturero, que no se reía nunca.

—Eso estaba fuera de lugar —respondí, limpiándome la cara con el puño—. Podrías decirme qué es lo que quieres, Caracortada.

—Quiero saber dónde has estado los últimos seis meses. La última persona que te vio en Londres fue Hector.

—He estado fuera.

—Sí, atontada, ya sabemos que has estado fuera. ¿Dónde?

—No estaba cerca de vuestro territorio, si es eso lo que te preocupa.

Caracortada me dio un puñetazo en las costillas, con fuerza suficiente como para dejarme sin aliento. El dolor de mis viejas lesiones reapareció, doblándome en dos como una pajita quebrada.

—No intentes jugar conmigo. Aquí la que es un juguete eres tú.

Me llevé las manos a las costillas, y en ese momento me soltó una patada en la rodilla, tirándome al suelo. Luego me sacó el cabello de debajo del gorro y lo agarró, retorciendo la mano.

—Mírate. Tú no eres una dama.

—Es una charlatana —dijo uno de los cacos—. ¿No se suponía que era una onirámbula?

—Bien dicho, Dedosligeros. No parece que haga gran cosa, ¿verdad? A mí me parece una calientasillas. —Caracortada me puso la cuchilla contra la garganta y apretó—. ¿Qué te traes entre manos, Soñadora? ¿Qué es lo que hace el Vinculador contigo? Para nosotros acabar con los charlatanes es cuestión de honor, así que más vale que empieces a cantar. Te lo preguntaré otra vez: ¿dónde has estado?

—Lejos —repetí, y me dio tal tortazo que me golpeé la cabeza contra la pared.

—Habla, te he dicho. ¿O quieres que te deje tiesa, irlandesa de mierda?

Iba a replicar, pero me contuve. Hasta los videntes compartían el odio de Scion a los irlandeses. Hector estaba a un lado, mirando el reloj de oro que siempre llevaba. Aquella era una lucha que no podía ganar, sobre todo por las lesiones que no se veían. No quería que Hector supiera lo mucho que había cambiado mi espíritu. Para él yo seguía siendo un radar de mentes, nada más, útil únicamente para detectar onirosajes.

—Parece que no hablará. Danos tu cartera, Soñadora —me dijo Dedosligeros—. Nos compraremos algo más divertido.

—Y ese bonito collar —añadió su compañera, una mujer fornida que me agarró del cabello—. ¿Qué metal es ese?

Agarré el colgante con mis sucios dedos.

—Es simple plástico —dije—. De Portobello.

—Mentirosa. Dámelo.

El metal me hizo cosquillas en la palma de la mano. Estaba sublimado para proteger contra duendes, pero dudaba de que pudiera hacer nada con los gánsteres de Londres.

—Dejaremos que se quede esa baratija —dijo Hector al cabo de un momento—. Aunque debo decir que te quedaría estupendo un collar, Caralosa.

Los otros soltaron unas risitas, pero el Subseñor siguió con lo suyo:

—Tu cartera.

—No llevo.

—No mientas, Soñadora, o le pediré a Soplón que te registre.

Eché un vistazo al tipo en cuestión: tenía los dedos gruesos, la cabeza rechoncha y sin pelo, y unos ojos negros que brillaban, ansiosos. El gusano de Soplón era el que siempre hacía el trabajo sucio de Hector. El que mataba y se deshacía de los cuerpos cuando la situación lo requería. Me metí la mano en el bolsillo, saqué mis últimas monedas y se las tiré a los pies a Dedosligeros.

—Considéralo un pago —dijo Hector—. Por tu vida. Caracortada, aparta el cuchillo.

Caracortada se lo quedó mirando.

—Aún no ha hablado —espetó—. ¿Quieres dejar que se vaya sin más?

—No nos sirve de nada mutilada. El Vinculador Blanco no querrá jugar con una muñeca rota.

—Esta zorra nos puede decir dónde ha estado. Dijiste que…

Hector le soltó un bofetón; uno de sus anillos chocó con el pómulo y la hizo sangrar.

—Tú —le susurró— no eres mi jefa.

De la trenza de Caracortada se había escapado un mechón de pelo que le caía por un lado de la cara. Me miró fijamente a los ojos y luego apartó la mirada, apretando el puño.

—Pido perdón —dijo.

—Perdonada.

Los otros gánsteres se miraron entre sí, pero Socarrón era el único que sonreía. Todos tenían pequeñas cicatrices en el rostro. Hector me miró por última vez, apoyó las manos en la cintura de su dama y la apartó. Ya no le veía la cara, pero tenía la espalda rígida.

—Jefe —dijo Socarrón—, ¿no nos olvidamos de nada?

—Oh, sí —respondió Hector, agitando la mano—. Esto es por las cartas, Soñadora. Si vuelves a molestarme, acabaré contigo.

Solapado apartó a los demás y, antes de que pudiera protegerme, me soltó un puñetazo en la mejilla, y luego otro en el vientre. Una vez más, la vista se me nubló y solo vi chispas. Si el tipo hubiera sido menos corpulento, habría intentado al menos devolverle un puñetazo, pero si le tocaba mucho las narices, podría incluso matarme, y había luchado demasiado como para acabar así. Para rematar la faena me dio unas cuantas patadas.

—Escoria.

Me escupió y luego se fue con su mimetocapo, siguiéndole como un perrillo. Las carcajadas resonaron en el callejón.

Me dolían hasta las encías. Tosí e intenté recuperar el aliento. «Cabrón cobarde.» Socarrón estaba deseando pelear conmigo desde la última vez que habíamos jugado al tarot y había perdido, aunque hacer que Solapado me diera una paliza no contaba realmente como pelea. Me parecía de lo más idiota que alguien tuviera que desquitarse de una partida de cartas con violencia…, pero eso era lo único que sabían hacer los hombres de Hector. Habían convertido el sindicato en el tablero de un juego.

Me levanté apoyándome en las manos y en las rodillas. Ahora sí que era una aprendiza. Saqué el teléfono de prepago de mi chaqueta y llamé. Sonó dos veces antes de que lo cogiera un recadista.

—I-4.

—Con el Vinculador Blanco —dije.

—Sí, señora.

Jaxon tardó tres minutos en responder:

—¿Eres tú otra vez, Didion? Mira, maldito impertinente, no tengo ni tiempo ni dinero que perder buscando a otro de tus…

—Soy yo.

Se hizo un largo silencio. Antes, mi voz solía activar en él una locuacidad desbocada.

—Hector me ha tendido una emboscada. Dice que va a ir a hablar contigo. Lleva consigo a sus secuaces.

—¿Y qué es lo que quieren? —dijo, muy seco.

—He solicitado una reunión de la Asamblea Antinatural —respondí, igual de seca—. Y no les ha gustado.

—Eres una maldita inconsciente, Soñadora. Tendrías que saber que Hector no iba a convocar la reunión. En todos los años que lleva de Subseñor, no ha convocado siquiera una. —Lo oí moverse arriba y abajo—. ¿Y dices que vienen aquí? ¿A Seven Dials?

—Eso creo.

—Entonces supongo que tendré que encargarme de ellos. —Pausa—. ¿Estás herida?

Me limpié la sangre de los labios.

—Me han vapuleado un poco.

—¿Dónde estás? ¿Quieres que envíe un taxi?

—Estoy bien.

—Me gustaría que volvieras a Seven Dials. Me he visto obligado a informar a las secciones cercanas de que te estabas planteando dejar el trabajo.

—Lo sé.

—Pues vuelve, querida. Y hablaremos de todo esto.

—No, Vinculador. —Las palabras salieron de mi boca antes de pensarlo—. No estoy lista. No sé si lo estaré nunca.

Esta vez el silencio fue mucho mucho más largo.

—Ya veo —dijo—. Bueno, pues esperaré a que estés lista. Mientras tanto, quizá deba empezar a buscar sustituta. El compromiso que está demostrando Campana Silenciosa resulta alentador. Al fin y al cabo, no todos tenemos tiempo de echarnos a descansar en lujosas pensiones mientras nuestros mimetocapos solucionan nuestros problemas.

Sonó de nuevo el agudo tono de llamada, taladrándome el tímpano. Arranqué la tarjeta del teléfono y la tiré a una cloaca.

Así que Jaxon estaba planteándose que Nadine pudiera ser su nueva dama. Me metí el teléfono vacío en el bolsillo y me dirigí a la salida del callejón, sintiendo cómo me latía el pómulo hinchado. Nick estaba en Grub Street, donde se imprimían los panfletos. Tenía que ir a verle. Hablar con él. Mejor eso que pasar otra noche sola, esperando que los casacas rojas vinieran a sacarme de la cama. Paré un *rickshaw* y pedí que me llevara al I-5.

No habría reunión de la Asamblea Antinatural. Había sido demasiado optimista al pensar que Hector escucharía, pero una parte de mí albergaba la esperanza de que al menos sintiera curiosidad y quisiera escucharme. Tendría que hacer correr la voz de otra manera. No podía ponerme a hablar de los refaítas en plena calle. La gente pensaría que había perdido la cabeza. Y tampoco podía luchar contra ellos sola, sobre todo porque contaban con el apoyo de las fuerzas de Scion. El tamaño del enemigo al que me enfrentaba era impresionante. Si no contaba con el apoyo del sindicato, no tenía nada.

Cuando el *rickshaw* me dejó a la entrada de la calle, estaba lloviendo. Le prometí al conductor que volvería con efectivo, me envolví el rostro con mi pañuelo y pasé bajo el arco.

Desde los años ochenta del siglo XX, Grub Street había albergado a la *haute bohème* del submundo de los videntes. Era más un barrio que una sola calle, un centro de sedición en pleno corazón del I-5. Su arquitectura era una mezcla excéntrica de estilo georgiano del siglo XVIII, de falso Tudor y de construcciones modernas, con cimientos mal hechos, adoquines y paredes inclinadas, todo ello cubierto de neones, de acero y de una modesta pantalla de transmisiones. Sus tiendas vendían todo lo que podía desear un escritor: papel grueso, montones de tinteros, viejos volúmenes de colección —de esos que abrían puertas a otros mundos— y elegantes plumas estilográficas. Había al menos cinco o seis cafeterías y una solitaria cocina rápida que ya había abierto. Olía a café procedente de la mayoría de los establecimientos. Estaba claro que era el barrio de casi todos los bibliománticos y psicógrafos de la ciudadela, que vivían en mohosas buhardillas acompañados únicamente de sus musas, del café y de sus libros. De la puerta abierta de una tienda de antigüedades salía una música de salón victoriano.

De ambos lados de la calle principal surgían bocacalles, cada una de las cuales daba a un pequeño patio cerrado. Entré en uno de ellos, buscando la única pensión que había allí. Sobre la puerta colgaba un cartel que decía BELL INN. Cuando percibí el onirosaje de Nick, le hice una señal.

Al momento apareció una cara preocupada en la ventana de la buhardilla. Me quedé esperando a la luz de los faroles hasta que apareció por la puerta de la pensión.

—¿Qué estás haciendo aquí? ¿Qué ha pasado?

—Hector —respondí a modo de explicación.

—Tienes suerte de estar viva —dijo él, frunciendo el ceño, y luego me besó en la cabeza—. Rápido. Entra.

—Tengo que pagar el *rickshaw*.

—Ya voy yo. Tú entra.

Pasé al vestíbulo y me sacudí la lluvia del abrigo. Cuando Nick volvió, atravesamos el salón, donde estaba encendida la chimenea. Había un hombre absorto en la lectura de un libro y fumando una pipa. Debía de rondar los sesenta años y tenía la piel cetrina. Bajo la prominente nariz lucía una cuidada barba oscura con manchas grises.

—Buenas noches, Alfred —dijo Nick.

El hombre se sobresaltó tanto que la silla crujió con el movimiento.

—Oh… Visión, amigo mío —exclamó, con un marcado acento aristocrático, como si hubiera nacido en tiempos de la monarquía.

—No tienes muy buen aspecto, chico.

—Sí, bueno —respondió él, acomodándose de nuevo—. Minty me está buscando, ya sabes. Bastante alterado.

—¿Y pensabas que yo sería Minty? Me siento halagado —respondió Nick, cogiendo la llave que le entregó el conserje—. Trabajas demasiado. ¿Por qué no sales de Grub Street unos días? Tómate un descanso.

—Oh, no te preocupes. Tu mimetocapo se pondría histérico si lo hiciera. Le gusta que esté disponible a todas horas, por si hay emergencias literarias. Aunque no es que le tenga demasiado aprecio: aún me debe un manuscrito. —Con un dedo huesudo se recolocó sus quevedos, fijándolos a la punta de la nariz. Cuando me vio, las cejas le salieron disparadas hacia arriba—. ¿Y quién es esta damisela que te estás llevando a tu buhardilla?

—Esta es Paige, Alfred. La dama de Jaxon.

El tipo me miró por encima de sus lentes.

—Por Dios. La Soñadora Pálida. ¿Cómo estás?

—Alfred es un psicoojeador. Él describió la habilidad de Jaxon como escritor.

—Debo precisar que lo de «psico» es abreviatura de «psicógrafo». La mayoría de mis clientes son médiums escritores, ¿sabes? —Alfred besó mi mugrienta mano—. He oído hablar mucho de ti a tu mimetocapo, pero nunca se ha dignado a presentarnos.

—Hay muchas cosas que no se digna a hacer —dije yo.

—¡Ah, pero es la mente pensante! No necesita mover un dedo. —Alfred me soltó la mano—. Si me permites el atrevimiento, querida, por tu aspecto parece como si vinieras de la guerra.

—Hector.

—Ah, sí. Nuestro Subseñor no es el más pacífico de los hombres. Nunca entenderé por qué los videntes nos enfrentamos entre nosotros con tanta vehemencia y, sin embargo, no hacemos nada para enfrentarnos al Inquisidor.

Me quedé mirándole a la cara. Si aquel hombre de aire mustio había descubierto la habilidad de Jaxon para escribir, era responsable, al menos en parte, de la publicación de *Sobre los méritos de la antinaturalidad*, el panfleto que había acabado enfrentando a los videntes y que había provocado terribles divisiones en nuestra comunidad.

—Es raro —dije.

Alfred levantó la vista. Sus ojos, fatigados, eran de un azul plomizo, y tenía unas enormes ojeras.

—Bueno, Nick, cuéntale a este viejo lo último de los escándalos de Scion —dijo, cruzando las manos sobre el vientre—. ¿Qué enrevesados experimentos están preparando últimamente? ¿Ya se han planteado cortar a los videntes en trocitos?

—No, no hay nada tan jugoso, me temo. La mayoría de los médicos están probando el nuevo prototipo de escudo Senshield de la SciORI.

—Sí, ya me imagino. ¿Y cómo lo lleva Danica?

Yo estaba convencida de que Danica no conocía a aquel hombre personalmente; lo de socializar no iba con ella. Jaxon debía de haberle hablado de nosotros, dándole incluso nuestros nombres reales.

—Ella es del sexto orden —dijo Nick—. El escudo aún no puede detectarla.

—De momento —dijo Alfred.

Me pregunté si Danica habría vuelto inmediatamente al trabajo después de la huida, y me sentí de lo más culpable al darme cuenta de que no tenía ni idea. Ella solo trabajaba a tiempo parcial para el SciORI, pero estaba convencida de que se habría presentado a cumplir su turno después del rescate.

—En cualquier caso, el nuevo Senshield no estará listo para la Novembrina —señaló Nick—. Al menos no para su uso en toda la ciudadela.

—En el Arconte ya los tienen, amigo mío. Querrán instalarlos en el Gran Estadio. Acuérdate de mis palabras: organizarán una gran fiesta de bienvenida para la llegada del Inquisidor.

—No veo la hora de asistir a las cincuenta ejecuciones que organizarán para la ocasión —dijo Nick, llevándome hacia las escaleras—. Perdona, Alfred, pero tengo que buscarle unos analgésicos a Paige. Buena suerte con eso de evitar a Minty.

—Hmpf, no te preocupes. «La fortuna, viendo que no podía hacer sabios a los necios, los ha hecho afortunados.»

—¿Shakespeare?

—Montaigne —dijo el ojeador, que chasqueó la lengua y volvió a concentrarse en la lectura de su libro—. Ve con Dios, pobre infeliz.

Allí dentro estaba oscuro. Subimos las escaleras hasta el último piso, donde la alfombra estaba desgastada y las paredes tenían el color marrón apagado propio de un viejo moratón.

—Alfred y Jaxon se conocen desde hace mucho tiempo —dijo Nick, abriendo la puerta—. Es un tipo extraordinario, probablemente el bibliomántico de más talento de la ciudadela. Tiene cincuenta y siete años y trabaja dieciocho horas al día. Afirma que puede leer cualquier cosa y percibir si va a venderse o no.

—¿Alguna vez se ha equivocado?

—Que yo sepa, no. Por eso es el único psicoojeador. Él es el que pone a todos los demás a trabajar.

—¿Y qué es lo que hace para Jax?

—Entre otras cosas hace propaganda de sus panfletos en el Spiritus Club, por ejemplo. Con el *Sobre los méritos* hizo una pequeña fortuna.

No hice comentarios.

Nick encendió la luz. La habitación era bastante anodina; como todo mobiliario tenía un espejo, un lavabo agrietado y una cama con mantas viejas. No parecía que hubieran limpiado el polvo desde hacía un siglo. Por todas partes había cosas de su apartamento.

—¿Esto lo tienes alquilado?

—Pues sí. No es exactamente Farrance's, pero a veces necesito reunirme con otros videntes, sin Jax. Es como una segunda residencia. —Humedeció una toalla con agua caliente y me la pasó—. Dime qué ha pasado con Hector.

—Me ha dicho que iría a ver a Jaxon.

—¿Por qué?

—Por lo de la asamblea. —Me humedecí los labios—. Quería descubrir quién había solicitado la convocatoria. Se ha dado cuenta de que he sido yo y le ha mandado a Solapado que me hiciera esto.

Nick esbozó una mueca de dolor.

—Ojalá pudiera decir que me sorprende. Entonces, ¿no va a haber asamblea?

—No.

—¿Y van a ir a ver a Jaxon igualmente?

—Le he llamado para advertirle. Quería que volviera a Dials. Le he dicho que no.

—¿No se ha enfadado por lo de la convocatoria?

—No tanto como me esperaba. —Cuando separé la toalla de mi

cara, estaba manchada de sangre y de mugre—. Pero me ha amenazado con hacer dama a Nadine.

—Lleva un tiempo preparándola, *sötnos* —dijo, y al ver que yo fruncía el ceño, suspiró—. Nadine llevaba presionando para ser dama desde el momento en que desapareciste. Se han visto en privado, y él le ha dejado que hiciera gran parte de tu trabajo: cobrar alquileres, las subastas en el Juditheon, cosas así. Si vuelves, dejará de hacerlo, pero no estará muy contenta.

—Pero ¿por qué escogió a Nadine? Yo habría pensado que serían Zeke o Dani, que son furias.

Él levantó las manos.

—Que me aspen si tengo la mínima idea de cómo funciona la mente de Jaxon Hall. En cualquier caso, no la convertirá en su dama a menos que le digas claramente que su onirámbula no volverá a trabajar para él. ¿De verdad quieres dejarlo?

—No. Sí. No lo sé. —Me tiré sobre la cama—. No puedo olvidar lo que me dijo, que convertirá mi vida en un infierno si dejo de trabajar para él.

—Y lo hará. Quedarás apartada de todo. Necesitas dinero. Scion controla la cuenta de todos sus empleados. Yo no puedo seguir sacando efectivo para pagarte un alquiler, o empezarán a hacerme preguntas. Di lo que quieras de Jax, pero paga bien.

—Sí, me paga para acosar a Didion y para vender pinturas falsas en el mercado negro. Paga a Nadine para que toque el violín. Paga a Zeke para que sea su rata de laboratorio. ¿Y qué sentido tiene?

—Es un mimetocapo. Es su trabajo. Es nuestro trabajo.

—A causa de Hector. —Fijé la vista en el techo—. Si él desapareciera, podría hacerse cargo del sindicato otra persona que nos uniera.

—No. Antes de convocar un torneo tienen que haber caído tanto el mimetocapo como su dama. Si Hector muriera, Caracortada se convertiría en Subseñora —aclaró—. Y no ganaríamos nada. Hector no tiene ni cincuenta años, y desde luego no se muere de hambre. Pasará un tiempo antes de que inicie su viaje al éter.

—A menos que alguien lo quite de en medio.

Nick se giró.

—Hasta los gánsteres más violentos condenarían un golpe —dijo, bajando la voz.

—Solo porque Hector encubre sus actos violentos.

—¿Estás sugiriendo que alguien tendría que organizar un golpe?

—¿Tienes alguna idea mejor?

—También tendrían que acabar con Caracortada. Y, aunque ocurriera, la Asamblea Antinatural no se enfrentaría a Scion. La mayoría ha alcanzado su estatus a través de asesinatos o chantajes, no con actos heroicos. Hector no es más que una parte del problema. —Sirvió un poco de salep de un termo—. Toma. Estás helada.

Lo cogí. Él se sentó en la cama, frente a mí, y bebió de su taza, mirando por la ventana hacia el patio.

—He tenido visiones desde que regresamos —dijo—. Probablemente no sean nada, pero algunas…

—¿Qué es lo que has visto?

—Una mesa de torturas —respondió como si aún la estuviera viendo—. En una habitación con las paredes blancas y el suelo de baldosas azules. Ya había tenido visiones así antes, pero esta parece más específica. Hay un reloj de madera en la pared, detrás de la mesa, con tallas de hojas y flores alrededor de la esfera. Cuando suena la medianoche, un minúsculo pajarillo de metal sale y entona una vieja canción de mi infancia.

Se me aceleró el pulso. Los oráculos tenían la capacidad de enviar imágenes, pero a veces también recibían mensajes no solicitados del éter. Para Nick eran una fuente inagotable de preocupación y de fascinación al mismo tiempo.

—¿Habías visto ese tipo de reloj alguna vez?

—Sí. Se llama reloj de cuco —dijo—. Mi madre tenía uno.

Nick casi nunca hablaba de su familia. Me acerqué un poco.

—¿Crees que iba dirigido a ti, o que era para otra persona?

—La canción me sonó muy personal. —Cada vez que me miraba, las sombras de su rostro parecían acentuarse—. He tenido visiones desde los seis años, y aún no las entiendo muy bien. Aunque la mesa de torturas no fuera dirigida a mí, antes o después descubrirán lo que soy. Nos gusta pensar que somos muy duros, pero en el fondo no somos más que humanos. Hay gente que se ha roto los huesos intentando escapar de una mesa de torturas.

—Nick, para ya. No pueden torturarte.

—Pueden hacer lo que quieran. —Cerró los ojos—. En todos los años que llevo trabajando para Scion, he salvado a treinta y cuatro videntes de la horca y a dos del NiteKind. Es lo que me ayuda a mantener la cordura. Es por lo que vivo. Necesitamos a alguien que esté ahí, o no habrá nadie que luche por ellos.

Yo siempre había admirado a Nick por lo que hacía. A Jaxon no le gustaba nada que su oráculo trabajara para Scion —quería que estuviera plenamente comprometido con la banda—, pero su contrato contemplaba que conservaría su trabajo de día, y no tenía ningún problema en compartir sus ingresos siempre que podía.

—Pero tú, *sötnos*…, tú aún puedes huir —prosiguió Nick—. No podemos mandarte al otro lado del Atlántico, pero hay formas de sacarte del país.

—Francia es tan peligrosa como Inglaterra. ¿Y qué haría? ¿Unirme a una compañía de friquis?

—Lo digo en serio, Paige. Tú sabes moverte por las calles y hablas bien francés. Por lo menos no estarías aquí. O podrías ir a Irlanda. Si te alejas lo suficiente, se cansarán de buscarte.

—Irlanda —dije, con una risa apagada—. Sí, los inquisidores siempre han mostrado un gran respeto por el territorio irlandés.

—Bueno, pues Irlanda no. Pero algún otro lugar.

—Allá donde vaya, me seguirán.

—¿Scion?

—No. Los refaítas —respondí. Nashira no se olvidaría de mí tan fácilmente—. Solo sabemos de cinco personas que hayan sobrevivido a la huida. Y yo soy la única de esas cinco que tiene las suficientes agallas como para plantar batalla.

—Así que nos quedamos.

—Sí. Nos quedamos y cambiamos el mundo.

Esbozó una sonrisa fatigada, dio la impresión de que le costaba mucho. No podía culparle. La perspectiva de alzarse contra Scion no era exactamente reconfortante.

—Tengo que ir a la cocina rápida —dijo—. ¿Quieres desayuno?

—Sorpréndeme.

—Vale. Pero mantén las cortinas cerradas.

Se puso el abrigo y salió al exterior. Yo corrí la pesada cortina, cubriendo la ventana.

La revolución en Sheol I había superado todas las expectativas. Con un motivo justo, y en el momento idóneo, hasta la gente más hundida y vapuleada podía llegar a alzarse y reivindicar sus derechos.

Los mimetocapos de Londres no habían sufrido demasiado. El

adoctrinamiento y la crueldad de Scion les había dado la ocasión de prosperar. Estaban cómodos en su submundo, con una amplia red de correos, carteristas y ladronzuelos que les hacían el trabajo sucio. El caso es que habría que convencerlos de que derrocando a Scion vivirían mejor, pero mientras Hector de Haymarket siguiera con vida, continuarían dejándose llevar por la desidia y la corrupción.

Me acerqué al lavabo y me lavé la saliva que aún tenía en el pelo. Nick decía que no valía la pena matar a Hector, pero viendo el moratón que me estaba saliendo en la mejilla yo no lo tuve tan claro. Era un síntoma de las enfermedades que aquejaban al sindicato: la codicia, la violencia y —la peor de todas— la apatía.

El asesinato no era exactamente un pecado mortal para la gente que creía en el más allá. Hector se había cargado a muchos sindicados, y por brutales que fueran sus medios, nadie pestañeaba siquiera. Pero matar al líder del sindicato…, eso era diferente. Podías matar a un limosnero o al miembro de una banda, pero no podías ir contra tu propio mimetocapo ni contra tu Subseñor. Era una norma no escrita. Alta traición.

Quizá —solo quizá— pudiera hablar con Caracortada. Lejos de la presencia de Hector tal vez fuera diferente. Pero eso era tan probable como que Hector fuese a ceder voluntariamente la corona a alguien competente.

Me puse una compresa fría contra el pómulo y volví a sentarme en la cama. Al parecer, no tenía otra opción que recuperar el cargo de dama del I-4. Para poner al sindicato en contra de Scion tenía que estar cerca de la Asamblea Antinatural, lo suficientemente cerca como para imponer respeto y tener acceso a sus mecanismos internos, pero a menos que volviera el Custodio no tendría pruebas de la existencia de los refaítas. Tendría que hacer correr la voz sin la mínima prueba. Volví a tirar del cordón áureo.

«Tú necesitabas que yo empezara esto —pensé—. Ahora yo necesito que tú me ayudes a ponerle fin.»

No hubo respuesta. Solo silencio. Aquel profundo silencio de siempre.

5

Weaver

*U*nas horas más tarde, Nick se fue a trabajar. La habitación de la Bell Inn quedó a mi disposición, y ya era hora de que dejara la pensión del I-4. Me quedé a descansar unas horas, pero aquel lugar parecía desnudo sin Nick. Al caer la noche fui en busca de algo que comer. De una tienda de discos salía música; una serie de puertas abiertas indicaban lugares donde se ofrecían sesiones espiritistas. Pasé junto a un vidente vagabundo, envuelto de la cabeza a los pies en mantas mugrientas. Siempre eran los augures y los adivinos los que acababan en las calles al llegar el invierno, luchando por sobrevivir.

¿Estarían vivos los padres de Liss? ¿Recorrerían las frías calles ofreciéndose para leer las cartas, o habrían regresado a las Tierras Altas al ver que su hija había desaparecido? En cualquier caso, nunca sabrían lo que había sido de ella. No tendrían ocasión de enfrentarse a su asesino, Gomeisa Sargas. Quizás ahora mismo estuviera en el Arconte, coordinando la respuesta a la rebelión.

«Así es como nosotros vemos vuestro mundo, Paige Mahoney —me había dicho—. Una caja llena de polillas que esperan a quemarse.»

Me resultaba raro estar otra vez en el I-5, el centro financiero de Scion, donde había vivido desde los nueve años. Mucho antes de que Jaxon Hall hubiera entrado en mi vida, pasaba mi tiempo libre paseando por los espacios verdes que había entre los rascacielos, intentando hacer caso omiso al don que afloraba en mí. Mi padre casi nunca me paraba los pies. Mientras tuviera un teléfono, me dejaba que fuera por ahí todo lo que quisiera.

Cuando llegué al final de la calle, vi una cafetería a mi izquierda, casi oculta por la espesa niebla. Me paré de golpe. El rótulo sobre la puerta decía BOBBIN'S COFFEE.

Mi padre era un hombre de costumbres. Siempre se tomaba un café tras el trabajo, y casi siempre lo tomaba en el Bobbin's. Yo le había acompañado una o dos veces cuando tenía trece o catorce años.

Valía la pena intentarlo. No podría acercarme a él en público nunca más, pero tenía que saber si estaba vivo. Y después de todo lo que había visto, de todo lo que había aprendido sobre el mundo, necesitaba ver una cara de mi pasado. La cara del padre que siempre había querido, pero que nunca había entendido.

Como siempre, el Bobbin's estaba atestado, y el olor a café flotaba en el ambiente. Atraje algunas miradas —miradas de videntes que veían mi aura roja—, pero no parecía que nadie me reconociera. Los videntes de Grub Street siempre se habían considerado superiores a los políticos del sindicato. Una chica delgada y magullada no suponía ninguna amenaza inmediata, aunque fuera una especie de saltadora. Aun así escogí un asiento en el rincón más oscuro, oculta tras un biombo, como si me sintiera observada. No debía dejarme ver. Tendría que estar escondida tras cortinas y puertas cerradas.

Cuando estuve segura de que nadie me había identificado, me compré una sopa barata con el puñado de monedas que me había dado Nick, tomando la precaución de adoptar un acento inglés y mantener la mirada gacha. La sopa era de centeno y guisantes, y venía en un panecillo vaciado. Me la comí en mi mesa, saboreando cada cucharada.

En aquella cafetería nadie llevaba una tableta de datos, pero la mayoría estaba leyendo: libros victorianos, cuadernillos impresos, novelas baratas. Eché un vistazo al cliente que más cerca tenía: un bibliomántico. Tras su periódico ocultaba un viejo ejemplar del primer volumen de poesía anónima de Didion Waite, *Amor a primera vista* o *El placer del vidente*. Por lo menos a Didion le gustaba pensar que era anónimo. Todos sabíamos quién había escrito aquella deprimente colección de epopeyas, ya que a todas las musas les había puesto el nombre de su difunta esposa. Jaxon no veía el momento de que decidiera ponerse a escribir novelas eróticas.

Aquello me hizo sonreír, pero de pronto sonó la campanilla de la puerta, cosa que me hizo reaccionar. Quienquiera que acabara de entrar tenía un onirosaje familiar.

Llevaba un paraguas colgado del brazo. Lo dejó en el paragüero junto al mostrador y se sacudió las botas sobre el felpudo. Luego pasó junto a mi mesa y se puso en la cola para comprar un café.

En los últimos seis meses, el cabello de mi padre se había teñido de gris y le habían aparecido dos finas líneas en torno a la boca. La sensación de alivio que me invadió fue como una ola. El camarero le preguntó qué quería.

—Café solo —dijo, con un acento menos marcado de lo habitual—. Y agua. Gracias.

Tuve que hacer un esfuerzo para no decir nada.

Mi padre se sentó a una mesa junto a la ventana. Yo me oculté tras el biombo y le observé a través de los huecos de la madera. Ahora que podía verlo desde el otro lado, me fijé en que tenía una marca morada en el cuello, tan pequeña que podría pasar por un corte de afeitado. La mano se me fue a la cicatriz que tenía en la zona lumbar, en el lugar donde me habían inyectado el flux la noche de mi detención.

Sonó la campanilla de nuevo y entró una mujer amaurótica. Vio a mi padre y fue a su lado. El abrigo le colgaba de los hombros y oscilaba a cada paso. Era menuda y regordeta, de piel tostada, ojos claros y cabello negro recogido en una trenza. Se sentó frente a mi padre, agarrándose las manos sobre la mesa. En sus dedos brillaban diez finos anillos de plata.

Me quedé mirando e, instintivamente, fruncí el ceño.

Cuando la mujer negó con la cabeza, mi padre pareció perder el control. Bajó la cabeza, la frente en la mano, y se vino abajo. Su amiga apoyó ambas manos sobre la mano de él que estaba libre, apretada en un puño.

Con un nudo en la garganta, me concentré en acabar mi sopa. Alguien puso una moneda en la máquina de música y sonó «The Java Jive». Vi a mi padre agarrándose del brazo de la mujer y luego desaparecieron en la oscuridad.

—Un céntimo por tus pensamientos, querida.

La voz me sobresaltó. Me giré y me encontré con la cara hundida de Alfred, el psicoojeador.

—Alfred —dije, sorprendida.

—Sí, ese pobre tonto. Dicen que es demasiado viejo como para acercarse a bellas jovencitas en las cafeterías, pero se ve que nunca aprende. —Alfred se me quedó mirando—. Se te ve muy melancólica para ser sábado por la noche. Mi dilatada experiencia me dice que eso significa que no has tomado suficiente café.

—No me he tomado ni uno.

—Oh, vaya. Está claro que no te mueves entre literatos.

—Buenas noches, Alfred —dijo el camarero, levantando una mano, y varios de los clientes del local replicaron el gesto—. Hacía tiempo que no te veía.

—Hola, hola. —Alfred se levantó el sombrero a modo de saludo y sonrió—. Sí, me temo que las autoridades me han tenido muy entretenido. He debido fingir que tenía un trabajo de verdad, que me perdonen las musas.

Se oyeron unas cuantas risas y luego los videntes volvieron a lo suyo. Alfred apoyó una mano en la silla que tenía enfrente.

—¿Puedo?

—Claro.

—Eres muy amable. Puede resultar absolutamente insoportable estar rodeado de escritores a diario. Menudos tipos. Bueno, ¿qué te puedo ofrecer? ¿*Café au lait*? ¿Con miel? ¿Café bombón? ¿Un viena? ¿O quizás un *chai*? A mí me gusta el *chai*.

—Un salep está bien.

—Oh, Señor… —Apoyó el sombrero en la mesa—. Bueno, si insistes. ¡Camarero! ¡Un salep y una taza del suero de la iluminación!

Estaba claro por qué se llevaba tan bien con Jaxon: los dos estaban pirados. El camarero prácticamente echó a correr en busca de las bebidas, dejándome a solas con Alfred. Me aclaré la garganta.

—He oído que trabajas en el Spiritus Club.

—Bueno, en el edificio, sí, pero no trabajo para ellos. Les muestro papeles, y ocasionalmente me los compran.

—Unos papeles bastante sediciosos, por lo que he oído.

Se rio.

—Sí, la sedición es mi especialidad. Tu mimetocapo también es un gran experto. Su sistema de los siete órdenes es una verdadera obra de referencia sobre el mundo de los videntes.

Yo no lo tenía tan claro.

—¿Cómo lo encontraste?

—Bueno, en realidad, fue al revés. Él me envió un borrador de *Sobre los méritos de la antinaturalidad* cuando tenía tu edad, más o menos. Un prodigio como no he visto otro. Y también posesivo. Aún se pone histérico cada vez que trato con un nuevo cliente en la zona I-4 —dijo, meneando la cabeza—. Es un tipo de talento, tremendamente imaginativo. Me pregunto por qué se enciende tanto con esas cosas. —Hizo una pausa al ver que el camarero le traía su bandeja—. Gracias, muy amable. —El café era denso como el fango—. Sabía que publicar un panfleto como ese entrañaría riesgos, por supuesto, pero siempre me ha gustado el juego.

—Pero luego lo retiraste —dije—. Después de las guerras de bandas.

—Un gesto simbólico. Aunque ya era demasiado tarde, por supuesto. *Sobre los méritos* ya había sido pirateado por cualquiera que tuviera una impresora de aquí a Harrow, y a medida que ello ocurría fue afectando cada vez más a los videntes. La literatura es nuestra herramienta más poderosa, y Scion nunca ha llegado a controlarla. Lo único que han conseguido hacer es esterilizar lo que sacan ellos. Pero nosotros, los creativos, tenemos que ser muy cuidadosos con los escritos sediciosos. Si cambias una palabra o dos, o quizás una sola letra, puedes cambiar toda la historia. Es un negocio arriesgado.

Le eché un chorrito de agua de rosas a mi salep.

—Así que no volverías a publicar nada parecido.

—Oh, por favor, no me tientes. Desde la retirada de ese título he vivido en la indigencia. El panfleto sigue vivo y goza de buena salud, mientras el pobre ojeador malvive en su buhardilla de alquiler. —Se quitó las gafas y se frotó los ojos—. Aun así, me llevo un buen pellizco de todos los otros panfletos y novelas baratas que llegan a las estanterías, aparte de los «romances» del señor Waite, que para mí (y supongo que estarás de acuerdo conmigo) no son ninguna pérdida, como no lo son para el mundo de la literatura en general.

—No son precisamente material subversivo —reconocí.

—Desde luego que no. La literatura de los videntes nunca lo es, a excepción de la obra de Jaxon. Lo único que tienen de subversivo es que son de un género prohibido. —Señaló con un gesto de la cabeza a una mujer que había junto al escaparate. Tenía la barbilla hundida en el cuello del abrigo y miraba hacia abajo—. ¿No es fantástico que las palabras y el papel nos puedan complicar tanto la vida? Estamos presenciando un milagro, querida.

Miré en dirección a la novela barata que ocultaba bajo la mesa; los ojos de la bibliomántica estaban anclados a las palabras impresas, ajenos a todo lo que pasaba a su alrededor. No solo prestaba atención. Estaba aprendiendo. Creyéndose cosas que le parecerían una locura si las oyera por la calle.

La pantalla de transmisión situada por encima de la barra se puso en blanco. Todos los que estábamos en la cafetería levantamos la cabeza. El camarero alargó la mano y apagó las luces, de modo que lo único que iluminó la estancia fue la pantalla. Aparecieron dos líneas de texto en negro:

LA PROGRAMACIÓN REGULAR HA SIDO SUSPENDIDA.
EMISIÓN INQUISITORIAL EN DIRECTO:
POR FAVOR, PRESTEN ATENCIÓN

—Oh, vaya —murmuró Alfred.

Sonó una versión instrumental de «Anclados a ti, oh, Scion», el himno que me había visto obligada a cantar cada mañana en el colegio. En cuanto acabó, el ancla desapareció y Frank Weaver apareció en pantalla.

El rostro del títere. Ahí estaba, mirándonos. Se hizo el silencio en la cafetería. El Gran Inquisidor casi nunca se dejaba ver fuera del Arconte.

No era fácil decir qué edad tendría. Al menos, cincuenta años, quizá más. Tenía el rostro alargado, con unas patillas grasientas a los lados, y la parte alta de la cabeza cubierta de cabello lacio, de color hierro. Scarlett Burnish se mostraba siempre serena y expresiva; sus labios podían suavizar hasta los mensajes más terribles. Weaver era justo lo contrario. Llevaba el cuello de la camisa abotonado bajo la barbilla.

—«Ciudadanos de la ciudadela, os habla vuestro Inquisidor. —Una cacofonía de voces guturales resonaron en todos los altavoces de la ciudadela—. Me temo que tengo que dar la bienvenida a otro día en la ciudadela Scion de Londres, bastión del orden natural, con malas noticias. Acaban de llegarme noticias del gran comandante de que al menos hay ocho fugitivos antinaturales sueltos por la ciudadela. —Levantó un pañuelo de seda negra y se secó la baba de la barbilla—. Debido a circunstancias que escapan al control del Arconte, estos criminales huyeron anoche de la Torre de Londres y desaparecieron antes de que la Guardia Extraordinaria pudiera apresarlos. Los responsables han sido relevados de su cargo.»

La gente solía decir que Weaver era un ser de carne y hueso, pero carente de emociones. Me quedé mirándolo, fascinada y asqueada a la vez, viéndolo como el muñeco de un ventrílocuo. Mentía sobre el momento de la huida. Debían de haber necesitado unos días para coordinar su respuesta.

—«Esos antinaturales han cometido algunos de los crímenes más atroces que he visto en todos los años que llevo en el Arconte. No debemos permitir que sigan libres por ahí, cometiendo nuevos crímenes. Hago un llamamiento a la colaboración de los ciudadanos de Londres para que podamos detener a estos fugitivos. Quien tenga sospechas de que algún vecino es antinatural, o de que lo es él mismo, debe informar inmediatamente en un puesto de guardia. Los centinelas mostrarán clemencia.»

De pronto era como si no sintiera nada. Algo en mi interior me gritaba que saliera corriendo de allí, pero tenía los músculos paralizados.

—«De momento solo hemos identificado a cinco de estos delincuentes. Actualizaremos la información cuando tengamos identificados a los demás. A partir de ahora y mientras damos caza a estos fugitivos, la ciudadela Scion de Londres quedará sometida a medidas de seguridad de zona roja. Por favor, prestad atención a las siguientes fotografías. Os doy las gracias por colaborar a mantener el orden natural. Acabaremos con esta plaga juntos, como hemos hecho siempre. No hay un lugar más seguro que Scion.»

Y desapareció.

Las fichas de los fugitivos pasaron en silencio, salvo por una voz mecánica que pronunciaba cada nombre y los delitos cometidos. La primera cara era la de Felix Samuel Coombs. La segunda, la de Eleanor Nahid. La tercera, la de Michael Wren. La cuarta, la de «Ivy» —sin apellido—, con su pelo de antes, teñido de un azul brillante. Esa foto aparecía con un fondo gris, en lugar del blanco de la base de datos oficial de ciudadanos de Scion. Y la quinta —la más buscada, el rostro del enemigo público número uno— era la mía.

Alfred no perdió ni un segundo. No esperó a que leyeran los delitos que se me atribuían, ni a comparar mi rostro con el de la mujer de la pantalla. Cogió nuestros dos abrigos, me agarró del brazo y se me llevó hacia la salida. Cuando la puerta se cerró a nuestras espaldas, en la cafetería todos estaban hablando animadamente.

—En este distrito hay videntes que te venderían al Arconte sin pensárselo un momento. —Alfred seguía tirando de mí, hablando sin casi mover los labios—. Limosneros, vagabundos, etcétera. Mandarte a la cárcel podría suponerles tiempo de vida. Jaxon sabrá dónde ocultarte —dijo, más para sí que para mí—. Pero llegar al I-4 puede resultar complicado.

—Yo no quiero...

Estaba a punto de decir «ir a los Dials», pero me frené. ¿Qué opciones tenía? Sin la protección de un mimetocapo, Scion me atraparía en cuestión de horas. Jaxon era mi única opción.

—Puedo probar a ir por los tejados —propuse.

—No, no. No me lo perdonaría nunca si te atraparan.

En todo aquello era evidente la huella de Nashira. Hice un esfuerzo para controlar la rabia, que amenazaba con estallar como un volcán, me abotoné la chaqueta hasta la barbilla y me dejé el cinturón suelto para disimular la cintura. Alfred me tendió un brazo. No tenía otra opción que confiar en él, así que le dejé que me envolviera con la mitad de su abrigo.

—Mantén la cabeza gacha. En Grub Street no hay cámaras, pero en cuanto salgamos te verán.

Alfred abrió el paraguas y echó a caminar con paso decidido, pero sin prisas. Cada paso nos alejaba más de la pantalla de transmisiones y nos acercaba al I-4.

—¿Quién es esa, Alfred?

Era la augur que antes dormía en el exterior de la cafetería.

—Oh, toma esto, mira..., no es más que una baratija, pero... —Tiró de mí para que me pegara aún más a él bajo el abrigo—. Me temo que tengo un poco de prisa... Pero vendrás a tomar una taza de té por la mañana, ¿verdad?

Siguió caminando sin esperar respuesta. Apenas podía seguirle el paso.

Nos colamos bajo el arco, salimos de Grub Street y nos lanzamos a las calles del I-5. El aire de la noche era gélido. Sin embargo, a nuestro alrededor, Londres se estaba agitando. Cientos de ciudadanos salían de los bloques de apartamentos y de los bares de oxígeno para concentrarse en torno a las torres de transmisión. No necesitaba examinar sus auras para saber cuáles de ellos eran videntes: se les veía el terror en los ojos. Se nos cruzaban a toda prisa de camino a la Torre Lauderdale, donde se repetía la emisión de emergencia en la pantalla del I-5. El rostro de Frank Weaver iluminaba el cielo.

La gente seguía saliendo de los bares, gritando desde las ventanas.

—¡Weaver! ¡Weaver! —Eran gritos atronadores que pedían sangre—. ¡Weaver, Weaver!

Demasiados onirosajes. Todas aquellas personas oprimían mis sentidos: sus emociones, su histeria, el intenso resplandor de sus auras al pasar. Vidente. Amaurótico. Vidente. Una supernova de colores invisibles. Cuando de pronto se creó un hueco en la marea de cuerpos humanos, Alfred tiró de mí y me hizo pasar por la puerta de una licorería, donde tuve que hacer un esfuerzo para recuperar el control de mi sexto sentido. Se metió la mano en el bolsillo, sacó un pañuelo y se secó el sudor de la frente.

Ya lejos de la multitud, sentí una extraña sensación de calma. Poco a poco, me fui desconectando del éter. Lo que tenía que hacer ahora era concentrarme en mi cuerpo: mi respiración superficial, los latidos de mi corazón.

Esperamos hasta que pasó gran parte de la multitud antes de ponernos de nuevo en marcha. Alfred me agarró del brazo y volvimos a salir a la calle.

—Te llevaré a la intersección. Desde allí puedes seguir hasta Seven Dials.

—No deberías hacerlo.

—Oh, ¿tú crees que debería dejarte aquí, en el I-5? ¿Y exponerme a que Jaxon descargue toda su furia sobre mí? —Chasqueó la lengua—. Como si fuera a abandonar a su dama a un destino aciago.

Seguimos por callejuelas secundarias todo lo que pudimos, evitando la multitud y las pantallas. A medida que nos íbamos acercando, aceleramos el paso. Llegaría un punto en que el Arconte dejaría de repetir la emisión. Sin la influencia magnética de las pantallas, los ciudadanos invadirían toda la ciudadela en busca de traidores. Había oído decir que con la declaración de zona roja se formaban patrullas de vigilancia ciudadana.

Para cuando llegamos a la intersección que separaba el I-4 y el I-5, Alfred resoplaba como una locomotora. Yo estaba tan concentrada en llegar a la frontera que no percibí un aura hasta que fue demasiado tarde, y de pronto me encontré a una centinela delante.

Sentí sus nudillos en el vientre y salí despedida hacia la pared. Cuando pude ver bien a mi atacante, me invadió el terror. La centinela había sacado su pistola automática y me apuntaba a la cabeza.

—Antinatural. Arriba. ¡Levanta!

Evitando hacer movimientos bruscos, me puse en pie.

—¡Tú, quieto! —le gritó la centinela a Alfred, que no se había movido—. ¡Manos arriba!

—«Perdone usted», centinela, pero creo que ha habido un error —dijo Alfred. Estaba congestionado, pero su gesto era perfectamente afable—. Íbamos de camino…

—Las manos arriba.

—De acuerdo, de acuerdo. —Alfred levantó las manos—. Pero, aparte de no tener un gran sentido de la orientación, ¿puedo preguntar qué otra cosa hemos hecho mal?

La centinela no le hizo ni caso. Sus ojos, tras el visor, nos escrutaban a fondo. Ojos con visión espiritista. Me quedé inmóvil.

—Saltadora —murmuró.

No había codicia en su gesto. No era como los metrovigilantes del tren, que no podían disimular su emoción pensando en la suerte que habían tenido, y que ya se imaginaban el dinero que les darían por una aura roja.

—De rodillas. ¡De rodillas, antinatural! —ordenó—. ¡Los dos!

Con cierta dificultad, Alfred se arrodilló en el suelo.

—¡Ahora las manos en la nuca!

Ambos obedecimos. La centinela dio un paso atrás, pero el punto rojo de la mira de su arma seguía plantado en el centro de mi frente. Aparté la vista del cañón y le miré la mano. Tenía el dedo sobre el gatillo: solo eso nos separaba del éter.

—Eso no te servirá para ocultarte —dijo la centinela, arrancándome el gorro y dejando a la vista mi cabello rubio—. Vas a ir directa al Inquisidor Weaver. No creas que te vas a librar, asesina.

No me atreví a responder. Cabía la posibilidad de que conociera a los metrovigilantes que había matado. Quizás estuviera en la escena del crimen cuando encontraron al segundo hombre, el que se volvió loco y que babeaba pidiendo desesperadamente que lo mataran. Satisfecha con mi silencio, la centinela echó mano de su transmisor. Yo miré a Alfred y, asombrada, vi que «me guiñaba un ojo», como si estuviera acostumbrado a que lo detuvieran prácticamente a diario.

—Quizá pueda tentarte con esto —dijo, echando mano a su bolsillo—. Tú eres ciatomántica, ¿verdad?

Le tendió una pequeña copa de oro, del tamaño de un puño, y levantó las cejas.

—Aquí 521 —dijo la centinela por el transmisor, sin hacerle caso—. Solicito refuerzos inmediatos en el I-5, subsector 12, Saffron Street este. Tengo a la Sospechosa 1 en custodia. Repito, Paige Mahoney está en custodia.

—Tú también eres antinatural, adivina —dije—. Necesitas un *numen*. Eso no lo cambiarás hablando por esa radio.

La pistola recuperó la horizontal al momento.

—Cierra la boca. Antes de que te meta una bala dentro.

—¿Cuándo crees que te exterminarán? ¿En la horca o con el Nite-Kind, tú qué crees?

—«Aquí 515. Retenga a la sospechosa hasta que lleguemos.»

—Mide tus palabras o te partiré las piernas. Ya sabemos que puedes correr. —La centinela echó mano de las esposas que llevaba al cinto—. Extiende las manos o también te las romperé.

Alfred tragó saliva. La centinela me agarró las muñecas con una mano.

—No te valdrá de nada intentar sobornarme —le dijo a Alfred—. Si llevo a esta ante Weaver, podré comprarme todo lo que quiera.

La visión me tembló de pronto. De la nariz le salía sangre, pero no goteaba, sino que salía a chorro. Levantó la mano para frenar la hemorragia, dejando caer las esposas, y yo aproveché la ocasión para introducir mi espíritu en su cuerpo.

El onirosaje que encontré era una sala llena de archivadores, iluminada por unas luces de un blanco aséptico, propio de una persona limpia y ordenada. Guardaba cada pensamiento y cada recuerdo en una caja estéril, de modo que le resultaba fácil separar lo que hacía en su trabajo de su propia identidad como clarividente.

Había color, pero no demasiado; había quedado apagado, diluido en el odio que se tenía a sí misma. En la oscuridad quedaban sus miedos, que adquirirían forma de espectros, en su zona hadal: las figuras amorfas de otros clarividentes, crueles antinaturales en las sombras, así que fue un alivio tomar el control.

Al momento sentí lo diferente que era mi nuevo cuerpo. Mi nuevo corazón adoptó un ritmo muy marcado. Cuando levanté la vista, vi mi propio cadáver. Paige Mahoney estaba tirada en el suelo, lívida, y Alfred la sacudía con ambas manos.

—Háblame —decía—. Aún no, querida. Aún no.

Me quedé traspuesta, mirando. Esa era yo.

Y yo era…

Agarré el transmisor con fuerza. Era como levantar una pesa, pero conseguí llevármelo a la boca.

—Aquí 521 —dije, arrastrando las palabras—. La sospechosa ha escapado. Se dirige al I-6.

Apenas pude oír la respuesta. El cordón argénteo tiraba de mi conciencia, expulsándola del cuerpo que había invadido. Sus ojos no conseguían ver nada al rechazar el cuerpo extraño que tenían detrás. Era como un parásito, una sanguijuela aferrada a su onirosaje.

Y por fin me expulsó. Abrí los ojos y a punto estuve de darle un cabezazo a Alfred al levantar la cabeza, temblando y cubierta de sudor. Tenía un nudo en la garganta. Él me dio una palmadita en la espalda, y cogí una bocanada de aire.

—¡Por Dios, Paige! ¿Estás bien?

—Bien —dije, jadeando.

Y lo estaba. Me dolía la cabeza, como si una mano me hubiera agarrado por la frente y me hubiera apretado el cráneo, pero era un dolor tolerable.

La centinela yacía inconsciente, sangrando por las orejas, la nariz, los ojos y la boca. Le cogí la pistola de la funda y apunté.

—No la mates —dijo Alfred—. Al fin y al cabo, esa pobre mujer es vidente, sea traidora o no.

—No lo haré. —Sentía el latido de mi propia circulación en las sienes. La visión de aquel rostro sangrante me resultaba insoportable—. Alfred, esto no se lo puedes contar a nadie. Ni siquiera a Jaxon.

—Por supuesto. Lo entiendo.

No lo entendía.

De una patada aparté el transmisor de la mano inerte de la centinela y lo aplasté con la bota. Luego me agaché y le puse dos dedos en el cuello. Encontré pulso, y no pude evitar soltar un suspiro de alivio.

—Dials no está lejos de aquí —dije—. Seguiré sola.

—Si puedes hacer que cualquiera sangre cuando tú quieres, no seré yo quien se interponga en tu camino. —Alfred esbozó una sonrisa forzada, pero era evidente que estaba turbado—. Procura avanzar por la niebla, querida, y no te detengas.

Se alejó de la centinela a paso ligero, ocultando el rostro tras el paraguas. Yo fui en dirección contraria.

Seguí por calles estrechas, buscando la ocasión de trepar a los tejados. Me uní a una gran multitud que recorría Grandway y me separé de ellos en el primer desvío a la derecha, tomando las callejuelas de detrás de la estación de Holborn.

El viento gélido hacía que me dolieran las magulladuras, pero no paré hasta que llegué al cemento de la zona de juegos de Stukeley Street, donde Nick me había entrenado para que aprendiera a luchar y a trepar cuando tenía diecisiete años. Había muchos bidones de basura, barandillas y muretes, y todos los edificios estaban en mal estado. Arrastré un bidón de un lado al otro de la calle y me subí encima para llegar a un tubo de desagüe. Las palmas de las manos me ardían. Una vez arriba, me agarré con los dedos al canalón y trepé hasta la azotea. Los músculos de mis hombros protestaron. Los tenía rígidos; habían perdido la flexibilidad de antaño.

Cuando llegué a mi territorio estaba empapada en sudor y me dolía todo. Vi el pilar del reloj de sol a lo lejos, con su color rojo candente, elevándose sobre la niebla. Cuando llegué por fin a mi destino, golpeé la puerta.

—¡Jaxon!

No había luces en las ventanas. Si no estaban allí, no tenía otro sitio adonde ir. Estaba segura de que podría percibir cualquier onirosaje. Miré hacia atrás. Ahí no había ningún vidente. Seven Dials estaba abandonado —hasta el bar de oxígeno al otro lado de la calle se encontraba vacío—, pero Frank Weaver seguía hablando en la enorme pantalla de transmisión del I-4, situada en Piccadilly Circus.

¿Lo estaría haciendo para castigarme? Yo seguía siendo su dama. Seguía siendo su onirámbula. No podía dejarme ahí, sin más, para que me mataran.

¿O sí podía?

El pánico se adueñó de mí. El frío me atenazaba la cara, las manos, la cabeza. Me estaba empezando a marear. De pronto se abrió la puerta y la calle se iluminó con la luz del interior.

6

Seven Dials

*C*uando crucé el umbral y entré en nuestra guarida, las rodillas prácticamente no me aguantaron. Un par de fuertes manos me ayudaron a subir el primer tramo de escaleras y a sentarme en un sillón. La nariz me sangraba, me dolían los oídos y sentía una fuerte quemazón en los pómulos. Hasta que no recuperé la sensación en los labios no pude levantar la mirada y ver quién me había rescatado.

—Estás azul —dijo Danica.

Solté lo que pretendía ser una risa, aunque sonó más bien como un acceso de tos.

—La verdad es que no tiene gracia. Probablemente sufras de hipotermia.

—Lo siento —dije.

—No sé por qué te disculpas. Eres tú la que probablemente esté hipotérmica.

—Ya. —Con movimientos torpes de los dedos me desabroché las botas—. Gracias por dejarme entrar.

Salvo por una única lámpara sobre un archivador, la guarida estaba completamente a oscuras —todas las cortinas cerradas, todas las luces apagadas—, pero hacía un calorcito estupendo. Alguien debía de haber arreglado por fin la caldera.

—¿Dónde están los demás? —pregunté. Era como un *déjà vu*.

—Fuera, buscándote. Nadine vio la emisión cuando volvía del Juditheon.

—¿Jaxon también ha ido?

93

—Pues sí.

Quizá le importara más de lo que yo pensaba. Jaxon raramente hacía tareas de búsqueda («yo soy un mimetocapo, querida, no un mimetocampesino»), y de pronto se había echado a la calle para rescatarme. Danica se sentó en el escabel y acercó una máquina que yo conocía muy bien.

—Toma —dijo, descolgando la máscara de oxígeno de la bombona—. Respira un poco. Tienes el aura hecha un asco.

Cogí la máscara, me la puse en la cara e inhalé. «El miedo es tu verdadero detonante», me había dicho el Custodio. El Custodio, que sabía más que nadie de moverse por onirosajes ajenos.

—¿Cómo tienes la cabeza? —pregunté.

—Contusionada —dijo ella, y al girarla para acercarla a la luz vi el largo corte por encima del ojo, cerrado con una serie de finos puntos.

—¿Ya estás bien?

—Todo lo «bien» que se puede estar con un leve trauma cerebral. Nick me cosió.

—¿Has vuelto al trabajo desde que volvimos?

—Oh, sí. Si no lo hubiera hecho, sospecharían. Hice un trabajo al día siguiente.

—¿Con la contusión?

—No he dicho que hiciera un «buen» trabajo.

Volví a inhalar oxígeno. Un trabajo imperfecto de Danica Panić probablemente seguiría siendo mucho mejor de lo que podría hacer cualquier ingeniero en plenitud de facultades.

—Voy a apagar las luces de abajo. Jax ha dicho que tenemos que ponernos en modo confinamiento. —Se levantó—. No enciendas nada.

En cuanto se fue, observé un temblor en el éter, al nivel de los ojos, que no me dejaba ver bien. Pieter Claesz, la musa artística favorita de Eliza, me miraba con gesto de reprobación.

—Hola, Pieter —dije.

Él se fue flotando hasta la esquina, dolido. Si había algo que Pieter odiaba, era que alguien desapareciera durante meses sin la mínima explicación.

Danica apareció en el rellano otra vez, resoplando.

—Estaré en la buhardilla —dijo—. Te puedes acabar mi café.

Por fin iba recuperando la temperatura interna. Observé aquel entorno familiar mientras daba sorbitos al café tibio. En el espejo vi que tenía una mancha gris alrededor de los labios. El mismo tono que tenía en la punta de los dedos.

De pronto fui plenamente consciente de los diversos olores de la guarida: tabaco, pintura, lignina, colofonia, aceite de corte. Había pasado la mayor parte de mi primer año trabajando en una de esas mesas, investigando sobre la historia y los espíritus de Londres, estudiando el *Sobre los méritos de la antinaturalidad*, clasificando viejos recortes de periódico del mercado negro, elaborando y actualizando listas de los videntes registrados del I-4.

El corazón se me encogió al oír el ruido de unas llaves en la cerradura. Luego fueron unas botas en la escalera, y más tarde la puerta se abrió de golpe. Nadine Arnett se quedó de piedra al verme. Desde la última vez que la había visto se había cortado el cabello, perfectamente lacio, de modo que apenas le cubría las orejas.

—¡Vaya! —dijo—. Me he recorrido «todo» el I-4 buscándote y aquí estás, bebiendo café. —Tiró el abrigo sobre el respaldo de un sillón—. ¿Dónde has estado, Mahoney?

—Estaba en Grub Street.

—Bueno, podías habernos enviado un mensaje. ¿Por qué no te has pasado por aquí desde que volvimos?

Un nuevo portazo evitó que tuviera que responder. Zeke subió las escaleras a la carrera.

—No hay ni rastro de ella —dijo, casi sin aliento—. Si llamas a Eliza, podemos ir a…

—No vamos a ninguna parte.

—¿Qué?

Señaló. Cuando me vio, Zeke fue corriendo a mi lado y me envolvió en un fuerte abrazo. Aquello me pilló por sorpresa, pero le devolví el abrazo. Nunca habíamos tenido una relación muy cercana.

—Paige, estábamos preocupadísimos. ¿Has llegado hasta aquí por tu cuenta? ¿Dónde has estado?

—Con Nick. —Lo miré, y luego observé a Nadine—. Gracias a los dos. Por salir a buscarme.

—No es que tuviéramos muchas opciones. —Nadine se bajó la cremallera de las botas. En uno de los hombros tenía una gruesa escarificación rodeada por un círculo de piel morada—. Jax no ha parado de preguntar por ti desde que volvimos de Oxford. «¿Dónde está mi dama? ¿Por qué no la encuentra nadie? Nadine, ve tú. Encuéntrala. Corre.» Tienes mucha suerte de que me pague por mi trabajo, o estaría muy molesta.

—Cállate ya —murmuró Zeke—. Tú estabas tan preocupada como cualquiera de nosotros.

Ella se quitó las botas de sendas patadas, pero no respondió.

—¿Os habéis dividido para buscarme? —pregunté, echando una mirada a la puerta, a sus espaldas.

—Sí —dijo Zeke—. ¿Jaxon ha dicho que echemos el cerrojo, Dani?

—Sí, pero no lo hagas. No vamos a dejarlos fuera. —Nadine miró por entre las cortinas—. Vosotros dos idos a dormir. Yo haré guardia.

—Ya lo haré yo —me ofrecí.

—Tú no te aguantas en pie. Échate una cabezadita.

No me moví del sillón. La calidez de la guarida me había dejado algo aletargada, pero tenía que mantenerme alerta. No sabía si tendría que salir corriendo otra vez.

Zeke abrió las puertas de su cama caja (así la llamaba Jaxon, aunque era más bien una especie de armario) y se sentó sobre el edredón para quitarse los zapatos.

—¿Nick está en el trabajo?

—A estas horas quizá ya haya vuelto a Grub Street.

—He intentado llamarle antes —dijo él—. ¿Tú crees que sospechan de él?

—No, a menos que haya dicho algo que les haya hecho sospechar.

Nos quedamos en silencio. Él se tumbó sobre el edredón, cerró una de las puertas y se puso a mirar las fotografías y los pósteres que había pegado a la parte superior del mueble. Eran sobre todo de músicos del mundo libre, y también había una foto de él con Nadine en un bar, ambos con ropas de vivos colores y sonriendo. No había ninguna del resto de su familia, ni de amigos de su país. Nadine se quedó junto a la ventana, con la pistola encajada en la cintura.

Encendí el pequeño televisor de la esquina. A Jaxon no le gustaba nada que lo viéramos, pero ni siquiera él se mantenía ajeno a lo que Scion decía. La pantalla estaba dividida en dos, con Burnish a un lado, en el estudio, y una periodista menuda en el otro. Esta se encontraba frente a la puerta principal de la Torre; su abrigo rojo ondeaba azotado por el viento.

—«… la Guardia Extraordinaria afirma que los prisioneros consiguieron escapar aprovechando la influencia antinatural de Felix Coombs sobre el centinela más novato de la guardia, que no sabía qué podía esperar de los detenidos.»

—«Por supuesto —dijo Burnish—. Debe de haber sido una experiencia horrible. Vamos a cortar la conexión para hablar de la más conocida de estos individuos: Paige Eva Mahoney, inmigrante irlandesa de las provincias agrícolas del sur, en la región inquisitorial de los Pálidos. —La región apareció señalada en un mapa—. Mahoney está acusada de asesinato, alta traición, sedición y resistencia a la autoridad. Pero primero hablaremos con la doctora Muriel Roy, reconocida parapsicóloga de Scion, especializada en el estudio de la antinaturalidad del cerebro. Doctora Roy, ¿sospecha usted que fue Paige Mahoney quien coordinó la huida? Ha vivido con su padre, el doctor Mahoney, durante casi dos décadas, sin que él tuviera ni idea de la condición de su hija. Es sorprendente cómo ha podido mantener el engaño tanto tiempo, ¿no?»

—«Pues sí, Scarlett, y como supervisora del doctor Mahoney desde hace mucho tiempo, solo puedo subrayar que la antinaturalidad de Paige ha sido todo un *shock* para él, tanto como lo ha sido para nosotros...»

Mostraron un breve vídeo de mi padre saliendo del complejo Golden Lane, protegiéndose la cara con su tableta de datos. Los dedos se me clavaron en los brazos del sillón. Cuando habló de él, Burnish usó su nombre de pila, poniendo caras raras mientras articulaba las sílabas con dificultad: Cóilín Ó Mathúna. A nuestra llegada a Inglaterra, mi padre había anglicanizado su nombre, convirtiéndolo en Colin Mahoney, y también había cambiado mi segundo nombre de Aoife a Eva, pero por lo que parecía a Burnish esos detalles legales no le importaban demasiado.

Diciendo ese nombre en público había etiquetado a mi padre de elemento extraño, de foráneo. Sentí que se me calentaban los ojos.

Mi padre siempre se había mostrado distante. La noche en que desaparecí fue la primera vez en meses que me había demostrado afecto, al ofrecerse a prepararme el desayuno, y llamándome con mi apodo de infancia. En la cafetería lo había visto temblando, agarrando las manos de la mujer que le acompañaba. Pero para defenderse de la acusación de encubrir a una antinatural —delito que podría suponer la pena de muerte— tendría que renegar de mí en público. Negar que nunca hubiera visto la parte de mí que había definido mi existencia desde mi infancia.

¿Me odiaría mi padre por lo que yo era, o a Scion por habernos traído hasta aquí?

La cama estaba separada del resto de la habitación por una cortina traslúcida. A la izquierda de la almohada había una gran ventana con postigos de madera que daba a un bonito patio trasero. Tras la cortina, en un gran armario había una Linterna Mágica, una máquina de ruido blanco y un tocadiscos portátil con funda de cuero: eran todo accesorios para crear ambiente, pensados para ponerme en la mejor situación para afrontar mis paseos por los onirosajes. Frente a la puerta había una librería llena de recuerdos personales robados y cajas de combustible para una onirámbula como yo: analgésicos, somníferos, adrenalina.

Me desperté agitada, con mi sexto sentido temblando. Mi antigua habitación, con sus paredes color escarlata y el techo pintado con montones de estrellas. Jaxon Hall estaba sentado en el sofá, observándome a través del velo.

—Bueno, bueno… —Tenía el rostro medio oculto entre las sombras—. El sol nace rojo, y regresa una soñadora.

Llevaba su larga bata de seda brocada. Al ver que no respondía, sonrió con un lado de la boca.

—Siempre me ha gustado bastante esta habitación —dijo—. Tranquila. Íntima. Un lugar apropiado para mi dama. He oído que Alfred te ha traído hasta aquí.

—Parte del camino.

—Un hombre muy sagaz. Sabe cuál es tu lugar.

—Eso yo no lo sé.

Nos quedamos mirándonos el uno al otro. Hacía cuatro años que lo conocía, pero la verdad es que nunca me había parado a mirar a Jaxon. El Vinculador Blanco. El Rey de Bastos. El hombre que me había convertido en su única heredera, granjeándome el respeto de gente que triplicaba o cuadruplicaba mi edad. El hombre que me había acogido en su casa y me había ocultado del ojo de Scion.

—Tenemos una pequeña charla pendiente —dijo Jaxon, cruzando las piernas—. Sé que tenemos nuestras diferencias, Paige, querida.

A veces se me olvida que apenas tienes veinte años, y que vives embriagada por el dulce aroma de la ambrosía y de la independencia. Cuando yo tenía veinte años, el único amigo que tenía en el mundo era Alfred. No tenía mimetocapo, ni mentores, ni amigos propiamente dichos. Una situación nada habitual, dado que inicié mi andadura bajo la atenta mirada de un iniciador.

Abrí la cortina que nos separaba.

—¿Eras un niño de la calle?

—Oh, sí. Sorprendente, ¿no? A mis padres los colgaron cuando yo tenía cuatro años. Probablemente serían unos bobos, o no se habrían dejado capturar. Me dejaron solo en la ciudadela, sin un céntimo. No siempre he tenido el dinero necesario para comprar ropas finas y licores caros, querida.

»Mi iniciador me hacía robar a los amauróticos. Trabajaba con otros dos, y juntos controlaban un grupo de dieciocho aprendices miserables. Todo el dinero que conseguía me lo quitaban, y a cambio de vez en cuando me daban algún resto de comida. Siempre soñé con ir a la universidad, ser un hombre de letras, un clarividente respetable, un intelectual…, pero aquellos tres se reían cuando se lo decía. Me dijeron, querida Paige, que nunca había ido al colegio, y que mientras pudiera birlar relojes y tabletas de datos a los amauróticos, seguiría sin ir. El colegio costaba dinero, y además, yo era antinatural, un ser despreciable. Pero cuando cumplí doce años, sentí un picor. Un picor bajo la piel, en un sitio al que no podía llegar.

Se llevó los dedos al brazo, como si aún pudiera sentirlo. Si siempre llevaba manga larga, era por algo. Yo ya había visto las cicatrices, largas marcas blancas que le iban desde el pliegue del codo hasta las muñecas.

—Me rascaba aquel picor hasta que me sangraban los brazos y se me rompían las uñas. Me rascaba la cara, las piernas, el pecho. Mi iniciador me puso a pedir limosna (pensó que mis heridas ablandarían a la gente), y de hecho nunca conseguí tantas monedas como en aquel tiempo, cuando tenía aquellos picores.

—Eso es obsceno —dije yo.

—Así es Londres, querida. —Hizo tamborilear los dedos sobre la rodilla—. Cumplí catorce años y no había cambiado nada, salvo que iba cometiendo cada vez delitos más peligrosos por un trozo de pan y un poco de agua. Enfermé y tuve fiebre; solo pensaba en la independencia, en la venganza… y en el éter. Aunque tenía visión espiritista y aura, la verdadera naturaleza de mi don aún no se me había revelado. Si al menos comprendiera mi clarividencia, pensaba yo, podría hacer dinero con ella y quedármelo. Podría leer la mano a la gente, o tirarles las cartas, como los adivinos callejeros de Covent Garden. Incluso ellos se reían de mí.

Me contaba aquella historia con una sonrisa en la boca; yo no sonreía.

—Un día no pude más. Como una muñeca tirada al suelo, me rompí. Era invierno y tenía mucho mucho frío. Me encontré sollozando en el suelo, en el I-6, rascándome los brazos con desesperación. No me ayudó nadie: ni amauróticos ni videntes —dijo, con un tono cantarín, como si me estuviera contando un cuento antes de dormir—. Estaba a punto de gritar a los cuatro vientos que era vidente, de rogarle a la DVD que me llevara a la Torre, o a Bedleem, o a algún otro infierno en la Tierra…, hasta que una mujer se arrodilló a mi lado y me susurró al oído: «Grábate un nombre, niño, el nombre de alguien muerto hace tiempo». Y nada más decirme aquello, desapareció.

—¿Quién era?

—Alguien con quien tengo una gran deuda, querida mía —dijo, y sus pálidos ojos se quedaron anclados en el pasado—. Yo no sabía nombres de nadie que hubiera muerto tiempo atrás, solo sabía los nombres de los que querría ver muertos, que eran muchos, pero lo cierto es que no tenía nada mejor que hacer, así que caminé seis kilómetros hasta el cementerio de Nunhead. No sabía leer los nombres de las tumbas, pero podía copiar la forma de las letras.

»Me daba demasiado miedo grabarme la piel. Así pues, escogí una tumba, me hice un corte en el dedo y me escribí el nombre con sangre en el brazo. En cuanto hube acabado la última letra, sentí que el espíritu se agitaba a mi lado. Pasé una larga noche en el cementerio, tumbado entre las lápidas, y toda la noche sentí cómo bailaban los espíritus en sus tumbas. Cuando me desperté, el picor había desaparecido.

Una imagen confusa se abrió paso entre mis pensamientos: la de una niña en un campo de amapolas, con la mano tendida, y el dolor cegador del contacto con un duende. Yo era más joven que Jaxon la primera vez que se había hecho presente mi don, pero hasta que no lo conocí a él no tuve ni idea de lo que era.

—Me grabé el nombre del espíritu en la piel, y él me enseñó a leer y a escribir. Una vez logrado mi objetivo, lo liberé y lo vendí por una suma modesta, suficiente como para poder comer caliente todo un mes —recordó Jaxon—. Volví con mis iniciadores un tiempo, lo mínimo indispensable para poner en práctica mi don, y luego, por fin, me marché.

—¿No fueron en tu busca?

—Más tarde fui yo quien fui a por ellos —dijo.

Ya me imaginaba la muerte que les habría dado a aquellos tres iniciadores. De lo más creativa, tal como habría dicho Alfred.

—Después de eso, inicié mi investigación sobre la clarividencia. Y descubrí lo que era —dijo—: un vinculador.

De pronto, Jaxon se puso en pie y se acercó a la pintura prohibida de Waterhouse, colgada de la pared. Representaba a dos hermanastros, Sueño y Muerte, tendidos en una cama, juntos, con los ojos cerrados.

—Te he contado esto porque quiero que sepas que lo entiendo. Entiendo lo que es tener miedo del poder de tu propio cuerpo. Ser un vehículo para el éter —dijo—. No poder confiar nunca en ti mismo. Y empatizo con ese imperioso deseo de independencia. Pero yo no soy un iniciador. Soy un mimetocapo, y considero que soy de los generosos. Recibes algo de dinero para tus cosas. Tienes una cama donde dormir. Lo único que te pido es que obedezcas mis órdenes, igual que hace cualquier mimetocapo con sus empleados.

Yo ya sabía que podía ser peor, que tenía suerte. Eliza ya me lo había dicho. Jaxon se giró y me miró otra vez.

—En Oxford perdí los nervios. Supongo que tú también. Que en realidad no quieres dejar Seven Dials.

—Yo quería ayudar a otros videntes. Tú, más que nadie, deberías entenderlo. ¿No, Jax?

—Pues claro que querías ayudarlos, ya sé lo buena y lo altruista que eres. Y quizás a mí me preocupara que te pusieras en peligro intentando proteger a esos otros videntes. Fui un animal amenazándote así, y merezco que estés enojada. —Me tocó el pómulo con el dorso de los dedos—. Sabes que nunca te habría entregado a esos bárbaros de Jacob's Island. Ningún antropomántico le pondrá un dedo encima a mi onirámbula, te lo prometo.

—¿Saliste a buscarme cuando desaparecí?

—Por supuesto que sí —respondió él, mostrándose herido—. ¿Tú crees que no tengo sentimientos? Cuando no apareciste aquel lunes mandé a todos los videntes de confianza a recorrer el I-4 buscándote. Incluso pedí ayuda a Maria y Didion, que me prestaron a unos cuantos de sus memos. Tenía que evitar que Hector metiera sus apestosas narices en el asunto, por supuesto, así que la operación se llevó a cabo de forma confidencial. Pero no me rendí, te lo aseguro. Preferiría volver a recorrer las calles cubierto de harapos que permitir que Scion se llevara a mi onirámbula. —Suspiró y se giró hacia las dos copas que había sobre la mesilla—. Toma. El hada verde lo cura todo.

—Esto no lo sacas nunca.

—Solo en ocasiones extraordinarias.

Absenta. Con ágiles movimientos de sus largos dedos preparó la bebida: la cuchara perforada, los terrones de azúcar y el agua. El líquido se volvió opalescente. Pocos eran los habitantes de Scion que soportaban el alcohol, pero mis lesiones eran tan profundas que el dolor de cabeza me parecía un riesgo aceptable. Cogí la copa.

—Ibas a reunirte con Antoinette Carter —dije yo—. Ese día en Londres, cuando Nick me disparó. ¿Por qué?

—Ese mes, en Covent Garden, había encontrado unas grabaciones viejas de sus actuaciones. Quería estudiar su don y conseguí contactar con ella a través de los de Grub Street, que son los que publican aquí sus obras. —Dio un pequeño sorbo a su copa—. Solo que con la interferencia de los refaítas se me escapó de entre las manos.

—Pues interferirán mucho más si no los combatimos, Jax —dije yo—. No podemos dejar que sigan con las Eras de Huesos.

—Querida, ya nos ocuparemos de tus amigos de ojos luminosos más adelante. Déjalos que jueguen con sus títeres.

Tuve que contenerme para no levantar la voz:

—Tenemos que advertir al sindicato. Dentro de dos meses instalarán el Senshield. Si no actuamos juntos…

—Paige, Paige. Tu entusiasmo es loable, pero déjame que te recuerde que no somos defensores de la libertad. Somos los Siete Sellos. Nosotros nos debemos al I-4 y a Londres. Como miembros del sindicato, debemos proteger el sector que tenemos asignado. Ese es nuestro único objetivo.

—Todo lo que conocemos perderá sentido si llegan los refaítas. Estamos viviendo en la mentira que han creado para nosotros.

—Una mentira que es la que mantiene el sindicato. Que fue la que lo creó. No puedes cambiarlo, y no debes intentarlo.

—Tú lo hiciste. Con tu panfleto.

—Eso fue muy diferente —dijo, poniendo una mano sobre la mía. Era una mano suave; la mía estaba llena de callos, endurecida de tanto trepar y manejar armas—. Si no os permito tener relaciones duraderas es por algo. Necesito que estéis absolutamente comprometidos con el I-4. Y mientras piensas en los refaítas, no estás pensando en el I-4. En estos días tan ajetreados, no puedo permitirme tener una dama que no esté centrada en su labor. ¿Lo entiendes?

No lo entendía en absoluto. Me daban ganas de agarrarlo de la bata y zarandearlo para que reaccionara.

—No —dije—. No lo entiendo.

—Ya lo entenderás, mi dama querida. El tiempo lo cura todo.

—No voy a dejarlo, Jaxon.

—Si quieres conservar tu puesto en el sindicato, lo dejarás. —Se puso en pie—. El tiempo que pasaste lejos de Seven Dials te sirvió para algo: te diste cuenta de la capacidad de liderazgo que tienes.

Mi expresión no cambió.

—¿Liderazgo?

—No te hagas la tonta. Organizaste toda una rebelión en esa jaula maloliente en la que te metieron.

—No estaba sola.

—Ah, la modestia. Es un vicio. Sí, claro, sin tus amigos te habría costado más. Pero en esa pradera eras una reina. ¡Incluso diste un discurso! Y las palabras, onirámbula mía, las palabras lo son todo. Las palabras dan alas incluso a los que han sido pisoteados y se sienten rotos por dentro, quebrados, sin esperanza de reparación posible.

Yo no sabía cómo responder.

—¿Sabes cuántos años tengo, Paige?

La pregunta me pilló por sorpresa.

—¿Treinta y cinco?

—Cuarenta y ocho —dijo, y yo no pude hacer otra cosa que mirarlo, atónita—. Como miembro del quinto orden de clarividencia, mi esperanza de vida es bastante baja. Y cuando por fin vaya a mi definitivo encuentro con el éter, tú te convertirás en la dueña del I-4. Serás una mimetocapo joven, capaz e inteligente, formarás parte del orden más alto, y contarás con muchos clarividentes fieles a tu servicio. Tendrás la ciudadela a tus pies.

Intenté imaginármelo: la Soñadora Pálida, mimetocapo del I-4.

Dueña de aquel edificio. Sabiendo que todos los videntes del sector me seguirían. Teniendo una voz que se haría oír mucho más que la de una dama. Jaxon me tendió la mano.

—Una tregua —dijo—. Olvida mi falta de comprensión, y yo te lo daré todo.

Ahora era una fugitiva. Una fugitiva buscada. Sin la banda, y situándome en el punto de mira del Vinculador Blanco, sería presa fácil para cualquier vagabundo al que se le ocurriera vender información a Scion. Todos los demás fingirían que yo no estaba allí. Jaxon era mi único vínculo con el sindicato, y el sindicato era la única fuerza organizada de videntes que podía plantarle cara a Scion. No tenía ninguna intención de quedarme callada, pero de momento tendría que seguir el juego. Le tendí la mano, y él me la estrechó.

—Has tomado la decisión correcta.

Eso espero.

Me apretó más la mano.

—Dos años. Hasta entonces, seguirás siendo mi dama.

El corazón se me encogió, pero asentí. En su rostro volvió a aparecer aquella sonrisa forzada.

—Ahora tendríamos que hablar con los otros de tu situación como fugitiva. —Me apoyó una mano en la espalda con suavidad y me llevó al rellano—. Hay ciertas precauciones que debemos tomar si queremos seguir viviendo como arañas en la tela de Weaver. ¡Danica! —Golpeó el techo con el extremo de su bastón—. Danica, deja esos mecanismos y llama a mis chicos. Vamos a tener una reunión, y va a ser inmediatamente.

Sin esperar respuesta, Jaxon me condujo a su despacho. Su *boudoir*, como lo llamaba él. Unas cortinas de chinilla cubrían las ventanas, impidiendo la entrada de luz natural. Había una *chaise longue* con patas en forma de garra y, detrás, el armario donde solía guardar la absenta, así como una librería llena de títulos de Grub Street entre los que no estaba el de Didion. La habitación olía a tabaco, a humo y a aceite de rosas. Una lámpara con una pantalla antigua proyectaba minúsculas manchas de color por el suelo, como si camináramos sobre fragmentos de joyas rotas: amatistas y zafiros, esmeraldas y ojos de tigre, granates, ópalos iridiscentes y rubíes. Jaxon se sentó en su sillón de orejas y se encendió un puro.

Quería que olvidara. Los refaítas eran peligrosos y estaban ahí fuera, esperando su momento, y daba la impresión de que yo era la única a la que le preocupaba mínimamente.

Danica entró arrastrando los pies, con gesto contrariado. Los otros tres llegaron medio minuto más tarde, todos con aspecto más o menos fatigado. Cuando Eliza me vio, sonrió de oreja a oreja:

—Sabía que volverías.

—Tenía que hacerlo.

—Los espíritus la han guiado hasta nosotros, mi médium. Tal como dije que harían.

Jaxon los apremió a todos con gestos de las manos.

—Sentaos, queridos. Tenemos asuntos importantes de los que hablar.

Aún no podía creerme que tuviera cuarenta y ocho años. Apenas se le veían líneas de expresión en el rostro, y en su cabello negro no se veía ni un pelo gris.

—En primer lugar, los pagos. Nadine, para ti —dijo, y con una floritura le entregó un sobre— Esta semana has estado bien en Covent Garden. También hay una pequeña comisión por el último espíritu que vendimos.

—Gracias.

—Para ti, Ezekiel. Has cumplido con tus tareas estupendamente, como siempre.

Zeke cogió su paquete con una gran sonrisa en los labios.

—En cuanto a ti, Danica, te retengo la paga hasta que me muestres algún progreso.

—Vale —dijo ella, con cara de aburrimiento.

—Y por último tú, Eliza, querida. —Le tendió el sobre más grueso, y ella lo cogió—. Hemos conseguido una suma fantástica por tu última pintura. Aquí tienes tu parte, como siempre.

—Gracias, Jax —dijo ella, metiéndose el dinero en el bolsillo de la falda—. Le daré buen uso.

Intenté no mirar el sobre que tenía Zeke en las manos, lleno de billetes. Si hubiera vuelto antes con Jaxon, ahora tendría el salario de una semana bajo el cinto.

—Bueno, ahora al trabajo. Dado que tengo a una fugitiva buscada bajo mi techo, he pensado que tendríamos que aplicar un protocolo de emergencia en el I-4, y abandonar la guarida los días rojos. —Jaxon le dio un golpecito al puro para quitarle la ceniza—. En primer lugar, es importante que sigáis evitando el metro de Londres. Si tenéis que viajar a otro sector, yo mismo os pediré un taxi pirata.

—¿No podemos ir a pie? —preguntó Eliza, levantando la cabeza, como sorprendida—. ¿Al menos si son distancias cortas?

—Si es necesario. Con el sindicato usad siempre y en todo momento vuestro apodo, y cualquier otro nombre fuera del sindicato. Evitad las calles con cámaras; ya sabéis dónde están, pero atentos a cualquier cámara móvil. Cuando salgáis de la guarida, tapaos la cara todo lo que podáis, y salid solo cuando sea absolutamente necesario.

—Así pues, ¿ya no tenemos que ir a ese rollo de subastas de Didion? —preguntó Nadine, aparentemente contenta.

—Las subastas son perfectamente seguras, al igual que el mercado negro —dijo Jaxon, dándole una palmadita en el dorso de la mano—. Yo también aborrezco el aire que respira Didion, querida, pero pese a sus tonterías es un negocio lucrativo para nosotros. Además, ahora que nuestra maravillosa Paige ha vuelto, será ella quien se ocupe de las pujas. Junto con sus otras tareas como dama.

Nadine suavizó el gesto.

—Vale —dijo—. Bien.

Yo levanté una ceja. Intercambiamos una mirada rápida y Jaxon volvió a sentarse en su sillón.

—Bueno, al grano: la búsqueda será más intensa durante las próximas dos semanas. Después de eso podremos bajar un poco nuestras defensas.

—Jaxon —le interrumpí—, los refaítas saben quiénes somos y dónde vivimos. Saben quién eres. ¿No deberíamos tener un plan de huida?

Se oyó un ruidito, el de la taza de Eliza al chocar contra la superficie de la mesa.

—¿Saben dónde vivimos?

Jaxon elevó la mirada al techo. Estaba claro que no quería que habláramos de los refaítas delante de los demás, pero a mí no me importaba. Sí, había aceptado volver a trabajar para él, pero eso no significaba que pudiera hacer como que no existían.

—Tenían videntes que hicieron sesiones de espiritismo —añadí—, y llegaron a ver imágenes del pilar de los relojes de sol. Solo es cuestión de tiempo que descubran dónde es.

—Bueno, ya. Hay montones de pilares en la ciudadela, por no hablar de la enorme cantidad de relojes de sol —dijo Jaxon, poniéndose en pie—. Déjalos que busquen. Esta ciudadela estará en ruinas antes de que tengamos que abandonar nuestra guarida de forma permanente. No voy a renunciar a este territorio porque unos extraños hagan sesiones de espiritismo.

—Te buscaban a ti, no solo a Antoinette. Y no tardarán mucho en volver a intentarlo.

—No tengo tiempo para preocuparme de los caprichos de un puñado de monstruos —dijo, agarrando su bastón—. Pero os enseñaré algo, para que os quedéis tranquilos.

Nos llevó escaleras abajo, hasta la planta baja de la guarida. En el vestíbulo no había mucho que ver: solo un espejo polvoriento que ocupaba toda la pared, la bici de Zeke y una puerta trasera cerrada con llave que daba al patio. Jaxon señaló el estrecho espacio que quedaba bajo las escaleras.

—¿Veis esos tablones? —Les dio unos golpecitos con el bastón—. Bajo esos tablones está la salida de emergencia de Seven Dials.

Eliza frunció el ceño.

—¿Tenemos una salida de emergencia?

—Pues sí.

—¿Hemos vivido aquí todos estos años y nunca se te ocurrió contárnoslo? —protestó Nadine.

—Por supuesto que no, querida mía. ¿Qué necesidad había? A Zeke y a ti os dan por muertos, y nadie tenía demasiado interés en el resto de nosotros. Hasta ahora —añadió, mirándome a mí—. Además, no siempre ha estado ahí. Hice que la construyeran tras una redada inesperada en el I-4. Eliza y Paige lo recordarán.

Debió de ser cuando tuvimos que refugiarnos en el apartamento de Nick.

—Básicamente es un escondrijo. Si la DVN se presentara aquí buscando a Paige, podría esconderse ahí dentro unas horas. Si la situación se pusiera crítica, podría presionar un panel que hay detrás, que la llevaría a un túnel que conduce hasta Soho Square.

Retiró la hoja de su bastón y la usó para levantar uno de los tablones. El espacio que quedó a la vista tendría unos dos metros por tres.

—Más bien parece un agujero para enterrar vivo a alguien —dijo Eliza, no muy convencida.

—Fíjate en esa palabra clave, mi médium querida: «vivo». Antónimo de muerto.

Jaxon empujó el tablón, que volvió a ocupar su lugar.

—Tenedlo presente. De momento, recordad mis normas, y todos estaremos perfectamente a salvo. —Chasqueó los dedos—. Venga, volvamos al trabajo. Paige, tú ven conmigo.

Le seguí. Nadine me lanzó una mirada airada al pasar a su lado, pero desapareció antes de que pudiera preguntarle el motivo.

—No asustes a los demás, cariño —dijo Jaxon, cerrando la puerta del despacho a mis espaldas—. No necesitan que les hables de los refaítas.

—Salvo por Eliza, todos han estado en Sheol I —respondí, intentando mantener la calma—. Ellos mismos los vieron.

—No quiero que se preocupen. Si han decretado la zona roja, todos estamos en peligro —respondió, moviendo unos papeles sobre la mesa—. Bueno, volvamos al trabajo. Últimamente hemos perdido mucho dinero en el I-4. Nadine ha hecho lo que ha podido ocupando el cargo de dama de forma temporal, pero no es como tú, y a ti se te daba estupendamente hacer que aparecieran monedas en mis arcas. Contigo en el Juditheon, puedo volver a enviar a Nadine a Covent Garden con su violín.

Me senté.

—Puede que no le guste.

—Bueno, es lo que hacía antes, ¿no? ¿No la contraté específicamente para que tocara en las calles?

—Sí, Jaxon —contesté, con la máxima paciencia posible—. Pero quizá no le guste ver cómo se reducen sus ingresos. ¿Le estabas pagando mi sueldo?

—Tú no lo necesitabas, ¿no? —dijo, mostrándose sorprendido, como si le hubiera preguntado si la hierba es verde—. Es una suspirante, Paige. Para ella, la música es el equivalente de un *numen*. —Sacó un rollo de papel de un cajón, precintado con lo que parecía una pajarita en miniatura—. Aquí tienes. Una invitación para la próxima subasta en el Juditheon. —Me lo lanzó—. Estoy seguro de que Didion estará encantado de verte.

Me la metí en el bolsillo de atrás.

—Pensaba que querías que no saliéramos de aquí.

—Ya te he dicho, Paige, que estamos perdiendo ingresos. A menos que prefieras quedarte aquí y ver que el dinero se nos va como el agua resbalando sobre una bola de cristal, tendrás que trabajar.

—No estarás perdiendo tu toque, ¿verdad?

—Tontita. Nunca culpes a tu mimetocapo por los fracasos de sus subordinados. Las pérdidas se deben a diversos motivos —dijo, sentado al borde de su escritorio—. Han detenido a varios de nuestros limosneros más rentables (pobres idiotas, evidentemente no han sido lo suficientemente prudentes). Y evidentemente no lo digo por ti, muñeca. Dos establecimientos importantes han dejado de pagar el alquiler. Además, la actividad de todo el sector se ha reducido desde que se te llevaron. Necesito ese espíritu efervescente, querida. —Abrió un armario y buscó entre las botellas—. Ah, y una cosa más: no puedes ir por la calle con ese aspecto.

—¿Qué aspecto?

—El tuyo, preciosa. Tu cabello es demasiado reconocible. —Sacó una botella de cristal y un pequeño recipiente—. Toma. Aquí tienes las herramientas —dijo—. Vuélvete invisible.

Bajo la rosa

—¿*O*igo cien?

Una sola vela blanca ardía en una hornacina; era la única luz en aquella cripta subterránea. Goteaba cera y la llama se agitaba con la corriente de aire, ante la atenta mirada de un querubín de piedra con muñones en el lugar donde antes tenía las alas. Yo tenía las botas apoyadas en un escabel de terciopelo, y el brazo en el respaldo de una silla tapizada. Pasaron unos momentos antes de que alguien levantara una paleta.

—Cien para el IV-3 —dijo Didion Waite, ahuecando una mano y poniéndosela en torno a la oreja—. ¿He oído doscientos?

Silencio.

—¿Puedo tentaros con ciento cincuenta, damas y caballeros? Vuestros mimetocapos estarán encantados con este ejemplar. Preguntadle al sargento por sus secretos, y quizás os hagáis con una destripadora. Y si os hacéis con una destripadora…, ¿quién sabe? ¡Quizás acabéis haciéndoos con un destripador!

Se alzó otra paleta.

—¡Un convencido más! Ciento cincuenta ofrecen en el VI-5. Ha recorrido un largo trecho para hacerse con este premio, señor. ¿Alguien da doscientos, damas y caballeros? Ah, ¿doscientos? ¡No, trescientos! Gracias, III-2.

La subasta con vela siempre era un aburrimiento; la maldita no parecía consumirse nunca. Me puse a juguetear con un hilo suelto de mi blusa. Cuando Didion pidió cuatrocientos, levanté mi paleta.

—Cuatrocientos a... —Didion hizo girar el mazo—. I-4. Sí. Cuatrocientos da la Soñadora Pálida. ¿O quizá debería llamarte Paige Eva Mahoney?

Unas cuantas personas me miraron con curiosidad. Me puse rígida. ¿Acababa de decir...?

—¿Serás tú la próxima que vendamos en subasta, querida? —añadió, sin disimular que estaba disfrutando del momento—. Teniendo en cuenta tu situación actual con Scion...

Los murmullos se extendieron por la sala. Sentí el vello de punta. Didion Waite acababa de desenmascararme.

Aunque la Soñadora Pálida era un personaje conocido, su rostro y su nombre real no lo eran. Algunos miembros del sindicato habían abandonado su identidad legal para dedicarse por completo al submundo, pero otros seguían manteniendo un puesto de trabajo respetable en Scion, lo que los obligaba a ocultarse tras una máscara y un apodo. Yo siempre había sido de los que llevaban una doble vida. Dada la posición de mi padre, y mi deseo de mantener el contacto con él, Jaxon siempre me había hecho llevar un pañuelo rojo sobre la boca y la nariz cuando ejercía mis funciones como dama. Reaccioné lo suficientemente rápido como para contestar:

—Solo si tú pujas por mí, Didion.

Las primeras filas estallaron en carcajadas, y a Didion no le gustó nada.

—Bueno, eso no podré hacerlo, ya que estoy plenamente entregado a la memoria de mi Judith. Pareces el doble de tu mimetocapo, querida —dijo, con el rostro congestionado—. ¿Tan enamorado está el Vinculador Blanco de sí mismo que ha convertido a su dama en su propio reflejo?

Yo llevaba el cabello teñido de negro y cortado a la altura de la barbilla, con lo que el cuello me quedaba al descubierto. Mis lentillas eran de color avellana, y no del azul pálido de los ojos de Jaxon, pero eso Didion no podía verlo.

—Oh, no. Estoy segura de que el Vinculador sabe que con uno que haya ya es bastante para ti, Didion —respondí, ladeando la cabeza—. Al fin y al cabo, ya has perdido una guerra de panfletos contra él.

Nadie se molestó en reprimir la risita fácil. Jack Piesligeros soltó tal carcajada que la Reina Perlada dio un respingo, y Didion pasó de un color rosado al morado intenso.

—¡Orden! —gritó, y, bajando la voz, añadió—: Y por si te interesa, señorita, estoy trabajando en un nuevo panfleto, gracias por preguntar; un panfleto que sacará al *Sobre los méritos* de las páginas de la historia, acuérdate de lo que te digo...

Jimmy O'Goblin, que estaba sentado a mi lado, se rio y echó un trago de su petaca. Me dieron un golpecito en el hombro y me giré. Un recadista me susurró al oído:

—¿De verdad eres la chica que está buscando Scion?

—No tengo ni idea de lo que estás hablando —respondí, cruzándome de brazos.

—¿He oído quinientos? —preguntó Didion, muy digno.

Hice un esfuerzo por volver a concentrarme, intentando hacer caso omiso a las miradas y los murmullos. No era habitual que alguien desenmascarara en público a un miembro del sindicato. Didion me había visto la cara una vez, hacía un año más o menos. Seguramente le había encantado delatarme, pero su gesto me había puesto aún en más peligro.

El espíritu que se subastaba era el de Edward Badham, sargento de la policía de la famosa División H, agentes del orden en tiempos de la monarquía, más específicamente los que tenían asignada la zona de Whitechapel. Hasta después de la muerte de la reina Victoria, cuando se hizo público que su hijo era un antinatural, no se había fundado la División V, precursora de la fuerza policial de videntes de Scion, obra de lord Salisbury. Cualquier espíritu relacionado con la División H podría ser una ayuda excelente para encontrar al Destripador. En las primeras filas veía a Jack Piesligeros, Jenny Dientesverdes y Ognena Maria, que levantaban sus paletas a la primera oportunidad. En el otro lado de la sala estaba el Bandolero, caballero del II-6, con su gesto adusto, como siempre. Por lo que se decía, jamás se perdía una subasta relacionada con el Destripador.

La vela se estaba consumiendo, y el precio de la esencia del sargento Badham iba en aumento. Muy pronto quedamos solo seis postores. Probablemente, Jaxon fuera el mimetocapo más rico de la ciudadela, pero en las subastas del Juditheon la vela hacía que se igualaran las oportunidades. Vi el revelador chisporroteo de la mecha un instante antes de que se extinguiera y, en ese momento, levanté mi paleta. Pero apenas una décima de segundo después lo hizo alguien más.

—Cinco mil.

Todos se giraron. Era el Monje, caballero del I-2. Como siempre, tenía el rostro cubierto por una capucha negra.

—¡Cinco mil! Tenemos un ganador —proclamó Didion, que con aquella cantidad podría comprarse durante un tiempo pelucas empolvadas y pantalones apretados—. La vela se ha apagado, y el espíritu del sargento Edward Badham pertenece a la Abadesa, del I-2. ¡Mis condolencias a todos los demás!

La cripta se llenó de gruñidos y protestas, que se unieron a los murmullos resentidos de los asistentes de secciones más pobres. Fruncí los labios. Había perdido el tiempo…, pero, bueno, al menos me había servido para salir unas horas de la guarida.

El enorme Bandolero se puso en pie, derribando su silla. De pronto se hizo el silencio.

—Ya está bien de esta farsa, Waite —dijo, con su voz estruendosa—. Ese espíritu es propiedad del II-6. ¿Dónde lo has conseguido?

—Este espíritu llegó a mi poder legalmente, señor, como todos mis espíritus —se defendió Didion—. Si de verdad cree que todos los espíritus del II-6 desean permanecer allí, ¿por qué me los encuentro constantemente en mi territorio?

—Porque eres un tramposo y un delincuente.

—¿Puede demostrar esas acusaciones, señor?

—Un día —replicó él, con un tono siniestro— encontraré al Destripador, y tú mismo lo demostrarás con tu vida.

—Espero que eso no sea una amenaza contra mi persona, señor, de veras lo espero —respondió el subastero, estremecido—. No toleraré ese tipo de lenguaje en la casa de subastas de mi señora, señor. Judith nunca habría permitido ese abuso verbal.

—¿Dónde está el espíritu de tu mujer? —gritó un médium—. ¿Vas a subastarla también a ella?

Didion se puso rojo como un tomate. Y cuando Didion Waite renunciaba a los formalismos, se sabía que las cosas se estaban poniendo mal.

—Ya basta —dijo una de las mimetocapos. Llevaba el cabello corto, de color caoba, peinado al estilo Pompadour, y hablaba con un ligero acento búlgaro—. La culpa es de la vela, Bandolero, no de quien la ha encendido. Busca en tus calles si quieres encontrar al maldito Destripador.

Con un gruñido rabioso, el grandullón salió de la cripta a toda prisa. Jack Piesligeros también se marchó, riéndose para sus adentros de la escena que se había montado, mientras que Jenny Dientesverdes salió refunfuñando. Cuando fui a recoger mi chaqueta y mi bolsa, vi que Didion corría hacia el Monje, pero este ya estaba subiendo las escaleras.

—Yo me lo llevaré —dijo una joven. Tenía el cabello rojo, recogido en un moño trenzado, sujeto con una peineta en forma de abanico.

Didion le entregó un certificado de vinculación.

—Por supuesto, por supuesto —respondió, y le besó la mano, en la que llevaba un anillo de oro alargado—. Dígale a la Abadesa que puede enviar a su vinculadora cuando lo desee.

La joven esbozó una sonrisa y se guardó el certificado.

—Me encargaré de que tenga su dinero dentro de unos días, señor Waite.

Era evidente que últimamente la Abadesa disponía de mucho dinero. La mayoría de los jefes de bandas eran ricos, pero no tenía claro que muchos de ellos estuvieran dispuestos a gastarse cinco de los grandes en un espíritu.

—¿Soñadora Pálida?

Una mimetocapo se había parado en el pasillo, delante de mí, la del cabello caoba. Yo me llevé tres dedos a la frente, como era de rigor entre los miembros de la Asamblea Antinatural.

—Ognena Maria.

—Estás diferente. Iba a decir que no sabía nada de ti desde hacía tiempo, pero lo cierto es que tu cara se ha visto en todo Londres.

—Me escapé de la Torre —dije, colgándome la bolsa del hombro—. No sabía que tú también quieres dar caza al Destripador.

—No, no quiero. Pero necesito urgentemente más espíritus, y el Juditheon me ha parecido el mejor lugar para conseguirlos.

—Podías haber escogido uno que no fuera de la División H.

—Lo sé, pero me gustan los retos. Aunque no soy lo suficientemente rica como para ganar. —Me tendió un brazo—. ¿Subes?

Allí abajo no había nada más que hacer. Sabía que tenía que salir de allí lo antes posible —Jaxon estaba esperándome en la calle—, pero lo que me había dicho me pareció curioso.

—Debes de tener muchos espíritus —dije, mientras subíamos por las escaleras. Los broches que llevaba en la chaqueta tintinearon—. ¿Por qué este?

—Hace poco dejamos que unos cuantos se fueran del I-5. Parece que les repele una calle en particular. Yo no le veo nada de malo, a menos que alguien haya hecho alguna chapuza durante una sesión de espiritismo en alguna de las casas. —Una línea de expresión le surcó la frente—. A vosotros no os habrá pasado algo así en el I-4, ¿no?

—El Vinculador nos lo habría dicho.

—Oh, el Vinculador está para el arrastre. No sé cómo puedes trabajar para él —dijo, dándole vueltas al anillo de uñas—. ¿No estará interesado en alquilar una tumba en Old Spitalfields?

—Puedo preguntárselo.

—Gracias, cariño. Tiene más dinero del que yo tendré nunca —dijo Maria, mientras empujaba la trampilla para salir.

—¿Quieres que le comente tu problema?

—No le interesará, pero puedes intentarlo.

Aparecimos entre los muros de lo que en otro tiempo había sido una iglesia. Unos pálidos rayos de sol penetraban por el tejado roto de Bow Bells, una de las pocas iglesias de Londres que no había sido destripada y reformada como estación de centinelas. Había quedado desfigurada a principios del siglo xx, por supuesto, como todo lo asociado al más allá y a la monarquía —al querubín le habían arrancado las alas, los altares habían sido destruidos por vándalos republicanos—, pero las campanas seguían en el campanario. Todo aquello me recordaba Sheol I. Un vestigio de un mundo antiguo.

Empujé la losa que cerraba la cripta, devolviéndola a su sitio. Había otra mujer de pie junto al altar, hablando con el Monje y con el recadista. Era alta y delgada, y llevaba un traje de chaqueta y un sombrero de copa sujeto por unas horquillas a su voluminosa melena de cabello castaño.

La propia Abadesa había acudido en busca de su caballero. La mimetocapo del I-2, fundadora del mayor salón nocturno de Londres.

—¡Maria! —dijo, dando una palmada, y su voz me recordó a una cerilla al encenderse—. Eres tú, ¿verdad, Maria?

—Enhorabuena, Abadesa —respondió Maria, tensa—. Vaya premio te llevas.

—Eres muy amable. Yo no tengo una gran colección de espíritus, como otros, pero de vez en cuando me gusta pujar. Dime, ¿cómo te las arreglas con la zona roja?

—Bastante bien. Conoces a la Soñadora Pálida, ¿verdad?

La Abadesa me escrutó a través de su velo de malla. Apenas se le veía la piel, de color tostado, la larga nariz y aquella sonrisa, que era como una pluma roja.

—Por supuesto que sí. El prodigio del Vinculador Blanco. Qué alegría. —Me cogió la barbilla con la mano, enfundada en un guante de encaje—. Desde luego, tú serías una caminanoches estupenda.

—Ahora mismo está algo ocupada peleándose con Weaver —respondió Maria, con una risita contenida—. Me encantaría quedarme a charlar, pero tengo que ocuparme del mercado.

—Quiero charlar contigo —dijo la Abadesa, soltándome—. O hablamos ahora, Maria, o esta noche.

—Cuando hay zona roja solo dejo a mis videntes una vez al día.

—Mañana, pues. Enviaré a uno de mis recadistas para arreglarlo.

Maria asintió a modo de despedida y reemprendió la marcha. Yo la seguí.

—Maldita *madame* —dijo, abriendo las puertas de par en par—. Se cree que todos tenemos tiempo para charlar, como ella.

—¿Qué crees que quiere realmente?

—Probablemente más caminanoches. Ya le he dicho que ninguna de mis videntes está interesada. Pero ella no deja de preguntar. —Maria se subió el cuello del abrigo para protegerse del viento—. Ve con cuidado, cariño. Ya sabes que en el I-5 siempre habrá un lugar para ti, si alguna vez te interesa el pluriempleo.

—Lo tendré en cuenta.

Echó a caminar a paso ligero hacia la estación de Bank. Yo ya había recibido otras ofertas de trabajo, igual que Eliza —siempre había buscones moviéndose por entre las diferentes secciones, intentando convencer a los mejores videntes para que trabajaran para otro jefe—, pero siempre las había declinado. Jaxon pagaba bastante, y tener dos trabajos suponía un riesgo. Los mimetocapos lo considerarían una traición castigable con el exilio, si no ya con la muerte.

Pero Maria parecía realmente preocupada por la pérdida de espíritus, por la posible amenaza que eso podía suponer para sus videntes. Si conseguía difundir la noticia, quizá fuera una aliada útil. Y si no conseguía hacer algo de dinero, quizás el pluriempleo acabara siendo mi única opción.

En la esquina me esperaba un taxi pirata.

—El Vinculador ha dicho que tienes que ir a Covent Garden —dijo la taxista.

—¿De verdad?

—De verdad. Date prisa, ¿quieres? —Se secó el cuello con un pañuelo—. Ya es bastante arriesgado llevar a una fugitiva en mi taxi como para encima ir arrastrando los pies.

Entré. Eliza debía de haber acabado un cuadro. SciLo seguía siendo zona roja, con un nivel de seguridad más alto que la aguja de la antigua St. Paul's. Metrovigilantes en puntos de control día y noche, vehículos militares patrullando la cohorte central de día, centinelas con el doble de armas. Cuando el taxi pasó junto a una pantalla de transmisiones, levanté la vista por enésima vez. Para un desconocido, aquella cara resultaría hostil: sin una sonrisa en el rostro, demasiado orgullosa como para dar pena, con unos ojos grises y fríos y la palidez de un cadáver. No era la cara de una inocente. La mujer de la pantalla era la antinaturalidad encarnada; sus gélidos ojos eran los de la muerte. Tal como había dicho el Custodio.

El Custodio. Mientras yo estaba en la ciudadela ocultándome de mi propio reflejo, mi colaborador refaíta también era un fugitivo. Me lo imaginé en el Inframundo, recolectando amaranto, usando su esencia para tratarse las cicatrices. Mirando por encima del hombro por si se presentaban los Sargas. No sabía qué aspecto tendría el Inframundo, pero me lo imaginaba como un reino imponente, oscuro, lleno de cosas medio vivas. Y el Custodio, con su espada de mango negro, siguiendo la pista a la soberana de sangre, que huía de su reino, como había hecho Eduardo VII. El Custodio en plena persecución. La imagen me impactó, me saturó la sangre de adrenalina. «Si no regreso —me había dicho—, querrá decir que todo va bien. Que he acabado con ella.» Bueno, no había regresado, y estaba claro que nada iba bien. La mascarada de Scion ocultaba lo que estaba ocurriendo realmente, y si Nashira había matado a mi único aliado entre los refaítas, quizá nunca lo descubriera.

El Custodio lo había arriesgado todo —y había perdido— para ayudarme a huir de mi prisión. Y yo, por mi parte, había vuelto a mis chanchullos, con la cola entre las piernas: no había sido capaz de convencer a Jaxon para luchar y maldecía el nombre de Hector cuando no podía oírme.

Cuando salí del taxi, di un portazo casi sin querer. Zeke me esperaba bajo los pórticos de piedra. Iba perfectamente arreglado, como solía hacer los días de venta: chaleco de seda brocada, el cabello perfectamente peinado y unas gafas de montura gruesa con las que parecía que tuviera cincuenta años.

—¿Cómo estás, Paige?

—Estupendamente. Bonitas gafas. —Comprobé que llevara el pañuelo de cuello bien puesto—. ¿De qué va esto?

—Eliza ha acabado tres cuadros. Jax quiere que los tengamos vendidos esta misma noche. Además de toda la quincalla. —Se puso a caminar a mi lado—. No nos iría mal que nos ayudaras con la venta. A mí se me da fatal.

—Te iría mejor si no pensaras que se te da fatal. ¿Dices que quiere que lo vendamos todo? ¿Es que necesita otro bastón antiguo, o algo así?

—Dice que vamos cortos de fondos.

—Eso me lo creeré cuando deje de comprar puros y absenta.

—Cuando no estabas, no paraba de beber. Según Nadine, tomaba absenta cada noche.

Tras aquellas gafas tan excéntricas se le veían los ojos inyectados en sangre, como si él también le hubiera dado a la absenta.

—Zeke —dije—. ¿De verdad salió a buscarme?

—Oh, sí. No dejó de buscar hasta julio. Luego dio la impresión de que abandonaba, y puso a Nadine como dama temporal. Cuando Nick tuvo noticias tuyas, en agosto, después de que te viéramos en Trafalgar Square, se puso…, bueno, estaba como loco de alegría. Y entonces se puso a buscar otra vez. —Se ajustó las gafas—. ¿Te ha dicho si hará algo con los refaítas?

—No.

—¿Y tú vas a hacer algo?

—Me ha dicho que no lo haga —respondí, intentando ocultar la rabia—. Necesita que estemos totalmente comprometidos con el I-4.

Zeke meneó la cabeza.

—Esto es una locura. Tenemos que hacer algo.

—Si tienes alguna sugerencia, soy todo oídos.

—No la tengo —reconoció—. No sabría por dónde empezar. El otro día estaba hablando con Nick y pensamos que podríamos intentar emitir algo para toda la nación, pero tendríamos que penetrar en el Arconte para hacerlo. Y aunque lo lográramos, ¿cómo puedes decirle a la gente algo que sabes que no se van a creer?

No me había dado cuenta de lo ambicioso que era Zeke. Por mucho que me gustara la idea, ScionVista contaba con un sistema de seguridad potentísimo que no permitía plantearse siquiera colarse y emitir algo desde allí.

—Si no sabemos caminar, no podemos echar a correr, Zeke —dije, suavizando el tono—. Si vamos a hacer algo, tendremos que empezar poco a poco. Que se entere primero el sindicato; luego ya lo haremos llegar al resto de la ciudadela.

—Ya, era un plan utópico. —Zeke se aclaró la garganta—. Por cierto, ¿te ha dicho Nick…?

—¿Decirme? ¿Qué?

—Nada, olvídalo. ¿Conseguiste el espíritu?

—La Abadesa me lo quitó de las manos. Pero ¿qué ibas a…?

—No importa. No creo que a Jax le importe de verdad la División H. Prácticamente, ha reconocido que lo hacía para molestar a Didion.

—Menuda novedad…

Didion y Jaxon estaban en guerra desde hacía años, se atacaban con sus panfletos, y en ocasiones habían llegado a la violencia física. Didion criticaba a Jaxon por ser el «caballero más descortés que había conocido nunca»; Jaxon odiaba a Didion por ser un «ricitos inútil y un frívolo» y por su horrible dentadura. Resultaba complicado rebatir tales acusaciones.

Caminamos juntos por el pórtico hasta que llegamos a un farol. En lugar de los faroles habituales en Scion, este tenía los cristales de un azul cobalto intenso con tonos verdosos, difícil de ver a menos que se prestara atención. Colgaba sobre la puerta de una tienda de ropa de segunda mano. Zeke le hizo un gesto discreto a la vendedora, una vidente, que asintió.

Una escalera de caracol nos llevó al sótano de la tienda. Allí no había clientes; solo colgadores de ropa de segunda mano y tres espejos. Zeke se giró a mirar por encima del hombro; luego tiró de uno de ellos, que se abrió como una puerta. Nos colamos en el orificio y entramos en un largo túnel.

El mercado negro se encontraba entre Covent Garden y Long Acre. Era una caverna subterránea de unos mil cuatrocientos metros cuadrados, y hacía décadas que era el centro del comercio ilegal en la ciudad. La mayoría de los vendedores ambulantes se ganaban la vida en los mercados amauróticos, pero este era exclusivamente para videntes, y totalmente secreto. La DVN nunca había dado su ubicación a

Scion, probablemente porque muchos de sus miembros seguían comprando sus *numa* en el mercado. La DVN les daba cobijo y alimento, pero no un medio para entrar en contacto con el éter. La suya era una vida complicada, en la que combatían con su propia naturaleza.

La caverna estaba mal ventilada, y se sentía el calor de cientos de cuerpos. Los puestos vendían miles de *numa* de todos tipos. Espejos de mano, de pared, con marco. Bolas de cristal tan grandes que no podían levantarse del suelo, otras de vidrio ahumado, tan pequeñas que cabrían en una mano. Tablas de espiritismo. Incienso para quemar. Tazas de té y teteras de hierro colado. Llaves para cerraduras que quizá no hubieran existido nunca. Pequeñas hojas de cuchillo sin filo. Cajas de agujas. Libros prohibidos. Barajas de tarot de diseños variados. Y luego estaban los puestos de los augures, donde se vendían flores y hierbas en abundancia. Más allá estaban los frascos de medicinas para los médiums —relajantes musculares, adrenalina, litio— y los delicados instrumentos para los susurrantes, las plumas para los psicógrafos y las sales de olor para combatir los malos olores percibidos por los rastreadores.

Zeke paró junto a un puesto que vendía máscaras para vendedores y se puso una. Yo vi una barata que me llamó la atención, de plástico con una capa de pintura plateada, que apenas me cubriría la mitad superior del rostro. Me metí la mano en el bolsillo y pagué con una parte mínima del dinero que me había dado Jaxon para la subasta.

El puesto insignia del I-4 estaba especializado en arte funerario, mortajas y otros lujos morbosos para los clarividentes acaudalados. En nuestro puesto no había *numa* baratos. Toda nuestra mercancía se presentaba sobre paños de terciopelo, dispuesta entre jarrones con rosas. Y tras el puesto estaba Eliza, con su vestido de terciopelo verde oscuro, sus dorados tirabuzones cayéndole por la espalda y los brazos cubiertos de un delicado encaje negro. Estaba hablando con un augur que por su atuendo debía de ser comerciante.

Cuando Eliza nos vio, le dijo algo a su cliente, que se marchó.

—¿Ese quién era? —pregunté.

—Un coleccionista de arte.

—Estupendo. Ahora venid un momento detrás de la cortina.

—Vale, vale —dijo, quitando una motita de polvo del cuadro más grande con un pincel—. Zeke, ¿puedes ir a por más rosas?

—Claro. ¿Quieres un café?

—Y un poco de agua. Y de adrenalina. —Eliza se frotó la frente con la manga—. Nos pasaremos aquí toda la noche si no conseguimos vender esto.

—A ti no te pueden ver —dije yo, agarrándole del codo y llevándomela a la parte trasera del puesto, donde había una cortina que ocultaba nuestros abrigos y nuestras bolsas.

Ella suspiró, se sentó y sacó unos trabajos que le había dado Jaxon. Le gustaba estar allí por si teníamos consultas que hacerle, pero si alguien veía a una médium pintora cerca de nuestros cuadros, enseguida sacarían conclusiones. Zeke asomó la cabeza por un lado de la cortina.

—¿Dónde está Jax?

—Ha dicho que tenía algo que hacer en otro sitio —respondió Eliza—. Como siempre. Tú trae las rosas, ¿quieres?

Zeke frunció ligeramente el ceño, pero se puso en marcha. Eliza solía estar de mal humor tras una posesión, arrastraba tics y espasmos. Saqué unos cuantos cráneos humanos de una caja.

—¿Quieres tomarte un descanso?

—Tengo que estar aquí.

—Pareces agotada.

—Sí, Paige. Llevo sin dormir desde el lunes —dijo, y justo en ese momento le tembló un párpado—. En cuanto acabé con Philippe, Jax me hizo venir aquí.

—Nosotros los venderemos. No te preocupes. ¿Dónde está Nadine?

—Vendiendo por la calle.

No podía culparla por ser brusca conmigo. Tenía derecho a dormir en una habitación oscura tras un trance, hasta que se le pasaran los temblores. La ayudé con la mercancía, apilando cráneos, relojes de arena y de bolsillo, urnas para especímenes. Casi todo aquello era obra de adivinos que trabajaban para Jaxon, y nosotros lo vendíamos por cinco veces lo que se les pagaba a ellos.

Al poco rato se produjo una discusión en el puesto de enfrente, donde un par de palmistas ofrecían lecturas de mano. El cliente era un acutumántico, y parecía algo descontento de lo que le había dicho la palma de su mano.

—¡Quiero que me devuelvas «todo» mi dinero! ¡Charlatán!

—Debe enfadarse con sus manos, no conmigo —dijo el palmista, con una mirada dura como el sílex—. ¡Si quiere su propia versión de la verdad, quizá debería intentar tejérsela con sus agujas!

—¿Qué estás diciendo, sucio augur?

Le soltó un puñetazo en la nariz y se oyó un crujido. Los videntes que estaban más cerca se rieron y patearon el suelo. Los palmistas sabían usar los puños. El acutumántico cayó sobre la mesa y luego se echó adelante con un rugido, salpicando la alfombra de sangre. La segunda palmista le lanzó un dúo de espíritus a la cara, pero él se defendió lanzándole un afilado punzón a la garganta. De pronto, el grito de la palmista quedó ahogado, y la multitud jaleó al ganador.

—¿Alguien más? —rugió el acutumántico, con otro punzón en la mano—. Venga, valientes. ¿Quién quiere acabar con un pinchacito en el corazón?

Se marchó de allí, derribando una mesa a su paso. Eliza meneó la cabeza, contrariada, y volvió tras la cortina. ¿Cómo podía albergar yo la mínima esperanza de unir a toda aquella gentuza por un fin común? ¿Cómo iba a hacerlo nadie?

Enseguida se puso orden y el mercado recuperó su actividad normal. Para cuando Zeke regresó, yo había vendido tres relojes de bolsillo y un reloj de arena del tamaño de un dedo. Zeke tenía las gafas empañadas por el calor. Me lo llevé tras la cortina, con Eliza.

—¿Os habéis enterado de la pelea con los palmistas? —preguntó.

—La hemos presenciado.

—Ha habido otra cerca del puesto de café. Los cuervos y la Compañía de los Hilos otra vez.

—Idiotas —dijo Eliza, que se bebió la mitad de su café de un trago—. ¿Has encontrado adrenalina?

—Se ha acabado. Lo siento.

Eliza no se aguantaba en pie.

—Tómate un descanso —insistí, cogiéndole los papeles de la mano.

—Volveré. Vosotros seguid vendiendo.

—Media hora —dijo Zeke, agarrándola de los hombros y alejándola del puesto—. No discutas. ¿Vale?

—Vale, vale, pero vosotros dos tenéis que aprenderos bien los datos —dijo, exasperada—. Philippe era *brabançon*, pero eso significa que era del ducado de Brabante. Brabançon no es un lugar. Y Rachel usaba *liquor balsamicum* cuando ayudaba a su padre. No digáis «vinagre balsámico» otra vez, Paige, o juro por el éter que te romperé un jarrón en la cabeza.

Cogió su bolsa de punto y desapareció. Zeke y yo nos miramos el uno al otro.

—¿Saco la campana de funerales? —propuso.

—Venga.

Busqué en la caja. Era una pesada campana de mano que antiguamente se usaba en los cortejos fúnebres. Mientras la desempaquetaba, Nadine apareció de pronto y plantó una cesta de mercancía sobre la mesa. Yo me quedé mirando.

—¿No has vendido «nada»?

—Como es lógico, nadie quiere quincalla.

—Desde luego nadie va a comprarte nada si lo llamas «quincalla». —Saqué uno de los cráneos y lo examiné por si tenía algún desperfecto, pero no tenía ningún problema estético—. Tienes que hacer que las piezas resulten tentadoras.

—¿Tentadoras? «Oh, hola, señora… ¿Querría comprar el cráneo de un pobre desgraciado muerto de peste en el siglo XIV por el precio de un año de alquiler?» Sí, así seguro que pican.

No quería discutir; en lugar de eso, le entregué la campana. Ella frunció los labios, se situó delante del puesto y la hizo sonar una sola vez, lo que provocó que un sensor que pasaba por allí diera un respingo. El sonido hizo que al menos cincuenta personas levantaran la vista.

—Damas y caballeros, ¿recuerdan su mortalidad? —dijo, ofreciéndole una rosa al sensor, que soltó una risita nerviosa—. Cuando se vive tan cerca de la muerte, es muy fácil olvidarse de ella, ¿verdad? Pero hasta los videntes mueren.

—A veces —añadió Zeke— necesitamos un sutil recordatorio. ¡*Voilà*, las obras maestras perdidas de Europa! —Extendió la mano en dirección a los cuadros—. ¡Pieter Claesz, Rachel Ruysch, Philippe de Champaigne!

—¡Aprovechen la ocasión, puede ser la compra del mes! —exclamó Nadine, haciendo sonar la campana—. No se olviden de la muerte… ¡Ella no se olvidará de ustedes!

Muy pronto nos vimos rodeados por una multitud. Nadine les describía las especies de mariposas expuestas en los marcos, elogiaba la técnica del cuadro más grande y hacía demostraciones para que la gente viera cómo funcionaban los relojes de arena. Zeke tenía a la gente encantada con sus historias de los años pasados en Oaxaca. Los clientes se quedaban prendados de él, como moscas pegadas a la miel, deseosos de oír historias de un país ajeno a la influencia de Scion. Para ellos, el mundo libre era un paraíso, un lugar donde los videntes podían encontrar la paz. Unos cuantos observaron también el particular acento de Nadine, pero si le preguntaban, ella cambiaba de asunto. Zeke iba repartiendo flores mientras hablaba y yo iba cobrando, manteniendo la cabeza gacha en todo momento.

La mayoría de los que le escuchaban compraban uno o dos artículos. Yo iba contando las monedas en silencio. Era como si Sheol I nunca hubiera existido.

«Casaca amarilla», pensé para mis adentros.

Eliza tardó dos horas en regresar. Cuando lo hizo, tenía el rostro apagado.

—¿Algo?

—Todo —dije yo, agotada, señalando la mesa vacía—. El cuadro de Pieter se ha ido al I-3, y tenemos a dos mercaderes interesados en el Ruysch.

—Genial.

Cogió una rosa de un jarrón y se la fijó al cabello, entre los tirabuzones.

—¿Has podido dormir algo? —pregunté, colocando otra caja sobre la mesa.

—¿Dónde crees que he estado, si no?

Me la quedé mirando. Ella se situó de nuevo en su silla y observó su obra sin ninguna expresión en el rostro.

El Ruysch falso lo compró un grupo de botanománticos galeses. A las cinco menos cuarto yo ya estaba lista para irme. En otoño e invierno, la DVN se presentaba puntualmente a las cinco, y Jaxon había insistido en que no pasara demasiadas horas en el mercado.

—Yo me voy —le dije a Nadine—. ¿Te importa quedarte?

—Si consigues que Eliza vuelva aquí.

Yo pensaba que la tenía justo detrás, pero no se la veía por ningún sitio.

—Lo intentaré.

—Si no la encuentras, estate atenta al teléfono. Quizá necesite llamarte. —Nadine se pasó una mano por el cabello—. Odio todo esto.

Me dolía la cabeza de tantas horas de ruido y concentración. Cerca de la salida vi un puesto donde vendían *numa* metálicos: agujas, pequeñas hojas, cuencos para cotabomancia. El metalúrgico levantó la vista al acercarme.

—Hola —dijo, frunciendo el ceño—. Tú no eres adivina.

—No, soy una simple comerciante de paso —respondí, y me solté la cadena que llevaba al cuello, intentando hacer caso omiso a su mueca de incomodidad—. ¿Cuánto me darías por esto?

—Déjamelo ver. —Le coloqué el colgante del Custodio en la palma de la mano. Él se llevó una lupa de joyero al ojo y sostuvo la pieza en alto para que le diera la luz—. ¿De qué está hecho esto, querida?

—De plata, creo.

—Desprende una carga muy curiosa, ¿no te parece? Como un *numen*. Pero nunca he oído hablar de collares que sean *numa*.

—Repele a los duendes —dije yo, y a punto estuvo de caérsele la lupa.

—¿Que hace qué?

—Bueno, eso me han dicho. Yo no lo he puesto a prueba.

Al metalúrgico se le escapó un suspiro, a medio camino entre el alivio y el desaliento.

—Pero digamos que repele a los duendes. ¿Cuánto me darías por él?

—Es difícil decirlo. Si es plata, unos mil, más o menos.

—¿Solo mil? —respondí, poniendo cara de incredulidad.

—Por un pedazo de plata te daría unos cientos. Mil me parece razonable por un pedazo de plata que te libra de los duendes.

—De espíritus como el Destripador —señalé—. Eso debe de valer mucho más que uno de los grandes.

—Con todo respeto, señorita, no sé qué trucos han usado en esta pieza. El metal no es plata, y no es oro. Tendría que llevármelo y examinarlo más a fondo. Si el metal es bueno y funciona, y si puedo establecer por qué funciona exactamente, quizá pudiera darte algo más. —Me devolvió el collar—. Depende de si estás dispuesta a separarte de él unos días.

Era cierto que el Custodio me lo había regalado, pero tenía la sensación de que no le habría gustado que lo vendiera. «Quédatelo», me había dicho. No «es tuyo» ni «haz lo que quieras con él». No era algo que pudiera dar a un extraño, sin más.

—Me lo pensaré —dije.

—Como quieras.

La clienta que esperaba detrás de mí estaba empezando a impacientarse. Abrí la cortina otra vez y me dirigí hacia el túnel.

—Me imaginaba que estarías aquí, Soñadora.

Me giré de golpe, con un cuchillo en la mano, y me encontré frente a Caracortada. Tenía el codo apoyado en una caja de mercancías. Llevaba un sombrero de ala ancha y sonreía todo lo que le permitían sus labios.

—¿Cómo tienes la cara? —preguntó.

—Diría que sigue estando mejor que la tuya.

—Oh, a mí mi cicatriz me gusta bastante —respondió, pasándose el pulgar por encima y resiguiéndola, del labio a la barbilla—. Estos días debes de estar muy ocupada evitando a Scion. Empiezo a estar un poco harta de ver tu cara constantemente en todas las pantallas.

Caracortada se mostraba siempre despiadada, pero intenté ver qué había debajo de aquella cortina de humo. Una chica joven, sola en el mundo, que había encontrado refugio en los brazos del Subseñor. Quizás en otro tiempo hubiera vivido en la seguridad de una familia, como yo antes. Y a lo mejor había buscado la libertad en el sindicato.

Estuvimos un momento más mirándonos fijamente la una a la otra, hasta que me guardé el puñal en el cinto.

—Caracortada —dije—, deja de actuar por un momento.

Ella ladeó la cabeza.

—¿Actuar?

—Sí, ese papel de la dama que interpretas todo el rato —respondí, sin dejar de mirarla a los ojos—. ¿De verdad a Hector no le importa nada de lo que haga Scion? ¿Cree que sobrevivirá a todo solo por ser el Subseñor? Es vidente. Y adivino, nada menos. El Senshield le…

—¿Tienes miedo de Frank Weaver, Soñadora?

—No quieres verlo —insistí—. Y si sigues con Hector, antes de que acabe el año estarás muerta.

—Hector será Subseñor toda la vida —replicó ella—. Y cuando muera, yo estaré ahí para ocupar el cargo. —Por un instante, aquel rostro marcado me pareció frágil y vulnerable—. Deberías saber lo que es eso. ¿Por qué otra cosa íbamos a hacerlo las damas y los caballeros de los mimetocapos, Soñadora, si no es por devoción a ellos?

—Yo lo hago por mí.

Torció el gesto.

—Bueno, pues eso no te está llevando demasiado lejos. Sigues siendo como un mueble inútil del Vinculador. —Se sacó algo del bolsillo de atrás y lo ocultó en la mano, dentro del puño cerrado—. Pero puedes servir para algo. Dime dónde se esconde Ivy Jacob.

—¿Ivy? —reaccioné, alarmada.

—Sí, Ivy. La chica cuyo rostro aparece junto al tuyo en las pantallas cada día —dijo, poniéndose a caminar en círculo a mi alrededor—. ¿Dónde está?

—¿Y yo cómo voy a saberlo? —Si la dama del Subseñor buscaba a Ivy en particular, sería que estaba de mierda hasta el cuello—. ¿Tú crees que todos los perseguidos por Scion nos conocemos personalmente?

Por un instante pareció vacilar, pero no duró mucho. Miró hacia la puerta del mercado y luego me miró a mí, inexpresiva.

—Si no me lo dices, lo descubriré igualmente.

Cuando vi el cuchillo, ya era demasiado tarde. Sus manos eran más fuertes que las mías. Con una me tapó la boca y me empujó hasta la pared, ahogando mis gritos antes de que nadie pudiera oírme. La hoja me cortó el interior del codo, y sentí el borde de un vial apretado contra la piel. La sangre era su *numen*. A poco que supiera usarla, con un poco de mi sangre podría descubrir cosas de mí: de mi pasado, de mi futuro. En cuanto sentí el dolor, mi espíritu se revolvió y contraatacó. Caracortada salió despedida hacia atrás con un chillido agónico. Por un momento pude ver el interior de su mente: un astillero vacío, con luz en el centro, oscuro por los bordes, y barcos podridos flotando en un agua verdosa. En el segundo que tardó en recuperar el control, le tiré el vial que tenía en la mano de un golpe y le retorcí el brazo en la espalda hasta que sentí la tensión en la articulación de su hombro.

—¿Intentas espiarme, hematomántica? —dije, aún sangrando por la herida. Apreté los dientes y aguanté la presión—. Dile a Hector que deje de meter las narices en las cosas de los demás. La próxima vez te partiré el brazo.

—Que te jodan.

Caracortada dio un cabezazo hacia atrás, y me golpeó la nariz; di un paso atrás y ella echó a correr. El vial estaba en el suelo, hecho añicos, entre un charquito de sangre. Me saqué un trapo del bolsillo y lo limpié.

¿Por qué demonios le interesaba tanto Ivy en particular? ¿La estaría buscando Hector? Ivy me había dicho que no era sindi…

Apretándome la herida con la mano, salí cruzando la tienda. Una vez en la calle le di una patada a un bolardo, presa de la rabia. Tenía la energía suficiente para vender relojes de arena y cuadros, pero no encontraba la manera de hacer reaccionar al sindicato. Tendría que apoyarme en Jaxon —eso estaba claro—, pero ¿cómo iba a recabar apoyos? ¿Cómo podía hacer circular el mensaje?

Nadine y Zeke no aguantarían mucho en el mercado sin Eliza. Eché un vistazo a algunos de nuestros locales favoritos de la zona —en Neal's Yard, Slingsby Place, Shaftesbury Avenue— y no la vi. Tardé un minuto en llegar a la guarida, pero su sala de pintura estaba vacía. Eso era raro. Habría vuelto al mercado. Cerré la puerta principal con llave, me di una ducha y me puse la camisa de dormir. Me curé la herida del brazo con pegamento de fibrina, me senté en la cama y saqué mi cuchillo.

Desde el día en que había entrado a trabajar para Jaxon, había escondido mis ahorros en mi habitación. Descosí unos puntos y saqué un rollo de billetes.

Luego los conté uno a uno.

No bastaba.

Me pasé los dedos por el cabello. Con aquel dinero, si tenía suerte, podía comprarme una habitación minúscula en la cohorte VI y usarla como guarida. Nada más. Jaxon siempre había pagado bien, pero no tanto como para que ninguno de nosotros pudiéramos independizarnos económicamente. Ya se aseguraba de ello. Siempre teníamos que gastar la mitad de nuestro salario en cosas pequeñas para el sector, cosas que reducían nuestros ingresos: recadistas, espíritus, suministros para la guarida. Cualquier dinero que ganáramos teníamos que dárselo a Jaxon, y él luego lo redistribuía.

No tenía otra opción que no fuera quedarme. Con aquel dinero no duraría más que unas semanas.

Varias de las musas habían dejado la sala de pintura y habían venido a mi habitación. Estaban flotando junto a mi puerta, mirándome.

—Hemos vendido el tuyo, Pieter. Y el tuyo, Rachel.

El éter tembló.

—No te preocupes, Phil, el tuyo se venderá, seguro. Eres un lujo.

Percibía su escepticismo. Philippe tenía tendencia a la melancolía. Los tres se quedaron allí, atraídos por mi aura como moscas junto a una bombilla, pero yo les mandé volver a la sala de pintura. Siempre se ponían nerviosos cuando Eliza estaba fuera.

La noche iba cayendo en el exterior. Hice las comprobaciones pertinentes —luz apagada, cortinas corridas, ventanas bien cerradas—, me volví a la cama y metí las piernas desnudas bajo las sábanas.

Como siempre, Danica, en la planta superior, no hacía ningún ruido. El único sonido que se oía era el del tocadiscos de Jaxon, en el que sonaba la «Elegía», de Fauré. Escuché, recordando el gramófono en Magdalen. Recordé aquellas ocasiones en las que el Custodio se sentaba en silencio en su sillón, observando las llamas, con la única compañía de su vino y de los pensamientos que pudiera albergar en aquel onirosaje desierto. Recordaba la precisión y la suavidad de su contacto al curarme la mejilla herida, esas mismas manos sobre el teclado del órgano, sus dedos recorriendo mis labios, envolviendo mi rostro en la penumbra del consistorio.

Abrí los ojos y fijé la vista en el techo.

Eso tenía que acabar.

Levanté la mano, buscando uno de los estantes, y encendí la Linterna Mágica. Ya había una lámina en el interior, la que se había quedado ahí el día en que se me llevaron. Orienté el espejo hacia el techo y dirigí el rayo de luz a través del cristal pintado, y apareció un campo de amapolas de un rojo intenso. Era la lámina que Jaxon usaba cuando yo recorría mi onirosaje. Tenía tanto detalle que casi parecía real, y daba la impresión de que el techo daba a mi onirosaje. Como si el eje de la Tierra se hubiera ladeado y me hubiera hecho caer en el interior de mi propia mente.

Pero ahora mi onirosaje era diferente. Este era el de antes. Una reliquia del pasado.

Busqué en una caja de láminas hasta que encontré la que me había enseñado Jaxon cuando yo tenía unos dieciocho años, la primera vez que le confesé mi interés por la historia de Scion. Era una vieja lámina fotográfica, pintada a mano. Un texto escrito en finas letras negras decía DESTRUCCIÓN DE OXFORD EN EL INCENDIO DE SEPTIEMBRE DE 1859. Enfoqué el objetivo y ante mis ojos apareció un paisaje urbano familiar. El humo negro cubría las calles. Las llamas azotaban las torres. Un fuego infernal. Me quedé mirando un buen rato, quizás horas, y me dormí con la imagen de Sheol I en llamas sobre mi cabeza.

8

En Devil's Acre

—*P*aige.

No, otra vez no. No podía ser ya de noche, hora de levantarse. Me giré, poniéndome boca arriba, incómoda por el calor.

—¿Custodio?

Me respondió una risita contenida, y cuando abrí los ojos vi que era Jaxon, que me miraba.

—No, mi onirámbula, ya no estás en ese lugar de pesadilla. —Su aliento tenía un olor extraño que se mezclaba con el del *mecks* blanco y el tabaco—. ¿A qué hora regresaste, querida?

Tardé unos momentos en recordar dónde estaba y qué día era. La guarida, sí. Londres.

—Cuando me dijiste —dije, sin pensarlo—. Hacia las cinco.

—¿Y Eliza no estaba?

—No. —Me froté los ojos—. ¿Qué hora es?

—Casi las ocho. Un recadista me ha informado de que no hay ni rastro de ella en el mercado. —Se puso en pie—. Tú duerme, tesoro. Ya te despertaré si la situación se complica.

La puerta se cerró, y Jaxon desapareció. Dejé caer la cabeza sobre la almohada otra vez.

Cuando me desperté otra vez, la habitación estaba completamente a oscuras y se oían gritos. Dos personas. Alargué la mano para encender la luz y encogí las piernas sobre el colchón, lista para bajar de la cama de un salto y salir corriendo hacia la trampilla.

—... egoísta, no habríamos...

Era Nadine. Me quedé inmóvil, escuchando, pero no eran gritos de pánico. Parecía furiosa.

Seguí el rastro de los gritos hasta la planta inferior, donde encontré a Zeke y a Nadine, aún vestidos con sus mejores galas, y una temblorosa Eliza. Tenía el cabello mojado y enmarañado, y los ojos hinchados.

—¿Qué está pasando? —pregunté yo.

—Pregúntale a ella —replicó Nadine, airada. Tenía el pómulo izquierdo magullado e inflamado—. ¡Venga, pregúntale a ella!

Eliza esquivaba mi mirada. Hasta Zeke parecía exasperado con ella. Su labio inferior tenía el aspecto de una uva partida en dos.

—Hector se presentó en el mercado con los rastreros, todos borrachos como una cuba. Empezó a hacernos preguntas sobre los cuadros. Tuvimos que discutir con cuatro comerciantes diferentes, todos convencidos de que estábamos vendiendo falsificaciones. —Se tocó el costado e hizo una mueca de dolor—. En pocas palabras, para contentar a los comerciantes, Hector confiscó el Champaigne para que pudieran examinarlo. Y también nos requisaron el resto de nuestra mercancía. Intentamos detenerlos, pero…

—Eran nueve contra dos —dije, con el corazón en un puño—. No habríais podido detenerlos.

Era una situación delicada. Philippe se hundiría cuando se enterara de que su cuadro había sido robado, pero ese era el menor de nuestros problemas, si los comerciantes se enteraban de que vendíamos falsificaciones. Siempre habíamos ido con cuidado de vendérselas a contrabandistas, a los que no les importaba lo más mínimo si los cuadros eran falsos, o a mercaderes que iban de un lado al otro y que difícilmente volveríamos a ver. Jaxon se cabrearía mucho si llegaran a descubrirnos.

—Lo siento. —Eliza parecía estar a punto de venirse abajo—. Perdonadme los dos. Pero es que… tenía que dormir.

—Entonces tenías que habernos llamado para que pudiéramos salir de ahí. Pero no, nos dejaste tirados, esperándote. Y recibiendo una paliza por tu culpa. ¿Y luego te presentas aquí a las nueve y media y esperas que te dejemos ir a dormir, sin más?

—Un momento. —Me giré hacia Eliza—. ¿Dónde has estado hasta las nueve y media?

—Me quedé dormida fuera —murmuró.

Eso no era propio de ella.

—¿Dónde? He mirado en todos los locales habituales.

—En Goodwin's Court. Estaba desorientada.

—Eres una mentirosa. —Nadine señaló a su hermano—. ¿Y sabes qué? No me importa dónde hayas estado ni qué estabas haciendo. Pero no solo nos han robado el cuadro; Zeke tiene una costilla rota. ¿Eso cómo vas a arreglarlo?

Ahora la atención se centraba en mí. Yo era la dama de Jaxon, de modo que, ahora que él no estaba, su autoridad recaía en mí. Me correspondía a mí imponer castigos si la situación lo requería.

—Eliza —dije, intentando parecer razonable—, has dormido durante la primera pausa. Fueron dos horas. Sé que necesitas más, después de un trance prolongado, pero tenías que haber vuelto a recoger el puesto si estabas cansada, de modo que Zeke y Nadine pudieran volver a la guarida. Mejor enfrentarse a la furia de Jax que perder clientes potenciales.

Algunas personas de veintitrés años no habrían aceptado la mínima crítica de alguien cuatro años menor, pero Eliza siempre había respetado mi posición.

—Lo siento, Paige.

La derrota y el agotamiento se reflejaban en su rostro de tal manera que no me vi con fuerzas para seguir con el sermón.

—Bueno, ya está hecho. Tenemos que pasar página —dije. Y al ver a Nadine boquiabierta, crucé los brazos—. Oye, se quedó dormida. ¿Qué quieres que haga? ¿Que la pase por el torno?

—Quiero que hagas algo. Se supone que eres la dama de Jaxon. ¿A nosotros nos dan una paliza y ella se va de rositas?

—Hector la emprendió con vosotros porque es una caricatura de Subseñor y merece morir a manos de sus propios subordinados. ¿Y no crees que el hecho de que le hayan robado el cuadro ya es bastante? Tú sabes el tiempo que ha invertido en él.

—Sí, debe de resultar agotador entrar en trance mientras el pobre Philippe hace todo el trabajo.

—Igual que tocar el violín y esperar que la gente te tire dinero por hacer algo que podría hacer cualquier carroño —replicó Eliza, plantándole cara con el aura encendida—. ¿Cuál es exactamente tu contribución a este sector, Nadine? ¿Qué pasaría si Jaxon te echara mañana?

—¡Al menos yo cumplo con mi trabajo, princesa de los títeres!

—¡De todos nosotros, yo soy la que le aporta más dinero a Jax!

—Pieter le aporta dinero. Rachel le aporta dinero. Philippe le aporta...

Eliza estaba roja de la rabia.

—¡Tú estás aquí solo por Zeke! ¡Jax ni siquiera quería contratarte!

—¡Ya vale! —grité.

Eliza estaba jadeando entre lágrimas, agarrándose con una mano el cabello, y Nadine se había quedado muda.

—Sí. Ya vale.

Una voz profunda nos hizo callar a todos. Jaxon acababa de entrar por la puerta, pálido como la muerte. Hasta el blanco de sus ojos estaba más blanco.

—Explicadme lo sucedido —dijo.

Di un paso adelante y me puse delante de Eliza.

—Ya lo he arreglado yo.

—¿Qué es lo que has arreglado, exactamente?

—Eliza se ha escaqueado, nos han robado toda la mercancía, y Zeke tiene una costilla rota —estalló Nadine—. ¿Cómo lo has «arreglado» exactamente, Mahoney?

—Tendrías que haber opositado a la DVN, Nadine —dije, con frialdad—. Es un tipo de trabajo que te habría gustado. Le diremos a Nick que eche un vistazo a Zeke, pero no voy a castigar a nadie por estar agotado.

—Yo tomaré esa decisión, Paige. Gracias —dijo Jaxon, levantando una mano—. Eliza, explícate.

—Jax... —dijo Eliza—. Lo siento mucho. Yo solo...

—Solo... ¿qué? —preguntó él, sin inmutarse.

—Estaba..., estaba cansada. Me dormí.

—Y no conseguiste encontrar el camino de vuelta a Covent Garden. ¿Es así?

—Sí —respondió ella, con la cabeza gacha.

—Se desmayó en la calle, Jax —dije yo—. Ni siquiera tendría que haber ido a vender.

Pasó un buen rato sin que Jaxon dijera nada. Luego se le acercó, con una sonrisa extraña en el rostro.

—Jax —insistí, pero él ni siquiera me miró.

—Mi querida, mi dulce Eliza, mi Musa Martirizada. —Le cogió la barbilla con una mano, con tanta fuerza que ella hizo una mueca—. En este asunto en particular, me temo que debo dar la razón a Nadine. —Aumentó la presión sobre la barbilla—. No tengo ni idea de cuál es el problema que tienes con tu patrón de sueño, pero no voy a permitir ninguna indolencia en esta guarida. Y serás una mártir, al menos de nombre, pero no voy a aceptar que te pases el día llorando. Si te resulta especialmente difícil controlarte, márchate. Puede que al final tengas que marcharte igualmente. Si no podemos vender tus pinturas en el mercado negro, querida, me serás igual de útil que un espejo a un invocador.

Por la expresión en el rostro de Eliza estaba claro que no habría podido hacerle más daño ni aunque le hubiera clavado un puñal en el corazón. El silencio fue terrible. En todos los años que hacía que conocía a Jaxon, nunca le había oído amenazar a nadie con la expulsión.

—Jax… —dijo ella, con los labios temblorosos.

—No. —El extremo del bastón de Jax señaló la puerta—. Ve a la buhardilla. Reflexiona sobre tu frágil posición en este grupo. Y más vale, Eliza, que consigamos resolver este problema. Si decides que quieres conservar tu puesto, infórmame antes del amanecer, y lo consideraré.

—Por supuesto que quiero mi puesto —respondió ella, muerta de miedo—. Jaxon, por favor, por favor…, no hagas esto…

—Intenta no gimotear, Eliza. Eres una médium del I-4, no una pedigüeña.

Eliza no lloró. Subió las escaleras y Jaxon se la quedó mirando, sin mostrar la mínima emoción.

Meneé la cabeza.

—Eso ha sido cruel, Jax.

No se dignó a responderme.

—Nadine —dijo—, estás excusada.

Nadine no discutió. No parecía exactamente avergonzada, pero tampoco triunfante. Dio un portazo al salir.

—Zeke.

—¿Sí?

—A tu caja.

—¿Eso es cierto, Jaxon? ¿Le diste un empleo a mi hermana por mí?

—¿Acaso ves que haya muchos limosneros en mi casa, Ezekiel? ¿De qué crees que me sirve una violinista con un trastorno de pánico? —Se pellizcó el puente de la nariz y apretó los dientes—. Me estás produciendo jaqueca. Sal de mi vista, muchacho.

Zeke tardó un momento en reaccionar. Abrió la boca, pero yo le miré haciendo que no con la cabeza. Jaxon no estaba de humor para discutir. Derrotado, Zeke recogió sus gafas rotas, tomó un libro del escritorio y se encerró en su cama caja. Nosotros no podíamos hacer nada por su costilla rota.

—Sube conmigo, Paige —dijo Jaxon, que se dirigió a la escalera con el bastón en la mano—. Tengo que decirte una cosa.

Le seguí hasta la planta de arriba. Sentía calor alrededor de los ojos. En apenas cinco minutos toda la banda se había distanciado. Me indicó un sillón de su despacho, pero yo me quedé de pie.

—¿Por qué has hecho eso?

—¿El qué, cariño?

—Tú sabes que dependen de ti. De nosotros —dije, pero había algo en su mirada inquisidora que me daba ganas de darle un bofetón—. Eliza estaba exhausta. Ya sabes que Philippe la tuvo en trance cincuenta y seis horas, ¿no?

—Oh, Eliza está bien. He oído hablar de médiums que se pasan hasta dos semanas sin dormir. Eso no provoca daños duraderos. —Agitó una mano, quitándole importancia—. En cualquier caso, no la despediré. Siempre podemos trasladar el puesto a Old Spitalfields si nos camelamos a Ognena Maria. Pero Eliza últimamente está muy baja de moral, se pone a llorar en la buhardilla. Resulta agotador.

—Quizá debieras preguntarle por qué está abatida. Quizá le pase algo.

—Los asuntos del corazón son algo que me sobrepasa. El corazón es algo frívolo, solo vale para hacerlo en escabeche. —Juntó los dedos de las manos—. El cuadro robado podría llegar a ser un problema si Hector se busca un especialista en arte, que enseguida verá que la pintura es fresca. Quiero que lo traigáis de vuelta al I-4 o, en su defecto, que lo tiréis al Támesis.

—¿Qué te hace pensar que nos lo devolverá?

—No voy a pedirle que me lo devuelva sin ningún incentivo, cariño. Hay que ofrecerle una zanahoria al asno. —Buscó algo en el cajón de su escritorio—. Quiero que le lleves esta zanahoria a Devil's Acre de mi parte.

Miré más atentamente. Un estuche de cuero contenía un cuchillo solitario de unos veinte centímetros de largo, encajado en un soporte de terciopelo escarlata. Cuando acerqué un dedo, Jaxon me agarró de la muñeca.

—Cuidado. Este tipo de *numen* es traicionero. Solo con que lo roces, enviará una onda de choque a tu onirosaje que podría llegar a afectar a tu cordura.

—¿De quién es?

—Oh, de un muerto. Cuando los *numa* quedan apartados de su vidente durante mucho tiempo, no responden muy bien al contacto con otras personas. Solo alguien del mismo orden que su antiguo propietario tiene alguna posibilidad de tocarlo sin sufrir ningún daño. —Cerró el estuche y me lo entregó—. A mí no me sirve de nada, pero Hector es macaromántico. Debería estar encantado con un cuchillo así para su colección. Que además es caro, por cierto.

A mí no me parecía nada especial, pero no iba a ser yo quien cuestionara el gusto de Hector.

—¿Y tengo que ir tan cerca del Arconte? ¿De noche?

—Ahí está el dilema. Si envío a alguien que no sea mi dama, Hector se sentirá herido en su orgullo. Si envío a alguien para que te acompañe, me acusará de intentar presionarle para que me entregue una valiosa pieza de mimetoarte.

—Al salir del mercado me crucé con Caracortada. Intentó sacarme sangre —dije.

—Esa idiota metomentodo aún querrá saber dónde has estado. Cuando vino a Seven Dials, Hector ya nos lo preguntó. Las cortinas aún conservan el rastro de su hedor.

—Si me presento allí, podrían sacarme sangre.

—Caracortada —dijo— es una vil augur. Su «técnica» es torpe y salvaje. Y aunque pudiera ver imágenes de la colonia penitenciaria en tu sangre, no sería capaz de interpretarlas mínimamente. —Tamborileó los dedos sobre el escritorio—. Aun así, no puedo permitir que sangren a mi dama. Haré que un recadista vaya contigo hasta la frontera con el I-1. Y un luciérnaga te acompañará hasta Devil's Acre y se asegurará de que sales de una pieza. Asegúrate de que Hector sabe que está ahí. Te esperará en las escaleras del Thorney.

Estaba claro que no podía escabullirme.

—Me cambiaré —dije.

—Esa es mi chica.

Una vez en mi habitación, escogí unas botas con punta de acero, pantalones de camuflaje y guantes de cuero. Esta vez tenía que estar preparada. Lo más probable era que alguno de los rastreros me diera un porrazo por estar en el I-1, aunque fuera por un motivo justificado.

Subí a la planta de arriba y cogí un chaleco robado de la DVN de detrás de la puerta de la cocina. En el otro lado del rellano estaba la puerta de la sala de pintura, cerrada.

—¿Eliza?

No hubo respuesta, pero percibía su onirosaje. Abrí la puerta y el olor a aceite de linaza salió al exterior. Había tubos de pintura al óleo por el suelo, y el guardapolvos estaba manchado de diferentes colores. Eliza se encontraba sentada en su cama plegable, con las piernas agarradas y la barbilla entre las rodillas. Las musas flotaban a su alrededor, como nubes.

—No me echará, ¿verdad?

Su voz tenía el tono de una niña perdida.

—Por supuesto que no —respondí, intentando reconfortarla.

—Parecía enfadadísimo —dijo, llevándose las manos a las sienes—. Merezco que me eche. La he cagado.

—Estabas hecha polvo. —Entré en la habitación—. Ahora voy a hablar con Hector. Recuperaré el cuadro.

—No te lo dará.

—Sí que lo hará, si no quiere acabar donde nunca da el sol.

Casi sin querer, esbozó una sonrisa.

—No cometas ninguna estupidez. —Las lágrimas le surcaban el rostro, y se las secó con la manga—. Aún tengo que hablar con Jax.

—Ya sabe que quieres conservar el puesto. Ahora duerme un poco. —Me giré para marcharme, pero me paré un momento—. ¿Eliza?

—¿Mmm?

—Si necesitas hablar, ya sabes dónde estoy.

Asintió. Apagué la lámpara y cerré la puerta.

Una vez vestida y equipada, con el chaleco protector sobre la blusa y una chaqueta negra encima, me colgué la bolsa en bandolera y metí el *numen* en su interior. Incluso dentro de su estuche me provocaba un escalofrío desagradable. Cuanto antes acabara en manos de Hector, mejor.

Devil's Acre, residencia histórica del Subseñor, estaba a un tiro de piedra del Arconte de Westminster. El Subseñor se consideraba el otro líder de la ciudadela, con derecho a vivir en el I-1. Era el último lugar del mundo al que se le ocurriría ir a una fugitiva como yo.

El taxi pirata recorrió el Embankment, donde me bajé. Un escalofrío de miedo me dejó prácticamente paralizada, pero encontré las fuerzas para caminar hasta el Arconte. Iba bien disfrazada, pero igualmente tenía que ir rápido.

Cuando llegué al Arconte, lo miré desde abajo, cerca del punto en que el río golpeaba sus muros. El reloj del edificio era el que tenía los números más grandes de toda la ciudadela. Su esfera de cristal de ópalo relucía con un brillo rojo volcánico.

Cabía la posibilidad de que Nashira estuviera allí dentro. Deseaba mirar, más que nada en el mundo, saber qué estaban haciendo, pero no era un lugar seguro en el que adentrarse con el espíritu.

Algo más allá había una enorme abadía en ruinas, donde habían coronado a muchos reyes del pasado. Los lugareños la llamaban el Thorney. Tal como me había prometido Jaxon, había un luciérnaga esperando. Era un tipo musculoso, con casco y un farol verde en una mano. Los luciérnagas se encargaban de escoltar de noche a los amauróticos para que llegaran a su destino, protegiéndolos de los ataques de los antinaturales, pero Jaxon tenía a uno o dos de su lado.

—Soñadora Pálida —dijo, e inclinó la cabeza—. El Vinculador me ha ordenado escoltarte hasta Devil's Acre y esperar fuera.

—Muy bien —respondí, y bajamos las escaleras—. ¿Cómo te llamas?

—Grover.

—Tú no eres uno de los luciérnagas del Vinculador.

—Soy del I-2 —respondió, caminando a mi lado, tan cerca que parecía mi guardaespaldas—. Me sorprende que el Vinculador te haya dejado salir, si me permites que te lo diga. Esta mañana en mi periódico han publicado tu cara.

—Sí, y también sale ahí —dije, señalando con un gesto de la cabeza a una pantalla de transmisiones, donde volvían a mostrar los rostros de los fugitivos—. Pero tengo que cumplir una misión.

—Pues ya somos dos. No te alejes y mantén la cabeza gacha. Esta noche, mi misión es mantenerte con vida.

Me pregunté cuánto le estaría pagando Jaxon, cuánto valdría para él la vida de una onirámbula.

Antes de Scion, los grandes lores de Westminster habían planeado erradicar las barriadas insalubres de Londres y construir en su lugar viviendas modernas e higiénicas. Aunque con la llegada de los antinaturales la renovación urbana había pasado a un segundo plano, por supuesto. Como muchos otros problemas. Tras los asesinatos del Destripador se hicieron algunos intentos por limpiar la ciudad, sí, especialmente en Whitechapel, pero aún quedaban cuatro barrios de mala muerte en la ciudadela, en su mayoría poblados por limosneros y mendigos. Devil's Acre era el más pequeño con diferencia, ya que se limitaba a tres calles que comunicaban un puñado de bloques de viviendas decrépitos.

Las calles que rodeaban el Arconte tenían mucha vigilancia. En un momento dado, una tropa de centinelas se acercó mucho, pero el luciérnaga me empujó, haciéndome entrar en un callejón, antes de que pudieran detectar mi aura.

—Deprisa —dijo, y echamos a correr.

Cuando llegamos al perímetro de Devil's Acre, me acerqué a la entrada. Una plancha de metal corrugado hacía de puerta, en Old Pye Street. Estaría bloqueada por dentro. La golpeé con fuerza.

—¡Portero!

Nada. Le di una patada.

—¡Portero, soy la Soñadora Pálida! Tengo una propuesta urgente para Hector. ¡Abre de una vez, vago asqueroso!

El portero no respondió —no se oía ni un ronquido—, pero desde luego no me iba a volver al I-4 sin el cuadro. Eliza no pegaría ojo hasta que lo encontrara.

—Espera aquí —le dije al luciérnaga—. Encontraré una entrada.

—Como quieras.

Aquellas paredes no facilitaban la escalada. Había alambradas con cuchillas que me habrían destrozado las manos, y el metal corrugado estaba pintado con una pintura grasienta contra los intrusos. Di unas vueltas al edificio, buscando algún hueco, pero todo estaba perfectamente precintado. Evidentemente, Hector era algo más inteligente que limpio. Estaba casi a punto de reconocer la derrota cuando golpeé algo hueco con la suela de mi bota. La tapa de una trampilla. Me agaché y levanté la plancha metálica hacia un lado. En lugar de la pequeña cámara de acceso que esperaba encontrarme, vi un túnel curvo que penetraba bajo la pared, apenas iluminado por un farol.

La salida de emergencia de Hector. Lo raro era que no le hubiera puesto ni un candado. El túnel estaba amortiguado con cojines sucios y espuma tan cubierta de mugre que parecía piedra. Entré y volví a colocar la trampilla en su sitio. Al final del túnel encontré una rejilla por la que se colaba una luz tenue. Me concentré en mi sexto sentido, eliminando todo lo demás de mi mente. No había ningún onirosaje ni espíritus a la vista. Qué raro. Hector siempre presumía de su enorme colección de espíritus, desde susurros a fantasmas y duendes. Hector y su banda debían de haber salido otra vez, a menos que hubieran decidido crear el caos en algún sector antes de volver a casa. Aun así, deberían haber dejado a alguien montando guardia en la salida de emergencia, y no había motivo para que todos esos espíritus se hubieran marchado.

Era mi oportunidad. Podía colarme, hacerme con el cuadro y salir de allí pitando. Misión cumplida. El corazón se me aceleró. Si me pillaban colándome en Devil's Acre, estaba más que muerta.

Al final del túnel me encontré en una chabola donde no circulaba el aire. Olía a petricor. Avancé agachada y abrí una puerta. Al otro lado había una serie de casas bajas hechas de ladrillo y metal. Me esperaba más de la guarida de un Subseñor.

Todos los edificios estaban vacíos. Cuando llegué al más grande, que tenía aspecto de haber sido una mansión un par de siglos antes, supe que era allí donde vivía Hector. Las paredes estaban cubiertas de espadas y puñales de todo tipo. Algunas de aquellas armas eran importadas, sin duda, las habría comprado en secreto en el mercado negro; eran demasiado finas como para ser usadas como armas en las calles.

Al otro lado del vestíbulo había unas puertas dobles abiertas de par en par. Me llegó un olor desagradable, como a rancio. Saqué el cuchillo de caza de la bolsa y me lo escondí detrás de la chaqueta. Vi una luz cálida reflejada en la alfombra, pero no se oía nada.

Empujé las puertas. Y vi el salón, y lo que había dentro.

Hector y su banda estaban allí, efectivamente.

Pero estaban todos tendidos en el suelo.

9

El Rey Sangriento

*H*ector estaba tendido en el centro del salón, con las piernas abiertas y el brazo izquierdo apoyado en el abdomen. Del cuello le salía un charco de sangre, y no era de extrañar: de la cabeza no quedaba ni rastro. Pude identificarlo únicamente por su ropa, siempre sucia, y por el reloj de bolsillo dorado.

Sobre la repisa de la chimenea había una fila de velas rojas encendidas. Su tenue luz hacía que el charco de sangre pareciera petróleo.

En el suelo había ocho cuerpos. Solapado estaba al lado de su jefe, como siempre. Con la cabeza aún pegada al cuerpo, los ojos vidriosos y la boca abierta. Los otros estaban dispuestos por pares, como parejas en la cama. Todos en la misma dirección, con la cabeza orientada hacia las ventanas de la fachada oeste.

Sentí un cosquilleo en el interior de los oídos. Miré hacia atrás, más allá de las puertas, escudriñando el éter, pero en aquel edificio no había nadie más.

Y ahí estaba el precioso cuadro de Eliza, apoyado contra la pared. Las salpicaduras de sangre arterial goteaban por el lienzo.

De pronto fui consciente del hedor a orina. Y a «sangre». Mucha sangre.

«Corre.» La palabra me atravesó la mente. Pero no, la pintura. Tenía que llevarme la pintura. Y tenía que tomar nota de lo que había allí; en cuanto corriera la voz de que Hector estaba muerto, se lo llevarían todo.

Primero, los cadáveres. Por las salpicaduras de sangre, debían de haberlos matado allí mismo; descarté que los hubieran acarreado hasta ese lugar. No era la primera vez que veía cadáveres, los había visto incluso en avanzado estado de descomposición, pero aquella disposición en posturas idénticas resultaba grotesca.

Cada uno de los cuerpos tenía su propio rastro de sangre. Debían de haberlos arrastrado por la estancia como muñecos para colocarlos de aquel modo. Me imaginé unas manos sin rostro colocando las piernas, levantando los brazos y ladeando las cabezas para colocarlas en el ángulo deseado. Todos tenían la cabeza apoyada sobre la mejilla izquierda y el brazo derecho sobre el suelo, en paralelo al torso. Todos los muebles —sillones, una mesa de espiritismo y un colgador de abrigos— habían sido desplazados hacia las paredes para hacer espacio.

Me agaché junto al cuerpo más cercano, con la respiración agitada. Sentí el sabor de la bilis en la garganta. Aquel cadáver era el de Socarrón. Me parecía imposible que hubiera estado tomándome el pelo solo unos días antes, con una sonrisa burlona en los labios y un brillo malicioso en los ojos. Le habían agujereado las mejillas con un cuchillo, le faltaba gran parte de la nariz y tenía pequeños cortes en forma de V en los párpados. El asesino debía de saber que Hector nunca estaba solo. Para acabar con toda la banda tendría que haberse presentado con varias personas. Volví a examinar los cadáveres. Hector, Solapado, Miss Caralosa, Dedosligeros, Soplón, Socarrón, Pelado. En la esquina inferior derecha del cuadro, junto a Socarrón, estaba el Sepulturero, con la boca cerrada en una línea recta, como siempre. La muerte no le había cambiado el gesto. Eso explicaba por qué habían huido todos los espíritus. Cuando el corazón de un vinculador dejaba de latir, los espíritus que tenía sometidos eran libres de marcharse.

Faltaba alguien. Caracortada. O había huido, o no estaba ahí cuando había ocurrido todo.

Además de ordenar los cuerpos, el asesino había dejado su tarjeta de visita. Todos los cuerpos tenían la palma de la mano derecha orientada hacia el techo, y encima de la mano llevaban un pañuelo de seda rojo cada uno. Había unas cuantas bandas que tenían tarjeta de visita propia —la Compañía de los Hilos solía dejar un puñado de agujas; los cuervos, una pluma negra—, pero esta no la había visto nunca.

Con delicadeza, apoyé el dorso de los dedos contra la mejilla ensangrentada de Socarrón. Aún estaba templado. Su reloj se había quedado parado a las tres y cuarto. El reloj de la repisa de la chimenea me decía que era casi media hora más tarde.

Sentí un escalofrío en la columna. Tenía que marcharme de allí. Recoger la pintura y salir corriendo.

Los espíritus de los rastreros necesitarían su canto fúnebre, las palabras esenciales para liberarlos del mundo físico. Si les negaba esa esencial consideración, era prácticamente seguro que se convertirían en duendes, pero yo no sabía los nombres de la mayoría de ellos. Me quedé de pie junto al cuerpo decapitado y me toqué la frente con tres dedos como señal de respeto.

—Hector Grinslathe, ve al éter. Todo está bien. Todas las deudas están saldadas. Ya no tienes que morar entre los vivos.

No hubo respuesta del éter. Me giré hacia Socarrón, inquieta.

—Ronald Cranwell, ve al éter. Todo está bien. Todas las deudas están saldadas. Ya no tienes que morar entre los vivos.

Nada. Me concentré, forzando mi percepción, hasta que me dolieron las sienes. Yo temía que estuvieran ocultos, pero no emergían a la superficie. Los espíritus nuevos casi siempre se quedaban cerca de sus cuerpos vacíos. Di un paso atrás, pisando un charco de sangre.

El éter, que hasta el momento estaba inmóvil, empezó a vibrar. Como el agua al contacto con un diapasón. Corrí por entre las dos filas de cadáveres, en dirección al cuadro, pero la vibración enseguida me alcanzó. Las velas se apagaron, el cielo se agrietó y un duende pasó como una exhalación por la fisura.

El golpe que me propinó el intruso me lanzó contra el suelo de madera. Enseguida me di cuenta de cuál había sido mi error: llevaba el colgante en el bolsillo, no alrededor del cuello. Entonces llegó la agonía, con un grito que me retorció las tripas. Un espasmo me recorrió el cuerpo. Mis ojos solo veían alucinaciones: el llanto de una mujer, un vestido hecho jirones y manchado de sangre, una lanza oculta bajo unas flores artificiales… Jadeé, en busca de aire, arañando el suelo con los dedos hasta que se me rompieron las uñas, pero aquella cosa estaba retorciéndose en mi interior como una serpiente, clavando sus garras en mi onirosaje, y tenía la impresión de que cada bocanada de aire que tomaba se me congelaba en los pulmones. De algún modo, conseguí meter los dedos en el bolsillo, agarré el colgante y me lo llevé al pecho. El espíritu se revolvió en el interior de mi onirosaje. Yo también me revolví, con el cuello tenso, pero seguí presionando el puño con el col-

gante contra la piel, como si aplicara sal sobre una herida para caute-
rizar la infección, hasta conseguir expulsar al duende de mi interior.
Salió con una serie de temblores y sacudidas, para acabar desapareciendo por la ventana. El cristal se reventó en pedazos. Yo me quedé
tendida en el suelo, empapada en sangre de los rastreros.

Tras lo que me parecieron varias horas, conseguí respirar. Empezaba a sentir rígido el brazo derecho, que había alargado para protegerme. Me arrastré sobre las manos y las rodillas. Del cabello me
cayó un fragmento de cristal. Abrí los ojos lentamente, parpadeando, y noté que tenía minúsculas esquirlas de vidrio entre las pestañas.
Apretando los dientes, conseguí agarrar el cuadro y me lo escondí bajo
el abrigo. Luego agarré mi bolsa. Ese duende debía de estar esperando
la ocasión para saltar sobre la primera persona que apareciera junto al
cadáver de su dueño, por pura diversión.

Dejé los cuerpos atrás y regresé hacia la trampilla. Cuando salí,
Grover me cogió de la mano buena y tiró de mí, ayudándome a salir.

—¿Listo?

—Está muerto —dije—. Hector está…

Apenas podía hablar. Grover me soltó la mano y se miró la suya.
Estaba empapada de sangre.

—Le has matado tú —dijo, estupefacto.

—No. Ya estaba muerto.

—Estás cubierta de sangre. —Dio un paso atrás—. No quiero tener nada que ver con esto. El Vinculador se puede quedar su moneda.

Cogió su farol de la pared y echó a correr.

—¡Espera! —le grité—. ¡No es lo que parece!

Pero Grover ya había desaparecido. El pánico se apoderó de mí.

Se lo contaría a alguien. Probablemente, a la Abadesa. Me planteé perseguirle con mi espíritu y matarlo para que lo que había visto
desapareciera con él en el éter, pero no podía ponerme a matar a ino-
centes. Además, eso no cambiaría el hecho de que estaba empapada de
sangre, sola y a kilómetros de Seven Dials.

No podía plantearme volver al I-4 así, y dudaba que ningún *rickshaw* me llevara. Llamar a Jaxon no era una opción; no tenía mi teléfono de prepago. Había un lago a unos cinco minutos, en Birdcage
Park. Sería peligroso llegar —estaba cerca de la finca de Frank Weaver, en Victoria—, pero no tenía muchas otras opciones, a menos que
encontrara una fuente.

Corrí, con el brazo pegado al pecho. Dejé atrás Devil's Acre y tiré el cuadro en un contenedor de basura en la esquina de Caxton Street. Pesaba demasiado como para cargar con él.

Birdcage Park era uno de los pocos espacios verdes que quedaban en SciLo. Veintitrés hectáreas de césped, árboles y parterres de flores. Estábamos a finales de septiembre, y las hojas caídas cubrían los senderos. Cuando llegué al lago, me metí hasta la cintura y me lavé la sangre del rostro y del cabello. No sentía nada por encima del codo, y, sin embargo, el antebrazo me dolía tanto que habría querido arrancármelo todo por debajo del hombro. Un grito mudo me presionaba la garganta intentando abrirse paso; tuve que presionarme la boca con el puño para contenerlo. Los ojos se me llenaron del líquido caliente de mis propias lágrimas.

Había una cabina de teléfono cerca de la orilla del lago. Me arrastré hasta el interior y saqué una moneda del bolsillo. Con movimientos torpes, marqué el código del puesto del I-4.

No hubo respuesta. No había ningún recadista por ahí.

En algún lugar, entre la niebla, mi instinto volvió a hacerse presente. Las orejas me ardían. ¿Había fuego? No importaba. Tenía que ocultarme, llevarme mi dolor a algún lugar donde no me pudieran ver. Las sombras de los árboles junto al lago eran lo suficientemente densas y profundas. Me acerqué trastabillando hasta la vegetación que crecía debajo y me hice un ovillo sobre un lecho de hojas caídas.

El tiempo se volvió más lento, cada vez más lento. Lo único que conseguía procesar mi mente era mi respiración superficial, el crepitar del fuego y el dolor palpitante del brazo. No podía mover las articulaciones de los dedos. Algún centinela haría la ronda del lago antes del amanecer, pero yo no me podía levantar. No conseguía hacer nada. Una carcajada inmisericorde me llenó los oídos… y perdí la conciencia.

El dolor se me instaló tras los ojos. Los abrí un poco. El olor a aceite de rosas y a tabaco me dijo dónde me encontraba. Alguien me había apoyado contra los cojines del sofá de Jaxon, me había puesto una camisa de dormir y me había tapado hasta el pecho con una colcha de chinilla. Intenté girarme, pero tenía los miembros rígidos y no podía dejar de tiritar. Sentía rígida hasta la mandíbula. Cuando intenté levantar la cabeza, noté una dolorosa contracción en los músculos del cuello.

El recuerdo de los acontecimientos de la noche anterior volvió a arrollarme. El vientre me temblaba de los nervios. Intenté mirarme el brazo usando solo los ojos. Tenía la herida cubierta de algo parecido a un moco verde.

Un crujido en la madera del rellano me anunció la llegada de Jaxon. Llevaba un puro encajado entre los dientes, al lado de la boca. Tras él estaban los demás, salvo Danica y Nick.

—¿Paige? —preguntó Eliza; se puso a mi lado, agachándose y apoyándome una mano en la frente—. Jax, está helada.

—Lógico —dijo él, soltando una nube de humo azulado—. Debo admitir que esperaba que tuvieras alguna herida superficial, pero no que te encontraría inconsciente en Birdcage Park, mi onirámbula.

—¿Me has encontrado tú? —La mandíbula me dolía con cada palabra que pronunciaba.

—Bueno, yo te recogí. El doctor Nygård me envió una imagen de tu ubicación. Parece ser que el éter por fin le ha enviado algo útil.

—¿Dónde está?

—En ese maldito trabajo suyo para Scion. He tenido que coger un taxi pirata… para encontrarme a mi dama entre un montón de hojas, cubierta de sangre. —Se arrodilló a mi lado, desplazando a Eliza, y mojó un trapo en un cuenco de agua—. Echemos un vistazo a esa herida.

Me lavó el emplasto. La visión de la herida me produjo náuseas. Era una serie de cortes que formaban una especie de M, rodeados de venas abiertas y ennegrecidas, con una especie de charco de tinta donde se unían las dos líneas centrales. Jaxon la examinó. Su coloboma se hinchó, aumentando su visión espiritista.

—Esto es obra del Monstruo de Londres —dijo, tocando la marca con un dedo—. Tiene un corte muy característico.

De la frente me caía el sudor, y los tendones del cuello se me tensaron con el esfuerzo que tuve que hacer para no chillar. El contacto de sus dedos sobre la herida era como nitrógeno líquido; casi me esperaba que emitiera vapor. Eliza se atrevió a mirar más de cerca.

—¿Ahí dentro hay una hoja?

—Ah, es un arma mucho más siniestra. Supongo que a todos os suena el concepto del miembro fantasma… —No respondió nadie—.

Es la sensación de que algo existe cuando en realidad no es así. Suele sucederles a los amputados. Pueden sentir un picor en un brazo cortado, o dolor en un diente que ya les han arrancado. Un filo fantasma es un fenómeno puramente espiritual, pero la teoría es similar: los duendes pueden inducir sus propias sensaciones fantasmas, normalmente algo en lo que estaban especializados cuando estaban vivos. Es un aporte especialmente enrevesado, realizado con esa energía etérea que controlan los quebrajadores, que les permite actuar en el mundo físico. Un estrangulador podría dejar unas manos fantasma en torno al cuello de su víctima, por ejemplo. Básicamente se trata de una versión supernumeraria de un miembro fantasma.

—A ver, para que lo entienda —dijo Zeke, tocándome el hombro bueno con la mano—. Lo que tiene es un cuchillo invisible en el brazo. ¿Verdad?

—Correcto. —Jaxon volvió a mojar el trapo negro en el cuenco—. ¿Fue Hector quien te lanzó al duende?

—No —dije yo—. Está muerto.

La palabra se quedó flotando en el aire.

—¿Qué? —Nadine nos miró a los dos.

—¿Hector de Haymarket?

—Muerto —repitió Jaxon—. Hector Grinslathe. Hector de Haymarket. Subseñor de la ciudadela de Scion en Londres. ¿Ese Hector en particular?

—Sí —respondí.

—Difunto —dijo, hablando despacio, como si cada sílaba fuera de oro y estuviera sopesándolas—. Fallecido. Ha estirado la pata. Su cordón argénteo cortado para siempre. Inerte. Cadáver. ¿Es correcto, Paige?

—Sí.

—¿Tocaste la hoja? ¿Alguien tocó la hoja? —preguntó, hinchando los alerones de la nariz—. ¿Qué hay de su espíritu?

—No. Y no estaba allí.

—Lástima. Me habría encantado vincular a esa babosa miserable. —Se le escapó una risita socarrona—. ¿Cómo murió? ¿Se emborrachó hasta perder el sentido y se golpeó con la repisa de la chimenea?

—No —contesté—. Estaba decapitado.

Eliza se llevó una mano a la boca.

—Paige —dijo, con un hilo de voz—. Por favor, no me digas que has matado al Subseñor.

—No —respondí, y la miré—. Cuando llegué, ya estaban todos muertos. Todos.

—¿Toda la banda está muerta?

—Caracortada no. Pero los otros sí.

—Eso explicaría la gran cantidad de sangre que llevas en la casaca. —Jaxon se frotó la mandíbula con el pulgar—. ¿Usaste tu espíritu?

—Jax, ¿me estás escuchando? Ya estaban muertos.

—Muy práctico —dijo Nadine desde el umbral—. ¿Qué es lo que decías antes de que Hector se merecía morir a manos de sus propios secuaces?

—No seas ridícula. Yo no habría…

—Entonces, ¿de quién es la sangre?

—Es de ellos —repliqué—. Pero el duende…

—Espero de verdad que no tengas nada que ver, Paige —dijo Jaxon—. Matar al Subseñor está penado con la muerte.

—Yo no lo maté —respondí con la voz templada—. Nunca mataría a alguien de ese modo. Ni siquiera a Hector.

Silencio. Jaxon se sacudió una mota invisible de la camisa.

—Por supuesto.

Le dio una gran calada al puro, con la mirada extrañamente perdida.

—Tenemos que rectificar este entuerto. ¿Destruiste la pintura?

—La tiré en Caxton Street.

—¿Te vio alguien cuando te ibas?

—Solo Grover. Comprobé el éter.

—Ah, sí. El luciérnaga. Zeke, Eliza, id a Devil's Acre y aseguraos de que no ha quedado ni rastro de la presencia de Paige. Ocultad el rostro. Si os pillan, decid que estáis ahí porque tenéis que transmitir un mensaje a Hector. Luego recuperad el cuadro de Caxton Street y destruidlo. Nadine, quiero que pases el resto de la noche en el Soho y descubras qué se cuenta por ahí. Ese miserable linterna ya debe de estar proclamando desde los tejados que el Subseñor está muerto, pero podemos desacreditar cualquier mención a Paige. Nuestro testigo es amaurótico. Podemos encontrar algún modo de quitarle credibilidad.

Los tres se fueron hacia la puerta.

—Un momento. —Jaxon levantó una mano—. Supongo que os resulta absolutamente obvio a todos, pero si a alguno de vosotros se le escapa algo que haga pensar que hemos sabido de la muerte de Hector antes de que se anuncie oficialmente, estaremos bajo sospecha. Y puede que nos lleven ante la Asamblea Antinatural. Aparecerán testigos del mercado que contarán lo ocurrido con el cuadro. Y cuando se sueltan las lenguas, acaban retorciéndole el cuello a alguien. —Nos miró a todos—. No lo divulguéis. No hagáis bromas, no habléis de ello, ni lo mencionéis. Jurádmelo por el éter, queridos.

No era una petición. Todos dijimos por turnos: «Lo juro». Satisfecho, Jaxon se puso en pie.

—Id, vosotros tres. Y volved pronto.

Los tres se fueron; cada uno me miró con un gesto diferente: Zeke, preocupado; Eliza, pensativa; y Nadine, desconfiada.

Cuando la puerta de abajo se cerró, Jaxon se sentó junto a la *chaise longue*. Me acarició el cabello húmedo con una mano.

—Entiendo que sintieras que no podías decir la verdad delante de ellos, pero cuéntame: ¿lo has matado tú?

—No.

—Pero querías matarlo.

—No es lo mismo querer matar a alguien que matarlo, Jax.

—Eso parece. ¿Estás segura de que Caracortada no estaba ahí?

—No, yo no la vi.

—Mejor para ella. Pero peor para nosotros si reclama la corona. —Los ojos le brillaban como sendas gemas, y tenía los pómulos colorados—. Ya sé cómo ocuparme de esto. La ausencia de Caracortada nos va como anillo al dedo. Solo hay que hacer correr el rumor de que fue cosa suya, y el simple peso de la sospecha la obligará a huir por su propia seguridad. Y tú, querida, quedarás fuera del punto de mira.

Me apoyé en el codo y moví el cuerpo.

—¿De verdad crees que pudo hacerlo ella?

—No. Ella tenía devoción por él, la pobre idiota. —Se quedó pensando—. ¿Estaban todos decapitados?

—Los rastreros no. Parecía como si los hubieran apuñalado. Todos ellos tenían un pañuelo rojo en la mano.

—Qué misterioso —dijo él, torciendo la boca—. Este asesinato lleva un mensaje, Paige. Y no creo que sea una simple referencia a que Hector lleva ocho años corriendo de un lado para otro como un pollo sin cabeza.

—Lo habrán querido ridiculizar —sugerí—. Estaba creciéndose demasiado. Actuando como un rey.

—Pues sí. Un rey sangriento. —Jaxon se recostó y se dio unas palmaditas en la rodilla—. Hector tenía que morir, eso estaba claro. Llevamos agazapados bajo su sombra casi una década, viendo cómo convertía el sindicato en una asociación desestructurada de vagos y canallas, de delincuentes de medio pelo, nada más. Oh, yo recuerdo cuando Jed Bickford era Subseñor, cuando yo aún era aprendiz. Desde luego no destacaba por sus valores morales, pero no era de los que se están de brazos cruzados.

—¿Qué le pasó?

—Lo encontraron en el Támesis con un cuchillo clavado en la espalda. La madrugada siguiente, su dama también estaba muerta.

Qué bonito.

—¿Y tú crees que fue Hector quien los mató?

—No es probable, aunque él tenía cierta predilección por las armas blancas. No era lo suficientemente brillante como para poder matar al Subseñor sin que nadie se diera cuenta. Pero sí lo fue para ganar en el torneo que hubo que celebrar a continuación. Y ahora… —Su sonrisa se hizo más amplia—. Bueno, si Caracortada huye, alguien tendrá que ser lo suficientemente brillante como para imponerse en el próximo torneo…

Hasta entonces no caí.

Un nuevo Subseñor. Íbamos a tener un nuevo Subseñor.

—Podría ser nuestra oportunidad —dije—. Si alguien nuevo ocupa el puesto de Hector, podríamos cambiar las cosas, Jax.

—Quizá. Quizá podamos. —Se hizo el silencio. Jaxon se inclinó hacia su escritorio y sacó una muleta fina—. La herida te debilitará, y puede que tengas los músculos rígidos unas cuantas horas. —Me puso la muleta en las manos—. Va a pasar un tiempo hasta que puedas volver a correr, corderillo.

Una dama sabe cuándo la están relevando del cargo. Me fui de allí con la cabeza alta. No obstante, cuando abrí la puerta de mi dormitorio, tuve que parar de golpe, incrédula.

Jaxon Hall estaba riéndose a carcajada limpia.

SEGUNDA PARTE

La revelación refaíta

Pues los méritos de la antinaturalidad son múltiples, y deberían ser conocidos en todo nuestro submundo, desde Devil's Acre y Chapel al audaz bastión de la cohorte I.

Autor misterioso,
Sobre los méritos de la antinaturalidad

Interludio

Oda a Londres bajo el poder del Ancla

*E*l chapitel de St. Mary-le-Bow destacaba, pálido, contra el cielo, y por toda la ciudadela los vagabundos iban echando basura en sus hogueras. Los vigilantes nocturnos regresaban a sus barracas tras doce largas horas de acecho y persecuciones. Los que no habían alcanzado la cuota indicada recibirían un buen varapalo por parte de sus comandantes. Aun así, no parecía que hicieran progresos en la búsqueda de Paige Mahoney.

En la puerta de Lychgate había tres cadáveres colgados, balanceándose al viento. Un golfillo de la calle les estaba robando los cordones de los zapatos, ante la atenta mirada de unos cuervos con el pico ensangrentado.

En las orillas del Támesis, los habitantes de las cloacas salían al exterior para rebuscar con los dedos en la tierra, esperando encontrar algún brillo metálico entre el limo.

Un puñado de limosneros miraron sus relojes y se dirigieron hacia el metro, esperando sacarles algunas monedas a los fatigados oficinistas, que se paraban a tomar café y a comprar el *Daily Descendant* a un vendedor ambulante, mirando los rostros de la portada sin verlos realmente. En lo más profundo del distrito financiero, con sus corbatas apretadas en torno a las camisas como sedosas sogas de patíbulo, contarían las monedas que iban a ganar.

Y los vagabundos seguirían sin tener un techo en el que resguardarse, y los cadáveres continuarían danzando al viento. Como marionetas en la cuerda.

La noche del
1 de noviembre de 2059,
el Spiritus Club presentará el próximo

TORNEO

POR EL DOMINIO DE
LA COHORTE CENTRAL

P.S.: La localización se confirmará según se acerque la fecha.
Todos los participantes se enfrentarán en combate singular
en los confines del Ring de las Rosas.

La madrugada del primero de octubre se harán sonar campanadas
solemnes en recuerdo de nuestro difunto Subseñor.

Que los signos del éter nos guíen.

Minty Wolfson

Secretaria del Spiritus Club, maestra de ceremonias

*En nombre de la Abadesa,
mimetocapo de I-2,
Subseñora interina de la
ciudadela de Scion en Londres*

10

Suenan las campanas

*E*n la oscuridad que precede al amanecer, los videntes de la cohorte I esperaron la señal. Las campanas de St. Mary sonarían por un motivo muy específico: para dejar constancia de la muerte del Subseñor.

Se oyó una campanada. Tradicionalmente, un vidente valiente debía colarse en la iglesia al amanecer y hacer sonar las campanas todo lo posible hasta la llegada de los centinelas. Se había elegido a uno de los hombres de la Abadesa para la labor.

Once campanadas más tarde empezaron a sonar las sirenas del Cuerpo de Centinelas. Otros videntes se habían encaramado a los edificios y a los árboles para observar la escalada del recadista en cuestión, pero enseguida comenzaron a marcharse.

Tres de nosotros nos habíamos instalado en el tejado de la vieja torre de Wood Street, que formaba parte de otra antigua iglesia. Una vez arriba, habíamos pasado la noche esperando la llegada del amanecer, observando las estrellas, riéndonos al recordar anécdotas de Jaxon.

Me resultaba raro pasar tanto tiempo con Zeke, y observé que estaba encantado de estar con nosotros. A veces resultaba fácil olvidar que en el fondo todos éramos amigos, a pesar de lo enrevesado de las circunstancias. No resultaba tan fácil olvidar que hoy yo me enfrentaría a la Asamblea Antinatural.

La silueta del recadista atravesó los tejados de Cheapside. Nick, que había estado observando la iglesia de St. Mary en silencio, se sentó y nos sirvió un *mecks* rosado y burbujeante en tres flautas.

—Por Hector Haymarket, amigos —dijo, con tono grave, levantando una de las copas en dirección a la iglesia—. El peor Subseñor que ha tenido nunca la ciudadela. Que su reinado quede olvidado por la historia lo antes posible.

Zeke soltó un gran bostezo, se sentó y cogió una de las flautas. Yo me quedé donde estaba.

Dos días después de la matanza había llegado a nuestro escondite una carta, con un tallo de jacinto. La jefa de ceremonias solicitaba que cualquiera que supiera algo sobre el asesinato se presentara a declarar. Cuatro días más tarde habían emitido otra orden que le daba a Caracortada tres días más para presentarse ante la Asamblea Antinatural y limpiar su nombre antes de reclamar la corona. Y luego había llegado una tercera carta que anunciaba la fecha del torneo.

Una cuadrilla del I-2 se había encargado de enterrar a Hector de Haymarket bajo las atmosféricas ruinas de St. Dunstan-in-the-East, un lugar cubierto por la vegetación, bajo las copas de los árboles, donde se enterraban todos los líderes del sindicato.

El primer amanecer de octubre nos envolvió con un reflejo dorado que disolvió la bruma y secó el rocío. Al no encontrar nada en la iglesia, los centinelas se retiraron a sus cuarteles.

Jaxon y yo habíamos recibido una convocatoria formal para presentarnos ante la asamblea; era la primera vez que se producía algo así desde hacía años. Ninguno de los dos sabíamos de qué se trataba, pero lo más probable era que me preguntaran por mi implicación en la muerte de Hector. Si me declaraban culpable, acabaría en el Támesis.

El viento me azotaba el cabello y yo contemplaba la ciudadela, que ejercía un oscuro influjo sobre mi mente, como siempre. Al sur se alzaba la fina aguja de la Old St. Paul's, la antigua catedral, el edificio más alto de todo SciLo y sede de los tribunales de inquisición, donde en ocasiones se celebraban juicios que eran más bien farsas, y en los que los videntes podían acabar condenados a muerte. Aquella simple imagen me produjo un escalofrío.

—Hay cierta belleza en todo esto, ¿no te parece? —murmuró Nick—. La primera vez que vi Londres, quise formar parte de ella. Todas esas capas de historia, de muerte y de majestuosidad. Te hace sentir que puedes llegar a ser cualquier cosa, hacer cualquier cosa.

—Por eso decidí quedarme con Jax —dije yo, observando las luces que se apagaban en los edificios con la salida del sol—. Para ser parte de ello.

Había otro gran edificio cerca. El Banco de Inglaterra-Scion se encontraba en Threadneedle Street, en pleno corazón del distrito financiero, bajo un enorme holograma flotante con la imagen del ancla. Era el banco que sustentaba la ciudadela, que financiaba la persecución de los videntes y que inyectaba dinero a la red de ciudadelas y puestos de avanzada de Scion. Sin duda también era el responsable de asegurarse de que los refaítas mantuvieran su extraordinaria opulencia.

Y aquello era lo que yo intentaba combatir. El imperio y sus riquezas contra una mujer con un puñado de monedas en la funda de la almohada.

—¿Hay alguna organización de videntes en México, Zeke? —le pregunté.

—No muchas. He oído que algunos de ellos se llaman sanadores o brujos, pero la mayoría de ellos no saben lo que son —respondió, jugueteando con el cordón de su zapato—. En la ciudad donde yo vivía no había demasiados videntes.

Una punzada de nostalgia. Había pasado mucho tiempo desde mi vida anterior en un mundo libre, donde la clarividencia no estaba siquiera reconocida, y donde mucho menos se consideraba traición.

—A veces me pregunto qué es peor —reflexionó Nick—: no saberlo en absoluto, o que te definan por ello.

—No saberlo —respondí, convencida—. Yo prefiero saber lo que soy.

—No estoy tan seguro —dijo Zeke, apoyando la barbilla sobre las rodillas—. Si yo no lo hubiera sabido…, si no hubiéramos sabido nada de Scion…

Apartó la cabeza. Nick me miró y negó. A Zeke le había pasado algo que le había hecho perder su don original y lo había vuelto ilegible. Jaxon y Nadine lo sabían, pero el resto de nosotros no teníamos ni idea.

—Paige —dijo Zeke—, hay algo que deberías saber.

—¿El qué? —pregunté.

Él miraba a Nick, que tenía la mandíbula tensa.

—¿Qué pasa? —insistí.

—Hemos oído rumores —respondió Nick—. La otra noche nos pasamos por un bar del Soho. Había videntes que hacían apuestas sobre quién podía haber matado a Hector.

El luciérnaga debía de haberse ido de la lengua.

—¿Y quiénes eran los candidatos? —pregunté yo, intentando mostrarme tranquila.

Zeke juntó las manos en un gesto elegante.

—Hablaron de Caracortada y del Bandolero.

—Pero la favorita eras tú —dijo Nick, que no parecía nada contento—. La favorita destacada.

Un escalofrío nervioso me recorrió por dentro.

El sol se iba elevando en el cielo, y nosotros recogimos nuestro campamento. Para bajar teníamos que dar un salto entre la Torre y el edificio más cercano. Al aterrizar, Nick se dejó caer y rodó por el suelo: con un rápido giro de las piernas y los brazos, desde las almohadillas de los pies hasta el hombro, y al momento ya estaba corriendo. A continuación iba yo. El salto era bastante sencillo, pero en cuanto mis botas contactaron con el cemento, los músculos de mi brazo derecho se me pusieron rígidos. Caí con fuerza sobre la parte superior de la columna y acabé tirada en el suelo boca arriba, agarrándome la nuca con la mano. Nick vino corriendo a mi lado, pálido.

—Paige, ¿estás bien?

—Sí, tranquilo —respondí, apretando los dientes.

—No te muevas —dijo, tocándome la zona lumbar—. ¿Sientes las piernas?

—Sí, me las siento estupendamente. —Le cogí las manos y me puse en pie—. Solo estoy algo oxidada.

Por encima de nuestras cabezas, Zeke seguía agarrado al antepecho, con los nudillos blancos de la tensión.

—¿Me vais a ayudar? —gritó.

Nick se puso en pie, con los brazos cruzados y una mirada divertida en los ojos.

—No me dirás que tienes miedo de una pequeña caída de treinta metros, ¿no?

Zeke soltó un improperio entre dientes. Respiró hondo, retrocedió un poco y cogió carrerilla. Saltó, elevándose sobre el antepecho y lanzándose hacia la parte inferior del tejado. Pero no llegó. Con los brazos consiguió agarrarse al borde del edificio, pero las piernas le quedaron colgando, pateando el vacío. Abrió los ojos como platos, presa del pánico. Yo fui corriendo hacia él, con un nudo en la garganta.

Nick llegó antes. Con una fuerza que era producto de dos décadas de entrenamiento, le agarró de debajo de los brazos y lo levantó, salvándolo de una larga caída. Zeke se agarró el pecho con la mano, riéndose entre jadeos.

—Yo creo que no estoy hecho para esto…

—Estás perfectamente —dijo Nick, agarrándole del hombro. Estaban muy cerca, sus frentes casi se tocaban—. Paige y yo llevamos años haciéndolo. Date tiempo.

—No creo que vaya a volver a hacerlo en un futuro próximo —replicó, mirándome con una sonrisa tensa—. No os lo toméis a mal, pero creo que los dos estáis como cabras.

—Nosotros preferimos pensar que somos «intrépidos» —le corrigió Nick, haciéndose el ofendido.

—No —dije yo. Levantamos la vista y vimos las tres torres de Barbican, en cuyas pantallas aún se veía mi rostro, lo suficientemente cerca como para que mi padre pudiera verlo durante el desayuno—. Yo creo que «como cabras» se ajusta bastante a la realidad.

Y así era. Era una locura que nos hubiéramos pasado tanto tiempo trepando a edificios y colgándonos de sus cornisas con la punta de los dedos, a pocos centímetros de la muerte. Gracias a mi habilidad para correr y trepar había estado a punto de salvarme de los casacas rojas aquel infausto día de marzo. Si no me hubieran disparado aquel dardo de flux, habría escapado y no habría llegado a pisar siquiera la colonia penitenciaria.

Nos pusimos en marcha lo más rápidamente posible, en dirección al I-4. Los centinelas estarían en alerta máxima tras el fallo de seguridad. Zeke estaba nervioso ante la perspectiva de tener que saltar otra vez, pero Nick tuvo con él la misma paciencia que había tenido conmigo al principio. Cuando llegamos a nuestra guarida, me dirigí a mi habitación para prepararme, mientras el miedo se me iba instalando en el cuerpo. En el momento en que abrí la puerta, Nick me agarró del brazo.

—Jax te protegerá. Buena suerte —dijo, y me dejó sola.

Sentí un cosquilleo, como unos pinchazos minúsculos en la parte posterior de los muslos. Respiré despacio y me arreglé el cabello con la plancha, me puse una larga blusa de seda con botones y unos pantalones de cintura alta. Cuando acabé, me levanté una manga para echar un vistazo a la marca del duende. Respiré hondo y me la quedé mirando. Aquella M negra deforme tenía unos doce centímetros de ancho y supuraba un fluido transparente que desprendía un olor metálico.

Oí unos golpecitos en la puerta, y acto seguido entró Jaxon Hall con su bastón preferido de palisandro. Llevaba pantalones, su mejor chaleco y un abrigo negro y un sombrero de ala ancha.

—¿Estás lista, querida?

Me puse en pie.

—Eso creo.

—El doctor Nygård dice que te diste un revolcón por los tejados. —Unos dedos enfundados en cuero me acariciaron la mejilla—. Los duendes, esas criaturas taimadas y mezquinas, atacan mermando las ganas de vivir. Afortunadamente, ahora podremos hacernos con él y vincularlo.

El corazón me dio un vuelco.

—¿Has descubierto cómo se llama?

—Lo ha hecho Eliza. Por supuesto, hay informes contradictorios sobre la identidad del Monstruo de Londres, pero encarcelaron a un tipo por aquellos delitos. Un vendedor de flores artificiales llamado Rhynwick Williams. —Jaxon se sentó en mi cama y dio unas palmaditas sobre el edredón, a su lado. Me acerqué—. Extiende el brazo, querida.

Lo hice. Con los ojos fijos en la cicatriz, Jaxon sacó un cuchillito de la punta de su bastón. Una podadera, con el mango de hueso redondeado y la hoja de plata, usada por vinculadores y hematománticos para hacer sangrías. Se la metió bajo la manga izquierda; al hacerlo, por un momento dejó al descubierto la parte inferior del antebrazo, marcada con líneas tenues, cada una de las cuales componía un nombre completo.

—Bueno —dijo—, déjame que te explique. El Monstruo no consiguió ocupar tu onirosaje, pero se ha creado su propio pasaje de entrada. Esa minúscula grieta en tus defensas permite que te provoca dolor cada vez que lo desea. Tienes mucha suerte, querida, de que esa bestia no haya conseguido destruirte la mente…, quizá tenga algo que ver con ese encuentro que tuviste con un duende en tu infancia.

Lo que me había protegido había sido el colgante, pero que pensara lo que quisiese…

—¿Y cómo cerramos ese pasaje?

—Con inteligencia. Cuando consigamos vincular a la criatura, dejará de suponer una amenaza.

La punta de la podadera de Jaxon tocó la marca del Monstruo, y la hoja se mojó con un extraño fluido. Luego se la acercó a la piel del interior del brazo, presionando y extrayendo un hilo de sangre.

—Déjame que te instruya en el noble arte de la vinculación. —En su brazo la sangre trazó una R—. Observa la sangradura. La fuente de mi don. Al grabar el nombre del espíritu en mi propia carne, adquiero el poder de controlarlo. Me pertenece. Queda sometido a mí. Si quiero tener el control de un espíritu de forma temporal, solo tengo que grabarme el nombre superficialmente. Mientras la herida no se cure, tendré la posesión del espíritu.

La sangre surcó sus pálidos dedos.

—Pero si quiero que el espíritu sea mío para siempre, debo crearme una cicatriz con su nombre.

—Bonita caligrafía —observé.

El nombre estaba escrito con gran elegancia, con unos trazos de aspecto muy doloroso.

—No te puedes grabar la piel con una caligrafía descuidada, querida —dijo Jaxon, sin dejar de cortar—. Los nombres son importantes, ¿sabes? Más importantes de lo que te puedas imaginar.

—¿Y si alguien no recibe nunca un nombre? ¿O si varias personas tienen el mismo nombre?

—Por eso no debes identificarte nunca con un nombre. El anonimato es tu mejor protección contra un vinculador. Ahora observa.

Grabó la última letra.

Una onda de choque sacudió mi onirosaje y resonó por toda la ciudadela. Era como si mi cabeza fuera a implosionar. Me encogí, jadeando, mientras una fuerza invisible tiraba del mismo tejido que componía mi mente, cosiendo aquella minúscula abertura. El espíritu salió precipitadamente por aquella ventana, y en ese mismo momento Jaxon flexionó el puño, haciendo que la sangre le bañara hasta la punta de los dedos.

—Alto ahí, Rhynwick Williams.

El espíritu se quedó paralizado. El espejo de la pared se cubrió de una pátina de hielo.

—Ahora ven a mí. —Jaxon extendió una mano—. Deja a la señorita. Tu reinado de terror se ha acabado.

Mi onirosaje se tensó, y el espíritu obedeció. Yo caí, vencida, contra la pared, respirando agitadamente, bañada en sudor. Dominado, mudo y obediente, el Monstruo de Londres gravitó hacia Jaxon.

—Ahí está. Es mío. Hasta que lo venda en el Juditheon por una cantidad obscena de dinero, por supuesto. —Posó la mirada en la marca con el nombre del monstruo, que había adoptado un tono gris apagado—. La cicatriz, me temo, quedará ahí para siempre.

Me enderecé, apoyándome en unos brazos temblorosos.

—¿No hay modo de librarse de ella?

—No que yo sepa, querida. Quizá si consiguiéramos que un exorcista enviara a la criatura a la última luz, pero no lo tenemos. Los dafnománticos dicen que la esencia de laurel puede aliviar el dolor. Probablemente sea una tontería de augures, pero le pediré a uno de mis recadistas que busque un frasco de aceite de laurel del jardín. —Sonrió y me tendió mi abrigo negro—. Deja que el que hable hoy sea yo. La Abadesa no te condenará sin pruebas.

—Era amiga de Hector.

—Oh, pero sabe perfectamente que Hector era un bufón insufrible. Tendrá que aceptar la declaración del luciérnaga, pero no se extenderá demasiado en el asunto. —Me abrió la puerta—. Todo irá bien, tesoro. Solo recuerda una cosa: no enseñes la cicatriz.

Tras la guarida esperaba uno de los taxistas pirata de confianza de Jaxon. La reunión se iba a celebrar en una casa de baños en ruinas de Hackney, y se esperaba que asistieran todos los miembros de la Asamblea Antinatural.

—No se presentarán tantos —dijo Jaxon—. Los mimetocapos del centro sí, pero los de las secciones periféricas probablemente ni se molesten. Son unos vagos insolentes.

Mientras Jaxon proseguía con su soliloquio sobre lo mucho que los despreciaba (y acerca de la suerte que teníamos por que Didion Waite no hubiera conseguido que lo admitieran en la asamblea con sus malas artes), me quedé callada, asintiendo de vez en cuando. En el Juditheon, la Abadesa se había mostrado muy amable, pero por lo que había oído de su charla con Ognena estaba claro que no le temblaba la mano. ¿Y si me pedía que le enseñara el brazo? ¿Y si veían la prueba incontestable de que el duende de Hector se había sentido amenazado por mí?

El taxi paró en el II-6 y un recadista acudió a la carrera a recibirnos con un paraguas. La lluvia caía de unas nubes de color ceniza oscura, y el agua corría con fuerza por las alcantarillas. Jaxon me cogió del brazo y tiró de mí, acercándome a él. Al echar a caminar, unos cuantos videntes percibieron nuestras auras y se llevaron la mano a la frente.

—¿Quién más ha llegado? —le preguntó Jaxon al recadista.

—Hay presentes catorce miembros de la asamblea, señor, pero esperamos más en la próxima media hora.

—Qué maravilla ver a todos mis viejos amigos. Mi dama solo conoce a unos cuantos.

—Ellos también están deseando verlo, señor.

Lo dudaba. La mayoría de los miembros de la asamblea eran esquivos y preferían quedarse en sus guaridas mientras sus trabajadores cumplían órdenes. Unos cuantos tenían amigos lejanos, pero nada muy íntimo. Había demasiadas rencillas pendientes desde las guerras de las bandas.

La casa de baños de Hackney llevaba precintada más de un siglo. El recadista se giró a mirar por encima del hombro y nos condujo por una serie de escaleras hasta una pesada puerta negra. Llamó, y en la trampilla aparecieron un par de ojos con visión espiritista.

—¿Contraseña?

—Nostradamus —susurró el recadista.

La puerta se abrió con un chirrido. Jaxon me rodeó con un brazo y pasamos a un espacio en penumbra.

Olía a cerrado y a húmedo. Conociendo Londres, probablemente habría algún cadáver por ahí. El recadista cogió un farol de su compañero y lo levantó para guiarnos por un estrecho pasaje hasta llegar a una enorme cámara a media luz. Sobre nuestras cabezas se elevaba un techo abovedado blanco pintado con rectángulos azules bien definidos. Todas las ventanas y claraboyas estaban tapadas con pesados paneles de madera. En el perímetro de la cámara habían colocado velas blancas perfumadas a intervalos regulares. Una luz temblorosa iluminaba las paredes, haciendo bailar las sombras. En la garganta sentí la caricia de aromas a flores dulces que se superponían como pétalos sobre una tumba. Pero las velas no conseguían disimular del todo el rastro de alcohol y de sudor.

Los mimetocapos de Londres se habían reunido en un espacio embaldosado que antiguamente había albergado una gran alberca. La gran mayoría ocultaba su identidad con disfraces de todo tipo, desde simples capuchas y pañuelos a amenazantes máscaras de hierro y visores de centinela robados. Era ilegal llevar máscaras decorativas en público —la mayoría de los miembros del sindicato las llevaban únicamente en este tipo de reuniones—, pero aun así muchas personas las portaban. Era una moda que derivaba de ciudadelas industriales como Mánchester, la mayoría de cuyos habitantes llevaban respiradores.

Jaxon nunca había llevado disfraces de ningún tipo; parecía confiar en su pico de oro para librarse de cualquier problema. Yo, por costumbre, llevaba mi pañuelo de cuello cubriéndome nariz y boca, aunque gracias a Didion ya no serviría de gran cosa.

De pronto percibí un cúmulo de auras. A pesar de sus prejuicios contra los órdenes inferiores, los líderes de las bandas hacían gala de una amplia gama de dones. La mayoría se situaba en la parte media del espectro: médiums, sensores, guardianes y algún adivino que otro.

Ognena Maria estaba entre los presentes, hablando en voz baja con Jimmy O'Goblin, el borrachuzo que gobernaba el II-1.

Tenían al lado al caballero de ella y a la dama de él, como si fueran guardaespaldas, ambos encapuchados y con sedas de colores en torno al rostro. También estaba allí el brutal Matarrocas y su caballero, Jack Hickathrift; la Sílfide Abyecta, pálida y melancólica; y la anciana Reina Perlada, ataviada con sus mejores galas, la única que había acudido sola. A casi todos los demás los conocía de vista, pero no había tenido casi ningún contacto con ellos.

A tres pies por encima de nosotros, en las gradas, la Abadesa del I-2, Subseñora interina hasta que se celebrara el torneo, estaba apoyada en la barandilla, con un vestido de terciopelo a medida que le habría costado una pequeña fortuna. Bajo el sombrero le caía el cabello, trazando unas ondas muy definidas que le cubrían un lado del cuello. Tras ella estaban sentados el Monje y dos de sus caminanoches, entre ellos la pelirroja que había visto en el Juditheon. A sus colaboradores se los llamaba los «ruiseñores», aunque en las calles se los conocía con muchos otros nombres.

—Bueno, ¿qué te parece? —dijo la Duquesa de Cristal, examinándonos con sus ojos verdes a través de una nube de humo y esbozando una mueca socarrona—. ¡Asamblea, no os lo perdáis! El recluso ha emergido de su cueva.

—Bien dicho —dijo su gemela y dama, la Ninfa de Cristal. Eran idénticas, salvo por los ensortijados tirabuzones castaños que les caían bajo el bombín; los de la Ninfa eran largos, los de la Duquesa eran cortos—. No te hemos visto en todo el verano, Vinculador.

—Y cómo le hemos echado de menos. Bienvenido, Vinculador Blanco —dijo la Abadesa, que nos recibió con una cálida sonrisa—. Y a ti, Soñadora Pálida. Bienvenida.

Unas cuantas cabezas se giraron para mirarnos: algunas con curiosidad, otras con un evidente desprecio. Miré a la Abadesa e intenté leerle el aura. Era médium, sin duda. Una médium física, por lo que parecía. Aquel era un don bastante poco habitual. Tenía un onirosaje que llamaba a los espíritus para que se apoderaran de él.

Jaxon hizo caso omiso del resto de los mimetocapos, pero se llevó la mano al pecho e insinuó una reverencia ante la Abadesa:

—Mi querida Abadesa, qué gran placer volver a verte. Ha pasado demasiado tiempo.

—Así es. Deberías venir a visitarme al salón de vez en cuando.

—No tengo especial afición a los salones nocturnos —dijo, haciendo que la Ninfa de Cristal se atragantara de risa con el áster—, pero quizá me pase por el I-2.

—¡Vinculador, rancio vejestorio! —exclamó lord Glym, que le dio una palmada en la espalda tan fuerte a Jaxon que a punto estuvo de caérsele el bastón. Todo el mundo lo conocía como Glym, y era casi tan corpulento como un refaíta, una mole de músculo y cabello áspero. La tupida melena, agarrada con una banda gruesa, le caía hasta la cintura—. ¿Cómo estás?

—¿Cómo va la vida? —Esta vez fue Tom el Rimador, que apareció por su otro costado, apoyándole en el hombro una mano llena de manchas hepáticas. Era casi igual de grande que Glym; un adivino escocés con una cortina de cabello azul tras el sombrero. Aparte de mí, era el único saltador presente—. La próxima vez que alguien decore una baraja de tarot, deberían dibujarte a ti en la carta del ermitaño.

Sonreí tras mi pañuelo. Glym lo percibió y también esbozó una sonrisa que hizo que le brillaran los ojos y que el blanco de sus dientes destacara contra su piel curtida. Jaxon parpadeó.

—Dejadlo en paz, par de pesados —dijo la Abadesa—. Espero que perdonéis el lugar escogido para el acto, amigos —añadió, dirigiéndose a todos nosotros y agitando una mano enguantada en dirección al techo—. Me pareció que sería inapropiado reunirse en Devil's Acre, dadas las tristes circunstancias. Es una pena que tengamos que vernos en lugares que Scion ha dejado caer en el abandono.

Era cierto. La mayoría de los escondrijos del sindicato eran estructuras en ruinas: edificios abandonados, estaciones cerradas, cámaras de alcantarillado de otro tiempo... Siempre lugares furtivos, ocultos, olvidados.

Fueron pasando los minutos. El Filósofo Pagano llegó envuelto en una nube de perfume, de polvos blancos y maquillaje de teatro, arrastrando tras él a una dama de gesto agrio. Dos esbirros impidieron el acceso a Didion Waite, y durante diez minutos tuvimos que oír su pomposa voz, esgrimiendo sus argumentos para entrar («¡no seré un mimetocapo, pero soy un miembro de gran reputación en esta comunidad, Subseñora!»). Cuando las puertas se abrieron de nuevo, apareció la Dama Perversa al lado del Bandolero. Era la brutal mimetocapo del sector en la que nos encontrábamos, y controlaba tres de los barrios más infames de la ciudadela: Jacob's Island, Whitechapel y el Old Nichol, así como los muelles. Era corpulenta, de unos treinta años, y famosa por su búsqueda del Destripador. Tenía una voz sonora y los labios morados por el áster. La Abadesa le hizo un gesto desde lo alto para que se sentara a su derecha.

—Mi querida amiga —dijo—, gracias por dejarnos usar este espacio para el acto de hoy.

—Oh, ningún problema —respondió la Dama Perversa, cruzando las piernas y echándose la melena rizada, de un rubio ceniza, por encima del hombro—. La mitad de todo esto está ruinas.

—Tiene un pasado oscuro, como sabemos —constató la Abadesa. Nos miró a todos y levantó sus finas cejas—. He pedido a todos los miembros de la asamblea de las cohortes I y II que acudan a esta reunión con carácter de urgencia. ¿Dónde está Mary Bourne?

—Le manda sus disculpas, señora —dijo un recadista pálido como el papel, con una gran reverencia—. Tiene la fiebre. Su dama la está cuidando.

—Le deseamos una pronta recuperación. ¿Y Ark Ruffian?

—Intoxicado, señora, la pobre sabandija —dijo Jimmy O'Goblin, con un gesto de la mano—. Al igual que su dama. Todos fuimos a tomar una copa anoche. En recuerdo de Hector, como podéis imaginar. Yo le dije: «Bueno, Ark, sabes muy bien que la señora Abadesa nos ha pedido que acudamos a ayudarla en esta ocasión; quizá no deberías beberte otra». Pero le puedo decir, señora, que se limitó a responder...

—Sí, gracias, Jimmy. Supongo que era muy optimista por mi parte pensar que estaría aquí. Enhorabuena por haber llegado con la cabeza tan clara. —La sonrisa de la Abadesa desapareció y sus manos se tensaron sobre la barandilla—. ¿Y dónde está el Ropavejero? ¿Es que se considera demasiado importante para perder el tiempo en estas cosas?

Un largo silencio siguió a sus palabras.

—No creo haberlo visto nunca —dijo la Señora Portavoz.

—Se mueve por el subsuelo, como siempre —dijo lord Costermonger—. He oído que su dama, la Chiffonnière, gobierna Camden en su nombre.

—Toda la vida ha sido un haragán. El Ropavejero siempre ha preferido estar metido en su mísera guarida, en compañía de ratas y podredumbre, que responder a la llamada del sindicato —respondió ella, con algo de rabia en la voz—. No importa. Al menos olerá mejor sin su presencia. Por favor, sentaos todos.

Tomó asiento, y algunos de los miembros de la asamblea la imitaron. Yo me senté junto a Jaxon, intentando mantener la calma.

—A estas alturas todos sabéis que Hector de Haymarket, mi querido amigo, ha sido asesinado. Y me toca a mí dirigir el sindicato hasta el momento del torneo —dijo tras un profundo suspiro—. Como parte de mis obligaciones como Subseñora interina, para proteger la integridad de la Asamblea Antinatural, debo investigar las circunstancias que han llevado a la muerte de Hector. Soñadora Pálida, ¿quieres presentarte en el estrado, por favor?

Miré a Jaxon, que asintió casi imperceptiblemente.

—Uno de mis luciérnagas ha informado de que estuviste presente la noche de la muerte de Hector —dijo la Abadesa con suavidad, mientras yo me dirigía al centro de la sala—. ¿Es cierto?

Las piernas se me convirtieron en columnas de hielo.

—Sí. Cuando llegué a Devil's Acre estaban todos muertos. Encontré a Hector decapitado. Por lo que vi, el resto parecían haber muerto degollados.

—¡Qué! —exclamó la Reina Perlada—. En su propio salón, nada menos... Espero que castigues este crimen con la pena de muerte, Subseñora. Es una burla a nuestras propias leyes.

—Te aseguro que se administrará justicia a su debido tiempo. —La Abadesa se giró hacia mí—. ¿Puedo preguntarte qué estabas haciendo en el territorio del Subseñor, Soñadora Pálida?

—Eso es lo que yo querría saber —dijo Matarrocas, echándome una mirada rabiosa.

—Fui allí siguiendo las órdenes de mi mimetocapo.

—¿Seguro que no te colaste en su guarida para matarlo? —preguntó la Duquesa de Cristal, secundada por los murmullos de muchos asistentes—. Te vieron discutir con la dama de Hector en el mercado negro, Soñadora Pálida.

—No lo niego —dije, sin inmutarme.

—Mi dama es de confianza —dijo Jaxon, poniéndose en pie y apoyando ambas manos en el bastón—. Debo decir que, pese a todo el buen trabajo que ha hecho Hector por esta ciudadela, en esta ocasión trataba de chantajearme. La noche en que murió me había robado un valioso cuadro del puesto del I-4 en Covent Garden. Envié a mi dama a negociar su devolución. Desgraciadamente, eso hizo que fuera la primera persona en encontrarse con el cadáver. Puedo garantizar su conducta intachable en todo lo relacionado con este asunto.

—Sí, claro. Cómo no —dijo Tom el Rimador, a mis espaldas, con tono socarrón.

—¿Puedo preguntarte qué es lo que insinúas, Tom? —replicó Jaxon, con un tono cortés en la voz que resultaba inquietante—. ¿Que «mentiría» ante la asamblea?

—Parad —intervino la Abadesa, levantando una mano por encima de nuestras cabezas—. No quiero oír ni una palabra más de eso. Confiamos en tu palabra, Vinculador Blanco.

Tom murmuró unas palabras más, pero se calló cuando Glym le lanzó una mirada de advertencia. Hubo murmullos de asentimiento por parte de la mayoría de los miembros de la asamblea, aunque la Reina Perlada no apartó la vista de mí hasta pasado un buen rato. No me cuestionarían mientras contara con la protección de la Subseñora interina.

Volvió a hacerse el silencio y la Abadesa señaló a los dos caminanoches que tenía detrás:

—Mis ruiseñores me han informado de que Caracortada no estaba presente en la escena del crimen. ¿Puedes confirmarlo, Soñadora Pálida?

—No había ni rastro de ella —dije—. Ni de espíritus. Todos ellos habían huido de Devil's Acre.

—¿Ni siquiera del Monstruo de Londres, el protector de Hector?

—Sí, Subseñora.

La Duquesa de Cristal meneó la cabeza.

—No sé por qué cargaba aún con esa cosa —dijo la Duquesa de Cristal, meneando la cabeza—. Qué inutilidad.

—No es inútil del todo —dijo el Filósofo Pagano, arrastrando las palabras y frotándose la barbilla—. El Monstruo de Londres deja una marca muy distintiva, una M negra en la piel. Si encontramos esa marca, será fácil dar con el asesino de Hector.

Apreté un puño tras la espalda. La Abadesa, por encima de nuestras cabezas, volvió a apoyar las manos en la barandilla. Tenía unas ojeras azuladas que le daban un aspecto fatigado.

—Quiero pediros a todos que ordenéis a vuestros videntes que estén atentos a esta marca. Maria, querida —dijo—, dado que tú diriges un mercado especializado en complementos amauróticos, quiero que investigues el origen de los pañuelos rojos que se encontraron con el cuerpo, que parecen ser la única pista sólida de que disponemos.

Ognena Maria asintió, aunque no parecía demasiado contenta de que la hubiera llamado «querida».

—Mientras tanto, empezaremos a buscar a Caracortada. ¿Alguien tiene idea de dónde puede haber huido?

Nadie dijo nada. Casi sin darme cuenta di un paso adelante. Aquella podía ser mi oportunidad.

—Abadesa —dije—, espero que perdone mi atrevimiento, pero hay algo que la Asamblea Antinatural debe oír urgentemente. Algo que…

—… debería haber anunciado al inicio de esta reunión —me interrumpió Jaxon—. Qué tonto por mi parte, se me ha ido de la cabeza. A pesar de mis intentos por mantenerla alejada de mi territorio, Caracortada solía visitar varias casas de apuestas y salones nocturnos del Soho. Quizá sea conveniente empezar allí la búsqueda.

La rabia me reconcomía por dentro. Jaxon sabía perfectamente qué iba a decir. Apenas un momento más tarde, la Abadesa dijo:

—¿Das permiso para que mis nimios entren en el I-4 con ese objetivo, Vinculador?

—Por supuesto. Estaremos encantados de recibirlos.

—Eres muy amable, querido amigo. Si no hay más puntos que

debatir, os dejaré que volváis a vuestras secciones. Espero veros a todos en el torneo. —Se puso en pie, y el resto de la Asamblea Antinatural hizo lo propio—. Grub Street organizará el listado de candidatos y publicará el lugar de celebración del evento. Hasta entonces, que el éter os proteja en estos tiempos turbulentos.

Los presentes empezaron a despedirse y al final se marcharon todos. Al pasar a mi lado, la Abadesa me sonrió amablemente. Yo me llevé tres dedos a la frente y seguí a Jaxon por el pasillo.

—¿Lo ves? —dijo él, cogiéndome de nuevo del brazo—. Sana y salva. No tienes nada que temer, querida mía.

Mientras esperábamos otro taxi, Jaxon encendió un puro y contempló el cielo. Yo me apoyé en un farol.

—Jax —dije en voz baja—, ¿por qué me has interrumpido?

—Porque ibas a hablarles de los refaítas.

—Claro que sí. Tienen que saberlo.

—Intenta usar el sentido común, Paige. Nuestro objetivo era asegurarnos de que no te colgaban por asesinato, no contarles historias. —Toda amabilidad había desaparecido de su rostro—. No vuelvas a intentar algo así, cariño, o quizá tenga que enseñarle a la Abadesa esa pequeña prueba —añadió, tocándome el brazo con un dedo.

Aquella amenaza me dejó muda. Levantó una mano y al otro lado de la calle paró un *rickshaw*; el vehículo dio un frenazo.

Mientras estuviera con él, estaba segura. Mientras fuera su abnegada Soñadora Pálida, mi nombre quedaría limpio de sospechas de cara a la Asamblea Antinatural. Pero si se me ocurría ir por mi cuenta, Jaxon expondría al público el funesto secreto que escondía bajo la manga. En ningún momento había sido su intención usar aquella reunión para protegerme. La había usado para atraparme. Para asegurarse de que no intentaría posicionarme por encima de él.

—Bueno, volvamos al I-4 —dijo, y mostrándole una sonrisa radiante al conductor subió los dos escalones del *rickshaw* y se sentó—. Nos reuniremos con los otros en Neal's Yard.

Bastardo chantajista y taimado…, casi no me salían las palabras.

—¿Para qué?

—Para desayunar —respondió, con una sonrisa muy suya—. Toda revolución empieza con un desayuno, querida.

Υ

Hasta un desayuno revolucionario —fuera lo que fuese eso— debía comerse en el Chateline's. Los otros vinieron a nuestro encuentro, en nuestro compartimento reservado. Como siempre, yo me senté a la derecha de Jaxon, tal como correspondía a una dama. Él encargó un gran desayuno, con todo lo que había en la carta, desde sardinitas fritas con huevos revueltos a bollos con miel, salchichas y *kedgeree* con huevos duros. La comida fue llegando en bandejas y platos a varios niveles cubiertos con campanas plateadas.

—¿A qué se debe esto, Vinculador? —dijo el dueño, mientras me servía una taza de café recién hecho. Chat era un exboxeador cachazudo que había trabajado para Jaxon durante años hasta el día en que había perdido una mano ante un rival muy cabreado. Tenía la nariz surcada de capilares que se le extendían hacia las mejillas—. ¿Es un desayuno de despedida en honor de Hector?

—En cierto modo, amigo mío.

Chat se retiró tras la barra. Eliza, situada delante de mí, cogió un plato para servirse, sonriendo pero perpleja:

—¿En cierto modo?

—Ya lo veréis. O, más bien, ya lo oiréis. Cuando os lo diga —dijo Jaxon, haciéndose el misterioso.

—Vale. ¿Cómo ha ido la reunión?

—Oh, nada especial. Casi se me había olvidado lo insufribles que son todos ellos. En cualquier caso, la reputación de Paige está a salvo, así que podemos decir que ha ido bien. —De eso no había ninguna duda, al menos para él—. ¿Unos riñones a la mostaza, Danica, querida?

Le tendió un plato caliente, y ella le echó una mirada hosca antes de cogerlo.

—Hace días que no te veo —dijo Zeke, pasándole un plato de *muffins*—. ¿De qué vives, ahí encerrada?

Cuando salía de su escondrijo, Danica se encontraba como pez fuera del agua. De su moño caían mechones rebeldes de cabello pelirrojo, tenía las pecosas mejillas manchadas de aceite y ambas manos salpicadas de quemaduras recientes que se había hecho soldando.

—Oxígeno —dijo—. Nitrógeno. Podría seguir.

—¿En qué estás trabajando, genio? —preguntó Nadine, al tiempo que se metía un champiñón frito en la boca.

—Danica está diseñando un generador de interferencias —explicó Jaxon—. Es la misma tecnología usada en el Senshield, pero en una bonita versión de mano.

—Me he basado en el diseño de Scion —dijo ella—. Están trabajando en una versión portátil del Senshield.

Pasé los dedos sobre el mantel, en un gesto nervioso. Nick, situado delante de mí, frunció el ceño.

—¿Y para qué iban a querer algo así?

—Para librarse de la DVN. No pensarás que querrán seguir usando su policía antinatural eternamente, ¿no?

Nick parecía perplejo, y no era de extrañar. Si los centinelas amauróticos podían ir provistos del Senshield, no necesitarían ojos con visión espiritista por las calles. Los videntes que se habían vuelto contra sus homólogos, que se dedicaban a perseguir a otros antinaturales, ya no tendrían razón de ser en Scion.

—Esa es una excelente noticia para nosotros —señaló Jaxon—. Tendremos amauróticos revoloteando por ahí con pesados equipos, en lugar de soldados clarividentes por las calles. Come, querida mía —me dijo—. Tenemos mucho trabajo por delante las próximas semanas. Quiero que mantengas el apetito y la mente bien despierta.

Di un bocado al pan.

—Tienes mucho mejor aspecto, Paige —dijo Eliza, que tras su reconciliación con Jaxon volvía a estar a muerte con él—. Tenemos una tonelada de trampas del arcoíris pendientes de interpretación. Me iría bien que me echaras una mano mañana, si puedes.

—Yo no me preocuparía de las trampas del arcoíris ahora mismo —dijo nuestro mimetocapo, aspirando delicadamente una bocanada de Floxy de limón, como solía hacer para limpiar el paladar—. Tenemos asuntos mucho más importantes que considerar, querida. Asuntos que, por primera vez, podrían llevarnos más allá del I-4. —Hizo una pausa, probablemente para crear un efecto dramático—. ¿Os gustaría oír de qué se trata?

Zeke me miró y puso cara seria.

—Sí, Jaxon.

—Bien. Pues acercaos.

Todos nos inclinamos hacia delante. Jaxon nos miró uno a uno, visiblemente excitado.

—Tal como sabéis, llevo dedicándome al I-4 en cuerpo y alma casi veinte años. Juntos hemos conseguido que siga siendo un lugar próspero, pese a la tiranía de Scion. A vosotros seis puedo consideraros mis obras maestras. Y a pesar de alguna metedura de pata ocasional (o más bien periódica), no puedo por menos que expresaros mi mayor admiración por vuestro talento y dedicación. —Su voz bajó un tono—. Pero ya no podemos hacer nada más por el I-4 y su gente. Somos la mejor de las grandes bandas de la ciudadela: la mejor en el comercio, la mejor en el combate y la mejor en cuanto a excelencia. Por este motivo, he decidido presentarme a Subseñor.

Cerré los ojos. Desde luego, no era ninguna sorpresa.

—Lo sabía —dijo Eliza, con una gran sonrisa en el rostro—. Oh, Jax, desde luego, esto es una locura, pero imagínatelo... Podríamos..., podríamos ser...

—La banda que gobernara la ciudadela de Scion en Londres —completó Jaxon, cogiéndole una mano y soltando una risita—. Sí, mi fiel médium. Podríamos serlo.

Eliza parecía estar a punto de llorar de alegría.

—Tendríamos la sartén por el mango —apuntó Nadine, con una sonrisa socarrona, mientras pasaba el dedo por el borde de su vaso—. Podríamos decirle a Didion que mandara el Juditheon al carajo.

—O que nos diera todos sus espíritus —añadió Eliza, dejándose llevar por la euforia de Jaxon—. Podríamos hacer cualquier cosa.

—Nosotros siete, nadie más. Los señores de Londres. Será una maravilla. —Jaxon se encendió un puro—. ¿No te lo parece, Paige?

Aquella sonrisa escondía algo peligroso. Yo esbocé lo que esperaba que se viera como una sonrisa convencida, la que mostraría una dama a su mimetocapo al recibir tan buenas noticias.

—Por supuesto —dije.

—Supongo que confías en que pueda ganar.

—Claro.

De los mimetocapos de Londres, Jaxon era el que más dinero, ego y ambición tenía. Con lo implacable que podía llegar a ser, y con su talento en la vinculación de espíritus y en el combate, tenía muchas posibilidades de ganar. Muchas. Nick parecía tan inquieto como yo.

—Bien. —Jaxon cogió su taza de café—. Te dejaré unos deberes en la habitación. Material de lectura, para que sepas más sobre la noble tradición del torneo.

Genial. Mientras Scion y los refaítas planeaban su próximo movimiento, yo estaría haciendo deberes. Como una buena dama obediente.

—Paige, querida —dijo Jaxon, como si se le acabara de ocurrir—, ve a buscar otra ración de tostadas, ¿quieres?

Hacía años que no me usaba como camarera. Quizá no hubiera mostrado suficiente entusiasmo. Los chicos se me quedaron mirando mientras me acercaba al mostrador y esperaba a que Chat saliera de la cocina, tamborileando los dedos sobre la barra. En la esquina oí que hablaban otros dos videntes.

—… discusión con el I-4 —dijo la voz de un hombre—. He oído que tuvieron una disputa con la chica francesa en el mercado.

—No es francesa —murmuró una mujer—. Es Campana Silenciosa, su suspirante. Viene del mundo libre, dicen. Como su hermano.

Di un golpecito a la campanilla del mostrador, con los nervios de punta. Chat salió de la cocina, ataviado con su delantal. Tenía las mejillas rojas del calor de los fogones.

—Dime, cariño.

—Prepáranos unas tostadas más, por favor.

—En marcha.

Mientras esperaba, agucé el oído otra vez:

—… la vi con Caracortada, ¿sabes? Llevaba máscara, pero era ella, estoy segura. La Soñadora Pálida.

—¿Está en Londres otra vez?

—Sí, y estaba ahí cuando murió Hector —dijo una voz áspera—. Yo conozco al luciérnaga que la llevó a Devil's Acre. Grover. Un buen hombre, un tipo honesto. Dijo que salió de allí cubierta de sangre.

—Es la chica que se ve en las pantallas. ¿Lo habéis oído?

—Mmm. Sí, un asunto turbio. A lo mejor Hector la delató, y por eso lo mató.

Chat apareció con el montón de tostadas, y yo me volví a mi sitio.

—Están hablando de nosotros —le dije a Jaxon, que se quedó inmóvil—. Esa gente detrás del biombo.

—Ah, ¿sí? —respondió, dejando caer la ceniza de su puro en un cenicero de vidrio—. ¿Y qué dicen?

—Que matamos a Hector. Bueno, que yo lo maté.

—Quizá deberían prestar más atención a sus palabras —dijo Jaxon, levantando la voz y llamando la atención de la mitad de los clientes del bar—. He oído que el mimetocapo del I-4 no tolera las calumnias. Y menos aún de su propia gente.

Por un momento se hizo el silencio, y poco después un trío de adivinos se levantaron de detrás del biombo, recogieron sus abrigos del colgador más cercano y se fueron de allí evitando mirarnos. Jaxon se recostó en su asiento, pero los siguió con la mirada mientras desaparecían por Neal's Yard.

Los demás volvieron a su comida.

—Uno de ellos lo sabía —dije, mirando a Jaxon—. Conocía a Grover.

—Pues deberían volver a leerse las viejas normas del sindicato. El Primer Código establece que, sin pruebas suficientes, la palabra de un amaurótico no vale nada. —Volvió a llevarse el puro a la boca—. Son habladurías, querida. No te preocupes. Yo respondo de tu inocencia. Y, cuando sea Subseñor, todas esas acusaciones desaparecerán.

Y con ellas, cualquier posibilidad de cambiar el sindicato. Ese era el trato que me ofrecía: protección a cambio de obediencia. Jaxon Hall me tenía atada. Y lo peor era que lo sabía.

A partir de aquel momento desconecté. Me quedé dando sorbos a mi café, sin seguir la conversación, y percibí dos auras cercanas. Sentí la piel de gallina en el vientre.

Vi dos siluetas al otro lado de la ventana.

La taza se me cayó de entre los dedos. Dos pares de ojos me miraron, como luces de luciérnaga en la oscuridad.

No.

Ahora no. Ellos no.

—¿Paige?

Eliza me miraba. Yo bajé la vista hacia el café derramado y los fragmentos de vidrio, entumecida.

—Perdona, Chat —dijo Jaxon—. Con la emoción se le han aflojado los dedos. Te daré el doble de propina —añadió, mostrándole unos billetes—. Un temblor, supongo, Paige.

—Sí —conseguí decir—. Sí. Lo siento.

Cuando volví a mirar hacia la ventana, no había ni rastro de nadie. Nick me observó, intrigado.

Tenía que ser un error. Una pesadilla. Mi maltrecho onirosaje, que confundía recuerdos y realidad.

O eso, o acababa de ver a dos refaítas en el I-4.

Y

Jaxon estaba pensando en pedir otros cinco platos, pero yo me busqué una excusa y me fui del restaurante. La guarida estaba a tan solo unos segundos. Las sombras se iban haciendo más largas; las farolas brillaban como si fueran ojos refaítas. En cuanto estuve dentro, subí corriendo las escaleras y saqué la mochila de debajo de la cama. La abrí de un tirón, casi rompiendo la cremallera, y metí dentro una blusa y unos pantalones. Respiraba casi sollozando, con unos jadeos bruscos y rabiosos.

No era el Custodio. Pero ¿quién, si no, habría podido venir en mi busca? ¿Quién podía saber dónde vivía? Nashira debía de haber descubierto la ubicación de los relojes de sol… Tendría que volver a la pensión. Trazar un plan. Huir. Descolgué el abrigo de la puerta y me lo puse. Pero en ese momento entró Nick y me cogió de las manos.

—Paige, para, para. —Yo me debatí, pero él me agarró—. ¿Qué estás haciendo? ¿Qué pasa?

—Refaítas.

El rostro se le tensó.

—¿Dónde?

—Junto al bar de Chat. En el callejón —dije, metiendo una chaqueta en mi mochila—. Tengo que irme, o irán también a por vosotros. Tengo que ir a la pensión y…

—No. Espera —replicó—. Estás más segura aquí, con nosotros. Y Jaxon no va a dejar que te vayas sin más, ahora que aspira a ser Subseñor.

—¡No me importa lo que haga Jaxon!

—Sí, sí que te importa —dijo, girándome para que le mirara—. Deja la mochila en el suelo, *sötnos*. Por favor. ¿Estás absolutamente segura de que eran refaítas?

—He percibido sus auras. Si me quedo, me llevarán ante Nashira.

—Podrían ser aliados del Custodio —alegó, aunque no parecía muy convencido.

—¿Cómo era eso que decías, Nick? «Los refaítas son enemigos hasta que se demuestre categóricamente lo contrario.» —Me puse a hurgar en la mesita de noche, sacando calcetines y camisetas, pañuelos y guanteletes—. ¿Me vas a acompañar, o voy a pie?

—Es la víspera de la revolución personal de Jaxon. Si te vas, no te perdonará, Paige, esta vez no.

—Si nos encuentran, la revolución quedará cortada de raíz.

Se oyeron tres golpes secos que nos sobresaltaron, y al momento la puerta se abrió con un golpetazo que a punto estuvo de hacer saltar las bisagras por los aires. Jaxon apareció en el umbral, golpeando el suelo con su bastón.

—¿Qué significa todo esto?

—Jaxon, había refaítas frente al bar. Dos. —Me puse en pie—. Tengo que irme. Tenemos que irnos. Todos.

—No vamos a irnos a ningún sitio —respondió, usando el bastón para cerrar la puerta—. Explícate. Con calma.

—¿Dónde están los otros?

—En el Chateline's, donde seguirán unas horas, ajenos a esta conversación.

—Jaxon, escúchala. Por favor —dijo Nick, con voz firme—. Sabe lo que ha visto.

—Puede que así lo crea, doctor Nygård, pero todos sabemos los efectos que puede tener una exposición prolongada al flux.

—¿Qué demonios se supone que significa eso, Jax? —repliqué, mirándolo fijamente, incrédula. Podía llegar a entender que Eliza creyera que había perdido la cabeza, pero Jaxon había estado allí—. ¿Tú crees que tengo alucinaciones? ¿Tú también las tuviste cuando viste la colonia con tus propios ojos?

—No se trata de que no te crea, querida. Es una cuestión de decoro. De compromiso. A pesar de tu contacto repetido con drogas psicoactivas experimentales, creo tu historia. Tal como dices, no puedo negar lo que he visto con mis propios ojos —reconoció, dando unos pasos hacia la ventana—. Pero no veo ningún motivo por el que tengamos que hacer algo al respecto en el I-4, ni por el que la Asamblea Antinatural deba oír hablar de ello. Ya te lo he dicho muchas veces. ¿Debo repetirme?

A cambio de su protección, me estaba pidiendo que cerrara los ojos ante todo lo que sabía.

—No consigo entenderte —repliqué, acalorada—. Están aquí, en el I-4. ¿Cómo puedes hacer como si nada?

—No es necesario que entiendas mis acciones, Paige. Solo tienes que hacer lo que se te ordena, tal como acordamos.

—Si hubiera hecho lo que se me ordenaba en la colonia, aún seguiría allí.

Se hizo un largo silencio. Jaxon se giró.

—Explícamelo. No logro entenderlo. —Dio un paso adelante, levantando un dedo—. Tú siempre has sabido que la doctrina de Scion se basa en la injusticia. Siempre has sabido que su ataque inquisitorio contra la antinaturalidad es reprobable. Pero hasta ahora no has visto motivo por el que debiéramos intervenir. ¿Tenías demasiado miedo como para atacar cuando su corrupción solo alcanzaba a los humanos, mi querida Paige?

—He visto el origen de todo ello. He visto qué es lo que los ha adoctrinado —dije—. Y creo que podemos pararlo.

—¿Tú crees que, si nos enfrentamos a los refaítas, acabaremos con la inquisición? No te hagas ilusiones de que Frank Weaver y su Gobierno se conviertan en grandes amigos tuyos si destruyes a sus señores.

—Pero tendremos que intentarlo, ¿no, Jax? ¿Quién va a gobernar el I-4 cuando vengan a por nosotros?

—Ve con cuidado, Paige —dijo Jaxon, palideciendo otra vez—. Te mueves por un terreno muy peligroso.

—Ah, ¿sí? ¿O es que estoy invadiendo el tuyo?

Aquello fue la gota que colmó el vaso. Jaxon me empujó contra el armario con un brazo, inmovilizándome contra los estantes. Era mucho más fuerte de lo que parecía. Un frasco grande de somníferos impactó contra los tablones del suelo.

—¡Jaxon! —gritó Nick, pero aquello era algo entre mimetocapo y dama.

Su mano derecha me agarraba del brazo, donde tenía grabada la marca del duende en la piel.

—Escúchame ahora, querida mía. No voy a permitir que mi dama vaya despotricando por las calles como una loca. Especialmente ahora que me estoy planteando tomar el control de esta ciudadela. —Las líneas de expresión le trazaban un triángulo entre las cejas—. ¿Tú crees que la buena gente de Londres me daría su apoyo, Paige, si vieran que doy crédito a una historia fantástica de gigantes y cadáveres andantes? ¿Por qué crees que he evitado que se lo contaras a la Abadesa? ¿Tú crees que nos creerían, querida, o que se reirían de nosotros y nos tomarían por locos?

—¿Es eso, Jax? ¿Con todos los años que han pasado sigue preocupándote que la gente se ría de ti?

Sonrió, pero su sonrisa no tenía ninguna expresión.

—Me tengo por un hombre generoso, pero esta es tu última oportunidad. Puedes quedarte conmigo y beneficiarte de la protección del I-4, o puedes probar suerte ahí fuera, donde nadie te escuchará. Donde te colgarán por el asesinato de Hector. A estas alturas, el único motivo por el que no estás muerta es que he dado la cara por ti. Que he dado fe de tu inocencia. Pero da un mal paso y te llevaré ante la Asamblea Antinatural, para que puedas enseñarles esa cicatriz.

—No lo harías.

—No tienes ni idea de lo que haría para evitar que estalle la guerra en Londres.

Con un último apretón, me soltó el brazo.

—Haré que pinten los relojes de sol para que no resulten reconocibles. Pero ten clara una cosa, Paige: puedes ser la dama del Subseñor, o carroña para los cuervos. Si escoges la segunda opción, me encargaré de que vayan a por ti. Como hice antes de que volvieras a los Seals. Al fin y al cabo, si no eres la Soñadora Pálida… ¿Quién eres?

Se fue. Di una patada a mi cesta de quincalla del mercado, esparciendo su contenido por el suelo, y me senté con la cabeza en la mano buena. Nick se puso en cuclillas frente a mí y me agarró del brazo.

—¿Paige?

—Podría reforzar el sindicato. —Respiré hondo—. Si pudiéramos convencerlos…

—Quizá, si encontraras alguna prueba de la existencia de los refaítas, pero la verdad también supondría el fin del sindicato tal como lo conocemos. Tú quieres convertirlo en una fuerza del bien. Y a Jaxon no le interesa el bien. Él quiere sentarse en su trono, acumular espíritus y ser el rey de la ciudadela hasta que se muera. Es lo único que le importa. Pero la dama de un Subseñor también tiene poder. Podrías cambiar las cosas, Paige.

—Jax me lo impediría. Una dama no es un Subseñor…, me convertiría en su chica de los recados predilecta. Solo un Subseñor podría cambiarlo todo.

—O una Subseñora —dijo Nick, soltando una risita—. Hace tiempo que no tenemos una Subseñora.

Levanté la vista lentamente y mis ojos se encontraron con los suyos. Se le escapó una sonrisa.

—No podría —murmuré—. ¿O sí?

Me lo quedé mirando. Él se puso en pie y apoyó las manos en el alféizar de la ventana, mirando hacia el patio.

—Las damas y los caballeros no se pueden presentar. En un torneo, su lealtad debería ser incuestionable.

—¿Va contra las normas?

—Probablemente. Si una dama va contra su mimetocapo, queda señalada como chaquetera. Nunca ha ocurrido, en toda la historia del sindicato. ¿Tú seguirías a alguien que apuñala por la espalda a su jefe?

—Preferiría seguirlo que ponerme delante.

—No te hagas la lista. Esto es serio.

—Vale. Sí, trabajaría para alguien que apuñala por la espalda a su jefe, si fuera alguien que sabe la verdad sobre Scion. Si quisiera ponerla en evidencia, para detener el asesinato sistemático de clarividentes…

—A ellos la corrupción de Scion no les importa. Todos son como Jaxon. Hasta los que te parecen más amables. Hazme caso, despellejarían a los suyos si con eso pudieran llenarse los bolsillos. Y no tienes dinero para sobornarlos a todos. A Jaxon ya lo has visto: nos pone a nosotros a hacer el trabajo sucio mientras él fuma y bebe absenta. ¿De verdad crees que gente como él pondrá un ejército en tus manos? ¿Que arriesgarán sus preciosas vidas por ti?

—No lo sé. Pero quizá debiera descubrirlo. —Suspiré—. Pongamos que me presento. ¿Tú serías mi caballero?

Hizo una mueca.

—Lo haría —dijo—, porque te quiero. Pero no quiero que lo hagas, Paige. En el mejor de los casos, serías una Subseñora traidora. En el peor, perderías y acabarías muerta. Si esperas dos años, Jaxon te cederá el poder de la sección. ¿No puedes esperar?

—Dentro de dos años será demasiado tarde. Dentro de pocas semanas implantarán el Senshield, y los refaítas quizá ya hayan creado una nueva colonia. Tenemos que atacar ahora. Además, Jaxon no se retirará al cabo de un par de años. Lo único que quiere es apaciguarme. Darme una palmadita con una mano mientras me encadena con la otra.

—¿Y vale la pena correr el riesgo de perder?

—Hubo gente que murió para que yo saliera de Sheol —dije, muy seria—. Cada día mueren personas como nosotros. Si me oculto en la sombra mientras esto sigue adelante, es como escupir sobre el recuerdo de esa pobre gente.

—Entonces más vale que te asegures de que estás preparada para afrontar las consecuencias. —Se puso en pie—. Voy a ver si lo calmo. Tú, mientras tanto, deshaz el equipaje.

Cerró la puerta con suavidad al salir.

Quizá fuera la única opción. Pintar los relojes de sol no serviría para contener a los refaítas mucho tiempo. Para transformar el sindicato de Londres en un ejército que pudiera plantarles cara, tenía que pensar más a lo grande. Dejar de ser simplemente la dama de un mimetocapo para ser la Subseñora de la ciudadela de Scion en Londres. Debía de tener una voz tan fuerte que no pudieran silenciarla.

Un minuto más tarde empecé a recoger las cosas que habían quedado tiradas por el suelo: recortes de periódico del siglo xix, broches, *numa* antiguos…, y una tercera edición de *Sobre los méritos de la antinaturalidad,* confiscada a un limosnero que hacía una parodia mofándose del libro en el Soho. «Por el autor misterioso», decía.

«Las palabras dan alas incluso a los pisoteados, a los que han sufrido hasta perder la esperanza de hallar reparación.»

Había formas de levantar la voz. Cogí el teléfono, le encajé un nuevo módulo en la parte trasera y marqué el número que Felix me había dado.

11

Leyenda urbana

—¿*Q*ué?

Nell parecía casi impresionada por mi repentino ataque de locura. Le habían cortado el pelo de tal forma que le caía justo por debajo de la barbilla; lo llevaba planchado y teñido de al menos diez tonos diferentes de naranja. Con sus gafas de aviador y su pintalabios negro brillante estaba irreconocible.

Aún no había amanecido, pero los cinco ya estábamos agazapados en la terraza de la azotea de uno de los bares de oxígeno independientes de Camden. Unos biombos curvados separaban las mesas. Las melodías de los músicos callejeros del mercado, a nivel de la calle, bastaban para evitar que nos pudieran oír.

—Ya me habéis oído —dije—. Una novela barata.

Felix, a mi izquierda, meneó la cabeza. Como disfraz había escogido una de las máscaras filtrantes que llevaban en el norte y en algunas zonas del East End, que solo dejaban los ojos al descubierto.

—¿Quieres contar una historia sobre los refaítas? —dijo, con la voz amortiguada por la máscara—. ¿Como si no fuera verdad?

—Exacto. *Sobre los méritos de la antinaturalidad* convirtió el sindicato en lo que es hoy en día —respondí, manteniendo la voz baja—. Revolucionó por completo nuestro modo de ver la clarividencia. Solo con poner sus pensamientos en el papel, un escritor desconocido lo cambió todo. ¿Por qué no podemos hacer lo mismo?

Felix se levantó la máscara de la boca.

—Vale —dijo—. Pero eso era un panfleto. Tú estás hablando de una novela. Una historia de terror de cuatro chavos para gente que no sabe qué hacer con su tiempo.

—Yo leí *Maravillosos pájaros cantores en venta*. Ya sabéis, el del aprendiz ornitomántico que vende pájaros que hablan —dijo Jos—. Pero mi iniciador descubrió mis libros escondidos y los tiró todos al fuego.

Jos aún no estaba en el punto de mira de Scion, pero, aun así, Nell le había dado un pañuelo y un sombrero para ocultarle la cara.

—Mejor. Esas porquerías harán que se te pudra el cerebro —dijo Nell, que tenía las ojeras muy marcadas—. Y en Grub Street no dejan de publicarlas.

—Lo que no sé es si deberíamos hacer que fuera un relato de terror —prosiguió Felix—. ¿Y si la gente piensa que es de ficción?

—¿Cómo matas a un vampiro? —le pregunté. Tenía la impresión de que Felix sería de esos que fingen que leen *Nostradamus* por las noches, pero que esconden un viejo ejemplar de *Los misterios de Jacob's Island* entre sus páginas.

—Con ajo y con la luz del sol —dijo.

Bingo.

—Pero no existen —respondí yo, intentando no sonreír—. ¿Cómo lo sabes?

—Porque lo he leído en… —Se ruborizó—. Vale, vale, es posible que leyera un par de novelas baratas cuando tenía la edad de Jos, pero…

—Tengo trece años —protestó Jos.

—… ¿Por qué no podemos escribir un panfleto serio? ¿O algo así como un manual?

—Oh, sí, genial. Los refaítas se cagarán de miedo cuando sepan de la existencia de Felix Coombs y su manual —dijo Nell, impávida.

—Lo digo en serio —insistió él, frunciendo los labios—. El vinculador te podría ayudar, ¿no, Paige?

—No le gustan los rivales. Y la diferencia entre un panfleto y una novela barata es que los panfletos afirman decir la verdad. Las novelas baratas no. No podemos ponernos a gritar en medio de la calle, hablando de los refaítas. Una novela barata hará que se conviertan en una leyenda urbana.

—¿Y de qué servirá eso? —preguntó Nell, frotándose la piel entre las cejas—. Si no lo demostramos…

—No vamos a demostrar nada. Vamos a intentar advertir al sindicato.

Ivy estaba acurrucada frente a mí con una taza de salep intacta delante. El vapor de su aliento empañaba un par de gafas de sol redondas con la montura dorada. El rasgo más característico de su foto —el cabello de un azul intenso— había desaparecido. Ahora lo llevaba al rape. Unos dedos huesudos tamborileaban sobre la mesa; tenía los nudillos pelados y callosos. No había dicho una palabra desde mi llegada, ni había levantado la vista de su salep. Su guardián refaíta la había tratado como basura, y esas heridas no se curaban fácilmente.

—Deberíamos hacerlo —dijo Jos—. Paige tiene razón. ¿Quién va a escucharnos si decimos que es de verdad?

—Estáis todos mal de la cabeza, ¿lo sabéis? —dijo Nell, que al ver nuestras caras chasqueó la lengua—. Vale. Supongo que tendré que ser yo quien haga la mayor parte del trabajo.

—¿Por qué tú? —pregunté.

—Conseguí un trabajo con las sedas en el teatro. Podemos usar la taquilla para escribir. —Dio unos sorbos a su bebida—. Yo creo que puedo crear una historia decente. Jos me puede ayudar a darle forma.

A Jos se le iluminaron los ojos.

—¿De verdad?

—Bueno, tú eres el experto —respondió ella, conteniendo un bostezo—. Nos pondremos al trabajo mañana. Es decir, hoy, claro.

Sentí que desaparecía parte de la tensión acumulada en el cuello y en los hombros. Yo no podría de ningún modo trabajar en una novela durante días sin que Jaxon se diera cuenta.

—Quizá lo mejor sea escribir dos copias, por si una se pierde. Y aseguraos de incluir lo del polen de anémona —dije—. Así es como se les puede destruir.

—¿Se puede comprar en el mercado negro?

—Quizá. —Tenía la sensación de que no se encontraría, pero los comerciantes del mercado negro podían conseguir prácticamente cualquier cosa—. ¿Cuánto tiempo creéis que necesitaréis?

—Danos una semana. ¿Dónde debemos enviar el texto cuando lo acabemos?

—Dejadlo en la casa de apuestas Minister's Cat, en el Soho. Conozco a una de las crupieres, Babs. Trabaja toda la semana, de las cinco de la tarde a las doce de la noche. Sobre todo que esté precintado.

—Me recosté en mi asiento—. ¿Qué tal os trata Agatha?

Jos hizo una mueca.

—A mí no me gusta demasiado. Quiere que empiece a cantar en el mercado.

—La comida que nos da es terrible —añadió Felix.

—Parad ya —espetó Ivy, saliendo de su silencio con tal brusquedad que Jos se encogió instintivamente—. ¿Qué os pasa? Nos está protegiendo del Ropavejero y nos da de comer, pagándolo de su bolsillo. Y desde luego es mucho mejor que lo que nos hacían comer los refaítas… cuando nos dejaban comer.

Hubo un breve silencio, hasta que Jos murmuró una disculpa. A Felix se le tiñeron de rosa las orejas.

—En casa de Agatha no estamos mal. Desde luego es más barato que estar en una pensión. —Nell se pasó una mano por la cabeza. Vi que tenía una cicatriz que partía del extremo de su ojo izquierdo y le llegaba hasta el lóbulo de la oreja. Era demasiado pálida como para ser reciente—. Oye, ¿por quién apuestas tú en el torneo, Paige?

—Sí —dijo Felix, inclinándose hacia mí, frotándose las manos—. ¿El Vinculador va a presentarse?

—Por supuesto.

—Así que si gana serás la gran dama —dijo Nell, con una mirada penetrante—. Yo creo que harás un buen trabajo como dama del Subseñor, ¿sabes? Al fin y al cabo, nos sacaste a todos de la colonia.

—Julian y Liss nos ayudaron mucho. Y el Custodio.

—Tú conseguiste que todos subiéramos al tren y que no dejáramos de luchar hasta el final. Además, eres la única superviviente que podría conseguir que la Asamblea Antinatural hiciera algo.

—Como si alguien pudiera hacerlo, después de lo que le ocurrió a Hector —observó Felix—. ¿Tú quién crees que lo hizo?

—Su dama —dijo Nell—. Yo siempre he pensado que sentía devoción por él, pero si no lo hizo ella, ¿por qué no estaba allí?

—Porque sabía que la juzgarían por ello, por mucho que ese bastardo lascivo y borracho se lo mereciera. —Todos los ojos se giraron hacia Ivy, que había escupido las palabras como si fueran espinas que tuviera clavadas en la garganta—. Fue él quien le dejó esa cicatriz a Caracortada, ¿sabéis? Una noche se emborrachó y le hizo eso con uno de sus cuchillos. Ella lo odiaba a muerte.

Era imposible verle los ojos a través de aquellas gafas, pero tenía los dedos apretados en un puño. Crucé una mirada con Nell.

—¿Eso cómo lo sabes?

Cuando respondió, lo hizo tan bajito que apenas se le oía:

—Lo oí por la calle. De aprendiz se oyen muchas cosas.

Nell no parecía muy convencida:

—En mi distrito nadie pensaba que Caracortada odiara a Hector. Al contrario, la gente decía que estaba medio enamorada de él.

—No lo estaba —replicó Ivy—. No estaba enamorada de él.

—La conocías, ¿no? —dije yo. Ivy nos miró a las dos—. La vi la noche en que Hector murió. Me preguntó dónde os escondíais. —Ivy abrió la boca y luego la cerró—. Me preguntó…

Ella acercó el rostro, apoyando el cuerpo en la mesa.

—Paige, ¿qué le dijiste?

—Le dije que no sabía dónde estabais.

Su rostro reflejaba una mezcla de emociones. Era evidente que Nell también había detectado un rastro, igual que yo.

—¿De qué la conocías? —preguntó.

Ivy dejó caer los hombros y se llevó los puños a la barbilla.

—Nos criamos en la misma comunidad.

—Pero la cicatriz se la hizo mientras trabajaba para Hector, y yo nunca he oído eso de que fuera él quien le provocara los cortes —dije, mirándola a la cara—. Así que seguisteis siendo amigas después de que se convirtiera en su dama, y ella te reveló lo mucho que le odiaba. Esa es una información muy delicada para compartirla con una aprendiza.

En el rostro de Ivy apareció una expresión como de pánico.

—¿Sabes que dicen que fuiste tú quien lo mató, Paige? —dijo, con mala intención—. Agatha me lo dijo. La Asamblea Antinatural limpió tu imagen, pero estuviste en su guarida aquella noche. ¿Por qué te interesa tanto Caracortada?

No respondí. Me recosté en mi asiento, intentando no hacer caso de la mirada de extrañeza que Jos me lanzó. Me había pillado. Si podía demostrar que Caracortada era culpable, quedaría libre de sospecha y ya no necesitaría la «protección» de Jaxon. Pero no podía presionar a Ivy delante de los demás, o todos acabarían preguntándose lo mismo.

—Estoy cansada —dijo, tirándose de las mangas para cubrirse las manos, temblorosas—. Me vuelvo a la *boutique*.

Y sin decir una palabra más se dirigió hacia las escaleras, con la cabeza gacha. Yo me levanté para ir tras ella, pero Nell me cogió del brazo.

—Paige, no lo hagas —murmuró—. Está confusa. Agatha le da sedantes para que duerma mejor.

—No está confusa.

Me zafé y pasé las piernas por encima de la barandilla para tomar unas escaleras de hierro forjado que bajaban en zigzag por el lateral del edificio, dejando atrás a los otros tres con sus bebidas. Ivy, más abajo, se disponía a salir del bar a toda velocidad, en dirección al interior del mercado. Salté de la escalera y fui corriendo tras ella, por un camino lleno de puestos vacíos.

—Ivy.

No hubo respuesta, pero aceleró el paso.

—Ivy —repetí, levantando la voz—. No tengo especial interés en saber de qué conoces a Caracortada, pero necesito saber dónde se podría estar escondiendo.

Llevaba gacha la cabeza rapada, y las manos hundidas en los bolsillos. Cuando la tuve a un par de metros, se dio media vuelta de golpe y estiró el brazo hacia mí. En la mano llevaba algo. A la luz azulada de una farola vi que era una navaja.

—Déjalo, Paige —dijo, con una frialdad insólita en ella—. No es asunto tuyo.

El rostro se le crispó y le tembló la mano, pero sus ojos, casi negros, denotaban su determinación. En la piel aún quedaba el rastro de algunos moratones. Siguió apuntándome al corazón con la navaja hasta que yo di un paso atrás.

—Ivy, no le voy a hacer ningún daño —dije, levantando un poco las manos. El cuchillo volvió a avanzar—. Podría estar en peligro. Quienquiera que matara a Hector la estará buscan…

—¿Sabes qué, Paige? No sé si le quería o si lo odiaba. Pensaba que la conocía —espetó—, pero siempre he tenido cierta tendencia a confiar en quien no debía. —Su voz era cruda, áspera—. Vete de aquí, Soñadora Pálida. Vuelve con tu mimetocapo.

Con un movimiento brusco, cerró la navaja. Cortó una cuerda con ropa colgada y desapareció en el interior del mercado.

Quizá no fuera nada. Quizás Ivy y Caracortada hubieran sido amigas, hasta el punto de compartir sus secretos, y quizá la historia acabara ahí. Parecía claro que tenía cierta idea de dónde podía estar Caracortada, pero no tenía ningún motivo para confiar en mí y darme esa información. Para ella era una más de las personas que había conocido en la colonia. No era más que la casaca blanca de la pradera, que tenía la suerte de que su guardián la tratara bien.

En las proximidades de la estación de metro me subí a un *rickshaw* y me calé la capucha sobre los ojos. Contemplé cómo desaparecían las estrellas tras las nubes, para volver a asomar después. Al menos nos habíamos puesto de acuerdo en lo de la novela barata. No se me ocurriría otro tipo de rebelión más encubierta, poniendo palabras en el papel. Pero el panfleto de Jaxon había cambiado por completo la estructura del sindicato, ¿no? Había dictado nuestro protocolo, nuestras rivalidades, el modo en que nos mirábamos unos a otros, ¿o no? Jaxon antes no era nadie, un aprendiz autodidacta, y, sin embargo, su panfleto había tenido una repercusión mayor que la de cualquier Subseñor, simplemente porque lo había leído un montón de gente y porque habían encontrado en él algo por lo que valía la pena actuar.

Escribir no acarreaba los mismos riesgos que hablar. No podían gritarte por la calle, ni se te iban a quedar mirando. La página era al mismo tiempo un altavoz y un escudo. Esa idea bastó para hacerme sonreír por primera vez desde hacía días, aunque la sonrisa se me borró de la cara cuando vi la primera pantalla de transmisiones.

El *rickshaw* me llevó de vuelta al I-4. Entramos en Piccadilly Circus traqueteando y giró a la derecha, haciéndome dar un bote en el asiento. El conductor miró por encima del hombro. Automáticamente, me subí el pañuelo hasta los ojos.

En el centro de la plaza había un furgón policial aparcado, con una unidad de centinelas que tenían a nueve videntes rodeados y estaban a punto de esposarlos. El conductor murmuró algo, maldiciendo su trabajo, apretando los dedos en torno al manillar. Nos encontramos atrapados en el tráfico, y acabamos parando frente a un semáforo en rojo y al cúmulo de peatones que se acercaban a curiosear. El pasajero de otro *rickshaw* estaba de pie, alargando el cuello para ver el espectáculo.

—… facinerosos, sediciosos, pérfidos antinaturales —aullaba un mando de los centinelas por un megáfono. Apuntaba con la pistola al corazón de un adivino que tenía la cabeza gacha. A su lado, una médium se había venido abajo y lloraba de miedo—. Estos nueve traidores han confesado que se dejaron seducir por Paige Mahoney y sus conspiradores. ¡Si no aparecen esos fugitivos, extenderán la plaga por toda nuestra ciudadela! ¡Conspiran para destruir las leyes que os «protegen» a vosotros! ¡Que Londres «arda» antes de que el legado del Rey Sangriento siga avanzando!

El semáforo rojo se apagó y el autobús que teníamos delante se puso en marcha. Otra sacudida, y el *rickshaw* también se abrió paso entre el tráfico otra vez.

—Lo siento —dijo el conductor, secándose el sudor de la frente—. De haberlo sabido habría tomado otra ruta.

—¿Es algo que ves a menudo?

—Demasiado.

Era amaurótico, pero parecía abatido. No le dije nada más. Nashira controlaba todos los movimientos de Scion. Aquellos nueve videntes estarían muertos antes de que acabara la semana.

El *rickshaw* me dejó junto a la base del pilar de Seven Dials. Los vivos colores azules y dorados de los relojes de sol de la punta habían desaparecido y ahora eran de color rojo, blanco y negro, con anclas plateadas en el centro de cada óvalo. Chat los había pintado durante la noche, cubriendo sus bonitos símbolos con los colores de Scion. El efecto parecía auténtico, como algo hecho para la Novembrina, pero ver el símbolo del enemigo en aquel pilar me dolió en el corazón. Saqué las llaves y di media vuelta.

Cuando volví a mi habitación encontré cuatro libritos de Grub Street sobre la cama. Cogí el que tenía más cerca y pasé los dedos por encima. *La historia del Gran Sindicato de Londres: volumen I*. Debía de ser lo que Jaxon entendía por «deberes». Me senté en mi butaca y lo abrí.

En un principio, los clarividentes de Londres solo se reunían en pequeños grupos. Había alguna banda numerosa con videntes entre sus miembros, como los Cuarenta Elefantes, pero fue un «lector de espejos» llamado Tom Merritt quien dio el paso y se puso al frente a principios de los años sesenta del siglo xx. Qué curioso que el primer Subseñor hubiera sido un adivino, el más bajo de los órdenes según la clasificación de Jaxon. Junto con su amante, la «echadora de flores» Madge Blevins, dividió la ciudadela en secciones, creó el mercado negro y les dio un empleo a todos los clarividentes. Los más comprometidos ascendieron, asumiendo cargos de poder y convirtiéndose en los primeros mimetocapos. En 1964 ya había hecho todo el trabajo. Se declaró Subseñor, y Madge se convirtió en su fiel dama.

Resultaba raro ver un texto de referencia que no usara el sistema de clasificación de los siete órdenes. Hacía tiempo que «lector de espejos y tiradora de flores» habían pasado a ser «*catoptromántico y antomántica*». En el texto se encontraban otros términos arcaicos: «numina» en lugar de «*numa*», o «ráfaga de espíritus» por «bandada».

El primer torneo se había celebrado doce años más tarde. Los buenos de Tom y Madge murieron en un extraño accidente, dejando al sindicato sin líderes. La batalla resultante por la corona —el primer torneo— la ganó la primera Subseñora, que se hizo llamar Baronesa Áurea. Gobernó otros cuatro años antes de morir brutalmente asesinada por un adivinador que aparentemente usaba hachas para sus videncias.

Tras el escabroso asesinato de la Subseñora, la Asamblea Antinatural decreta que su caballero, el Barón Argénteo, heredará la corona al estilo de los depuestos monarcas de Inglaterra, cuya línea dinástica se vio interrumpida con la llegada de Scion (¿pues no somos nosotros, tal como dijo una mimetocapo, la monarquía de los que se han visto aplastados por el ancla?). A partir de entonces, las damas o caballeros de un Subseñor o una Subseñora siempre heredarán el cargo, salvo en la improbable circunstancia de que tanto Subseñor como dama o caballero mueran a la vez, o de que la dama o el caballero rechacen o desestimen su prerrogativa.

Eso podría explicar la desaparición de Caracortada. Era fácil suponer que quienquiera que hubiera matado a Hector querría verla muerta también a ella. Había escogido esconderse en lugar de presentarse ante la Asamblea Antinatural. Cuando abrí el volumen III, publicado en 2045, me quedé con la boca abierta.

Es en este período de nuestra historia cuando el gran panfletista, conocido con el pseudónimo de «autor misterioso», dio un paso hacia delante para reorganizar el sindicato. En 2031, los siete órdenes de la clarividencia —publicados en el panfleto *Sobre los méritos de la antinaturalidad*— provocaron un pequeño aluvión de discrepancias (que acabaron, entre otras cosas, con la histórica reclusión de los augures viles) antes de que fuera adoptada como sistema oficial de lo que entendemos como «clarividencia en el sindicato». Grub Street tiene el orgullo de ser el lugar donde se ha publicado este estupendo e innovador documento. Hasta la fecha, el «autor misterioso», hoy conocido formalmente como Vinculador Blanco, es mimetocapo de la cohorte I, en el sector 4.

¿Un pequeño aluvión de discrepancias? ¿Así llamaba ese historiador a la avalancha de asesinatos sin sentido, todas aquellas guerras de bandas? ¿Ese era el nombre que les daba a las divisiones que plagaban nuestra sociedad? Pasé a la sección sobre las costumbres del sindicato.

El torneo se basa en el arte medieval de la *mêlée*. Los mimetocapos y sus damas o caballeros luchan en combate personal en el Ring de las Rosas, símbolo que recuerda la persecución de la antinaturalidad. Cada uno de los combatientes lucha individualmente, pero un caballero o una dama puede colaborar con su mimetocapo en cualquier momento de la batalla. El último candidato que queda en pie es declarado vencedor y se le entrega la corona ceremonial. Desde ese momento, el vencedor gobierna el sindicato, y lleva el título de Subseñor o Subseñora, según prefiera.

Cuando solo quedan dos combatientes en el Ring de las Rosas, y no son una pareja de mimetocapo con su dama o su caballero, deben luchar a muerte de modo que se pueda declarar un único vencedor. Solo recurriendo a una invocación específica —«en el nombre de éter, yo, [nombre o alias], me rindo»— puede poner fin a la batalla un combatiente sin derramamiento de sangre. Una vez que se hace esa declaración, el otro equipo es declarado automáticamente vencedor. Esta regla la introdujo la Baronesa Áurea, primera Subseñora de la ciudadela de Scion en Londres (que gobernó de 1976 a 1980).

Jaxon dio unos golpecitos en la pared con su bastón. Cerré el libro y lo apoyé en la mesilla.

Una vez en su despacho, me impactó el empalagoso olor a flores. Tenía el escritorio cubierto de recortes, y también había unas pesadas tijeras y un trozo de cinta naranja. En el sofá, Nadine estaba contando las ganancias de la semana. Me miró un momento y luego volvió a posar la vista en el montón de monedas que tenía sobre el regazo.

—Ahí estás, Paige —dijo Jaxon, indicándome que me sentara con un gesto. Ya parecía haber olvidado nuestra discusión—. ¿Dónde has ido esta mañana?

—Al bar de Chat, a tomar café. Me he despertado temprano.

—Ten cuidado cuando salgas por ahí. Eres demasiado valiosa; no querría perderte, preciosa mía. —Se sorbió la nariz; tenía los ojos inyectados en sangre—. Maldito polen. Necesito la opinión de mi dama: ¿quieres echar un vistazo a estas flores?

Me senté en la silla de enfrente.

—No te tenía por un botánico experto, Jax.

—No se trata de botánica, cariño. Es tradición. Cada participante en el torneo debe escoger tres flores y enviarlas a Grub Street con su solicitud. Aún usan el lenguaje de las flores como tributo a la dama del primer Subseñor, que, según cuenta la leyenda, era una antomántica de gran talento.

Cada una de las flores llevaba una pequeña etiqueta.

—Aquí están las que he escogido yo. La forsythia, para comunicar lo impaciente que estoy por participar en el combate. —Era una flor pequeña y amarilla—. La flor de cuclillo, por supuesto, señal de ingenio. —Una segunda flor cayó sobre mi regazo; esta tenía los pétalos finos y de color malva—. Y por último el acónito.

—¿Esa no es venenosa?

—Lo es. Simbólicamente, puede significar o «gallardía» o «cuidado conmigo». Nadine cree que esa no debería enviarla.

—No —confirmó ella sin mirarlo—. No debería.

—Oh, venga ya. Será divertido.

—¿Por qué ibas a hacerlo? —dije yo.

La última era una flor informe, de un color púrpura intenso como el de los adivinos.

—Por ser diferente, querida. La mayoría de los mimetocapos envían una begonia como advertencia, pero yo prefiero el acónito.

—Si fuera yo quien la recibiera —respondí—, lo tomaría como una amenaza a los organizadores.

—Gracias —dijo Nadine, que suspiró.

—Desde luego sois de lo más limitado. No tenéis ni pizca de inteligencia —sentenció, y con sumo cuidado ató una cinta en torno a las flores y me las tendió—. Toma, llévalas al escondite secreto. Nadine y yo tenemos que hablar de una cosa.

Ella bajó la barbilla y clavó el puño en el brazo de la butaca. Me sentí tentada de quedarme a escuchar, pero sería mejor no hacerlo.

La lluvia caía de una fina capa de nubes. Eché un vistazo a la calle por si había centinelas y salí por la puerta, cubriéndome el cabello con la capucha. Book Mews era un callejón desierto junto a Seven Dials, al norte, el lugar ideal para un escondite secreto. Estaba a un salto de la guarida, pero Scion había aumentado la vigilancia, por lo que corría el riesgo de que me mataran incluso en aquel corto trecho. Cuando vi el pasaje de Giles, hice un *sprint* y salté la valla que había al final. En cuanto llegué al escondite secreto, en Book Mews, metí el sobre y el ramillete tras un ladrillo suelto y volví a colocarlo en su sitio.

Dos onirosajes —los de dos refaítas con armadura— se me echaron encima.

En un momento me quedé sin aire en los pulmones. Se me quedó atascado en la garganta, prácticamente ahogándome. Me quedé sin sangre en la piel; toda se dirigía hacia mis órganos vitales, dejándome fría. Incluso mi onirosaje reaccionaba, levantando barreras, reforzando sus defensas. Mierda. Debían de haber estado esperando que saliera de la guarida a solas. Ahora me bloqueaban el camino de regreso. Si eran vasallos de los Sargas, estaba muerta.

No estaba dispuesta a volver a la colonia penitenciaria. Eso lo tenía claro, y era lo único en lo que podía pensar. Si me querían llevar hasta allí, sería en una bolsa para cadáveres. Saqué dos cuchillos de mi chaqueta justo antes de sentir el contacto del metal en el cuello.

—Bájalos —dijo una voz gélida—. No te servirán de nada.

—Si tienes pensado llevarme a Sheol I —dije, con los dientes apretados—, ya puedes cortarme la garganta, refaíta.

—Ya no usamos Sheol I como colonia penitenciaria. La soberana de sangre encontrará otro lugar donde meterte, de eso no hay duda, pero afortunadamente para ti yo no soy amiga suya.

El rostro que tenía encima estaba oculto tras una de las elaboradas máscaras de Scion, que cambiaban los rasgos de tal forma que resultaba difícil incluso decir si era una máscara. La refaíta se la levantó con una mano enfundada en un guante, y al ver su rostro un escalofrío me recorrió la columna.

En la colonia penitenciaria siempre veía a los refaítas a la luz de las velas o de una antorcha, o en la penumbra del anochecer. Siempre radiantes, pero siempre entre sombras. A la luz del día, Terebell Sheratan tenía aspecto de estar prácticamente extenuada. Una melena de cabello castaño muy oscuro le caía sobre los hombros, y una nariz larga y elegante descendía de entre sus ojos, ligeramente rasgados. Sus finos labios daban la impresión de que su gesto fuera de constante desaprobación. Como sucedía siempre con los refaítas, resultaba imposible determinar su edad.

Mirando más de cerca habría podido ver que su piel tenía un color a medio camino entre el plateado y el cobrizo, y que sus iris relucían con el brillo de fuego. No podía decirse que fuera bella, como no podía decirse del refaíta varón que la acompañaba. Era tan alto como el Custodio, delgado como un cuchillo, calvo y con un cutis que parecía satén plateado. Sus ojos, separados entre sí, tenían el color verde amarillento de un refaíta que no se hubiera alimentado por un tiempo. Emitió un prolongado gruñido.

—¿Cómo me habéis encontrado? —pregunté.

—Te gustará saber que no ha sido fácil —dijo Terebell, metiéndose de nuevo el puñal en el cinto—. Arcturus nos dio la ubicación de tu guarida.

Con un gesto lento guardé mis puñales.

—No he percibido vuestros onirosajes desde que aparecisteis en el bar.

—Tenemos nuestros métodos para permanecer ocultos. Incluso de los onirámbulos.

La mano se me fue al revólver que llevaba en la chaqueta.

—No hagas el tonto —me advirtió Terebell al ver mi gesto—. Sin la flor roja, observarás que somos bastante inmunes a las balas.

Ambos refaítas llevaban guantes abotonados hasta los codos. No iban vestidos como monarcas, sino como ciudadanos corrientes, con largas casacas de lana, robustas botas de invierno y pantalones entallados. No podía entender de dónde habían sacado prendas que se les ajustaran tan bien, ni que les hubieran permitido entrar en aquel sector sin llamar la atención de ningún centinela.

—¿Tú quién eres? —le dije al otro.

—Yo, onirámbula, soy Errai Sarin. Puede que no hayas visto a ninguno de los míos durante el tiempo que pasaste en la ciudad vieja

—dijo, mirando a la pared—. Ninguno de nosotros se presentó voluntario para haceros de guardián en vuestra Era de Huesos.

—¿Por qué no? —pregunté, levantando la mano—. Por cierto, estoy aquí, no oculta detrás del muro.

Dos ojos incandescentes me miraron de frente.

—Nuestra misión —respondió— no era vigilaros. Yo ya tuve a varios prisioneros a mi cargo en la era anterior, pero casi nunca los veía. Yo, como diez de mis primos, estamos alineados con los Ranthen.

—Ese es el nombre real de los «marcados» —dijo Terebell—. No creo que me haya presentado nunca formalmente, onirámbula. Soy Terebellum, en otro tiempo custodia de los Sheratan, soberana electa de los Ranthen.

Así que ella era su líder; siempre había supuesto que era el Custodio.

—No sabía que hubiera más de los vuestros —dije.

—Hay otros refaítas que simpatizan con los Ranthen, aunque no son ni una cuarta parte de los que siguen ciegamente a los Sargas.

—Alsafi y Pleione —recordé—. ¿Eran los únicos de la colonia?

—Había uno más…, que… perdimos al huir de la colonia. —Sus iris perdieron el brillo—. Pero los demás rendían pleitesía a los Sargas.

Errai miró a ambos lados del callejón.

—Deberíamos ponernos a cubierto, soberana.

—Ahora no estamos en Sheol I —señalé—. En Londres no encontraréis elegantes aposentos. Solo antros y «rascacielos».

—No necesitamos lujos. Solo intimidad —respondió Terebell.

—Aquí tenemos bastante intimidad. Y, con todo el respeto, no me voy a meter en un espacio cerrado con vosotros dos hasta que sepa qué es lo que queréis.

—Sí, ya he observado que te mueves siempre furtivamente, como una araña. Reptando. A veces me pregunto por qué te escogería Arcturus como subordinada humana.

—No teníamos otra opción que escabullirnos. Nos hacíais pasar hambre y nos dabais palizas constantes, durante meses.

—Ahora no tienes esa excusa; estás bien alimentada y bebes lo que necesitas. —Se giró, dándome la espalda—. Hablaremos dentro. Estás en deuda conmigo por haberte protegido de los Sargas, y yo no olvido las deudas.

Se hizo un breve silencio, en el que libré una batalla con mi propio orgullo. Esos dos quizá tuvieran noticias del Custodio, y yo las deseaba más de lo que estaba dispuesta a reconocer ante ellos. O ante mí misma.

—Seguidme —dije.

La caminata hasta Drury Lane sería arriesgada. Los iris de mis compañeros estaban lo suficientemente apagados como para pasar por humanos, pero su altura y su corpulencia atraían las miradas, y eso me ponía de los nervios. Mantuve la distancia y me calé la capucha sobre los ojos. Una música callejera dejó caer su lata de dinero al verlos.

En invierno, la sala de conciertos abandonada era otro escondrijo para los sintecho. Scion había cerrado muchos establecimientos de ese tipo durante el reinado de Abel Mayfield, conquistador de Irlanda, que solía proclamar que el arte propagaba la disidencia. «Dales pintura —había proclamado durante un discurso— y cubrirán el ancla con pintura. Dales un escenario, y harán arengas traicioneras. Dales una pluma y reescribirán la ley.»

Examiné el éter y luego me colé por una ventana abierta. Los dos refaítas observaban con una expresión ausente, si es que aquello podía llamarse expresión. Una vez dentro, abrí la puerta para hacerles entrar.

En la sala reinaba un silencio sepulcral. Había mesas y sillas de madera de castaño que habían quedado abandonadas, algunas tiradas por los okupas y otras modestamente vestidas con una pátina de polvo. El telón del escenario languidecía, cubierto de polvo, pero la estructura del lugar permanecía inalterada. En la raída alfombra aún había un viejo folleto informativo.

El miércoles 15 de mayo de 2047
¡vean *LA LOCURA DE MAYFIELD*
en «LOS INCORREGIBLES»!
Una nueva comedia sobre los recientes sucesos de Irlanda.

Entrecerré los párpados hasta mirar por una fina rendija. No tenía ni idea de que los ciudadanos de Scion se estuvieran partiendo de la risa en las salas de conciertos mientras nosotros luchábamos por nuestra libertad de Dublín a Dungarvan. Aquello me hizo pensar en mi primo Finn y su novia Kay por primera vez desde hacía meses. En su pasión, más intensa que los rayos bajos del sol sobre el Liffey. En la rabia que les provocaba el ancla. Para ellos no había nada más importante que mantener a Scion lejos de Irlanda.

Aquel papel llevaba allí doce años. Cuando levanté la vista, vi el resultado de la victoria de Scion. Quemaduras en los telones y en las alfombras. Manchas de óxido. Desconchones en las paredes. Solo un público de tontos habría podido divertirse con *La locura de Mayfield*, fueran amauróticos o videntes.

—Aquí está bien —dijo Terebell, sin más consideraciones. Para ella toda aquella pátina de historia resultaba invisible—. Da la impresión de que en esta ciudadela hay muchos edificios en ruinas.

—Tú también pareces algo agotada, Terebell —observé.

—Nosotros no contamos con un tren de lujo para atravesar la Tierra de Nadie. Da gracias de que no atrajimos a ningún cazador emite hasta tu puerta. —Terebell me miró fijamente a los ojos sin parpadear; los refaítas solían hacerlo, y resultaba desconcertante—. Nashira está decidida a recuperarte. Está en el Arconte ahora mismo, insistiendo al Gran Inquisidor para que aumente la intensidad de la caza.

—Ella sabe que vivo en el I-4 —respondí, sentándome—. ¿Cómo es que aún no me ha encontrado? No es un sector tan grande.

—Ya te he dicho que localizarte resultaba difícil. Las marionetas de Nashira no quieren que se extienda el pánico aumentando la presencia de centinelas por las calles. Puede que crean que has abandonado el I-4 por tu propia seguridad, que sería lo más lógico.

—Así que su pacto con Scion sigue vigente.

—Por supuesto. Weaver no cuestionará el dominio refaíta mientras siga teniendo miedo de los emim. —Me miró de arriba abajo, como si esperara que le viniera algo fantástico a la mente—. Tú deseas destruir a Nashira. Nosotros también.

—¿Y por qué no la podéis destruir solos?

—Solo contamos con unos doscientos fieles a los Ranthen, y unos pocos a este lado de la frontera —respondió Errai—. No son gran cosa, en comparación con los miles de seguidores que tienen los Sargas.

—¿Miles? —Me los quedé mirando, atónita. En la colonia penitenciaria no había más que una treintena—. Decidme que es broma.

—Las bromas son la tarjeta de presentación de los tontos.

—También reclutará a humanos —añadió Terebell, que parecía algo asqueada ante aquella idea—. Estáis tan llenos de odio, tan esclavizados por vuestro sentido de culpa… No tengo duda de que la doctrina de los Sargas puede llegar a resultar atractiva para ciertos humanos.

Solo con pensar que podía haber miles de refaítas sentí un escalofrío que me recorrió la espalda.

—Los Ranthen son el único obstáculo posible al poder de los Sargas —dijo Errai, expeditivo—. Y necesitamos que encuentres al custodio Mesarthim.

Levanté la cabeza.

—¿Está vivo?

—Eso esperamos —dijo Terebell, con el rostro tenso—. No conseguimos acabar con Nashira y Gomeisa en la colonia. Ambos se atrincheraron en la Residencia de la Suzeranía, junto con todos los casacas rojas leales que no han muerto, a la espera de la destrucción. Cuando quedó claro que no podríamos llegar hasta ellos mientras estuvieran allí metidos, Arcturus se fue a Londres para advertirte de que iba a por ti. Él es uno de los defensores de nuestro agónico movimiento. Hay que encontrarlo.

—¿Y qué os hace pensar que yo puedo tener la más mínima idea de dónde se encuentra? No lo veo desde…

—El Bicentenario, sí. Pero sabes dónde está. —Se inclinó para mirarme fijamente a los ojos—. Tienes suerte de que los Sargas no sepan nada de lo de tu cordón áureo con Arcturus. Di una palabra de esto a cualquier refaíta que no seamos nosotros dos, onirámbula, y te cortaré la lengua.

El Custodio me había dicho que el cordón se había formado al salvarnos la vida mutuamente, tres veces cada uno.

—¿Puedo preguntar por qué?

—No parece que entiendas nuestra cultura —dijo Errai, lanzándome una mirada fulminante—. Toda relación íntima entre refaítas y humanos está prohibida.

—El cordón —añadió Terebell— es algo indeseable, y una complicación. Pero sin él, Errai y yo tardaríamos mucho en encontrarle. Quizá demasiado. Sin embargo, tú puedes hacerlo, Paige Mahoney. Tú sabes dónde está.

—Él no me dijo gran cosa sobre el cordón —confesé.

—No hace falta que nadie te lo enseñe. No eres tonta, y al menos tienes cierta idea de cómo funciona el éter.

Hundí las manos en los bolsillos.

—¿Cuándo fue la última vez que supisteis de él?

—Cuando llegó a Londres, el 5 de septiembre. Acordamos que realizaríamos una sesión espiritista en cuanto te encontrara, pero no tuvimos más noticias de él.

Sentí la boca seca.

—¿Estáis seguros de que Nashira no lo ha capturado?

—Si Nashira hubiera capturado al traidor, lo habría dejado muy claro. Es más probable que haya caído en manos de humanos oportunistas.

—No parece propio de él —observé.

—No, desde luego —respondió ella, suavizando la voz de un modo que me extrañó—. Puede que vosotros nos consideréis tiranos esclavistas, pero también hay humanos codiciosos. No permitiré que lo vendan como ganado para que algún comerciante miserable se pueda llenar los bolsillos. —Irguió la cabeza—. Si quieres una prueba de su lealtad, echa un vistazo a la mochila que te llevaste de la colonia.

—¿Mi mochila? ¿Por qué?

Terebell no se dignó a responder.

Aceptar el trato sería una locura. Me estaban persiguiendo, yo no había sentido ni un mínimo temblor procedente del cordón áureo, y Londres era demasiado grande como para ir buscando sola. Pero tenía demasiadas preguntas que esperaban respuesta; aún tenía muchas cosas que preguntarle, que contarle.

—De acuerdo —solté en voz baja.

Errai no dijo nada, pero en la mirada que le dirigió a Terebell vi reflejada la duda. Ella metió la mano en el interior de su casaca y me entregó dos grandes bolsas de seda.

—La grande contiene sal; la roja, polen de anémona —dijo—. Usa la bolsa roja con mesura.

—Gracias. —Me metí ambas en mi bolsillo interior—. ¿Cómo puedo contactar con vosotros?

Terebell abrió la puerta, dejando entrar un haz de luz pálida en la sala.

—Cuando encuentres a Arcturus, él se pondrá en contacto con una sesión. Mientras tanto, onirámbula, no te dejes ver. Si hay algo que se nos da estupendamente a los refaítas es esperar nuestra ocasión. Y Nashira dispone de mucho tiempo. No dejará de buscarte hasta que consiga ver tu rostro colgado en la pared de su pasillo.

Las máscaras funerarias que había por todo su palacio. Nunca podría olvidar aquellos rostros somnolientos, arrebatados a las víctimas de su reinado. En el momento en que Terebell volvía a ponerse su máscara y se giraba para marcharse, Errai la agarró del brazo.

—Deberíamos alimentarnos.

—Ni se os ocurra —dije

Se miraron y se fueron sin decir una palabra más. Cuando salí a la calle, ya no estaban a la vista.

Intentar encontrar a un hombre en la ciudadela de Scion en Londres no sería un trabajo fácil, aunque se tratara de un refaíta. Aquello era un laberinto de calles y gente apretujándose por todas partes que se extendía en todas direcciones, a lo largo de kilómetros, tanto por el subsuelo como en la superficie. Si el Custodio había sido secuestrado por traficantes oportunistas —algo que podía ser, si iba bien vestido y viajaba solo—, quizá ya estuvieran trazando planes para hacerse con algún refaíta más. Enseguida se darían cuenta de que no era humano, de que podía llegar a valer muchísimo dinero.

Aun así, el Custodio no era lo que se dice un objetivo fácil. Medía más de dos metros y tenía una musculatura acorde a su altura; habría resultado difícil de atrapar y de reducir. Sus captores tendrían que ir preparados, lo que significaría que llevaban un tiempo observándolo, que sabían de la existencia de los refaítas.

Esa noche me senté sobre el tejado de Seven Dials y observé la puesta de sol. Era el momento más bonito del día, cuando la luz brillaba a través de los huecos de los edificios y convertía los rascacielos en cuchillas doradas.

Jaxon y el resto estaban en la guarida. Se habían dado un festín de vino de verdad y queso ahumado para celebrar su candidatura, pero yo no tenía ningunas ganas de unirme a ellos. Resultaría demasiado evidente que tenía la cabeza en otra parte. Había desplazado mi espíritu, buscando dentro de mi radio de acción cualquier rastro del onirosaje del Custodio, pero no estaba por allí.

A lo lejos veía una pantalla de transmisiones, que mostró la lista de fugitivos tres veces seguidas antes de volver a la imagen del ancla de Scion. Me agarré las rodillas, acercándolas a la barbilla. Quizá volviera a verle. Arcturus Mesarthim, mi misterio sin resolver.

Nick asomó la cabeza por el tejado.

—¿Paige?

—Aquí.

El rostro se le iluminó con una sonrisa al verme.

—Te he traído algo de picar —dijo, pasándome un paquete envuelto en una servilleta de papel, y sentándose a mi lado—. Él se da cuenta cuando no estás, ¿sabes?

Lo sabía. Claro que lo sabía.

—Nick, necesito que esta noche me cubras —dije, dándole vueltas al paquete—. Solo unas horas.

—¿Ahora? —Emitió un sonido a medio camino entre un suspiro y un gruñido—. Paige, eres una fugitiva. La persona más buscada de esta ciudadela. No puedes ir por ahí de noche.

Scion me había arrebatado muchas cosas, pero no me quitaría la noche.

—Tiene que ser ahora —me limité a decir.

—Al menos dime adónde vas.

—Aún no lo tengo claro. Tú afina el oído por si suena el teléfono.

Nick se apoyó en la chimenea. Yo tenía un nudo en el estómago por los nervios, pero abrí el paquete y cogí unos trozos de jengibre confitado. A lo lejos, el Big Ben empezó a dar las cinco de la tarde. La DVD estaría regresando a sus barracones para su descanso diario de doce horas. Por toda la ciudadela, sus homólogos clarividentes tomarían sus puestos. Estaba lista. Ya había oscurecido lo suficiente como para iniciar la búsqueda.

—Paige —dijo Nick—, hace tiempo que quería decírtelo, pero con todo lo sucedido… no he encontrado la ocasión. —El contorno de su rostro adquirió un color más profundo—. Se lo dije a Zeke. Cuando el Custodio se te llevó. Estaba destrozado, y él llevaba mucho tiempo a mi lado y… —Tosió—. Bueno, salió, sin más.

La mano derecha le temblaba. Yo se la cubrí con la mía.

—¿Y?

Las comisuras de la boca se le curvaron hacia arriba, mínimamente.

—Me dijo que él sentía lo mismo.

Tras las costillas sentí que el corazón se me paraba por un instante. Nick me miró con escepticismo. Acerqué la cabeza, cubriendo el espacio que nos separaba, y le besé en la fría mejilla.

—Te lo mereces —dije en voz baja—. Más que nadie, Nick Nygård.

Una gran sonrisa asomó como respuesta a la mía. Él me envolvió con ambos brazos y me apretó contra su cuerpo, y una risa desatada le recorrió de arriba abajo. Aquel sonido prendió dentro de mi cuerpo, iluminándolo como una brasa.

—Estoy contento, *sötnos* —dijo—. Por primera vez desde hace años, tengo la sensación de que puede ir bien. Todo. —Apoyó la barbilla sobre mi cabeza—. Cuántas ilusiones, ¿verdad?

—Desde luego. Pero si os hacéis ilusiones juntos, estaréis bien.

El corazón le latía rápido contra mi oído, como si hubiera corrido durante años para alcanzar aquel estado mental.

—No podemos decírselo a Jaxon —dijo en voz muy baja—. Nos guardarás el secreto, ¿verdad?

—Sabes que sí.

Jaxon siempre nos había prohibido cualquier relación que durara más de una noche, y era algo que solía recordarnos siempre poniendo cara de asco. Con lo impredecible que estaba últimamente, si se enteraba, igual los echaba a los dos a la calle.

Volvimos a entrar por la buhardilla y pasamos por encima de las paletas de pintura de Eliza, tiradas por el suelo. En el lienzo había dibujado la silueta de un caballo.

—Jax tiene una nueva musa —dijo Nick—. George Frederick Watts, el pintor victoriano.

—Le pasa algo. Últimamente no es ella.

—Le he preguntado, y me ha dicho que una amiga suya está enferma.

—Los Siete Sellos no tenemos amigos, solo a gente que nos querría hacer daño, y a los que no podrían conseguirlo aunque lo intentaran —dije, citando a Jaxon.

—Exacto. Yo creo que se está viendo con alguien.

—Puede ser. —A Eliza solían acercársele otros videntes, normalmente de bandas que no tenían que seguir las estrictas reglas de Jaxon sobre las relaciones—. Pero ¿quién? Ella nunca tiene tiempo para sí misma.

—Ahí llevas razón.

Nick y yo nos separamos en el rellano de la segunda planta. Él siguió escaleras abajo, y observé que su postura había cambiado. Tenía los hombros relajados, no había tensión en su rostro. Casi daba saltitos al caminar.

¿Le había dado la impresión de que quería que estuviera solo? Debía de haberse sentido tan culpable, pensando que me haría daño, que quizás en algún rincón escondido de mi corazón aún estuviera enamorada de él… Lo conocía bien; era de los que siempre intentan hacer felices a los demás a costa de su propia felicidad. Pero esta vez no tenía que hacerlo. Yo siempre le querría, pero lo que había entre nosotros era más que suficiente.

Los otros seguían charlando y riendo al otro lado de la puerta, pero no tenía ningunas ganas de unirme a ellos. Me dolía que Nick tuviera que esconderle a Jaxon lo único que le hacía feliz. Danica tampoco estaría allí, pero en ella era habitual escaquearse. Yo, por otra parte, se suponía que tenía que estar al lado de Jaxon cada vez que deseara contar con mi presencia. Para aliviar sus pesares, para potenciar su ego o para seguir sus órdenes al pie de la letra.

Francamente, tenía cosas mejores que hacer.

Me agaché junto a la cama, donde tenía la mochila escondida tras mi baúl de quincalla del mercado. Todas mis posesiones seguían escondidas en el bolsillo lateral. Rebusqué hasta que mis dedos dieron con dos minúsculos viales, ambos más pequeños que mi dedo meñique. De la cinta roja que los mantenía unidos colgaba un rollito de papel. Lo abrí y vi la nota escrita con una caligrafía que me resultaba familiar:

Hasta la próxima, Paige Mahoney.

Uno de los viales estaba lleno hasta el borde de un líquido amarillo verdoso centelleante. Ectoplasma, la sangre de los refaítas.

Cuando el otro vial reflejó la luz, animando ligeramente su tímido brillo, supe exactamente lo que era. Fue como un soplo de alivio, tan puro y fuerte que me reí en voz alta. Me dejé caer sobre la alfombra, me descubrí el brazo y vertí el precioso vial de amaranto sobre la marca del duende.

Sentí el calor bajo la piel, fría como la piedra. La herida informe se agrietó como la pintura de un viejo óleo. Pasé el dedo por encima y desapareció, dejándome la piel suave y limpia como la seda.

Ahora Jaxon ya no podría mancillar mi nombre ante la Asamblea Antinatural.

Pero el Custodio necesitaba aquel vial. Allá donde estuviera, estaría sufriendo por su sacrificio.

«Hasta la próxima, Paige Mahoney.»

La próxima era ahora.

12

Misión imposible

*L*ondres —la bella e inmortal Londres— nunca ha sido una «ciudad» en el sentido más simple de la palabra. Era algo vivo, que respira, un leviatán de piedra que esconde secretos bajo sus escamas. Lo sigue siendo. Custodia tales secretos con celo, ocultándolos bajo su propio cuerpo, al alcance únicamente de los más locos o de los más dignos. Y yo tendría que adentrarme en todos aquellos rincones atemporales para encontrar al Custodio.

Él me había estado buscando; tenía sentido que le hubieran raptado en mi distrito. Pero no podían habérselo llevado muy lejos. Aunque lo hubieran dejado inconsciente, suponía una carga muy vistosa como para llevárselo de un sitio a otro.

Mientras Jaxon y los otros se emborrachaban hasta perder el sentido en la puerta de al lado, yo me tumbé en la cama y me puse la máscara de oxígeno sobre la boca. Con los ojos cerrados, llegué todo lo lejos que pude de mi cuerpo sin abandonarlo. La dislocación no fue suave; fue más bien como intentar romper un grueso fragmento de tela áspera. Me había oxidado un poco. Cuando por fin percibí el éter, oí la frenética actividad de los onirosajes y los espíritus, siempre activos en el interior de la ciudadela.

Después de pasar tanto tiempo con él, al final mi sexto sentido se había adaptado perfectamente a la presencia del Custodio, hasta el punto de que incluso podía percibir alguna de sus emociones. Ahora de todo aquello no quedaba nada.

Se lo habían llevado demasiado lejos. Erguí la espalda y me quité la mascarilla, decepcionada. Mi límite era kilómetro y medio. Más allá, no percibía nada. Tardaría mucho tiempo en buscar por toda la ciudadela yo sola, y tendría que ir con cuidado con los centinelas. Tenía una deuda con Terebell, pero pagarla podía costarme la vida. Y la del Custodio, si no conseguía encontrarlo. Sus captores —si es que «eran» captores— podían habérselo llevado incluso fuera de Londres, quizá por el canal, o podían haberlo matado para vendérselo a un taxidermista del mercado negro. Había oído cosas más raras.

Me había quedado sin opciones, así que cogí mi pañuelo y mi sombrero. Me acerqué al alféizar y miré una vez más el ectoplasma.

El Custodio no era de los que van anunciando sus intenciones, pero no me habría colocado algo así en la mochila sin motivo. Apreté el tapón del segundo vial y me lo bebí. Fue como un trago de agua helada al contacto con los dientes, y me dejó un regusto metálico.

De pronto, todo se volvió más claro. El vial se me resbaló de entre los dedos y cayó rebotando sobre la alfombra. Tuvo el efecto contrario del alcohol sobre mi sexto sentido: lo volvió hiperactivo. Sentí el movimiento de los espíritus de la planta superior como trazos; percibí los onirosajes y las auras de los demás como luces intensas del otro lado de la pared, transmitiéndome sus emociones a gritos. Yo era un vehículo cargado de energía. Me agarré a la pared, mareada y sin aliento, con la cabeza dándome vueltas.

Sin pensarlo, sumergí la vista en mi onirosaje. En mi forma onírica, me abrí paso por entre las anémonas que crecían por todas partes buscando alguna pista, alguna diferencia. En mi mente había caído el crepúsculo. Las flores se enredaban alrededor de mis rodillas, de un rojo brillante bajo el cielo nocturno. Cada pétalo tenía un borde luminoso verde amarillento, como si mi mente fuera bioluminiscente. Por un resquicio entre las nubes pasaba un único rayo de luz del éter que iluminaba mi zona soleada.

Y ahí estaba. Del centro de mi mente surgía un haz de luz dorada que iluminaba un camino por el éter, mucho más allá del radio de alcance de mi espíritu.

Su sangre lo había hecho visible.

Salí de mi onirosaje con una sacudida. Las manos me temblaban, sudorosas. Me eché la mochila a la espalda y abrí la ventana de par en par. Me deslicé por la fachada trasera de la guarida y eché a correr por los tejados.

Era tan fácil como leer una brújula interna. Algo instintivo, como si ya hubiera recorrido aquel camino antes. Tenía la sensación de que, si tuviera visión espiritista, habría podido ver el cordón claramente, como una flecha apuntando en dirección a él. Pasando por calles, atravesando edificios, sobre los tejados y bajo las vallas. Seguí la llamada, evitando a los centinelas, colándome en los callejones y trepando por las paredes. Cuando llegué al límite del I-4 me subí a un *rickshaw*. Sabía que estaba cerca. Apenas a un kilómetro. Y cuando el *rickshaw* entró en el II-4, casi pude ver la baliza en el éter, dirigiéndome hacia un distrito que me resultaba muy familiar.

El Custodio estaba en Camden.

La actividad en el mercado era tan frenética como siempre. No resultaba difícil mezclarse con la multitud. Aun así, avancé con la cabeza gacha y con una mano en la pistola que llevaba en el bolsillo. Si llegaban a enterarse los traperos, quizá toleraran la presencia de la dama de un rival, pero no me dejarían ir por ahí sin control. Tenía que acabar con aquello antes de que el ectoplasma abandonara mi organismo.

Mientras recorría Camden High Street a toda velocidad vi a Jos con un gorro puntiagudo sobre sus trenzas africanas, subido como un pájaro curioso en lo alto de una estatua de lord Palmerston. A su lado había una suspirante que tocaba una lenta melodía con su flautín mientras Jos cantaba con gran delicadeza. Una multitud le escuchaba guardando un respetuoso silencio. Los políglotas cantaban mejor en su propio idioma —*glossolalia*, la lengua de los refaítas—, pero podían hacer que la balada callejera más espeluznante sonara preciosa.

> En lo alto de la Torre Blanca, en un día de invierno
> picoteaban su comida cinco cuervos hambrientos.
> Y era el día en que pasó el ataúd de la reina.

> Ni uno de los cuervos se alejó del lugar
> y el cortejo fúnebre vieron pasar:
> las viudas de blanco, Londres de duelo.
> La ciudad presa de un gran desconsuelo.

En lo alto de la Torre Blanca, en un día de invierno
picoteaban su comida cinco cuervos hambrientos.
Y era el día en que el rey desapareció de su trono.

Los cuervos volaron despavoridos.
La hoja del Destripador cayó, fría y sin ruido.
Ha sido ese asesino, ese fuera de la ley,
quien nos lo ha arrebatado, somos pueblo sin rey.

Al acabar la canción, la gente aplaudió y les lanzó monedas a los dos. Jos las recogió con su sombrero, y la chica hizo una reverencia mientras el público se dispersaba. Los dos se agacharon a recoger las monedas restantes y se las metieron en los bolsillos. La chica se fue corriendo. Cuando Jos me vio, me saludó con la mano.

—Eh, hola —dije, y él sonrió—. ¿Esa quién era?

—Una con la que canto por las calles —me respondió, saltando desde la estatua—. ¿Qué haces aquí?

—Estoy buscando a alguien —contesté, metiendo las manos heladas en los bolsillos—. ¿Dónde están los demás?

—Ivy está en el refugio. Creo que Felix también está por ahí, trabajando. Nell me ha dicho que luego vendría y me invitaría a cenar; ahora le pagan por el número de las sedas —añadió—, pero no se ha presentado.

—¿Y por qué tiene que invitarte a cenar? ¿Agatha no os da de comer?

—Agatha nos da gachas de arroz y arenque ahumado —dijo Jos, que parecía asqueado solo de pensarlo—. Yo le doy las gachas de arroz a su gato. Sé que es más de lo que nos daban los refaítas, como dijo Ivy, pero estoy seguro de que podría permitirse algo más. Ella se come una enorme porción de tarta de carne y un bollo especiado todas las noches.

Los arenques ahumados de Londres eran asquerosos. Los llamaban arenques, pero eran más bien pececillos del canal, todo agallas y ojos. Tenía razón: Agatha seguro que podía darles algo mejor de comer, con todas las monedas que le traían.

Jos echó a caminar conmigo por el mercado, llevándose la mano al sombrero de vez en cuando para saludar a algún aprendiz. Tanteé de nuevo el cordón, pero ahora temblaba; resultaba difícil situarlo. Lo único que sabía era que el Custodio estaba cerca.

—¿Y dónde vas a buscar a esa persona? —preguntó Jos.

—Aún no lo sé —dije, paseando la vista por los edificios más cercanos—. ¿Qué tal os trata Agatha, aparte de la comida?

—Es amable con Ivy, pero bastante severa con el resto de nosotros. Si no le traemos cincuenta libras cada noche, no nos da de cenar. Ahora la mayoría de los adivinos tienen miedo de actuar por la calle; temen que los detengan.

Ojalá tuviera más dinero para poder sacarlos a todos de allí.

—¿Y qué tal va la escritura?

—Ya casi hemos acabado. Nell es brillante —dijo—. Podría ser psicógrafa.

—¿De qué va la historia?

—Es…, bueno, es más o menos nuestra historia. Sobre una Era de Huesos, todos los humanos que escapan y los refaítas acuden a darles caza, pero algunos de ellos también nos ayudan. —Sus oscuros ojos me miraron fijamente—. Hemos convertido a Liss en el personaje principal. Como homenaje. ¿Te parece bien?

Sentí un nudo en la garganta. Liss, la heroína anónima de las chabolas, que me había ayudado a superar las primeras semanas. Liss, que lo había soportado todo con dignidad. Liss, que había perdido la vida antes de poder alcanzar la libertad.

—Sí —dije—. Me parece bien.

Aquello pareció tranquilizarle. Mientras caminábamos, eché un vistazo a los mendigos de aquel barrio, acurrucados en los portales con sus mantas raídas y sus latas medio vacías.

En otro tiempo, Jaxon debía de haber vivido así. Quizá se pasara las noches en Camden, entre los vendedores ambulantes, esperando conseguir un bocado de algo caliente o una moneda para comprarse una bebida. Casi me lo imaginaba: un niño flaco y pálido con el pelo mal cortado, rabioso y amargado, odiándose a sí mismo y al destino por lo que le había tocado vivir. Un niño que iba pidiendo libros y bolígrafos, y no solo comida. Un niño con los brazos surcados de arañazos que planeaba el modo de huir de la pobreza.

Pero al final se había hecho un nombre, a diferencia de los vagabundos que se morían en sus calles. De la empatía que pudiera sentir por ellos —si es que la había sentido alguna vez— no quedaba ni rastro.

En el mercado Stables gasté unas libras en una taza de salep, un pedazo de tarta caliente y un trozo de bollo especiado para Jos. Él comió con voracidad mientras caminábamos, sin hablar apenas. Pensé en lo que diría Jaxon si supiera que me gastaba el sueldo en bollos especiados para cantantes callejeros fugitivos («qué desperdicio imperdonable de una buena moneda, querida mía»), pero luego decidí que me daba igual.

Volví a entrar en contacto con el cordón. Me llevaba hacia un enorme edificio que se elevaba sobre el mercado. Una ruina, por lo que parecía, aunque las paredes de ladrillo rojo estaban en buen estado.

—Has dicho que estabas buscando a alguien —dijo Jos, en voz baja—. ¿Es algún otro superviviente?

—En cierto modo. —Señalé al edificio con un gesto de la cabeza—. ¿Qué es ese sitio?

—Lo llaman el Intercambiador. No se permite la entrada a nadie, al menos desde que llegué yo al II-4.

—¿Por qué?

—No estoy muy seguro, pero los aprendices de Agatha creen que es la guarida de los traperos. Hay una puerta de entrada, pero siempre está vigilada. Solo ellos entran en el Intercambiador. No querrás entrar ahí, ¿verdad? —dijo Jos, preocupado—. No dejan entrar a nadie. Son órdenes del Ropavejero.

—¿Tú has visto alguna vez a ese famoso Ropavejero?

—No. Los traperos son los que se encargan de decirle a todo el distrito lo que debemos hacer.

—¿Cómo?

—Convocan a todos los iniciadores y a los maestros espiritistas a una reunión y les dicen que hagan correr la voz. Ellos usan a sus aprendices para comunicar las instrucciones. En cierta ocasión, mi amiga Rin me dijo que tuvo que llevar la respuesta de Agatha a su cabecilla. Chiffon, se llama, es la abreviatura de la Chiffonnière. Es la que recibe órdenes de los traperos.

—Su dama —dije, recordando la reunión de la Asamblea Antinatural.

Lord Costermonger dijo que la Chiffonnière gestionaba su distrito.

—Eso parece.

Interesante. *La chiffonnière* sonaba a francés, pero no era una palabra que hubiera oído en el colegio.

—Podría tener unas palabras con esa tal Chiffon si la veo —dije—. ¿Cómo puedo llegar a la puerta?

Jos señaló.

—Atravesando el mercado y subiendo las escaleras. Hay un gran cartel. Otras escaleras, a la izquierda, llevan hasta la puerta. Una vez que los aprendices desafiaron a alguien a que se colara por allí, no volvieron a verlo.

—Genial. —Respiré hondo—. Tengo que irme, Jos. Deberías intentar encontrar a Nell.

—Iré contigo —respondió él—. Puedo ayudarte. Total, si vuelvo, Agatha me mandará otra vez a la calle a cantar.

—Scion aún te busca —objeté—. ¿Quieres que vean tu cara por todo Londres?

—Tú has sabido ocultarte, ¿no? Y necesitas que alguien haga guardia mientras tú buscas —dijo, decidido—. ¿Y si viene el Ropavejero?

El instinto me decía que no, pero tenía razón.

—Pues tienes que hacer exactamente lo que te diga. Aun cuando te diga que me dejes sola, si hay peligro. Si te digo que te vayas, sales corriendo y te vas en busca de Nell. Prométemelo, Jos.

—Te lo prometo.

En otro tiempo, aquel cartel curvo debía anunciar un nombre, pero los años habían ido consumiendo las letras. En lugar de CAMDEN INTERCHANGE, ahora decía CA N I T CHANGE. En el centro alguien había dibujado un ancla de Scion del revés, y habían añadido un interrogante al final, convirtiendo el cartel en una pregunta.[1] Jos y yo rodeamos el edificio y llegamos a la parte trasera.

—No me has dicho a quién andas buscando —dijo Jos, mientras caminaba ligero, casi sin hacer ruido—. Al Custodio, ¿verdad?

Cuando asentí, sonrió.

—A los otros no les va a gustar.

—Necesitamos tener refaítas de nuestro lado. Él ayudó a Liss —le recordé—. También nos ayudará a nosotros.

—Yo creo que ayudó a mucha gente. Solo que no lo vimos.

En eso tenía razón. Desde luego, el Custodio me había ayudado

---

1. *Can it change?*, en inglés, «¿Puede cambiar?», en referencia a Scion. *(N. del T.)*

a mí, trayéndome comida y negándose a levantarme la mano, con lo que arriesgaba tremendamente su posición.

En el patio reinaba un silencio sepulcral. Había unos cuantos coches abandonados en el exterior del Intercambiador, un edificio en ruinas con forma de T invertida que se alzaba sobre una parte tranquila del mercado. Estaba todo precintado con tablones, claveteados por encima de las puertas. No había ninguna luz. Aunque consiguiera colarme dentro de algún modo, seguro que en el interior había alarmas para evitar que lo ocuparan.

—Así que es esto —dije.

—No parece que aquí viva nadie.

—A lo mejor solo es que tienen las luces apagadas —dije, y le hice un gesto, señalando el edificio—. Necesito que trepes lo más alto que puedas y que estés atento. Si ves que viene alguien, haz algún ruido.

—Puedo usar esto —respondió él, mostrándome una media luna de metal plateado—. Es un reclamo de pájaros. Suena muy fuerte.

—Buena idea. Pero ten cuidado.

Corrió hacia el edificio y se puso a trepar, apoyándose en los alféizares y en los ladrillos que sobresalían de la pared. Yo me senté junto a una pared y busqué de nuevo la conexión con el cordón áureo.

Sí, estaba allí. Sentía su onirosaje, un brillo inconsistente.

Rodeé el borde del edificio hasta que llegué a un tramo de escaleras de hormigón. Había dos onirosajes en la parte baja: uno animal y uno humano. Bajé unos escalones sigilosamente y miré por el hueco. Había una mujer sentada sobre una caja, fumando con una mano y sintonizando una radio portátil con la otra. A su lado dormía un perro enorme, acurrucado junto a un pequeño bidón metálico donde ardía el fuego. Tras ellos había una puerta negra atravesada por una línea de grafitis ininteligibles. La mujer era una ilegible. Muy listo, el mimetocapo. Su mente era inmune a cualquier cosa, incluso a mi espíritu. Podía intentar poseer al perro y montar un buen lío, pero la puerta estaba cerrada con llave. Solo conseguiría que la guardiana saliera corriendo aterrada, llevándose la llave consigo.

Me retiré al patio otra vez y levanté la vista para observar el edificio de nuevo. No había otras entradas. A menos que…, bueno, cuando no se puede entrar por encima, a veces se puede entrar por debajo.

Cerca de mis pies había un sumidero. Me agaché, eché una piedrecita por el hueco y oí un ping cuando impactó contra el fondo.

No era un sumidero, sino un conducto de ventilación. Había un espacio abierto bajo el Intercambiador, justo debajo de mis botas. Había oído hablar de pasajes de ese tipo antes, por supuesto —había todo un inframundo de cloacas y pasajes bajo las calles de Londres, construido en tiempos de la monarquía—, pero nunca había oído hablar de un sistema de túneles en Camden. Metí los dedos entre los barrotes y tiré, pero la rejilla no se movió.

Seguía sin tener ni idea de cómo usar el cordón áureo para comunicar, pero podía hacer suposiciones. Pensé en una imagen, igual que los oráculos crean *khrēsmoi*. Visualicé la rejilla, hasta el más mínimo detalle: la parte de hierro fundido, los adoquines, las uniones entre el metal y la piedra. Y en el momento en que retenía la imagen en el ojo de mi mente, volví a percibirlo, y esta vez fue algo más que una señal efímera. El fuego de su onirosaje se encendió, como si despertara de un profundo sueño. La imagen que me llegó era oscura por los bordes, como el marco de una película muda. Una celda con barrotes. Una cadena. Un guardia con el aura de color naranja.

Estaba viendo a través de los ojos del Custodio. Contra todo pronóstico, lo había encontrado.

Jos bajó de un salto desde una cornisa y corrió hacia mí.

—No viene nadie. ¿Has encontrado algo?

—Algo —dije, irguiendo el cuerpo y con los ojos doloridos—. ¿Qué hay al otro lado del Intercambiador?

—El canal, creo.

—Echemos un vistazo.

Nos subimos a una barandilla, luego a un muro de ladrillo, y más tarde bajamos de un salto, cayendo en un camino de sirga. Había un puente curvado sobre el agua sucia, junto al edificio del Intercambiador. Jos pasó dando saltos sobre los tejadillos de varias barcas y llegó al otro lado del canal.

—Mira —dijo, señalando—, ven a ver desde este lado.

Fui con él. Cuando me giré a mirar el camino de sirga otra vez, vi lo que quería decir. Había un enorme espacio por debajo, como la entrada de una cueva, por donde se colaba el agua para desaparecer por debajo del edificio.

—¿Eso qué es?

—El Hoyo del Perro Muerto, el antiguo cauce del canal —dijo, frunciendo los párpados—. ¿Tú crees que es la entrada?

—Pues sí. —Había un montón de restos flotantes junto a la barca más cercana—. Y creo que acabamos de encontrar el modo de colarnos.

Entre los dos, echamos un trozo de madera enorme al agua. Era como un fragmento de un cajón, lo suficientemente grande como para albergar a una persona sentada. Tendría que encontrar otro modo de sacar al Guardián. Sin dejar de mirar alrededor, por si pasaba alguien, Jos me entregó un tablón que podría usar como remo.

—¿Debo seguir vigilando? —preguntó, agarrándose a la barandilla con una mano—. ¿Y si viene el Ropavejero?

—Ya me ocuparé de él —respondí, agarrando el tablón por un lado—. Tú monta guardia y silba si los ves.

—Vale.

—Jos. —Él me miró, expectante—. Que no te vean. Observa desde algún lugar seguro. Al primer indicio de que las cosas se ponen feas, vuélvete corriendo con Agatha y haz como si yo no hubiera estado aquí, ¿vale?

—Vale.

Se quedó mirando desde el borde, mientras yo empujaba mi balsa improvisada, adentrándome en la oscuridad absoluta del Hoyo del Perro Muerto.

Lo único que rompía el silencio era el eco del agua goteando. Cuando dejé de ver el sendero y la luz de los faroles de la calle, encendí mi linterna. Unas columnas ribeteadas caían del techo y se perdían en el agua negra. Las paredes a ambos lados eran del mismo ladrillo rojo que el resto del edificio, aunque estaban cubiertas de algas y suciedad. Al Custodio no habrían podido meterlo por allí.

A través de dos arcos vi lo que parecía un pasaje. Lancé mi mochila al saliente y me apoyé sobre los pies para saltar hasta allí, pero justo en ese momento la madera se volcó. Conseguí agarrarme a la piedra con los dedos, pero me quedé medio hundida en el agua helada. Reaccioné con un grito mal contenido y enseguida trepé hasta el pasaje, temblando del esfuerzo. La ropa mojada se me pegó al cuerpo, como una segunda piel. Me apoyé con la punta de las botas en la pared y saqué las piernas del agua. Me arrastré un par de metros y me agarré a dos barrotes de hierro corroído entre los que apenas quedaba espacio para meter la cabeza y el cuerpo. Me quité la chaqueta empapada y me la até a la cintura por las mangas. Los dedos se me estaban quedando rígidos, y la ropa me apestaba a la suciedad y al cieno del agua.

¿Por qué iba a tener al refaíta en aquel lugar el mimetocapo del II-4? Tenía que saber lo que se hacía, o no habría sido capaz de capturarlo. En cuanto pasé por entre los barrotes oxidados, percibí dos onirosajes. Uno era el del Guardián —reconocí el arco de su mente—, pero el otro no me resultaba familiar. Humano. Vidente. El guardia con el aura naranja. Quienquiera que hubiera metido al Custodio ahí dentro había decidido no dejarlo solo, y habían hecho bien. No le había visto matar, pero si era capaz de luchar contra los emim, debía de tener una fuerza inmensa.

Eché mano a mi bota y saqué mi cuchillo de caza.

Si me pillaban en la guarida de un mimetocapo rival, sus nimios tendrían todo el derecho de llevarme ante la Asamblea Antinatural. O de matarme, mientras se lo comunicaran a Jaxon.

Mis botas eran de cuero blando, apenas hacían ruido. Caminé hasta encontrarme en un túnel construido por el hombre, un vestigio de la época de las minas, del vapor y de los vagones de ferrocarril. Las paredes estaban cubiertas de malla de alambre. Penetré en la oscuridad, evitando a los espíritus errantes que pasaban a mi lado. Eran poca cosa. Nada peligroso. El onirosaje de Jos estaba en algún lugar por encima de mí. Debía de haber trepado al tejado del almacén.

Enseguida me quedó claro que aquel lugar era una especie de laberinto. Quizá no lo hubieran construido con ese objetivo, pero, con la poca luz que había para orientarse, resultaba fácil perderse. Tomé nota de lo que había en cada espacio: barriles de alcohol, colchones y faroles, escombros y basura. Décadas de inmundicia acumulada. Una guarida ideal para los traperos. En otro tiempo debía de haber sido el sótano del almacén, pero llegaba más allá del Intercambiador.

Y grilletes. Se me hizo un nudo en la garganta.

Había grilletes en las paredes.

Jos había dicho que un aprendiz que se había atrevido a acercarse a este lugar había desaparecido para siempre. Avancé más despacio, atenta por si oía pasos. Cuando llegué a un túnel, pude ver a la gente en el mercado, por encima, a través de unas rejas circulares en el techo. Las sombras pasaban rápidas y desaparecían enseguida. Procuré no separarme de las paredes, aunque dudaba que pudieran verme.

Saqué de la mochila una bolsita de polvo de tiza para escalar y dibujé una rayita en la pared. A medida que avanzaba por los túneles, fui marcando cada uno con tiza. Encontré una estancia ciega enorme: un gran almacén subterráneo de al menos treinta metros de longitud, no muy diferente de la caverna del mercado de Covent Garden. El techo era bajo, y se apoyaba en amplios arcos. Daba la impresión de que estaban haciendo obras. En la esquina más alejada había un foco que emitía una luz eléctrica muy molesta a través de los arcos. Las paredes estaban cubiertas con cortinas de color escarlata, algunas medio descolgadas de sus guías, y había mesas y sillas por todas partes. Examiné el éter y eché a correr por el suelo de piedra hasta el otro lado, en dirección a otro túnel.

Un gato flaco y sucio salió dando un salto desde debajo de una de las mesas y se fue corriendo en dirección opuesta con un maullido. Yo pegué la espalda a la pared, con el corazón latiéndome con fuerza contra las costillas. El animal desapareció por otra galería.

Si el gato había encontrado la manera de llegar hasta allí, debía de haber otra salida. Aunque aquello no era un gran consuelo. Me los imaginaba arrastrando el peso muerto del Custodio por los túneles. «Ya casi.» Visualicé la sala con los arcos, pero no vi nada especial.

Enseguida me llamó la atención el sonido de una radio que tenía sintonizada la única emisora de noticias de Scion. Apagué la linterna y me asomé por la esquina para mirar. En el siguiente túnel había un viejo farol de señales apoyado en el suelo, iluminando la puerta de la mazmorra donde estaba el Custodio.

El guardia era un hombre flaco con el cabello pintado de naranja, apoyado contra la pared, moviendo la cabeza mientras escuchaba la radio. Le había crecido una barba desaliñada que le bajaba por el cuello hasta casi juntarse con el pelo del pecho, y tenía la piel manchada de grasa. Un invocador. Si me enfrentara a él, lo pasaría mal. Los invocadores podían llamar a espíritus muy lejano, si sabían sus nombres.

Me escondí en un nicho de la pared. Mi espíritu salió disparado como una flecha, atravesando la pared e introduciéndose en el onirosaje del guardia. Para cuando reaccionó, ya lo había mandado a su zona crepuscular. Cuando regresé, sintiendo el latido de la sangre en las sienes, oí claramente el sonido de un cuerpo inerte que caía sobre la piedra.

Cuando llegué al túnel lo encontré en el suelo, boca abajo. Estaba inconsciente, pero respiraba. En la puerta no había candado: solo una cadena que impedía que se abriera más que unos centímetros. No esperaban que alguien pudiera llegar hasta allí. Retiré la cadena y entré en la celda.

13

Intrusa

Arcturus Mesarthim, esposado a una cañería e iluminado por una lámpara de luz mortecina, no recordaba para nada al guardián con quien había compartido una torre durante seis meses. Tenía las ropas cubiertas de polvo y suciedad, la cabeza le colgaba entre los hombros y del cabello le caían gotas de agua. Dejé la linterna y me agazapé a su lado.

—Custodio.

No respondió.

El miedo se apoderó de mi pecho, disputando el espacio a la rabia. Alguien —mucha gente, por lo que parecía— le había dado una buena paliza. Su aura era como la llama de una vela azotada por el viento, temblorosa y débil.

Mi aliento formaba nubes blancas. Las botas se me resbalaban por el suelo helado. Con la nariz goteándome y las manos temblorosas, le agarré de los hombros y lo zarandeé. El pecho no se le hinchaba al respirar.

—Custodio, despierta. Venga. —Le di unos golpes en el pecho—. *Arcturus.*

Al oír su nombre real, separó los párpados. Un tenue brillo amarillento le iluminó los iris.

—Paige Mahoney —dijo, con tan poca voz que casi no podía oírlo—. Qué bien que hayas venido a rescatarme.

Respiré aliviada.

—¿Qué te han hecho? —Tiritaba tanto que apenas podía hablar—. ¿El guardia tiene la llave de tu cadena?

—Olvídate de la cadena —dijo con voz rasposa—. Tienes que marcharte. Mis captores no tardarán en volver.

—Yo decidiré cuándo me marcho.

Salí de la celda, puse al guardia boca arriba y rebusqué en sus bolsillos. Con una pesada llave le quité las esposas al Custodio, liberándole las muñecas. Le pasé un brazo por los hombros, intentando sentarlo en el suelo, pero era un peso muerto.

—Custodio, «tienes» que moverte. Yo no puedo levantarte —dije, acercando la lámpara. Tenía unas manchas de color verde negruzco bajo la piel que formaban curiosas formas, como la escarcha sobre un helecho—. Dime dónde te han hecho daño.

Movió los dedos de la mano enguantada. Bajé la linterna y vi una especie de guirnalda de anémonas colgada de su muñeca izquierda, como las que yo hacía de margaritas cuando era niña. Tenía el brazo cubierto de tejido necrótico que salpicaba el dorado oscuro de su piel.

—Son como hierros. —La luz de los ojos se le iba apagando. Cuando fui a quitarle la primera, se encendió de nuevo—. No lo hagas.

—No tenemos tiempo para…

—Hace días que no como. —La última palabra se convirtió en un gruñido—. Me moriré de hambre.

—No te vas a morir de nada —dije, cogiéndole la cabeza con ambas manos—. Terebell y Errai me enviaron en tu busca.

Sus ojos recuperaron parte de la luz.

—Se te ve diferente —dijo—. La enfermedad de la mente… No te recordaré, Paige…

Estaba delirando.

—Custodio, ¿qué necesitas? ¿Sal?

—Eso puede esperar. No tengo heridas. Es la fiebre de la mente lo primero que tengo que tratar.

—Necesitas aura.

—Sí —respondió, jadeando—. Me han atormentado durante semanas, dejándome tomar solo un poco cada vez…, manteniéndola lejos de mi alcance… Te confieso que estoy muerto de hambre. Pero no absorberé la tuya.

Esbocé una sonrisa perversa.

—Pues menos mal que tenemos una alternativa.

Desde luego, el guardián estaba teniendo una mala noche. Lo agarré de las muñecas y lo arrastré hasta la celda. A cada tirón soltaba un leve gruñido. Lo encadené a la cañería y le puse el cuchillo en la garganta. El Custodio me observó en silencio.

—¿Este te ha pegado? —le pregunté.

—Muchas veces.

El guardia se movió. La sangre le caía por los orificios nasales, hasta la barbilla.

—¿Qué demonios me has hecho? —protestó. El aliento le olía a café rancio—. La cabeza…

—Trabajas para el Ropavejero —dije, sonriendo—. Dime quién es, o le diré a mi amigo que te sorba el aura muy muy despacio. ¿Qué te parecería volverte amaurótico, invocador?

Al verse encadenado por la muñeca y con un cuchillo en la garganta, el guardia se revolvió. Mi rodilla le presionaba la otra mano.

—Mejor ser amaurótico que acabar en el fondo del río —me espetó—. Si digo una palabra, los traperos me lanzarán al Támesis con plomos en los tobillos. —Cogió aire y gritó—: Sarah Whitehead, te invoco para…

Le tapé la boca con la mano.

—Prueba a hacer eso otra vez y nos saltaremos lo del aura —dije, acercando mi cara a la suya—. Te dispararé sin más. ¿Entendido?

Asintió. Pero en cuanto retiré la mano dijo:

—Zorra.

El Custodio cumplió con su papel estupendamente. Se puso a cuatro patas, lanzándose sobre el guardián con la calculada precisión de un depredador y aquellos ojos amarillos que parecían los de un lobo entre las sombras. Los músculos se tensaron bajo su piel. El hombre tiró de su cadena, presa del pánico, pateando contra el suelo. Hasta yo me estremecí. Los refaítas parecían relativamente humanos a la luz del día, pero a oscuras perdían todo rastro de humanidad.

—Quítamelo de encima. —Cuanto más se le acercaba el Custodio, más fuerte tiraba el guardia del grillete—. ¡Llámalo de una vez!

—Me temo que no es un perro —dije—, aunque tú lo has tratado como si lo fuera, ¿no es verdad? —Mi cuchillo le presionó el cuello—. Dime quién es el Ropavejero. Dime su nombre y puede que te deje vivir.

—¡No «sé» su nombre! —gritó—. ¡Ninguno de nosotros conoce su nombre! ¿Por qué iba a decírnoslo?

—¿Qué pensaba hacer con el refaíta? ¿Con quién trabaja? ¿Dónde está ahora? —Le agarré de la garganta y dirigí el cuchillo hacia la parte inferior de su barbilla—. Más vale que empieces a hablar, invocador. No me considero una persona paciente.

Me escupió. El rostro del Custodio adoptó una expresión gélida.

—No me sacarás nada —repitió el guardia—. Nada.

Acerqué mi espíritu a su onirosaje, presionando con fuerza. Sangró aún más por la nariz.

—Y aunque quisiera decírtelo, no podría. —Tosió; se estaba ahogando—. Solo viene una vez cada luna azul. Recibimos las órdenes de su dama. —Cuando el Custodio volvió a acercársele jadeó, haciendo esfuerzos por respirar. Y no solo por respirar—. ¡Has dicho que me lo quitarías de encima!

—En realidad, no lo he dicho.

No hubo violencia. Bastó una mirada. El Custodio fijó la vista en el guardia y aspiró. El pecho se le hinchó y los ojos se le iluminaron como faroles, llenándose de un color naranja encendido. El guardia quedó colgando de la cañería helada, sin fuerzas, con el aura fina como el papel.

El Custodio se estremeció, y una onda le recorrió todo el cuerpo. El ectoplasma le brillaba en las venas, bajo la piel, que de pronto adquirió un tono traslúcido. Yo me quedé donde estaba, a algo más de un metro de él. Cuando le retiré las flores del brazo, un profundo gruñido salió de su pecho.

—Mis captores han salido en busca de comida —dijo—. No tardarán en volver.

—Estupendo. Me encantaría conocerlos.

—Son peligrosos.

—Yo también. Y tú también.

Sus ojos se iban llenando de luz; al verlos, volvieron a la mente una serie de recuerdos curiosos de mi encierro. La música prohibida en el gramófono, canciones que contaban historias de amor en la penumbra. Una mariposa entre los dedos. Sus labios sobre los míos en el consistorio, sus manos deslizándose por mis caderas, mi cintura. Intenté concentrarme en la otra guirnalda de flores, pero no podía dejar de mirar cada uno de sus movimientos. Cada vez que se le hinchaba el pecho, que se le tensaba un tendón en el cuello.

La pálida luna apenas resultaba visible entre las lamas de metal, en lo alto. Cuando le hube quitado todas las flores, saqué el teléfono móvil de la mochila y sostuve un módulo nuevo entre los dientes mientras le quitaba la tapa posterior. El Custodio recostó la cabeza contra la pared. Yo me quedé a su lado mientras llamaba a la cabina del I-4, esperando que hubiera cobertura. Tampoco estábamos tan por debajo de la superficie.

—I-4 —dijo la voz de un recadista. La conexión era mala, pero podía oírle.

—Con Visión Roja —dije—. Rápido.

—Espere un momento.

No tenía mucho tiempo para esperar. Los ojos del Custodio se posaron de nuevo en el invocador, en el exiguo resto de aura que aún le quedaba. Un minuto más tarde oí la voz de Nick:

—¿Todo bien?

—Necesito que me vengas a buscar —respondí.

—¿Dónde estás?

—Camden. El almacén al final de Oval Road.

—Diez minutos.

Colgó. Saqué el módulo de identidad y me lo metí en el bolsillo trasero; luego cogí el farol de señales con una mano y me pasé el pesado brazo del Custodio por encima de los hombros. Él se apoyó en mí y se puso en pie. El simple peso de su mano hacía que me temblaran los costados.

—¿Dónde está la salida? —preguntó en voz baja.

—Yo he entrado a través del Hoyo del Perro Muerto. Por el canal.

—A mí me metieron aquí por la puerta negra, pero la guardia ilegible sigue ahí. Supongo que no vamos a salir por el canal.

—No cabríamos —dije.

—Quizás haya algún paso por el que acceder al almacén, ya que esto antes era el sótano. —Me agarró más fuerte del hombro—. Supongo que llevas encima las llaves del guardia.

—Por supuesto. ¿Puedes caminar?

—Tengo que hacerlo.

Nuestro avance por los túneles era lento: el Custodio cojeaba ostensiblemente y no podía apoyarse en ninguna de las dos piernas mucho rato. Parecía increíble que una flor roja tan pequeña y liviana como una pluma pudiera hacer tanto daño a la anatomía de un refaíta. Eran criaturas musculosas, esculturales, imposibles de abatir con la fuerza física, y, sin embargo, algo que me cabía en la palma de la mano podía acabar con ellos. Le entregué el farol y le rodeé la cintura con el brazo. Tenerlo cerca me producía frío y calor alternativamente. Respiraba con dificultad, y yo lo notaba en su aliento, que me acariciaba el cabello.

El túnel siguiente giraba hacia un lado. La luz del farol parecía muy pequeña y apenas creaba un minúsculo círculo de luz a nuestro alrededor. Encendí la linterna y seguí un conducto de ventilación con el haz de luz, pero se perdía en una pared sin salida.

—¿Cómo te capturaron los traperos?

—Con anémonas. Llevarían un tiempo observándome, tomando nota de mis movimientos. O quizá sabían, de algún modo, que iría al I-4.

Seguimos adelante y giramos por otra galería que parecía idéntica a la anterior.

—Fueron a por mí de día, cuando estaba descansando. Me taparon los ojos y me redujeron con la flor; luego me transportaron hasta aquí en un vehículo de gran tamaño.

El corazón se me estaba disparando. Se suponía que los traperos no tenían que saber nada de los refaítas, y menos aún de cómo capturarlos. Cuando vi una marca de tiza, me vine abajo:

—Estamos avanzando en círculos.

El Custodio iba recuperando las fuerzas; lo notaba en su mano, en su agarre.

—¿Percibes al doctor Nygård?

—Sí. Está cerca. —Me tensé—. Pero hay alguien más.

—¿Con él?

—No. Vienen de sitios diferentes. —Un pequeño grupo de onirosajes se había separado del hervidero que era el mercado—. Tres personas.

Al momento oí un silbido procedente de arriba. Un trino de pájaro en plena noche. Jos. Solté al Custodio y saqué el revólver.

—¿Alguno de los guardias tiene una buena visión espiritista?

—No, solo parcial.

Bien. A un vidente con visión espiritista parcial le costaría seguirnos durante mucho rato. En la oscuridad podríamos esquivarlos.

A lo lejos se oyó una puerta. El Custodio me agarró del brazo y tiró de mí, ocultándome en un nicho. Me encontré con la espalda presionada contra su pecho.

—... darle de comer en algún momento —dijo alguien. Era un

hombre, de voz potente y áspera, con cierto deje del East End. Las palabras resonaron en las húmedas galerías—. La última vez casi deja seca a Trapos.

—Lo tenías demasiado cerca. —Una mujer. De Londres, como el hombre, pero no conseguía situar el barrio—. Solo pueden alimentarse a cierta distancia.

—¿Estáis seguros de que ninguno de los nuestros habrá contado nada?

Una carcajada.

—¿Y a quién iba a contárselo? El Subseñor está muerto. Sin él, la Asamblea Antinatural es un caos. Aunque no es que antes funcionara mejor.

Agarré mi revólver con fuerza. El Custodio, a mi lado, apoyaba todo su peso contra la pared. Sus ojos ya empezaban a adoptar de nuevo su tono verde amarillento.

En la celda dieron la voz de alarma con un grito que sonó tan cerca que di un respingo.

—¿Qué demonios es esto? —rugió uno de los hombres—. ¿Dónde está esa bestia? —Ruido de cadenas—. ¿Dónde está? ¿Creéis que os pagamos para esto?

Sentía la boca seca como el polvo.

—Chiffon —murmuró el guardia, con voz rasposa—. Una… zorra irlandesa se presentó aquí y se lo llevó. Tenía el aura… roja.

La mujer debía de ser la Chiffonnière, la portavoz del Ropavejero en el distrito. Yo quería ver qué demonios tendría que decir, pero el Custodio estaba demasiado débil como para dejarlo solo.

—¿Y ahora dónde está esa zorra? —Pasos—. ¿Qué aspecto tenía?

—Cabello negro y un pañuelo cubriéndole el rostro. Se ha ido.

—Ah, ¿sí? No me digas. —Chiffon parecía extrañamente tranquila—. Pues considérate despedido.

Un único disparo resonó por las catacumbas. Uno de los onirosajes desapareció de mi campo de percepción.

—Le sangraba la nariz, y estamos buscando a una irlandesa con el aura roja. Da la impresión de que nuestra chica es la Soñadora Pálida —concluyó Chiffon.

Mierda.

—Cuando el Ropavejero se entere, se cargará a alguien —dijo el hombre—. Acabamos de perder nuestra moneda de cambio.

—Nosotros no éramos los que lo vigilábamos. Además, dudo que haya llegado muy lejos. Aún podemos pillarlo.

—Eso si lo encontramos. —Otra vez pasos—. Deberíamos activar la visión espiritista.

El Custodio me agarró del brazo. Seguimos avanzando, pegados a las paredes. Yo las iluminaba con la linterna, en busca de marcas de tiza. Habría ido más rápido, pero el Custodio caminaba pesadamente por culpa de sus heridas. Cada paso era como una baliza que les diría a esos dos hacia dónde nos dirigíamos, pero los abalorios que los captores llevaban también nos resultaban útiles a nosotros. Cada vez que oíamos el entrechocar del metal, cambiábamos de dirección.

Muy pronto llegamos a la cámara principal, donde apagué la linterna y cogí al Custodio de la mano. Sus dedos se entrelazaron con los míos. Pasamos junto al foco de luz y tiré del cable eléctrico, con lo que nos sumimos de nuevo en una oscuridad total. El Custodio siguió avanzando; sus ojos eran pequeños puntos de luz en aquella negrura. Dejé que me guiara. Llegamos a otro pasaje y nos ocultamos tras lo que parecía una cortina de terciopelo. Apenas un momento después, los dos extraños llegaron a la cámara.

—Alguien ha desconectado la luz.

—Shh. Hasta los onirámbulos respiran —susurró Chiffon.

Me arriesgué a mirar a través de la cortina. Ambos pasaron con sus linternas, buscando tras las cortinas y bajo las mesas.

—Bueno, ¿dónde se escondería un gigante? —preguntó Chiffon, pasando justo por delante de nuestro escondrijo, aunque su capacidad de percepción no era tan aguda como la mía—. En la sala más grande del edificio, diría yo.

El Custodio estaba inmóvil y en silencio. A su lado, me sentía abrumadoramente humana; cada bocanada de aire me parecía una ráfaga incontenible.

—No hay escapatoria, refaíta. —La voz del hombre sonaba muy próxima—. Todas las salidas están bloqueadas. Si no sales, me tomaré mi tiempo para matar a tu amiguita. Aunque si quieres puede hacerte compañía en tu celda…

El sudor me caía por la espalda. Coloqué el dedo sobre el gatillo de la pistola. Lo último que debía hacer una sospechosa de asesinato era dispararle a alguien, pero quizá no tuviera otra opción. A mi lado, el Custodio me tocó el brazo y me indicó con un gesto de la cabeza algo que debía de ser una mesa. Tras la cortina había oculta una máquina de discos.

Los pasos decididos de la otra secuestradora se acercaban. Con un movimiento rápido, el Custodio dio un golpetazo a la máquina, y sonó una vieja grabación. El cráneo me vibró como una campana al oír a una mujer cantando alborozada en francés, acompañada por toda una orquesta. No se oía nada más que la canción. Nos desplazamos hacia la izquierda, situándonos tras la cortina más cercana, y avanzamos pegados a la pared. Noté que los dos onirosajes se movían en dirección contraria.

La cámara era una caverna de voces y ecos; resultaba imposible saber de dónde venía la música.

—Encuéntrala —ordenó Chiffon.

Había otro túnel al otro lado de la cámara. Tendríamos que echar a correr para llegar hasta allí. Pisando con cuidado, salí de detrás de la cortina. Entreveía la cabeza del hombre de la linterna, que tenía el cabello corto y una calva en lo alto. El Custodio me siguió. Ya casi habíamos llegado al túnel cuando el gran foco volvió a encenderse, deslumbrándome, y dos figuras enmascaradas se giraron hacia nosotros de golpe.

—Ahí está. La irlandesa roja y su refaíta —dijo el hombre.

Las máscaras pintadas tenían bocas que parecían rajadas a cuchillo, con unos dientes afilados de plástico que trazaban una sonrisa macabra. La luz de detrás era cegadora. Sin pensármelo, lancé mi espíritu contra el onirosaje del hombre, que cayó hacia atrás con un grito que me puso los pelos de punta. En cuanto regresé a mi cuerpo, agarré al Custodio de la chaqueta y eché a correr, parpadeando para adaptarme de nuevo a la oscuridad.

Chiffon nos lanzó una bandada de espíritus. Yo desvié a dos errantes y disparé una bala por encima del hombro. De pronto, el Custodio tiró de mí hacia la izquierda, metiéndome en otro túnel que nos obligó a avanzar uno detrás de otro. Yo no me atrevía a parar.

—No hay salida, ¿sabéis? —gritó Chiffon, riéndose—. ¡Esto es un laberinto!

Todos los túneles parecían iguales. Las voces de los secuestradores resonaban en la oscuridad, provocándome punzadas de miedo que me atenazaban el vientre.

En algún lugar se oía ladrar un perro en busca de intrusos. Y de pronto vi luz, al final de una larga y estrecha galería. Corrí aún más rápido, con el Custodio cojeando detrás de mí. A ambos lados del túnel había cajas de madera apiladas hasta el techo. Antes de que pudiera decir nada, él actuó. Aun agotado, era mucho más fuerte que yo. Cogió una caja y tiró de ella. Tenía muchas otras encima, por lo que al caer provocaron un estruendo ensordecedor. Cristales rotos, maderas rompiéndose, grilletes y cadenas golpeando contra la piedra. De la más grande salió una marea de vino tinto. Subí unos escalones corriendo y me encontré con una reja. Con dedos temblorosos rebusqué entre las llaves.

La bandada de espíritus me pasó de largo, rozando los bordes de mi onirosaje. Me agaché y me hice con uno, que lancé contra el hombre: le reventé una parte de sus recuerdos. Se quedó atontado, conmocionado, y en ese momento una enorme caja cayó le sobre las piernas: su grito quedó interrumpido de golpe.

La llave que abría la reja era de un acero deslustrado. En cuanto se abrió, hice pasar al Custodio; lo seguí y cerré otra vez con llave.

El edificio del Intercambiador era un lugar enorme, vacío y en ruinas. Sin parar a respirar, disparé unas cuantas balas a una ventana elevada. La última dio en el blanco, e hizo caer una cascada de fragmentos de cristal. Apoyándome en el Custodio, trepé hasta el alféizar y metí la cabeza bajo un tablón cruzado. El perro seguía ladrando allá abajo, pero ahora tendrían que buscar otro modo de llegar hasta nosotros.

—Venga —dije, agarrando al Custodio por los codos—. Solo un poco más. Sube.

Tenía la mandíbula rígida y el cuello tenso por el esfuerzo, pero consiguió trepar y colarse por el hueco de la ventana. Seguía muy débil, pese a haberse alimentado con aura. Le rodeé con el brazo una vez más, y esta vez apoyó su peso en mí.

En el patio adoquinado había un coche negro con las ventanas tintadas. Nick nos hizo luces, y respiré aliviada. Se acercó y nos abrió la puerta de atrás.

—¿Os sigue alguien?

—Sí. Rápido, arranca.

—Vale. Pero… Paige, ¿qué estás…? —Se quedó mirando, mientras yo metía al Custodio, exhausto, en el coche—. ¡Paige!

—Tú conduce. —Me metí en el automóvil tras el Custodio y cerré la puerta de golpe—. ¡Conduce, Nick!

Una figura salió de detrás de la esquina, una silueta delgada que se movía con agilidad, con recortadas en ambas manos. Nick no hizo más preguntas. Metió la marcha y pisó el acelerador a fondo. El motor del coche, un cacharro que habíamos sacado de entre la basura de Covent Carden, tenía veinte años y estaba hecho un asco, pero funcionaba. Con una sacudida que me cerró la boca de golpe, salió disparado marcha atrás. El gánster enmascarado disparó, pero sus pistolas no tenían un gran alcance. Nick giró el volante y dirigió el coche hacia la calle principal.

El gánster bajó las pistolas. Del almacén salieron muchos otros a la carrera, todos con aquellas máscaras terribles, y se subieron a una furgoneta negra.

Nick tenía la frente cubierta de sudor. Nuestro coche era un viejo cacharro oxidado que solo usábamos en caso de emergencia; no estaba en condiciones de participar en una persecución. Siguió pisando a fondo, alejándonos del almacén y bajando por Oval Road, pero no se dirigió directamente al I-4, sino que paró en una calle curva.

—Dejaremos que nos pasen delante —dijo—. Atravesaremos el mercado y seguiremos hacia el I-4 por calles secundarias.

Me giré a mirar atrás. Las luces rojas de la furgoneta pasaron a toda velocidad acompañadas de un chirrido de neumáticos por la calle que pensaban que habríamos tomado.

—Tú ten cuidado por si vienen más —dije—. Quizá tengan más coches.

—Podías haberme dicho que ibas a hacer esto —protestó Nick, con las manos en el volante y los nudillos blancos de la presión—. ¿Quiénes demonios son esos? ¿Traperos?

—Sí.

Nick soltó un improperio. Hasta que no encendió la calefacción no me di cuenta de que seguía empapada y muerta de frío. Instintivamente, acerqué el cuerpo al del Custodio. Le oía respirar agitadamente. Mientras el coche avanzaba hacia el I-4, saqué el módulo de identidad del teléfono que había usado y aún tenía en el bolsillo y lo tiré por la ventanilla. Nick miró por el retrovisor.

—Antes de que te capturaran —le dije al Custodio—, ¿dónde dormías?

—En una subestación eléctrica de Tower Street —respondió con voz rasposa—. Los monstruos no dormimos en colchones de plumas. Al menos ya no.

Tower Street estaba junto a la guarida. Si yo hubiera estado en Seven Dials en el momento de su llegada, quizás habría percibido su presencia antes de que fuera demasiado tarde. Recostó la cabeza sobre el asiento, y noté que estaba perdiendo la conciencia.

—No puede ir a Dials —me dijo Nick, sin apartar la vista de la carretera.

—Lo sé.

—Ni a mi apartamento.

—Irá a una pensión. No podemos llevarlo a ningún otro sitio.

—Ha faltado poco, Paige, muy poco.

Estábamos en la habitación más pequeña de una pensión del Soho, con las luces apagadas y las cortinas corridas. Ambos miramos a la cama, donde el Custodio dormía profundamente. Yo le había ayudado a quitarse su mugriento abrigo, pero él se había dejado caer en la cama y se había retirado a su onirosaje antes de que pudiéramos hacer nada más.

—No puede quedarse aquí para siempre.

—La mayoría de los refaítas lo quieren ver muerto, y Scion lo estará buscando —dije, en voz baja—. No podemos echarlo a la calle y condenarlo a muerte.

—Llegará un momento en que tendremos que dejarlo solo. Ninguno de los dos puede pagar la pensión.

Suspiré y me pasé la mano por el cabello. Lo de acabar cubierta de suciedad y de sudor empezaba a convertirse en una costumbre.

—Nick, hay algún vínculo entre el sindicato y los refaítas. Tiene que haberlo, o no habrían sabido cómo capturar al Custodio. He de descubrir qué más saben. Y tengo que sacar a los fugitivos de ese distrito.

Él frunció el ceño.

—No vas a volver al II-4, Paige. Te estarán buscando por todo el sector.

—¿Tú crees que irán a la asamblea?

—No, no lo creo. No tienen pruebas de que estuvieras allí, y dudo que quieran declarar en público que han tenido a alguien encadenado en su guarida.

Le miré a los ojos.

—Tú llevas más tiempo que yo en el sindicato. ¿Qué sabes de ese tipo?

—¿Del Ropavejero? No mucho. Es el mimetocapo del II-4 desde que yo entré en el sindicato.

—¿Alguna vez lo has visto?

—Ni una. Todo el mundo dice que es muy esquivo, incluso en comparación con los otros miembros de la Asamblea Antinatural. No se lleva nada bien con la Abadesa, aunque nadie sabe por qué —dijo en voz baja—. Ya estás demasiado implicada en esto, Paige. Si esta gente ha tenido las agallas de capturar a un refaíta, nada les impide hacer lo mismo contigo. Sé que no me harás ni caso, pero… no cometas ninguna estupidez.

Le mostré una sonrisa fatigada.

—Como si hiciera estupideces alguna vez.

Chasqueó la lengua y se pasó un dedo por un punto justo por encima del ojo izquierdo, trazando un movimiento circular que reconocí. Solía tener migrañas cada pocas semanas, a veces acompañadas de visiones; cuando eso sucedía, se pasaba varios días postrado en cama. Jaxon siempre había dicho que un «dolor de cabeza» no era algo tan grave, pero, cuando sufría de migrañas, Nick lo pasaba fatal.

—Lo que no acabo de entender —dijo, con el rostro tenso— es cómo podía saber algo de los refaítas un mimetocapo del sindicato. ¿Alguna vez se ha escapado alguien de una Era de Huesos, antes de vosotros?

Se me aceleró el pulso.

—Dos personas. Hace veinte años.

De entre todos los prisioneros, solo dos habían conseguido huir de la masacre que siguió a la rebelión. Uno era un niño; el otro, el traidor que le había hablado a Nashira de la insurrección. Ella había matado a todos los humanos y había torturado a todos los refaítas implicados, incluido su consorte de sangre.

—Quizás el Custodio sepa algo —dije—. Necesito pasar un rato con él.

Nick me miró, y yo levanté las cejas.

—Nick, me pasé seis meses atrapada con él. Por un día más no me pasará nada.

—Tardará en despertarse. Vuelve a la guarida unas horas. Jaxon lleva todo el día preguntando por ti.

—Estoy cubierta de porquería. Lo notará.

—Yo lo entretendré mientras te cambias.

Miré al Custodio.

—Dame un momento.

Nick apretó los labios, pero no discutió.

En cuanto se fue, me senté al borde de la cama y posé la mano sobre el áspero cabello del Custodio. Estaba profundamente dormido, con el rostro hundido en la almohada. No hacía ningún ruido, ni se movía lo más mínimo. Si alguien lo descubría en ese estado, tan debilitado, no duraría ni un minuto.

El hecho de que algún miembro del sindicato supiera de los refaítas me inquietaba. Uno de los supervivientes de la primera rebelión de la Era de Huesos podía haber regresado a Londres y ocultarse en las catacumbas de Camden, donde nadie pudiera encontrarle, pero tenía la sensación de que aquellas maquinaciones mías no estaban llegando al *quid* de la cuestión.

Me dejé llevar y le toqué la mejilla al Custodio con el dorso de mis dedos. En su rostro aún tenía magulladuras, pero ya estaba más templado. Se movió un poco y parpadeó. Sentí el latido de la sangre en la punta de mis dedos. Recordé la primera vez que lo habían herido, cuando lo había curado en lugar de matarlo. Había algo en aquel refaíta que había hecho que deseara salvarlo, en aquella ciudad a medio camino entre la vida y la muerte. Algo había anulado mi instinto natural, que me pedía acabar con él.

No había pensado qué ocurriría cuando volviera a mi vida, o cómo encajaría en ella. El lugar de Arcturus Mesarthim era Magdalen, sus salones con cortinas rojas, las charlas junto a la lumbre y la música de un siglo atrás. Imaginármelo caminando por las calles de Londres me resultaba casi imposible.

Fuera lo que fuese lo que esa gente planeaba hacer con él, ya no podrían hacerlo. Saqué un bolígrafo y escribí una breve nota.

Volveré más tarde. No abras la puerta.

Oh, y hazme el honor de sobrevivir hasta mañana. Estoy segura de que no querrás que tenga que rescatarte por segunda vez.

PAIGE

14

Arcturus

Cuando se despertó, no se encontró encadenado a una cañería en una celda subterránea. No se encontró en manos de los traperos, que le hacían pasar hambre y le daban palizas. Se encontró en un colchón de muelles en el que casi no cabía, con el cuello apoyado en una vieja almohada que había perdido la forma y con unos geranios de plástico en un tiesto sobre la mesilla.

—Bueno —dije yo—, esto me suena.

Miró al techo: las grietas en el yeso, las manchas de humedad en las esquinas.

—A mí, este lugar no —dijo él.

Su voz era exactamente como la recordaba, oscura y lenta, surgida de las profundidades de su pecho. Una voz que no solo se oía, sino que también se sentía.

—Estás en el I-4, en una pensión. —Encendí una cerilla—. No es exactamente Magdalen, pero hace menos frío que en la calle.

—Desde luego. Sin duda, hace menos frío que en los túneles de Camden.

Mientras yo encendía la vela que había en la mesa, él levantó el cuerpo apoyándose en los codos y flexionó los hombros. Con las horas de sueño le habían desaparecido todas las magulladuras.

—¿Qué hora es? —preguntó.

—Las cuatro de la tarde. Has dormido como un tronco.

—Me desperté lo justo para leer tu nota. *Touché* —dijo—. ¿Puedo preguntarte adónde has ido?

230

—A Seven Dials.

—Ya veo. —Pausa—. Así que has vuelto al servicio de Jaxon.

—No tenía elección.

Nos miramos un buen rato. Habían sucedido muchas cosas en las semanas que habían pasado desde la huida. Era la primera vez que nos veíamos en terreno neutral.

Con el tiempo me había ido acostumbrando a su aspecto, pero en esta ocasión quise mirarle como si fuera la primera vez. Sus iris brillaban como llamas de fuego tras un cristal, las pupilas eran de un negro absoluto. Sus rasgos eran duros, pero suaves a la vez: el arco que trazaban los labios, la curva de su mandíbula. Un cabello castaño y despeinado le acariciaba la nuca, y sobre la frente le caía un flequillo, que curiosamente tenía un aspecto muy humano. No había cambiado en absoluto, salvo por el hecho de que estaba más apagado.

—Supongo que estamos en peligro —dije.

—Efectivamente. Habría querido ser el primero en advertirte, pero da la impresión de que el Gran Inquisidor ya lo ha dejado claro. —Fijó la vista en mi rostro—. Londres te sienta bien.

—Tres comidas al día hacen maravillas. —Me aclaré la garganta—. ¿Quieres beber? Vamos cortos de vino, pero tenemos una deliciosa agua del grifo.

—El agua me irá bien. Mis captores no me daban de beber lo que hubiera querido.

—He mandado lavar tu ropa. Está en el baño.

—Gracias.

Se puso en pie, y yo mientras tanto me concentré en verter agua en los vasos. Teniendo en cuenta lo pudorosos que se mostraban los refaítas en la colonia, siempre con sus guantes y sus cuellos altos, me sorprendió la naturalidad con que se mostraba desnudo. Cuando volvió, vestido con las ropas negras y sin los adornos de un comerciante amaurótico, se sentó en el sofá, frente a mí, al otro lado de la mesa. Era como estar de nuevo en Magdalen, pero sin los uniformes de la colonia. Llevaba el cuello de la camisa abierto, dejando a la vista el hueco de la garganta.

—Confieso que me impresionó que encontraras las catacumbas —reconoció—. No albergaba muchas esperanzas de que alguien pudiera rescatarme.

—El cordón áureo me ayudó —respondí, señalando la vela con un gesto de la cabeza—. Terebell quiere saber dónde estás. Puedes hacer una sesión espiritista aquí mismo.

—Primero me gustaría hablar contigo un poco. Cuando los Ranthen sepan que me has liberado, será difícil encontrar el momento de estar juntos sin levantar sospechas.

—«Sospechas» —repetí.

—No te creas que la fiesta acaba aquí, Paige. Apenas hemos cambiado de estilo de baile. Los Sargas no son los únicos que temen un contacto prolongado entre los refaítas y los humanos.

—Saben lo del cordón áureo.

—Saben que tú iniciaste la revuelta. Terebell y Errai saben lo del cordón áureo. Y saben que entre los Sargas se rumorea que hay algo entre nosotros. —Me miró fijamente—. Es todo lo que saben.

El corazón me dio un vuelco.

—Ya veo.

Le di un vaso. Pese a la distancia que nos separaba de la colonia penitenciaria, hasta ese simple intercambio tenía algo de tabú.

—Gracias —dijo el Custodio.

Asentí, volví a sentarme en el sofá y levanté una rodilla, pegándola al pecho.

—¿Te están buscando los Sargas?

—Oh, supongo que ahora mismo Situla Mesarthim estará rastreando todos mis movimientos. Soy un traidor de carne. Un renegado —respondió, con la misma indiferencia de antes—. A todos los refaítas les han hablado de mi deslealtad.

—¿Qué consecuencias tiene ser un traidor?

—Se te niega el acceso al Inframundo eternamente. Te conviertes en un no-refaíta. Un traidor de sangre traiciona a la familia reinante, pero un traidor de carne traiciona a todos los refaítas. Para ganarme esa sentencia he tenido que cometer uno de los peores delitos de carne. Unirme a una humana.

A mí.

—Conocías las consecuencias.

—Sí.

Aquello era toda una declaración, pero la soltó como si hablara del tiempo.

—Nashira está presionando al Gran Inquisidor para que dedique todos sus recursos a la búsqueda de los fugitivos. En las salas de interrogatorios, ya tiene a dos supervivientes de la huida.

—¿Cómo lo sabes?

—Alsafi es de los nuestros. Sigue con Nashira, y nos proporciona información. No sé los nombres de los prisioneros, pero ya me encargaré de averiguarlos. —Una sombra le cruzó el rostro—. ¿Michael está a salvo?

Michael le había demostrado su lealtad mucho antes que yo.

—En la Torre lo perdí de vista. La Guardia Extraordinaria mató a la mayoría de los que se subieron al tren.

Tensó los nudillos bajo los guantes.

—¿Cuántos quedan?

—Escapamos doce. Quedamos cinco, que yo sepa, contándome a mí.

—Cinco —repitió, y chasqueó la lengua con gesto grave—. Más me valdría dejar el negocio de la sedición. No se me da nada bien.

—Nunca fue tu intención salvar a videntes. Era la mía. —Me lo quedé mirando un buen rato. Se me había olvidado cómo solía mirarme, como si pudiera atravesarme con la mirada y llegar a lo más hondo de mi onirosaje—. Tengo muchas cosas que preguntarte.

—Tenemos tiempo —dijo él.

—Solo puedo quedarme unas horas más. Jax volverá de su reunión hacia la medianoche. Si vuelvo a desaparecer, hará preguntas.

—Entonces te haré yo una para empezar —me interrumpió él—. ¿Por qué escapaste de Nashira para entregarte otra vez a Jaxon?

Aquello me pilló desprevenida.

—No me he entregado a nadie. Estoy con él porque quiero.

—En la pradera te oí decirle que estabas harta de ser su esclava. Es el hombre que amenazó con matarte si no volvías a ponerte a su servicio. Dime, ¿por qué no tendría que ser él quien estuviera agradecido de que te quedaras a su lado?

—Porque yo no soy la mimetocapo del I-4. Porque yo soy la Soñadora Pálida, dama de Jaxon Hall. Porque sin Jaxon Hall no soy absolutamente nada. Y necesito ese estatus igual que tú necesitas aura —dije, mordiendo cada palabra—. No puedo dejar a Jaxon. Así son las cosas.

—No pensaba que sintieras tanto respeto por el *statu quo*.

—Custodio, mi cara está en pantallas por toda la ciudadela. Necesitaba protección.

—Si estás con él solo por necesidad, interpretaré que estás pensando en algo para obtener la independencia.

—Podría robar el Banco de Scion en Inglaterra y convertirme en la mujer más rica de Londres, pero no tengo las armas o los soldados suficientes para hacerlo. Una cosa es la traición, y otra, la revolución. El Subseñor ha sido asesinado. Si consigo vencer en el torneo y ocupar su lugar, seré Subseñora.

—El Subseñor escogió un momento espléndido para morir. —Se llevó el vaso a los labios—. Supongo que no conoces la identidad del asesino.

—No exactamente. El hombre que te capturó podría tener algo que ver. ¿Oíste algo en las catacumbas?

—Nada útil, pero sabemos que Nashira tiene un interés especial en desmontar el sindicato. ¿Cómo murió el Subseñor?

—Decapitado en su propio salón. A todos los de su banda les cortaron la garganta y les desfiguraron el rostro, al estilo del Destripador. No fue un robo —añadí, con seguridad—, o el asesino se habría llevado todos los objetos de valor. Hector tenía un reloj de bolsillo de oro macizo, que aún está con el cuerpo.

—Es una declaración, pues. —El Custodio tamborileó con los dedos sobre la mesa—. La decapitación es el estilo de ejecución preferido por la dinastía Sargas en el mundo corpóreo. Significa la eliminación del onirosaje. Es muy posible que lo hiciera un refaíta. O un humano al servicio de los Sargas.

—Un humano no habría podido eliminar a ocho personas —señalé.

—Pero un refaíta sí —replicó él. Yo no me lo había planteado. Para alguien del tamaño y la corpulencia del Custodio habría resultado insultantemente fácil acabar con ocho videntes borrachos—. Parece que sabes mucho sobre la escena del crimen.

—Yo encontré los cuerpos. Jaxon me envió para que hiciera las paces con Hector. Estaba a punto de poner en riesgo una parte de nuestra red comercial.

El Custodio juntó las manos.

—¿Y no se te ha ocurrido pensar que el propio Jaxon podría estar implicado?

—Estaba en Seven Dials todo el rato. No digo que no estuviera implicado indirectamente, pero eso podría decirlo de cualquiera. —Me froté las sienes—. Para la gente de la calle yo soy la principal sospechosa. Y tengo que limpiar mi nombre si quiero ganarme el respeto de los videntes.

—Ya veo.

La luz de sus ojos me puso en tensión. Después de todo, no podía estar segura de hasta qué punto confiaba en mí. Sus brazos aún se encontraban en un estado lamentable, ennegrecidos y brillantes del codo hacia abajo.

—¿Qué necesitas? ¿Sangre y sal? —dije, señalándolos con un gesto de la barbilla. No iba a darle más sangre, pero Nick podía conseguirme una bolsa de Scion.

—Con la sal debería bastar. El semipulso se queda en la superficie.

Había un armarito en el rincón lleno de cachivaches para que los inquilinos pudieran cocinarse sus propias comidas. Vacié lo que quedaba de un salero en un vaso y se lo pasé.

—Gracias —dijo él, apoyando uno de sus pesados brazos en el regazo.

—¿Tienes más amaranto?

—No. A menos que los Ranthen tengan más, tendrá que cosecharse en el Inframundo. En cualquier caso, el amaranto no cura el semipulso. Cura las heridas espirituales.

—Gracias por el vial. Me fue muy bien.

—Me lo imaginé. Pareces atraer a las lesiones como las flores atraen a las abejas.

—Es lo que tiene la delincuencia. —Sin pensarlo, me toqué la cicatriz de la mejilla—. El ectoplasma me mostró el cordón.

—Sí —dijo él, con la atención puesta en el brazo, midiendo la cantidad de sal—. El ectoplasma potencia tu sexto sentido. El mío, en particular, me permitió ver el vínculo entre los dos.

—Ya. Ese misterioso vínculo entre los dos.

Levantó la vista. La necrosis de sus brazos ya estaba desapareciendo. Era casi inquietante ver lo rápido que se curaba.

—Los fugitivos hemos escrito una especie de manual de instrucciones sobre cómo combatir a los refaítas y a los emim —le expliqué—. Voy a intentar venderlo en Grub Street.

—Poco a poco empezarán a llegar más y más cazadores refaítas a la ciudadela, y necesitarán alimentarse. Supongo que los vuestros deberían saberlo. —Posó el vaso—. Dime, ¿qué técnicas para acabar con los refaítas se recogen en ese manuscrito?

—El uso del polen de la anémona, lanzado a los ojos.

—La posesión de semillas de anémona es ilegal en todas las ciudadelas de Scion. Que yo sepa solo se pueden obtener de los invernaderos de Sheol I. —Se echó sal en la muñeca—. Pero parece que también se cultivan de forma ilegal en Londres.

—Tenemos que descubrir dónde. Por cierto, te he traído esto. —Le dejé una botella de brandy en la mesita de noche—. Del armarito de bebidas prohibidas de Jaxon.

—Eres muy amable —dijo, e hizo una pausa—. Cuando esté más fuerte, volveré a la subestación.

—Ni hablar. Ahí ni te acerques.

—Entonces…, ¿dónde?

—Aquí —dije, sin pensármelo.

El Custodio se me quedó mirando, analizando mis rasgos. Yo a veces me preguntaba si a los refaítas les costaba interpretar las expresiones humanas, al ser ellos tan inexpresivos.

De pronto llamaron a la puerta y reaccioné de golpe. El Custodio miró hacia la pared, luego me miró a mí, se puso en pie y fue a esconderse tras la puerta del baño. No podíamos estar seguros de que no nos hubieran seguido. Abrí la puerta.

—¿Nick?

Tenía la frente bañada de sudor. Aún llevaba puesto su uniforme de Scion, y estaba todo tembloroso, tan pálido que parecía enfermo.

—*Jag kunde inte stanna* —dijo, con un hilo de voz—. *Jag kan inte göra det här…*

—¿Qué pasa? —dije, llevándolo al sofá—. ¿Qué ha sucedido?

—La SciOECI. —Respiraba agitadamente—. No puedo trabajar para ellos un día más, Paige. No puedo.

Fue quedándose cada vez más inmóvil. Yo me senté sobre el brazo del sofá, agarrándolo suavemente del hombro.

—Han encontrado a una de las prisioneras de la Era de Huesos. Ella Parsons. Y han llamado a todo mi departamento para que la viéramos cuando la traían.

Se me puso la piel de gallina.

—¿Para ver qué, Nick? ¿Qué?

—Cómo probaban el Fluxion 18 con ella.

—Pensaba que aún tenían que perfeccionar la fórmula.

Era una de las últimas confidencias que había podido sacarle a mi padre sobre el proyecto.

—Deben de haberlo acelerado para armar a los centinelas para la Novembrina. —Se apretó las sienes con los dedos—. Nunca había visto nada similar. Vomitaba sangre, se arrancaba el pelo, se mordía los dedos. Los dos investigadores jefe han empezado a hacerle preguntas. Sobre ti. Sobre la colonia.

»Había un corro de médicos alrededor de la camilla. Un quirófano entero, con espectadores vestidos de bata blanca. La rabia que he sentido no era una furia roja, inestable, sino fría, como de cristales rotos.

—Nick… ¿Ella te ha reconocido?

Él dejó caer la cabeza.

—Antes de morir se ha echado hacia mí. Me han preguntado si la conocía. Yo he dicho que no la había visto nunca. Nos han enviado a todos a nuestros laboratorios, pero yo he salido antes de la hora. —El sudor le caía en un reguero desde el nacimiento del pelo.

—Deben de imaginárselo. Si vuelvo a poner el pie allí, me arrestarán.

Ahora le temblaban los hombros. Le rodeé con mi brazo. Scion jugaba cada vez más fuerte.

—¿Tú la conocías? —dijo, con voz gruesa—. ¿La conocías, Paige?

—No muy bien. Nunca dejó de llevar túnica blanca. Tenemos que elaborar un plan para sacarte de allí.

—Pero todos estos años…, todo este trabajo…

—No vas a poder proteger a nadie si te llevan a la cámara de torturas, o a las mazmorras. —De pronto contuve la respiración—. No tendría que ver con eso tu visión, ¿verdad? ¿La del reloj de cuco?

—No. Lo habría visto venir —dijo, apretándome la mano—. Tengo que conseguir una muestra de ese fármaco. Tengo que saber qué le ponen, para encontrar un antídoto. —Respiró hondo—. Hay más. No solo van a instalar el Senshield en el transporte público. También irán a por los servicios esenciales. Médicos, quirófanos, hospitales, albergues para indigentes, bancos. Los pondrán en todas partes.

La noticia me sentó como un puñetazo en el estómago y me hizo bullir la sangre. Para los videntes, usar albergues para indigentes siempre había sido un riesgo, pero este ataque había tomado una dimensión terrible. Cuando llegara el Año Nuevo, la enorme mayoría de los videntes no podrían acceder a una atención médica básica. Ahora que los bancos ya no eran opción, la mayoría tendría que abandonar su doble vida. Las calles se verían atestadas de aprendices. Cerré los ojos.

—¿Eso cómo lo sabes?

—Oh, porque nos lo han contado. —Soltó una risa forzada—. Nos lo han dicho y, ¿sabes lo que hemos hecho todos, Paige? Hemos aplaudido.

El odio me bullía en las tripas. No tenían derecho a hacer aquello. No tenían derecho a robarnos «nuestros» derechos.

Nick levantó la cabeza cuando, de pronto, detectó un aura.

De pie, en la entrada del baño, estaba el Custodio. Aun debilitado y cansado, su aspecto era imponente. Nick se puso en pie, con el rostro tenso, y tiró de mí, acercándome a él.

—Creo que no he tenido ocasión de presentaros —dije.

Nick me agarró aún más fuerte.

—No, no lo has hecho.

—Vale. —Tosí para aclarar la garganta. Se habían visto una vez en la colonia, pero brevemente—. Nick, este es Arcturus Mesarthim, o el Custodio. Custodio, este es Nick Nygård.

—Doctor Nygård —saludó el Custodio, inclinando la cabeza—. Lamento no haberle conocido en una ocasión mejor. He oído hablar mucho de usted.

Nick asintió con rigidez. Tenía los ojos irritados, pero la mirada inflexible.

—Todo bueno, espero.

—Muy bueno.

Se creó un silencio pesado. Tenía la sensación de que a Nick no le haría demasiada gracia enterarse de todo lo que sabía el Custodio de él: cuántos recuerdos me había robado. Le había mostrado el último por voluntad propia, el que desnudaba el alma de Nick, así como la mía.

—Dame un minuto —dije—. Necesito mis lentillas.

Nick asintió, pero no apartó la vista del Custodio. Me metí en el minúsculo baño y tiré del fino cordel, dejando la puerta entreabierta para poder escuchar. Las lentillas estaban metidas en un líquido, en una repisa sobre el lavadero. El silencio se prolongó un rato, hasta que Nick habló:

—Te lo diré de frente, Custodio. Sé que al final dejaste que Paige se escapara de la colonia, pero eso no significa que tengas que gustarme, o que vaya a confiar en ti. Podrías haber dejado que se fuera en Trafalgar Square. La tenía en mis brazos y tú te la llevaste.

Al menos había ido al grano. Sin quererlo me quedé pendiente de la respuesta del Custodio, a la espera de ver cómo respondería a las acusaciones.

—Su presencia en la ciudad era necesaria —respondió él, con tranquilidad—. Paige era mi única oportunidad de crear un tumulto.

—¿Así que la usaste?

—Sí. Los insurgentes humanos no habrían respondido a un líder refaíta, lógicamente. Paige lleva el fuego de la rebelión en las entrañas. Hubiera sido una estupidez pasarlo por alto.

—Pero también podías haberla liberado. Por ella. Si te importara, lo habrías hecho.

—Entonces me habría visto obligado a usar a otro humano en mi beneficio. ¿Habría sido más ético?

Nick reprimió una risa.

—No. Pero no creo que a los vuestros se os dé demasiado bien la ética.

—La ética tiene muchos grises, doctor Nygård. Con su profesión, debería saberlo.

—¿Y eso qué significa?

Aquello no estaba yendo bien, y no tenía muy claro que me gustara que hablaran de mí. Volví a entrar en la habitación antes de que el Custodio pudiera responder, imponiéndoles silencio a ambos.

—¿Quieres quedarte un rato? —le pregunté a Nick.

—No. Debería volver a Seven Dials. —Echó una mirada al Custodio—. ¿Cuánto tiempo llevas lejos de la guarida?

—Una hora, más o menos.

—Pues ven conmigo.

Miré al Custodio, que me devolvió la mirada.

—No lo sé —dije.

—Nos inventaremos una excusa. Tú mantén contento a Jaxon un tiempo, o nos impondrá un toque de queda. —Se abotonó el abrigo hasta arriba—. Te espero fuera.

Con el rostro tenso, miré cómo salía.

—Ve —me dijo el Custodio, en voz muy baja—. Yo te dejé muchas veces solas en la colonia penitenciaria, sin darte ninguna explicación. Manipula a tu mimetocapo, Paige, tal como ha hecho él con los demás durante toda su vida. Úsalo en tu beneficio.

—No puedo ganarle jugando a su juego. Es el maestro de la manipulación. —Me levanté y me puse la chaqueta—. Nick tiene razón con respecto al toque de queda. Vendré cuando pueda.

—No veo la hora —respondió—. Mientras tanto, estoy seguro de que encontraré algún modo de pasar el rato.

—Podrías hacer esa sesión espiritista.

—Quizás. O quizá disfrute de unas horas más de paz antes de que vuelva a empezar la guerra.

Había una luz en sus ojos que habría podido calificar de traviesa de no haberse tratado de un refaíta. No pude evitar sonreír mientras lo dejaba con sus cosas.

15

El Minister's Cat

*E*n cuanto volví a salir de la pensión, sentí la tentación de regresar. No quería dejarlo allí solo. Sobre todo, no quería tener que ir corriendo otra vez a la guarida únicamente para evitar que Jaxon me recortara la paga. Mi libertad —la libertad por la que había luchado, por la que había muerto gente— me parecía la misma charada en los Siete Sellos que en Scion. No era más que un perro atado a una correa que Jaxon Hall tenía en la mano. No podría aguantar aquellos dos años más. No era tan buena actriz; no sería capaz de seguir haciendo piruetas al son de su danza macabra. El torneo era la única posibilidad que tenía de liberarme de su tenaza.

Cruzamos el Soho, un laberinto de callejuelas que eran el corazón del I-4, donde vivían los más pobres del barrio, o morían intentándolo. Mantuve la cabeza gacha y el ojo avizor por si veía algún recadista que no me resultara familiar.

—Paige —dijo Nick, en voz baja—, no me fío de él.

—Ya lo he notado.

—No puedo olvidar esa noche en el puente. Tú lo apartaste de un empujón. Querías volver a casa. —Me agarró del brazo, y me quedé paralizada—. Quizá tuviera sus razones. Tal vez sea cierto que quiere ayudarte a vencer a los suyos. Pero te tuvo prisionera medio año, en el que te utilizó como si fueras su marioneta. Te mandó al bosque con uno de esos monstruos. Se quedó mirando mientras te marcaban…

—Lo sé. Lo recuerdo.

—¿De verdad?

—Sí, Nick.

—Pero no los odias.

Aquellos pálidos ojos verdes podían atravesar cualquier barrera que se levantara entre nosotros.

—Nunca olvidaré todas esas cosas —dije—. Pero quiero confiar en él. Si no está del lado de ellos, tiene que estar del nuestro.

—¿Y qué va a comer? ¿Aura a gogó? ¿Onirámbula al gratén? ¿Quieres que le lleve la carta y le sirva algún limosnero?

—Muy gracioso.

—No es gracioso, Paige. Con aquel otro de la ciudad ya tuve mi primera experiencia como fuente de comida rápida.

—No va a alimentarse de nosotros. Y no hay motivo para que revele a Scion dónde estamos. Lo matarían tan rápido como acabarían conmigo.

—Tú haz lo que quieras, *sötnos*, pero yo no voy a ayudarte a quedar con él. Si ocurriera algo, nunca me lo perdonaría.

No dije nada. Parecía incapaz de mirarme a la cara, atenazado por el sentimiento de culpa. Lo que le habían hecho a Ella no era su responsabilidad, pero sabía que en sus momentos más grises siempre se preguntaría si habría podido hacer algo para evitar su sufrimiento. Y tanto si me ayudaba como si no, pensaría lo mismo si yo llegara a sufrir algún daño en compañía del Custodio.

Al pensar en todo aquello, por primera vez desde hacía muchos días, vinieron a mi mente Liss Rymore y Seb Pearce; volvía a sentir la agonía de sus muertes. No había tenido ocasión de llorar la pérdida de todos los que habían ido cayendo. Los videntes no celebraban funerales —nuestra cultura no contemplaba velar un cadáver vacío—, pero quizá me hubiera ayudado hacerlo. Habría sido una ocasión para pedirles perdón y despedirme de ellos.

Hice un esfuerzo para que no se me notara en la cara. No podía mostrarle mi dolor a Nick. Ya tenía bastante con lo suyo.

Al pasar junto al pilar de los relojes de sol, con sus tristes esferas pintadas, de detrás de una cabina telefónica salió un médium con un abrigo largo.

—Soñadora Pálida.

Me paré. Era uno de los recadistas de Jaxon, un rostro conocido.

—¿Qué hay, Hearts?

—Tengo un mensaje para ti —dijo, acercándose—. De alguien llamado Nueve. Dice que el proyecto está completo y que te espera en el lugar que acordasteis.

El número de Nell. Debía de hablar de la novela.

—¿Eso es todo?

—Es todo.

Me mostró una enorme sonrisa de dientes rotos, y yo me hurgué en los bolsillos hasta ponerlos del revés. Con una mueca de fastidio, Nick le pasó unas monedas.

—¿Cuándo te han dado el mensaje? —pregunté.

—Hace solo diez minutos, pero la recadista que me lo pasó me ha dicho que había tardado dos días en entregar el paquete. Los traperos están registrando a fondo a todos los recadistas que salen del II-4. Parece que tardaron lo suyo en poder sacar el sobre de la sección sin que se dieran cuenta.

Hearts se quitó el sombrero y se guardó el dinero en el abrigo. Luego desapareció por un callejón. Nick y yo esperamos hasta que su onirosaje estuvo bien lejos antes de seguir adelante.

—Es a ti a quien buscan —murmuró Nick—. ¿Cuándo has oído que registraran a los recadistas?

—Nunca, pero nosotros acabamos de sacar a un refaíta de su sección. Puede que estén un poco paranoicos.

—Exacto. No puedes volver.

En cuanto atravesamos la puerta roja de la guarida, Jaxon nos llamó a su despacho. Estaba sentado en su sillón de orejas con las puntas de las manos juntas, vestido con su bata bordada favorita. Tenía el gesto rígido. Yo me senté junto a Nick y levanté las cejas.

—¿Otro paseo, querida? —preguntó, sin más.

—Le he pedido que fuera a buscar a un limosnero que nos debía dinero.

—No quiero que mi onirámbula salga de la guarida sin mi permiso expreso, doctor Nygård. En el futuro, envía a alguno de los otros. —Hizo una pausa—. ¿Por qué llevas ese uniforme tan espantoso?

—He venido directamente del trabajo. —Se aclaró la garganta—. Jax, creo que mi posición en Scion se ha visto comprometida.

Jaxon se giró.

—Escucho.

Mientras Nick le explicaba lo sucedido, Jaxon cogió una pluma y se puso a hacerla girar entre los dedos de una mano.

—Por mucho que me desagrade ese pluriempleo con Scion, necesitamos tus ingresos, doctor Nygård —concluyó—. La semana que viene deberías volver a tu empleo y seguir fingiendo ignorancia. Si los abandonaras ahora, no harías más que incriminarte aún más.

No podía ser que necesitáramos tanto ese dinero. Incluso después de lo ocurrido en el mercado negro, el I-4 había seguido funcionando con normalidad.

—Jax, corre peligro —dije yo—. ¿Y si lo detienen?

—No lo harán, tesoro mío.

—Sacas una fortuna solo del alquiler de los limosneros. Es imposible que...

—Serás mi heredera, Paige; pero si no me equivoco, ahora mismo el mimetocapo aquí soy yo —dijo, sin dignarse a mirarme—. Una mirada de una vidente no basta para implicar a nuestro oráculo.

—¿Así que te parece bien jugarte el cuello de ese oráculo por conseguir unas monedas más para tus arcas? —repliqué, airada.

Jaxon agarró con fuerza el brazo de su sillón.

—Doctor, por favor, déjame con mi dama un momento. Tómate un bien merecido descanso.

Nick vaciló un momento, pero luego salió, y al pasar a mi lado me apretó suavemente el hombro.

Desde algún lugar del rincón, sonaba una versión algo distorsionada de «The Boy I Love is Up in The Gallery». Sobre la mesa había un vaso de absenta vacío. Me dejé caer en un sillón y crucé las piernas, brindándole lo que esperaba que pareciera una mirada inocente, expectante.

—Falta menos de un mes para el torneo —dijo Jaxon, con un tono de voz peligrosamente suave—. Y no he visto nada que me haga pensar que te estás preparando mínimamente para la ocasión.

—He estado entrenando.

—¿Entrenando qué, Paige?

—Mi don. He... intentado deambular sin la máscara de oxígeno —respondí; no era completamente falso—. Ya consigo hacerlo durante unos minutos.

—Todo eso está muy bien, y es bueno que entrenes tu don, pero tu salud física es igual de importante. Cuando te mantienen débil y desnutrida es por un motivo, querida: para que no puedas defenderte. —Dejó una botellita sobre el escritorio, llena hasta el borde de un líquido verdoso—. Lo peor es que has olvidado darte el tratamiento con el laurel que te compré.

Me llevé las manos al pecho. Algo me decía que no debía contarle que me había curado las cicatrices con amaranto. Solo conseguiría que me preguntara de dónde lo había sacado.

—Desde que sometiste al Monstruo no me duele —dije.

—Eso es irrelevante. Hasta que no vea indicios de que te estás cuidando, te retendré las pagas.

La sonrisa se me borró del rostro.

—He hecho todo lo que me has pedido —dije, intentando contener la rabia—. Todo. He entregado los mensajes, he asistido a las subastas…

—¡… y en ningún momento has prestado la mínima atención! —dijo, barriendo el escritorio con el brazo y haciendo saltar el vaso junto a montones de papeles—. Te sugiero que gestiones algo mejor tu tiempo. Le pediré a Nick que te entrene para la lucha.

La absenta empapó la alfombra. El corazón me golpeaba el pecho con fuerza. Jaxon sacó otro vaso del mueblecito.

—Ahora, a la cama —dijo, sirviéndose la absenta—. Necesitas descansar, princesa.

Asentí brevemente y me fui.

¿Cuánto tiempo haría que no salía de la guarida? ¿Cuánto tiempo haría que no veía las calles que tanto deseaba controlar?

En el rellano vi a Eliza con la mirada perdida, fija en la pared, y la boca abierta. Tenía los brazos manchados de pintura al óleo, de las puntas de los dedos a los codos, y el cabello le caía en grasientos tirabuzones hasta la espalda; olía a sudor de varios días.

—¿Eliza?

—Paige —dijo, con voz pastosa—. ¿Dónde estabas?

—Fuera —respondí. Se le cerraban los párpados. La agarré de los codos—. Eh, ¿cuánto hace que no duermes?

—No estoy segura. No importa. ¿Sabes cuándo es la próxima paga?

Fruncí el ceño.

—¿A ti tampoco te ha pagado?

—Dijo que quería ver progresos. Tengo que hacer más progresos.

—Has hecho muchísimos progresos.

La cogí del brazo y la llevé escaleras arriba. Temblaba de la cabeza a los pies.

—Tengo que seguir —murmuró—. Debo hacerlo, Paige. Tú no lo entiendes.

—Eliza, quiero que te tomes ocho horas de reposo. En ese tiempo, quiero que comas, que te duches y que duermas un poco. ¿Puedes hacerlo?

Quiso protestar, pero su réplica quedó reducida a un temblor en los labios. La empujé al interior del baño, con una toalla y un albornoz en las manos.

Danica, como siempre, estaba trabajando en su lado del desván. Llamé a la puerta; al no recibir respuesta, entré. En las esquinas había montones de piezas y objetos que había recogido de los vertederos o comprado a los habitantes de las cloacas a orillas del Támesis. Estaba sentada en el extremo de la cama, con la cabeza inclinada sobre la pesada mesa de roble que le servía como superficie de trabajo.

—Dani, necesito un favor.

—Yo no hago favores —dijo.

Un círculo de cristal grueso magnificaba uno de los ojos y le confería un tamaño absurdo.

—No es nada pesado, no te preocupes.

—Esa no es la cuestión. Eso no es un asiento —añadió, al ver que me sentaba.

—¿En qué estás trabajando? —Observé los papeles tirados por el suelo, todos garabateados con una perfecta caligrafía cirílica—. ¿La teoría Panić?

Su hipótesis aún precisaba de investigación empírica. Jaxon quería incluirla en su próxima gran obra. La fórmula era simple: toma el orden de clarividencia, multiplícalo por diez, réstalo de cien, y la respuesta era la longevidad media de ese tipo de vidente. Eso quería decir que yo moriría a los treinta, lo cual me parecía una idea divertida. Aun así, las ideas divertidas no ayudaban a vender panfletos.

—No —respondió, cogiendo una llave inglesa—. El Senshield portátil.

—¿Y por qué quiere Jax que trabajes en eso?

—No me cuenta el «porqué». Solo me dice el «qué» y el «cuándo».

No se me ocurría por qué iba a querer Jaxon algo así.

—Si en algún momento te aburres —dije, echando mano a mi bolsillo—, ¿tú crees que podrías modificarme la mascarilla de oxígeno portátil? Necesitaría que fuera algo más pequeña.

La cogió con sus endurecidas manos y le dio la vuelta.

—Es lo más pequeña que puede ser. Necesita tener una cámara de aire decente.

—¿Podrías hacérmela escamoteable?

—Jaxon no me pagaría por eso. Este es el trabajo que me ha encargado.

—Es para el torneo. Además, el dinero te da igual; tú no te has comprado ni un calcetín desde el año pasado.

—Puede que te sorprenda, pero necesito el dinero para pagar a los habitantes de las cloacas. Me cobran como si vendieran oro en polvo. —Dejó la máscara sobre la mesa—. Si te digo que sí, ¿te irás?

—Si también te aseguras de que Eliza coma algo decente antes de ponerse a trabajar de nuevo.

—Hecho.

Eso era lo más que podía sacarle. Me crucé con Eliza, que entró en su habitación y se dejó caer pesadamente en la cama. Cuando las musas se acercaron, las junté, amontonándolas en una bandada, y las mandé sin más ceremonia al otro extremo del desván.

—Necesita descansar. Id a dar la lata a otro, para variar.

Pieter soltó un soplido de indignación. George, el más nuevo, se acurrucó en el rincón mientras Rachel y Phil flotaban de forma lánguida sobre la puerta. Eliza ya estaba profundamente dormida, con el brazo colgándole del borde de la cama y la cara medio enterrada en la almohada. Le cubrí los hombros con una manta gruesa.

Jaxon no quería que yo «descansara». Si quisiera que sus videntes descansaran, Eliza no estaría moviéndose de un lado al otro como una autómata vestida con la misma ropa durante una semana.

Mi mimetocapo estaba en la puerta de su despacho, observándome. Con una sonrisa torcida, me indicó que pasara a mi habitación. Le cerré la puerta de golpe en las narices.

Acurrucada en mi cama, abrí la costura de la funda de mi almohada con la punta de mi cuchillo. Allí tenía suficiente dinero como para pagar una noche más en la pensión del Custodio. Después tendría que arreglárselas solo. Me giré de costado, apoyé la cabeza sobre un brazo y me quedé escuchando la máquina de ruido blanco.

Al cabo de una hora o dos, el onirosaje de Jaxon fue perdiendo intensidad. Permanecí despierta hasta que se hizo el silencio en la guarida; hasta que las farolas bañaron las calles de azul y Danica sucumbió al agotamiento. La novela me esperaba en el Soho. El Custodio me esperaba en la pensión. Metí la mano bajo la almohada y agarré el mango de mi cuchillo. Hacía mucho tiempo que no me sentía tan sola.

A medianoche, la puerta se abrió de golpe. Me senté en la cama de un brinco, con el corazón desbocado y el cuchillo aún en la mano.

—Shh. Soy yo. —Nick se puso en cuclillas junto a la cama—. ¿Duermes con un cuchillo?

—Tú duermes con una pistola. —Lo apoyé en la mesilla—. ¿Qué sucede?

—Vete —dijo, señalando la ventana con un gesto de la cabeza—. Vuelve a la pensión y ve a ver al Custodio. Yo le dejaré una nota a Jaxon. Le diré que estamos entrenando.

—Pensaba que habías dicho…

—Lo hice, pero estoy cansado de hacer todo lo que dice Jaxon —susurró—. No me gusta, Paige, pero tenemos que descubrir qué traman los traperos. Y confío en que sabrás qué estás haciendo. —Seguía sin estar muy convencido—. Ten cuidado, *sötnos*. Y si no puedes tener cuidado…

—… sé rápida. —Le besé en la mejilla—. Lo sé. Gracias.

Para él habría sido duro dejarme marchar, pero tener de nuevo a Nick a mi lado me hacía sentir bien. Ambos estábamos de acuerdo en que ir a ver al Custodio suponía un riesgo, pero era mejor que no contar con ninguna ayuda de los refaítas.

El frío de la calle resultaba penetrante. Bajé por la fachada de la casa, abrigada con una chaqueta y un pañuelo de cuello, y tomé Monmouth Street. La ventana del despacho de Jaxon estaba a oscuras; su onirosaje tenía el tono borroso del alcohol. Vi una unidad de centinelas patrullando por Shaftesbury Avenue y tomé otra ruta por los tejados en dirección al Soho.

Había mucha gente por el barrio, sobre todo amauróticos, pero también algún vidente que otro entre la multitud. La gente acudía a esa zona a disfrutar de los pocos placeres que ofrecía Scion: los casinos, los teatros subterráneos y el Café-Bar 3i y su música, interpretada por los pocos susurrantes que habían conseguido conservar un trabajo de amaurótico. Ahí era donde había pasado su juventud Eliza.

Cuando llegué a la plaza, me colé en uno de los locales más populares entre los videntes: el Minister's Cat, una casa de apuestas adaptada a los videntes, con unas normas estrictas (los oráculos, los adivinos y los augures no podían participar, por supuesto, dadas sus habilidades proféticas). Cada mes se celebraba un sorteo de lotería, y el ganador recibía una cantidad que proporcionaba Jaxon. También era el único sitio del I-4 al que podían acceder los miembros de otras bandas sin necesidad de un permiso expreso, ya que generaban mucho dinero para la sección. La mayoría de los distritos contaba con algunos edificios «neutros» donde se dejaban de lado las disputas y las afrentas.

Los juegos más populares eran el Königrufen y los tarocchi. Sentía cosquillas en los dedos: me encantaba jugar al tarocchi, y si ganara unas cuantas partidas, obtendría un buen puñado de dinero, pero no tenía suficiente capital como para pagar la entrada en ningún torneo.

Como siempre, estaba a reventar de gente procedente de toda la ciudadela. Me abrí paso por entre cuerpos sudorosos y mesas redondas, atrayendo miradas y provocando murmullos. Aquel local en particular era terreno abonado para los cotilleos del sindicato. Babs presidía una mesa de tarocchi en la esquina. Tendría que esperar.

Quizá pudiera conseguir ayuda en otra parte. Allí había muchos videntes vendiendo sus conocimientos.

«El conocimiento es peligroso.»

Peligroso, pero útil.

Había una adivina en un reservado cercano: tez morena, menos de treinta años. Su cabello era una nube de minúsculos sacacorchos recogidos con una fina tira de seda violeta. Unos ojos enormes me miraron desde debajo de unos pesados párpados. El derecho era de un color marrón intenso, y el izquierdo, verde, con un círculo amarillo en torno a la pupila y sin coloboma. Era la segunda vez en mi vida que veía un par de ojos así.

—¿Tienes tiempo para una lectura?

Ella se frotó el puente de la ancha nariz.

—Si tienes con qué pagarla.

Le entregué las pocas monedas que tenía en el bolsillo.

—Esto es todo de lo que dispongo —dije.

Le bastaría para pagarse unos vasos de *mecks*.

—Bueno —respondió—, supongo que más vale eso que nada.

Su voz profunda tenía algo de acento. Me senté frente a ella y junté las manos. Ella tiró de una cortina aterciopelada que nos ocultó de la vista de los jugadores.

—Eres una astragalomántica —dijo.

Tenía las uñas pintadas de blanco con manchas negras, y manchitas blancas también sobre los ojos. Se sacó dos pequeños dados de la manga. Eran tabas, huesos de nudillos, con manchas de tinta.

—Bueno, esto funciona así —dijo, sosteniendo uno entre el pulgar y el índice—. No todos los astragas trabajan igual que yo: la mayoría hacen unas cosas realmente complicadas, con respuestas sobre el papel, pero yo lo simplifico bastante todo. Tú me haces cinco preguntas y yo te daré otras tantas respuestas. Puede que sean vagas, pero tendrás que aguantarte. Dame la mano.

Se la di, y ella la agarró; luego la dejó caer como si fuera un cable deshilachado que se le fuera a deshacer.

—Estás fría —dijo, con gesto desconfiado.

Al principio no entendí qué quería decir —si acaso tendría las manos más calientes de lo normal—, pero luego abrí la palma y recordé.

—Perdona. —Abrí los dedos y le mostré los cortes—. Un duende. Son de hace unos diez años.

—Es como darle la mano a un cadáver —dijo ella, meneando la cabeza—. Dame la otra.

Las cicatrices siempre estaban algo más frías que el resto de mi piel, pero nadie había reaccionado así al contacto con ellas. Me cogió la mano derecha y sostuvo los dados con la mano que le quedaba libre.

—Bien —dijo, más tranquila—, hazme esas preguntas.

No perdí un segundo:

—¿Quién mató al Subseñor?

—Una pregunta peligrosa. Esfuérzate algo más. El éter no te proporcionará un nombre sin más, como una máquina expendedora.

Me quedé pensando un momento.

—¿Fue Caracortada quien mató al Subseñor?

Los dados corrieron por la mesa. Un dos y un dos. La adivina levantó la mano vacía y se la llevó a la sien.

—Una balanza —dijo, con ese extraño tono monocorde que había usado Liss al tirarme las cartas—. Un platillo de la balanza está lleno de sangre, que hace que baje. Hay cuatro personas en torno a la balanza: dos a un lado, dos al otro.

—Vale. ¿Y eso responde a mi pregunta?

—Ya te he dicho que la respuesta sería vaga. Por mi experiencia, las balanzas suelen apuntar hacia la verdad. Así que tienes a dos personas que están en el lado de la verdad y dos que no. Deberías poder interpretarlo. La respuesta del éter a una pregunta es solo inteligible para quien la ha planteado.

Decidí que, si el éter tenía personalidad, era un cabrón engreído.

—La próxima pregunta, pues —dije—. ¿Mató Caracortada al subseñor?

—Eso me lo acabas de preguntar.

—Te lo pregunto otra vez.

—¿Estás poniendo a prueba mi habilidad, saltadora?

No parecía ofendida, más bien le hacía gracia.

—Quizá sí. He visto a más de un charlatán por aquí. ¿Cómo sé que no es una trampa del arcoíris?

Así pues, volvió a hacerlo. Un dos y un dos. Repetí la pregunta una vez más y obtuve la misma respuesta. La adivina tomó unos tragos de *mecks*.

—Por favor, déjalo ya. Siempre veo la misma imagen. Y solo te quedan dos preguntas.

Habría querido preguntarle muchas cosas, especialmente sobre el Custodio, pero tenía que ir con cuidado.

—Pongamos que quiero información sobre un grupo de personas, pero no deseo decirte quiénes son...

—Mientras tú sepas de quién estás hablando, debería funcionar. Tú eres la solicitante. Yo no soy más que el canal.

Repiqueteé los dedos contra la mesa.

—¿Cómo sabe... el que vive bajo tierra... lo de los maestros titiriteros?

Era una formulación algo torpe, pero no podía darle ninguna pista a aquella extraña. Por su gesto, supe que había oído cosas más raras. Los dados rodaron sobre la mesa y se detuvieron junto a mi mano, ambos mostrando un punto.

—Una mano sin carne viva, con los dedos señalando hacia el cielo. La muñeca está rodeada de seda rosa, como un grillete. La mano arranca plumas blancas del suelo. Se le rompen dos dedos, pero sigue arrancando plumas.

Sacudió la cabeza y dio otro trago a su bebida.

—¿Y eso qué significa? —pregunté, disimulando mi exasperación.

—No tengo ni idea de qué significa la mano. Probablemente, la seda roja sea sangre… o muerte. O ninguna de las dos cosas —añadió. No me extrañaba que a los adivinos les costara tanto ganar dinero—. Las plumas blancas… arrancadas a un pájaro, quizá. Podrían representar partes de un todo. O existir como símbolo por sí solas. —Vi que se le marcaba una vena en el centro de la frente—. Última pregunta. Empiezo a estar cansada.

Mantuve silencio un momento, intentando pensar en algo que pudiera estar en la dirección correcta…, hasta que recordé la vez que Liss me había tirado las cartas.

—¿Quién es el rey de bastos?

Sonrió.

—Has ido a ver a un cartomántico, ¿no?

No respondí. Hablar de Liss solo me serviría para revivir el dolor por su muerte. La adivina hizo girar los dos dados con el pulgar y los agarró con la misma mano. Un dos y un cinco.

—Siete —dijo, poniéndolos otra vez en la mesa de un golpetazo—. Eso es.

—¿No hay visión? —pregunté, levantando las cejas.

—A veces con el número basta. Y con recordar cómo está repartido. Un dos y un cinco no es lo mismo que un tres y un cuatro, por ejemplo. Normalmente, uno de los números, o los dos, tienen un significado particular. La mano le tembló, derramó el vaso de *mecks* blanco y los dados acabaron por el suelo.

—Y ya está. Cuando empiezo a tirar la bebida, es momento de parar. Sé que parece raro, pero también hay sentido en la locura.

—Te creo —dije, y era cierto.

Por confuso que pareciera su don, tuve la sensación de que Liss estaría de acuerdo en todo. Aunque de momento no entendiera nada.

—No te preocupes demasiado. Me temo que no puedes hacer gran cosa por tu futuro.

—Eso no lo sé. —Me puse en pie—. Pero gracias.

—Si alguna vez necesitas otra lectura, ya sabes dónde encontrarme.

—No, gracias. Pero te enviaré a gente que conozco.

La adivina asintió, al tiempo que se pasaba una mano por la cabeza. Abrí la cortina y salí. Me sentía como si tuviera un nido de serpientes en la tripa.

Babs ya estaba otra vez en el bar, con sus pecas y su alegría habitual, sirviendo copas a los jugadores con una botella de *mecks* rojo sangre que parecía tener más años que ella. Para algunos, la monarquía seguía vigente en Babs: era la reina autodeclarada del parloteo. Al verme, levantó una mano.

—Soñadora Pálida —exclamó—. Hace tiempo que no te veo. ¿Cómo estás?

—Podría estar mejor, Babs. —Me senté en uno de los taburetes de madera—. Me han dicho que tienes un paquete para mí.

—Oh, sí que lo tengo —dijo, y rebuscó bajo la barra—. Será un regalo de algún noviete, ¿no?

Meneé la cabeza, sonriendo.

—Tú sabes que el Vinculador no me lo permitiría.

—Ese hombre es más frío que un pez en una tumba. ¿Ya sabes que ha cancelado la lotería?

—¿Desde cuándo?

—Agosto. A nadie le gustó, pero supongo que hay que reconocer que hasta entonces había sido generoso por su parte.

Interesante.

—Hoy estás muy ocupada.

—Pues sí. Estamos aceptando apuestas sobre el resultado del torneo. El viejo Hector nos ha hecho un favor muriendo. Últimamente apenas teníamos clientes. Los centinelas solían venir, pero ya no vienen tanto. Scion los tiene demasiado asustados y no se atreven a abandonar sus barracones tras el trabajo.

—¿Por qué?

—Por las palizas. Están perdiendo la paciencia con esto de los fugitivos, y dicen que los centinelas deben de estar ocultando a los suyos. —Levantó la vista—. Y hablando de fugitivos, hace unas cuantas lunas que eres el centro de todas las conversaciones. La gente está cruzando apuestas sobre quién se cargó a Hector.

Claro, cómo no.

—¿Y tú qué crees?

Soltó un soplido.

—Te conozco desde hace dos años, cariño. No te imagino arrancándole la cabeza a nadie. No, yo supongo que fue Caracortada. Bueno, si no fue ella..., ¿por qué no se ha presentado a reclamar la corona?

—Porque sabe que es sospechosa.

—No le importaría un rábano. No le iba nada mal cuando no tenía a Hector pisándole los talones. Muchas veces venía aquí a jugar con una de sus amigas. —Con una sonrisa, Babs me entregó un grueso sobre marrón—. Aquí tienes, cielo. Lo he cuidado bien, te lo aseguro.

—Gracias. —Aun así, comprobé que el precinto estuviera intacto antes de metérmelo bajo la chaqueta—. Voy un poco corta de fondos, Babs. Te pagaré cuando cobre.

—En lugar de dinero, regálame una partida. Hay unos cuantos recadistas por ahí que necesitan que les den una buena paliza.

Me giré a mirar por encima del hombro.

—¿Dónde?

—En la mesa del centro. Vienen casi todas las noches.

—¿Para qué sección juegan?

—Para la I-2. Son bastante civilizados, pero ganan más de lo que deberían, no sé si me entiendes. Oye, ¿recuerdas cuando tú y los tuyos le bajasteis los humos a Socarrón? —Se rio—. Ah, fue una buena noche. Verle perder todo ese dinero que había apostado a que ganaría…

Aquella noche nos habíamos vuelto todos locos. Pero ahora que Socarrón estaba muerto me parecía una victoria inútil.

En la mesa que me había indicado había unos cuantos de los secuaces de la Abadesa jugando al tarocchi. Iban vestidos con las elegantes prendas de terciopelo y seda que lucían sus colaboradores más próximos, con las mangas brocadas y delicadas joyas de plata. Reconocí a la pelirroja de la subasta en el Juditheon, en el extremo de la mesa, examinando el abanico de cartas que tenía en la mano.

—Quizá la próxima vez… —empecé a decir, pero frené de golpe.

Uno de los jugadores tenía una mata de pelo azul brillante y llevaba el chaleco de rayas de los Traperos. En una muñeca tenía una pulsera de huesecitos, y en el brazo derecho un pequeño tatuaje que representaba la mano de un esqueleto en color marfil y con los bordes negros, extendiendo los dedos hacia su hombro.

Una mano sin carne viva, con los dedos señalando hacia el cielo. Me giré hacia el reservado de la adivina, pero ella ya no estaba allí.

—Ese es un trapero —dije, en voz baja.

Babs levantó la vista.

—¿Hmm? Oh, sí que lo es. Los ruiseñores siempre juegan con otras secciones. Su rivalidad con los hombres de la Dama Perversa es legendaria. —Me sirvió un vaso de *mecks* blanco—. Aunque debo decir que me sorprende que se dignen a jugar con un trapero. Debe de haber pagado una buena suma para entrar en su partida. Al Vinculador no le importa que se pase por aquí gente de otras bandas, ¿verdad? Puedo echarlos si no le parece bien.

—No, está bien. —El corazón aún me latía con fuerza—. ¿Tú sabes por qué odia tanto la Abadesa a su mimetocapo?

—Quizá te sorprenda, pero nunca he oído nada al respecto.

Sí me sorprendía. Llevaba mi pañuelo de cuello puesto, pero me mantuve de espaldas al trapero.

—¿Qué es ese símbolo que lleva en el brazo?

—Todos los traperos lo llevan. Es horroroso, ¿no?

Esbocé una sonrisa.

—Tengo que irme. Gracias por la copa.

—De acuerdo —dijo, inclinándose sobre la barra para darme un abrazo—. Ve con cuidado, Soñadora. La calle se está poniendo muy peligrosa.

Crucé la sala y me encerré en otro reservado, donde saqué las páginas del manuscrito y las alisé. Dos copias. Nell había hecho bien en hacérmelas llegar tan rápido.

Lo habían llamado *La revelación refaíta*. La caligrafía era sobria, estaba claro que había sido escrito a toda prisa y a la luz de una linterna, pero ya se suponía que las novelas baratas no tenían por qué ser obras de arte. Escribía sobre el infame triángulo creado por Scion, los refaítas y los emim, entrando en macabros detalles sobre la colonia penitenciaria y explicando el tráfico que se había mantenido durante doscientos años. Y, sobre todo, contaba cómo destruir a un refaíta. Se les había ocurrido la idea de bañar la hoja de un arma en néctar de anémona, o de usar una cerbatana para dispararles polen a los ojos.

Todo eso se contaba a través de Uno, una pobre cartomántica arrancada de las calles y sumida en una pesadilla. En los dibujos no se le veía la cara, pero tenía tirabuzones negros, como Liss. Pasé a las últimas páginas. Al final, esta versión de Liss conseguía huir de la colonia y conseguía unir a Londres en la defensa de los videntes. Hacía lo que la verdadera Liss no había tenido ocasión de hacer.

En aquellas páginas seguía viva. Volví a meterme el sobre bajo la chaqueta y abrí la cortina.

El trapero había desaparecido del salón de apuestas. Al pasar junto a los jugadores del I-2, me detuve un momento y di unos golpecitos en su mesa. Ellos levantaron la mirada, sorprendidos. La pelirroja apagó su áster y se puso en pie.

—Soñadora Pálida —dijo, con voz áspera. Tenía medio rostro cubierto por una compleja máscara de encaje—. ¿Podemos ayudarte?

Me crucé de brazos.

—El Vinculador os dijo en la reunión que Caracortada solía pasarse por aquí. ¿Habéis seguido esa pista?

—Oh, sí —dijo uno de los hombres, sin apartar la vista de sus cartas—. Desgraciadamente no hemos encontrado nada útil. Algunos de los suyos se han dejado ver por aquí, pero ella no ha vuelto.

—Ya. —Pandilla de vagos—. ¿Hay algún motivo para que hayáis invitado a un trapero a vuestra partida?

—Nos desafió. E insultó a nuestra señora. Le dijimos que, en lugar de hablar tanto, se jugara el dinero.

Otra mujer del grupo, una augur, me sopló una bocanada de humo lila a la cara.

—¿Quieres retarnos, Soñadora Pálida?

—Basta —dijo la pelirroja, lanzándole una carta—. Este no es nuestro territorio. —Me tocó el brazo con la mano—. La Abadesa te agradece tu comprensión, y la del Vinculador Blanco. Esperamos que la situación se pueda resolver.

—Todos lo deseamos, ¿no? —dije yo.

Me giré y me alejé.

Babs seguía tras la barra con otro crupier, riéndose a carcajadas de algo que le había dicho. Yo salí a paso firme por la puerta principal.

Caminé más rápido de lo habitual. Había que pagar la habitación del Custodio antes de la mañana; tenía que ir a verlo enseguida, o el casero llamaría a su puerta.

Crucé el Soho evitando las calles más concurridas, con el corazón golpeándome con fuerza en el pecho. Tenía el vello de la nuca de punta. A esa hora de la noche las calles residenciales estaban desiertas y resultaban inquietantes; todos los videntes estaban en el centro del distrito, jugando o intercambiando cotilleos.

Ya casi había llegado a la pensión cuando se me echaron encima dos onirosajes y recibí un puñetazo en el rostro que me derribó.

16

Flores y materia

Me pusieron una bolsa en la cabeza y me retorcieron los brazos. Arqueé la espalda y, con un grito de rabia, acerqué la mano derecha al cinto para coger mi cuchillo de caza, pero me golpearon con algo duro en la nuca, provocando una explosión de colores en el interior de mi cabeza. Una mano me agarró la mandíbula con fuerza y sentí que me arrastraban por el asfalto.

—Lamento muchísimo tener que hacer esto, Soñadora Pálida —dijo una voz dura—, pero me temo que sabes demasiado.

Me llevaron tras una esquina. Noté sabor a hierro en el paladar. La sangre me penetraba en la garganta, provocándome arcadas. Sentí tal pánico que no podía respirar. A menos que pensaran matarme allí mismo, debían de estar llevándome a un coche. Intenté gritar otra vez —seguro que había cerca algún empleado de Jaxon, y probablemente querrían ayudarme, pensando que eso les reportaría una recompensa—, pero la bolsa me presionó los labios con aún más fuerza. A través de la tela se colaba la luz azul de las farolas.

—Bueno, Soñadora Pálida, esto es lo que queremos que hagas —dijo la voz, mientras me apoyaban un cuchillo de sierra en el lateral del cuello—. Dinos dónde has llevado a la criatura, y reconsideraremos la opción de cortarte la garganta.

—¿Qué criatura? —pregunté.

—La que te llevaste de las catacumbas. Con esos ojos tan bonitos, como linternas. ¿Tenemos que refrescarte la memoria?

Otro puñetazo, esta vez en la zona lumbar, me lanzó dando tumbos contra una pared. Mi espíritu pareció despertar; se abalanzó contra el onirosaje más cercano. Uno de los atacantes soltó un grito, y su cuchillo cayó al suelo, cerca de mis botas. No veía nada, pero lo agarré y apunté con él en dirección a los otros dos onirosajes, con los músculos temblándome.

—No lo encontraréis —dije.

—Ah, ¿no?

Una augur y un sensor. Me quité la bolsa de la cabeza. El sensor era extraordinariamente alto y delgado, mientras que la augur era muy menuda. Ambos iban vestidos de negro, con esas máscaras con una gran sonrisa pintada, e iban armados con cuchillos de trinchar carne.

—Supongo que es el Ropavejero quien me quiere muerta —dije, dando un paso atrás.

—Demostraste ser muy lista encontrando su refugio. —La augur me apuntaba con una pistola con silenciador—. Pero ser tan lista no te ha hecho ningún bien, Soñadora Pálida.

Me lancé contra ella, derribándola por la cintura. La pistola se le disparó en algún punto próximo a mi rodilla derecha. Me agarró con la mano que tenía libre mientras yo presionaba su muñeca contra el suelo, manteniendo la pistola alejada de mi cuerpo.

El segundo atacante se abalanzó con el cuchillo en la mano. Conseguí darle una patada en el vientre y lo dejé sin aliento. La mujer aprovechó la ocasión para tirarme de espaldas e inmovilizarme las manos con las rodillas. La máscara se le ladeó en el momento en que me apoyó la boca de la pistola en el centro de la frente.

Sentí una presión caliente por detrás de los ojos, y como si me sorbieran separándome de mi cuerpo, hueso y espíritu alejándose el uno del otro al tiempo que yo saltaba. Quise evitar ese salto, pero era un impulso, algo mecánico. Era matar o morir. Mi espíritu le atravesó la mente como un cuchillo, arrancándole el espíritu del cuerpo. El cadáver me cayó encima apenas un instante más tarde. El hombre gritó un nombre a través de la ranura de su máscara. Me agarró de la chaqueta con fuerza, me arrastró, sacándome de debajo de la mujer, y me tiró de espaldas contra la pared. Yo le agarré de la muñeca y se la retorcí, rompiendo algún hueso y forzándola de modo que los nudillos casi le rozaron el antebrazo.

Soltó una cuchillada que iba dirigida a mi estómago, pero me zafé justo a tiempo; la punta de la hoja me pinchó en el costado. Antes de que pudiera lanzar otra, le solté un rodillazo entre los muslos. Por el hueco de la máscara salió un soplido de aire caliente que me rozó la oreja. Le solté la muñeca lastimada y con esa misma mano le agarré la suya que sostenía el cuchillo. Le mordí el brazo con todas mis fuerzas, hasta sentir el peso del mordisco en las encías. Él me gritó un insulto furibundo al oído, pero no me soltó hasta que mis dientes le atravesaron la piel y la boca se me llenó de un sabor a hierro.

Me conocía demasiado bien como para usar mi espíritu otra vez. La cabeza me iba a reventar; los extremos de mi campo visual se habían vuelto borrosos. En el momento en que su mano izquierda perdió fuerza, le di una fuerte patada en la espinilla y le hundí el puño en el plexo solar. La pierna le falló y cedió bajo su peso. Sacudí los hombros para soltarme y quedé libre. El cuchillo del matón se movía de un lado al otro como un bailarín de feria. Recogí el revólver de la muerta y me quedé agazapada. El cuchillo me pasó muy cerca, casi rozándome la mejilla. El puñetazo que le había dado en el torso le habría nublado la visión, y ya tenía el campo visual reducido porque debía mirar por los agujeritos de la máscara. En el momento en que se giró hacia el lado equivocado, le golpeé con el revólver justo detrás de la oreja y luego le di una patada en la zona lumbar, tan duro que me dolió la rodilla. Chocó con los bidones de la basura antes de caer al suelo.

Jadeando, me apoyé en la pared de ladrillo. Veía unas chispas que atravesaban mi campo visual. Me froté las manos, me agaché y les quité la máscara a los dos.

Los ojos de la mujer miraban a la nada. Los dos llevaban pulseras de hueso y ropa de rayas, como los traperos. Metí la mano en el bolsillo del abrigo de ella y sentí el contacto de una tela fría y suave. Era seda de un rojo carmesí.

Un pañuelo rojo, manchado de sangre oscura.

Flexioné los dedos, agarrándolo. Instintivamente supe que lo que había en aquel pañuelo de seda era la sangre de Hector. Debían de haber planeado dejarlo sobre mi cadáver, para usarlo como prueba de que yo era la asesina.

El hombre soltó un gruñido. Aparte de una pequeña cicatriz junto a la sien y una barba de tres días, no tenía ningún rasgo característico. Me metí el pañuelo en el bolsillo y le di un cachete en la mejilla.

—¿Cómo te llamas?

—No te lo digo. —Apenas podía abrir los ojos—. No me mates, onirámbula.

—Así que estás dispuesto a matar por tu jefe, pero no a morir por él. Menudo cobarde estás hecho. Ya puedes decirle que la próxima vez mande más de dos lacayos. —Le mostré el pañuelo—. ¿Qué ibais a hacer con esto? ¿Colocármelo a mí?

—Tú espera al torneo —dijo, y soltó una risotada—. Un rey cae, y surge otro.

—Estás loco. —Con una mueca de asco, volví a empujarlo al suelo—. Tienes suerte de que no te mate solo por estar en territorio del Vinculador Blanco.

—Puedes hacerlo si quieres. El Ropavejero lo hará si no lo haces tú —respondió—. Pero tú no tienes ningún poder real, dama. Siempre serás la marioneta de otro.

Aquella noche ya llevaba una muerte en mi conciencia. Lo que importaba era que la novela seguía en el bolsillo de mi chaqueta, segura y a buen recaudo. Me quité el cinturón y le até las manos a la verja de hierro. Con las últimas fuerzas que me quedaban, llevé a aquel matón a su zona crepuscular y lo dejé con sus pesadillas, junto al cadáver vacío de la mujer.

Cuando llegué a la pensión ya casi eran las doce y media. Subí por las escaleras, que crujían al pisar, y abrí la puerta. La única luz de la habitación era la que daban una vela y el brillo de la pantalla de transmisiones. El Custodio estaba de pie junto a la mugrienta ventana, mojada por la lluvia, mirando la ciudadela. Cuando me vio el labio hinchado y la sangre en la cabeza, los ojos se le encendieron de golpe.

—¿Qué ha pasado?

—Ha ido a por mí —dije, echando de nuevo el cerrojo y pasando la cadena del seguro—. El Ropavejero.

El corazón aún me latía con fuerza, y todavía veía luces temblorosas. Pasé a su lado, entré en el baño y agarré una lata con vendas del botiquín.

Mientras me abría sendas rajas en los pantalones y me vendaba las rodillas lastimadas me pregunté qué estaría pensando el Custodio. Sin duda que estaba perdiendo un tiempo precioso, peleándome por los callejones mientras Scion preparaba su imperio para la guerra. Hasta que abrí la puerta no me di cuenta de que me temblaban las manos.

Él no me preguntó si estaba bien. La respuesta era obvia. En lugar de eso, corrió las cortinas y me ofreció un vaso de brandy. Me dejé caer en el sofá, a su lado, pero manteniendo las distancias, y lo agarré con ambas manos.

—Supongo que habrás dado buena cuenta de los matones —dijo.

—Te buscan a ti.

Le dio un sorbo a su vaso.

—No te preocupes, no tengo intención de dejar que me pillen desprevenido otra vez.

Tenía la mano izquierda apoyada en el brazo del sofá y la derecha sobre el muslo, con la palma hacia arriba. Tenía unas manos grandes y rudas, surcadas de cicatrices por la parte de los nudillos y con una marca en la base del pulgar derecho.

En la colonia se me había quedado mirando muchas veces como si fuera una adivinanza que se veía incapaz de resolver. Ahora tenía la mirada puesta en la pantalla de transmisión. Daban la serie más popular de Scion, una que iba de unos amauróticos sin ninguna gracia y sus triunfos sobre los antinaturales. Levanté una ceja.

—¿Estabas viendo una serie de la tele?

—Sí. Los métodos de adoctrinamiento de Scion me resultan muy misteriosos.

Cambió de canal y puso las noticias, donde estaban reemitiendo un noticiario anterior: «Scion ha anunciado la creación de una subdivisión de élite de los Centinelas, los Castigadores. Tendrán la función de seguir la pista a los fugitivos preternaturales para que puedan responder ante la justicia».

—¿Preternaturales?

—Parece ser que es un nuevo nombre para los que cometen formas extremas de alta traición. Supongo que habrá sido idea de Nashira. Un modo de hacerte aún más difícil la vida en Londres.

—Muy creativo por su parte. —Tomé aire, aspirando lentamente—. ¿Y quiénes serán?

—Casacas rojas.

Me lo quedé mirando.

—¿Qué?

—Alsafi nos ha informado de que, ahora que no tienen una colonia que proteger, los casacas rojas han sido destinados a la ciudadela. Puedes estar segura de que tu amigo Carl estará entre ellos.

—No es mi amigo. Es el lameculos de Nashira. —Solo con recordar a Carl Dempsey-Brown me ponía de mal humor—. Únicamente puedo pagarte una noche más en la pensión. Jax ha retenido mi sueldo.

—No espero que me pagues la estancia, Paige.

Apagué las noticias y la oscuridad se hizo más densa. Eché un trago de brandy. Por no cruzarse con mi mirada, fijó la vista en la pared, con tal intensidad que daba la impresión de que podría hacer un agujero en el muro. Yo me moví, me pasé un mechón por detrás de la oreja. El blusón me llegaba hasta la mitad del muslo, pero supuse que ya me había visto con poca ropa antes; al fin y al cabo me había extraído una bala de la cadera después de que Nick me disparara. Fue él quien habló primero:

—Supongo que tu mimetocapo te ha dado permiso para quedarte aquí otra noche.

—¿Crees que le informo de todo?

—¿Lo haces?

—En realidad, no. No tiene ni idea de dónde estoy.

Ambos éramos fugitivos, los dos alejados de nuestros aliados, ambos en el lado malo de Scion. Teníamos más cosas en común que nunca, pero ese no era el Custodio que había dejado en la pensión unas horas antes. En las horas que había pasado fuera, algo había cambiado; pero no lo había sacado de aquel hoyo para convertirlo en otro monstruo. Ya tenía bastantes monstruos en mi vida.

—Tienes preguntas —dijo él.

—Empezaré por pedirte la verdad.

—Una gran pregunta. ¿Sobre qué, en particular?

—Sobre vosotros —respondí—. Los refaítas.

—La verdad adopta imágenes diferentes según la lente con que se mire. La historia la han escrito los mentirosos. Podría hablarte de las grandes ciudades del Inframundo, y del modo de vida de los refaítas, pero tengo la impresión de que eso son verdades para otra noche.

Intenté sonreír, aunque solo fuera por rebajar la tensión.

—Bueno, ahora me has despertado la curiosidad.

—No podría describirte la belleza del Inframundo. No hay palabras. —Sus iris se iluminaron, y vi en ellos algo del Custodio que yo conocía—. Si tuviera mi salvia, te lo enseñaría. Pero de momento…

—dejó su vaso vacío sobre la mesa— te contaré la historia de los refaítas y los humanos. Lo necesitarás para comprender a los Ranthen y para entender por qué luchamos.

Me dolía muchísimo la cabeza, pero quería oír aquello. Subí las piernas al sofá.

—Escucho.

—En primer lugar, tienes que saber que la historia del Inframundo ha ido distorsionándose a lo largo de los siglos con la transmisión oral. Yo solo te puedo contar lo que he visto y lo que he oído.

—Tomo nota.

El Custodio volvió a recostarse en el sofá, y por primera vez desde hacía un buen rato me miró a los ojos. Era una postura relajada, casi humana. Por un momento sentí la tentación de apartar la mirada, pero no lo hice.

—Los refaítas son una raza inmemorial. Llevamos en el Inframundo desde siempre. Su verdadero nombre es She'ol, de ahí el nombre de la colonia penitenciaria. Vivíamos exclusivamente del éter, porque en el Inframundo no crece nada. No hay frutos ni carne. Solo éter y amaranto, y criaturas de sarx, como nosotros.

—¿Criaturas de sarx?

—El sarx es nuestra carne inmortal. —Flexionó los dedos—. No envejece, ni se le pueden infligir grandes daños con armas amauróticas.

A medida que iba contando la historia, su voz se fue volviendo más lenta y suave. Yo le di otro trago al brandy, me puse de costado y me hundí entre los cojines. El Custodio me miró antes de proseguir.

Los refaítas siempre habían vivido en el Inframundo. No nacían, como los humanos, ni habían evolucionado (que ellos supieran); por lo que decía el Custodio, emergían, completamente formados. El propio Inframundo era la cuna de la vida inmortal, el útero en el que eran creados. No había niños refaítas. De vez en cuando aparecían nuevos refaítas, aunque de forma muy esporádica.

En otro tiempo, esos inmortales se habían considerado a sí mismos los mediadores entre la vida y la muerte, entre dos planos: la Tierra y el éter. Cuando aparecieron los humanos en el mundo corpóreo, decidieron vigilarlos de cerca para asegurarse de que no alteraban el frágil equilibrio entre ambos mundos. En principio, lo habían hecho enviando guías espirituales, los psicopompos, para acompañar a los espíritus de los humanos muertos al Inframundo.

Pero, con el paso del tiempo —y los refaítas, me confesó, seguían teniendo dificultades para interpretar el concepto del tiempo, dimensión que no ejercía ningún efecto sobre el Inframundo ni sus habitantes—, los humanos se habían ido dividiendo cada vez más en facciones enfrentadas.

Impulsados por el odio que se tenían unos a otros, luchaban y se mataban por cualquier motivo imaginable. Y cuando morían, muchos se quedaban flotando, negándose a pasar a la fase siguiente de la muerte. Con el tiempo, el umbral etéreo había ido colapsándose peligrosamente.

En esa época, sus líderes eran la familia Mothallath. Su soberano, Ettanin Mothallath, decidió que los refaítas debíamos entrar en el mundo físico y aliviar la situación del éter, animando a los espíritus a que pasaran al Inframundo, donde podrían afrontar en paz su muerte.

—Así que para eso es el Inframundo. Para facilitar el paso a la muerte. Para evitar que los espíritus se queden aquí atascados.

—Sí. Bueno, ya sabes lo que dicen de las buenas intenciones.

—Sí, lo he oído.

Guardé silencio y escuché el resto del relato. De vez en cuando, él hacía alguna pausa a media frase; fruncía ligeramente los párpados y apretaba los labios, torciéndolos por las comisuras. Luego encontraba la palabra que buscaba y seguía, no del todo satisfecho, como si el idioma no pudiera darle todo lo que necesitaba para expresarse.

En un momento dado, una familia de intelectuales respetada y orgullosa —los Sargas, cuya misión había sido estudiar el umbral etéreo— decidió que cruzar el velo supondría una profanación inconcebible. Ellos consideraban que había que evitar cualquier interacción entre refaítas y humanos, que su carne inmortal podía perecer en la Tierra. Pero el umbral iba aumentando de tamaño cada vez más, y los Mothallath rechazaron su consejo. Como eran ellos los que tenían que tomar la decisión, enviarían a uno de los suyos como primer «observador».

La primera observadora, la audaz Azha Mothallath, consiguió cruzar el velo y contactó con todos los espíritus que pudo. Regresó sana y salva, después de conseguir rebajar la tensión en el umbral. Parecía que los Sargas estaban equivocados. El cruce al mundo terreno no suponía ningún peligro.

—Eso debió de cabrearlos —señalé.

—Inmensamente —confirmó él—. Los observadores seguirían cruzando el velo cada vez que el umbral se tensara demasiado, vestidos con armaduras para protegerse de la corrupción. Nosotros, los Mesarthim, que éramos guardianes de los Mothallath, queríamos escoltarlos, pero muy pronto descubrimos que solo ellos podían pasar al otro lado.

—¿Por qué?

—Sigue siendo un misterio. Para protegerse, los Mothallath impusieron la norma estricta de que nunca se revelarían a los humanos. Siempre mantendrían las distancias.

—Pero no todos la cumplieron —conjeturé.

—Exacto. No sabemos qué pasó exactamente, pero los Sargas nos informaron de que uno de los Mothallath había cruzado el velo sin permiso. —Sus ojos se oscurecieron—. A partir de ese momento, todo se desintegró. Fue entonces cuando la clarividencia entró en el mundo humano. Y cuando aparecieron los emim. Cuando los velos entre ambos mundos se volvieron tan finos que cualquiera podía atravesarlos.

Me quedé dudando un momento.

—Entonces la clarividencia no siempre ha existido.

—No. Fue a partir de ese momento decisivo (la Caída de los Velos, como lo llamamos los refaítas) cuando los humanos empezaron a interactuar con los espíritus. Lleváis aquí desde tiempos antiguos, pero no tanto como los amauróticos.

Yo siempre había querido pensar que llevábamos aquí el mismo tiempo que el resto de la humanidad. En el fondo de mi corazón siempre había tenido la sensación de que eso era una fantasía autocomplaciente. Los amauróticos eran lo original, lo natural. Respiré hondo y solté aire.

Luego estalló la guerra en el Inframundo, una guerra que enfrentó a refaítas contra refaítas, y a todas las facciones contra los emim. Aquellas criaturas salieron de entre las sombras como una plaga, extendiendo la corrupción por el Inframundo. Los refaítas ya no podían subsistir solo con el éter, que hasta entonces habían respirado igual que los humanos respiraban aire. Se morían de hambre y caían a millares, tal como habían predicho los Sargas. Al final, Proción, custodio de los Sargas, se declaró soberano de sangre y declaró la guerra a los Mothallath y sus partidarios, culpándolos de traer la muerte a su reino. Los que seguían siendo fieles a los Mothallath se autodenominaron Ranthen, por el amaranto, la única flor que crecía en el Inframundo.

—Supongo que tú estabas en el bando de los Ranthen.

—Lo estaba. Lo estoy.

—Pero…

—El final ya lo conoces. Ganaron los Sargas. Les usurparon el poder a los Mothallath, que desaparecieron, y el Inframundo dejó de servirnos de sustento.

En el rostro de los refaítas no era posible leer el dolor, pero había momentos en que me parecía verlo en la cara del Custodio. Había detalles reveladores: la luz de sus ojos, que se apagaba; ese modo de ladear la cabeza imperceptiblemente…

Sentí la necesidad de acercar la mano. Al verlo, él cerró los dedos en un puño y encogió el brazo hacia la izquierda.

Nuestras miradas se cruzaron apenas un instante. Sentí calor en la nuca. Cogí mi vaso, como si fuera esa mi primera intención, y me apoyé en el brazo más alejado del sofá.

—Sigue —dije.

El Custodio me miró. Apoyé la frente en una mano, intentando hacer caso omiso al calor que sentía en las mejillas.

—Para salvarse —prosiguió—, los Ranthen se declararon fieles a los Sargas. Para entonces, Proción ya era incapaz de gobernar, y aparecieron otros dos miembros de la familia de los Sargas dispuestos a ocupar su lugar. Una de ellos, Nashira, declaró que tomaría a uno de los traidores como consorte de sangre, para demostrar que hasta los líderes podían adaptarse al nuevo orden. Desgraciadamente me escogió a mí.

El Custodio se puso en pie y apoyó las manos en el polvoriento alféizar. Al otro lado de los cristales caía la lluvia.

No tenía que haber intentado reconfortarlo. Era un refaíta, y estaba claro que lo sucedido en el consistorio, fuera lo que fuese, había sido un error.

—Nashira era (y aún es) la más ambiciosa de los refaítas.

Cuando hablaba de ella, se le encendían los ojos.

—Como ya no podíamos conectar con el éter, dijo que tendríamos que ver si nos iba mejor al otro lado del velo. Esperamos a que el umbral etéreo alcanzara su punto más alto y, en 1859, enviamos a una gran expedición al otro lado. Allí descubrimos que podíamos alimentarnos del vínculo que tenían ciertos humanos con el éter. Con el que podríamos sobrevivir.

Meneé la cabeza.

—¿Y el Gobierno de Palmerston os dejó entrar, sin más?

—Podríamos haber sobrevivido entre las sombras, pero Nashira tenía claro que debíamos ser superdepredadores, no parásitos. Nos presentamos ante lord Palmerston y le dijimos que los emim eran demonios y que nosotros éramos ángeles. Casi no planteó objeciones: entregó el control del Gobierno a Nashira.

Los ángeles de las iglesias perdieron sus alas, dejando espacio a los nuevos dioses. La estatua de Nashira en el Congreso. Gomeisa tenía razón: les habíamos cedido el control sin plantear ninguna resistencia.

—Permitimos que la reina Victoria mantuviera las apariencias, pero no tenía más control sobre Inglaterra que cualquier pobretón de la calle. La muerte del príncipe Alberto precipitó su marcha. El día de su coronación, se creó una trama para acusar a su hijo Eduardo VII de asesinato y de introducir la antinaturalidad en el mundo. Y así empezó la persecución a la clarividencia, así impusimos nuestro control. —Levantó el vaso—. El resto, como suele decirse, es historia. O la modernidad, según se vea.

Guardamos silencio un rato. El Custodio vació su vaso, pero no lo soltó. Era raro pensar que este mundo siempre había existido en paralelo al otro, invisible y desconocido.

—Muy bien —dije yo—. Ahora cuéntame qué quieren los Ranthen. Dime qué tenéis de diferente respecto a los Sargas.

—En primer lugar, no deseamos colonizar el mundo corpóreo. Y ese es el deseo fundamental de los Sargas.

—Pero no podéis vivir en el Inframundo.

—Los Ranthen creemos que podemos recuperar el Inframundo, pero no deseamos permanecer aislados del mundo humano, como antes. Si podemos reducir el umbral y dejarlo en un nivel estable, nos gustaría mantener una presencia en el mundo humano, como asesores —dijo—. Para evitar que los velos caigan, se hundan y se produzca el colapso.

Erguí la cabeza.

—¿Qué pasa si se hunden?

—No ha ocurrido nunca —respondió—, pero muchos refaítas tenemos la sensación de que acabaría en un cataclismo. Los Sargas pretenden provocarlo. Los Ranthen queremos evitarlo.

Le miré a la cara, intentando extraer algo de su gesto: una emoción, alguna pista.

—¿Tú estabas de acuerdo con Nashira? —pregunté—. La primera vez que viniste. ¿Estabas de acuerdo en que había que subyugar a los humanos?

—Sí y no. Estaba convencido de que erais temerarios, de que estabais destinados a destruiros a vosotros mismos y el éter con vuestras interminables guerras de pacotilla. Seguramente fui un cándido, pero pensé que podríais beneficiaros de nuestro liderazgo.

Solté una risotada amarga.

—Sí, claro. Como unas polillas sin cerebro, atraídas por la luz de vuestra sabiduría.

—Yo no pienso como Gomeisa Sargas. —Su mirada era fría, pero eso no tenía nada de nuevo—. Ni como sus familiares. Yo no disfrutaba con la degradación y la miseria de la colonia penitenciaria.

—No. Simplemente te dejaste llevar. —Aparté la mirada—. Da la impresión de que algunos de los Ranthen podrían unirse a los Sargas. Me cuesta creer que se preocupen por nosotros, unos pobres humanos indefensos.

—Tus sospechas están justificadas. La mayoría de los refaítas no pueden soportar vivir aquí, como seres mediocres, y muchos están muy resentidos con los Sargas por obligarlos a quedarse. —Volvió a sentarse a mi lado—. Para una criatura de sarx, la Tierra puede resultar… desagradable.

—¿Qué quieres decir?

—Aquí todo se está muriendo. Hasta vuestros combustibles están hechos de materia descompuesta. Los humanos usan la muerte como sostén de la vida. Para la mayoría de los refaítas, es una idea desagradable. Consideran que ese es el motivo de que los humanos estén tan sedientos de sangre, de que sean tan violentos. Si pudieran, la mayoría de los Ranthen se marcharían. Pero el Inframundo también está roto. Degradado, como los emim. De modo que debemos quedarnos.

Otro escalofrío. Cogí una pera madura del frutero.

—Así que para vosotros —dije— esto está podrido.

—Nosotros vemos la podredumbre antes de que aparezca.

Volví a dejarla en el cuenco.

—Por eso lleváis guantes. Para no tener que tocar la mortalidad. ¿Por qué quisiste trabajar conmigo?

«¿Por qué me besaste?», pensé, pero no pude decirlo.

—Yo no me creo las mentiras de los Sargas. Estás viva hasta el día en que te mueres, Paige. No te dejes dominar por su locura —dijo, sin apartar la mirada. Estaba ahí, en algún sitio, tras esos rasgos duros—. Los Ranthen, a diferencia de los Sargas, creen que los humanos nos robaron el sustento sin darse cuenta; pero no los ven como iguales. Muchos ven en la violencia y la vanidad de los humanos el motivo de su sufrimiento.

—Tú me ayudaste.

—No te engañes pensando que yo soy un bastión de corrección moral, Paige. Eso sería muy peligroso.

En mi interior sentí que algo se quebraba.

—Créeme —dije—, no me hago ninguna ilusión contigo. Penetraste en mis recuerdos privados y has sabido cosas de mí que nunca he dicho a nadie. También me tuviste cautiva seis meses para que pudiera iniciar una guerra que te convenía. Y ahora actúas como un cabrón sin sentimientos, aunque haya sido yo quien te he salvado el pescuezo sacándote a rastras de una celda.

—Es que lo soy. —Bajó la cabeza—. Sabiendo eso, ¿sigues dispuesta a seguir adelante con nuestra alianza?

Al menos no se inventaba excusas.

—¿Quieres explicarme por qué?

—Soy refaíta.

Como si hubiera podido olvidarlo.

—Vale. Eres refaíta. También eres un Ranthen, pero hablas de los Ranthen como si no fueras uno de ellos. Así que… ¿Qué demonios quieres, Arcturus Mesarthim?

—Tengo muchos objetivos. Muchos deseos —respondió—. Querría alcanzar un nuevo acuerdo entre los humanos y los refaítas. Querría recuperar el Inframundo. Pero, sobre todo, deseo acabar con Nashira Sargas.

—Pues te estás tomando tu tiempo.

—Seré franco contigo, Paige. No sabemos cómo derrocar a los Sargas. Parece ser que son mucho más fuertes que nosotros. Evidentemente, sus fuentes de energía son mucho mayores que las nuestras —dijo. Yo ya me esperaba algo así. Si no, ya habrían acabado con ellos hace años—. Nuestro plan original era acabar con ambos soberanos de sangre y dispersar a sus partidarios, pero aún no tenemos la fuerza necesaria para hacerlo. En lugar de derrocar a sus líderes, tenemos que infiltrarnos en su principal fuente de poder: Scion.

—Bueno, ¿y qué queréis de mí?

Se recostó en el sofá.

—No podemos desmantelar Scion solos. Tal como habrás observado, los refaítas no sabemos comunicar especialmente bien nuestras emociones. No podemos infundir sentimientos de insurrección en el corazón de nuestra gente. Pero un humano sí podría hacerlo. Alguien con un conocimiento profundo tanto del sindicato como de los refaítas. Alguien con un potente don y con experiencia en la revuelta.

Al ver que yo no decía nada, suavizó la voz.

—Sé que es mucho pedir.

—Pero soy la única opción.

—No eres la única opción. Pero si pudiera elegir a una persona en toda la Tierra, te elegiría a ti, Paige Mahoney.

—También me elegiste como prisionera —dije, con frialdad.

—Para evitar que te tocara un guardián cruel y violento como Thurban o Kraz Sargas, sí. Lo hice. Y sé que no es excusa para las injusticias a las que te sometí —añadió—. Sé que no puedo darte ninguna explicación que haga que me perdones por no haberte liberado cuando tenía la oportunidad de hacerlo.

—Quizá pueda llegar a perdonarte. Siempre que no vuelvas a darme una sola orden —dije—. Eso no puedo olvidarlo.

—Como oniromántico, tengo un respeto infinito por los recuerdos. No espero que lo olvides.

Me pasé el cabello por detrás de la oreja y crucé los brazos, consciente de que tenía la piel de gallina.

—Digamos que somos socios. ¿Qué obtendré yo, aparte de tu desdén?

—Yo no siento desdén por ti, Paige.

—Podrías haberme engañado. Y obtener respeto es una cosa, pero yo podría contar con todo el respeto del mundo y no tener dinero para comprar armas, *numa* o comida.

—Si necesitas dinero —dijo él—, razón de más para que te alíes con los Ranthen.

Levanté la vista.

—¿Cuánto tenéis?

—Suficiente. —Los ojos se le iluminaron—. ¿Tú crees que habríamos decidido enfrentarnos a los Sargas sin contar con un penique?

El corazón me latió con fuerza.

—¿Y dónde lo guardáis?

—Tenemos un agente en el Arconte de Westminster, alguien que nos custodia el dinero en una cuenta privada. Un socio de Alsafi que considera que es mejor que solo él sepa su nombre. Si puedes convencer a Terebell de que eres capaz de encargarte, y le prometes tu apoyo, ella será tu jefa.

Me dejé caer de nuevo en el sofá, atónita. Lo de ir rascando monedas de los bolsillos sería cosa del pasado.

—Si consigo ser Subseñora, quizá podamos congregar a los videntes de Londres. Pero tendré en contra a todos los mimetocapos de esta ciudadela, especialmente si tienen algo de ego y la cabeza sobre los hombros.

—Supongo que todos son como Jaxon Hall.

—¿Cómo? ¿Vanidosos y crueles? Pues sí, casi todos.

—Entonces debes vencer. Ellos se alimentan de sus propios cadáveres, Paige. Si el sindicato está bien gobernado, podría suponer una gran amenaza para el Inquisidor, y para los Sargas. Pero con un líder como Jaxon Hall, preveo solo sangre y juergas y, a largo plazo, destrucción.

Me vino a la mente la última carta de Liss. No llegaría a saber qué imagen había ardido en aquel pequeño fuego, y si señalaba hacia la victoria o hacia la derrota.

—Supongo que no debería hacer esperar a los Ranthen —dijo, y se puso en pie—. ¿Tienes otra vela?

—En el cajón.

Sin decir nada más, preparó la mesa para la sesión espiritista. Cuando empezó, se arrodilló a la luz de la vela y murmuró algo en su idioma. El *gloss* no tenía palabras discernibles, era una larga serie de sonidos enlazados.

Aparecieron dos psicopompos atravesando las paredes. Me quedé inmóvil.

Eran espíritus crípticos, de los que raramente se veían fuera de los cementerios. El Custodio hizo un leve sonido gutural, y ambos atravesaron la luz de la vela, volando, para alejarse otra vez, dejando las ventanas y el espejo cubiertos de una fina capa de escarcha.

—Terebell vendrá a mi encuentro al amanecer —dijo el Custodio, apagando la vela—. Debo ir solo.

—¿Así es como funcionan vuestras sesiones?

—Sí. Originalmente, la misión de los psicopompos era guiar a los espíritus al Inframundo, pero, ahora que esa función ha quedado obsoleta, hacen lo que pueden para ayudarnos en este lado. Raramente interactúan con los humanos, como habrás observado.

Jaxon lo sabía bien; se había pasado años intentando acercarse a los psicopompos para poder completar su próximo panfleto.

No se iba a marchar. Nos quedamos mirándonos un minuto, sin hablar. Recordé el ritmo de sus latidos contra mis labios. Sus manos callosas, desnudas, acariciando mi cuerpo, tirando de él hasta obtener de mí un beso profundo y lleno de deseo. Ahora, al mirarlo, algo en mi interior hacía que me preguntara si todo aquello no habrían sido imaginaciones mías.

Cuando se apagó la luz, lo único que podía oír era el latido de mi corazón. Él estaba callado, como petrificado. Pensé que se iría a la cama, pero se quedó donde estaba. Me giré de lado y apoyé la cabeza en un cojín. Aunque solo fuera por unas horas, dormiría lejos del control de Jaxon.

—Custodio.

—¿Hm?

—¿Por qué floreció el amaranto?

—Si lo supiera —respondió—, te lo diría.

17

La apuesta

Ya en la guarida, oculté el pañuelo rojo en la almohada. No podían pillarme con un objeto tan incriminatorio, pero algo me impulsaba a conservarlo.

Ahora que los refaítas volvían a estar en la ciudadela, era hora de mover otra ficha. Hacer que la gente supiera a qué se enfrentaba. Al día siguiente volví a Grub Street por primera vez desde mi visita con Alfred.

Teniendo en cuenta su destacada posición como única editorial de videntes en Londres, el Spiritus Club, fundado en 1908, estaba bastante abandonado. Se presentaba como el bastión de la creatividad entre videntes, el centro pulsante de la delincuencia no violenta entre mimetobandas. Era un edificio alto y estrecho, encajado entre un salón de poesía y una imprenta, con los aleros de falso estilo Tudor y un tejado que acababa en pico, con una pesada puerta verde y sucias ventanas salientes.

Comprobé el éter una vez más, para asegurarme de que no me habían seguido, y presioné el timbre con el dedo. En algún lugar del edificio sonó una campanilla. Llamé dos veces más al timbre y una golpeando con los nudillos en la puerta, y por fin oí una voz cantarina de mujer por el altavoz que había a mi derecha.

—Váyase, por favor. Tenemos suficientes colecciones de poesía como para empapelar todas las casas de Londres.

—Minty, soy la Soñadora Pálida.

—Oh, no, tú no. Ya he tenido bastantes problemas con los piojos de los libros. Solo me faltaba tener una fugitiva en mi puerta. Más vale que no sea un truco del Vinculador Blanco para intentar conseguir más ejemplares de mis elegías.

—Él no sabe que estoy aquí. Estoy buscando a Alfred —dije—. El psicoojeador.

—Sí, ya sé quién es. No tenemos a más de un Alfred aquí dentro, te lo aseguro. ¿Has sido invitada?

—No —respondí, haciendo repiquetear los dedos contra el tirador—. Me estoy congelando, Minty. ¿Me dejas entrar?

—Espera en el vestíbulo. Límpiate las suelas. No toques nada.

La puerta se abrió. Pateé el felpudo con las botas y esperé en el vestíbulo.

La decoración era anticuada, con un papel de pared estampado de flores, apliques, un pequeño escritorio de palisandro y una alfombra de un intenso color burdeos. Sobre la repisa de la chimenea había un escudo con el símbolo del Spiritus Club —dos plumas estilográficas en un círculo, unidas como si fueran manecillas de un reloj—, el mismo que aparecía en la esquina superior derecha de todos los panfletos y cuadernillos distribuidos por la ciudadela.

—¡Alfred! —gritó una voz desde algún punto en los pisos superiores—. ¡Alfred, baja al vestíbulo!

—Sí, sí, Minty, espera un segundo...

—Baja rápido, Alfred.

Me senté en el borde del escritorio, esperando, con mi bolsa bien agarrada.

—¡Ah, la Soñadora Pálida vuelve a Grub Street! —exclamó Alfred, bajando por las escaleras, con una sonrisa en el rostro. Sin embargo, cuando me vio la cara, la sonrisa desapareció—. Oh, querida, ¿qué te ha pasado?

El puñetazo del matón me había dejado un llamativo morado bajo el ojo derecho.

—Me lo he hecho entrenando. Para el torneo.

Meneó la cabeza, con una mueca de dolor.

—Deberías ir con más cuidado, querida. Pero ¿a qué debo el placer?

—Me preguntaba si tendrías unos minutos.

—Por supuesto —dijo, tendiéndome el brazo. Yo me agarré de él y caminamos hasta el primer rellano por la alfombra de la escalera, sujeta con varillas doradas—. Desde luego, con ese pelo casi podrías ser hija de Jaxon. Muy inteligente por tu parte, el teñido.

Otra mujer bajó a toda prisa por las escaleras, con el cabello revuelto y gafas. No la reconocí. En cualquier caso, no era Minty Wolfson. Iba vestida con algo que podría ser un camisón.

—¿Quién demonios eres tú? —me preguntó, como si debiera avergonzarme de mi propia existencia.

—¿Cómo? Esta es la dama del Vinculador Blanco, nada menos —respondió Alfred, apoyando sus manos sobre mis hombros—. Actualmente, la persona más buscada de Londres, lo cual la convierte en una visita muy bienvenida.

—Una gran fuente de problemas, por lo que he oído. Espero que sepas dónde te encuentras, jovencita. El Spiritus Club es la mejor editorial de videntes del mundo.

—De hecho es la única, ¿no? —respondí.

—*Ergo* es la mejor. Crecimos a partir de los gloriosos cimientos plantados por el Scriblerus Club.

—Efectivamente. Todos grandes autores de sátiras, los scribleirianos. Apasionados en su crítica a la zafiedad. —Alfred me hizo pasar por una puerta—. Ethel, ¿tendrías la amabilidad de prepararnos un poco de té? Mi pobre invitada está sedienta.

Podría haber jurado que los volantes de su vestido temblaban de rabia.

—No soy una camarera, Alfred. No tengo tiempo para servir tazas de té a tu amante irlandesa. Tengo trabajo que hacer. «Trabajo», Alfred. Definición: «esfuerzo» humano aplicado a la «producción» de riqueza…

Alfred, sudando, cerró la puerta antes de que pudiera continuar.

—Mis sinceras disculpas por la conducta de mi colega. El norte me parecerá un lugar tranquilo después de esta locura.

Me senté en una silla frente a él.

—¿Te vas al norte?

—Dentro de unas semanas, sí. He oído hablar de una psicógrafa de gran talento en Mánchester. —Me acercó una bandeja de galletas—. Debo decir que me alegro mucho de que consiguieras regresar a Seven Dials tras nuestro último encuentro. Nos fue de poco, ¿no? Normalmente suelo tener más suerte con los sobornos.

—Soy la persona más buscada en Scion. Un *numen* no iba a servir de nada. —Señalé con un gesto de la cabeza en dirección a una fotografía en monocromo con un elaborado marco de latón que había sobre un sifonier, tras su escritorio—. ¿Esa quién es?

Alfred se giró a mirar.

—Ah, esa es mi difunta esposa. Floy, se llamaba. Mi primer amor, que duró poco.

Acarició el marco con los dedos. La mujer de la fotografía tendría unos treinta años. Lucía una espesa melena de cabello lacio que le caía por debajo de los hombros. Miraba de frente a la cámara, con los labios ligeramente separados, como si la hubieran pillado hablando.

—Era una buena mujer. Distante, quizá, pero amable y de gran talento.

—¿Era vidente?

—No, de hecho, era amaurótica. Una combinación curiosa, lo sé. Desgraciadamente, murió muy joven. Aún sigo intentando encontrarla en el éter, para preguntarle qué sucedió, pero no parece que me oiga.

—Lo siento.

—Oh, cariño, no es culpa tuya —dijo, y por primera vez observé el anillo que llevaba al dedo, una gruesa banda dorada sin más adornos—. Bueno, ¿en qué puedo ayudarte?

Abrí mi bolsa.

—Espero que no te parezca presuntuoso por mi parte —dije, con una sonrisa incómoda—, pero tengo una propuesta que hacerte.

—Confieso que estoy intrigado.

—Dijiste que estabas buscando algo controvertido. Tengo unos conocidos que han escrito una novelita juntos, y me preguntaba si le echarías un vistazo.

—Me has pillado con lo de «controvertido», cariño —dijo, sonriendo—. Echémosle un vistazo.

Le puse las páginas sobre la mesa. Intrigado, Alfred sacó sus quevedos, se los puso y leyó el título.

LA REVELACIÓN REFAÍTA

Un relato verídico y fidedigno de los temibles maestros titiriteros que mueven los hilos de Scion y de cómo explotan a los pueblos videntes.

—Caramba —masculló—. Desde luego tiene pinta de «controvertido». ¿Quiénes son estos espíritus creativos?

—Son tres, pero prefieren mantener el anonimato. Se identifican con números. —Señalé la base de la página—. Todo ello forma parte de la historia.

—Un modo espléndido de identificarse a sí mismos.

Le dejé hojear el texto un rato. De vez en cuando murmuraba «ah, sí», «bien» o «qué excéntrico». Un escalofrío me recorría la columna. Si Jaxon llegara a enterarse de lo que estaba haciendo, me echaría de una patada de Seven Dials, abandonándome a mi suerte. Aunque tampoco podía decir que estuviera tan contento conmigo en la situación actual.

—Bueno, Paige, habría que trabajar un poco en el texto, pero la idea es bastante aterradora —dijo Alfred, apoyando el dedo índice contra la primera página—. No es habitual ver literatura que hable abiertamente sobre la corrupción de Scion. Plantea un desafío a la autoridad, haciendo entrever que sus mentes son lo suficientemente débiles como para dejarse controlar por fuerzas exteriores.

—Exactamente.

—Jaxon se pondrá furioso si descubre que yo he tenido que ver en esto, pero siempre me han gustado las apuestas. —Se frotó las manos—. No todos los escritores acuden a mí.

—Hay una pega —dije—. Los escritores necesitan que esté en la calle la semana que viene.

—¿La semana que viene? ¡Caray! ¿Por qué?

—Tienen sus motivos.

—No lo dudo, pero no soy el único al que deben convencer. También están los quisquillosos de los libreros de Grub Street, que tienen que destinar una cantidad de dinero para pagar al Correo Literario. Ellos son la librería; una librería viva, móvil, compuesta por treinta mensajeros —explicó Alfred—. Así es como Grub Street se ha podido mantener fuera del control de Scion todos estos años. Sería demasiado peligroso vender textos prohibidos en un lugar fijo.

Alguien llamó a la puerta, y apareció un hombre flaco y tembloroso con una bandeja en las manos. Su aura anunciaba claramente lo que era: un psicógrafo.

—El té, Alfred —anunció.

—Gracias, Scrawl.

Scrawl dejó la bandeja y se fue trastabillando, murmurando algo para sus adentros. Al ver mi expresión, Alfred meneó la cabeza.

—No hay que preocuparse. El pobre hombre ha sido poseído por Madeleine de Scudéry. Una novelista prolífica, como poco. —Dio un sorbo a su té—. Lleva un mes escribiendo sin parar.

—Nuestra médium a veces se pasa días enteros pintando, sin dormir.

—Ah, sí, la Musa Martirizada. Un encanto. Los médiums tienen un trabajo duro, ¿no es verdad? Y hablando de eso… ¿Tus amigos son psicógrafos? ¿Médiums?

—No estoy segura —dije, removiendo el té—. ¿Eso afectaría a la decisión del club?

—No te voy a engañar, querida: podría ser. Con la excepción de Jaxon, siempre han creído que, a menos que una historia la escriba alguien cuyo vínculo con el éter se sostiene gracias a la escritura, no es una historia que valga la pena contar. A mí me parece un disparate elitista, pero mi opinión en este lugar cuenta poco.

—¿Crees que necesitarían pruebas?

—Oh, estoy seguro de que no se pondrán tan exigentes —dijo, moviendo la pipa entre los dedos—. Espero que Minty vea el potencial de esto, pero un texto de este tipo podría hacer que Scion se lanzara contra nosotros con todas sus fuerzas.

—El club consiguió mantener el secreto de *Sobre los méritos*.

—Durante un tiempo. Ahora Scion está al corriente. Era cuestión de tiempo que algún guardián se lo hiciera ver. —Paseó la mirada por las páginas, frotándose la estrecha barbilla—. Aquí hay material suficiente para una novela seria, aunque eso sería mucho más difícil distribuirlo. Y en formato de cuadernillo será más fácil que la gente lo lea enseguida. ¿Puedo llevarle estas páginas a Minty para que las ojee?

—Por supuesto.

—Gracias. Te llamaré dentro de unas horas para darte el veredicto. ¿Cómo puedo contactar contigo?

—Llama al teléfono público del I-4.

—Muy bien. —Sus ojos húmedos se posaron en los míos—. Dime una cosa, Paige, con toda honestidad: ¿hay algún resquicio de verdad en esto?

—No. Es pura ficción, Alfred.

Se me quedó mirando un rato.

—Muy bien, pues. Te diré algo. —Sin levantarse, Alfred me cogió la mano entre las suyas, grandes y cálidas, y me la agitó—. Gracias, Paige. Espero volver a verte pronto.

—Les diré a los autores que estás defendiendo su obra.

—De acuerdo, querida. Pero adviérteles de mi parte que no digan ni una palabra al Vinculador, o saldremos todos mal parados. —Metió las páginas en un cajón—. Se lo pasaré a Minty en cuanto haya acabado de escribir. Mantente alejada del peligro, por favor.

—Por supuesto —respondí, sabiendo que no cumpliría mi promesa.

El sol emitía una profunda luz dorada muy otoñal. Mi siguiente destino era Raconteur Street, donde Jaxon había recibido noticias de que había carteristas no autorizados que robaban a los amauróticos. («Están robando a nuestras desdichadas víctimas, querida, y eso no me gusta nada.») Ninguno de los otros estaba disponible para ocuparse del tema. Si quería cobrar mi próximo salario, tendría que hacer lo que me mandaba. Aún no contaba con la financiación de los Ranthen. Alfred decía que le gustaban las apuestas. Daba la impresión de que a mí también, aunque no parecía que estuviera sacando un penique con los peligros que estaba corriendo. Si Jaxon descubría que había estado viendo al Custodio —independientemente del motivo—, se pondría incandescente de la rabia.

No había ni rastro de los carteristas que buscaba, aunque sí que vi a alguno de los nuestros en acción. Si los videntes que operaban sin permiso estaban por ahí, sería el momento ideal para que atacaran. Los amauróticos llenaban los grandes almacenes de la ciudadela, buscando regalos y más regalos para la Novembrina. Era la fiesta más importante del calendario de Scion, la celebración de la inauguración formal de la ciudadela de Scion en Londres, a finales de noviembre de 1929. Por las calles se colgaban farolillos de cristal rojo, y de los alféizares de las ventanas caían cascadas de lucecitas blancas más pequeñas, como copos de nieve, que también se enroscaban en espirales perfectas en torno a las farolas. De los edificios más grandes pendían unas enormes banderas pintadas con la imagen de antiguos grandes inquisidores. Entre la multitud se veían estudiantes con ramilletes de flores rojas, blancas y negras. ¿Lo celebraría mi padre a solas este año? Me lo imaginé sentado a la mesa, leyendo su periódico a la luz cetrina de la mañana, y mi rostro devolviéndole la mirada desde la portada. No había dejado de decepcionarle desde el momento en que había decidido abandonar la universidad, pero aquello quedaba ya muy lejos.

—No sé de qué me habla —oí que decía la voz suplicante de una mujer—. Por favor, capitán, yo solo quiero irme a casa.

Había un enorme vehículo blindado de color negro aparcado a un lado de la calle, al sol, con un distintivo que decía DIVISIÓN DE VIGILANCIA DIURNA y el ancla. Me situé detrás de un farol y me bajé la visera de la gorra, y miré para intentar ver qué había ocurrido. No era habitual que los centinelas sacaran vehículos militares a la calle, ya que la mayoría de su ejército estaba desplegado fuera de la ciudad. Se les había visto por las calles de todas las ciudadelas durante las revueltas de Molly, cuando Scion había declarado la ley marcial y desplegado soldados del ScionIdus por la cohorte central.

Una joven había sido arrestada. Le habían esposado las manos por delante del cuerpo, y por su gesto de preocupación y de pánico debía de ser consciente del problema en el que se encontraba.

—Afirma que llegó en 2058 —decía el capitán de los centinelas. Uno de sus subordinados, a su lado, sostenía una tableta de datos—. ¿Puede demostrarlo?

—Sí, tengo mis papeles —masculló la mujer, con un claro acento irlandés.

Tenía más o menos mi altura, aunque su cabello era de un rubio más oscuro que el que tenía yo antes, y llevaba puesto el uniforme rojo intenso de una auxiliar sanitaria. Pese a la distancia noté claramente que era amaurótica. Y que estaba embarazada de varios meses.

—Soy de Belfast —añadió, al ver que el capitán no decía nada más—. Vine aquí por trabajo. No hay trabajo en el norte de Irlanda, especialmente ahora que…

El centinela la golpeó.

El impacto se irradió a través de la multitud como una onda expansiva. No le había dado un simple bofetón, sino un puñetazo en la mandíbula, con suficiente fuerza como para hacerle girar la cabeza. Los del Servicio de Vigilancia Diurna nunca actuaban con tanta brutalidad.

La mujer patinó en el hielo y se cayó, y en el último momento se giró para no caer sobre su vientre redondeado. De la boca le salió un chorro de sangre que le manchó la palma de la mano. Cuando la vio, soltó un chillido de estupor. El capitán se puso a caminar en torno a ella.

—Nadie quiere oír sus mentiras, señorita Mahoney.

El corazón me dio un vuelco.

—Ha traído su antinaturalidad a mi territorio. Si fuera por mí, no daríamos empleo a ningún irlandés —le espetó—. Y mucho menos a sucias campesinas antinaturales.

—¡Yo soy de una ciudadela de Scion! ¿Es que no ve que no soy ella? ¿Está ciego?

—¿Quién es el padre? —insistió él, presionándole el vientre con la pistola, lo que provocó más de un grito ahogado entre la multitud—. ¿Felix Coombs? ¿Julian Amesbury?

«Julian.»

Instintivamente, levanté la vista en dirección a la pantalla de transmisiones más cercana. Un nuevo rostro se había sumado al ciclo de fugitivos preternaturales. De piel tostada y ojos marrón oscuro, calvo, con la mandíbula rígida. Julian Amesbury, culpable de alta traición, sedición e incendio intencionado. Si no lo habían pillado, estaría vivo. Sin duda.

—¿Quién? —preguntó la mujer, protegiéndose con los brazos e impulsándose hacia atrás con los talones—. Por favor, no sé de quién me está hablando…

El murmullo iba haciéndose generalizado entre los espectadores. Desde mi posición los oía: «No deberían hacer esto aquí», «no de día», «qué desconsiderados». Querían que los antinaturales desaparecieran, pero no mientras hacían sus compras. Para ellos, éramos basura que había que llevarse al vertedero.

Los lacayos del capitán levantaron a la mujer del suelo. Ya tenía el pómulo de un rojo encendido, y los ojos cubiertos de lágrimas.

—Están todos locos —protestó, jadeando—. ¡No soy Paige Mahoney! ¿Es que no lo ven?

Una centinela tiró de ella, que lloriqueaba y se revolvía, y la subió a una camilla dentro del furgón policial.

—Circulen —bramó el capitán, dirigiéndose a los mirones, que esperaban un trato más educado de los centinelas diurnos—. Si alguno de ustedes conoce a inmigrantes irlandeses, ya pueden decirles que se preparen para el interrogatorio. Y no piensen que los pueden esconder en sus casas, o acabarán acompañándolos en las mazmorras.

Se subió a un segundo furgón policial.

—Esto no está bien —dijo alguien. Un joven amaurótico, con los ojos encendidos de rabia—. No es Paige Mahoney. No se puede detener a una mujer inocente sin más, en plena…

Otra centinela le golpeó con su porra en la cara y cayó al suelo, con las manos en alto para protegerse.

Todos los presentes se callaron de golpe, atónitos. Cuando vio que no había más voces disconformes, la centinela hizo un gesto a los suyos. El joven intentó levantarse apoyándose en los codos y escupió dos dientes, y los mirones fueron apartándose. Le sangraba la nariz. Solo pude ver el furgón policial y el vehículo blindado marchándose, pero fue como si el mundo y todos sus muros se me cayeran encima. Sentí la insensata necesidad de salir corriendo tras ellos o lanzar mi espíritu contra el onirosaje de uno de los centinelas, pero ¿de qué serviría?

Darme cuenta de mi propia impotencia me dejó sin aliento. Antes de que nadie pudiera darse cuenta de que la verdadera Paige Mahoney estaba allí cerca, salí corriendo por los callejones. El cabello negro, un pañuelo de cuello y un par de lentillas no me mantendrían oculta mucho más tiempo.

Yo conocía Londres de un modo que ellos ni se imaginaban. Sabía cubrirme con las sombras como si fueran una capucha. Sabía hacerme invisible, incluso a plena luz del día. Cómo perderme en la noche. Me conocía el mapa de la ciudad como las palmas de mis propias manos. Mientras contara con esa ventaja no me encontrarían. Tenía que creer en ello.

Cuando llegué a la puerta de la guarida, no conseguí meter la llave en la cerradura hasta el tercer intento. En el vestíbulo me encontré a Nadine, sentada en los escalones, sacando brillo a su violín. Levantó la vista y frunció el ceño.

—¿Qué ha pasado?

—Centinelas —dije yo, echando la cadena.

Nadine se puso en pie.

—¿Los castigadores? —Se me quedó mirando—. Los he visto en ScionVista. ¿Vienen hacia aquí?

—No, no eran castigadores. —Tragué saliva, y noté el sabor ácido del terror—. ¿Los otros están aquí?

—No. Zeke está con Nick. Le «dije» que hoy no fuera…

Se lanzó a la puerta y se dirigió al teléfono público. Yo subí corriendo las escaleras, sintiendo náuseas.

Durante las revueltas de Molly, cualquiera que tuviera un apellido irlandés, o que Scion decidiera que «parecía» irlandés, podía ser sometido a interminables registros e interrogatorios. Aquella pobre mujer, cuyo único error había sido estar en el lugar equivocado y venir del país equivocado, podría estar muerta al amanecer. Y a menos que me entregara, poniendo en riesgo todo lo demás, no había nada que pudiera hacer por salvarla.

El monstruo de la culpa me presionaba cada vez más con sus tentáculos. Me senté en la cama y me agarré las rodillas con las manos, haciéndome un ovillo. Si las marionetas de Nashira pensaban llegar hasta mí usando la fuerza bruta, no lo conseguirían.

Oí un repiqueteo en la puerta. Jaxon Hall solicitaba audiencia. Las sombras bajo mis ojos ahora parecían más bien fisuras —se daría cuenta enseguida de que algo iba mal—, pero en algún momento tendría que plantarle cara.

Mi mimetocapo estaba tendido en la *chaise longue* como una estatua, con los ojos entreabiertos y el rostro iluminado por la luz dorada del exterior. La mesilla auxiliar estaba cubierta de botellas de vino vacías, y todos los ceniceros estaban llenos de ceniza. Me quedé en la puerta, preguntándome una vez más cuánto tiempo haría que no salía a la calle.

—Buenas tardes —dije.

—Eso parece. Aunque es una tarde algo fresca. ¿Será porque se acerca cada vez más el invierno, y con él el torneo? —Tomó un trago de absenta de la botella—. ¿Has ido a buscar a los carteristas?

—No estaban.

—¿Y qué has estado haciendo las otras dos horas?

—Recoger el dinero de los salones nocturnos —respondí—. Pensaba que teníamos que completar la recaudación antes del torneo.

—Oh, no pienses tanto, cariño, es un hábito terrible. Pero deja el dinero sobre mi escritorio.

No me quitaba los ojos de encima. Me metí las manos en el bolsillo y saqué un puñado de billetes míos. Los dejé sobre su mesa. Jaxon los cogió y los contó.

—Podía estar mejor, pero nos ayudará a pasar el mes. Toma —dijo, y con una torpe floritura cogió una tercera parte del montón de billetes, los metió en un sobre y me lo devolvió—. Por las molestias —añadió, y en ese momento posó en mí sus ojos inyectados en sangre—. ¿Qué demonios te ha pasado en la cara?

—Matones.

Eso le sacó de su sopor de golpe.

—¿Matones? ¿De quién? —Se puso en pie, y a punto estuvo de derribar un vaso de la mesa—. ¿En «mi» territorio?

—Traperos —dije—. Me he encargado de ellos. Aún deberían estar en Silver Place. Podrías enviar a alguien a ver.

—¿Y eso cuándo ha ocurrido?

—Anoche.

—Cuando volvías de tu entrenamiento —dijo. Asentí, y cogió un encendedor de su escritorio—. Tendré que hablar de esto con la Abadesa. —Se encajó un puro entre los dientes y lo encendió al cuarto intento—. ¿Tienes alguna idea de por qué podría querer ir a por ti el Ropavejero, Paige?

—Ninguna —mentí, y, con un movimiento lento, me senté en el sofá—. Jax, ¿tú qué sabes de él?

—Casi nada. —Se quedó pensando—. Ni siquiera qué tipo de vidente es, aunque los tatuajes de su banda hacen pensar en la osteomancia. En todos mis años como mimetocapo, no lo he visto ni una vez. Lleva una existencia misteriosa, subterránea, evitando cualquier contacto humano, hablando solo a través de sus damas. Supongo que llegó a mimetocapo durante el reinado de Jed Bickford.

—Un momento —dije yo—. ¿Damas?

—Mantiene informada a la Asamblea Antinatural sobre los cambios en su sección. Que yo sepa ha tenido tres damas. La primera no sé cómo se llamaba, pero a la segunda la llamaban la Jacobita, y la más reciente es la Chiffonnière. Se convirtió en su dama en febrero de este año.

Febrero. Más o menos cuando me capturaron a mí.

—¿Y qué motivo tenía para cambiar de dama?

—Oh, eso no lo sabe nadie. Quizás hicieran algo que le molestara. —Se acercó un cenicero de cristal—. Dime, Paige, ¿has oído hablar de los ventrílocuos?

—¿De quiénes?

—De los refaítas, cariño.

—¿Te interesan?

—No tengo un interés especial en saber qué están haciendo, y tampoco tengo intención de hacer nada con respecto a su presencia. Simplemente te he preguntado si «sabías» algo de ellos.

Me humedecí los labios.

—No. Nada.

—Bien. Así no tendremos distracciones.

—Depende de lo que quieras decir con «distracciones» —dije, cortante—. Esta semana los centinelas van a interrogar a todos los irlandeses de la ciudadela. Parece que piensan que hay una conspiración para esconderme.

—El gran comandante «ya no debe de saber» cómo perder el tiempo. Bueno, pasemos a asuntos más importantes. Acompáñame al patio.

Por supuesto. Para Jaxon, las detenciones en masa y las palizas no significaban nada. ¿Se daba cuenta de lo que hacía Scion, o es que para él todo aquello no era más que ruido de fondo?

El patio de la guarida era uno de mis lugares favoritos de todo Londres: un triángulo de paz con el suelo de piedra blanca lisa. Dos arbolitos crecían de sendos alcorques circulares, y Nadine mantenía las jardineras de hierro forjado llenas de flores. Jaxon se sentó en el banco y dejó caer su puro ya apagado en una de ellas.

—¿Conoces las reglas del torneo, Paige?

—Sé que es una lucha cuerpo a cuerpo.

—El combate se basa en la brutal tradición medieval de la *mêlée*. Te encontrarás enzarzada en una serie de pequeñas batallas en lo que llaman el «Ring de las Rosas». —Cerró los ojos, absorbiendo la luz del sol—. Debes desconfiar de los que pueden usar sus *numa* como armas: en particular, axinománticos, macarománticos y aicnománticos. Otra particularidad es que el uso de tácticas amauróticas para poner fin a cualquier combate (apuñalar a alguien con un arma ordinaria, por ejemplo) se denomina «juego sucio». En otro tiempo estaba prohibido, pero hoy en día es perfectamente aceptable, siempre que se haga con la elegancia suficiente.

Levanté una ceja.

—¿Elegancia suficiente? ¿Es eso lo que espera el sindicato de su Subseñor?

—¿Tú seguirías a alguien sin el mínimo estilo, querida? Además, el torneo sería algo soso sin algo de sangre, y las armas amauróticas son perfectamente adecuadas para eso.

—¿Qué hay de las pistolas?

—Ah, sí… No se permiten las armas de fuego. Se considera algo injusto que un candidato estupendo pueda cometer un fallo y le maten de un tiro. —Dio unos golpecitos a su bastón—. Pero tú y yo tenemos otra ventaja vital. En cualquier momento, podemos luchar juntos. Solo lo pueden hacer las parejas de mimetocapo y dama o caballero.

—¿La mayoría de los participantes luchan en pareja?

—Todos salvo los candidatos independientes, que tienen más que demostrar. Lo que yo sugiero, para asegurarnos de que ambos sobrevivimos…

—¿Sobrevivimos? —Fruncí el ceño—. Pensaba…

—No seas cándida. Las reglas dictan que el objetivo es aturdir, pero en un torneo siempre hay muertes. Lo que yo sugiero —prosiguió— es que ambos aprendamos algo más sobre nuestros dones. De este modo, podremos prever y leer los movimientos del otro durante el combate.

Por un momento no dije nada. Jaxon no tenía ni idea de que mi don había madurado tanto como yo.

—Muy bien. —Me apoyé contra el árbol—. Bueno, tú ya lo sabes todo del mío.

—No me digas que no aprendiste nada en la colonia.

—Me tenían como esclava, Jax, no como aprendiza.

—Venga ya, no me digas que mi dama no intentó profundizar en el conocimiento de su don —dijo, con un brillo voraz en los ojos—. No me digas que aún no dominas la posesión.

La posesión era algo que pretendía usar en el torneo; si no se lo mostraba ahora a Jaxon, lo descubriría más tarde.

Pasó un rato, y no encontré ningún cuerpo que poseer, hasta que de pronto pasó un pájaro revoloteando sobre nuestras cabezas y desapareció con la misma rapidez. Di el salto.

Fue fácil controlar su cuerpo, con ese onirosaje frágil que tenía, de color lila; no fue tan sencillo verme surcar el cielo impulsada por el caprichoso viento, sin nada que pudiera impedir que me estrellara contra el asfalto. Algo temblaba en mi interior —la conciencia del pájaro—, pero yo me concentré y sometí su espíritu. No iba a ser como con la mariposa. Esta vez extendí las alas. Ocupé el espacio entre mis nuevos huesos, con la misma sensación que si me estuviera poniendo un vestido demasiado ajustado, y aleteé con fuerza, elevando mi liviano cuerpo. El vértigo me sobrecogió.

Pero el cielo estaba tranquilo. Sereno. No como en la ciudadela, violenta y sangrienta. En el cielo no había rastro de Scion. Los pájaros se negaban a seguir la llamada del ancla. Pese a que estaba anocheciendo, en el horizonte aún se veía una franja de color: rojo coral, amarillo pálido y el rosa más pálido. Había otros pájaros revoloteando a mi alrededor, haciendo cabriolas y elevándose en el cielo, girando y replegándose al unísono, con una precisión que parecía imposible. Se arremolinaban como la lluvia de camino al lugar donde pasarían la noche. Aquellos pájaros compartían un mismo pulso, como si tuvieran un único onirosaje. Como si tuvieran una red de cordones áureos que los unieran.

Sentía el cordón argénteo tirando de mi espíritu. Me aparté de la bandada y me lancé hacia el patio. Torpemente, aleteé hasta el hombro de Jaxon, abrí el pico y le canté al oído.

Aún se estaba riendo, encantado, cuando regresé a mi cuerpo y tomé una bocanada de aire. El estornino estaba trastabillando, en el banco, como si estuviera borracho. Había caído justo en brazos de Jaxon.

—¡Magnífico!

Me zafé del abrazo de Jaxon y me sequé el sudor de la frente. El corazón me palpitaba con fuerza, presionándome los pulmones.

—Eres realmente extraordinaria, querida mía. Sabía que había puesto tu don dos órdenes por encima del mío con motivo, igual que sabía que acabarías sacando partido de una mala experiencia. Ese refaíta debe de haberte enseñado mucho. Estoy en deuda con él. Puedes hacer eso incluso sin esa engorrosa máscara de oxígeno.

—Solo unos treinta segundos —dije, con la visión aún borrosa.

—Eso son treinta segundos más que antes. Has progresado, Paige, más de lo que habrías podido progresar conmigo. Ojalá pudiera enviar al resto de la banda para que potenciaran sus habilidades. Ese lugar debía de ser como un campamento militar para clarividentes. Una muela donde sacar filo al espíritu. Por mí, podían enviarlos a todos. —Me llevó de vuelta al banco y me hizo sentar—. El único problema que le veo a la posesión es que dejas el cuerpo vulnerable. Quizá deberías esperar hasta el final para usarlo, cuando solo queden uno o dos rivales.

Empezaba a sentir un fuerte dolor de cabeza por encima del ojo. Él se puso en cuclillas delante de mí; tenía las mejillas rosadas.

—¿Algo más?

—No.

—Venga, no seas modesta, Paige.

—Eso es todo. De verdad. —Hice un esfuerzo y sonreí—. Tu turno.

—Mi don no es tan fascinante como el tuyo, querida, pero supongo que te lo he prometido —respondió, y se sentó a mi lado.

—¿Qué puedes hacerles a los espíritus? —pregunté. Siempre me había intrigado aquel don—. Cuando dices que los «controlas», ¿qué quieres decir?

—Los espíritus que vinculo pueden vagar libremente por los confines que establezco. A la mayoría simplemente los obligo a que permanezcan en el I-4 y les pido que se comporten. Pero cuando los necesito puedo usarlos en un combate espiritual.

—¿Igual que usarías a otros espíritus?

—No exactamente. Cuando un vidente normal utiliza a un grupo de espíritus normales, simplemente los lanza en dirección a un oponente y espera que vaya bien. Los espíritus introducen unas imágenes terribles en el onirosaje del enemigo, pero con una buena defensa se les puede repeler. Sin embargo, mis espíritus vinculados llevan consigo mi fuerza. A diferencia de los espíritus sueltos, que solo pueden producir alucinaciones, los vinculados son capaces de manipular el tejido del onirosaje de un clarividente.

—¿Pueden matar? —dije, intentando eliminar cualquier emoción de mi voz.

Jaxon se quedó mirando al estornino, sin expresión en el rostro. Movió los labios rápidamente, y el éter se agitó con el movimiento de un espíritu, que acudió a toda velocidad desde el interior de la guarida. El pajarillo se estremeció, y luego se retorció bruscamente en el momento en que el espíritu penetraba en su minúsculo onirosaje, quebrando su cordón argénteo.

Un momento después, el estornino estaba muerto.

—Mis espíritus vinculados pueden tener casi la misma fuerza que tú, querida. Algunos son capaces de expulsar a los espíritus más débiles de su propio onirosaje. —Le dio un empujoncito al pequeño cadáver, que cayó rodando del borde del banco al suelo de piedra blanca. Al ver aquellos ojos como cuentas negras sin vida, se me revolvió el estómago. Un asesinato sin sangre—. ¿Lo ves? —prosiguió—. Al fin y al cabo, la vida, pese a todas sus maravillas, es muy frágil.

Frágil. Como una polilla.

Jaxon se inclinó hacia mí por encima del banco y me dio un beso en la mejilla.

—Ganaremos —dijo—. Triunfaremos, querida. Y todo será como debe ser.

La ciudadela estaba atestada de centinelas lanzados a la caza implacable de videntes, pero yo tenía que salir de la guarida. Me estaba ahogando. Cuando vi que Jaxon se encerraba en su despacho, tomé Monmouth Street y me metí en el túnel que llevaba al Chateline's. Sin pedir nada, me instalé en mi mesa favorita, lejos de las ventanas, y hundí la cabeza entre las manos.

En el torneo, Jaxon podía llegar a matarme. Estaba claro que habría juego sucio —eso me lo esperaba—, pero nunca pensé que matar en el cuadrilátero fuera una práctica aceptable.

La pantalla de transmisiones de la esquina mostraba el gran arco de piedra de Lychgate, como ya era habitual los días laborables. El NiteKind debía de haber pasado de moda. La élite amaurótica habría decidido que ya no quería ejecutar a los antinaturales de la ciudadela sin dolor. Me quedé mirando y vi cómo el verdugo llevaba a dos prisioneros hasta el tejado de plomo.

Les ajustaron el lazo en torno al cuello. Se oía a uno rogando clemencia, y amplificaron su voz para que todo Londres fuera testigo de su cobardía. Tenía la ropa cubierta de manchas, y el rostro hinchado y magullado. El gran ejecutor le ató las manos temblorosas. El segundo hombre estaba de pie con las manos a la espalda, esperando la ejecución.

Pero antes de que murieran cambiaron de canal, y en la pantalla apareció un programa de humor. Los clientes del bar aplaudieron.

De pronto vi que me ponían una bandeja plateada delante. Chat se cruzó de brazos, apoyando el muñón en el hueco del codo contrario.

—Ese verdugo es un artista —murmuró—. Cephas Jameson, se llama. Siempre lo alarga todo lo que puede.

Me froté la sien.

—¿He pedido algo, Chat?

—No, cariño, pero da la impresión de que lo necesitas. Tienes un buen moratón en el ojo. —Se giró a mirar la pantalla con el ojo bueno—. No sé por qué lo enseñan. Como si no supiéramos lo que nos van a hacer.

—¿Y nosotros por qué no hacemos algo? —La frustración casi me tenía sin aliento—. Llevamos así siglos, Chat. ¿Por qué no…?

Gesticulé, como si pudiera aferrar la solución con las manos.

—La apatía mata. La gente piensa que podemos llegar a sobrevivir manteniendo las distancias. —Chat se inclinó sobre la mesa—. ¿Sabes cómo solían llamar al Imperio británico? «El imperio en el que no se pone nunca el sol.» Es el mismo imperio que ha construido Scion. —Hizo un mohín y luego prosiguió—: Si somos nosotros contra el sol, ¿quién crees que ganará?

No podía responder a eso.

Chat volvió a la barra, dejando la bandeja en la mesa. Bajo la campana protectora encontré un cuenco de sopa de castañas. Al coger la cuchara vi mi reflejo en la bandeja. Con el cabello negro se me veía pálida. Tenía las ojeras hinchadas y un enorme moratón en el ojo.

La puerta se abrió de golpe, y entró un recadista precipitadamente. Era uno de los de Ognena Maria y lucía el símbolo del Spiritus Club. Cuando me vio, vino a la carrera hasta mi mesa, jadeando.

—¿Es la Soñadora Pálida?

Asentí.

—¿Qué pasa?

—Mensaje para usted, señorita. De Grub Street.

Me pasó un teléfono de prepago. Alfred debía de haber obtenido respuesta de Minty. Me lo llevé al oído e hice pantalla con la mano frente al auricular.

—¿Diga?

—Soy yo, querida mía. Pensaba que el pobre recadista no te encontraría nunca.

Agarré el teléfono con tanta fuerza que los nudillos se me pusieron blancos.

—¿Les ha gustado?

—¡Les ha encantado! —dijo, exultante—. Sí, todos estaban muy impresionados, incluso los libreros. Mientras los autores contribuyan con una pequeña cantidad al coste de la tinta y de la distribución inicial… Hoy nos pasaremos el día componiendo, iremos a imprenta mañana y empezaremos la distribución en cuanto paguéis.

—Oh, Alfred, eso es… —Apoyé la frente en la pared, con el corazón aún desbocado—. Es maravilloso. Gracias.

—A tu servicio, cariño. En cuanto al delicado asunto del dinero, Minty necesitará que los autores paguen antes de que el panfleto salga a la calle. Dile al recadista adónde debe llevar la cuenta. Yo mañana estaré lejos de Londres, pero llámame si tienes alguna duda. El recadista te dejará mi número.

—Gracias otra vez, Alfred.

—Buena suerte —dijo él, y colgó. Le devolví el teléfono al recadista.

—Dile a Minty que me deje la cuenta aquí, en el Chateline's.

Él me dio una nota de papel que me metí en el bolsillo.

—Entendido, señorita.

Y se fue.

El «delicado asunto del dinero». Delicado, desde luego. Aunque dedicara cada minuto del día a seguir las órdenes de Jaxon, no conseguiría ni una cuarta parte de lo que necesitaría para cubrir aquella astronómica cantidad. Y seguro que sería astronómica. No tenía otra opción que recurrir a los Ranthen, pedirle financiación a Terebell Sheratan.

—Chat —dije—, creo que necesito una copa.

18

La marioneta del jefe

*L*a copa me hizo dormir bien toda la noche, pero no eliminó el problema. Hasta que no regresaran los Ranthen, no tenía manera de pagar al Spiritus Club. Tal como pensaba, la cantidad que solicitaban era más de lo que yo ganaba al año con Jaxon. La norma de Minty estaba clara: sin dinero, no había distribución. Intenté llamar a Felix —quizá los fugitivos tuvieran lo suficiente—, pero no me cogió el teléfono. Probé con el cordón áureo. Nada. Si el Custodio no regresaba pronto, tendría que buscarlo.

Mientras tanto me concentré en el trabajo. El torneo se acercaba y, pasara lo que pasase con el panfleto, tenía que estar lista para el combate. Nick y yo entrenamos duro en el patio, con y sin armas. Sentí que se me endurecían los músculos de los brazos y de las piernas. Mi cintura y mis caderas reclamaban su mejor forma. Podía levantar pesos y trepar sin sudar ni una gota. Poco a poco iba recuperándolo todo. Era otra vez una dama, una luchadora, una superviviente.

Cuatro días después de la llamada de Alfred, llamé a la puerta de Jaxon. No hubo respuesta. Me apoyé la bandeja que llevaba en la cadera y volví a llamar.

—Jax.

Se oyó un gruñido en algún lugar del interior. Entré.

La habitación estaba oscura y el ambiente era agobiante; las cortinas bloqueaban cualquier atisbo de luz del exterior. Olía a colillas y a sudor. Jaxon estaba tirado boca arriba, con los brazos abiertos y una pequeña botella verde con tapón de corcho en la mano.

—Joder, Jaxon —dije, a falta de más palabras.

—Vete.

—Jax. —Dejé la bandeja y le agarré de las axilas, pero pesaba más de lo que parecía—. Jaxon, reacciona, zángano borrachuzo.

Me dio un manotazo que me lanzó contra el escritorio. Un tintero cayó al suelo, rebotó en la alfombra y le dio en plena frente. Su única reacción fue un gruñido apagado.

—Muy bien —dije, alisándome la blusa—. Por lo que más quieras, no te muevas de ahí.

Quiso soltar algún improperio, pero se le quedó atascado en la boca. Por pura pena, le puse un cojín bajo la cabeza y le tapé con la manta del sofá.

—Gracias, Nadine. —No hablaba con la claridad habitual, pero al menos ya no arrastraba las sílabas.

—Soy Paige —dije, golpeando el suelo con el pie—. ¿Has hablado con la Abadesa sobre aquellos matones?

Aun borracho, consiguió hacer patente su enfado.

—Lo está investigando —dijo, y se abrazó al cuchillo—. Buenas noches, Paignton.

Al menos se lo había dicho. Si la Abadesa odiaba al Ropavejero tanto como se rumoreaba, estaría encantada de investigarlo. Le ajusté la manta sobre los hombros y salí, cerrando la puerta con cuidado para no hacer ruido. A Jaxon siempre le había gustado tomarse una copa, pero nunca lo había visto así. «Paignton...»

Salvo por el violín de Nadine, que tocaba una melodía melancólica en el primer piso, la guarida estaba en silencio. Estábamos todos atrapados allí dentro, presos del último toque de queda impuesto por Jaxon. La puerta principal estaba cerrada por dentro, y nadie sabía dónde había escondido la llave. Para respirar un poco de aire fresco me fui al patio y me tendí sobre el banco, bajo el árbol en flor.

En Londres había tanta contaminación lumínica que no era fácil ver las estrellas, pero un puñado conseguían abrirse paso a través de la artificial bruma azul de la ciudad. El cielo nocturno, desplegado por encima de la locura de la metrópolis, me hizo recordar el éter: una red de esferas, algunas brillantes, otras tenues, pinchazos en las diferentes capas de oscuridad; algunas, llenas de conocimiento, y otras, de ignorancia. Demasiadas cosas como para verlas o comprenderlas todas.

El cordón áureo me dio un tirón violento.

Levanté la cabeza de golpe. El Custodio estaba tras la verja, en la oscuridad del callejón.

—Has estado desaparecido un tiempo —dije, preocupada.

—Desgraciadamente. Estaba con los Ranthen, discutiendo el estado de las cosas en el Arconte de Westminster —dijo. Allí escondido, con tan poca luz en los ojos, casi habría podido pasar por humano. Llevaba un abrigo de corte recto, guantes y botas—. Terebell quiere verte.

—¿Dónde?

—Ha dicho que tú sabrías dónde.

La sala de conciertos. Una parte de mí quería negarse, pero era una parte menor, resentida, y necesitaba la ayuda de Terebell.

—Dame un minuto.

—Te espero en el pilar —dijo él, y se retiró.

Intenté no hacer ruido en las escaleras. En el baño me cubrí el cabello con un gorro, me aclaré los labios con tiza y me puse las lentillas de color castaño. No bastaba. No podría ocultar mi rostro para siempre a menos que pasara por el quirófano.

Faltaban dos semanas hasta el torneo. Todo lo que tenía que hacer era seguir viva hasta entonces.

Cuando abrí la puerta del baño, me encontré de frente a Nadine Arnett. Tenía los párpados hinchados y los pies descalzos, llenos de llagas.

—¿Estás bien? —dije. Hacía tiempo que no hablábamos—. Pareces agotada.

—Oh, sí, genial. Solo llevo nueve horas en la calle. He tenido que escapar corriendo de los centinelas dos veces. —Dejó la funda de su violín en el suelo. Tenía marcas moradas en las yemas de los dedos—. ¿Vas a algún sitio?

—A Goodge Street. Tengo que acabar un trabajo.

—Vale. ¿Jax lo sabe?

—Ni idea. ¿Vas a decírselo?

—Ya sabes, el único motivo por el que sigues siendo su dama es que eres una onirámbula. Me lo dijo cuando no estabas. Es tu aura lo que le interesa, Paige. No tú.

—La mía y la de todos. ¿Tú crees que lo que le gusta a Jax es nuestra entretenida conversación a la mesa?

—Yo le soy fiel. Por eso me escogió a mí cuando tú te fuiste. No tenía nada que ver con mi aura —dijo, y por su gesto era evidente que estaba convencida—. Ya sabes lo que piensa de los sensores. Y aun así me escogió como dama.

—Intento trabajar, Nadine —dije, empujándola a un lado para pasar—. No me interesan las rivalidades.

—Quizá podrías trabajar más si dejaras el puesto —dijo, casi masticando las palabras—. No sé qué estás tramando, Mahoney, pero sé que estás tramando algo.

Eliza escogió aquel momento para abrir la puerta de la cocina, de la que salió un fuerte olor a pimienta de Jamaica. Se nos quedó mirando.

—¿Pasa algo?

—Nada —dije yo, y me fui para que fuera Nadine quien respondiera a sus preguntas.

Agarré mi abrigo y mi pañuelo de cuello del colgador y salí por la ventana de mi dormitorio.

El Custodio me estaba esperando cerca del pilar del reloj de sol. Cuando me acerqué se puso en pie. Con solo verlo un escalofrío me recorrió la espalda.

—Debemos movernos rápido —dijo—. Hay centinelas cerca.

—No está lejos. —Me tapé la mitad inferior del rostro con el pañuelo, comprobando tres veces que el nudo estuviera lo suficientemente fuerte—. Si vamos juntos, llamaremos la atención.

—Te seguiré.

Lo llevé por Dial Street, por la que circulaban ruidosos coches y *rickshaws*. Avancé pegada a la pared y a los escaparates, con la cabeza gacha. No veía ningún centinela, pero cada aura que percibía me ponía en alerta. Podía haber espías del Ropavejero en el barrio. Una cámara apuntó hacia el suelo desde lo alto de una azotea, pero mi gorro me protegía de cualquier intento de reconocimiento facial. Le hice un gesto al Custodio, señalando el otro lado de la calle. Ir con él por ahí era una locura. La ciudadela tenía ojos por todas partes.

Cuando por fin llegamos a las calles principales y pudimos alejarnos de la luz de los faroles, respiré más tranquila. El Custodio se puso a mi lado. Sus zancadas eran mucho más grandes que las mías.

—¿Qué es lo que quiere Terebell?

—Hacer tratos contigo —dijo, reduciendo el paso para que pudiera ir a su ritmo—. Es el momento ideal para que le pidas el dinero que necesitas.

Si decía que no, era el fin de todo.

Seguimos caminando sin hablar hasta que llegamos a la sala de conciertos. Percibí un onirosaje cerca y reduje la marcha.

En medio de Drury Lane había un único agente vidente, con el rostro enmascarado mirando hacia otro lado. A primera vista parecía un centinela nocturno, pero el uniforme era diferente. Llevaba una camisa escarlata con mangas abombadas con forro dorado; un chaleco de cuero negro con el emblema del ancla de Scion en dorado; guantes hasta el codo y botas altas. Era una versión más sofisticada del clásico uniforme de los casacas rojas.

—¿Eso es un castigador? —susurré.

El Custodio miró por encima de mi cabeza.

—Casi sin duda.

Fuera lo que fuese aquel tipo, se encontraba justo entre nosotros y nuestro destino. Levanté la vista, escrutando los edificios en busca de la ventana ideal. Cuando la encontré, silbé una señal, las primeras notas del himno de Scion.

A los pocos segundos salieron tres de nuestros esbirros de la ventana del club nocturno más cercano. Yo señalé al castigador con un gesto de la cabeza. Ellos se ataron bien los pañuelos en torno al rostro antes de atreverse a acercarse. Una de ellos se sacó una porra del cinto y se la tiró a su compañero, que saltó por encima de un coche y echó a correr. En silencio, el castigador observó cómo huían; luego miró por encima del hombro a través de su visor rojo luminoso. Yo agarré al Custodio del hombro y tiré de él hacia las sombras.

Por un instante tuve la certeza de que el castigador acudiría a investigar. Extendió los dedos en torno a su radio. Pero al final se decidió a ir en la dirección en que habían huido los otros.

Ese no era un comportamiento normal en un centinela. Aquel silencio, la ausencia de una reacción inmediata al verlos sacar la porra. Volvería al cabo de menos de un minuto.

—Vamos —susurré.

A paso rápido, nos dirigimos a la parte trasera del teatro. Percibía cuatro onirosajes de refaítas en el interior, con su armadura característica. Cuando llegamos a la entrada de artistas, el Custodio se me puso delante, bajo la luz de la farola, y me agarró de los brazos. Sentí una sacudida que me bajó por los brazos hasta los dedos, pero al mismo tiempo tensé la espalda. Era la primera vez que me tocaba desde las catacumbas.

—No suelo pedirte que ocultes la verdad —dijo en voz baja—, pero ahora sí te lo pido.

Yo no dije nada.

—Mi conducta de los últimos días tiene un motivo. Lo que ocurrió entre nosotros en el consistorio es de dominio público entre los refaítas. Nashira no ha perdido ocasión de contarle a su pueblo que soy un carroñador y un traidor. —Me miró a los ojos—. Pero tú debes negarlo ante los Ranthen, las veces que haga falta y con total convicción.

Era la primera vez que me confirmaba que lo ocurrido en el consistorio no había sido producto de mi imaginación.

—Pensaba que Terebell y Errai lo sabían —dije en voz baja—. Saben lo del cordón.

—El cordón no siempre indica una intimidad física. —Miró por encima de mi cabeza—. Si no deseas hacer lo que te pido, lo entenderé. Pero te lo pido por tu bien, no por el mío.

Me lo pensé un momento y asentí. Él me soltó los brazos, y sentí que se me erizaba la piel bajo la blusa.

—Si pregunta —dije—, ¿qué le digo que ocurrió?

—Lo que sea, excepto la verdad.

Porque la verdad debía de resultar demasiado horrible para cualquier refaíta, algo imposible de aceptar.

Manteniendo las distancias con respecto al Custodio, atravesamos la puerta, apartamos el telón del escenario, lleno de polvo, y descendimos hasta la platea, con las viejas butacas y la alfombra iluminadas por varios farolillos.

Terebell estaba de pie en el pasillo, con otros tres refaítas. El Custodio se paró delante.

—*Ranthen-kith* —dijo—, esta es Paige Mahoney. Ella es la responsable de que esté hoy aquí con vosotros.

Terebell hizo caso omiso a la presentación. Se fue directa al Custodio y juntó la frente a la de él al tiempo que murmuraba algo en *gloss*. Eran casi de la misma altura. Aquella imagen hizo que algo se me revolviera en el estómago.

—Hola, Terebell —dije.

Terebell se giró, pero no dijo nada. Tenía la mano apoyada sobre el hombro del Custodio. Me miró del mismo modo que miraba Jaxon a los limosneros.

—Os he traído a Paige para que os hable de sus planes —prosiguió el Custodio—. Tiene una petición que hacernos, igual que nosotros tenemos algo que pedirle a ella.

Errai y Pleione no dijeron nada. Terebell, situada entre ambos, me lanzó una mirada profunda.

—Onirámbula, esta es Lucida Sargas —dijo, señalando a la extraña—. Una de las pocas que simpatizan con los Ranthen.

La mano me tembló, y los dedos se me fueron al bolsillo de mi bolsa.

—¿Sargas?

—Sí. He oído muchas cosas de ti, Paige Mahoney. —Lucida tenía un rostro algo más expresivo que los otros; parecía incluso curiosa—. En las historias que cuentan de ti mis familiares Sargas.

Tenía la piel del tono de Nashira —entre plateada y dorada, algo más plateada— y una densa cabellera, pero la llevaba suelta y le llegaba hasta los hombros. Era un estilo algo inusual entre las hembras refaítas de la colonia, pero las tres que estaban allí lo seguían. Se parecía mucho a sus parientes, con aquellos ojos caídos.

—¿Qué tipo de historias? —pregunté, preocupada.

—Te llaman la «gran carnicera de Londres». Dicen que la tierra que pisas queda abrasada, podrida. —Posó la mirada en mis botas—. Aunque a mí no me lo parece, desde luego.

Fantástico.

—¿Y qué dicen de ti? —Solté la bolsa—. ¿Sabes que eres Ranthen?

—Oh, sí, fui lo suficientemente tonta como para mostrar mi desacuerdo con la violenta colonización de Sheol I, por lo que mi querido primo Gomeisa me declaró traidora de sangre. Desde entonces llevo una vida de renegada.

—Una renegada Ranthen —dijo Terebell, pasando por delante de ella—. Estoy segura de que te acordarás de Pleione Sualocin.

—Perfectamente.

Era la única que estaba sentada, la primera refaíta que había visto nunca. La que había sorbido el aura de un vidente en mi primera noche en la colonia. Ahora también llevaba el cabello corto, unos densos rizos negros que le caían sobre los hombros.

—Ah, sí. 40 —dijo, con una voz aterciopelada que no prometía nada bueno—. Tenemos mucho de lo que hablar contigo.

—Eso he oído. —Me apoyé en el respaldo de una butaca. El Custodio seguía de pie en el pasillo. Delante de ellas estaba diferente, muy rígido e inmóvil—. Por cierto, podéis dejar de llamarme «onirámbula». Y también «40», ya puestos. Me llamo Paige.

—Dime, onirámbula —dijo Terebell, haciendo caso omiso a mis palabras—, ¿te has encontrado con algún cazador refaíta desde la última vez que nos vimos?

Tensé la mandíbula y respondí:

—No. Pero vendrán antes o despés.

—Pues procura esconderte bien. Hay casacas rojas ocultos entre los centinelas. —Terebell siguió caminando y pasó delante de mí—. Estamos en un momento crítico. Tras varios intentos fallidos de derrocar a la familia Sargas, por fin hemos dado el primer paso que nos acerca a nuestro objetivo. Pero tienen un gran control del mundo corpóreo, y a medida que se expande su imperio irán ganando fuerza. Ya han decidido la ubicación de Sheol II.

—¿Dónde?

—Sabemos que será en Francia, pero no el punto exacto —dijo el Custodio—. Alsafi nos informará cuando lo descubra.

—Nashira y Gomeisa forman el núcleo duro de la doctrina Sargas. Habrás observado que Gomeisa consiguió anular a cuatro de nosotros en el consistorio —prosiguió Terebell, sin avergonzarse lo más mínimo—. Esa fuerza no es natural. Habíamos planeado eliminar a Nashira sin ruido, pero parece ser que hemos perdido la ocasión. —Miró al Custodio—. Antes de que podamos atacarlos, es imprescindible desmantelar la red que han construido en el mundo humano.

—Scion —dije yo.

—El principal objetivo de la colonia penitenciaria nunca fue mantener a los emim a raya —señaló el Custodio—, sino adoctrinar a los humanos. Los casacas rojas, a la mayoría de los cuales han conseguido lavar el cerebro completamente, actuarán como agentes humanos de los Sargas cuando revelen su presencia al mundo.

—¿Queréis decir que los Sargas van a decirle a todo el mundo que están aquí? —Los miré a todos y solo vi rostros serios—. Están locos. El mundo libre le declararía la guerra a Scion.

—Es poco probable. Si se declarara la guerra, Scion podría reclutar un gran ejército. Eso disuadiría a los países del mundo libre, cuyas alianzas son endebles, cuando menos.

—Según nuestros últimos informes, muchos de ellos están cerrando los ojos ante las repugnantes prácticas de Scion para conseguir la paz —dijo Terebell—. La presidenta Rosevear, por ejemplo, tiende a una política de no intervención. Además, Scion ha conseguido que su brutalidad quede oculta en gran medida a los ojos del mundo libre.

En mis tiempos de estudiante en una escuela de Scion, soñaba con que el mundo libre reaccionara, con que un día las superpotencias consiguieran pruebas irrefutables de los crímenes de Scion y que enarbolaran sus banderas contra mi enemigo. Pero no era tan fácil. Los países libres eran invisibles en los mapas del colegio, pero a través de comentarios en el mercado negro, y hablando con Zeke y con Nadine, había ido recopilando datos sueltos sobre cómo se gobernaba en Estados Unidos. Rosevear era una líder respetada, pero tenía sus propios asuntos que gestionar: el crecimiento de los océanos, los residuos tóxicos, las obligaciones económicas y otros muchos problemas propios de su país. De momento, estábamos solos.

—Debemos empezar por Londres —dijo Terebell, y era una declaración, no una sugerencia—. Si podemos destruir su centro neurálgico, quizá las otras ciudadelas empiecen a venirse abajo. Hemos sabido por Arcturus que el Subseñor ha muerto asesinado.

—Sí.

—Evidentemente ha sido un asesino refaíta —dijo Errai—. Situla Mesarthim, quizá. Le gusta decapitar a sus víctimas.

—Parece probable —coincidió Pleione.

Lucida seguía mirándome, con una ceja ligeramente levantada.

—¿Y tú qué piensas, onirámbula?

Me crucé de brazos y me aclaré la garganta.

—Es posible —respondí—, pero todas las pruebas señalan a un mimetocapo llamado el Ropavejero. El mismo que capturó al Custodio.

—Entonces no hay un heredero claro de su corona —dijo Terebell, y yo negué con la cabeza.

—Vamos a celebrar una competición para elegir a un nuevo líder.

—¿Y pretendes participar?

—Sí. Tengo que ganar si quiero que corra la voz. Ya he hecho que escribieran esto. —Saqué mi copia de *La revelación refaíta* y se la entregué a Errai, que me miró la mano como si tuviera agarrada una rata muerta—. Una vez distribuido, todo el mundo en la ciudadela sabrá de vosotros.

—¿Esto qué es?

—Una novela barata. Una historia de terror.

Terebell la agarró, y los ojos se le encendieron al leer la cubierta.

—Ya he oído hablar de estas cosas. Una forma de entretenimiento barata y sórdida. ¿Cómo te atreves a desmerecer nuestra causa con esta burla?

—No he tenido tiempo de escribir un poema épico, Terebell. Y si intentara contárselo sin pruebas a la gente…

Errai soltó algo parecido a un silbido, un sonido como el del agua al caer sobre el fuego.

—No le hables a la soberana en ese tono. No tenías derecho a exponernos al público sin permiso. Deberías haber esperado a que te diéramos permiso.

—No me pareció que necesitara vuestro permiso, refaíta —respondí, con voz fría.

Él le espetó algo al Custodio en *gloss*, y un espíritu salió corriendo de la sala. El Custodio me lanzó una mirada y sentí un suave tirón en el cordón, algo que parecía una advertencia.

Lucida le cogió las páginas a Terebell.

—Yo no creo que sea tan mala idea —dijo, hojeando las páginas—. Dificultará un poco nuestros movimientos por la ciudadela, pero puede ahorrarnos incómodas explicaciones cuando llegue el momento de mostrarnos en público.

—Los ciudadanos de esta ciudadela temerán el ataque de los antinaturales —dijo el Custodio—. No tienen ningún deseo de ver gigantes. Y, si lo tuvieran, no irían a las autoridades a contárselo, sin duda.

Se hizo un breve silencio; luego Terebell se inclinó para ponerse a mi nivel. No tuve muy claro si me miraba con condescendencia o no.

—Si ganas ese torneo —dijo—, tendrás el mando del sindicato de Londres. Queremos saber si unirás tus fuerzas a las nuestras.

—Dudo que eso funcione —respondí—. ¿Tú no?

—Explícate.

—A vosotros os repugna mi presencia, resulta evidente. Además, el sindicato es un caos. Ponerlo en orden costará tiempo. —La miré a los ojos—. Y dinero.

Se hizo un silencio en el que la sala se quedó fría, como si de pronto la hubiera azotado una ráfaga de aire helado.

—Ya veo. —Terebell apoyó las manos, enfundadas en guantes, en el respaldo de una butaca—. Dinero. La terrible obsesión de la raza humana.

Errai arrugó la nariz.

—Las posesiones materiales no duran, y aun así luchan por ellas como buitres, con una codicia repugnante.

—Una codicia que no lleva a nada —apostilló Pleione.

—Muy bien, vale. —Levanté una mano, irritada—. Si quisiera una lección, habría ido a la universidad.

—Estoy segura de ello —dijo Terebell, e hizo una pausa—. ¿Y qué pasa, onirámbula, si no te proporcionamos el dinero?

—Pues que no podré reformar este sindicato. Aunque sea Subseñora. En primer lugar, tendría que darles a los mimetocapos un incentivo económico para que se conviertan en mis comandantes —dije—. Luego, si conseguimos iniciar la revuelta, necesitaré más para mantenerla activa. Comprar armas, dar de comer a los videntes, curar sus heridas cuando Scion contraataque… Todo eso costará más de lo que yo podría llegar a ganar en toda una vida. Si aceptáis financiarme, os puedo ayudar. Si no, deberíais pedírselo a alguien que tenga los bolsillos más llenos. Hay muchos delincuentes ricos por ahí.

Se miraron unos a otros. Errai soltó un gruñido y se dio media vuelta; vi cómo le temblaban los músculos de la espalda.

No les dejaría recrear la colonia penitenciaria en Londres. Los videntes del sindicato no serían sus casacas rojas, ni yo su capataz. Tenía que conseguir que me vieran como a una igual, no como su lacayo.

—Ten en cuenta que nuestras reservas no son infinitas —me advirtió Terebell, escrutándome el rostro—. Nuestro agente en Scion podría ser descubierto en cualquier momento y nos cerrarían la cuenta bancaria. No contamos con los recursos necesarios para financiar una vida de excesos para la Subseñora, y al primer indicio de despilfarro, retiraremos nuestro apoyo.

—Lo entiendo.

—Entonces tienes nuestra palabra de que, si ganas el torneo, financiaremos la reorganización del sindicato de Londres. Y en la medida de lo posible también te proporcionaremos recursos naturales del Inframundo para contribuir a vuestra campaña de guerra. Es de donde obtenemos la esencia de amaranto y la sangre de emite.

—¿Para qué sirve la sangre de emite?

—Tiene muchas propiedades —dijo el Custodio—. La más importante es la de enmascarar el aura. Con una dosis pequeña se altera su aspecto, de modo que resulta imposible determinar la naturaleza del don en cuestión. Naturalmente, recolectar la sangre es muy peligroso, y bebérsela, de lo más desagradable.

Parecía algo de un valor único. En Londres, mi aura siempre me ponía en evidencia.

—Cuando decís «enmascarar» —dije—, ¿queréis decir de cara a otros videntes?

—Sí.

—¿Y de los escudos Senshield?

—Quizá. No hemos tenido ocasión de demostrar esa teoría.

—Y muy pronto, cuando la noticia llegue a los últimos bastiones del Inframundo, también podremos proporcionaros soldados —dijo Terebell.

—¿Qué noticia?

—La de que el amaranto ha florecido —respondió Errai, con gesto irritado, o al menos algo más de lo habitual—. Es la llamada a las armas de los Ranthen, la que convencerá a todos nuestros antiguos aliados de que se unan de nuevo a nosotros. ¿Por qué crees que no hemos actuado antes? Estábamos esperando la señal para recuperar lo perdido.

La cabeza me daba vueltas. Hundí las manos en los bolsillos y respiré hondo.

—No tenemos tiempo para que valores esta propuesta —dijo Terebell—. Responde ahora, onirámbula: ¿unirás tus fuerzas a las mías?

—No es tan fácil como daros un «sí» o un «no». Si gano, haré todo lo posible por convencer a los videntes de Londres de que vale la pena acabar con Scion, pero no será fácil. Son ladrones y artistas del engaño, y carecen de formación militar. El dinero debería convencerlos para que se pusieran de nuestra parte, pero no puedo garantizarlo.

—Dado que no puedes garantizárnoslo, tendremos que imponer nuestra propia garantía. —Señaló a los dos Ranthen más cercanos—. Para que ganes el torneo, te someterás a nuestro entrenamiento. Errai, Pleione, entrenaréis a la onirámbula para asegurarnos de que tiene el nivel adecuado.

Por la mirada que Errai me echó, cualquiera diría que le había pedido que lamiera el suelo.

—No lo haré —dijo.

—Yo sí —soltó Pleione con tono amenazante.

—Tendría más sentido entrenar con el Custodio. Estoy acostumbrada a su estilo de entrenamiento —dije, intentando que sonara natural. La idea de que me entrenaran aquellos dos no me seducía lo más mínimo.

La mandíbula de Terebell se tensó.

—Arcturus tiene otras obligaciones. Ya no es tu custodio.

—Ahorraríamos tiempo. No tenemos demasiado.

Los ojos de Terebell se encendieron aún más. Sus cavilaciones eran visibles, pero se notaba que estaba valorando los pros y los contras de dejar al gran Arcturus Mesarthim a solas con una humana advenediza. Se giró hacia el Custodio y le dijo algo en *gloss*, tiesa como un palo. Se me quedó mirando un buen rato.

—Paige tiene razón —dijo él—. Ahorraríamos un tiempo valiosísimo. Lo haré, por el bien de los Ranthen.

—Que así sea, pues —decidió Terebell, con el rostro rígido. Se metió la mano en el bolsillo y me entregó un sobre grueso—. Agradece esta financiación, onirámbula. Y que sepas que, si no tienes éxito en el cuadrilátero, me encargaré de que te arrepientas de haber nacido.

Habló con los otros tres en *gloss* y, sin una palabra más, los cuatro salieron de la sala de conciertos. Solo se quedó el Custodio. Yo me metí el sobre bajo el abrigo, lejos del alcance de los carteristas.

—Son un encanto —dije.

—Hmm. Y tú una gran diplomática.

—Onirámbula. —Terebell aún estaba en el escenario, y miraba desde detrás del telón—. Antes de que empieces, una cosa más…

El pulso se me aceleró. Miré al Custodio, que no dijo nada; luego la seguí, subí las escaleras y llegué al escenario. Ella me cogió del brazo y tiró de mí, llevándome tras el telón, donde me empujó y me aplastó contra la pared. Mi espíritu se tensó.

—Los Sargas están haciendo circular un mensaje por el Inframundo. Todos los pájaros chol van contando por ahí que Arcturus Mesarthim se ha degradado teniendo contacto con los humanos. —Me levantó la barbilla para que la mirara—. ¿Es cierto, chica?

—No sé de qué hablas.

Me agarró con más fuerza.

—Que se te pudra la lengua hasta la raíz si sale una sola mentira más de tu boca. El cordón áureo te habrá ayudado a encontrarlo, pero su mera existencia implica una relación íntima. No permitiré que…

—Los refaítas no se juntan con los humanos —dije, apartándole el brazo—. Y, aunque pudiera, no le tocaría un pelo.

Curiosamente, la lengua no se me pudrió hasta la raíz.

—Bien —dijo ella, suavizando la voz—. Puede que haya accedido a financiar tu revolución y que te haya salvado el pescuezo en la colonia. Pero no olvides nunca quién eres, Paige Mahoney, o me encargaré de que caigas igual que la cosecha cae ante la guadaña.

Me soltó el brazo. Me dirigí hacia la puerta, más afectada de lo que estaba dispuesta a demostrar. A la mierda su entrenamiento. A la mierda todos ellos.

En el exterior empezaba a llover. El castigador no había vuelto. Había tenido suerte: en ese momento, probablemente lo habría matado. Con los puños apretados en los bolsillos, eché a caminar alejándome de la sala de conciertos, respirando hondo para aplacar la rabia. Siempre había sabido lo que pensaban los refaítas de los humanos, pero jamás había pensado que al Custodio pudiera importarle lo que pensaran de él los demás. Tenía que ser insensible, como ellos. Que todo me resbalara, como el agua.

—Paige.

Por su voz estaba cerca, pero yo seguí caminando.

—No creo que debamos hablar —dije, sin mirarlo.

—¿Puedo preguntar por qué?

—Se me ocurren varias razones.

—Tengo todo el tiempo que haga falta para oírlas. Hasta la eternidad, de hecho.

—Muy bien, pues ahí va una: esos que tú denominas aliados me tratan como si fuera el fango de sus botas, y eso no me gusta lo más mínimo.

—No pensé que pudieras ponerte nerviosa tan fácilmente.

—Veamos lo nerviosos que os ponéis vosotros cuando empiece a hablarle a todo el mundo de lo cabrones, crueles y tiranos que podéis llegar a ser los refaítas.

—Seguro que sí —dijo—. Pero les irá bien una lección de humildad.

Me detuve bajo una farola y me giré. La lluvia estaba arreciando, pegándome el pelo a la cara, y por una vez me pareció tan humano como yo, allí de pie, bajo la lluvia, en aquella esquina de Londres.

—No sé qué problema tienen, o qué es lo que saben del consistorio —dije—, pero deberán superarlo si vamos a trabajar juntos. Y tú has de decidir hasta qué punto seguirás las órdenes de Terebell si seguimos adelante con esta alianza.

—Lo que yo haga ahora depende de mí, Paige Mahoney. Gracias a ti, soy mi propio dueño.

—Una vez me dijiste que tenía derecho a mi libertad —respondí, aguantándole la mirada—. Quizá tú también deberías planteártelo.

Los ojos se le encendieron como un horno, y me sonó a desafío.

¿También le gustaban las apuestas? ¿Y valía la pena aquella apuesta, cuando ninguno de los dos podíamos ganar? Pensé en la financiación, en el dinero y en los apoyos que necesitaba. Pensé en Jaxon mirando el reloj, esperando que regresara de mi cita.

—La soberana electa nos ha ordenado entrenar —dijo—, pero no ha especificado cómo debo entrenarte.

—Eso suena algo siniestro.

—Tendrás que confiar en mí. —Regresó a la sala de conciertos—. ¿Confías en mí?

19

Ciuleandra

*C*uando regresamos a la sala de conciertos estaba vacía; aun así, seguí buscando onirosajes. El Custodio cerró las puertas a nuestras espaldas. Yo me senté al borde del escenario y me acerqué una rodilla al pecho.

—¿Cómo podéis saber que Lucida no es una agente doble?

Él atrancó las puertas.

—¿Por qué preguntas eso?

—Es una Sargas.

—¿Tú estabas de acuerdo en todo con tu padre, Paige? ¿Con tu primo?

—No, pero los Mahoney no son una familia de tiranos especializados en el lavado de cerebros.

La comisura de los labios le tembló mínimamente.

—Lucida se separó de su familia hace mucho tiempo. No ha pasado hambre durante un siglo porque sí.

—¿Y los otros? —dije, ya con la respiración más tranquila, más regular—. ¿Qué hay de Terebell?

—Confío en ellos, pero la alianza no será fácil. Terebell siempre ha juzgado con gran dureza a la raza humana.

—¿Por algún motivo en particular?

—He estudiado muchos libros sobre la historia humana, y si he aprendido algo de ellos es que la tradición no siempre se ajusta a la razón. Lo mismo ocurre con los refaítas.

En eso tenía toda la razón.

El Custodio se sentó a mi lado, pero no lo suficientemente cerca como para que hubiera contacto, y juntó las manos. Ambos levantamos la vista, poniéndola en el relieve de las columnas y en los altos techos. A diferencia de Terebell, él sí se dio cuenta de las huellas de la violencia que había sufrido aquel edificio. Se quedó mirando los orificios de bala que había en la pared más cercana y el telón, rasgado y tiznado.

—Te pido disculpas por cómo te traté en la pensión —dijo—. Quería prepararte para el encuentro con los Ranthen. Su nivel de tolerancia con los humanos es muy irregular.

—Y pensaste que el mejor modo de prepararme era actuar como un...

—... refaíta. La mayoría de los refaítas son así, Paige.

Hice un ruidito que dejaba claro que aquello no me convencía.

En la colonia, nuestra relación se basaba en el miedo. Mi miedo a que me controlara. Su miedo a que le traicionara. Ahora me daba cuenta de que se basaba en intentar entendernos el uno al otro.

Pero el miedo y la comprensión tenían mucho que ver. Ambos implicaban la pérdida de lo familiar y el peligro terrible que suponía el conocimiento. Yo no sabía si había llegado a entenderlo, pero quería hacerlo. Eso, por sí solo, ya resultaba sorprendente.

—No quiero que esto sea una repetición de la colonia —dije, en voz baja.

—No lo permitiremos. —Pausa—. Pregunta.

Ni siquiera me había mirado a la cara.

—El plan para «eliminar a Nashira sin ruido» —dije—. Fue idea tuya.

Tardó un rato en responder.

—Sí. Hasta que no me eligió no vi la oportunidad de acabar con ella.

—¿Cuándo os prometisteis?

—Poco antes de venir a este lado del velo.

—Hace dos siglos —dije—. Eso es mucho tiempo.

—No para nosotros. Un siglo no es más que un grano de arena en el reloj de arena infinito que es nuestra existencia. Afortunadamente, Nashira y yo nunca nos unimos formalmente. Ella quería esperar hasta después del Bicentenario, cuando estuviera segura de que teníamos controlada nuestra colonia penitenciaria.

—¿Así que nunca…?

—¿Copulamos? No.

—Vale.

Sentí un calor que me subía por el cuello. Su mirada tenía un brillo como… divertido. «Deja de hablar de sexo, deja de hablar de sexo.»

—Veo… que te has quitado los guantes.

—Me estoy empezando a acostumbrar a esta vida de sedición.

—Qué osado. ¿Qué será lo próximo? ¿El abrigo?

Una risa silenciosa le recorrió el rostro: se le suavizaron los rasgos y los ojos se le iluminaron por un momento.

—¿Te parece sensato buscarle las cosquillas a tu mentor antes de iniciar el entrenamiento?

—¿Por qué íbamos a alterar nuestras costumbres?

—Hmm.

Nos quedamos allí sentados un buen rato. Aún se sentía la tensión, pero iba menguando por momentos.

—Venga, vamos —dijo el Custodio, poniéndose en pie—. ¿Has poseído a alguien desde tu llegada a Londres?

—A un pájaro. Jaxon lo vio. Y a una centinela. Le hice hablar por su transmisor.

—¿Y le hiciste daño?

—Sangraba por todos los orificios de la cabeza.

—Sangre no es dolor. No tengas miedo de tu don, Paige. Tu espíritu siente la necesidad de salir al exterior. Puedes hacer algo más que dejar inconscientes a tus oponentes. Lo sabes muy bien —dijo. Al ver que no respondía, se giró a mirar por encima del hombro—. La posesión solo es un acto deshonroso si la usas para hacerle un daño deliberado al poseído. Eso, suponiendo que el poseído no se merezca ese daño, por supuesto. Cuanto más practiques esa habilidad, menos probable es que hagas daño.

—Solo quiero repasar esos saltos en sucesión rápida. Aún me cuesta bastante pasar de la materia al espíritu.

—Entonces has perdido la práctica.

Me quité la chaqueta sacudiendo los brazos.

—Yo lo llamo «mantener una presencia discreta».

—Bien. Así Nashira no tendrá muchas posibilidades de seguirte el rastro. —Pasó por delante de mí—. Cuando te mueves por el onirosaje de otra persona afrontas dos problemas fundamentales. En primer lugar, que dejas de respirar de forma refleja. En segundo lugar, que tu cuerpo cae al suelo. El primer problema se puede solucionar con una máscara de oxígeno, pero el segundo… no es tan fácil.

Era mi gran punto débil. En el torneo, sería mi perdición. En el momento en que lanzara mi espíritu, mi cuerpo quedaría tendido en el suelo del Ring de las Rosas, indefenso. Una puñalada en el corazón y no podría volver a él.

—¿Qué sugieres?

—Cuando te entrené, en la pradera, tu transición del cuerpo al espíritu fue torpe, cuando menos. Pero ahora ya no eres una novata. —Sobre el piano, cubierto de polvo, había un antiguo tocadiscos. Abrió la tapa—. Quiero ver un movimiento fluido. Quiero que saltes al éter como si fuera tu elemento. Quiero que vueles de un onirosaje al otro.

Encendió el tocadiscos.

—¿De dónde has sacado eso? —pregunté, haciendo un esfuerzo para no sonreír.

—De aquí y de allá. Como la mayoría de mis pertenencias.

No era tan bonito como su gramófono, pero aun así era un objeto especial, encajado en una funda de madera. Tenía tallado el símbolo del amaranto por todas partes, pétalos entretejidos con otros pétalos.

—¿Y para qué es?

—Para ti. —Sonó con fuerza una viola—. Maria Tănase, actriz y cantante rumana del siglo xx. —Inclinó la cabeza sin apartar la mirada de mi rostro—. Veamos si las onirámbulas saben bailar.

Una voz profunda empezó a cantar con sentimiento en un idioma desconocido. Sin una palabra más empezamos a movernos en círculos. Yo mantenía el cuerpo inclinado hacia él, recordando el baile de aquel entrenamiento en la pradera. En aquel momento yo estaba temblando de frío, con aquella fina túnica, y apenas entendía mi don. Me sentía aterrada, furiosa y sola. Aún sentía un miedo instintivo, algo que me había quedado grabado a fuego desde el momento en que me habían marcado en el hombro.

—¿Qué canción es esta?

—Se llama «Ciuleandra». —Se lanzó hacia delante y yo me protegí—. En el baile no hay que protegerse, Paige. Gira.

Cuando lo intentó otra vez, me giré hacia la izquierda, esquivando su segundo golpe.

—Bien. Espero poder encontrar otros discos en esta ciudadela, o acabaré perdiendo el juicio antes de lo que pensaba.

Me giré de nuevo, esta vez hacia la derecha.

—Puedo conseguir más en Covent Garden, si quieres.

—Te lo agradecería.

Imitó mis movimientos, o quizá fui yo quien imité los suyos.

—Quiero que permanezcas de pie mientras me atacas. Cuando dejas tu cuerpo, cae, pero yo creo que eso podrías controlarlo. En mi opinión, puedes dejar una pequeña parte de tu conciencia en tu onirosaje. Lo suficiente como para seguir de pie mientras ocupas otro cuerpo.

Sin duda, la expresión de mi rostro debía de dejarle clara mi incredulidad.

—Te dije que tienes potencial, Paige. No era un cumplido.

—Me es imposible mantenerme en pie. Todas mis funciones vitales se paran.

—En tu estado actual sí. Pero eso podemos corregirlo. —Dio un paso atrás, interrumpiendo la rutina—. Probemos un pequeño combate. Adelántate a mis movimientos.

—¿Cómo?

—Concéntrate. Usa tus habilidades.

Pensé en un viejo truco que me había enseñado Jaxon poco después de que empezara a desplazar mi espíritu. Me imaginé seis altos viales, uno por cada sentido, con un poco de vino dentro de cada uno. Me imaginé vertiendo líquido de cinco de los viales en uno que llevaba la inscripción ÉTER. Cuando el vial quedó lleno hasta el borde, abrí los ojos.

El mundo que me rodeaba estaba cubierto de una niebla gris, pero bullía de actividad espiritual. Había un campo de perturbación en torno al Custodio, donde brillaba su aura.

Su cuerpo se movió. No, un momento…, su aura se movió hacia la derecha, y luego su cuerpo… Apenas pude apartarme antes de que su puñetazo simulado golpeara el aire junto a mi oreja. Volví de golpe al mundo de la carne, pero él quería probar otra vez. En esta ocasión, cuando su aura se fue hacia la izquierda, yo me eché hacia el lado contrario.

—Muy bien —dijo—. Ese es el motivo de que a muchos individuos con visión espiritista, entre ellos los refaítas, se nos dé mejor el combate físico. Vemos moverse el aura del rival antes que sus músculos. Puede que no lo veas, pero puedes percibirlo. —La canción volvió a sonar, más rápido—. Cuando veas una ocasión, atácame con tu espíritu. Abandona tu cuerpo, como si quisieras poseerme.

En cuanto se movió, salté adelante.

O al menos lo intenté. Las costuras que mantenían unidos a espíritu y carne se tensaron. Ejercí toda la tensión que pude, presionando contra cada rincón de mi onirosaje y lanzándome al éter.

Pero no llegué lejos. Mi cordón argénteo se volvió rígido, como un cable metálico, y me devolvió a mi cuerpo.

—Arriba —dijo el Custodio.

Volví a ponerme en pie, ya agotada.

—¿Por qué no está funcionando?

—Tus emociones no son lo suficientemente fuertes. Ya no me tienes miedo de verdad, y por tanto tu instinto de supervivencia ya no te obliga a salir de tu cuerpo nada más verme.

—¿Debería tenerte miedo?

—Quizá —confesó—. Pero yo preferiría que hicieras tuyo el don. Debes ser tú la que te controles, no el miedo.

—Muy bien. —Paso, giro, paso—. Supongo que tú naciste sabiéndolo todo de tu don.

—No supongas nunca. —Me cogió de la mano y me hizo girar, y mi cabello le rozó la camisa; luego me apartó suavemente—. Ahora siente el éter. Salta.

Esta vez mi espíritu salió volando. Crucé el espacio que nos separaba, entré en su onirosaje como una bala y me desperté con un doloroso golpe de la cabeza contra el suelo de madera.

—No has ido lo suficientemente rápido —dijo el Custodio, impertérrito, con las manos en la espalda.

—Eso debe de ser humor refaíta —respondí, poniéndome en pie, aturdida—. *Schadenfreude*.

—En absoluto.

—¿Alguna vez has pensado en lo irritante que puedes llegar a ser?

—Una o dos veces —dijo, con los ojos encendidos.

Lo intenté de nuevo saliendo de mi cuerpo. En esta ocasión, conseguí permanecer en pie un instante antes de caer, golpeando la alfombra con las rodillas.

—No recurras a la rabia, Paige. Imagina que tu espíritu es un búmeran. Un lanzamiento suave y un regreso rápido. —Me tendió una mano para ayudarme a ponerme en pie de nuevo—. Recuerda lo que te enseñé. Intenta tocar mi onirosaje y volver a tu cuerpo antes de que caiga al suelo. Y mientras lo haces, baila.

—¿Bailar y caer?

—Por supuesto. Recuerda a Liss —dijo—. Su actuación consistía en bailar mientras caía.

Oír aquel nombre me hizo daño, pero tenía razón. Pensé en cómo trepaba Liss por las sedas de colores, y cómo iba soltándose después, mientras caía hacia el escenario.

—Tu cuerpo es lo que te ancla a la tierra. Cuanto más tenga que concentrarse tu mente en él, más te costará liberarte. De ahí los problemas que tienes cuando estás herida e intentas penetrar en el onirosaje de otra persona. —Me levantó la barbilla—. Ponte recta.

Tenía la mandíbula apoyada en sus nudillos. Su dedo pulgar me rozó la mejilla, y solo por un momento —sería un momento apenas— sus dedos envolvieron mi muñeca. Rápido. Cálido.

Dio un paso atrás. Aparté la niebla que me envolvía la mente lo suficiente como para invocar a mi sexto sentido. Me imaginé avanzando por el éter, liberándome de los confines de aquellos huesos. El mundo volvió a perder definición. Tenía el peso del cuerpo apoyado en las almohadillas de los pies. Los músculos del abdomen se me tensaron. Estiré la columna y levanté el pecho. Volví a girar en torno a él. Me aferraba a la tierra con la punta de los dedos.

—Ahora la canción te invita a ir más rápido —dijo el Custodio—. ¡Uno, dos, tres!

Giré y lancé mi espíritu.

El trayecto hasta su onirosaje resultó rápido y fluido. Fue como si hubiera estado intentando lanzar una campana de buceo y ahora estuviera lanzando un peso mínimo. Vi un atisbo del interior de su onirosaje. Mientras que antes allí dentro había una extensión de ceniza, ahora brillaba en el centro una luz de vivos colores. La imagen me llamó la atención: era el motor de su cuerpo, que me tentaba a que tomara el control, a que lo dominara. Pero me lancé de nuevo hacia atrás, volviendo a mi propio onirosaje, envolviendo mi espíritu en carne…

Di con las palmas de las manos en algo duro como el cemento. El choque me sacudió los brazos hasta los hombros. Y las piernas me temblaban, pero seguía de pie. No me había caído.

La canción acabó de pronto y las rodillas me fallaron. Sin embargo, en lugar de sentir dolor, me reía, como embriagada. El Custodio me ayudó a ponerme en pie, colocándome las palmas de las manos bajo los codos para levantarme.

—Esa es la música que quería oír —dijo—. ¿Cuándo fue la última vez que te reíste?

—¿Tú te has reído alguna vez, Custodio?

—Cuando eres el consorte de sangre de Nashira Sargas hay muy pocos motivos para reír.

Empezó otra canción. Yo apenas la oía. Estábamos demasiado cerca, sus manos envolvían mis codos y me sostenían junto a él.

—Los refaítas son más vulnerables en los puntos en los que nuestros cuerpos están más alineados con el mundo físico. Si apuñalas a un refaíta en el talón, en la rodilla o en la mano, probablemente le hagas más daño que si le clavas el puñal en la cabeza o en el corazón.

—Lo tendré en cuenta —dije.

Ahora la luz de sus ojos era tenue, como la llama de una vela. Levanté la mano y apoyé la palma contra su mejilla.

Una de sus manos se deslizó por mi brazo desnudo, rozándome el hombro y el cuello para sostenerme la nuca delicadamente.

Habría sido muy fácil repetir lo del consistorio. No teníamos a Nashira tras las cortinas, ni a Jaxon en la habitación de al lado. En aquel momento no había nada en el mundo que hubiera podido convencerme de viajar con mi onirosaje. O de correr. Tenía todos los sentidos puestos en el contacto con su cuerpo, y en el espacio que quedaba entre sus labios y los míos; en el modo en que se mezclaban nuestras auras, como los colores en un telar. Abrí los dedos y los extendí sobre su corazón, asiéndolo. Su mano en mi cabello, el calor de su aliento.

—Vosotros soléis decir que un antiguo amante es una «vieja llama». —Sus ojos de color dorado verdoso eran más temibles que bonitos, y su rostro no tenía nada de terrenal—. En el caso de los refaítas, la llama tarda mucho en prender. Pero una vez que arde, no puede apagarse.

No tardé mucho en darme cuenta de lo que quería decir.

—Pero yo sí puedo —dije—. Yo desapareceré. Me apagaré.

Se hizo un largo silencio.

—Sí —dijo el Custodio, en voz muy baja—. Te apagarás.

Me soltó. Al interrumpirse el contacto, la noche me cayó encima de golpe.

—No me hables con acertijos. —Sentía el pecho blindado, como una caja fuerte—. Sé lo que quieres decir. Y no sé por qué ocurrió aquello en el consistorio, en qué estaría pensando. Tenía miedo y tú fuiste amable conmigo. Si fueras humano…

—Pero no lo soy. —Sus ojos me miraron, ardientes—. No deja de sorprenderme el respeto que le tienes al *statu quo*.

Me lo quedé mirando a la cara, intentando descifrar sus pensamientos.

—Debes saber que soy refaíta, y que solo puedo llegar a entender vuestro mundo desde la perspectiva de un foráneo. Que el camino que le presenta a quien camine a mi lado no es fácil —dijo, con el mismo tono bajo de siempre—, y que si nos descubren, no solo perderás el apoyo de los Ranthen, que tanto necesitas, sino posiblemente también la vida. Quiero que te des cuenta, Paige.

El amor no tenía nada que ver en todo aquello, y ambos lo sabíamos. Arcturus Mesarthim era una criatura del velo, no del mundo, y yo era hija de las calles. Si los Ranthen descubrían algo entre nosotros, la frágil alianza que habíamos forjado se rompería. Pero podía sentir su presencia, cálida y consistente —el latido de su espíritu, el tentador arco oscuro de su onirosaje, una llama envuelta en humo—, y me daba cuenta de que ninguna de esas cosas me haría cambiar de opinión. Seguía queriendo tenerlo a mi lado, igual que justo antes de subirme a aquel tren que iba a llevarme a la libertad.

—No escogí una vida fácil. Y si me pagan por cumplir órdenes —dije—, sigo siendo una esclava, aunque de otro tipo. Terebell tiene que darme el dinero porque quiere destruir Scion y todo lo que supone. No para tenerme controlada.

El Custodio me miró, y miró en mi interior. Se giró hacia la maleta del tocadiscos y sacó los guantes de dentro. Me puse rígida.

—Siempre hay motivos —dijo.

Con los guantes puestos, buscó en la maleta y sacó una flor. Una anémona de pétalos perfectos de color escarlata, la flor que le quemaría al mínimo contacto. Me la ofreció.

—Para el torneo. Tengo entendido que aún usan el lenguaje victoriano de las flores.

La cogí sin decir palabra.

—Paige —dijo, con una voz que era una sombra gris de su propia voz—. No es que no te desee. Es más bien que te deseo demasiado. Y para demasiado tiempo.

Algo se agitó en mi interior.

—Nunca puedes querer demasiado. Así es como nos silencian. En la colonia penitenciaria nos decían que teníamos suerte de estar allí y no en el éter. Que teníamos suerte de que nos mataran con el NiteKind y no en la horca. Que teníamos suerte de estar vivos, aunque no tuviéramos libertad. Nos decían que dejáramos de desear algo más que lo que nos daban, porque lo que nos daban era más de lo que nos merecíamos. —Cogí mi chaqueta—. Ya no eres prisionero de nadie, Arcturus.

El Custodio se me quedó mirando en silencio. Lo dejé en aquella sala de conciertos derruida; aún resonaba la música.

Cuando llegué a la guarida me encontré con que la puerta seguía cerrada con llave. Los otros debían de haber perdido la esperanza de que acabara mi «trabajo». La puerta de acceso al patio también estaba trancada. Desde luego, Jaxon estaba dejando clara su posición.

Trepé al edificio por el otro lado, donde estaba mi ventana, abierta de par en par. Me quité las lentillas; tenía los ojos irritados. Sobre la mesilla había una nota escrita con tinta negra.

Confío en que hayas disfrutado de tu paseo. Dime, querida, ¿eres una onirámbula o una *flâneuse*, deambulando por la ciudad de noche? Afortunadamente para ti me han llamado a una reunión, pero ya hablaremos de tu desobediencia por la mañana. Estoy empezando a perder la paciencia.

Debía de habérselo contado Nadine. Tiré la nota a la papelera. Jaxon podía coger su paciencia y metérsela por el cuello de una botella. Sin quitarme la ropa, me tendí en la cama y me quedé mirando la oscuridad.

El Custodio tenía razón. Yo era mortal. Él no.

Él era refaíta. Yo no.

Me imaginé lo que diría Nick si le confesaba lo que sentía. Lo sabía. «Sabía» lo que diría: que la tensión mental provocada por la cautividad me había hecho desarrollar una empatía irracional hacia el Custodio, que aquello no era más que una tontería.

Me imaginé lo que diría Jaxon: que los corazones son órganos frívolos, que no hacen más que meternos en líos. Diría que eso me volvía débil. Ese compromiso, por pequeño que fuera, era un defecto fatal para una dama.

Pero al Custodio le importaba que me riera. Le importaba si vivía o moría. Me veía por lo que yo era, no como me veía el mundo.

Y eso significaba algo.

Tenía que significar algo. ¿No?

De pronto me decidí; lo veía todo claro otra vez. Descalza, me colé en el despacho de Jaxon, que estaba a oscuras y en el que sonaba la «Danse macabre», y cogí un pliego de papel y una vela de uno de los armarios. En la penumbra, me senté en la silla del mimetocapo y, con suma atención, escribí mi solicitud para participar en el torneo.

Por la mañana, justo antes del amanecer, fui a Covent Garden y me dirigí al puesto de flores más grande. Ya había allí varios videntes, esperando a que abriera el puesto para poder comprar sus ramilletes para los últimos aspirantes. Cada tipo de flor tenía una etiqueta que describía su significado en el lenguaje de las flores.

Estaba claro cuáles eran las más populares. El gladiolo, la flor del guerrero. El cedro, símbolo de fuerza. La begonia, advertencia de que el combate iba a ser fiero. Todas esas no me interesaban. Tras pensármelo un poco, cogí unas campanillas irlandesas para tener suerte y una única dulcamara púrpura.

«Verdad», decía la etiqueta.

Las puse todas juntas en un único ramillete que até con cinta negra: suerte, verdad y la pesadilla de los refaítas, la flor capaz de abatir a aquellos gigantes. A la luz del sol naciente eché a caminar hacia el escondite secreto, donde dejé el mensaje, junto con mi solicitud.

Pasara lo que pasase, ya no iba a ser la Soñadora Pálida mucho más tiempo.

TERCERA PARTE

Corona en disputa

Quiero usar este epílogo para expresar mi profunda esperanza en que mi investigación haya servido para iluminar a esos clarividentes que nunca se habían sentido diferentes de los muchos otros que deambulamos por la ciudadela. Ha sido una década de mucho trabajo, pero este panfleto refleja mi deseo de una sociedad más jerárquica y organizada. Debemos combatir el fuego con fuego si queremos sobrevivir a esta inquisición.

Autor misterioso,
Sobre los méritos de la antinaturalidad

Interludio

Oda al Inframundo

*L*a monarquía había sido abolida tiempo atrás, arrancada de raíz por las armas. Los nuevos reyes y reinas se escondían en la oscuridad de la noche, con máscaras en el rostro, moviéndose a la sombra del ancla.

La violinista tocaba una dulce sonata, sola en una calle en que las gotas de lluvia brillaban como diamantes. Su arco transmitía las voces de los muertos.

Un niño sin palabras levantó la vista a la luna. Cantaba en un idioma que no debería haber conocido nunca.

El hombre que era como la nieve vio que el mundo estaba a punto de cambiar, y la cabeza le explotó con una imagen del mañana.

«El tictac del reloj de cuco resuena en la habitación.»

Las criaturas con luz en los ojos moraban en los huesos de la ciudadela; su destino ahora estaba unido al de Paige Mahoney y el Ring de las Rosas.

«Estos días acaban con flores rojas en una tumba.»

La mano sin carne levantó la seda y la dejó caer sobre la mujer con dos sonrisas y el corazón roto.

Por toda la ciudadela se encendieron unas lucecillas temblorosas. Unos dedos rozaron la suave superficie de una bola de cristal y unas alas se agitaron en sus profundidades.

Alas, alas oscuras en el horizonte, apagando las estrellas.

A la atención de

LA SOÑADORA PÁLIDA

HONORABLE DAMA DE LA COHORTE I, SECCIÓN 4

La localización precisa del cuarto torneo se le comunicará
personalmente a su mimetocapo dentro de dos días,
mediante un recadista de la cohorte II, sección 4.
A las diez en punto de la noche del 1 de noviembre
se enviará un rickshaw al punto de encuentro designado.

HE AQUÍ LOS NOMBRES DE LOS VEINTICINCO COMBATIENTES CONFIRMADOS:

<u>COHORTE VI</u>: *Leporino y el Hombre Verde* ✳ *Jenny Dientesverdes y el Loco de Mayo*

<u>COHORTE V</u>: *La Sílfide Abyecta y Escaramujo*

<u>COHORTE IV</u>: *Boina Roja y la Reina Hada* ✳ *Sinrostro y el Caballero del Cisne*

<u>COHORTE III</u>: *El Ejecutor y Jack Hickathrift* ✳ *lord Glym y Bruma de Londres*

<u>COHORTE II</u>: *Nudillos Sangrientos y Mediopenique* ✳ *La Dama Perversa y el Bandolero*
Ark Ruffian y Mellafilos

<u>COHORTE I</u>: *El Vinculador Blanco y la Soñadora Pálida*

<u>INDEPENDIENTES</u>: *La Médium Rebelde* ✳ *Corazón Sangrante* ✳ *Polilla Negra*

Minty Wolfson

Secretaria del Spiritus Club, jefa de ceremonias

*En nombre de la Abadesa,
mimetocapo de la I-2,
Subseñora interina de la ciudadela
de Scion en Londres*

20

Errores de imprenta

*E*l jueves 30 de octubre, *La revelación refaíta*, primer relato de ficción anónimo publicado en Grub Street desde hacía un año y medio, salió a las calles de Londres como un cohete. El Correo Literario, puesto ambulante de la editorial, iba por toda la ciudadela contando la macabra historia de los refaítas y los emim, vendiendo libritos por los bajos fondos como si fueran pastelillos recién salidos del horno. Yo estaba por las calles del I-4 cuando vi un ejemplar impreso por primera vez. Como todos los demás estaban ocupados, Jaxon me había enviado a hacer gestiones con Nick, aunque con la instrucción precisa de no alejarnos de Seven Dials. Cuando entré en el Chateline's, sonó la campanilla.

—Chat, he venido a cobrar el alquiler del mes —dije, apoyando los brazos en la barra—. Lo siento.

No hubo respuesta. Insistí. Chat estaba absorto leyendo algo. Cuando vi el título, un escalofrío me recorrió la espalda.

—Chat —repetí.

—Oh… —Guardó su lectura y se quitó las gafas de leer, como si le hubiera pillado haciendo algo ilícito—. Perdona. ¿Qué decías, cariño?

—El alquiler. Noviembre.

—Ah, sí. —Entre las cejas le apareció un profundo surco—. ¿Has leído esto?

Lo cogí, fingiendo que no me interesaba demasiado. En Grub Street solían imprimir en blanco y negro, pero en este caso habían añadido tinta roja, igual que habían hecho con *Sobre los méritos de la antinaturalidad.*

—No —dije, devolviéndoselo—. ¿De qué va?

—Scion.

Con un silencio casi reverencial se volvió a la trastienda. Yo pasé los dedos por la cubierta con una sonrisa apenas insinuada en el rostro. «Gracias, Alfred.» Bajo el título, en caracteres gruesos, un refaíta y un emite estaban enzarzados en un combate mortal. El emite lo habían dibujado como un asqueroso cadáver en descomposición, con unos miembros largos, como si se los hubieran estirado en un potro de tortura, y unas esferas blancas en lugar de ojos. El refaíta, a su lado, era una obra de arte, un ser andrógino pero inhumano con unos haces de fibras tensas por músculos. También era una imagen terrible, con su gran espada y un escudo con la imagen del ancla de Scion.

—Toma, cariño —dijo Chat, que regresaba con un rollo de billetes en la mano—. Da recuerdos al Vinculador.

Me metí el dinero en el bolsillo.

—¿Te va bien, Chat? También puedo esperar unos días.

—Bien. El negocio funciona. —Pasó otra vez la página—. ¿Te imaginas que fuera esto lo que ha ocurrido realmente…? Tratándose de Scion no me extrañaría, aunque todas estas historias de monstruos no sean ciertas.

—En el mundo libre hay quien piensa que los clarividentes no existen. No sabemos lo que hay ahí fuera —dije, subiéndome el pañuelo para taparme la boca—. Adiós, Chat.

Se despidió con un gruñido, sin levantar la vista de las páginas.

Salí de la tienda y sentí el contacto de los tenues rayos del sol de octubre. Nick me esperaba fuera, sentado en un banco con la cara orientada hacia la luz. Me miró.

—¿Lo tienes?

Asentí.

—Ya podemos volver.

Salimos al patio caminando muy juntos. Una unidad de centinelas se había pasado por Seven Dials la tarde anterior, haciendo preguntas en tiendas y bares escogidos al azar, lo que nos había obligado a huir al Soho por la trampilla. Afortunadamente no habían entrado en la guarida.

—Chat tiene una nueva novela barata —dije—. De autores anónimos, parece. Alguien nuevo.

—Oh, ¿de verdad? No me iría mal algo nuevo que leer —dijo Nick, sonriendo. Probablemente le parecía gracioso que habláramos de algo tan normal—. ¿Cómo se llama?

—*La revelación refaíta*.

Se me quedó mirando.

—No habrás sido capaz.

—Yo no he hecho nada.

—Pai… ¡Soñadora! El Vinculador se pondrá como loco si cree que le quieres hacer la competencia escribiendo panfletos. Enseguida sabrá que has sido tú —dijo, con los ojos como platos—. ¿Qué intentabas conseguir?

—Así la gente sabrá a qué se enfrenta. Estoy harta de que el mundo no lo sepa —dije, sin alterarme—. Nashira cuenta con que se mantenga en secreto hasta que decidan presentarse al mundo. Quiero que se hable de los refaítas en la calle y saber que los hemos puesto al descubierto, que hemos desmontado su plan. Aunque solo sea a través de rumores.

—Jaxon es como un detector de mentiras. Lo sabrá. —Soltó un suspiro y se sacó la llave del patio del bolsillo—. Deberíamos entrenar antes de regresar.

Le seguí. El Custodio me había ayudado a conocer algo mejor mi espíritu, pero aún tenía que trabajar la fuerza y la velocidad.

El Custodio. Pensar en su nombre hizo que una extraña sensación cálida me recorriera los huesos. Era inútil seguir soñando con imposibles, pero quería acabar la conversación que habíamos iniciado en la sala de conciertos.

En el patio, tras la guarida, Nick dejó su abrigo sobre el banco y estiró los brazos sobre la cabeza. Su suave cabello rubio brilló a la luz del sol.

—¿Cómo te sientes con respecto al torneo?

—Todo lo bien que se puede estar, sabiendo que tengo que combatir con más de veinte personas en público. —Flexioné los dedos—. La muñeca podría darme problemas. Me la rompí en la colonia.

—Puedes vendarte las manos —dijo, adoptando una posición de defensa y esbozando una sonrisa—. Venga, vamos.

Hice una mueca y levanté los puños.

Me tuvo una hora en el patio, lanzando puñetazos y esquivándolos, con fintas y amagos, obligándome a hacer dominadas colgada de la rama del árbol. En un momento dado se sacó un espíritu de algún sitio y me lo lanzó a la cara, haciéndome caer y provocando que ambos nos partiéramos de la risa. Cuando acabó conmigo, me dolía todo el cuerpo, pero estaba satisfecha con mis progresos. No sentía los brazos tan débiles como en la colonia penitenciaria. Me senté en el banco para recuperar el aliento.

—¿Todo bien, *sötnos?*

Flexioné la mano.

—Bien.

—Lo estás haciendo bien. Recuerda, sé rápida. Esa es tu ventaja —dijo, cruzándose de brazos. Él apenas había sudado—. Y no dejes de comer. Necesitamos que estés fuerte para el combate.

—Vale. —Me sequé el labio superior—. ¿Dónde está Zeke?

—Haciendo gestiones, creo. —Levantó la vista en dirección a las ventanas—. Venga, ve. Tienes que darle ese dinero a Jax.

Tenía la blusa empapada de sudor. Subí las escaleras corriendo, entré en el baño y me lavé un poco. Luego me cambié de ropa. Con el cabello aún mojado, llamé a la puerta de Jaxon.

—¿Qué? —respondió él, malhumorado.

Pasé y le entregué el sobre.

—Te traigo el alquiler de Chat.

Jaxon estaba tumbado en el sofá, con las manos cruzadas sobre el pecho. Se giró para sentarse y echó la cabeza hacia delante. Tenía las manos juntas, colgando de las rodillas como un puente. Para variar estaba sobrio, pero con aquella bata y esos pantalones de rayas se le veía encogido y agotado como nunca imaginé que podría ver a mi mimetocapo. Cogí el dinero —ochocientas libras, una buena parte de lo que ganaba Chat en un mes— y se lo dejé en la caja del dinero, que estaba decorada con joyas.

—Quédate la mitad —dijo.

—Son ochocientas.

—Sí, Paige. —Se encendió un cigarrillo y lo sostuvo con delicadeza entre los dientes de un lado de la boca.

Normalmente, cuando nos pagaba, lo hacía de un modo muy ostentoso, y no recordaba la última vez que había ganado tanto dinero con mi trabajo. Cogí la mitad de los billetes y volví a meterlos en el sobre, que luego me guardé en la chaqueta antes de que pudiera cambiar de opinión.

—Gracias, Jax.

—Por ti, lo que sea, querida mía. —Levantó el cigarrillo y se lo quedó mirando—. Tú sabes que haría cualquier cosa por ti, ¿verdad, pequeña?

La espalda se me tensó.

—Sí —dije—. Claro.

—Claro. Y después de haber arriesgado el cuello, mi sección y a mi gente para ir a rescatarte, no espero que desobedezcas mis órdenes. —Alargó una mano pálida para agarrar su último material de lectura—. Esta mañana me han entregado algo, mientras disfrutaba de mi desayuno en el Neal's Yard.

—Ah, ¿sí? —respondí, fingiendo interés.

—Oh, sí, querida. —Agitó la novela barata, con un gesto de asco en la cara—. «La revelación refaíta —leyó—. Un relato fiel y fidedigno de los temibles seres que mueven los hilos de Scion y de cómo explotan a los pueblos clarividentes.» —Con un giro de la muñeca, la tiró a la chimenea, que estaba apagada—. Por la calidad de la redacción podría pasar por uno de los pasquines de Didion, pero Didion Waite tiene la misma inventiva que un saco de patatas. Y por ofensivo que sea este escritorzuelo… o escritorzuela, desde luego no se puede negar que tiene una imaginación desbordante. —En el espacio de tres segundos lo tuve a centímetros de mi cara, agarrándome los brazos con las manos—. ¿Cuándo lo has escrito?

Yo no me eché atrás.

—Yo no lo he escrito.

Las aletas de la nariz se le hincharon.

—¿Me tomas por tonto, Paige?

—Fue otra de los fugitivos —dije—. Hablaba de un panfleto. Yo le dije que no lo hiciera, pero debe de haber…

—¿Te pidió que lo escribieras?

—Jax, yo no podría escribir algo así ni que me fuera en ello la vida. Tú eres el panfletista.

Me miró fijamente a los ojos.

—Cierto —dijo, y el humo se le escapó entre los dientes formando volutas—. Así pues, sigues en contacto con esos fugitivos.

—Ahora ya he perdido el rastro. No todos ellos tienen mimetocapos ricos, Jax —dije—. Necesitan buscarse la vida para ganar dinero.

—Por supuesto —respondió, al tiempo que iba destilando toda

aquella rabia—. Bueno, tampoco hay que hacer nada al respecto. La gente no hará caso; se darán cuenta de que son tonterías, acuérdate de lo que te digo.

—Sí, Jax. —Me aclaré la garganta—. ¿Me dejas echarle un vistazo?

Jaxon me lanzó una mirada fulminante.

—Y lo próximo será pillarte leyendo las poesías de Didion a escondidas —replicó, y me mandó salir con un gesto de la mano—. Vete, anda.

Fui a coger el panfleto de la chimenea y me fui. Acabaría enterándose de que estaba implicada en aquello. Probablemente, llamaría a Grub Street en cuanto tuviera un minuto libre (y daba la impresión de que siempre tenía minutos libres), para preguntar por la identidad del autor. Yo quería confiar en Alfred, pero había sido amigo de Jaxon mucho tiempo, desde antes de que yo naciera. Al final, el secreto se haría público.

Lo primero que observé en mi habitación era que varias cosas habían cambiado de sitio. La linterna mágica. Mi caja de abalorios. Alguien había estado fisgando, y tenía la sensación de que no había sido un intruso. Revisé la funda de la almohada y comprobé que las costuras estaban intactas. Para mayor seguridad, me guardé el pañuelo rojo y el sobre de dinero en la bota.

Jaxon estaba yendo demasiado lejos. ¿Qué creía que le estaba ocultando? Me llevé la novela a la cama y pasé las páginas hasta el capítulo doce, en el que lord Palmerston se veía obligado a tomar la terrible decisión.

—Radiante señora —dijo—, me temo que no puedo acceder a vuestra petición. Aunque he intentado convencer a los honorables lores de vuestras buenas intenciones, ellos creen que tengo el cerebro consumido por el láudano y la absenta.

Y la criatura sonrió, tan bella como extraña.

—Mi querido Henry —dijo—, debes asegurar a los lores que no vengo a hacer daño alguno a vuestro pueblo, incapaz de ver el mundo espiritual. Solo he venido a liberar a los clarividentes de Londres.

Se me puso el vello de punta. Eso no estaba en el original. La palabra había sido «encarcelar», no «liberar», y estaba segura de que a Nashira no la describían como una belleza. ¿O sí? Ya no tenía los dos originales —se los había pasado a Alfred y a Terebell—, pero ¿por qué íbamos a escribir «bella» ninguno de nosotros?

Seguí leyendo. Si solo era un error, tampoco pasaría nada. Pero no, había uno tras otro, y se iban acumulando como un manto de moho sobre el corazón de la historia.

Entonces la sombra de la dama se alargó por la calle, y con manos temblorosas el vidente la contempló y, de pronto, su belleza alivió su espíritu herido.

—Ven conmigo, pobre alma perdida —dijo ella—, y yo te liberaré de tus tribulaciones.

Y el vidente se puso en pie y quedó embelesado.

Esta vez sentí una sacudida que me atravesaba el pecho. No. Eso estaba mal. No había nada escrito sobre la belleza de Nashira y sobre que pudiera liberar de sus tribulaciones a ningún espíritu herido. Y no, «embelesado» desde luego no…, la palabra justa era «aterrado». Lo recordaba claramente del manuscrito… Cogí mi teléfono de prepago y llamé al número que me había dado Alfred, con un nudo en la garganta y con la boca seca. El teléfono sonó una y otra vez.

—Venga —susurré, rabiosa.

Por fin, tras dos intentos más, alguien respondió al otro lado de la línea.

—¿Sí? ¿Quién es?

—Necesito hablar con Alfred. Dígale que soy la Soñadora Pálida.

—Un momento.

Esperé, tamborileando con los dedos sobre la mesilla. Por fin oí una voz familiar:

—¡Hola, querida! ¿Qué tal va *La revelación refaíta*?

—La han editado muchísimo —dije, haciendo un esfuerzo por controlar el volumen de mi voz—. ¿Quién ha sido?

—Los autores, por supuesto. ¿No te lo han dicho?

Se me cayó el alma a los pies.

—Los autores —repetí—. ¿Has hablado personalmente con ellos, Alfred?

—Bueno, desde luego hablé con alguien. Con un joven muy agradable llamado Felix Coombs. Me dijo que, pensándolo bien, consideraba que debía de haber una facción buena en el panfleto, además de una mala. Y como los refaítas eran los menos repulsivos de los dos, era mejor que ellos fueran «los buenos», por decirlo en términos coloquiales.

—¿Y eso cuándo ha sido?

—Oh, justo antes de que fuera a imprenta. —Pausa—. ¿Pasa algo, querida? ¿Hay algún error tipográfico?

Volví a sentarme en la cama, con el corazón golpeándome el pecho con fuerza, pero cada vez más lento.

—No —respondí—. No te preocupes.

Colgué. Con los ojos encendidos, volví a leer el panfleto, fijándome en cada palabra impresa.

Terebell había invertido su dinero en glorificar a los Sargas.

Los refaítas no se alimentaban de los humanos. No había ni rastro de la anémona. Se les mostraba combatiendo a los malvados emim, protegiendo a los pobres clarividentes. Era el mito defendido por los líderes de Scion durante doscientos años: la misteriosa historia de los refaítas, sabios y omnipotentes, dioses de la Tierra, que defendían a los humanos de los gigantes de la podredumbre. Aquello sí que olía a podrido.

Felix no había hecho esa llamada por voluntad propia. Alguien debía de haberse enterado de la existencia del panfleto, alguien que quería proteger a los refaítas. Darles buena reputación.

El Ropavejero. Tenía que ser él. Él sabía de la existencia de los refaítas. Si había pillado a los fugitivos…, si se los había entregado a Nashira…

Una fina capa de sudor me cubrió todo el cuerpo. Me sequé el del labio superior con la manga, pero no podía dejar de temblar. No era culpa de Alfred. Él había hecho todo lo que había podido…, y además no podía tener ni idea del motivo de mi malestar. Al fin y al cabo, no era más que una historia. Solo que era la historia de otro. Ahora eso no importaba. Ya estaba en la calle. Lo que importaba era que los fugitivos habían sido descubiertos. Agarré mi abrigo y mi gorro, me los puse y abrí la ventana.

—¿Paige? —La puerta se abrió con un crujido de madera y entró Eliza—. Paige, necesito…

Se quedó paralizada cuando me vio agazapada sobre el alféizar, agarrada al marco de la ventana.

—Tengo que salir —dije, pasando las piernas al otro lado—. Eliza, ¿puedes prestar atención al teléfono, por si llaman? Dile a Nick que he ido a ver a los otros fugitivos.

Con un movimiento lento cerró la puerta a sus espaldas.

—¿Adónde?

—Al mercado de Camden.

—¿Oh, de verdad? —respondió sonriendo—. De hecho, no me importaría ir contigo. Jax necesita más áster blanco.

—¿Por qué?

—Entre tú y yo, creo que se lo ha tomado con la absenta. No entiendo qué le pasa últimamente. Va a acabar matándose con tanto tabaco y tanta bebida.

Fuera lo que fuese lo que quería olvidar, a nosotras no nos lo diría.

—No vamos de compras. Todo el barrio está confinado —dije, y luego hice una pausa—. De hecho, quizá podrías ayudarme. Si estás libre.

—¿Qué tenemos que hacer?

—Te lo diré cuando lleguemos —respondí, y le hice un gesto para que se pusiera en marcha—. Trae un cuchillo. Y una pistola.

Conseguí que un taxi pirata nos dejara en el extremo norte de Hawley Street, una tranquila zona residencial, lo más cerca posible del mercado Stables.

—Los traperos no nos dejarán acercarnos a los mercados —dijo la taxista—. Recadistas, taxis sin licencia, cualquiera de nuestro mundo que opere desde fuera del distrito. No sé qué les ha dado últimamente, pero yo diría que os costará mucho entrar ahí. —Me tendió la mano—. Y serán ocho libras cuarenta, por favor.

—El Vinculador Blanco te pagará —dije, ya con medio cuerpo fuera del taxi—. Cárgaselo a la cuenta del I-4.

Mientras se alejaba, me encaramé a unos andamios. Eliza me siguió, pero no parecía muy contenta.

—Paige —dijo, exasperada—, ¿quieres explicarme qué demonios hacemos aquí?

—Quiero ver cómo están los otros fugitivos. Algo no va bien.

—¿Y eso cómo lo sabes?

No podía responder sin hacerle saber que tenía algo que ver con la novela barata.

—Lo sé, sin más.

—Oh, venga ya —dijo, mientras saltaba al tejado siguiente—. Ni siquiera los videntes dicen esas cosas, Paige.

Eché a correr por las azoteas. Cuando llegué al edificio al final de la calle, me agazapé al borde del tejado y examiné el panorama desde las alturas. Chalk Farm Road ya había despertado del todo y sus tiendas se habían llenado de luz y de música; las aceras estaban llenas de amauróticos y videntes. Si conseguíamos cruzar la calle sin que nos vieran y rebasar el muro, habríamos llegado al mercado Stables, a pocos minutos de la *boutique*.

Cada vez que pasaba, un vidente percibía el brillo de un aura. Una de los traperos estaba apoyada en una pared, con el cabello azul y armada con dos pistolas, pero estaba demasiado lejos como para que pudiera detectar mi aura. Con Eliza cubriéndome la retaguardia, trepé al otro lado del edificio y crucé la calle a la carrera. Me topé con un amaurótico, pero me lo quité de encima de un codazo. De un salto me encaramé al muro. Eliza se puso a trepar, pero tenía las piernas más cortas. La agarré de debajo de los brazos y tiré de ella para luego dejarla caer en el otro lado.

—¿Estás pirada? —me susurró, enfadada—. ¡Ya has oído lo que ha dicho la taxista!

—Lo he oído —dije, pero ya había echado a andar—. Y quiero saber qué es lo que nos están ocultando los traperos a todos los demás.

—¿A quién le importa lo que hagan en las otras secciones? No puedes cargarte a los hombros los problemas de todo Londres, Paige…

—Quizás no —dije—, pero si Jaxon quiere ser Subseñor, va a tener que hacerse cargo de muchas más cosas —respondí, con una mano sobre la empuñadura del cuchillo—. Por cierto, ¿a ti también te ha registrado la habitación, o es solo a mí?

Se me quedó mirando.

—Sí que he notado que había cosas fuera de su sitio. ¿Crees que ha sido Jaxon?

—Tiene que ser él.

A esas horas, cuando muchos acababan su jornada laboral, el mercado estaba muy animado. Un sol moribundo se reflejaba en los escaparates de las joyerías. Atravesé las galerías del mercado, abriéndome paso entre los puestos y bajo las lámparas, atenta por si veía a algún trapero. De toda la gente que había allí, cualquiera podría trabajar para ellos. Cada vez que veía a un vidente, me ocultaba hasta que pasaba de largo, tirando a la vez de Eliza. Cuando llegué a mi destino, vi dos grandes grupos de traperos e innumerables videntes deambulando por ahí; sin duda, trabajaban para ellos.

La *boutique* estaba cerrada, y en la puerta había un cartel que decía CERRADO POR REFORMAS. Todas las joyas habían desaparecido del escaparate. Unos cuantos traperos montaban guardia frente a la puerta. Uno de ellos —un médium con barba y con el pelo ensortijado de color verde pálido— tenía un cartón de comida apoyado sobre la rodilla. Los otros observaban con atención a los comerciantes que montaban sus puestos en las cercanías.

—Eliza —dije, y ella se acercó—. ¿Tú crees que podrías distraerlos?

—No «puedes» entrar ahí —replicó, con un grito contenido—. Imagina qué pasaría si alguien intentara entrar en uno de nuestros edificios. Jaxon le…

—… daría una paliza, lo sé. —Esos tipos no se limitarían a eso; me matarían—. Tú aléjalos de la tienda cinco minutos. Y nos encontramos en la guarida dentro de una o dos horas.

—Esto tendrás que pagármelo bien, Paige. Y ya me debes el sueldo de dos semanas. De dos «años».

Me la quedé mirando sin decir nada. Ella murmuró algún improperio, pero salió de debajo de la mesa en la que se escondía y se puso en marcha.

—Dame tu gorro —dijo, tendiéndome la mano.

Me lo quité y se lo lancé.

Si tenían seis guardias apostados en la puerta de la tienda, debía de haber algo dentro que valiera la pena. Quizá los fugitivos siguieran en la bodega, encadenados como el Custodio en las catacumbas.

Esperé, observando la escena. Eliza había entrado a formar parte de los Siete Sellos antes que yo, y se había pasado la infancia robando. Era una maestra de la distracción y de las huidas rápidas, aunque no hubiera hecho demasiado trabajo de calle desde que había entrado a trabajar para Jaxon.

Un minuto más tarde la percibí de nuevo, acercándose por mi derecha. Salió de una tienda con un par de gafas de aviador y la melena rizada embutida dentro del gorro. Por su atuendo, cualquiera diría que intentaba pasar desapercibida. En cuanto los traperos la vieron, reaccionaron. Una de ellos se puso en pie.

—Eh.

Eliza aceleró el paso, manteniendo la cabeza gacha, y se dirigió al pasaje más cercano. Una trapera de cabello violeta echó mano de la pistola.

—Tú quédate aquí. No me gusta el aspecto de esa.

Los otros también se pusieron de pie. El hombre apartó la vista de la comida lo suficiente como para poner los ojos en blanco.

—Tampoco es que haya aquí nada que nos pueda robar.

—Bueno, si lo hubiera y desapareciera, tú serás quien le dé explicaciones a Chiffon. Y últimamente no está de buen humor, precisamente.

Eliza echó a correr, y los traperos fueron tras ella. En cuanto desaparecieron, pasé tranquilamente por delante del guardia que quedaba en la puerta, que ni siquiera me miró, y me dirigí a la parte trasera. Recordaba que había un ventanuco que daba al sótano. Tardé un minuto en encontrarlo, y lo abrí de una patada. Los fragmentos de cristal rebotaron sobre el suelo de madera. El espacio era mínimo, pero conseguí colarme por el hueco.

Allí no había nadie. A primera vista, aquello no era más que el sótano de una tienda vacía.

Me quedé allí un momento, agazapada entre los fragmentos de cristal, que reflejaban la tenue luz del exterior. Lo primero que pensé era que se habrían llevado a los fugitivos a las catacumbas de Camden, pero ahora ese escondrijo ya no era tan seguro. Ahí tenía que haber «algo».

Cuando los ojos se me adaptaron a la falta de luz, vi un rastro de sangre seca sobre el suelo de madera. Desaparecía bajo una librería vacía hecha de madera oscura lisa.

Agatha había dicho que su *boutique* era la salida de emergencia del II-4. No era solo un escondrijo, sino una vía de escape del distrito. El nuestro llevaba de Seven Dials a Soho Square. El de Hector le permitía huir bajo la valla que rodeaba el barrio. Si querían trasladar a los fugitivos sin que nadie se enterara, tenía sentido que lo hicieran por vías subterráneas.

La entrada a la bodega, en la planta baja, estaba oculta por un armario de cachivaches de la tienda, por si los centinelas hacían alguna inspección, y yo estaba convencida de que aquella librería era la puerta secreta número dos. Metí los dedos por detrás y tiré con todas mis fuerzas. Sentí la tensión en los brazos y el sudor en la frente, pero de pronto se oyó un chasquido sordo y la estantería giró sobre unas bisagras bien engrasadas, sin hacer casi ruido. Detrás se abría un estrecho pasaje de piedra, tan bajo que no podía pasar por él erguida. Una ráfaga de aire frío y rancio me despeinó el cabello.

El sentido común me decía que sería mejor esperar a contar con refuerzos, pero jamás había llegado a parte alguna escuchando a mi sentido común. Encendí mi linterna y entré, dejando la librería abierta tras de mí.

La caminata fue muy larga. Al principio, el túnel era angosto e impersonal; apenas ofrecía espacio suficiente para abrir los codos, pero luego se ensanchó lo suficiente como para poder inspirar aquel aire cargado de humedad sin estornudar. Tenía que mantener la cabeza gacha y los hombros encogidos para evitar darme con el techo, que parecía estar hecho de cemento.

Muy pronto me encontré con que veía las catacumbas de Camden a través de un conducto de ventilación. Estaba demasiado oscuro y no podía distinguir gran cosa, pero sí lo suficiente como para saber que aquello era la celda del Custodio.

Empezaba a sospechar que Ivy se había equivocado en confiar en su antigua iniciadora. Agatha había actuado de centinela de la guarida del Ropavejero... y, por lo que parecía, no solo eso. La galería continuaba en otra dirección. Respiré hondo y seguí adelante.

Diez minutos más tarde mi linterna parpadeó y se apagó, dejándome en la más absoluta oscuridad. «Mierda.» Di un golpecito a mi reloj, y los tubos Nixie de su interior se iluminaron con una pálida luz azul. Empezaba a desear haberme llevado a Eliza conmigo, aunque solo fuera por tener a alguien con quien hablar. Confiaba en que hubiera podido huir de los traperos, o sería la siguiente que desaparecería sin dejar rastro. Si no desaparecía yo antes, claro. Mi único consuelo era que, si me perdía ahí abajo, el Custodio podría percibir dónde estaba.

Seguí avanzando al tacto, golpeándome la cabeza cada pocos pasos, hasta que salí a un túnel con el característico techo curvo del metro de Londres. Retrocedí instintivamente y eché mano al revólver, pero en aquel túnel no había nadie. Otra estación abandonada, por lo que parecía, como la que había debajo de la Torre.

El tren que había sobre las vías era raro, sobre todo porque solo me llegaba a la altura de la cintura; era más una vagoneta que un vagón. Tenía los extremos pintados de rojo, y el centro, de negro, con manchas de óxido. En el lateral llevaba la inscripción SERVICIO POSTAL

DE LA REPÚBLICA DE INGLATERRA. Recordaba vagamente algo de aquello, del colegio. A principios del siglo XX, en una época previa a los ordenadores, habían creado un ferrocarril postal para transportar los mensajes secretos de la nueva república por la ciudadela. Ya hacía tiempo que había quedado en desuso, desde que habían empezado a enviar el correo electrónicamente, pero seguramente nadie había pensado en desmantelar la línea.

El corazón me golpeaba las costillas como un puño. Lo último que quería era subirme en aquel tren hacia un destino desconocido, pero seguro que era el lugar al que se habían llevado a los fugitivos.

En un extremo del tren había una palanca de un color naranja intenso, y otras manchas de sangre, huellas de color óxido en un lado del tren. Por su aspecto debían de ser de unos días antes. Me agazapé en uno de los minúsculos vagones, maldiciendo entre dientes, y tiré de la palanca con ambas manos. Empezaba a odiar los trenes.

Con un murmullo sordo y profundo, el tren se deslizó por las vías, atravesando unos túneles tan oscuros que no podía ver nada más que mi reloj. Nick iba a matarme cuando volviera.

Pasaron los minutos. La oscuridad resultaba agobiante, y me daba la impresión de que la sangre se me acumulaba en la cabeza. Me repetí una y otra vez que aquel tren no iba a ir a la colonia penitenciaria —era demasiado pequeño y viajaba demasiado despacio—, pero eso no alivió la presión que sentía en los oídos. No dejaba de mirar mi reloj, la única fuente de luz que tenía, con la muñeca pegada al pecho.

Al cabo de media hora, el tren llegó a un túnel iluminado y frenó poco a poco. Con los ojos ardiendo, subí a otro andén, tan anodino y estrecho como el anterior. Solo había una luz temblorosa en lo alto. Caminando con cuidado me colé en otra galería que me llevó cuesta arriba. Allí también había manchas de sangre en el suelo. Debía de estar a kilómetros de Camden, pero el viaje solo me había llevado media hora. Teniendo en cuenta el tamaño de Londres, quizás aún estuviera en la cohorte central. Subí por una escalera de peldaños y fui a parar a un túnel tan bajo que tuve que avanzar en cuclillas. Por fin vi luz. Una luz cálida, como la de una casa.

Tenía onirosajes cerca; eran quince. Reconocí el de Ivy, tenue, frágil y quebradizo. Debía de haber dos fugitivos, pero rodeados de guardias. Avancé a cuatro patas para evitar hacer ruido con las suelas de las botas. Cuando llegué al final de la galería, pude mirar a través de una fina celosía, como la de un armario ropero. Por los resquicios entre las tabillas vi el respaldo de una silla desde atrás, unas manos agarradas a los lados y una cabeza con el cabello corto y verde.

«Agatha.»

Estaba sentada muy recta, de espaldas. Me quedé inmóvil.

En el interior de la sala, en la que brillaba la luz de la chimenea, había una enorme cama con dosel con una colcha de seda atornasolada, sábanas blancas, almohadas con un monograma bordado y elegantes almohadones de color cereza. Del dosel colgaba un pesado cortinaje dorado brillante. En una mesita de noche de madera pulida había un jarrón de cristal con flores de áster rosa. Junto al hogar había unas butacas de respaldo alto tapizadas en terciopelo, una mesita de palisandro y un espejo de cuerpo entero, todo ello sobre una alfombra de color verde menta.

Se abrió una puerta con un crujido y Agatha se giró de golpe. Me eché atrás, ocultándome entre las sombras.

—Ahí estás —dijo, con su voz rasposa—. Llevo esperando un buen rato.

Pasó un momento antes de que alguien respondiera:

—¿Puedo preguntarte qué estás haciendo aquí, Agatha?

Se me encogió el estómago. Conocía aquella voz, grave y ronca. Cuando miré por entre las tabillas, me quedé helada.

Era la Abadesa.

21

Simbiosis

Conectan con el éter a través de sus propios cuerpos, el del solicitante o el de la víctima involuntaria. Debido al uso repetido de mugre corporal en su trabajo, son los parias de nuestra sociedad de clarividentes. Se sabe que cerca de Jacob's Island, gran barrio degradado de la cohorte II, vive una gran comunidad de augures viles. Recomiendo vivamente al lector que evite esa sección de la ciudadela, para evitar que caiga víctima de sus prácticas habituales.

Autor misterioso,
Sobre los méritos de la antinaturalidad

*H*e venido a por mi recompensa —dijo Agatha, con los labios aún pintados de verde—. La mitad de lo que te prometieron.

—Soy consciente de nuestro acuerdo. —La luz que penetraba por entre los listones cambió—. Supongo que esto tiene que ver con la tienda. Entiendes por qué hemos tenido que cerrarla, ¿verdad?

Aquello tenía que ser su salón nocturno.

—La entrada al túnel está protegida por dos puertas ocultas —replicó Agatha—. En esa tienda he ganado un buen dinero.

—Era una precaución necesaria, amiga mía. La Soñadora Pálida tiene la desafortunada costumbre de colarse en lugares escondidos.

«No tienes ni idea», pensé.

La Abadesa se quitó la chaqueta, dejando a la vista una falda de cintura alta y una blusa con volantes; se quitó también el sombrero de copa que llevaba y la melena le cayó por la espalda, espesa y brillante, formando delicadas espirales en las puntas. Se sentó en el sillón frente al de Agatha, con la chimenea a la espalda, con lo que desde mi posición la veía de frente.

—¿Se ha despertado la Jacobita?

—Sí —dijo la Abadesa, sirviendo dos copas de vino rosado—. Tenemos la información que necesitamos. Hemos tenido que… insistirle un poco.

Agatha gruñó.

—Le está bien por abandonarme. La saqué de las cloacas, y así me lo paga, yéndose a trabajar con tu señor.

—Yo no sirvo a ningún señor, no te confundas —respondió ella, con voz fría.

—Entonces cuéntame, «Subseñora»: ¿por qué no se deja ver? ¿Por qué se oculta mientras sus secuaces le hacen el trabajo sucio?

—Esos «secuaces», Agatha —dijo la Abadesa, levantando la copa—, son los líderes de este sindicato. Tus líderes. Tanto él como yo tenemos muchos amigos. Y en un futuro próximo tendremos muchos más.

Agatha chasqueó la lengua.

—Muchos más peones que mover, más bien. Bueno, yo no seré uno más. Quizás esté perdiendo la voz, pero no soy tonta. Si esa iniciativa tuya te da lo suficiente para comprarte esa ropa, puedes darme algo para que yo también me llene los bolsillos.

Extendió una mano, y la Abadesa le dio otro sorbo a su vino, sin quitarle los ojos de encima.

«Todos los líderes del sindicato. Iniciativa.» Me grabé aquellas palabras en la memoria, con la adrenalina corriéndome por las venas. «Trabajo sucio. Jacobita.» Fuera lo que fuese lo que tramaban, tenía unas repercusiones mucho mayores de lo que yo me había imaginado. Otro onirosaje se acercaba a la estancia, procedente de una planta inferior.

—He gastado mi buen dinero con esos fugitivos. Alimentándolos, vistiéndolos. —Agatha tenía la voz cada vez más rasposa—. Tuve que librarme de dos de ellos, por cierto. Chillaban en sueños, veían monstruos en los árboles. Yo reconozco un onirosaje roto cuando lo veo. No valían para nada. No sabes lo que tuve que pagar a los nimios del barrio para que se los llevaran mientras los otros cuatro dormían.

El chico y la chica, los otros dos supervivientes. Sentía tal rabia que me temblaba todo el cuerpo. Los había sacado de un infierno para meterlos en otro.

—Todo eso lo arreglaremos enseguida, amiga mía. ¡Ah! —dijo la Abadesa, sonriendo—. Gírate, Agatha. Ahí tienes tu dinero.

—Bien. —El sillón se movió con un ruido de madera rozando con madera—. Ah, ahí estás. Ya era…

Un disparo.

Fue tan inesperado, y sonó tan cerca de mi escondrijo, que a punto estuve de chillar. Me tiré al suelo del vestidor con el puño apretado contra la boca.

A través de las tablillas veía las dos butacas en la penumbra. El cuerpo de Agatha yacía en el suelo, vacío como un guante sin la mano dentro.

Una sombra me tapaba la luz.

—Hablaba demasiado —dijo una voz, profunda y masculina.

—Ha cumplido su función. —Un pie desnudo empujó el cadáver, apartándolo—. ¿Lo tienes todo listo?

—Abajo.

—Bien —dijo ella, masajeándose un lado del cuello con los dedos—. Lleva mi maleta al coche. Debo… prepararme.

El hombre pasó por delante de mi escondrijo, con las manos a la espalda, y por encima del cuerpo tendido en la alfombra. A juzgar por el hábito, era el caballero de la Abadesa, el Monje.

—¿Necesitas litio?

—No —respondió su mimetocapo, hinchando el pecho—. Nada de litio. Ahora nuestra simbiosis es mucho más fuerte.

—Tu cuerpo no está más fuerte que antes. La última vez te dejó agotada —dijo él, sin demasiados miramientos—. Tendrían que encontrar a otra persona que tuviera tu don. Todo este riesgo, ¿para qué? ¿Por él?

—Sabes muy bien por qué. Porque conocen mi rostro, no el suyo. Porque yo cometí ese error —dijo, envolviendo la copa con los dedos—. La última vez fueron ocho matones armados (fuertes, aunque borrachos). Esta vez es solo una dama. Pero a partir de esta noche Caracortada dejará de suponer una amenaza. —Se puso en pie y vació la copa sobre el cadáver de Agatha—. Quiero el doble de guardias de los traperos en la tienda de Agatha. Hasta que recibamos el pago, debe de estar cerrada a cal y canto.

El Monje tardó un momento en responder:

—Así se hará.

Yo intenté respirar haciendo el mínimo ruido posible.

—Necesitaré algo de tiempo para… convencerlo. Llama tres veces a la puerta y espera a que te dé paso antes de entrar.

La luz cambió de nuevo cuando se fueron. Me escondí en el túnel hasta que sus onirosajes estuvieron lejos, y luego avancé a gatas y empujé la puerta del vestidor. Estaba cerrada con llave desde el otro lado. Presioné con el cuerpo, pero la cerradura no cedió. Descargué la rabia con un palmetazo en la madera, pero luego me dejé caer a un lado del túnel.

Si rompía la puerta, la Abadesa sabría que alguien había estado allí y trasladaría a los fugitivos a otro sitio. Estaban ahí, en algún sitio de aquel edificio.

Iba a por Caracortada.

Eran demasiadas cosas que asimilar. Las implicaciones de que la Subseñora estuviera haciendo aquello,.,., pero es que no tenía conti do. Había sido amiga de Hector… Tenía que darle vueltas. «Simbiosis. Litio.» Sacudí la cabeza, apretando los dientes. «¡Piensa, Paige, piensa!» La Abadesa era una médium física. «Simbiosis…» Me maldije una vez más por no haber llevado a Eliza conmigo. Ella habría entendido lo que quería decir.

«Piensa.» El cerebro se me estaba recalentando, repasando cada pista suelta, cada palabra, intentando conectarlas.

Podía llegar antes que la Abadesa al escondrijo de Caracortada. Ivy me había dicho que se había criado con Caracortada, en la misma comunidad… Pero ¿dónde? Agatha había encontrado a Ivy en las calles de Camden. Seguramente la habrían abandonado, o estaría huyendo de algo…

Un momento. El pulso se me aceleró. Había un vínculo entre las dos. Las dos eran agures de las categorías consideradas «viles»: Caracortada era una hematomántica, Ivy una palmista.

¿Y dónde habían sido apresados todos los augures viles tras la publicación de *Sobre los méritos de la antinaturalidad*? ¿Dónde se los llevaban si los sindis los veían por las calles? ¿Dónde nacían sus hijos?

«Dime dónde se esconde Ivy Jacob.»

Me sequé el sudor de debajo de la nariz, con la mirada fija en la penumbra de la habitación. Solo había un lugar donde hubieran podido crecer juntas: un lugar donde podía aislarse del mundo exterior. Un lugar en el que podía haberse escondido de la gente que había matado a su mimetocapo. Me puse en marcha de nuevo por el túnel, de vuelta a Camden.

Caracortada estaba en Jacob's Island.

Tardé quince minutos en cruzar de nuevo la ciudadela en la vagoneta —empujando la palanca se aumentaba una marcha— y diez minutos más corriendo a toda velocidad por las galerías para llegar a la salida de emergencia. Cuando conseguí salir por el ventanuco del sótano, aspiré el aire fresco como si fuera agua, estremecida. No había tiempo para detenerse, ni siquiera para respirar. Atravesé el mercado a la carrera y volví a Hawley Street, donde encontré un taxi pirata: le corté el paso y planté ambas manos sobre el capó. El conductor asomó la cabeza por la ventanilla, con la cara congestionada de la rabia.

—¡Eh!

—A Bermondsey —dije, metiéndome dentro, empapada en sudor—. Por favor, necesito ir a Bermondsey. Rápido.

—¿Quieres que te atropellen, muchacha?

Tuve que apretar los dientes para evitar que mi espíritu saliera disparado. El esfuerzo fue tal que me salió una gota de sangre de la nariz.

—Si tiene algún problema —dije, jadeando—, hable con el Vinculador Blanco. Él le pagará por las molestias.

Al oír aquello se puso en marcha. Llamé al teléfono del I-4, que sonó dos veces antes de que respondiera una voz familiar.

—I-4.

—¿Musa? —Bien. Había conseguido volver—. Musa, escucha, tengo que ir a un sitio, pero…

—Soñadora, tienes que calmarte y contarme qué demonios está pasando. Llevas fuera una hora. ¿Dónde estás?

—De camino al II-6 —respondí, pasándome los dedos por el cabello húmedo—. ¿Puedes reunirte conmigo en Bermondsey?

La línea crepitó. Una interferencia.

—Ahora no. El toque de queda. Mira, lo intentaré, pero puede que tenga que esperar hasta que nos envíe a algún sitio.

—Vale. —La garganta se me tensó—. Tengo algo que contarte.

Volvía a estar sola. Colgué y me agarré a la puerta al ver que el taxi tomaba otra curva.

Jacob's Island, o «la Isla», un conglomerado de calles junto a un meandro del río, era el peor de los barrios bajos de SciLo. Tenía un kilómetro y medio de largo y en los tiempos de la monarquía era donde acababa lo peor de la sociedad. Jaxon lo había descubierto cuando aún era un niño. Debió de pensar que sería la prisión ideal para los augures viles, los parias de la sociedad de videntes. Desde luego no eran muy populares, con la excepción de los quirománticos, cuya técnica no se consideraba especialmente desagradable. Sobre todo porque algunos podían usar incluso entrañas para sus videncias.

Tras la publicación de *Sobre los méritos de la antinaturalidad*, cuarenta y tres augures viles habían sido asesinados, y el resto habían quedado recluidos en aquel lugar. Yo no sabía muy bien qué me encontraría en el interior del barrio, pero sí sabía que a sus habitantes no se les permitía salir. Desde el momento de su reclusión habrían tenido hijos, niños que no habían visto nunca el mundo, más allá de aquella esquina de Bermondsey. Todo el que nacía allí adoptaba el apellido Jacob.

En las pantallas a Ivy no le ponían apellido. Si hubiera nacido en aquel lugar, nunca habría constado en el censo de Scion. Pero ¿cómo habrían conseguido salir tanto ella como Caracortada?

Si estaba equivocada, sería demasiado tarde.

Bajé del taxi pirata a la carrera y le dije al conductor que dejara la cuenta en nuestro buzón (tendría que vaciarlo antes de que Jaxon se diera cuenta). Luego me dirigí hacia el punto de acceso. Las botas me resbalaban por la pendiente, cubierta de fango. Al final de la cuesta, un joven guarda del sindicato con aspecto aburrido montaba guardia ante la puerta este de Jacob's Island, con el rifle apoyado contra un cajón a su lado. Treinta y seis potentes espíritus rodeaban el barrio, uno de cada sección de la ciudadela. La valla se componía de una serie de barras de metal entrecruzadas que componían una malla, y en lo alto había una vieja placa de Scion.

COHORTE II, SECCIÓN 6

SUBSECCIÓN 10

ADVERTENCIA: SECTOR RESTRINGIDO DE TIPO D

El tipo D se usaba para pequeñas estructuras en obras consideradas demasiado peligrosas como para ocuparlas. Aquel cartel debía de llevar allí desde antes de que decidieran no restaurar el barrio; desde antes de que el panfleto de Jaxon hubiera obligado a los augures viles a recluirse en ese lugar, lejos del control de Scion. En cuanto me vio, el centinela puso en guardia a una bandada de espíritus.

—¡Atrás! ¡Enseguida!

—Necesito acceder a la isla —dije yo—. Inmediatamente.

—¿Es que necesitas que te limpien las orejas, jovencita? No se puede entrar, si no es por orden de la Subseñora interina.

—No soy la Subseñora interina, pero sí la Soñadora Pálida, heredera del Vinculador Blanco —le espeté—, cuyo panfleto es el responsable de la existencia de este barrio. Dile a la Dama Perversa y a la Abadesa lo que quieras —le solté, ya a su altura y dándole un empujón—, pero déjame pasar.

Él me devolvió el empujón, con tanta fuerza que a punto estuve de caer al fango.

—Yo no respondo ante el I-4. Y tampoco creo que vayas a pasar por algún agujero de la valla. Esos espíritus te destrozarían la mente.

—Y supongo que un guardia tan eficiente como tú tiene algún modo para contenerlos. —Me metí la mano en la bota y le tiré el sobre lleno de dinero del alquiler de Chat—. ¿Es suficiente para que me dejes entrar y mantengas la bocaza cerrada?

El guardia vaciló, pero el grosor del sobre debió de convencerlo. Sacó una bolsita de trapo que llevaba colgada del cuello con una cadena dorada y me la lanzó.

—Asegúrate de devolvérmela.

Corrió el pestillo de la oxidada puerta. Yo me preparé, con la bolsita, que olía levemente a salvia, colgada del cuello y el cuchillo bien agarrado.

—A partir de aquí te las apañas sola —me advirtió el guardia—. Yo no entraré a buscarte.

—No —dije yo—, no lo harás.

Le lancé mi espíritu, que, con una leve sacudida, lo dejó inconsciente, tendido de espaldas sobre un charco. No sentí el mínimo dolor de cabeza. Le cogí el sobre de dinero de la mano y me lo metí de nuevo en el bolsillo interior de la chaqueta.

Y así, a solas, entré en el barrio marginal más famoso de todo Londres. Los espíritus iban apartándose a mi paso como se abre el telón de un teatro.

La puerta daba paso a un pasaje estrecho. Tenía el rostro cubierto de sudor, y las mejillas ardiendo.

No paraba de pensar en todo lo que me había dicho Jaxon sobre los agures viles. Los arúspices usaban entrañas de animales para su trabajo. Los espatulománticos quemaban o manipulaban huesos. Luego estaban los hematománticos, amantes de la sangre; los dririmánticos, que leían las lágrimas humanas; los oculománticos, obsesionados con los ojos, estuvieran o no en la cabeza. Jaxon había dejado a Eliza aterrada al hablarle del Desflorador, el legendario antropomántico que merodeaba por las cloacas de aquel lugar esperando a que pasara alguna joven para despellejarla y desmembrarla, y luego usar sus entrañas para predecir la muerte de la siguiente.

«Es solo una historia —pensé—. Es solo una historia. Una historia que se cuenta por los callejones y en las esquinas, nada más que una leyenda urbana.»

Pero ¿no son ciertas algunas leyendas?

Un humo turbio se elevaba desde los restos de una hoguera cercana, dejando en el aire un hedor que, combinado con los otros olores del lugar, resultaba nauseabundo: azufre y podredumbre se unían a la peste de un desagüe reventado y al olor de carne quemada. En comparación, el Poblado era un palacio. La basura se acumulaba en montones junto a las puertas rotas, extendiéndose por las calles, atravesadas por pequeños arroyos de agua sucia. Me abrí paso por entre raspas de pescado traslúcidas y cadáveres de ratas de alcantarilla. Lo único que rompía el silencio era el graznido de un cuervo en el tejado más cercano.

Aquel lugar era un laberinto de callejuelas. Al final de la siguiente vi una antigua bomba de la que goteaba un agua fangosa, a solo un par de metros de donde desembocaba el desagüe de aguas negras. De pronto se abrió una puerta y me quedé inmóvil. De una casa salió una mujer flaca y pálida como el hueso. Yo me oculté tras una valla, intentando reconocer su aura. Llevaba tres años en el sindicato y jamás había visto a un augur de aquel tipo en particular. Ella accionó la bomba con una mano de aspecto frágil, pero la única recompensa a sus esfuerzos fue un chorrito de limo negro. Sin hacer ruido, se arrodilló junto a un charco profundo y usó la palma de la mano para recoger la mayor cantidad de aquel líquido asqueroso. Tras lamerse todos los dedos, volvió a subir los escalones cojeando.

Las calles eran estrechas, y estaban flanqueadas por edificios altos y sin tejado. Nada hacía sospechar que hubieran tenido ventanas jamás. Mis botas pisaban un agua sucia en la que flotaba una espuma blanca. Tenía que respirar con la manga apretada contra la nariz. Scion debería haber acabado con aquel lugar un siglo atrás.

Había onirosajes en las casas, pero estaban tranquilos. Caracortada tendría que estar en algún sitio. Estaría nerviosa y asustada, sería fácil de localizar. Justo en el momento en que el rojo sol se estaba poniendo, salí de un callejón a la calle más ancha con la que me había encontrado hasta el momento.

Un dolor terrible me estalló en el hombro.

Algo entre un grito y un gruñido me salió de la boca, e instintivamente mis dedos se lanzaron en busca del origen de aquella agonía. Era algo metálico y curvado, y lo tenía encajado bajo la piel. Tiraba de mí, haciéndome mover los pies y chapotear en el fango.

Oí unos pasos rápidos que se me acercaban por entre los charcos. Lancé mi espíritu, repeliendo a uno de ellos, pero enseguida tuve seis pares de manos encima que me pusieron en pie. Un hombre flaco y de rasgos angulosos se acercó desde la casa más cercana con el otro extremo del cable de pescar enrollado en la mano. En la otra llevaba una especie de pistola, un modelo viejo con unas cuantas modificaciones.

—Parece que hemos atrapado algo. ¡Una intrusa! —dijo en voz alta, acariciando la pistola con un dedo grueso—. Dime, ¿qué le has hecho a este?

Señaló al hombre tirado en el suelo, que se agarraba la cabeza con ambas manos. Quise echar mano de mi revólver, pero el líder de la banda le dio tal tirón al cable que el anzuelo se me despegó del hombro arrancando una tira de piel. Quise soltar una maldición, pero me la tragué. Aquello no acabaría bien si discutía con ellos. De la herida empezó a manar sangre que me empapó la camisa.

—Deberíamos llevarla al Barco, ¿no? —dijo uno de los otros—. Ahí tienen cuerda.

¿Cuerda?

El líder de la banda pareció pensárselo un momento, pero luego asintió.

—Supongo que sí. Por favor, desarmadla.

Me quitaron las armas visibles, una por una, y luego se me llevaron a la fuerza por los estrechos callejones.

Tras un minuto caminando en silencio, el líder del grupo se abrió paso entre la ropa tendida en un cordel y salió a una calle más ancha. Enfrente vi una valla de estacas.

—¿Qué es esto?

En la puerta de lo que parecía un viejo bar de los tiempos previos a Scion, rodeado por una valla de madera, había un hombre de pie. El tipo tenía el pecho fuerte y grueso, y era calvo como una bola de billar. Su rostro, pálido, tenía un tono traslúcido que me hizo pensar en los huevos de una rana. Por encima, en el centro del gablete de la casa, había un bonito cartel con la inscripción EL BARCO VARADO que contrastaba con todo lo demás. Al ver que yo no decía nada, se limpió las manos en la camisa y habló él:

—Habéis pillado una intrusa, ¿eh, chicos?

Tenía un acento irlandés no muy diferente del mío. Sin duda era del sur.

—La hemos encontrado merodeando cerca de la bomba de agua. —El cabecilla del grupo me tiró al suelo—. Mira qué aura tiene.

Seguía sangrando por la espalda, y ya tenía la blusa empapada. Mantuve los dedos presionados sobre la herida. No parecía que fuera profunda, pero me dolía muchísimo. El calvo bajó los escalones de madera medio podrida y se puso en cuclillas delante de mí.

—No parece que seas de por aquí, muchacha.

Normalmente pronunciar el nombre del Vinculador Blanco solía sacarme de cualquier problema, pero en este caso habría sido una sentencia de muerte.

—No lo soy —dije—. Estoy buscando a una de los vuestros.

—Supongo que no trabajarás para la mimetocapo, o no irías arrastrándote por ahí como una rata. ¿Sabe el guardia de la puerta que estás aquí, o te has colado?

—Lo sabe.

—Deberíamos pedir un rescate —dijo uno de mis captores, provocando los gritos de aprobación de los demás—. Quizá la asamblea nos dé a uno de los nuestros a cambio.

—¿Quién es esa?

Era una nueva voz, sosegada y aguda. Del *pub* había salido una joven con un delantal y un cubo de agua sucia en una mano.

—Vuelve dentro, Róisín —dijo el calvo, de malas maneras.

Un escalofrío me recorrió el cuerpo. Una capa de tejido cicatrizal cubría el lado izquierdo del pálido rostro de la mujer, desde la mandíbula a la sien. Durante los últimos años de las revueltas de Molly, el ScionIdus —el brazo militar de Scion— había usado un agente nervioso experimental para dispersar a los rebeldes concentrados, con resultados devastadores. Yo nunca había sabido su nombre oficial, pero en Irlanda lo llamábamos *an lámh ghorm*, «la mano azul», por las marcas de color añil que dejaba en los que sobrevivían a él.

En las ventanas del edificio ya habían aparecido otros rostros. Unos ojos excitados miraban a través de unos cristales mugrientos. Las puertas y los postigos de las casas se entreabrían con un crujido de madera. Se oían pisadas en los charcos. Al ver que salían de sus barracas y galerías y que avanzaban lentamente, rodeándome, se me hizo un nudo en la garganta. Antes de que pudiera darme cuenta, estaba rodeada por un corro de más de treinta augures viles. Un repiqueteo sordo me resonaba en los oídos.

Llevaban la ropa hecha jirones y cubierta de mugre. La mayoría de ellos iban descalzos o se protegían las plantas de los pies con pedazos de cartón. Los más jóvenes me miraban como si fuera un bicho raro que hubiera saltado a tierra desde el río. Los mayores no se apartaban de las puertas de las casas y parecían preocupados. Al mirarlos reconocí la misma imagen del Poblado y sus limosneros, escondidos en sus barracas. Veía a Liss Rymore tras la cortina que le hacía de puerta, y tras la cual guardaba las escasas y pobres pertenencias que aún tenía en el mundo.

El irlandés golpeó la puerta del *pub* con el puño. Tras diez segundos de silencio reverente, una mujer de poco menos de cuarenta años la abrió y salió al exterior secándose las manos con un trapo. Tenía unos ojos oscuros de aspecto mediterráneo y un moreno oliváceo en la piel, con pecas. Llevaba la espesa melena negra recogida en una trenza no muy apretada.

—¿Qué pasa? —le dijo al hombre, que me señaló con un gesto de la cabeza.

—Tenemos una intrusa.

—Ah, ¿sí? —Se cruzó de brazos y me miró de arriba abajo—. Si has entrado aquí, debes de ser muy lista, niña. Lástima que salir te vaya a costar un poco más.

Era de Dublín; su acento era el más marcado que había oído desde que había llegado.

—¿Tú eres la jefa de este lugar? —pregunté, intentando mostrar indiferencia.

—Esto es una familia, no una de vuestras bandas —respondió ella—. Soy Wynn Jacob, la curandera de la Isla. ¿Quién eres tú?

—Una amiga de Ivy —respondí, esperando que alguien conociera aquel nombre, que no suponía un peligro—. He venido en busca de una de los vuestros, una persona que creció aquí. En el sindicato la llaman Caracortada.

—Habla de mi Chelsea —gritó una anciana desde otra casa—. ¡Dile que nos deje en paz! ¿No nos ha quitado ya bastante la Dama Perversa?

—Cierra esa bocaza. Y vuelve al trabajo —dijo Wynn, y luego se giró a mirarme otra vez—. Conocíamos a Ivy y a Chelsea mucho antes de que nos dejaran. Yo misma crie a Ivy desde que era una cría. ¿Qué peligro corre, dime?

—¿Qué es lo que quiere decir? —pregunté—. ¿Qué es eso de que la Dama Perversa ya os ha quitado bastante?

—No le digas nada —espetó otro augur—. Si no lleva el apellido Jacob, no es una de los nuestros.

—Espera. —Róisín había recogido un periódico manoseado, tan húmedo y arrugado que costaba creer que pudiera leerlo. Lo levantó mostrándome la primera página y mirándome fijamente—. Tú eres una de los que busca Scion.

Me encontré enfrente mi propio rostro: arrugado, pero aun así perfectamente reconocible. Los augures viles se callaron de golpe, contemplando la fotografía y luego mirándome a mí, comparando rasgos. Otra mano me cogió de la mía: era un hombre con los dientes ennegrecidos y una nariz chata y brillante.

—Lleva el pelo diferente —dijo—, pero parece la misma. Sí, Róisín, yo creo que tienes razón.

—¡Podríamos venderla! —exclamó una mujer, agarrándome del cogote—. Scion nos pagaría una fortuna, seguro. Esta es preternatural.

La irlandesa de cabello oscuro no decía nada. Mi espíritu estaba a punto de liberarse y salir disparado, pero si hacía daño a alguien, aquella gente me mataría. El esfuerzo que me costó contenerlo hizo que saltaran chispas de los ojos.

—Chelsea ya dijo que vendrían a por ella. —Róisín, en los escalones, parecía aterrada—. Por favor, no le hagas daño. Le dijeron que iban a protegerla.

Al augur más cercano le sangraba la nariz.

—No le he hecho daño a nadie. Ni tengo pensado hacerlo. —Sentí un cosquilleo en las palmas de las manos—. ¿Cuándo tuviste contacto con la mano azul?

De pronto se hizo evidente en sus ojos que sabía de lo que le hablaba. Se llevó los dedos a la mejilla.

—Tenía diez años —dijo.

—¿Dublín?

—Bray. El Saqueo de Bray, una de las derrotas más aplastantes de las revueltas de Molly. —Echó una mirada a Wynn, que me miró a mí, intrigada—. ¿Tú también presenciaste la revuelta?

—*Éire go brách* —dije. Mi lengua materna afloró casi sin darme cuenta. Wynn seguía sin decir nada, pero nos miraba a las dos.

—Soltadla, vosotros dos —ordenó por fin, y los augures que me tenían cogida de los brazos me soltaron.

—Vern, llévala a Savory Dock. Rápido, antes de que el guardia de la puerta venga a buscarla.

La mujer que tenía a la derecha replicó, airada:

—¿Vas a dejar que vea a Chelsea?

—Brevemente, y con Vern a su lado —respondió Wynn—. Estará aquí porque la habrá enviado alguien de la Asamblea Antinatural. No quiero que la furia del sindicato caiga sobre nosotros, o arrasarán este lugar con nosotros dentro.

—Quiero mis armas —dije yo.

—Te las devolveremos cuando te vayas.

El calvo echó una mirada a la multitud, me cogió del brazo y tiró de mí, alejándose de El Barco Varado.

—Sí, venga, Vern, llévate la basura —gritó un viejo desde atrás—. ¡No vuelvas por aquí, sindi!

Vern avanzó con unas zancadas enormes, sin mirarme siquiera. Al caminar dejó de oler a basura, y empezó a oler a agua estancada, huevo podrido y fósforo. Un hombre observaba desde una chabola con una mirada de dolor en los ojos; llevaba la ropa tan sucia que todas las prendas eran ya del mismo tono.

En la punta de los dedos tenía un brillo de sangre. En cuanto rodeamos una esquina, me zafé de un tirón, liberando el brazo.

—No voy a irme hasta que vea a Caracortada.

—Te estoy llevando a Shad Thames, en Savory Dock. Ahí es donde está. Pero voy contigo —añadió, muy serio—. Conoces a la persona que ha venido a verla, ¿verdad?

Me giré de golpe.

—¿Qué? ¿Quién?

—Alguien ha venido a hablar con ella, para asegurarse de que contaba con la protección necesaria hasta el torneo. No puedo decir quién era, porque llevaba máscara —dijo—. La primera visita oficial que hemos tenido desde los tiempos en que la Dama Perversa se dignaba venir a ver cómo nos iba, que fue cuando se llevó…

Yo ya estaba corriendo por el callejón.

—¡Eh! —gritó Vern, corriendo pesadamente tras de mí—. ¡No sabes adónde vas!

—¿Hace cuánto? —grité.

—Hará un cuarto de hora, no más.

Ya estaba allí. La Abadesa. Recorrí las calles a la carrera, agachándome para esquivar la ropa tendida y saltando sobre muretes medio derruidos. En un muro mugriento de la calle siguiente se leía la inscripción SAVORY DOCK. Allí las chabolas daban paso a una extensión de agua color verde oliva donde flotaba una flotilla de barcos de pesca con el casco podrido. Imágenes del onirosaje de Caracortada.

En los bajíos de la orilla un grupo de habitantes de las cloacas iban recogiendo bolsas de plástico vacías. Cuando me vieron, huyeron como una bandada de pájaros asustados.

—¡Eh, tú! —le grité a una de ellos—. ¿En qué casa está Caracortada?

Ella me señaló una casa de varios pisos en mal estado. La puerta era azul, pero en la madera de las paredes solo quedaban restos de pintura. No llamé a la puerta. Las bisagras estaban en las últimas.

La nariz se me llenó de una serie de olores nuevos. Entré, y el agua me cubrió hasta las espinillas. Había botellas vacías y restos de basura flotando. La marea debía de subir a menudo. Los tablones del suelo, bajo mis botas, estaban cubiertos de una capa blanda de podredumbre.

—Caracortada —dije, saliendo del agua para subir una escalera desvencijada—. ¡Caracortada!

Silencio.

Tensé la espalda. En esa casa había un onirosaje, aunque tembloroso y débil. Saqué la navaja que tenía oculta en la bota, la abrí y subí las escaleras. De pronto, al pisar un nuevo escalón, mi bota atravesó la madera y quedó colgando en el vacío. El resto de la escalera, a mis espaldas, cayó hasta el sótano, que quedaba muy por debajo. Apreté los dientes, me agarré como pude, saqué la pierna del agujero y seguí adelante. La herida del anzuelo en el hombro me ardía. De lo alto me caía agua en el rostro. Una vez en el rellano de arriba eché un vistazo al pasillo, con el espíritu en guardia al borde de mi mente. Aquella casa se caía a pedazos. Un paso en falso y quizá se hundiera el suelo. Oí que Vern soltaba algún improperio abajo, al pie de la escalera.

—La encontraré —le grité.

—No intentes nada. Se puede subir por otro sitio —dijo él—. Yo iré por la parte de delante.

Corrió hacia la calle. Yo seguí adelante midiendo cada paso y con las manos apoyadas en las paredes.

Al final del pasillo había una puerta abierta. La empujé y percibí el onirosaje. Aquella habitación estaba a oscuras, y los postigos de la ventana, medio podridos, estaban cerrados. Sobre una cómoda ardían dos largas velas rojas. Y allí, tendida en el suelo, cubierta de sangre, estaba Caracortada.

Me arrodillé y la cogí en brazos: la Subseñora de Londres por derecho propio. Tenía la ropa empapada en sangre, pero aún quedaba algo de vida en ella. En los párpados y las mejillas presentaba los mismos cortes en forma de V con que habían marcado al resto de su banda. Y a su derecha, junto al muslo, agarraba con fuerza un pañuelo rojo.

—So…, soñadora. —Apenas podía hablar—. Se acaban de ir. Puedes… atra…, atraparlos.

Los músculos se me tensaron de golpe, listos para salir corriendo. Percibía un onirosaje en el extremo del barrio de chabolas, avanzando a gran velocidad. La lógica me decía que lo siguiera, pero ya sabía quién sería. Y cuando bajé la vista y vi aquel rostro mutilado y asustado, cubierto de sangre y lágrimas, tuve claro que no podía hacerlo.

—No —dije, en voz baja—. Ya sé quién ha sido.

La piel de Caracortada ya se estaba enfriando, como si la muerte estuviera exhalando su aliento sobre ella. Me agarró la mano con su mano temblorosa y yo se la apreté con fuerza. Su espíritu se iba consumiendo en su onirosaje, emitiendo señales de confusión y desconsuelo. Tenía todo el abdomen cubierto de sangre. Aún llevaba la misma ropa que la noche del mercado, la noche en que Hector había muerto.

En el rellano resonaron unas pisadas, tan fuerte que pensé que se iba a hundir el suelo. Vern casi se cayó al entrar en la habitación.

—¡Chelsea!

Se agarró a las jambas de la puerta con fuerza, con el rostro desfigurado de la rabia. Caracortada lo miró, pero no me soltó la mano.

—No ha sido ella —dijo, y Vern apretó los dientes, blanco como el papel—. Soñadora…, ellos mataron a Hector. Di…, dile a Ivy que no fui yo… Siento que se la llevaran. Confiaba en él. Ella lo era… todo. Tiene que… arreglarlo…

Una lágrima le surcó la mejilla, emborronándola de sangre.

—¿Por qué mataron a Hector? —pregunté, con la máxima suavidad posible—. ¿Qué es lo que sabía?

—Sobre el Ropavejero…, sobre ellos… —Me apretó la mano aún más, tanto que pensé que acabaría rompiéndome los dedos—. Se volvió muy codicioso. Se lo dije, se lo dije.

Las lágrimas le caían por el rostro, y sus dedos ensangrentados envolvían los míos. Era como yo. La misma posición, la misma edad, el mismo enredo. Yo ya había tenido que ver morir a Liss así, en la colonia, indefensa.

—He hecho mucho daño —susurró.

—No te preocupes. —Le acaricié el pelo con el dorso de los dedos—. El éter se nos lleva a todos por igual. No importa lo que hayamos hecho. —La miré a los ojos, pero ella ya tenía la mirada perdida—. Dime qué van a hacer, cómo detenerlos, Chelsea.

Un aliento rasposo.

—Es…, es el mercado… —Hinchó el pecho una última vez—. El mercado gris. El Ropavejero y… la Abadesa, juntos… nos van a vender a… —El éter tembló, y su cordón argénteo se desmoronó—. El tatuaje. Lo vi una vez. Ella…, su brazo…

Entonces se quedó inmóvil. Su cordón argénteo se quebró con un leve chasquido, liberándola de su cuerpo mortal, y de pronto sentí todo su peso en los brazos.

Vern se agachó, junto al cuerpo, y le puso la mano en la muñeca para tomarle el pulso. Yo me quedé donde estaba, arrodillada en el charco de sangre, tan atónita con todo lo que había sabido en la última hora que no podía pensar con claridad.

—Supongo que crees que esto nos lo merecemos. Que «ella» se lo merecía.

—¿Qué? —respondí, con voz rauca.

—¿Cómo lo decía él? ¿«Prácticas habituales»? ¿«Torpes y primitivos»? Y la mejor de todas: «En estos tiempos ya debían de haber muerto» —dijo Vern, apretando los dientes y con lágrimas en los ojos—. ¿Por qué tenéis que odiarnos tanto?

No se me ocurría ni una sola excusa.

—¿De verdad crees que hay asesinos en este lugar? ¿Tú crees en las elucubraciones del Vinculador, muchacha? ¿Tú crees que hizo bien en publicar sus suposiciones, fruto del resentimiento, y llamarlo «investigación»? —Se inclinó sobre el cuerpo de Caracortada y sostuvo una mano entre las suyas—. Esto será nuestro fin. Si el sindicato se entera de que ha muerto aquí…

—El Vinculador no lo sabrá —le aseguré yo.

—Oh, ya lo descubrirá.

La puerta se abrió de golpe, y Wynn entró en la habitación. Se arrodilló junto al cuerpo y acarició el cabello pegoteado de Caracortada.

—¿Es que nunca van a tener bastante? —murmuró.

—Ella era de aquí —dije, secándome el sudor del rostro con la manga—. Deberíais enterrarla.

—Y lo haremos. Aunque los únicos terrenos donde podemos hacerlo son vertederos. —Vern cogió el pañuelo que Caracortada tenía en la mano y le cubrió con él el rostro ensangrentado—. Ahora vete de aquí.

Su tono hizo que me encogiera por dentro, pero no lo demostré. Dejé a Caracortada entre los brazos de Vern y me alejé de aquel lugar, sin preocuparme porque mi sexto sentido hubiera tomado el control de la situación. En el éter todo fluía con mayor suavidad.

—Chelsea Neves —Wynn hizo la señal—, vete al éter. Todo está bien. Todas las deudas están saldadas. Ya no tienes que morar entre los vivos.

Su espíritu se evaporó y se perdió en la oscuridad exterior. Vern se cubrió el rostro con una mano. Yo miré por última vez el cadáver de Caracortada —lo miré hasta grabar a fuego cada detalle en la memoria— y luego me volví al rellano y me apoyé en la pared, agarrándome el cabello con una mano, temblando de rabia y sin control.

La única que quedaba que quizá supiera por qué había ocurrido todo aquello era Ivy, y seguía en manos de la Abadesa. No había nada que pudiera hacer para arreglarlo; no podía ni decir «lo siento» sin que sonara falso. En vida, Caracortada había sido una abusona brutal, pero ¿qué había sido yo, si no eso mismo? ¿No había usado mis puños y mi don para servir a Jaxon? ¿No le había obedecido sin chistar? Ella habría visto en mí todo lo que yo veía en ella. La puerta se cerró tras de mí. Wynn se estaba limpiando la sangre de las manos con un trapo. No parecía enfadada. Solo cansada.

—No era una mala mujer. —Su voz adoptó un tono más áspero, pero sus ojos estaban secos como la ceniza—. Nunca llevó nuestro apellido, dado que no había nacido aquí. Los sindis la recogisteis en la calle. Se la robasteis a su madre cuando no era más que una niña. —Hizo una pausa—. ¿Viste gran cosa de las revueltas de Molly?

Asentí.

—A mi primo lo mataron durante la Incursión.

—En esa época yo era bibliotecaria del Trinity College. —Se abrió el cuello de la camisa. Tenía una cicatriz de un disparo entre el cuello y el pecho, una marca como la que dejaría un dedo en la arcilla fresca—. ¿Cómo se llamaba tu primo?

—Finn McCarthy.

Se le escapó una risotada.

—Oh, recuerdo a Finn McCarthy, el buscaproblemas. Solo venía a mi biblioteca para preparar novatadas. Supongo... que le enviarían a Carrickfergus con los otros.

—Sí —respondí. Habría querido preguntarle más cosas sobre Finn, qué recordaba de él, de qué novatadas hablaba, qué problemas eran los que se buscaba... Pero no era el momento—. ¿Tú has visto al asesino de Chelsea?

—De lejos. No he visto gran cosa. Abrigo largo, sombrero de copa y una máscara de algún tipo. Cuando le he preguntado al guardia de la puerta, me ha dicho que esa persona había entrado con el permiso de la Subseñora interina y que más valía que cerrara la boca si no quería perder la lengua.

Apreté los puños.

—¿Te dijo algo Caraco..., Chelsea, en el tiempo en que estuvo aquí? ¿Algo sobre lo que había visto en Devil's Acre?

—Llegó aquí poco después del entierro de Hector, pero no quería hablar con nadie. Se encerró en esta casa y, por mucho que lo intentamos, no conseguimos que saliera. ¿Ivy está bien?

—Está en un buen lío —dije—. Y sé que no tienes ningún motivo para ayudarme, Wynn.

—Pero te gustaría que te ayudara.

Asentí.

—Si la Abadesa gana el torneo, tendrá un gran poder en el sindicato. Pero si gana algún otro, podría solicitar un juicio por la muerte de Hector y Chelsea.

—Si lo que estás diciendo es que quieres que testifique, la Asamblea Antinatural no aceptaría nunca el testimonio de una vil augur. El Vinculador Blanco sería el primero que no lo permitiría.

—Lo permitirían si hubiera un nuevo Subseñor. O una nueva Subseñora. Las reglas se podrían cambiar.

—Bueno, si así fuera, quizá se pudieran cambiar todas las reglas. Quizá los augures viles de Jacob's Island ya no estarían obligados a permanecer en este rincón de Bermondsey. Y si así fuera, Soñadora Pálida, estarían encantados de ayudar a cualquiera que hubiera acabado con las imposiciones del Vinculador Blanco. —Se quitó el abrigo que llevaba y me lo dio—. Ponte esto. Estás cubierta de sangre.

Tenía los pantalones mojados de cieno hasta la rodilla, por no hablar de las botas, y las manos y el pecho cubiertos de sangre.

—Lo acepto si tú aceptas esto —dije. Me quité la cadena de oro del cuello y, tras sacar un pellizco de salvia y ponérmela en la palma de la mano, le entregué la bolsita de seda—. El torneo se celebrará el primero de noviembre, a medianoche. Esto te permitirá evitar a los espíritus vinculados a Jacob's Island.

—Ah, la salvia del guardia —dijo, frotándola con dos dedos—. Pero con esta cantidad solo podrán pasar la barrera una o dos personas.

—Solo necesito a una o dos.

—Entonces me alegro de haber sido invitada —dijo Wynn, y esbozando una sonrisa me devolvió mi revólver y mis cuchillos; luego me cogió de un codo y me llevó hacia las escaleras.

—Espero verte pronto, Paige Mahoney. Ahora vete de aquí. La gente de este barrio no querrá una forastera en el entierro. Y, por favor, intenta ayudar a Ivy, allá donde esté. Esto le partirá el corazón.

22

El mercado gris

*L*ondres tenía la sangre envenenada. Caracortada estaría confusa y asustada, pero había escogido sus últimas palabras con precisión.

Yo no estaba segura de poder procesar la nueva información que tenía de la Abadesa. Todas aquellas mentiras sobre la amistad con Hector…, y hasta el torneo tendría más poder que ningún otro vidente de Londres. Estaba claro que había matado tanto a Hector como a su dama, y si Caracortada tenía razón, debía tener en la piel un tatuaje de los traperos —un tatuaje que no había enseñado nunca en público, que yo supiera—. Seguramente habría formado parte de los traperos en el pasado, pero lo habría dejado y habría ido ascendiendo hasta llegar a dirigir su propia sección. Quizás hubiera sido esa primera dama anónima que había mencionado Jaxon, y el malestar provocado por su renuncia habría sido el origen de su rivalidad.

O quizá no. Por lo que yo sabía, era fácil quitarse un tatuaje, en poco tiempo y por poco dinero. No había motivo para que aún llevara un tatuaje si no quería.

«Una mano sin carne viva, con los dedos señalando hacia el cielo. La muñeca está rodeada de seda rosa, como un grillete.»

¿Qué significaba aquel mensaje? ¿Que los pañuelos de seda roja los había colocado la mano del Ropavejero?

¿Que el crimen era obra suya?

Me apreté las sienes, intentando recomponer el rompecabezas. El Ropavejero querría la muerte de Hector y Caracortada para que se convocara un torneo. De algún modo había conseguido poner a la

Abadesa de su parte, convenciéndola hasta el punto de conseguir que quisiera matar por él. Él habría dado la orden y ella la habría ejecutado. Su enemistad pública debía de ser un montaje, una cortina de humo tras la que ocultar su alianza.

Eso tendría sentido si el Ropavejero quisiera convertirse en Subseñor. Sería necesario librarse del Subseñor vigente —y evitar que su dama ocupara su lugar— para que se convocara un torneo. Pero lo que yo no entendía era por qué ni el Ropavejero ni la Abadesa se planteaban entrar en el Ring de las Rosas. Sus nombres no aparecían en la lista de candidatos de la última carta. ¿Por qué no iban a sacar partido del vacío que habían creado ellos mismos?

Ahí era donde mi teoría se caía en pedazos. Tenía que hablar con Ivy. Posiblemente fuera la última persona viva que sabía algo de todo aquello, la última pieza del rompecabezas. Tendría que haber hablado con ella aquella mañana en la azotea, cuando me había reconocido que conocía a Caracortada. Ahora estaba encerrada en un edificio desconocido al final de un túnel cortado. No podía esperar sacarla de allí sin que la Abadesa se diera cuenta. Podía entrar al asalto con los Ranthen, pero para cuando hubiéramos vencido la resistencia de los guardias del túnel, estos ya habrían alertado a la Abadesa y los fugitivos habrían sido trasladados. O los habrían matado, sin más.

La lluvia caía con fuerza. Yo me quedé donde estaba, envuelta en el largo abrigo de Wynn, esperando, como atontada, a que pasara un taxi pirata. A los pocos minutos, un viejo coche negro se paró delante de mí y Nick salió de la parte de atrás, levantando el brazo para protegerse los ojos.

—¡Paige!

Aguantó la puerta con la mano para que no se cerrara. Con pasos inciertos subí al coche, empapada.

—Estábamos preocupadísimos; Eliza nos dijo que estabas en Bermondsey.

Nick cerró la puerta y me rodeó los hombros con su brazo. Yo me apoyé en él, temblando.

—¿De quién es ese abrigo? Llevamos un buen rato buscándote. ¿Dónde has estado?

—En Jacob's Island.

Respiró hondo.

—¿Por qué?

No podía decírselo. Zeke, sentado en el asiento del conductor, me lanzó una mirada de preocupación antes de arrancar el motor. Eliza, a su lado, tenía un cuadro envuelto en papel de celofán sobre las rodillas, sus rizos perfectamente peinados y los labios pintados de rojo. Alargó la mano por entre los asientos y me tocó el hombro.

—Vamos de camino a Old Spitalfields —dijo con voz suave—. Jax quiere que pujemos por un artículo que se subasta. ¿Lo tuyo puede esperar?

—No mucho.

—No tardaremos mucho. Negociar con Ognena Maria es fácil.

Zeke encendió la vieja radio y enseguida puso una emisora de música, antes de que pudiéramos oír las noticias. La entrada de Jacob's Island desapareció en la ciudadela a medida que nos alejábamos del II-6 y volvíamos a la cohorte central.

Esa noche no podría hacer nada por Ivy ni por los otros.

Para sacarla de aquel lugar, dondequiera que estuviera, tendría que calcular bien mis pasos. Apoyé la cabeza contra la ventana y vi pasar las luces de las farolas por el cristal.

El coche pasó junto a varias unidades de centinelas. Zeke bloqueó las puertas. Daba la impresión de que estaban interrogando a los peatones. Uno de los guardias tenía la pistola apuntada contra la cabeza de un hombre amaurótico, y a su lado había otro con el rostro cubierto de lágrimas que intentaba zafarse del brazo del centinela. Me giré para mirar por el parabrisas trasero del coche. En el momento en que girábamos la esquina vi la porra del centinela que se elevaba, y los dos hombres tirados en el suelo con las manos sobre la cabeza.

Zeke aparcó en Commercial Street, y juntos caminamos hasta el mercado cubierto. En Old Spitalfields había mucha más luz que en Covent Garden: el tejado estaba hecho de hierro forjado y cristal, pero la mayoría de los comerciantes eran amauróticos. Había colgadores con ropa barata, zapatos y joyas, así como colgantes para las señoras más ricas. El puesto de Ognena Maria, donde vendía *numa* ocultos en el interior de figuritas de cerámica y vinagreras, estaba en algún punto del centro de aquel laberinto. Nos abrimos camino entre hordas de compradores y vendedores, con los ojos bien abiertos por si veían a la mimetocapo. Zeke se paró frente a un puestecito que vendía baratijas del mundo libre.

—Ahora voy con vosotros —le dijo a Nick, que asintió.

Yo seguí adelante con los otros dos.

—Más vale que le guste esto —murmuró Eliza. Con aquella luz tan agresiva se la veía aún más demacrada—. Tú conoces a Ognena Maria, ¿verdad, Soñadora?

—Sí, bastante bien.

—Es la que quería a la Soñadora para su sección —dijo Nick, con una risita contenida—. Como su tarjeta de identidad dice que vive en el I-5, técnicamente es ciudadana del I-5. Maria y Jaxon tienen opiniones muy discrepantes al respecto.

Los puestos que vendían artículos prohibidos resultaban fácilmente reconocibles. Sus dueños tenían un aspecto sospechoso y en su mayoría ocupaban los rincones más oscuros, cerca de las salidas. Yo me quedé algo atrás, toqueteando los artículos a la venta, pero casi sin verlos.

«El mercado gris.»

Reaccioné y me puse en marcha. Para cuando llegué con los demás, Eliza, Nick y Ognena Maria estaban en plena conversación: «… pinceladas exquisitas —decía Maria—, y es evidente que las pinturas han sido elegidas con sumo cuidado: los colores son muy sutiles, preciosos. Debes de establecer una verdadera simbiosis con tus musas para producir este tipo de obra, Musa Martirizada. ¿Te afecta psicológicamente?».

Ahí estaba de nuevo esa palabra. «Simbiosis.»

—Un poco, si la musa está irritada, pero lo puedo gestionar —dijo Eliza.

—Admirable. Supongo que podría encontrar sitio para… —Entonces me vio—. Ah, Soñadora Pálida. Estaba a punto de hacer una oferta al I-4 en Old Spitalfields. ¿Tú qué dices?

—No lo lamentarás —dije, forzando una sonrisa—. Yo estaría encantada de vender con Musa, si no te importa acoger a una fugitiva en tu territorio.

—Oh, es un honor contar contigo. —Maria nos estrechó la mano a los tres—. Cuidado con los centinelas en el camino de vuelta. A veces pasan por aquí de camino del consistorio.

—Gracias, Maria —dijo Nick, bajándose la solapa del sombrero.

—Buenas noches.

—Dentro de un minuto estoy con vosotros —dije.

Nick asintió levemente, agarró a Eliza del brazo y se dirigieron de nuevo hacia la entrada del mercado. Ognena Maria metió el lienzo bajo una mesa, lejos de la vista de la gente.

—Maria —dije—, se suponía que tenías que investigar sobre los pañuelos rojos hallados en el cuerpo de Hector, ¿verdad?

—Pues sí, y eso hice. Desde luego los compraron aquí: la fabricante les pone su marca. Pero vende muchísimos al mes. —Suspiró—. Supongo que nunca llegaremos a saber nada.

Miré atrás un momento, saqué el pañuelo rojo del matón que llevaba en la bota y se lo entregué.

—¿Este es uno de ellos?

Ella le dio la vuelta y pasó el pulgar por encima hasta que encontró una minúscula cruz bordada cerca de una de las esquinas.

—Sí que lo es —respondió, en voz baja—. ¿De dónde has sacado esto, Soñadora Pálida?

—De un trapero que ha intentado matarme en el I-4.

—¿Matarte?

Cuando asentí, Maria apretó los labios y me devolvió el pedazo de seda roja.

—Deberías quemarlo. Yo no sé mucho del Ropavejero, pero lo que sí sé es que no querrás tenerlo como enemigo. ¿Has dicho algo a la Asamblea Antinatural?

—No. —Me metí de nuevo el pañuelo en la bota—. Yo... no sé si confío en la Abadesa.

—Ya somos dos. —Apoyó los codos en la mesa y echó el cuerpo adelante, haciendo girar el anillo del pulgar—. Recuerdas que quería hablar conmigo, ¿verdad? ¿Aquel día en la subasta? Por la noche fui a verla a una casa neutral en el I-2. Quería al menos cinco de mis videntes, pero que no fueran onirámbulos. Solo me dijo que me pagaría generosamente si les permitía hacer pluriempleo.

—¿Y accediste? —pregunté, con el cuerpo en tensión.

—No. El pluriempleo siempre ha sido ilegal. Podría mirar hacia otro lado si mis videntes quisieran hacerlo por su cuenta, pero no voy a permitirlo formalmente —dijo, levantando la cabeza—. Algunas aún tenemos ética.

—Ya veo que no vas a presentarte candidata a Subseñora. ¿No te lo has pensado siquiera?

—No me atrevo, querida. Me sorprende que se hayan apuntado al combate nada menos que veinticinco candidatos.

—¿Por qué?

—No diré que Hector se mereciera morir en su propio salón, pero dañó al sindicato como ningún otro Subseñor había hecho antes. Nadie querrá estar al cargo cuando Scion implante el Senshield. Todas nuestras secciones se verán invadidas por aprendices de la calle, vagabundos y centinelas. Lo último que querría nadie es ponerse al mando de un barco que se hunde.

—Entonces necesitamos a alguien que impida que se hunda el barco.

Se rio.

—¿Como quién? Nómbrame un mimetocapo que sea capaz de revertir la situación.

—No sabría decirte —respondí, con un hormigueo en el cuerpo—. Casi desearía poder presentarme yo misma, pero tengo entendido que las damas no se pueden presentar.

El simple hecho de insinuarle algo así era un riesgo terrible. Siempre me había parecido una mujer decente, y no le tenía ningún aprecio a Jaxon, pero no podía estar segura de que no fuera a contárselo. De todos modos, quería ver cómo reaccionaba. Quería ver cómo respondía una miembro de la Asamblea Antinatural a la idea de que una dama traicionara a su mimetocapo y se presentara candidata al puesto de Subseñora.

Ognena Maria no reaccionó como pensé que lo haría, pero levantó la vista y me miró directamente a los ojos.

—No hay una norma específica que lo impida —dijo—. Al menos que yo sepa. Y soy mimetocapo desde hace una década.

—Pero a la gente no le gustaría.

—Sinceramente, Soñadora, no creo que a nadie le importara. Algunos caballeros y damas tienen mucho más que ofrecer que sus superiores —dijo—. Mira el caso de Jack Hickathrift y el Caballero del Cisne. Ambos son grandes videntes, bien organizados y razonablemente honestos. ¿Y qué hacen? Bajan la cabeza ante unos líderes corruptos que probablemente han alcanzado su puesto a base de engaños y violencia. Si alguno de esos dos se presentaran a candidatos, yo los animaría.

Levanté las cejas, sorprendida.

—¿Y tú crees que toda la asamblea pensará como tú?

—Oh, no. Yo diría que la mayoría te tacharía de traidora y de ingrata. Pero eso es porque te tienen miedo. —Apoyó una mano sobre la mía—. Estaría bien que este año contáramos con alguien competente.

—Esperemos.

—En esta ciudadela vamos escasos de esperanza. —La sonrisa desapareció de su rostro y chasqueó los dedos para llamar a su dama—. *Pobŭrzaĭ*. No te pago para que deslumbres a los demás con tu belleza —añadió, y su subordinada puso los ojos en blanco.

El coche esperaba en el exterior, y el haz de luz de los faros atravesaba la lluvia como si la perforase. Me subí al asiento de atrás con Eliza.

—¿Vas a contarnos lo que ha pasado? —preguntó ella.

—Esperad. —Zeke arrancó el motor—. No deberíamos hablar aquí. Maria ha dicho que había centinelas por todas partes. Primrose Hill es bastante seguro, ¿no?

Todos miramos a Nick, que tenía los ojos cubiertos de sombras.

—Media hora —respondió—. No quiero estar por la calle tan tarde. ¿Esto debería saberlo Jax, Paige?

—No lo sé —dije—. He estado fuera sin permiso. Quizá no quiera oírlo.

El coche se abrió paso por las calles y mi mente se adentró en una serie de pensamientos oscuros.

¿Y si Ognena Maria informaba a Jaxon? Quizá fuera más seguro quedarme en algún otro lugar hasta el torneo, pero si me iba no solo se cabrearía, sino que quizá no me dejaran participar, al no formar pareja con él.

Primrose Hill era un gran espacio verde algo inclinado entre el I-4 y el II-4. Scion había plantado una enorme cantidad de árboles y había miles de prímulas en memoria del Inquisidor Mayfield que, por lo que se decía, además de colgar, quemar y decapitar a traidores también disfrutaba con la jardinería. Pero ya casi era noviembre y no quedaban flores en el parque. Dejamos el coche en la calle y subimos por la cuesta de la colina, alejándonos de las farolas y de los oídos indiscretos, hasta llegar al punto más alto. Levanté la vista hacia el enorme cielo negro, apenas visible a través de las hojas.

El Custodio estaba por ahí cerca, manteniendo las distancias. Me concentré en el cordón áureo y me fijé en el patrón que formaban las estrellas. En caso necesario podría encontrarme, si sabía dónde mirar. Pero antes tenía que comunicar algunas noticias.

Nos paramos a la sombra de un árbol y formamos un corro.

—Adelante —dijo Nick.

—La Abadesa mató a Hector y a su banda —dije en voz baja—. Y acaba de matar también a Caracortada.

Ninguno respondió, pero todos se me quedaron mirando. En voz baja les conté lo que había ocurrido después de dejar a Eliza; cómo había encontrado el edificio siguiendo las vías del tren del correo, que había presenciado la muerte de Agatha y que, tras salir corriendo en busca de Caracortada, apenas había llegado a tiempo de oír sus últimas palabras.

—Tatuaje —repitió Eliza—. ¿Quería decir la marca de los traperos? ¿La huella del esqueleto?

—¿Así es como se llama?

—Sí. Cuando se unen a la banda tienen que ponérsela, aquí —dijo, dándose una palmadita en la parte superior del brazo—. Y si la dejan, tienen que permitir que el Ropavejero se la quite quemándola. No se les permite visitar un estudio de tatuajes.

—Así que, si aún tiene la marca, ¿significa que sigue trabajando para él? —preguntó Zeke, con las cejas levantadas—. ¿Para el tipo que se supone que odia?

—Eso parece —respondí—. Después de disparar a Agatha, el Monje le ofreció a la Abadesa litio para lo que fuera que iba a hacer. Ella dijo que no lo necesitaba porque la «simbiosis» era fuerte. —Miré a Eliza—. ¿Qué significa eso?

—¿Simbiosis? —Frunció el ceño—. Es la relación entre un médium y el espíritu que lo posee. Si tienes una buena simbiosis, trabajas bien. Ahora que llevo años trabajando con Rachel, tengo una buena simbiosis con ella. Pero cuando tengo una musa nueva tardo un tiempo en acostumbrarme, de modo que las primeras posesiones suelen ponerme enferma. Una vez que se alcanza la simbiosis, llegamos a un buen… entendimiento. No sé si me explico.

Nick tenía el rostro en tensión.

—La Abadesa es una médium física. ¿Podría haber usado un espíritu para matar a Hector?

Eliza vaciló un momento.

—Es posible que estuviera poseída cuando lo hizo, lo que le habría hecho percibir las emociones del espíritu, además de las suyas. Eso también le habría dado más velocidad. Pero tuvo que abrirse paso por entre siete personas para matar a Hector y decapitarlo. El espíritu no te da más fuerza física, y la Abadesa no parece el tipo de persona capaz de abatir a ocho personas.

—Espera, espera. —Zeke levantó una mano—. Y si la Abadesa hubiera matado a Hector, ¿por qué no participa en el torneo?

—Eso es lo que yo me pregunto —dije.

Los ojos de Zeke destilaban cariño y comprensión.

—¿Encontraste a Caracortada? ¿Dónde? ¿Te dijo algo?

—Entendí que tenía que estar en Jacob's Island. Tardé un rato en superar el puesto de guardia, luego los isleños me retuvieron y… —Respiré hondo—. No fui lo suficientemente rápida. Cuando llegué, la acababan de apuñalar. Lo último que me dijo era que tenía que acabar con el «mercado gris».

—¿Y eso qué es?

—No lo sé. Si un mercado negro es ilegal, supongo que uno gris… se celebra sin autorización. O que las autoridades miran hacia otro lado.

—Jax tiene que saberlo —dijo Eliza.

—¿Y qué iba a hacer? No puede denunciar a la Abadesa ante la Abadesa —respondí, y ella suspiró—. Es la Subseñora interina. Si se entera de que Jax lo sabe, también lo matará a él.

Se hizo el silencio. Nick se giró a mirar en dirección a la ciudadela, y las luces se le reflejaron en los ojos.

—El torneo decidirá lo que pase después. Sabemos que el Ropavejero sabe algo de los refaítas —dijo—. Capturó al Custodio. Así que podemos suponer que ese mercado gris tiene algo que ver con…

—Uaaa. ¿Qué? —le interrumpió Zeke, mirándolo fijamente.

—¿Perdón? ¿El Custodio ha vuelto? ¿El guardián de Paige? —Eliza soltó una risa airada—. ¿Cuándo pensabas soltar esa bomba?

—Shh. —Miré por encima del hombro, segura de que mi sexto sentido había percibido algo—. Lleva un tiempo aquí. Intenté contárselo a Jax cuando sus aliados se presentaron en nuestra puerta, pero no quise… —Me callé—. Un momento. Viene alguien.

Acababa de detectar la presencia de un onirosaje que se acercaba desde algún punto al otro lado del árbol. Y apenas había dicho aquello cuando un hombre flaco y pellejudo apareció tras el enorme tronco, descalzo y con la ropa hecha jirones. Di un paso atrás y oculté el rostro tras el cabello.

—Buenas noches, señores, buenas noches —dijo él, haciendo una reverencia y presentándonos el sombrero—. ¿Una moneda para un limosnero?

Nick ya tenía la mano en la pistola, bajo el abrigo.

—Un lugar algo apartado para un artista callejero, ¿no?

—Oh, no, señor. —Sus blancos dientes reflejaban la luz tenue de nuestras linternas—. No hay lugar demasiado alejado para mí.

—Se supone que primero tendrías que hacer algo —dijo Eliza, con una risita nerviosa y dando al mismo tiempo un paso a la izquierda para taparme—. Te daré diez libras si eres bueno. ¿Qué es lo que ofreces?

—No soy más que un humilde rabdomante, señorita. No hago profecías, no hago promesas ni toco bonitas canciones. —Se sacó una moneda plateada de detrás de la oreja—. Pero puedo llevarla hasta un tesoro, tan seguro como que tengo nariz en la cara. Los rabdomantes somos como una brújula en lo relativo a tesoros. Si da un paseo conmigo, podemos compartirlo, señorita.

—No —dije, sin mover apenas los labios.

—Puede que nos haya oído —susurró ella—. Tengo algo de áster blanco en la bolsa. Podríamos asegurarnos.

Tenía todos los pelos del brazo de punta. Con lo cerca que había estado aquel tipo habría podido oírnos. Nick también parecía preocupado, pero no discutió. El rabdomante le ofreció el brazo a Eliza y nos llevó colina abajo, haciendo bromas y contando historias. Zeke le echó una mirada preocupada a Nick y se fue tras ellos. Yo me quedé con la cara cubierta por el pañuelo, preguntándome si no debería echar a caminar en dirección contraria.

El rabdomante se fue abriendo paso por entre los árboles. Yo mantuve las distancias, pero de pronto vi que pretendía pasar por entre la densa vegetación. Con mi mejor acento inglés, le llamé la atención:

—No pensarás llevarnos por ahí, ¿no?

—Solo un trocito, señora. Lo prometo.

—Podría matarnos —le susurré a Nick.

—Estoy de acuerdo. No me gusta. —Hizo pantalla con las manos en torno a la boca—. ¡Musa! ¡Diamante! ¡Esperad un momento!

Pero ella ya seguía al rabdomante en dirección a los árboles, y las palabras de Nick se las llevó el viento.

Él encendió la linterna y, sin soltarme el brazo, los siguió. El corazón me latía con fuerza. Las hojas secas crujían bajo mis botas. O quizá fuera un cráneo… Sentía la adrenalina en las venas. De pronto me vi de nuevo vestida con mi blusón rosa y una chaqueta, observando los árboles de la Tierra de Nadie, esperando que emergiera el monstruo. Hundí los dedos en el brazo de Nick.

—¿Estás bien?

Asentí, haciendo un esfuerzo para mantener el ritmo regular de la respiración.

El rabdomante se los había llevado a un lugar muy frondoso, rodeado de árboles. De las hojas colgaban unas gotas que parecían lágrimas de vidrio, y todo estaba cubierto de cristales. Las ramas crujían bajo el peso de una capa de hielo transparente. Una telaraña tejida entre el follaje se había transformado en un brocado plateado, y su creadora colgaba de un hilo, petrificada. Nick dirigió la linterna hacia las huellas de los otros, pero ya empezaban a congelarse. Mi aliento formaba densas nubes blancas.

—¿Percibes algún espíritu? —murmuró Nick

—No.

Aceleramos el paso. Zeke estaba agachado junto a un pequeño estanque de agua helada y Eliza estaba de rodillas al lado. Paré de golpe. Una niebla azulada flotaba a unos centímetros del suelo. Algo más allá, el rabdomante hablaba gesticulando:

—… durante años, ya sabe, señor, y yo siempre he dicho que había un tesoro debajo. Ahora, si es tan amable de coger esto e intentar romper el hielo…

—Parece un círculo perfecto —dijo Zeke, pasando el dedo por el borde.

—¿No le parece raro?

No es que pareciera un círculo perfecto, sino que «era» un círculo perfecto.

—Diamante, ¿estás bien? —dijo Nick.

—Estoy bien. ¿Habéis visto esto? Es increíble…

Zeke cogió la moneda del rabdomante y golpeó con ella el hielo.

—Dos veces más, señor. —El rabdomántico miró hacia atrás por encima del hombro—. Dos veces más.

Mi sexto sentido había disparado todas las alarmas. Eso ya lo había visto antes, con el Custodio. Los árboles. El frío. La ausencia de espíritus. Cuando Zeke golpeó el hielo con la moneda por segunda vez, se creó una ráfaga en el éter. De pronto entendí lo que era aquello y me quedé sin aliento.

Estaba llamando a una puerta que no había que abrir.

—¡Apartaos! —dije, corriendo hacia ellos—. ¡Diamante, para!

—No es más que hielo, Soñadora —respondió Eliza—. Relájate.

—Es un punto frío —dije, levantando la voz—. Un portal hacia el Inframundo.

Nick se lanzó hacia delante, la agarró por debajo de los brazos y la echó el suelo, alejándola del hielo. Zeke también se retiró, soltando un improperio, pero el rabdomante le dio un fuerte puñetazo en la mandíbula que le hizo trastabillar y caer al suelo.

La moneda se le cayó de entre los dedos y se fue rodando hacia el hielo. Sin dudarlo, yo eché mano de uno de mis cuchillos y se lo tiré al rabdomante a la cabeza, pero fallé por un par de centímetros. Él cogió la moneda y se la llevó al pecho con una mano, mientras con la otra se arrastraba hacia el punto frío.

—Ya llegan —anunció, con la mirada perdida y la boca torcida—. Y me traerán mi tesoro.

—¡Alto! —le ordené, con el revólver en las manos—. No lo hagas. Ahí no encontrarás ningún tesoro.

—Estás muerta —respondió él, y levantó la moneda.

Esta vez el impacto agrietó el hielo. El punto frío estalló en un millón de esquirlas, que salieron despedidas convertidas en un cristal en polvo que me cegó, y con un chillido que resonó en todo el II-4, por el agujero asomó un zumbador que entró en Londres.

La criatura avanzó a una velocidad imposible y de pronto nos la encontramos encima. Saltó sobre el rabdomante, le clavó las garras en la cabeza y, con un simple movimiento de sus músculos, se la arrancó. El cuerpo cayó al suelo, retorciéndose como si lo hubieran electrocutado y manando una sangre oscura que se extendió por el suelo hasta el punto frío.

Me miraba a mí. La criatura generaba su propia oscuridad —una nube estática de color negro que me entorpecía la visión—, pero por primera vez pude ver aquel gigante pudriente. Era una bestia musculosa y grotesca, con la cabeza redondeada y la piel brillante, hinchada. Todo en ella era demasiado largo: sus brazos, sus piernas, su cuello. La columna le presionaba la piel como un cuchillo de sierra. Sus ojos eran unas órbitas de un blanco puro que emitían una luz tenue, como lunas.

Oí moscas revoloteando. El sudor me caía por el cuello. Aquella criatura era mucho más grande que la otra a la que me había enfrentado en el bosque. Llevaba una bolsita de sal en el bolsillo del pantalón. Con un movimiento suave la saqué, me la puse en la palma de la mano y enredé el cordón dorado en torno a dos de mis dedos para mostrársela a la criatura. No sabía hasta qué punto me entendería, pero quizá percibiera lo que había dentro.

El zumbador estiró el cuello con un chasquido húmedo y luego sacudió la cabeza, como negando, a tal velocidad que la imagen se volvió borrosa. Hundió sus toscos dedos en la tierra, congelándola, y reptó hacia nosotros.

Intenté captar las auras de los otros tres, que percibía como señales débiles en mi radar. El zumbador estaba convirtiendo el éter en una masa densa, congelada, incapaz de albergar espíritus, que formaba coágulos a su alrededor, como manchas de aceite en el agua. Nick intentó concentrar una bandada de espíritus, pero chocaron con él con tal violencia que tuvo que dejarlos marchar.

Me sentía las rodillas débiles. Por un momento me falló la visión. Si no hacía algo, todos sufriríamos un choque espiritual. Esperé a que la criatura se acercara un par de metros y entonces me eché un puñado de sal en la mano y se lo tiré. Al entrar en contacto con el zumbador chisporroteó y levantó una nube de humo, con un sonido parecido al de una traca de petardos. Cuando abrió la boca, mostrando su abisal garganta, un chillido terrible emergió de su interior. No era un simple chillido, sino mil gritos, sollozos y gemidos torturados a la vez, concentrados en una sola boca. El sonido me puso los pelos de punta y me heló la sangre bajo la piel.

—¡Corred! —grité.

Salimos disparados por entre los árboles, y luego cuesta abajo, hacia el pie de la colina y el coche. Las ramas me golpeaban el rostro y se me enredaban en el pelo. Las botas me patinaban sobre el hielo. Tiré desesperadamente del cordón áureo, parpadeando para quitarme aquella oscuridad de los ojos. El Custodio podría ser nuestra única opción para seguir vivos. Sentía como si el suelo me absorbiera, tirando de mis piernas y de mis párpados hacia abajo. «Qué agotamiento.» Seguí adelante. «Para.» Seguí adelante. Cuando llegamos a un claro, a Zeke le fallaron las rodillas. Cayó como si no tuviera huesos. Nick fue el siguiente. Yo seguí unos pasos más y le agarré de los hombros, intentando ponerlo en pie de nuevo, pero mis brazos eran como agua corriente, y caí a su lado, temblando. Mi aura se contrajo, encogiéndose para evitar a la criatura, estrechando mi vínculo con el éter. De pronto perdí el contacto con Zeke, que era el que más lejos estaba. En un abrir y cerrar de ojos, desapareció de mi campo de percepción.

«Para, necesito parar, para, para, me muero, no puedo respirar, no puedo respirar, para.»

Mi aura era como un órgano vital apretado en un puño, lo que le impedía funcionar con normalidad. Los ojos me lloraban del esfuerzo que tenía que hacer para no perder la conciencia.

Estaba a punto de sufrir un choque espiritual. Tenía las puntas de los dedos grises, y las uñas de un blanco enfermizo. Podía respirar, pero me estaba ahogando. Podía ver, pero estaba ciega.

«No puedo concentrarme, para, no puedo pensar, para, para.»

Eliza estaba algo más allá, a un par de metros de Nick. Consiguió apoyarse en los brazos, maldiciendo a diestro y siniestro, pero las manos le resbalaban sobre el hielo y no parecía que consiguiera apoyar bien los pies. No percibía su onirosaje ni su aura. Medio ciega, abrí de nuevo la bolsa de la sal.

—Círculo —le murmuré a Nick, casi sin fuerzas.

Volvimos a oír aquel ruido, los gritos de los malditos procedentes de una boca que era como una caverna pútrida. Apretando los dientes, Nick tiró de Eliza, sacando fuerzas de la adrenalina.

—¡Dame la sal!

Se la puse en las manos. El zumbador se acercó dando saltos, fundiéndose en la oscuridad, con sus ojos blancos, sus sombras y su furia esquelética. Demasiado rápido. A Nick le temblaban las manos.

—¡Zeke! —gritó con voz rauca—. ¡Zeke!

La bestia estaba demasiado cerca, dispuesta a lanzarse sobre el cuerpo tembloroso de Zeke. Le lancé mi espíritu desde la otra punta del claro.

Cuando impacté con su onirosaje, fue igual que en Sheol I: un choque violento que levantó chispas. Una fuerza se alimentaba de ese onirosaje, oculta en las profundidades de su mente. Sacando fuerzas de flaqueza, vencí su primera línea de defensa y penetré en su zona hadal.

El dolor fue devastador.

Mi espíritu cayó en lo que parecía un cenagal. Estaba ardiendo, era una lengua de fuego, ardía por dentro y por fuera. Aquello no era un onirosaje.

Era una pesadilla.

La zona hadal de aquella bestia estaba terriblemente oscura, pero conseguí distinguir el lugar en el que se apoyaba mi forma onírica: una masa de tejido muerto, podrido, con sangre que borboteaba a través de una masa de carne viscosa. Aquella masa me agarró de los tobillos y tiró de mí hacia abajo. Me encontré hundida hasta la cintura. Una mano esquelética me agarraba de la nuca, tirando de mí. Yo eché todo mi peso hacia atrás, intentando liberarme, volver a mi cuerpo, pero ya era demasiado tarde. Me cayeron encima capas y más capas de tejido en descomposición que me iban cubriendo la cabeza.

Ni aire, ni pensamientos, ni dolor, ni cerebro.

Evanescencia.

Disolución.

El bucle de una nada infinita, nada, nada, «nada».

En el vacío solo quedaba un rastro de pensamiento, una tenue idea, la de que aquello era el infierno. La ausencia de éter, la nada. Aquello era lo que temíamos todos los videntes. No la muerte, sino la no-existencia. La destrucción total del espíritu y de la identidad. Los rostros se difuminaban. Allí no había Nick, ni Custodio, ni Eliza, ni Jaxon, ni Liss, y todo iba difuminándose, y Paige se iba, se iba…

Mi cordón argénteo se tensó, como un arnés, y desenterró mi forma onírica de aquella podredumbre. Emergí de nuevo en aquel onirosaje terrible, jadeando en busca de un aire que no existía, golpeando las manos que me agarraban. Oía voces que gritaban en idiomas que no entendía. No me soltaban. Iba a morir allí dentro, en el interior del onirosaje del zumbador. No hundida y ahogada. Rompí un brazo pútrido en dos y, con un último tirón, el cordón me lanzó de nuevo a través del éter, devolviéndome a mi cuerpo.

Abrí los párpados.

Respiré.

El círculo de sal se había cerrado. Nick dejó caer la bolsita vacía y cayó de lado, como si le hubieran disparado.

El éter vibró, creando una especie de barrera etérea a nuestro alrededor, como los muros que nos tenían encerrados en la colonia penitenciaria. La bestia se echó atrás como si la sal se hubiera transformado en lava fundida, emitiendo aquella extraña energía estática. ¿Eso sería un aura terriblemente corrompida? Soltó un último aullido espantoso antes de alejarse, dejando un rastro de oscuridad que quedó flotando en el éter, como humo.

Nos quedamos tendidos en el suelo, entre las ramas de los árboles.

—Zeke —dijo Nick, casi sin voz, mientras lo sacudía con una mano.

Yo no podía ni girar la cabeza. Eliza era la que estaba más cerca de mí. Tenía los ojos vidriosos del *shock*, y los labios casi tan oscuros como los míos. Me pasé un buen rato tendida en el suelo, con temblores en el cuerpo. Tenía el pulso débil y lo oía todo como amortiguado. Hubo un largo período de oscuridad y silencio hasta que oí unos pasos sobre la hojarasca. Una silueta se alzaba sobre nosotros, del otro lado del círculo. Lo siguiente que oí fue una voz femenina grave:

—Onirámbula. Atiende.

Luego una palabra que no entendí, algo en *gloss*. Había algo más que tiraba de mí. El cordón áureo se tensó —con el tirón más fuerte que me había dado nunca— y abrí los ojos.

—¿Estás herida? —La voz pertenecía a Pleione Sualocin—. Háblame, o no puedo curarte.

—Aura —dije, pero mi voz me sonó débil hasta a mí.

Aun así, Pleione me oyó. Sacó un vial de amaranto y, con sus manos enguantadas, me puso una única gota bajo la nariz. El olor a ambrosía penetró en mis pulmones y mi aura empezó a regenerarse. Eché a rodar por el suelo, sentía arcadas. Un dolor pulsante me golpeaba la frente por dentro, empujando hacia el exterior.

Pleione se puso en pie de nuevo. Iba vestida como una humana, y sus largos rizos negros le caían por un lado del cuello.

—El emite se ha ido, pero volverá. Nashira ha puesto un alto precio a tu vida, onirámbula.

No podía dejar de temblar.

—¿Es que no va a dar la cara?

—Ella no se manchará las manos —respondió mientras limpiaba su cuchillo con un trapo, embadurnando la hoja con algo que parecía aceite—. Levanta.

Aún veía borroso por los extremos, pero me obligué a ponerme en pie. Odiaba que aquellas criaturas de sarx me hicieran sentir tan débil, lo inútiles que parecían los años que había pasado en la calle cuando me comparaba con ellos. A su lado me daba cuenta de que nunca había sido más que una pendenciera, no una verdadera guerrera. Al borde del claro vi a Eliza hecha un ovillo, apoyada en el tronco de un árbol, con las manos sobre los oídos. Me acerqué.

—¡Paige!

La voz de pánico de Nick hizo que el corazón me diera un vuelco. Corrí hacia donde estaba, agachado, junto a la base de otro árbol, con Zeke tendido sobre su regazo, inconsciente.

—¿Qué ha pasado? —pregunté, arrodillándome a su lado, mientras contenía el dolor de un nuevo pinchazo en el ojo.

—No lo sé. No lo sé. —Las manos de Nick, normalmente tan firmes, temblaban como hojas—. ¿Qué hacemos? Paige, por favor… Tú tienes que saber cómo ayudarle…

—Shh. No te preocupes. En la colonia, muchos videntes recibieron mordiscos o rasguños —dije, pero él no dejó de temblar—. Podíamos ayuda a los refaítas. No sabes cómo…

—¡Tenemos que hacer algo, Paige, enseguida!

La voz se le quebró. Le agarré con fuerza del hombro.

—¡Pleione! —grité, hacia el otro extremo del claro—. ¡Errai!

Errai no me hizo ni caso, pero Pleione se acercó. Se arrodilló, apoyó una mano sobre la frente de Zeke y la otra en su mejilla.

—Rápido, onirámbula —dijo—. Tenéis que llevároslo a un sitio más seguro.

Nick se vino abajo. Agarró el rostro de Zeke entre las manos y le dijo algo en voz baja.

Eliza estaba casi inconsciente, pero cuando levantó la vista y vio a Pleione agachada allí cerca, gritó como si hubiera visto su propia muerte. Corrí a su lado y le tapé la boca con la mano.

—¿Aún crees que es una alucinación por efecto del flux?

Ella negó con la cabeza.

Percibí de nuevo la presencia del Custodio y me puse en pie, tirando de Eliza.

Apareció entre el follaje, con los ojos brillantes como linternas. Lo vio todo: el círculo de sal, el humano herido.

—No hay más —dijo, atravesando el claro—. ¿Qué estáis haciendo aquí, Paige?

Eliza tragó saliva.

—Estábamos hablando —respondí. Qué triste que algo tan normal pudiera sonar tan tonto, tan irreflexivo.

—Ya veo. —Pasó a nuestro lado—. Hay un cadáver decapitado junto al punto frío.

—Era un rabdomante. —El dolor intenso que tenía en el costado hacía que me costara hablar. Y respirar—. Debe de habernos seguido desde el mercado.

—Un secuaz de los Sargas —le dijo Pleione al Custodio—. Quizá le pagaran para asegurarse de que ella no llegara al torneo.

—No lo creo. Es poco probable que sepan gran cosa sobre las cosas del sindicato. En cualquier caso, parece que quieren a Paige con vida. —Hizo una pausa—. Hay que sellar el punto frío, o vendrán más. ¿Dónde está la casa segura más cercana, Paige?

Miré a Eliza.

—¿Alguna idea?

—Una. —Se secó la boca con una mano temblorosa—. Alguien tiene que ir a por el coche.

—Ve tú, médium —dijo Pleione, señalando los árboles con un gesto de la cabeza—. Y date prisa.

La piel del rostro de Eliza perdió casi todo su color.

—¿Y si hay más de esas cosas por ahí?

—Entonces corre muy rápido, e intenta no sucumbir a la muerte demasiado rápido.

El poco color que quedaba en las mejillas de Eliza desapareció. Yo le puse mi revólver en la mano, y lo que quedaba de sal. Ella soltó un gruñido, respiró hondo y se fue por entre los árboles. A mis espaldas, el Custodio observaba la escena. En el círculo, Nick sostenía la cabeza de Zeke en el regazo y le acariciaba el cabello, hablándole en sueco. Pleione y Errai montaban guardia a ambos lados del claro.

Cuando Eliza volvió, Nick tenía los nervios de punta. Volvimos al I-4, dejando a los refaítas montando guardia junto al punto frío, y salimos del coche. Mientras corríamos por un callejón adoquinado, iluminado por la tenue luz de unas farolas de gas y flanqueado por escaparates, eché un vistazo a Eliza, que buscaba algo en sus bolsillos, respirando afanosamente.

—¿Goodwin's Court?

—Vamos a casa de Leon.

—¿Quién?

—Leon Wax. El artista callejero. Ya lo conoces.

Vagamente, tal como se conocían la mayoría de los miembros del sindicato. Leon Wax era un buen amigo de Jaxon, especialista en hacer documentos falsos para videntes: documentos de viaje, certificados de nacimiento, de ciudadanía de Scion..., cualquier cosa que pudiera servir para crear puntos ciegos a los ojos de nuestro Gobierno. Él era quien había creado los documentos de identidad falsos de Zeke y Nadine, en los que constaba que eran residentes legales, por si alguna vez los paraban por la calle. Al igual que muchos otros comerciantes amauróticos vinculados al sindicato, vivía en una casa que se caía en pedazos, en aquel minúsculo callejón.

La fachada de la pequeña tienda estaba pintada de negro, y los estantes tras el cristal estaban atestados de objetos diversos cubiertos de polvo. Matacandelas, velas de cumpleaños, cerillas, candelabros de plata y de latón, e incluso un viejo reloj de vela metálico. Unas letras plateadas decían VELAS Y CERA, la fachada legal del negocio de Leon. El escaparate daba la impresión de que no lo habían limpiado desde hacía semanas.

Eliza se sacó una llave del bolsillo y abrió la puerta. ¿Por qué tendría una llave de la cerería de Leon? Ni idea. Nick llevó a Zeke escaleras abajo, hasta el minúsculo salón, donde lo depositamos sobre el sofá, apoyándole la cabeza sobre un cojín. Yo pulsé un interruptor de la luz, pero no sirvió de nada.

—¿Eliza?

—Leon no cree en la luz eléctrica —dijo ella, cogiendo una caja de cerillas de una hornacina—. Pon carbón en la chimenea.

Por el bien de Nick, no discutí. Me quité el pesado abrigo de Wynn y lo tiré sobre la barandilla, dejando a la vista la sangre seca y la suciedad que tenía pegada a la ropa. Eliza se me quedó mirando.

—Paige...

—No es mía. —Cogí las cerillas—. Caracortada.

La espera se hizo eterna. Nick se negaba a alejarse de Zeke, y cada pocos minutos intentaba hacer que bebiera agua. Yo subí a los dormitorios para recoger mantas, mientras Eliza encendía todas las velas de la casa. Justo cuando regresaba a la planta inferior, cargada de mantas, el Custodio apareció por la puerta. Un fuego de carbón iluminaba la chimenea, dándole a la piel de Zeke un color cálido engañoso. Nick le tenía cogida la muñeca para tomarle el pulso.

En la esquina, Eliza dio un paso atrás, alejándose del enorme extraño de ojos luminosos. El Custodio no hizo caso.

—¿Dónde tiene la mordedura?

—En el lado izquierdo —dije yo.

La camisa de Zeke estaba empapada de una sangre oscura. Con los labios apretados, Nick se la retiró, dejando al descubierto la herida. El Custodio la examinó un buen rato.

Yo solía controlar bien las náuseas, pero la visión de todas aquellas marcas —le iban de la parte superior del pecho a la parte baja de la cintura— me puso el estómago del revés. Las incisiones parecían profundas, y la piel que las rodeaba tenía un tono gris lechoso, pero la sangre ya se había coagulado.

—Se curará —concluyó—. No necesita tratamiento.

—¿Qué? —dijo Nick, con la voz entrecortada—. Pero ¡míralo!

—A menos que su flujo sanguíneo se haya visto alterado, se recuperará. ¿Bebe alcohol o consume drogas?

—No.

—Entonces es inmune. —El Custodio miró fijamente a Nick—. Puede que parezca que está muy grave, doctor Nygård, pero su cuerpo y su onirosaje combatirán la contaminación. Lávele las heridas con solución salina y sutúreselas. Que duerma. Son los únicos remedios que necesita.

Nick soltó un gemido y se dejó caer en un sillón con el rostro entre las manos. Todos nos quedamos mirando a Zeke. Su respiración era superficial, tenía los pómulos grises y las puntas de los dedos como si las hubiera hundido en hollín, pero no parecía que estuviera empeorando.

—No es justo —dijo Nick, con aspecto agotado—. Necesita ir a un hospital.

—Sí, y entonces todos sabemos cuál será el diagnóstico —dije yo—. Asfixia por nitrógeno.

—¡Paige! —me regañó Eliza.

—No necesita un hospital —dijo el Custodio—. Se recuperará por sí mismo. Y, en cualquier caso, ningún hospital de Scion entendería sus síntomas. Mantenedlo caliente e hidratado.

Se produjo un largo silencio, solo interrumpido por el crepitar de la chimenea.

—¿Deberíamos decírselo a Nadine? —propuse.

—No. Se volvería loca —dijo Eliza, levantándose de la silla—. Os traeré ropa limpia a todos. Podéis dormir aquí esta noche. Leon no volverá hasta mañana. —Se aclaró la garganta y luego, levantando la cabeza, miró al Custodio—. ¿Tú… también quieres quedarte?

—No tardaré en irme.

—El desván está libre, por si quieres ir allí.

—Gracias. Lo consideraré.

Cuando Eliza se fue, el espacio me pareció aún más pequeño. Eché una mirada al Custodio y salí al pasillo.

En la trastienda, encendí el hervidor de agua, saqué un frasco de mermelada vacío del fondo de un armario polvoriento y lo llené de agua con sal. Las rodillas casi no me sostenían. ¿Realmente había sido esa misma mañana cuando había encontrado a Chat leyendo *La revelación refaíta*? Tenía la sensación de que hacía semanas de eso.

Removí la solución salina, haciendo esfuerzos por controlar la respiración. Esta vez Zeke no corría peligro, pero sin la colonia penitenciaria, cada vez aparecerían más emim en la ciudadela.

Ahuyenté aquella idea de mi mente. Ahora Nick me necesitaba. Cogí unos rollos de gasa y un equipo de sutura del armario y me volví al salón, donde encontré a Nick sentado sobre un escabel, junto al fuego. Tenía la mano de Zeke entre las suyas. Me senté en el suelo, a su lado, con un brazo alrededor de las rodillas. El calor del fuego no me alcanzaba el tronco directamente, pero me calentaba los dedos.

—¿Alguna vez te he hablado de mi hermana? —preguntó, con la voz rasposa.

—Sí, me la has mencionado.

Solo una vez. Karolina Nygård, una vidente cuyo don nunca tuvo ocasión de salir al exterior.

—No dejo de recordar su aspecto. —Tenía la voz apagada—. Cuando la encontré en el bosque.

—No hagas eso. —Le cogí de la mejilla y le hice girarse para que me mirara a los ojos—. Zeke no va a morir. Te lo prometo. El Custodio sabe de lo que habla.

Sé que no debía hacer ese tipo de promesas. Al fin y al cabo, no había podido salvar a Seb ni a Liss de su destino.

—Scion ya no me puede quitar nada más. Esto es culpa de ellos —murmuró—. No tuvieron agallas. Cedieron cuando podían haber combatido a los refaítas con todas sus fuerzas. Quizás al principio tuvieran miedo. Pero ahora se enriquecen con el sistema que han creado. Si llegas a ser Subseñora, yo me voy de Scion —dijo—. Me llevaré todo lo que pueda y lo usaré para destruirlos.

—¿Y si no lo consigo?

—Lo haré igualmente. Jaxon no necesita mi dinero manchado de sangre para gastárselo en puros. —Me resultaba muy raro ver a Nick hablando con esa frialdad—. Me uní a ellos porque quería aprender todo lo posible sobre el enemigo. Ya he aprendido bastante, Paige. Ya he visto bastante. Ahora lo único que quiero es acabar con ellos.

—Entonces estamos en el mismo barco. —El fuego crepitó—. Jax se estará preguntando dónde estamos.

—Eliza ha vuelto a la guarida. Le dirá que nos hemos quedado hasta tarde en el I-6, entrenando. —Me cogió el frasco de la mano y esbozó una sonrisa, pero tenía el rostro pálido—. Duerme un poco, *sötnos*. Ya has visto bastante por hoy.

Con mano firme abrió el equipo de sutura. Yo me dispuse a marcharme, pero cuando estaba tirando de la puerta algo hizo que me detuviera. Zeke parpadeó y abrió los ojos; al ver a Nick sonrió y murmuró:

—Eh.

Nick se agachó y le besó, primero en la frente, luego en los labios. Sonreí. Y ocurrió por fin: un chasquido limpio en mi interior, como si alguien hubiera cortado un hilo.

Y aquella sensación desapareció. Sin hacer ruido, cerré la puerta.

La cerería tenía tres plantas, incluido el desván. Era un edificio estrecho, lleno de habitaciones minúsculas. El baño era tan ancho como yo alta, y estaba alicatado con azulejos agrietados. Encendí el cabo de vela que había en el lavadero. El espejo me confirmó que no desentonaría en una reunión de habitantes de las cloacas. La sangre seca me había pegado la ropa al cuerpo, y alrededor de los labios tenía la piel manchada de gris.

Sentía un frío profundo pegado a los huesos. En ese momento habría hecho cualquier cosa por un baño caliente. Me quité la ropa, hice un ovillo y lo dejé en una esquina. Cuando abrí el viejo grifo de la ducha, el agua hizo vibrar las cañerías, y al final salió a borbotones. Estuve unos minutos bajo el chorro de agua templada, frotándome la piel para quitarme el olor de emite y de sal, y luego me acerqué al espejo para quitarme las lentillas. Tenía una de las pupilas dilatadas, hasta el punto de que ocupaba casi toda la superficie del iris. Parpadeé y fijé la vista en la vela, pero mi pupila izquierda se negaba a reaccionar. En aquella planta había una habitación vacía con dos camas idénticas, donde Eliza me había dejado un camisón limpio. Me lo abotoné y aspiré su delicado aroma floral. Tenía que hacer esfuerzos para no caer rendida, pero en aquella habitación no podría dormir mucho rato. Quizá si tuviera un brasero, para calentar la cama.

Me cepillé el cabello, aún húmedo, y salí al rellano, intentando hacer caso omiso al dolor sordo que sentía en el costado. Cuando me dirigí hacia las escaleras, me encontré con el Custodio, que estaba subiendo. Al verme se detuvo.

—Paige.

Aún tenía el vello de los brazos de punta. Una parte de mí me pedía que fuera hacia él, pero otra me advertía de que no debía hacerlo.

—Custodio —dije, lo suficientemente bajo como para que no me oyeran desde la planta baja.

—Intentaste poseer al emite.

Levanté las cejas.

—¿Me has robado otro recuerdo?

—Esta vez soy inocente. —El Custodio se quedó mirando el cuadro colgado de la pared. Era una de las creaciones de Eliza de las que más orgullosa estaba, algo que había pintado sin la ayuda de los espíritus, a lo largo de un año—. Tienes las pupilas de tamaño diferente. Es señal de que tu cordón argénteo ha sufrido una sacudida. Si esa bestia hubiera conseguido atraparte, habría devorado tu espíritu.

—Si me hubieras avisado, probablemente no habría intentado penetrar en su onirosaje.

—Con el paso del tiempo he aprendido a verlo diferente —dijo, y apoyó las manos en la barandilla—. Supongo que habíais ido a la colina para hablar en secreto.

Tenía la voz ronca, pero volví a contarle la historia. Él escuchó sin cambiar demasiado de expresión.

—Un «mercado gris» —repitió—. Ese término no lo he oído nunca.

—Pues ya somos dos.

—Así pues, parece que son muchas cosas las que dependen de tu victoria en el torneo. —Sus ojos iluminaban la penumbra—. El hombre que os llevó hasta el punto frío quizá tuviera algo que ver con esta operación.

Me pregunté cuánta gente estaría involucrada. ¿Cuántas personas estaban dispuestas a matar y a morir para proteger lo que fuera que estuvieran tramando la Abadesa y el Ropavejero?

—¿Seguirán apareciendo emim?

—Oh, sí —dijo, agarrando la barandilla con más fuerza—. Ahora que la colonia penitenciaria ha quedado abandonada, los emim ya no se sentirán atraídos por la actividad espiritual que se desarrollaba dentro. Por cara que hubiera costado esa colonia, servía como polo de atracción. Ahora se sentirán tentados por el enorme enjambre de espíritus que es Londres. Los puntos fríos de acceso a su reino se pueden cerrar, pero no es fácil.

—¿Su reino?

—Una gran parte del Inframundo está plagado de emim. Habrás notado que el punto frío repele a los espíritus, en lugar de atraerlos, porque hasta los espíritus tienen miedo de su mundo.

A eso debía de referirse Ognena Maria semanas atrás, cuando me había contado que estaban desapareciendo espíritus de su sección.

—No podemos permitir que vengan —dije.

Pasó un buen rato sin que ninguno de los dos se moviera. Las palabras me llegaban a trompicones hasta la boca y luego se echaban atrás. Él me miraba como había hecho tiempo atrás en una sala atestada de gente, siempre indescifrable. No había nada que revelara qué sentía —si es que sentía algo— cuando me miraba.

Lo ocurrido en aquel claro, sumado a todo lo demás, me había dejado un dolor en las costillas. Había aprendido demasiado en un solo día. Con un movimiento mínimo, me acerqué ligeramente y apoyé la cabeza en su brazo. Irradiaba calor, como si tuviera una estufa de carbón en el interior del pecho. Sus manos agarraron la barandilla a ambos lados de mi cuerpo, sin llegar a tocar mis caderas. El sonido grave que emitió hizo que me temblara el vientre.

Cuando levanté la barbilla, su nariz se inclinó hacia la mía. Mis dedos resiguieron el perfil de su mandíbula y de su oreja, mientras escuchaba su respiración y el latido de su corazón. Para él no eran más que sonidos rítmicos, no una cuenta atrás, que es lo que suponían para mí. En mi onirosaje se encendió algo de nuevo, como había ocurrido en el consistorio.

No podía describir lo que me hacía sentir. No tenía verdadera conciencia de lo que era; solo sabía que era algo visceral, como un instinto olvidado. Y que quería dejarme llevar.

—He pensado en lo que dijiste en la sala de conciertos —dijo.

Esperé a que continuara. Su dedo siguió la línea curva que partía del lateral de mi mano, siguiendo el brazo, hasta mi cintura.

—Tienes razón. Así es como nos silencian. Yo no dejaré que nos silencien, Paige, pero tampoco te quiero mentir. Las líneas de nuestras vidas solo se cruzarán cuando el éter lo crea conveniente. Y eso puede significar no muy a menudo. Desde luego, no puede ser siempre.

Entrecrucé mis dedos con los suyos.

—Lo sé.

23

Liminal

*E*n cuanto cerré la puerta del desván, el Custodio me cogió una mano entre las suyas, llenas de callos. Lo único que oía era mi propia respiración, el latido de mi corazón. Mis dedos encontraron la llave y la giraron: me quedé encerrada en la oscuridad con un refaíta. Él era una criatura del limen; toda falsa impresión de humanidad había desaparecido. Deslicé mis manos sobre sus hombros, hasta la base del cuello y, por fin, con el corazón desbocado, sentí su boca en la mía.

En la oscuridad todo eran sensaciones. Dedos que se colaban entre mi cabello, que ascendían siguiendo el relieve de mi columna. Tiré de él, pasando un brazo por detrás de su cuello, enredando los dedos en su áspero cabello. Sabía a vino tinto y a algo más, a algo terroso, rico y con un leve toque amargo.

De pronto apoyó la palma de la mano sobre la piel de mi vientre, y la respiración se me aceleró. Hasta ese momento no fui consciente de lo mucho que deseaba que me abrazara, que me tocara. La intimidad no tenía lugar en el mundo de ninguno de los dos.

El Custodio me levantó, haciendo girar el suelo bajo mis pies. Me envolvió la barbilla con la mano, y rompimos el silencio con nuestra respiración. Me sostuvo de modo que nuestras frentes entraron en contacto, como si quisiera convencerme de que hacíamos lo correcto. De que aquello no era una mentira. Apreté la boca contra su mandíbula, disfrutando de la calidez de su piel y de las palabras entrecortadas en *gloss* que temblaban en su garganta.

Su onirosaje lanzó una lengua de fuego que se extendió sobre mis flores. Aún oía esa voz en la cabeza cuando lo besé, mientras le susurraba su nombre en la boca. «Para, Paige, para.» Una advertencia instintiva. Podrían llegar los Ranthen y descubrirnos, como había hecho Nashira. Pero con las notas del nocturno que estábamos interpretando en la cabeza, resultaba fácil hacer caso omiso a la voz de la conciencia. Él tenía razón: aquello no sería para siempre. Nunca sería una presencia constante en mi vida. Pero ¿qué importancia podía llegar a tener un momento?

Nos dejamos caer en lo que parecía un sofá capitoné. Yo estaba sentada encima de él, a horcajadas, y él me rodeaba las caderas con el brazo. Mis dedos recorrieron las marcas que le surcaban la espalda, las cicatrices que siempre le recordarían su traición. O más bien la traición de quien había ido a informar a Nashira.

El Custodio se quedó inmóvil. Le miré a los ojos antes de seguir avanzando por el tejido cicatrizal de su espalda, que seguía por sus costillas, hasta el abdomen. Tenía una textura casi cerosa. Fría al tacto, como las marcas de mi mano.

Eran las huellas de un duende. Yo me eché atrás, resiguiendo la horrible marca que le rodeaba la caja torácica.

—¿De quién era el espíritu que te hizo esto?

—De uno de sus ángeles caídos. El duende. —Su dedo resiguió mi mandíbula—. Naturalmente, su nombre es un secreto muy bien guardado. Un secreto que quizá se haya perdido con el tiempo.

No me imaginaba un modo mejor de controlarlo que racionarle las gotas de amaranto para el dolor. Desde luego, Nashira Sargas tenía más imaginación de lo que pensaba.

Permanecimos allí, en la oscuridad del desván, interrumpida solo por las franjas de luz de luna que entraban por las ventanas. Sentía el latido de la adrenalina en las venas. Los otros no podrían detectar nuestros onirosajes desde la planta baja, pero quizá lo conseguirían si subían a la primera.

—En cualquier caso, me apagaré.

—Eso no fue más que una observación —dijo—. Una observación interesada. No influye en absoluto en mis decisiones.

—No es solo eso. Hay mil motivos.

—Tienes razón —dijo, resiguiendo una línea de luz de luna que recorría mi cintura—. Pero no vamos a enumerarlos ahora.

Sonreí, hundiendo la cara en su hombro. En la planta baja alguien tocaba el piano. No era un suspirante. No había espíritus que se movieran al ritmo de la música. Levanté la vista y miré al Custodio.

—Cécile Chaminade. Una elegía.

—¿Tienes una caja de música en la cabeza?

—Hmm. —Me apartó un mechón de delante de los ojos—. Sería una incorporación interesante a mi onirosaje.

Sentí un temblor nervioso en el cuerpo, la misma sensación que tenía cada vez que descubría algún ornamento o instrumento extraño en el mercado negro. La sensación de que podía pasar los dedos por su superficie, de que se podía romper antes de que llegara a ver la luz del día. Apoyé una mano en su abdomen, para sentir cómo se hinchaba con cada respiración.

—Si quieres seguir adelante —dijo, en voz muy baja—, aunque no dure, tenemos que ocultárselo a los Ranthen.

Porque, si no, me destruirían. Y a él también, y la alianza, todo ello simplemente por poder tocarnos, besarnos y abrazarnos. Era un sentimiento puro, irreflexivo, algo de lo que Jaxon sin duda se mofaría.

Los ojos del Custodio recorrieron mi rostro. Yo estaba a punto de responder con una mentira —«no importa»—, pero se me quedó atravesada en la garganta. Él sabía que sí importaba, y no había sido una pregunta. Me giré, apoyando la espalda contra su pecho, y miré por la ventana.

—He estado tan ciega… sobre el sindicato.

—Eso me cuesta creerlo.

—Siempre he sabido que era corrupto, pero no hasta este punto. La Abadesa y el Ropavejero están haciendo algo terrible, algo que tiene que ver con los refaítas. Y aún no entiendo lo que es, pero tengo la sensación de que la respuesta está delante de mí. —Recorrí las cicatrices de sus nudillos con los dedos—. El traidor de la primera rebelión… ¿Llegaste a verle la cara?

—Si se la vi, quizá nunca llegue a saberlo. Jamás me dijeron quién fue el humano que nos traicionó.

No saber quién le había hecho aquello debía de haberle consumido durante años. Al hablar del tema se le tensaron los músculos.

Levanté la mano que tenía apoyada en su vientre.

—En el torneo voy a tener que penetrar en el onirosaje de Jaxon. Hace ya un tiempo que no entro en el de nadie.

Se me quedó mirando.

—¿Pretendes matar a Jaxon?

Aquello me inquietaba.

—No quiero hacerlo —respondí—. Si puedo controlarlo el tiempo suficiente como para conseguir que se rinda, podría ganar igualmente.

—Una decisión muy honrosa —señaló—. Más que cualquiera que pueda llegar a tomar el Vinculador Blanco, supongo.

—Él lo arriesgó todo para sacarme de Sheol. No me matará.

—Aunque solo sea por seguridad, supongamos que lo intentará.

—¿No eras tú el que decía que no había que presuponer nunca nada?

—Hago algunas excepciones —dijo, recostándose sobre los cojines—. Ahora te será más fácil entrar en mi onirosaje. Cuando te enfrentes a Jaxon, estarás agotada y herida. Necesitarás recurrir a tus últimas fuerzas para dar el salto.

—Déjame que lo intente, pues. Sin la máscara.

Que me dejara entrar otra vez no era cualquier cosa, y aun así no puso la mínima objeción. Coloqué la mano en la nuca y agarré, respirando hondo y lentamente. Ya empezaba a sentirme mareada; salir de mi cuerpo no me costó nada.

Cuando entré en su onirosaje, me encontré en su zona hadal, donde el silencio me presionaba como si fuera una pared de ladrillo. Desde lo alto caían unas cortinas de terciopelo rojo que se desenrollaban y acababan desvaneciéndose como el humo de una hoguera. Mis pasos resonaban como si estuviera caminando por una catedral, pero su onirosaje seguía siendo como una isla que flotaba en el éter, sin una forma clara. Simplemente «era». Quizás el Inframundo fuera así, un reino desolado y sin vida. Aparté las cortinas de terciopelo y me fui abriendo paso por cada uno de los anillos de su conciencia hasta que llegué al centro de la mente de Arcturus Mesarthim. Su forma onírica estaba allí de pie, con las manos en la espalda. Era una figura hueca, descolorida.

—Bienvenida otra vez, Paige.

Las cortinas nos rodearon.

—Veo que has optado por una imagen minimalista.

—Nunca me gustó cargar demasiado la mente.

Pero algo había cambiado en aquella parte de su mente. Del polvo había nacido una flor, con pétalos de un color cálido indefinible, protegida por una campana de cristal como si fuera un ejemplar de colección.

—El amaranto. —Me agaché y toqué la superficie de cristal—. ¿Qué hace aquí?

—No te diré que sé cómo definen su forma los onirosajes —respondió, caminando en torno a la flor—, pero da la impresión de que ya no soy una «carcasa vacía», tal como dices tú.

—¿Tienes defensas?

—Solo las que me ha concedido mi naturaleza. Jaxon no dispondrá de unas paredes tan fuertes como las mías, pero puede que tenga manifestaciones de recuerdos.

—Espectros —recordé. Había leído algo al respecto en un borrador de *Sobre las maquinaciones de los muertos itinerantes*, y los había visto al penetrar en otros onirosajes. Unas figuras silenciosas, de aspecto arácnido, que merodeaban por la zona hadal. La mayoría de las personas tenían al menos una. Otras, como Nadine, tenían el onirosaje lleno—. ¿Eso son recuerdos?

—En cierto modo. Son proyecciones de los remordimientos o las angustias de la persona. Cuando alguien «juega con tu mente», como decís vosotros, son los espectros los que actúan.

Me puse en pie.

—¿Dispones de alguno?

Giró la cabeza hacia las cortinas. Doce espectros se habían concentrado en los bordes de su zona crepuscular, evitando la luz del centro de su onirosaje. No tenían rostros reconocibles, aunque sí una forma vagamente humana. Eran algo a medio camino entre sólido y gas, y tenían una piel que parecía resbalar con el humo.

—No pueden hacerle ningún daño a tu forma onírica —dijo—, pero pueden intentar bloquearte el paso. No debes perder tiempo ni dejar que te agarren.

Estudié su colección de espectros.

—¿Tú sabes a qué recuerdo corresponde cada uno?

—Sí —dijo él, mirándolos—. Lo sé.

En su onirosaje tenía un perfil mucho más duro; sus rasgos habían perdido toda humanidad.

Nunca había tocado la forma onírica de otra persona. Penetrar en un onirosaje ya suponía una invasión de la privacidad, y siempre me había parecido una crueldad poder contemplar y manipular la imagen que otra gente tiene de su propia naturaleza. Dejar mis huellas en ella podría causar un daño irreparable: podía hacer estallar un ego ya hinchado, acabar con las últimas esperanzas de alguien. Pero mis ansias de explorar se habían vuelto irrefrenables. Tenía sed de conocimientos, por peligroso que pudiera resultar. Así que cuando los ojos de color ámbar del Custodio me miraron, alcé la mano y le toqué la mejilla.

La noté fría al tacto. Mi forma onírica vibró. Su visión de mí, en contacto directo con la visión que tenía de sí mismo. Tuve que recordar que esos no eran mis dedos, aunque fueran exactamente iguales a los dedos que yo conocía. Aquellas eran mis manos tal como las percibía el Custodio. Las dejé apoyadas en su rostro durante un buen rato, sintiendo sus labios firmes y su mandíbula angulosa.

—Ten cuidado, onirámbula —dijo, levantando una mano y apoyándola sobre la mía—. Los autorretratos son tan frágiles como los cristales.

Su voz resonó, sacudiendo algo en mi interior y haciéndome desconectar de golpe. Cuando regresé a mi cuerpo, agité las piernas sobre el borde del sofá, respirando afanosamente. Hacer aquello sin máscara de oxígeno seguía siendo difícil; suponía enseñarle a mi cuerpo cómo resistir sin realizar sus funciones más básicas. El Custodio me observó desde la distancia hasta que conseguí recuperarme.

—Tú… —Contuve la respiración, con una mano sobre el pecho—. ¿Por qué te ves así?

—Yo no veo mi forma onírica. Confieso que siento cierta curiosidad.

—Es como una estatua, pero con marcas, como si alguien la hubiera esculpido a cincel. —Fruncí el ceño—. ¿Así es como te ves?

—En cierto sentido. Sin duda, los años pasados como consorte de sangre de Nashira Sargas han erosionado mi cordura, cuando menos. —Me tocó el pómulo con el pulgar—. No necesitarás abandonar tu cuerpo por completo durante el torneo. Recuerda lo que te he enseñado. Deja atrás una parte suficiente de ti misma para mantener activas las funciones vitales.

No se me pasó por alto el cambio de tema, pero ya había invadido su intimidad.

—No entiendo cómo voy a hacerlo —dije, apoyando la cabeza sobre su hombro—. No puedo dividir mi espíritu entre dos cuerpos.

—Lo hiciste en la sala de conciertos. No pienses que te divides, sino más bien que dejas atrás una sombra.

Seguimos contemplándonos el uno al otro un rato, a la luz de la luna. Uno de los dos habría tenido que irse, pero ninguno lo hizo. Sus dedos trazaron una línea desde mi sien hasta mi cuello, bajando hasta el escote de mi camisa, justo por encima de mis pechos, desencadenando una compleja maraña de emociones que hacía vibrar el cordón.

—Pareces agotada —dijo, y las palabras resonaron en su pecho.

—Ha sido un día muy largo —respondí, mirándolo fijamente a los ojos—. Custodio, necesito que me prometas una cosa.

Él también me miró. Ya le había pedido un favor antes, cuando afrontaba la muerte a manos de su prometida.

«Si ella me mata, tienes que encargarte de que los demás lo sepan. Tienes que ser su líder.»

«No necesitaré convertirme en su líder.»

—Si pierdo el torneo —dije—, asegúrate de acabar con el mercado gris. Sea lo que sea.

Tardó un rato en responder:

—Haré lo que pueda, Paige. Haré lo que pueda, siempre.

No podía pedirle más. Sus dedos acariciaron la marca de mi hombro, los seis dígitos que habían sido mi nombre.

—Ya fuiste esclava una vez —dijo—. No seas esclava del miedo, Paige Mahoney. Hazte dueña de tu don.

Aquella noche fue algo nuevo. Nunca había dormido junto a otra persona, con su aura envolviendo la mía como una segunda piel. Tardé un rato en conseguir que mi sexto sentido se adaptara a su proximidad. Mis defensas reaccionaban ante la presencia de su onirosaje. Imaginé que aquello sería lo que se siente cuando se duerme en un barco, sobre una superficie que nunca deja de moverse. Más de una vez me desperté desorientada, oyendo otro latido junto al mío, sintiendo un calor que no habría sentido a solas.

La primera vez me entró el pánico, y sus ojos me recordaron tanto a Sheol I que salí rodando de la cama y eché mano de mi cuchillo. El Custodio se me quedó mirando en silencio, esperando a que recordara. Después me dejó dormir de nuevo con la espalda apoyada en su pecho, sin hacer nada para intentar retenerme.

Cuando me desperté definitivamente, eran poco más de las cuatro de la mañana. El Custodio seguía dormido, con el brazo en torno a mi cintura. La piel le olía a metal caliente.

De pronto, sentí un escalofrío. Los otros se preguntarían dónde había estado toda la noche.

Esta vez él no se despertó conmigo. Nunca le había visto un aspecto tan humano como en aquel momento. Más tierno, como si todos los recuerdos desagradables hubieran abandonado su onirosaje.

Abrí la puerta y salí del desván con gran sigilo. En el rellano, me apoyé en la barandilla y crucé los brazos con fuerza. Confiar en el Custodio era una cosa, pero al tocar su forma onírica había convertido aquello en algo diferente. En algo mucho más peligroso.

Sabía que no podría pasar una noche más con él; las normas de Jaxon no lo permitían. Pero había tantas cosas que quería aprender de él… También sabía que aquello no podía durar. Fuera lo que fuese, suponía un riesgo demasiado grande. ¿Por qué lo hacía? Me gustara o no, en los días siguientes necesitaría el apoyo de los Ranthen. Y si llegaran a sospechar…

Me agarré a la barandilla con ambas manos y me quedé escuchando los pasos de la planta baja. Scion me seguía la pista desde el momento en que había entrado a formar parte del grupo de Jaxon. Durante diez años había escondido gran parte de mi vida a mi propio padre. El Custodio era un maestro en el arte de ocultar sus intenciones: había orquestado dos rebeliones a escondidas de su prometida.

Eso era lo que quería yo. Dejar de huir, por una vez. Pese a toda la oscuridad y el frío que le rodeaban, había en él un calor que me hacía sentir viva y fuerte. Era muy diferente de lo que había sentido con Nick… y no podía ser como lo que había sentido con Nick. Con él, había sido como morir. Una larga lucha conmigo misma para convencerme de que podía llegar a estar conmigo. Había hecho que mi vida dependiera de aquello. Con el Custodio era como sentir dos latidos en lugar de uno.

Bajé las escaleras descalza, sigilosamente, y abrí la puerta de la cocina. Nick ya estaba sentado a la mesa, leyendo el *Daily Descendant* y picando algo de pan caliente de la cocina rápida.

—Buenos días.

—Aún no. —Me senté—. ¿Eras tú quien tocaba el piano anoche?

—Sí. La única pieza que sé tocar. Pensé que a Zeke le ayudaría a dormir. Antes de volverse ilegible era susurrante.

—¿Cómo está?

Dejó el periódico en la mesa y se frotó los ojos con una mano.

—Voy a dejarle descansar un poco más, pero dentro de unas horas tendremos que irnos de aquí. Leon volverá pronto.

—Deberías pedirles permiso para que se quedara un tiempo. —Tiré del periódico, acercándomelo—. Jax hará muchas preguntas.

—Va a hacer preguntas igualmente.

A diferencia del día anterior, su mirada tenía una claridad penetrante. Yo no hice caso, y me puse a leer el periódico. Scion animaba a los ciudadanos a aumentar la vigilancia para dar caza a Paige Mahoney y a sus aliados, haciendo hincapié en que probablemente habrían modificado su aspecto para pasar desapercibidos. Debían estar atentos a otras pistas, como el acento al hablar, el cabello teñido, máscaras o cicatrices de operaciones de cirugía estética recientes. Y el texto iba acompañado de ejemplos de todo ello: costuras de color morado sobre la piel, sobre todo en las mejillas, cerca del nacimiento del cabello o detrás de las orejas.

—Tengo que contarles a los otros lo que he planeado para el torneo. —Serví café para los dos—. Y necesito saber de qué lado se pondrán si gano.

—¿Vas a hablarles del Custodio?

De pronto solo se oía el tictac de un reloj de péndulo situado sobre el lavadero.

—¿Qué?

—Paige, te conozco desde hace diez años. Sé cuándo algo ha cambiado.

—No ha cambiado nada. —Vi su rostro, y me llevé los dedos a las sienes—. Todo ha cambiado.

—Ya sé que no es asunto mío.

Revolví mi café con la cucharilla.

—No voy a darte un discursito —dijo—, pero quiero que recuerdes lo que hizo. Aunque haya cambiado, aunque no quisiera hacerte daño teniéndote allí, y aunque no estuviera entre los que te capturaron, tienes que recordar que te utilizó. Prométemelo, *sötnos*.

—Nick, no «quiero» olvidar lo que hizo. Podía haberme soltado el primer día. Eso lo sé. Pero eso no significa que pueda dejar de sentir lo que siento. Y sé que crees que he empezado a simpatizar con él —dije, mirándolo fijamente a los ojos—. No es así. No simpatizo con lo que me hizo, no me da lástima, pero comprendo por qué lo hizo. ¿Te parece que tiene sentido?

Tardó un rato en responder.

—Sí —dijo por fin—. Tiene sentido. Pero es muy frío, Paige. ¿Te hace feliz?

—Aún no lo sé. —Le di un buen sorbo al café, que me calentó por dentro—. Solo sé que me considera.

Suspiró.

—¿Qué? —dije, suavizando el tono.

—Que no quiero que seas Subseñora. Mira lo que les pasó a Hector y a Caracortada.

—Eso no pasará —repliqué, pero aun así la idea me provocaba escalofríos. Aunque Jaxon se hubiera acordado de dar parte de aquellos matones a la Abadesa, sé que ella lo habría pasado por alto—. ¿Has tenido más visiones?

—Sí. —Se frotó las sienes—. Ahora las tengo cada pocos días. Son tan densas, no te las puedo explicar…

—No pienses en ellas. —Le apreté la mano y luego se la solté—. Tengo que hacerlo, Nick. Alguien ha de intentarlo.

—No tienes por qué ser tú. Tengo un mal presentimiento.

—Somos clarividentes. Se supone que hemos de tener malos presentimientos.

Me miró, pero su mirada no decía nada. La puerta de la cocina se abrió, Eliza entró y se sentó frente a nosotros.

—Eh —saludó.

Nick frunció el ceño.

—Pensaba que estabas en la guarida.

—Jaxon me ha enviado a buscaros. Quiere que estemos todos en Seven Dials dentro de una hora. —Se sirvió un café—. Deberíamos haber ido anoche.

—No creo que ninguno de nosotros se esperara encontrar un monstruo en la colina —dijo Nick—. Pero ¿por qué estamos en la cerería de Leon Wax?

—Porque para mí es como de la familia.

La simple mención de la palabra «familia» era algo raro para cualquiera de nosotros. Era un concepto que Jaxon no contemplaba, como si todos nosotros hubiéramos nacido de unos huevos de Fabergé milagrosos. Nick dejó el periódico a un lado.

—¿Como de la familia?

—Cuando era un bebé me abandonaron en la puerta de una casa

de comerciantes. Ellos me criaron, pero me odiaban. Me hacían ir sola a buscar paquetes del Soho y llevarlos a Cheapside, a tres kilómetros, evitando a los centinelas y a los delincuentes. Seis kilómetros al día, desde el momento en que fui capaz de caminar. Cuando tenía diecisiete años por fin conseguí un trabajo en ese teatro callejero. Ahí es donde conocí a Bea Cissé. Era brillante, la mejor actriz de The Cut. Fue la primera vidente que conocí que no me trató a patadas.

Nick y yo escuchamos en silencio. Las comisuras de su boca se tensaron.

—Bea es una médium física. Solía dejar que todo tipo de espíritus la poseyeran durante sus actuaciones. Escapistas, contorsionistas, bailarinas... Eso, a lo largo de veinte años, fue degradando su onirosaje. —La voz le tembló—. Bea y Leon son mis mejores amigos fuera de la banda. En parte, el motivo por el que pedí trabajo a Jax fue para poder ayudarle a pagar las medicinas.

Casi no me lo podía creer. La lealtad y el compromiso de Eliza con Jaxon me había parecido siempre impecable.

—¿Qué tratamiento recibe? —dijo Nick, en voz baja.

—Áster púrpura. Leo se la ha llevado unos días al campo para ver si encuentra más hierbas.

—Ahí es donde ibas una y otra vez —señalé—. La noche del mercado.

—Ese día se encontraba muy mal. Pensé que la perderíamos —dijo, frotándose los ojos con la manga—. Cuando están aquí, usan este lugar como refugio para vagabundos, les proporcionan comida y algo de ayuda. Pero últimamente tienen dificultades para mantenerlo activo. —Dejó caer los hombros—. Perdonadme. Han sido unos meses muy tensos.

—Tendrías que habérnoslo dicho —murmuró Nick.

—No podía. Podríais habérselo dicho a Jax.

—Estás de broma. —La rodeó con un brazo, y ella soltó una risita entrecortada—. Al principio, cuando éramos los dos primeros sellos, solías contármelo todo. Nosotros siempre te apoyaremos.

Nos quedamos en silencio un buen rato, comiendo pan con miel. En la planta de arriba, el onirosaje del Custodio se movió: se había despertado.

—Iba a contároslo ayer —le dije—. He decidido presentarme al torneo y enfrentarme a Jaxon.

Eliza puso unos ojos como platos. Se giró hacia Nick, como buscando ayuda para hacerme reaccionar, pero él se limitó a suspirar.

—No. —Al ver que no me reía, negó con la cabeza—. Paige, no lo hagas. No puedes. Jaxon te…

—… matará. —Me acabé el café—. Bueno, que lo intente.

—Jaxon te dobla la edad y es el mayor experto en clarividencia de la ciudadela. Y si te pones en su contra, es el fin. El fin de la banda.

Eso no podía negarlo. Me gustara o no, era el elemento de unión que nos había puesto en contacto a todos.

—Y si no me enfrento a él —dije—, es el fin de todo lo demás. Ya sabéis a qué nos enfrentamos. Si la Abadesa es quien está detrás de todo esto, no podemos confiar en que el sindicato haga nada al respecto. Tenemos que ocuparnos nosotros, antes de que todo se venga abajo.

Eliza no respondió.

—No debéis decírselo a Nadine. Ya sabéis que iría enseguida a contárselo a Jax. Dani quizá se pusiera de mi parte, pero no podemos contárselo a Zeke. No sabemos de qué lado se pondría. —Miré a Nick, que juntó las manos—. ¿O sí?

Él tardó un rato en responder.

—No —dijo por fin—. Él quiere combatir a los refaítas, y sabe que yo siempre me pondré de tu lado, pero quiere a su hermana. No sé a quién elegiría.

Eliza seguía allí sentada, en silencio, con la boca convertida en una fina línea de preocupación.

—Paige —dijo—. ¿De verdad… dijo Jaxon que no haría nada con respecto a los refaítas?

—Lo único que le preocupa es el sindicato.

—Ahora que los he visto, no lo entiendo. —Se pellizcó la piel entre las cejas—. Sé que haces lo correcto. Sé que tenemos que librarnos de esas cosas. Pero Jax me acogió cuando no tenía nada, aunque era de uno de los órdenes inferiores. Sé que es… difícil, pero llevo mucho tiempo con él. Y tengo el mismo problema que Nadine. Necesito el dinero.

—Lo tendrás. Te lo prometo, Eliza, lo tendrás —dije, con voz suave—. Tú eliges. Pero si gano, me gustaría que estuvieras de mi lado.

Eliza me miró a los ojos.

—¿De verdad?

—De verdad.

Mientras hablaba, sentí un temblor en el cordón áureo. El oniro-saje del Custodio estaba del otro lado de la puerta. Dejé el periódico sobre la mesa.

—Un minuto —dije.

Nick se me quedó mirando mientras me alejaba.

En el pasillo, el Custodio estaba cogiendo su abrigo del colgador junto a la puerta. Cuando me vio, se le encendieron los ojos.

—Buenos días, Paige.

—Hola. —Carraspeé—. Puedes quedarte a desayunar, pero quizá necesites un cuchillo de carnicero para cortar la tensión que flota en el ambiente.

Aquello había sonado demasiado brusco. ¿Cómo se supone que debes hablarle a alguien con quien acabas de pasar la noche? No tenía demasiada experiencia en el asunto.

—Es toda una tentación —respondió él—, pero los Ranthen me esperan fuera. Querrán hablar contigo antes del torneo. —Me miró a la cara, escrutándome—. Y, por cierto, espero que sobrevivas a la prueba, Paige Mahoney. Por el bien de todos.

—Es lo que pretendo.

No sonreía con la boca, pero sí con los ojos, cálidos y centelleantes. Levanté las manos y le rodeé la espalda, para sentir el ritmo lento de su respiración. Sentí un calor que me salía de debajo de las costillas, se extendía por los brazos y me llegaba hasta la punta de los dedos.

Y tenía una extraña sensación de pertenencia. No en el sentido material, en la manera en que pertenecía a Jaxon, como antes había pertenecido a los refaítas. Aquello era otro tipo de pertenencia, como sucede con las cosas que son afines, y que se pertenecen las unas a las otras.

Nunca me había sentido así, y era una sensación que me aterrorizaba.

—¿Has dormido bien? —preguntó.

—Bien. Aparte del incidente con el cuchillo. —Descolgué la chaqueta de Nick de la puerta—. ¿Lo sabrán los Ranthen?

—Puede que tengan sospechas. Nada más.

Nuestras auras aún no se habían separado del todo cuando abrió la puerta. El frío viento penetró en la casa. Yo me puse las botas y le seguí a la calle, cubierta de una niebla gélida. Los Ranthen esperaban en el otro extremo de Goodwin's Court, bajo la única farola que había. Al oír el sonido de nuestros pasos, se giraron al unísono y Pleione preguntó:

—¿Cómo va?

—Muy bien. —Levanté una ceja—. Gracias por preguntar.

—No, tú no. El chico. ¿Cómo está?

Una refaíta preguntando por un humano herido. Nunca pensé que asistiría a algo así.

—Zeke está bien —dije—. El Custodio lo ha estado controlando.

Los huesos del rostro de Terebell Sheratan destacaban a la luz azul eléctrico de aquel rincón, emitiendo sombras bajo sus pómulos. Apreté los puños en los bolsillos.

—Espero que hayáis dormido bien —dijo—. Venimos a comunicaros que Situla Mesarthim, mercenaria de Nashira, ha sido vista en esta sección de la ciudadela. Estoy segura de que la recuerdas.

Recordaba perfectamente a Situla, familiar del Custodio, cuyo único parecido con él era el físico.

—Tenemos que irnos a nuestra casa segura en el East End, a esperar tu triunfo en el torneo.

—En cuanto a eso…, tengo un favor que pediros.

—Explícate.

—Los últimos cuatro supervivientes de la Era de Huesos fueron capturados por el mimetocapo que tenía preso al Custodio. Una de ellos tiene una información muy valiosa que necesito. Se llama Ivy Jacob.

—El juguetito de Thuban.

Aquella palabra me provocó un escalofrío.

—Él era su guardián —dije—. Sin ella, puede que muchos videntes desconfíen de mi capacidad para dirigir el sindicato. Los fugitivos han sido apresados en un salón nocturno, en algún lugar del I-2. No sé dónde, pero conozco una vía de…

—Osas dar a entender que deberíamos ir a buscarlos en tu lugar —dijo Errai, con tono socarrón—. No somos tus criados, no estamos a tu servicio.

—No me asustas, refaíta. ¿Crees que no me golpearon lo suficiente en la colonia? —Me bajé la camisa de un tirón, mostrándole la marca—. ¿Crees que no recuerdo esto?

—No creo que lo recuerdes lo suficiente.

—Errai, haya paz —dijo Lucida, que levantó una mano—. Arcturus, ¿crees que es una maniobra racional?

El Custodio tenía los ojos en llamas.

—Yo creo que sí. Ese tal Ropavejero fue capaz de capturarme y apresarme sin demasiada dificultad. Es implacable, cruel, y sabe de los refaítas. Debemos acabar con su «mercado gris», o seguirá riéndose de nosotros desde las sombras.

—¿Qué significa «mercado gris», onirámbula? —dijo Terebell, con un tono que daba a entender que estaba perdiendo la paciencia.

—No lo sé —respondí—. Pero Ivy lo sabrá.

—Y estás segura de que esa tal Ivy está recluida en el salón nocturno.

—No la vi, pero percibí su onirosaje. Sé que está allí.

—Esperas que arriesguemos nuestras vidas por una sensación —dijo Pleione.

—Sí, Pleione, igual que yo arriesgué la vida cuando el Custodio me pidió que le ayudara con vuestra rebelión, aunque la primera acabara desastrosamente —apunté con frialdad. Al momento me arrepentí de haberlo dicho, pero el Custodio no reaccionó—. La noche del torneo todo el mundo estará distraído. Gane o pierda, necesito que Ivy hable.

—Los Ranthen no solemos interferir en esas cosas —dijo Terebell, con gesto adusto—. Los Mothallath decían que no debemos actuar contra los acontecimientos naturales del mundo corpóreo. No tenemos que impedir la muerte de nadie, si ha sido decretada por el éter.

—Eso es ridículo —repliqué, consternada—. Ninguna muerte es «decretada».

—Eso lo dices tú.

—Lucharon por sobrevivir. Lucharon por huir de vuestra colonia. Si queréis que consiga un ejército, tenéis que conseguirme a Ivy.

Se quedaron en silencio un rato. Yo me los quedé mirando, temblando de rabia. Terebell me lanzó una última mirada antes de alejarse por el callejón.

—¿Eso ha sido un sí? —le pregunté al Custodio.

—Supongo que no ha sido un no. En cualquier caso, los convenceré.

—Custodio. —Le agarré del brazo—. Siento haber dicho eso. Lo de la primera rebelión.

—La verdad no requiere disculpas —dijo, y la luz de sus ojos disminuyó hasta convertirse en una pequeña llama temblorosa—. Buena suerte.

El peso de su mirada hizo que el vello se me pusiera de punta. Eso, y la inmovilidad de nuestros cuerpos. Al ver que no me movía, él acercó sus labios a mi cabello.

—No soy adivino ni un oráculo —me dijo, con una voz que era más bien un grave murmullo—. Pero confío en ti plenamente.

—Estás loco —respondí, con la cara hundida en su cuello.

—La locura es cuestión de perspectiva, pequeña soñadora.

Lo último que vi de él fue su espalda desapareciendo entre la niebla. En algún lugar de la ciudadela sonó una campana.

Cuando regresamos a la guarida, Jaxon Hall estaba encerrado en su despacho, con la «Danse Macabre» sonando tan fuerte que se oía desde el vestíbulo, en la planta inferior. Eliza y yo nos separamos en el rellano y entramos en nuestras respectivas habitaciones de puntillas. Me esperaba oír un golpetazo en la pared, pero no hubo nada.

Intentando no hacer demasiado ruido, me preparé para el torneo. Me di una ducha caliente y solté los músculos. Me puse la ropa que me había hecho Eliza. Me senté en la cama y practiqué poseyendo a una araña que había tejido una tela en mi ventana. Tras haberlo hecho con dos humanos, un pájaro y un ciervo, una criatura tan pequeña resultó fácilmente controlable. En el interior de su onirosaje hallé un delicado laberinto de seda. Al quinto intento fui capaz de controlar a la araña sin abandonar del todo mi cuerpo. Dejé una parte mínima de percepción en mi onirosaje, un mínimo rastro de conciencia. Lo suficiente como para mantener el cuerpo de pie unos segundos mientras recorría el alféizar de la ventana, balanceaba los pies y me golpeaba la cabeza contra la pared más cercana. Solté un improperio, eché mano de la máscara de oxígeno, me la puse en la boca y respiré agitadamente.

Si no podía hacer algo así en el torneo, no tenía ninguna posibilidad. Cada vez que abandonara mi cuerpo lo dejaría a merced de cualquier ataque. Me matarían al cabo de pocos minutos. Las heridas que me había hecho en Primrose Hill no eran graves, pero necesitaba una buena noche de sueño para que mi onirosaje se recuperara. Apagué la lámpara y me hice un ovillo en la cama, escuchando la música procedente del tocadiscos de Jaxon. Al otro lado de la pared sonaba «A Bird in a Gilded Cage», acompañada del ruido de la electricidad estática.

No sabía dónde estaría al cabo de dos días. Desde luego ahí no, en mi pequeña habitación de Seven Dials. Puede que estuviera por la calle, convertida en una paria, una traidora. O quizá fuera Subseñora y estuviera dirigiendo el sindicato. O podía estar en el éter.

Justo del otro lado de la ventana había un onirosaje solitario. Miré detrás de las cortinas, en dirección al patio, donde estaba Jaxon Hall, sentado a solas bajo el cielo rojo. Llevaba su bata y sus pantalones, y unos zapatos brillantes. Su bastón estaba apoyado en el banco, a su lado.

Nuestras miradas se cruzaron. Él curvó un dedo, indicándome que saliera.

Salí y fui a sentarme a su lado, en el banco. Él tenía la vista puesta en las estrellas, por encima de nuestra guarida. La luz quedaba atrapada en los recovecos de sus iris, por lo que parecía que brillaran en respuesta a alguna broma que solo hubiera oído él.

—Hola, querida —dijo.

—Hola. —Lo miré de soslayo—. Pensaba que ibas a convocar una reunión.

—Lo haré. Pronto. —Juntó las manos y entrecruzó los dedos—. ¿Te queda bien la ropa que te he comprado para la ocasión?

—Es preciosa.

—Lo es. Mi médium tiene un talento a la altura de los mejores modistos de Londres.

Los ojos de Jaxon reflejaban toda la luz del cielo.

—¿Sabes que hoy es el aniversario del día en que te nombré dama?

Sí que lo era. El 31 de octubre. Ni siquiera había pensado en ello.

—Fue la primera vez que te dejé hacer un trabajo de calle, ¿no? Antes de eso eras la chica del té, la que hacía las investigaciones rutinarias. Y te sentaba bastante mal, supongo.

—Mucho. —No pude evitar sonreír—. Nunca había conocido a nadie que bebiera tanto té.

—¡Estaba poniendo a prueba tu paciencia! Sí, fue cuando aquellos malditos duendes merodeaban por el I-4. Sarah Metyard y su hija, las sombrereras asesinas —recordó—. El doctor Nygård y tú os pasasteis casi toda la mañana siguiéndoles el rastro. ¿Y qué hice yo, querida, cuando volviste con tu botín, para que las sometiera? Te llevé al pilar y señalé el reloj de sol que da a este lado de Monmouth Street, y te dije...

—¿Ves eso, querida mía? Eso es tuyo. Esta calle, este camino, es tuyo, para que lo recorras a tu antojo —dije yo, acabando la frase por él.

Había sido el mejor día de mi vida. Me había ganado la aprobación de Jaxon Hall, junto con el derecho de poder considerarme su protegida, y eso me había provocado tal alegría que no me imaginaba un mundo sin él.

—Precisamente. Eso exactamente. —Hizo una pausa—. Nunca he sido un gran jugador; nunca he tenido demasiada fe en el azar, cariño. Sé que tenemos nuestras diferencias, pero somos los Siete Sellos. Separados inicialmente por océanos y líneas de falla, pero unidos por los misteriosos designios del éter. No fue el azar. Fue el destino. Y vamos a hacer que todo Londres se entere.

Con esa imagen en la mente, Jaxon cerró los ojos y sonrió. Eché el cuello atrás para mirar las estrellas, aspirando los olores de la noche. Castañas asadas, café humeante y fuegos apagados. Era el olor del fuego, de la vida y de la renovación. El olor de las cenizas, de la muerte y del final.

—Sí —dije yo—. «Todo va a cambiar.»

24

El Ring de las Rosas

1 de noviembre de 2059

*L*os relojes de Londres dieron las once. En el interior del edificio del Intercambiador, en el II-4, se habían apagado todas las luces.

Pero por debajo del almacén de ladrillo, en el laberinto secreto de las catacumbas de Camden, estaba a punto de empezar el cuarto torneo de la historia del sindicato de Londres.

Jaxon y yo llegamos en el taxi pirata y bajamos en el patio. Los participantes solían ir vestidos del color de sus auras, y los caballeros y las damas adoptaban los colores de su mimetocapo, pero Jaxon y yo íbamos de blanco y negro, desafiando todas las convenciones. («Querida, preferiría que me vieran bailando el vals con Didion Waite antes que vestirme de naranja de la cabeza a los pies.»)

Yo tenía el cabello recogido en un tocado, con plumas de cisne y cintas. Llevaba los labios pintados de negro y los ojos con el kohl que Eliza me había aplicado. Jaxon llevaba el cabello engrasado con aceite, y lentillas de color blanco en los ojos, igual que yo. En la cabeza lucía un sombrero de copa con una banda de seda blanca. Durante el torneo, el atuendo a juego demostraría que éramos una pareja de mimetocapo y dama, lo que nos permitiría luchar juntos cuando quisiéramos.

—Bueno —dijo Jaxon, pasándose la mano por las solapas—. Parece que ha llegado la hora.

El resto de los Siete Sellos bajaron de su coche, todos vestidos de blanco y negro. Había otros veinte videntes seleccionados del I-4 esperando, todos apoyando al Vinculador Blanco en su lucha por obtener la corona. Mantenían una distancia de respeto y hablaban entre sí.

—Estamos contigo, Jax —dijo Nadine.

—Completamente. —Su hermano tenía la frente húmeda de sudor, pero sonreía—. Hasta el final.

—Sois muy amables, queridos —dijo Jaxon, juntando las manos—. Ya hemos hablado mucho sobre esta noche. Empieza la batalla. Que el éter sonría al I-4.

Bajamos todos las escaleras juntos hasta la puerta de las catacumbas. Del perro no había ni rastro, pero la vigilante de rostro inescrutable estaba allí, vestida de negro.

—Será todo un espectáculo —me dijo Jaxon al oído—. La ciudadela hablará de esto durante décadas, querida, acuérdate de lo que te digo.

Su voz hizo que se me erizara el vello de la nuca. La guardia nos miró de arriba abajo. Asintió, y fuimos entrando en fila de a dos. A medida que bajábamos por la escalera en curva, sentí como si mi caja torácica se fuera haciendo cada vez más pequeña. Estiré la cabeza para mirar hacia atrás, pero ya no se veía la salida. Si había un lugar en el mundo al que no quería volver, era la guarida del Ropavejero, donde había grilletes y cadenas colgando de las paredes, donde la gente podía desaparecer para siempre. Si fuera por él, yo no saldría de allí con vida. Respiré hondo, pero el aire no me llegaba a los pulmones. Jaxon me dio una palmadita en la mano.

—No estés nerviosa, mi Paige querida. Esta noche tengo toda la intención de ganar.

—Lo sé.

Los túneles del interior de las catacumbas de Camden ya no estaban en el estado de abandono de antes. Habían retirado toda la basura, y en lugar de bombillas rotas había guirnaldas de faroles de cristal emplomado, cada uno del color de un tipo de aura.

La bóveda central no se parecía en nada a lo que yo había visto la última vez. De todas las paredes colgaban grandes cortinas de color carmesí que convertían aquel enorme espacio en un escenario para la guerra. Eduardo VII nos miraba desde un cuadro colgado en lo alto, sosteniendo un cetro real. Una formación de susurrantes tocaban música, una serie de paisajes sonoros que creaban el caos en el éter. Cerca de la entrada habían colocado doscientas sillas tapizadas, algunas de ellas en torno a mesas redondas, y cada una de ellas tenía indicado un número de sección.

Aquí y allá se veía el brillo de unos cuencos dorados llenos de vino tinto. Sobre los manteles, de color borgoña, había bandejas con suculentas viandas. Enormes tartas de carne bañadas con una salsa espesa; sándwiches de queso curado y nueces; un guiso de ternera con cebollas y especias. Bizcochos ligerísimos cubiertos con nata y mermelada de fresas. Era evidente que alguien tenía contactos con una cocina rápida.

La gente estaba ocupando sus asientos y llenándose los carrillos con pastel de ciruelas, pudin y frágiles canutillos al brandy.

—Esto es grotesco —dijo Nick, mientras nos dirigíamos a nuestra mesa—. Hay limosneros muriéndose de hambre ahí fuera, y nosotros hemos encontrado dinero para montar esta fiesta.

—Gracias, Nick —dijo Danica.

—¿Qué?

—Hace tiempo que busco a alguien que sea más aburrido que yo. Estoy encantada de que seas tú.

Nos paramos ante la mesa de las bebidas. La mayoría escogió vino, pero yo preferí llenar la copa de un *mecks* rojo. Tomar alcohol de verdad podía suponer la muerte. Di un sorbo al sirope de frutas especiado y eché un vistazo a la bóveda.

Una gruesa línea de tiza separaba la zona de los asientos de la zona donde tendría lugar la lucha. Y ahí estaba el Ring de las Rosas, el viejo símbolo de la antinaturalidad. En un círculo de unos diez metros había una serie de rosas de un rojo encendido, una por cada participante. Se había esparcido ceniza para absorber la sangre que pudiéramos derramar. No tendríamos que llenar todo el espacio hasta el final, pero al principio el Ring de las Rosas tendría que acogernos a todos, lo que nos daría la ocasión de lanzar un primer golpe devastador.

Eliza vino y se situó a mi lado con una copa en la mano.

—¿Estás lista? —preguntó en voz baja.

—No.

—¿Qué vas a hacer si…?

—Cuando llegue el momento, ya veremos.

Había videntes por todas partes. Estaban las bandas dominantes, y también otras. Algunas llevaban sus propios ángeles guardianes o susurros; había incluso un psicopompo muy pensativo en un rincón de la bóveda. Jaxon volvió a mi lado y me susurró al oído:

—¿Has visto el espíritu? —Señaló con el bastón—. Es curioso: un psicopompo. Ha estado presente en todos los torneos, desde el primero.

—¿De dónde ha salido?

—Nadie lo sabe. Tras la ronda final, acompaña al espíritu del candidato derrotado hasta la última luz. Una última cortesía por parte del sindicato. ¿No te parece delicioso?

Miré hacia el lugar donde flotaba el espíritu y me pregunté si habría estado al servicio de los refaítas. Y por qué había decidido servir ahora al sindicato.

—Y ahí está Didion —añadió Jaxon, con la mirada de un león tras localizar una presa—. Discúlpame.

Me besó la mano y se alejó. Mi sexto sentido estaba revolucionado con el continuo trajín de personas y espíritus. A través del cordón áureo percibía las emociones del Custodio, relativamente tranquilas; estaba claro que donde estaba él no habían cambiado las cosas. Cuando me senté en la mesa del I-4 con los otros, Danica me dio unos golpecitos en el hombro y se acercó:

—He acabado la máscara. —Se sacó una bolsita del bolsillo y luego un tubo tan fino que apenas se veía. Desenrolló el tubo con el pulgar, me cogió de la mano y me puso un brazalete en la muñeca—. La reserva de oxígeno está oculta aquí, pero también te controla el pulso. Pásate el tubo por la manga y por encima de la oreja, de modo que te quede junto a la boca. En cuanto abandones tu cuerpo, el corazón se te parará y esto arrancará.

—Danica —exclamé—, eres un genio.

—Lo dices como si yo no lo supiera. —Se recostó en su silla y se cruzó de brazos—. La bombona de oxígeno es pequeña, así que no te pases.

Me pasé el tubo por la manga desde la muñeca y me lo enganché en la oreja derecha; luego tiré de la manga para cubrir el brazalete. Si alguien veía el tubo, pensaría que era un auricular algo raro.

Pasó un tiempo hasta que estuvieron todos: los mimetocapos, damas y caballeros y gánsteres de la ciudadela de Scion en Londres. Esa gente no es que estuviera muy preocupada por la puntualidad.

Tras lo que me parecieron horas, los asientos se llenaron y empezaron a correr ríos de alcohol. Una psicógrafa muy menuda se dirigió al centro del *ring*; el cuello de su camisa, de un blanco cándido, contrastaba con su oscura piel. Llevaba el cabello recogido y prendido con una pluma estilográfica.

—Buenas noches, mimetocapos, damas, caballeros y miembros de las diferentes bandas —dijo, elevando la voz para hacerse oír—. Soy Minty Wolfson, vuestra jefa de ceremonias esta noche. —Se llevó tres dedos a la frente—. Bienvenidos a las catacumbas de Camden. Y nuestro agradecimiento al Ropavejero por permitirnos usar este espacio para nuestro evento.

Señaló a la silenciosa figura que tenía a su derecha, vestida con un gabán. Unos cuantos aplausos tímidos dieron la bienvenida al mimetocapo del II-4. Llevaba una máscara de tela amarillenta sobre el rostro, con una fina ranura para ver, y una gorra plana marrón en la cabeza. La Abadesa giró la cabeza, como si solo con verlo le produjera náuseas.

Sentí que a través de aquella máscara me miraba a mí. Sin apartar la mirada, levanté mi copa.

«Nos veremos pronto, cobarde sin rostro.»

Se giró hacia Minty. Fue entonces cuando entendí por qué me provocaba escalofríos: no podía leerlo.

El vientre me tembló por el pánico. Miré al vidente que tenía más cerca, y lo leí al momento: un adivino, más concretamente un ciatomántico. Pero el Ropavejero… Percibía su onirosaje —lo tenía muy protegido—, pero lo más que podía decir de su aura es que la tenía. No era un refaíta. Aquel vacío en él me hizo pensar en un zumbador, pero tampoco podía serlo. Aparte de eso, no podía decir una palabra de su don.

Minty tosió tímidamente.

—Como patrocinadora de Grub Street, tengo el placer de comunicaros que a la salida se os entregarán, sin cargo, panfletos de nuestra editorial, entre ellos el último éxito, *La revelación refaíta*. Si no habéis leído aún esta historia, preparaos para quedar prendados de la historia de los refaítas y los emim. —Aplausos—. También hemos podido leer las primeras páginas del nuevo panfleto del Vinculador Blanco, tan esperado, *Sobre las maquinaciones de los muertos itinerantes*, cuya publicación esperamos impacientemente.

Hubo más aplausos, y algunos videntes le dieron unas palmaditas en la espalda a Jaxon. Él me guiñó un ojo. Sonreí sin ganas.

—Y ahora os dejo con la Abadesa, que ha ejercido de Subseñora interina durante este tiempo de crisis.

Minty dio un paso a un lado y le cedió el estrado. Ahí estaba. La Abadesa proyectaba una figura imponente con las cortinas de fondo, vestida con un traje de crepé negro con puños blancos y botas altas. Hasta entonces no me di cuenta de que tanto ella como Minty iban de luto.

—Buenas noches a todos —dijo la Abadesa, cuya sonrisa apenas resultaba visible a través del velo de encaje—. Ha sido un placer serviros como Subseñora tras la muerte de mi querido amigo Hector. Hace tres días recibimos la triste noticia del fallecimiento de su dama, Caracortada. La encontraron degollada en una mísera cabaña en Jacob's Island.

Murmullos entre el público.

—Parece evidente que su asesinato fue obra de los augures viles de Savory Dock. Lloramos su pérdida. Lloramos por una joven inteligente y competente que podría haber reinado como Subseñora del sindicato. Y condenamos unidos en una sola voz a sus asesinos.

Menuda actriz. Desde luego merecería que Scarlett Burnish le diera un premio.

—Ahora leeré el nombre de todos los participantes que se presentan al torneo; a medida que los nombre, los participantes deben dar un paso adelante y ocupar su lugar en el Ring de las Rosas. Debo pedir silencio al resto del público. —Abrió el pergamino—. De la cohorte VI: Leporino, del VI-2, y su caballero, el Hombre Verde.

Jaxon chasqueó la lengua, sarcástico, al verlos salir. Uno de ellos llevaba una horrible máscara de liebre, con orejas y todo; el otro iba pintado de verde de la cabeza a los pies.

—¿Qué es lo que es tan divertido? —preguntó Eliza, con una sonrisa nerviosa.

—Todos esos mimetocapos de fuera de la cohorte central, querida. Aficionados suburbanos.

El Ropavejero se había distanciado de la multitud. Me puse en pie. Jaxon levantó las cejas y me miró.

—¿Vas a algún sitio, Soñadora?

Nadine me miró por encima de las gafas.

—No tardes mucho. Dentro de un minuto te llaman.

—Menos mal que solo será un minuto, entonces.

Los dejé viendo el desfile de combatientes y seguí al hombre enmascarado por el pasillo. La pompa y el boato de la ceremonia me darían tiempo suficiente como para cruzar unas palabras con él.

La entrada al laberinto estaba bloqueada con alambradas, y delante de cada una había un centinela del Ropavejero. Al pasar frente al apestoso rincón que hacía las veces de lavabo, una mano enguantada me agarró del brazo y me empujó contra la pared.

Tensé los músculos. Tenía delante al Ropavejero, cuya máscara oscilaba con su respiración. Le llegaba hasta la parte superior del pecho, tapándole el rostro y el cuello.

—Vuelve a tu sitio, Soñadora Pálida.

Su abrigo apestaba a sudor y sangre. Su voz sonaba extraña, demasiado profunda, como modificada por algún mecanismo.

—¿Quién eres? —le pregunté en voz baja. Oí un ruido sordo y amortiguado a lo lejos—. ¿Vas a confesar que ordenaste la muerte de Hector y Caracortada, o dejarás que otro cargue con las culpas?

—No te metas, o te cortaré la garganta, como se degüella a los cerdos en el matadero.

—¿Tú, o uno de tus títeres?

—Todos somos títeres a la sombra del ancla.

Me soltó la muñeca y me dio la espalda.

—Voy a detenerte —dije, mientras se alejaba hacia la oscuridad del túnel—. Y acabaré con tu mercado gris. Puede que creas que ya has ganado, Ropavejero, pero no serás tú quien lleve la corona.

Intenté seguirle, pero dos traperos, un hombre y una mujer, me cortaron el paso. La mujer me alejó de un empujón.

—No lo intentes.

—¿Qué oculta ahí dentro?

—¿Quieres que te dé una paliza, irlandesa?

—Si no te importa que te la dé yo a ti.

Sacó un revólver y me lo puso en la frente.

—Pero si te disparo, no vas a poder devolverme el disparo, ¿a que no?

Antes de darme la vuelta le di un puñetazo en la nariz que la dejó sangrando.

Cuando llegué otra vez a la mesa, ya era casi nuestro turno. Jaxon parecía increíblemente tranquilo. Mientras fumaba, agarró un pesado bastón de ébano con un sólido puño de plata con la forma de una cabeza desfigurada. Danica la había modificado con un mecanismo que permitía sacar la hoja o dispararla por el extremo, lanzando una puñalada mortal para luego retraerse.

—De la cohorte II, la Dama Perversa y su caballero, el Bandolero, del II-6.

Vítores. En las apuestas, la Dama Perversa era una de las favoritas. Moviendo la mano sin demasiado interés saludó al público y ocupó su puesto tras una de las rosas.

—Recuerda, Paige —dijo Jaxon—, esto es un espectáculo. Sé que podrías matarlos en un suspiro, querida, pero contente. Tienes que hacerlo a lo grande. Eres una debutante en tu primer baile. Enséñales todo el espectro de recursos que tiene una onirámbula.

Entonces la Abadesa nos llamó al *ring*:

—Y nuestros favoritos de la cohorte I: el Vinculador Blanco y su dama, la Soñadora Pálida, del I-4.

De las mesas de la cohorte I surgió un estruendo de aplausos. También aplaudieron de otras cohortes, y muchos pateaban el suelo para hacer aún más ruido. Nick me tocó la espalda con la mano. Yo me puse en pie y seguí a Jaxon al *ring*. Las piernas se me movían solas, como si tuvieran su propio motor. Ocupé mi lugar a la izquierda de Jaxon y me situé con la rosa entre las botas.

—Y, para acabar —dijo la Abadesa—, los tres candidatos independientes. En primer lugar, la Médium Rebelde. En segundo, Corazón Sangrante. —Los dos novatos ocuparon su lugar, acompañados de unos cuantos aplausos—. Y, por último, la Polilla Negra.

Silencio. La Abadesa se giró hacia el público.

—Polilla Negra, por favor, sal al *ring*.

El silencio se alargó. Quedaba una rosa por ocupar.

—Oh, cielos. Quizá la polilla se haya ido volando. —Murmullos entre el público. Un nimio de Grub Street salió corriendo a quitar la última rosa—. Ahora que tenemos a nuestros candidatos, veinticuatro en total, doy por iniciado formalmente el cuarto torneo en la historia del sindicato de Londres.

Cogió un pesado y dorado reloj de arena y le dio la vuelta.

—Cuando el reloj de arena se vacíe, diré «adelante». Hasta que no oigáis mi orden, por favor, no os mováis.

Todos los presentes fijaron la vista en el reloj de arena.

Justo delante tenía a Matarrocas, el mimetocapo de Nell, que llevaba una máscara rudimentaria de plástico con agujeros a la altura de los ojos y la boca. Automáticamente, mi cuerpo adoptó la postura que el Custodio me había enseñado. Me imaginé en pie sobre un cordel mientras me elevaban, me lanzaban, liberándome de la carne que me tenía prisionera. Pero esa noche mi cuerpo me distraía: el corazón me latía con fuerza, los oídos se me llenaban de sonidos, y el miedo permeaba cada centímetro de mi piel.

¿Cuál de aquellos luchadores era el que querían que ganara el Ropavejero y la Abadesa?

La mayoría de los combatientes eran adivinos y augures; dependían de un *numen*. No serían rivales demasiado difíciles. Pero había seis, incluido Jaxon, que podrían plantear todo un desafío.

Cinco segundos. Me imaginé los viales vertiendo su contenido. Mi visión fue difuminándose y diluyéndose, y el éter tomó el control.

Tres segundos.

Un segundo.

—¡Adelante! —rugió la Abadesa.

En cuanto cayó el último grano de arena, corrí a por Matarrocas. El público respondió a los primeros choques entre luchadores con un rugido de aprobación. Por fin los mimetocapos habían salido de sus guaridas para enfrentarse entre sí, en el corazón del imperio de Scion. Mi espíritu era como un animal rabioso enjaulado, pero tenía que controlarlo. No habría nada de noble, de admirable ni de entretenido en una Subseñora que matara a sus oponentes con un zarpazo de su espíritu.

Matarrocas era un tipo de casi metro noventa, delgado y musculoso. Lo único que llevaba era una cadena de plata. Le lancé un puñetazo a la garganta, pero él me agarró el puño y me hizo girar, como si quisiera bailar un vals conmigo. Una pesada bota me golpeó en la espalda y salí rodando. Me puse en pie y me giré hacia él de nuevo, con los puños levantados. El público no me prestaba atención a mí exclusivamente, pero los que estaban más cerca me abuchearon.

No era un buen inicio. Comparada con algunos de aquellos combatientes, parecía frágil. Sentía unas ganas terribles de usar mi espíritu contra todos ellos, pero tenía que demostrarles que era fuerte.

No perdía de vista a los otros onirosajes. Noté que tenía a alguien en la espalda y me aparté de un salto. Mellafilos trastabilló al no dar en el blanco. En la mano llevaba un enorme machete, lo suficientemente grande como para rebanarme el cuello de un mandoble. Macaromántico. Ese era su *numen*, el que le hacía letal.

Ladeó la cabeza, y su máscara plateada reflejó la luz. En cuanto recuperó el equilibrio se sacó dos estiletes de la manga y me los lanzó con una sola mano. Me pasaron rozando la oreja derecha, uno tras otro, haciéndome sendos rasguños. Volvió a lanzarse sobre mí con el machete, agitándolo repetidamente de lado a lado y hacia delante, para agotarme. Yo intenté protegerme poniendo la mano por delante, y me rebanó la piel de cuatro dedos, dejándome unos cortes superficiales. Le empujé con mi espíritu, lo justo para desorientarle, y le lancé un puñetazo en el estómago con toda la fuerza que pude, lanzándolo contra la Médium Rebelde.

Apenas había podido recuperar la respiración cuando alguien me agarró otra vez. Me encontré con unos brazos que me rodeaban la cintura, presionándome los codos contra los costados. Por el olor a clavo y a naranja supe que se trataba de Mediopenique, el caballero de Nudillos Sangrientos, un excelente rastreador. Solía aplicarse aceites en las muñecas para que el hedor de los espíritus no le llegara a las fosas nasales. Le golpeé con el lado de la mano contra la ingle una y otra vez hasta que me soltó, y luego le golpeé con la parte trasera del cráneo en el rostro. Me giré por la cintura y le solté un puñetazo entre los ojos, partiéndole la nariz. El impacto me hizo temblar todo el antebrazo, desde los nudillos hasta el codo, pero sirvió para dejarlo atontado. El siguiente fue Corazón Sangrante, uno de los candidatos independientes, que tenía todas las venas del rostro tatuadas sobre la piel. Percibí su aura desplazándose a mi derecha y evité su puñetazo pivotando sobre mí misma, tal como me había enseñado el Custodio. Él me lanzó una pequeña bandada de espíritus, que eran más bien susurros, tan débil que no entendí muy bien por qué lo había hecho. Ni siquiera llegaron a mi onirosaje. Respondí congregando a otra bandada de espíritus más potentes, reclutados de los rincones más alejados de la bóveda, y se los lancé a la cara. Cayó en la ceniza sin hacer ruido, como un pez muerto. Sin duda se hacía el muerto. Tenía miedo a luchar, y no le culpaba, teniendo en cuenta los asesinos que había en el *ring*.

Un brazo musculoso me sujetó con una llave en torno al pecho. Con un gruñido, agarré el codo de Matarrocas y empujé hacia arriba, intentando liberarme. Mi espíritu penetró en su onirosaje como un cohete. En cuanto me soltó, le lancé el codo derecho contra el plexo solar, le aparté el brazo todo lo que pude y le golpeé en la parte trasera de la articulación. Se oyó el crujido de un hueso y se alejó dando tumbos.

—¡Venga, Soñadora! —gritó Eliza, aplaudiendo.

Tenía los nudillos heridos, pero el dolor enseguida se disolvió en una ola de adrenalina. Aquella competición no se basaba en la fuerza. La velocidad y la habilidad podían ganarle la partida al músculo. Giré sobre mis talones y repelí el ataque de una de las bandadas de espíritus de Mellafilos, devolviéndoselo y mandándolo directamente contra su onirosaje, con tanta fuerza que lo derribó.

Nudillos Sangrientos saltó por encima de él y me lanzó una batería de bandadas de espíritus, cada una compuesta de espíritus de diversos tipos. Me lancé al suelo y rodé, pasando por debajo de su brazo, para cerrar las piernas en torno a los tobillos de Mellafilos, como una tenaza, antes de que pudiera ponerse de nuevo en pie. Creé una tensión en torno a mi onirosaje para rechazar el ataque de los espíritus, y con ello hice que a diez de las personas que tenía más cerca les sangrara la nariz. En ese momento pasó corriendo Jack Hickathrift, que le dio un golpe fulminante en la nuca a Mellafilos, dejándolo fuera de combate antes de que tuviera ocasión de sacar ningún cuchillo más.

Me mostró una sonrisa socarrona antes de lanzarse a por Nudillos Sangrantes.

Tenía a Mediopenique a mis pies, pero parecía que volvía a levantarse. Le azoté con mi espíritu, lanzándolo a su medianoche. El dolor de cabeza me atenazó, pero podía controlarlo. Parte del público debía de haber visto el revelador temblor de mi espíritu en el éter, porque gritaron: «¡Soñadora Pálida!», y Jimmy O'Goblin me lanzó una rosa. La recogí e hice una reverencia, y el volumen de los vítores aumentó aún más. Me llegaron más rosas, de Ognena Maria y de un grupo de ladronzuelos del I-4.

Pero mi momento de gloria acabó de pronto cuando Jenny Dientesverdes me agarró de los hombros. Sus dientes se hundieron en mi hombro, atravesándome la piel, y no pude evitar soltar un chillido ahogado. Al mismo tiempo, Leporino me agarró de los tobillos. Tiraban de mí en direcciones opuestas. ¿Es que querían partirme en dos? Ahora el público jaleaba a Jenny. Arrancarle un bocado a la famosa dama del I-4: ¿a quién no le impresionaría una táctica tan inesperada? Con un gruñido, le solté una patada a Leporino. Con la punta de la bota le di en la barbilla, haciéndole echar la cabeza atrás. Bajo la máscara pude ver un trozo de garganta. Cuando me agarró de las rodillas, presioné con los talones contra su pecho, obligando a retroceder a Jenny Dientesverdes, que perdió la posición. Me zafé de su agarre y le lancé mi daga a Leporino. Él la agarró con una mano y se acercó a mí, jadeando y soltando improperios a través de la fina ranura de su máscara.

No tuve tiempo de pensar: enseguida me rodeó el cuello con la mano. Acercó la hoja del puñal a mi rostro, pero justo en ese momento vi un brillo metálico a sus espaldas. El acero le cortó de arriba abajo, abriéndole los músculos, llegando al hueso. Medio brazo pálido cayó, inerte, al suelo.

Leporino se retorció con un aullido agónico, contemplando el miembro seccionado. Del muñón que tenía a la altura del codo manaba sangre a chorro. A mis espaldas, el público contenía la respiración.

—Vinculador, tú… ¿Qué has hecho?

—Calla, liebre estúpida —replicó Jaxon, y le clavó su cuchillo a través de uno de los orificios abiertos en la máscara para los ojos.

No pude evitar una mueca de asco al ver caer de bruces al mimetocapo. Del orificio del ojo brotaba sangre, que se le acumulaba en torno a la cabeza, encharcándola. Su espíritu se alejó sin esperar al canto fúnebre.

Jaxon hizo girar su bastón, riéndose. El público de la cohorte VI le abucheó, pero sus gritos quedaron ahogados por el rugido de aprobación de las cohortes centrales. Acababan de ver el primer ataque sangriento de la noche, y yo tenía parte de esa sangre sobre las botas. Nadine, en primera fila, charlaba con sus amigos de Covent Garden, desgañitándose para animar a Jaxon. Ahora era él quien hacía reverencias al público.

No tuve mucho tiempo para quedarme mirando. Jenny Dientesverdes volvía al ataque, con los dientes manchados de sangre, intentando morderme y agarrarme las piernas. Era hidromántica, pero allí no había agua que pudiera usar en mi contra. Solo le quedaba el enfrentamiento físico. La agarré de la espalda con fuerza, apretando los dientes, pero ella iba ganando centímetros a cada momento. El público de la cohorte VI la animaba a que me arrancara la tráquea. No podían soportar a la gente del centro como yo. Los labios agrietados de Jenny babeaban, mientras me gritaba obscenidades a la cara. Yo me la quité de encima como pude, hasta que conseguí apoyar el talón contra su pecho.

No podía esperar que Jaxon me rescatara de nuevo. Una vez era aceptable, una señal de lealtad entre mimetocapo y dama, pero dos veces significaría debilidad, algo que no me podría perdonar. Le di una patada en el abdomen a Jenny Dientesverdes, lo suficiente como para hacerla salir rodando. En cuanto la tuve en el suelo, me lancé fuera de mi cuerpo.

Esta vez me costó más ser rápida. Luché contra su forma onírica en su zona soleada, que adoptó el aspecto de un lodazal cubierto de una niebla que se me pegaba a los tobillos como arenas movedizas. Cuando por fin conseguí llevarla a una zona de cordura más oscura, volví a mi cuerpo… y me encontré con que estaba cayendo a la ceniza del *ring*. Abrí las palmas de las manos justo a tiempo, y oí el silbido de la reserva de oxígeno. A mi lado, Jenny se retorció en un espasmo.

Al público no pareció importarle que hubiera culminado el combate de manera tan burda. Nunca habían visto a la onirámbula del Vinculador Blanco en acción. Era su secreto mejor guardado y su mejor arma, y sería la gran joya de la corona del nuevo Subseñor. Un coro de músicos callejeros empezó a ovacionarme y a cantar:

> Soñadora Pálida por los aires, ¡mira cómo vuela!
> Si la onirámbula te pilla, hará que te duela.
> Mediopenique y Jenny han caído, dos más en su cuenta.
> ¡Cuidado, Matarrocas, que si te busca te encuentra!

El cántico acabó en vítores que reverberaron por toda la sala. Me cayeron encima unas cuantas rosas más. Esta vez hice una reverencia más ostentosa. No iban a apostar por alguien que no les siguiera el juego. Nick aplaudía con la multitud, luciendo una sonrisa aún algo dubitativa. A su lado, Eliza golpeaba el aire mientras gritaba «¡Soñadora Pálida!», y el resto de la cohorte I parecía seguirla. Sin quererlo me encontré sonriendo, irguiendo la espalda, electrizada por el espectáculo. Por una vez aquellos videntes, divididos durante tantos años por la jerarquía y por las guerras de bandas, estaban unidos, en su devoción por el sindicato, en su pasión por las maravillas del éter, incluso por sus ganas de sangre.

Mientras recuperaba el aliento, examiné el *ring*. Aún quedaba un buen número de participantes en combate. Boina Roja, la más joven de las mimetocapos, estaba allí cerca. Su aura se agitaba, inquieta e inestable: no había duda de que era el aura de una furia. Bajo su boina carmesí veía sus ojos, cubiertos de sombras. Su adversario era el Caballero del Cisne, un caballero con una vistosa melena blanca que lucía una capa púrpura sobre su traje negro.

—No pienses que no te mataré, mocosa.

—Me encantaría que lo intentaras —replicó Boina Roja.

El Caballero del Cisne alzó su espada. Boina Roja respiró hondo, llenó los pulmones y soltó un chillido.

Fue un chillido tan inhumano que las copas y las botellas de las mesas estallaron. En un arrebato de furia, Boina Roja le soltó un arañazo en la cara a su rival. Tenía el rostro congestionado y tenso, y los chillidos que emitía resultaban sobrecogedores. A su alrededor orbitaban espíritus que le hacían levantar brazos y piernas en movimientos de una rapidez inusitada. El Caballero del Cisne no tuvo ninguna oportunidad.

En cuanto su rival quedó fuera de combate, Boina Roja se lanzó contra el siguiente oponente, sin mostrar el mínimo indicio de que pudiera bajar el ritmo.

—¡Pisa el freno! —le gritó alguien desde el *ring*—. ¡No te dejes llevar, Boina Roja, controla!

Pero ella seguía adelante, lanzando golpes y zarpazos, y emitiendo aquel aullido horrible, con las mejillas congestionadas. Ponía los ojos en blanco. La mitad de los contendientes se pararon a mirar mientras luchaba con Jack Hickathrift, lanzando puñetazos y apretando los dientes…, pero ya no controlaba sus movimientos, se había embriagado con el éter e iba trastabillando por el *ring*. Lo derribó con un solo impacto en la rodilla. Él levantó los brazos para protegerse el rostro, con los ojos cerrados.

Entonces, sin previo aviso, Boina Roja cayó al suelo. Su cabeza golpeó contra el *ring*, pero sus brazos y sus piernas comenzaron a temblar violentamente. Jack Hickathrift se alejó como pudo. Uno de sus esbirros se le acercó y le sostuvo la cabeza entre sus enormes manos. Cuando dejó de convulsionar, la sacó del *ring*.

Se contrapusieron abucheos y vítores. Su arranque había sido impresionante, pero no había podido aguantar. Yo nunca había visto una manifestación de la clarividencia como aquella. Debía de haber rebasado sus límites. A mí aquello no podía pasarme. No lo permitiría.

La exhibición de Boina Roja había detenido el combate, pero había dos mimetocapos que seguían intercambiando golpes a pocos metros. La contienda no duró mucho: ambos se lanzaron bandadas de espíritus mutuamente, insultándose y gritándose, hasta que Bruma de Londres derribó a su oponente con un tremendo puñetazo.

Aquello provocó gruñidos y abucheos. «Les aburría.»

—¡Detrás de ti, querida! —me gritó Jaxon, y dio media vuelta para enfrentarse al caballero del mimetocapo caído.

La rival que tenía más cerca era la Dama Perversa, y no le estaba atacando nadie. Saqué un puñal y lo sostuve por la hoja, lista para lanzarlo. Pero ella me vio y sonrió, socarrona, abriendo los brazos. Al verla así, vacilé, pero reaccioné y le tiré el cuchillo, apuntando al antebrazo. Una herida no letal, lo suficiente para que le doliera y pudiera dejarla inconsciente arrollándola con mi espíritu.

Sin embargo, antes de que pudiera darme cuenta, alguien se coló entre las dos. Mi siguiente rival era Escaramujo, una axinomántica con una melena dorada y rosas trenzadas en el pelo. El cuchillo se le clavó en el hombro. Soltó un chillido de dolor, pero enseguida se lo arrancó y se lo tiró al público. Un recadista lo cogió. Antes de que pudiera darme cuenta de lo ocurrido, echó los brazos atrás y, con una fuerza increíble, lanzó su gran hacha, que cruzó el *ring*. Yo me tiré hacia la derecha y me eché atrás, pegando las rodillas al pecho y pasando los pies por encima de la cabeza. El público aplaudió, excitado. En cuanto me puse en pie me encontré cara a cara con Sinrostro. O más bien con la máscara. Iba vestida con unas sedas que brillaban con los colores del arcoíris, y llevaba una máscara de porcelana que ocultaba todos sus rasgos. No tenía orificios para los ojos, ni siquiera una rendija para poder respirar.

A mi derecha, Escaramujo ya estaba a punto de recuperar su hacha. Y ahí estaba Matarrocas, cargando de nuevo hacia mí, y Nudillos Sangrientos, a mi izquierda. Adopté una posición defensiva, con la garganta tensa como un puño.

Iban todos «a por mí». Con un movimiento rápido saqué otro cuchillo y se lo tiré a la Dama Perversa. Nudillos Sangrientos alargó el brazo y lo desvió.

¿Es que la estaban «protegiendo»?

Jaxon estaba luchando contra un solo caballero, usando su bastón, sin apenas esfuerzo, mientras que yo me enfrentaba a tres mimetocapos y a una dama. Cuando Jaxon vio que me estaban cercando, sus ojos claros se abrieron como platos. Una vez que me hubieran matado a mí, probablemente irían a por él.

Me giré para mirar por encima del hombro. El Ropavejero observaba desde un rincón de la bóveda.

Quería ver cómo moría, en esa charca de sangre caliente y adrenalina, donde mi muerte suscitaría aplausos, no investigaciones y preguntas.

Murmurando nombres entre dientes, Sinrostro empezó a congregar espíritus. Era una invocadora. Tenía las manos juntas, con las palmas hacia el interior, formando una especie de campana. Me quedé absolutamente inmóvil, esperando que liberara la bandada de espíritus que tenía entre las manos. Era un imán viviente, que atraía espíritus de toda la ciudadela y los concentraba en un espacio reducido del éter. Matarrocas balanceaba su cadena manchada de sangre como un péndulo. Escaramujo recuperó su enorme hacha y la levantó. Nudillos Sangrantes levantó los puños. Llevaba puños de acero rematados con unas púas letales. Todos atacaron a la vez. Sinrostro me lanzó su bandada de espíritus. Uno de ellos era un quebrajador: un arcángel o un duende, no lo tenía muy claro. El colgante lo repelió, devolviéndoselo con tal fuerza que me tambaleé. Sinrostro salió volando, disparada hacia el público, convertida en una masa informe de seda naranja. Dos de sus espíritus penetraron en mi onirosaje, pero los saqué de allí a patadas. Mis defensas se habían reforzado. Esquivé un puñetazo de Nudillos Sangrientos y atravesé su onirosaje con mi espíritu.

Sin tiempo para pensar, corrí hacia Escaramujo. Su mirada asesina se convirtió en gesto de perplejidad cuando vio que me colaba bajo su brazo, pero ella ya había lanzado su ataque y ya no podía parar la trayectoria de la pesada hacha, que impactó en Matarrocas. La hoja se le alojó en el pecho con un sonoro crujido. En cuanto lo oí, le quité la cadena de la mano y se la pasé a Escaramujo por el cuello, tirándola al suelo. Ella soltó el hacha y se llevó las manos al cuello, con los ojos desorbitados. Matarrocas cayó de rodillas y agarró el hacha por el mango, con la boca abierta en un grito silencioso, pero ya tenía toda la ropa empapada de sangre. Por mucho que lo intentara no podría arrancársela. El público gritaba y aplaudía, pidiendo más, como hacían los amauróticos ante la tele. Como debían de haber aplaudido cuando colgaron a mi primo en Carrickfergus.

¿Desde cuándo la muerte se había convertido en un espectáculo?

—No te saldrá bien, muchacha —dijo Escaramujo, casi sin voz.

—Yo creo que sí —le respondía al oído.

La empujé a su zona crepuscular y se desvaneció.

Matarrocas no duraría mucho más. Nudillos Sangrientos se arrastraba por el suelo, agarrándose la cabeza con las manos. La Médium Rebelde se acercó de un brinco y le atravesó el cráneo con un cuchillo.

En los extremos de mi campo de visión brillaban unas luces, pero las aparté. Había quince rivales muertos o fuera de combate, lo que dejaba ocho con posibilidades de ganar, incluidos Jaxon y yo. Él le abrió el vientre al desdichado de Bruma de Londres, cosa que provocó el alborozo del público, salvo por una mujer que soltó un grito horrorizado en las primeras filas. Me llamó con un gesto, y yo fui corriendo a su lado.

—Espalda contra espalda, querida.

Me giré y miré al público, con el cuchillo ensangrentado en la mano.

—¿Qué hacemos?

—Solo quedan cinco. ¡La corona es nuestra! Quizá debiéramos acabar con ese imbécil miserable.

Cuando vi a quién se refería, hice una mueca. Lord Glym caminaba arrastrando los pies, tirando de una dama que chillaba enloquecida.

—¿Por qué camina así? —le pregunté a Jaxon, levantando la voz para hacerme oír entre el ruido de las armas entrechocando y los gritos del público.

—Es un médium físico, querida. Ha dejado que algún espíritu cabreado se adueñara de su cuerpo y lo controlara. —Lo señaló con el bastón—. Yo le extraeré el espíritu intruso con los míos. Y tú lo expulsas.

Tras aplastarle la tráquea a su rival, Glym nos miraba con los ojos turbios. Tenía la boca abierta y jadeaba como un fuelle.

—Vuelve en ti, viejo asqueroso —le rugió Tom el Rimador.

Me hizo pensar en el aspecto que tenía Eliza cuando estaba poseída.

—No tenemos por qué matarlo —le dije a Jaxon.

—Hazlo, o volverá a perseguirnos. Cualquier persona que quede viva en el *ring* nos desafiará para conseguir esa corona.

De los labios de Glym caía un hilo de saliva. El espíritu que llevaba dentro estaba a la espera, listo para el ataque. Con una sonrisa socarrona, Jaxon invocó a uno de sus espíritus vinculados con un movimiento de la mano izquierda. Sus dedos se curvaron como arcos, y las venas de su brazo se llenaron de sangre caliente. Movió los labios, dándole órdenes a su espíritu. Glym cayó de rodillas y se llevó las manos a los oídos. Se produjo un forcejeo —Jaxon apretó los dientes, y le reventó un capilar del ojo—, y un momento después me agarró de la muñeca y me lanzó hacia su víctima.

—¡Ahora!

Lancé mi espíritu en su dirección.

El intruso y el espíritu vinculado de Jaxon ya estaban al borde del onirosaje de Glym, y cuando entré como una exhalación salieron disparados. En el exterior, el cuerpo de aquel hombre estaría desmoronándose. Atravesé el paisaje de su mente al *sprint*. Mi forma onírica extendió una mano y agarró el espíritu de Glym, lanzándolo con suavidad hacia su zona crepuscular. Salí de allí con la misma velocidad y regresé a mi cuerpo.

El público se había quedado en silencio. Los únicos que permanecíamos en el *ring* éramos Jaxon y yo, la Dama Perversa y la Sílfide Abyecta. Esta última presentaba un aspecto realmente penoso. Uno de los dedos le colgaba de un jirón de piel, y tenía los ojos llorosos, pero no corría.

—Ocúpate de la Sílfide —murmuró Jaxon.

—No —respondí—. Yo me ocupo de la Dama.

La Dama Perversa había puesto los ojos en él, pero se giró hacia mí. No llevaba máscara. Jaxon hizo girar su bastón, acercándose a la Sílfide Abyecta. Yo me dirigí hacia mi oponente: la mujer que controlaba los barrios más pobres y mantenía a sus gentes en la miseria. Se pasó el dorso de la mano por el labio superior.

—Buenas, Soñadora Pálida —dijo—. ¿Es que tenemos alguna disputa pendiente que yo no recuerde?

Caminé en torno a ella, igual que Jaxon iba rodeando a su rival. Las dos mimetocapos tenían a sus segundos tirados en el suelo, inconscientes, o muertos entre la ceniza. Nosotros éramos la única pareja que aún quedaba en pie. El público se puso a vitorear a sus favoritos, o a los luchadores por los que habían apostado. Las voces que más se oían eran las que apoyaban al Vinculador Blanco.

—No —dije yo—, pero no me importaría iniciar una.

Estábamos demasiado lejos de la gente como para que nos oyeran, cerca del carro del foco. La Dama Perversa tenía su espada en la mano.

—¿Por algún motivo en particular, o es que eres tan violenta e implacable como todos creen?

—Has dejado que la mitad de tus videntes se pudran en un barrio de chabolas.

—¿Los augures viles? Esos no son nada. No sabía que tenías un espíritu tan noble. Scion dice que eres una loca asesina.

—¿Es que tú escuchas a Scion?

—Cuando dicen cosas con sentido, sí.

Me lanzó un mandoble con la espada, y yo di un paso atrás.

—En mi opinión, es bueno que Caracortada haya muerto. Se había extralimitado. Una miserable de Jacob's Island al lado de un Subseñor... Tenía que haberme librado de ella antes de que pudiera cruzar la valla.

Yo le ataqué con el cuchillo, pero me evitó sin problemas.

—En cuanto a la Jacobita, como se denomina ella misma, no durará mucho. Él se la quitó de encima porque lo traicionó (justicia poética, lo llamó), pero esta vez le cortará la garganta y acabará con ella para siempre.

—¿Justicia poética? ¿De qué demonios estás hablando?

—Te lo habrás imaginado al menos, Soñadora. ¿O es que eres tan noble que ni has pensado en ello?

Ella también estaba compinchada con ellos. Quienesquiera que fueran. La Abadesa nos observaba desde el estrado, sonriendo. Le solté una patada en las costillas a la Dama Perversa y la dejé doblada en dos.

—Estuvimos a punto de ofrecerte que te unieras a nosotros, ¿sabes? Hasta que empezaste a meter cizaña —dijo, con una risa ahogada—. Me parece una lástima tener que matarte, cariño, pero son órdenes.

Se lanzó sobre mí atacando con la espada, apuntándome a la garganta. El movimiento fue tan rápido que solo pude apartar la cabeza hacia un lado para esquivarla. La hoja me provocó un corte desde el lóbulo a la mandíbula, llegando casi a la barbilla. Un dolor intenso y ardiente me cegó por un momento. Me llevé la mano a la herida sin pensar, y sentí otra llamarada de dolor en la punta de los dedos.

El corte de la cara empezó a sangrar. Aún no había recuperado el equilibrio cuando mi onirosaje empezó a ejercer presión sobre ella. Las sienes me palpitaban con fuerza, pero presioné hasta que sangró por los ojos y por la nariz. Soltó la espada. Se la quité de la mano y la tiré fuera del *ring*. Rebotó en el suelo con un repiqueteo metálico y acabó bajo la mesa más cercana. Un recadista la recogió y soltó un grito de alegría.

Tenía las puntas de los dedos empapadas en sangre. El Ropavejero tenía las manos apoyadas en el respaldo de una silla. Al igual que la Abadesa, estaba esperando. La Dama Perversa lo miró desde la otra punta del *ring* y le mostró una gran sonrisa. Pude ver que tenía un canino de plata. Otra mimetocapo rica.

Y entonces lo entendí.

El Ropavejero y la Abadesa no se habían presentado porque pensaban poner a otra persona en el trono. Alguien a quien pudieran controlar desde las sombras, que les hiciera el trabajo sucio. ¿Cuántos conspiradores habría en ese *ring*, dispuestos a ayudar a ganar a la Dama Perversa? ¿Cuántos de aquellos cadáveres llevarían grabados huesos en la piel?

Ahora ya no era importante ganar. Resultaba imperativo. Y tenía que confiar en que podía hacerlo; en que era algo más que la Soñadora Pálida, la protegida del Vinculador Blanco, la esclava rebelde, la onirámbula. Tenía que confiar en mí misma para sacar a aquel peón del tablero.

Caminamos una en torno a la otra, mirándonos a los ojos. Crear una jerarquía de videntes había sido una crueldad por parte de Jaxon, pero tenía razón en algo: los tres órdenes inferiores tenían unos dones bastante limitados. La Dama Perversa era una augur de algún tipo. Sin un *numen*, no podía usar su don en la batalla. Al menos, eso era lo que yo creía de los augures, hasta que arremolinó una bandada de espíritus y los lanzó, no hacia mí, sino hacia la lámpara que colgaba del techo.

Y la bandada se encendió.

Era como si estuvieran hechos de gas inflamable. Cinco espíritus en llamas se lanzaron en picado hacia mí como cometas, dejando un rastro azul incandescente tras de sí. La combustión me pilló tan por sorpresa que apenas tuve tiempo de protegerme. En el último segundo eché a rodar por el suelo para evitarlos, pero dos de ellos me rozaron el brazo y me quemaron la manga. El dolor me arrancó un grito que me salió de lo más profundo de la garganta. Mientras tanto, los cinco espíritus volvieron a ascender y se extinguieron. Entre el público, los gritos de apoyo a la Dama Perversa se multiplicaron.

Me ardía el brazo. La piel se me llagaba por momentos. La Dama Perversa tenía que ser una piromántica. Siempre había creído que eran una categoría de augures teórica, pero ahora no quedaba ninguna duda: su *numen* era el fuego.

—¿Ya tienes bastante? —dijo, limpiándose las manos ensangrentadas en los pantalones—. Si te haces la muerta, quizá deje que te largues sin más.

—Como quieras —respondí, apretando los dientes.

Mi cuerpo, vacío, se vino abajo. En ese momento, aprovechando su perplejidad, me lancé a través del vertedero que era su mente, abalanzándome sobre su espíritu y empujándolo al éter. Su cordón argénteo se quebró, con la misma facilidad con que habría cortado un hilo con unas tijeras. La maté por Vern y por Wynn, por Caracortada, y por Ivy. Se quedó en pie un momento, con una expresión de asombro en el rostro, pero luego se ladeó y cayó a plomo sobre la ceniza, con el cabello rodeándole el rostro como una guirnalda.

Casi en el mismo momento, Jaxon golpeó a la Sílfide Abyecta con uno de sus espíritus. El cuello se le quebró hacia un lado, y cayó al suelo.

Y así, sin más, Jaxon Hall y yo habíamos ganado el cuarto torneo de la historia de Londres.

Todo el público se puso en pie y estalló en un aplauso ensordecedor que hizo vibrar las mesas.

—¡Vinculador Blanco! —rugían—. ¡¡Vinculador blanco!! ¡¡Vinculador blanco!!

Pateaban el suelo con tal fuerza que pensé que el almacén que teníamos encima se iba a mover; que Scion descubriría aquel nido de sedición oculto bajo tierra. Vitoreaban mi nombre y el de Jaxon, repitiéndolos una y otra vez. Nos cayó una lluvia de rosas que rebotaban en la ceniza y sobre la sangre de nuestros rivales. Jaxon me agarró de la mano y me la levantó, riendo, embriagado por el dulce sabor de la victoria.

El niño al que habían llamado aprendiz en el pasado era ahora el rey de toda la ciudadela. Abrió los brazos, acogiendo los aplausos. El bastón que sostenía con una mano brillaba, cubierto de sangre. Yo no podía ni sonreír. No tenía fuerza ni en la mano que me tenía agarrada por la muñeca.

Eduardo VII, el Rey Sangriento, nos miraba desde lo alto con sus ojos inmóviles. El labio que le asomaba bajo la barba parecía esbozar una sonrisa.

«Pero con un líder como Jaxon Hall, preveo solo sangre y juergas y, a largo plazo, destrucción.»

Era el Rey de Bastos, tal como había predicho Liss.

Era el señor de Londres, y había que pararlo.

Dos psicógrafos salieron corriendo desde detrás de las cortinas. Uno llevaba en las manos un gran libro; el otro, un pequeño cojín hecho de un terciopelo morado intenso. Ahí residía el símbolo del poder del Subseñor. Otros videntes salieron al *ring* y empezaron a retirar los cuerpos.

La corona de Eduardo VII, supuestamente robada de la Torre de Londres por un criado leal al caer la monarquía, había sido despojada de sus joyas y la habían convertido en un aro con diversos tipos de *numa*: llaves, agujas, fragmentos de cristal y de espejo, huesos de animales, dados y figuritas del tarot en cerámica, todo ello engastado en una especie de corona circular que reflejaba la luz en todas direcciones. Para esta ocasión especial se le habían añadido *numa* perecederos de buenos augurios: flores, muérdago e incluso esquirlas de hielo. Minty Wolfson la levantó del cojín y se acercó a nosotros con ella en la mano.

—Es para mí un placer anunciar que el Vinculador Blanco ha ganado el torneo, y que su dama, la Soñadora Pálida, sigue en pie a su lado. Siguiendo con la tradición de nuestro sindicato, procederé a coronarlo Subseñor de la ciudadela de Scion en Londres. —Se giró hacia los asistentes—. ¿Alguien conoce algún motivo por el que este hombre no deba dirigir el sindicato mientras viva?

—De hecho, sí, yo lo conozco —dije.

En el momento en que Jaxon se giró hacia mí, vi que apretaba los dedos en torno a su bastón. Los aplausos del público se extinguieron, y en su lugar aparecieron un montón de ceños fruncidos.

—Yo soy la Polilla Negra —dije y, con un gran peso en el corazón, me aparté de él—. Y te desafío, Vinculador Blanco.

Se hizo un silencio sepulcral.

Minty, situada a un par de metros, le devolvió la corona a uno de sus nimios. El silencio era tal que oí hasta el roce de sus dedos contra el terciopelo.

Al otro lado del *ring*, la Abadesa se levantó de su asiento con suma elegancia, pero se la veía congestionada. Abrió ligeramente la boca y se acercó al *ring*, haciendo resonar los tacones de sus botas contra la piedra del suelo.

—¿Qué? —preguntó Jaxon, en voz muy baja.

No repetí. Me había oído. Con un movimiento rápido, me agarró de la muñeca y tiró de mí.

—Si no estoy equivocado —me susurró—, acabas de desafiarme

públicamente. —Me miró fijamente a los ojos—. Yo te salvé de una vida de esclavitud. Movilicé a los Siete Sellos para sacarte de esa colonia. Si nos hubieran visto, podría haber pedido de golpe el fruto de veinte años de trabajo, pero decidí arriesgarme. Detén esto, Paige, y olvidaré tu ingratitud.

—Me salvaste la vida. Y siempre te lo agradeceré, Jaxon —respondí, mirándole con la misma intensidad—. Pero eso no quiere decir que mi vida sea tuya.

—Oh, pero es que yo aún conozco tu secreto —respondió, recorriéndome el antebrazo con los dedos—. ¿Se te ha olvidado, cariño?

Sonreí.

—¿Secreto, Jax?

Jaxon me miró, y las aletas de la nariz se le hincharon. Me levanté un poco la manga para que viera un fragmento de mi piel, lo suficiente como para que comprobara que el regalo de despedida del Monstruo había desaparecido.

Y, vaya, fue una sensación fantástica la de ver a Jaxon Hall atando cabos. Había entendido, un segundo agónico tras otro, que ya no podía someterme con chantajes. Que por mucho valor que tuvieran, esta vez las palabras no le protegerían. Sus ojos se convirtieron en cuentas de cristal pegadas a su cráneo. Por una vez en su vida, tendría que jugar siguiendo reglas dictadas por otro.

Poco a poco se apartó. Yo di un paso atrás, liberando la muñeca de su agarre de un tirón.

—Ya ves —dijo, en voz baja. Luego la alzó—: ¿Lo veis, mis queridos amigos? Ya predije esta traición. Lo viste tú misma, maestra de ceremonias, cuando recibiste el mensaje con mis flores. ¿No situé el acónito en el centro, la flor de la traición, de la advertencia? Pero ¿os esperabais que mi propia dama se volviera en mi contra? Yo creo que no. Yo creo que eso os ha sorprendido a todos.

Murmullos.

—¿Esto es permisible? —le preguntó la Abadesa a Minty, esbozando una sonrisa siniestra—. No creo que pueda postularse tan tarde, con una identidad diferente.

—No hay normas que lo prohíban —dijo Minty, mirándome—. Que yo sepa.

—Es una fugitiva en busca y captura —espetó Jaxon—. Decidme, ¿cómo va a gobernarnos cuando Scion vea su rostro, cuando sepa su nombre? ¿Y de verdad quiere que esta traidora tome parte en este procedimiento, señorita Wolfson? Si puede desafiar a su propio mimetocapo, ¿qué les hará a sus súbditos?

—Cobarde —dije yo.

Jaxon se giró hacia mí. Se oyeron unas risitas entre el público, pero por lo demás reinaba el silencio.

—Di eso otra vez, pequeña traidora —dijo, poniéndose una mano en torno a una oreja para hacerse pantalla—. No lo he oído bien.

Al público le encantaba aquel tipo de espectáculo. Lo percibía en sus onirosajes, en sus auras, en sus rostros. Era la primera vez que ocurría algo así en la historia del sindicato, una historia de venganza real que solo podía acabar en muerte.

Un mimetocapo y su dama enfrentados. Di unos pasos por entre la ceniza y la sangre.

—He dicho que eres un cobarde. —Levanté mi puñal, dejando que la luz de las velas se reflejara en la hoja—. Demuestra que me equivoco, Vinculador Blanco, o te enviaré al éter esta misma noche.

Ahí estaba. La bestia que acechaba en el interior de Jaxon Hall. La película de hielo que se extendía por la superficie de sus ojos: aquella mirada que ya había visto antes, cuando había golpeado con el bastón a un vagabundo que pedía limosna o cuando le había dicho a Eliza que la despediría del trabajo del que dependía para vivir. La mirada que tenía cuando me había dicho que era suya, que era de su propiedad. Un activo. Una esclava. Torció la boca y bajó la cabeza en una reverencia.

—Con mucho gusto —dijo—, mi querida traidora.

25

Danse Macabre

Jaxon Hall no era de los que pierden el tiempo, y estaba claro que ese día no había tomado absenta. La cortante hoja se me vino encima silbando, con un brillo plateado y un olor a madera, tan rápida que prácticamente resultaba imposible esquivarla, pero yo ya me esperaba que atacara. Había percibido un movimiento de su aura hacia la derecha una décima de segundo antes de que se moviera realmente.

Me resultaba tan fácil leerlo como un libro para un bibliomántico. Por primera vez en mi vida, podía predecir las intenciones de mi mimetocapo. Di dos giros rápidos, evité la puñalada y me quedé inmóvil, como una bailarina de una cajita de música al acabársele la cuerda.

Jaxon arqueó las cejas y lanzó un segundo golpe, esta vez con el extremo romo de su bastón, que impactó en el pavimento pesadamente, pero enseguida llegó otra ráfaga de viento y el pomo de metal me dio en la parte anterior del hombro, haciéndome retroceder unos pasos. Eché las manos atrás.

Jaxon me estaba llevando hacia el público. Percibía sus auras como un muro de calor a mis espaldas. Di una voltereta hacia un lado y recuperé la posición en el centro del *ring*, levantando unos tímidos aplausos entre mis seguidores del I-4. Jaxon se giró hacia el público. Si ganaba aquel combate, les haría pagar por su traición.

Se quedó donde estaba, dándome la espalda. Una clara invitación para que atacara. Para la mayoría de los participantes habría resultado irresistible, pero le conocía demasiado bien como para picar el anzuelo.

—Déjate de trucos, Jaxon —dije—. Por lo que yo sé, jamás ningún vidente ha usado un bastón para entrar en contacto con el éter.

—Aun así, no dejas de hacer piruetas para evitarlo, querida mía. —La hoja del bastón iba rascando las baldosas del suelo, tan afilada que levantaba chispas—. Si no te conociera tanto, diría que es señal de miedo. Pero cuéntame: ¿dónde has aprendido a hacer esas bonitas piruetas?

—De un amigo.

—Oh, estoy seguro de que sí. Uno más bien alto, ¿verdad? —El corazón me latía al ritmo de sus pasos—. ¿Con ojos de un color variable?

No se balanceó buscando el contacto; en lugar de eso atacó con la cuchilla con resorte. Llegó mucho más lejos de lo que me esperaba, obligándome a retroceder precipitadamente.

—Por así decirlo —dije, haciendo caso omiso a las risas del público—. ¿Es que lo ves a mis espaldas?

—Sé más de lo que te imaginas sobre las compañías que frecuentas. Más de lo que querría saber, mi dulce traidora.

Al público aquello le sonaba a bravata. Ellos solo esperaban que aquel combate final sin precedentes se convirtiera en un buen espectáculo, pero todas aquellas fanfarronadas tenían su sentido. Sabía lo del Custodio, pero ¿qué más sabía? Ahora, cuando lo miraba, con la claridad que me daba la adrenalina, veía una máscara con ojos vacíos, sin alma, como los de un maniquí.

—Por supuesto, esto es un duelo —dijo Jaxon—, al estilo de los de tiempos de la monarquía, cuando las disputas de honor se resolvían con las armas. Me pregunto quién es el que se juega el honor hoy…

—Mandoble, giro—. Sabes muy bien que esta buena gente nunca te aceptará como líder. Aunque ganes este combate, siempre serás recordada como la Subseñora que mató a su propio mimetocapo. Y, por lo que se rumorea, también al anterior Subseñor. —Giro, choque de espadas, chispas metálicas—. No creo que tengamos una palabra para definir a alguien tan desalmado, tan ingrato que se revuelve contra el hombre que le ha dado seguridad durante años. Que le ha dado de comer, le ha enseñado y le ha cubierto de sedas.

—Llámame lo que quieras —respondí—. Lo que importa es Londres. Londres y su gente.

Aquello levantó algunos vítores de entre los espectadores, los suficientes como para darle un empujón a mi confianza.

—Como si a ti te importara el pueblo —replicó, tan bajo que el público no podía oírle—. Para ellos ya no eres nadie, Paige; Londres no perdona a una traidora. Acabará contigo, querida mía, te hundirá en sus profundidades, en su negro corazón, donde acaban enterrados los cuerpos de los traidores.

Esta vez volteó el bastón sobre la cabeza, dejándolo caer a escasos centímetros de mi pie derecho. Si hubiera dado en el blanco, me habría roto todos los dedos del pie. Lo hizo girar entre las manos y dio un paso atrás.

—Yo creo que ambos hemos dejado claro que se nos da bien el combate cuerpo a cuerpo, a la antigua usanza —dijo—, pero quizá deberíamos enseñarle al mundo los dones que ocultamos bajo este sencillo exterior. Yo diría que la primera en lucirse deberías ser tú. Al fin y al cabo, solo yo conozco el verdadero alcance de tu talento. Te mereces una ocasión para brillar.

Jaxon iba a arrancarme la cabeza si no conseguía levantar una sólida barrera para frenarlo. Presioné con mi espíritu hasta el límite de mi onirosaje.

Las venas de las sienes se le hincharon. Intentó ocultarlo, pero tuvo que apretar los dientes para oponer resistencia a la presión que soportaba su onirosaje. Me dolían los ojos, pero seguí presionando hasta que sentí que algo se quebraba en su mente. Empezó a sangrar por la nariz, un reguero rojo que contrastaba con su pálida piel. Levantó una mano para tocárselo, y al hacerlo se manchó el guante de seda.

—Sangre —dijo—. ¡Sangre! Parece que la tal onirámbula no tiene más poder que una hematomántica cualquiera…

Percibí las risas muy a lo lejos. Tenía los oídos cerrados, porque mi sexto sentido estaba tomando el control. Jaxon pensaba que caería al abandonar mi cuerpo, y era muy posible que así fuera. Aún no dominaba el arte de permanecer en pie. Tendría que haber practicado más con el Custodio. Había sido una tonta distrayéndome con otras cosas. De pronto tuve que volver a centrar toda mi atención en el plano físico, porque Jaxon volvía a atacar con su bastón, haciéndolo girar y lanzando ataques frontales con una precisión diabólica. Cuando apuntó a mi costado, con tanta fuerza que el aire silbó, lo intercepté con mi cuchillo. El metal desvió el golpe antes de que pudiera destrozarme las costillas.

Mis pies reaccionaron, salvándome de la siguiente acometida mortal. Estallé en una carcajada. Algunos de los golpes los evité con la hoja, otros esquivándolos. Me pareció oír que Jaxon soltaba un gruñido de frustración. El combate se iba animando, y los cantores iniciaron un nuevo cántico:

Ring, oh, Ring de las Rosas, sangre en la nariz.
¡Me temo, Soñadora, que no habrá final feliz!

—Muy apropiado —les respondió Jaxon—. Hay quien dice que esa canción tiene que ver con la peste negra. Mi primer ataque será con un querido amigo, que murió de peste bubónica en 1349.

Muy pronto entendí qué quería decir. Uno de sus espíritus vinculados se lanzó sobre mí desde una esquina y penetró en mi onirosaje. De pronto me pasó por delante de los ojos una sucesión de horribles imágenes. Dedos ennegrecidos. Bubones hinchados bajo la piel que reventaban al simple contacto con una pluma de gallina. Normalmente no tenía grandes problemas para expulsar a cualquier espíritu, pero este lo controlaba Jaxon, que dirigía sus ataques con su fuerza de voluntad. Me tambaleé, haciendo esfuerzos para ver más allá de todas aquellas imágenes aterradoras: fosas comunes, cruces rojas en las puertas, sanguijuelas chupando la sangre…, todo ello entre mis anémonas. A través de sus espíritus vinculados, Jaxon podía manipular el aspecto de mi onirosaje. Mis defensas expulsaron al espíritu justo a tiempo para echarme a un lado y evitar su ataque.

Pero no fui lo suficientemente rápida. En el momento en que levantaba el brazo, la hoja del bastón me hizo un corte por todo el costado izquierdo, dejándome una herida poco profunda pero larga, desde la axila a la cadera. Caí de espaldas, y el impacto de la parte baja de la columna contra el suelo me sacudió todos los nervios. Rodé por el suelo para evitar un segundo golpe. Mi cuchillo se encontraba a poco más de un metro.

«Imagina que tu espíritu es un búmeran. Un lanzamiento suave y un regreso rápido.»

Necesitaba unos segundos para alcanzar el cuchillo. Lancé mi espíritu contra su onirosaje, Jaxon dio unos pasos atrás y emitió un gruñido de rabia. En cuanto sentí el impacto, regresé a mi cuerpo, bañada en sudor, y me arrastré hasta el cuchillo. A mis espaldas, él iba dando palos de ciego con su bastón. De la nariz le salió otro chorro de sangre que le cayó por los labios y la barbilla.

—Desplazamiento del espíritu —dijo Jaxon, señalándome—. Ya veis, amigos: la onirámbula puede abandonar los límites de su propio cuerpo. Es el orden más alto de los siete.

Cuando lancé mi ataque, él lo bloqueó con el bastón, agarrando ambos extremos con las manos.

—Pero se olvida de una cosa. Se olvida de que, sin carne, no hay contacto con la tierra. Con la propia autonomía.

Con un movimiento repentino del bastón, me barrió las piernas y me hizo caer de espaldas. Tenía el costado izquierdo empapado; la seda blanca de mi blusa estaba teñida de rojo. Sentía el goteo desde el cuello, y cómo iba empapándome la tela sobre el pecho hasta llegar al vientre.

—Ahora creo que es mi turno —dijo él—. Saluda a otro amigo mío.

Estaba cubierta de sudor. Me preparé para el ataque, activando todas mis defensas, imaginándome mi onirosaje rodeado de unos muros tan gruesos como los de un ilegible.

El espíritu me golpeó.

El oxígeno de mi garganta se convirtió en fuego.

Mi ropa estaba clavada al suelo con estacas. Hasta donde alcanzaba la vista, mis flores se iban poniendo mustias como si fueran de papel. El espíritu vinculado se convirtió en una sombra que invadía mi zona crepuscular, riéndose a lo lejos. Reconocí aquella risa.

Era el Monstruo de Londres, que volvía a por mí.

De la tierra de mi mente empezaron a nacer otras flores, que al crecer sangraban por los pétalos. Eran flores artificiales, que se unían en ramilletes atados con alambre de espino. Las púas atravesaban sus sedosos pétalos. En el plano físico, mis manos golpearon contra el suelo del Ring de las Rosas. El colgante me ardía sobre el pecho, intentando alejar las imágenes que creaba aquella criatura en mi mente, pero Jaxon presionaba para mantenerlas ahí. En el plano físico, estaba levantando el bastón, dispuesto a golpear. Si me daba en la cabeza, todo aquello habría acabado.

No.

No estaba en juego solo mi vida. Si no derrotaba a ese enemigo, vendrían otros que se harían con el poder del sindicato. Lo perderíamos todo. La muerte de Liss y de Seb, el sacrificio de Julian, las cicatrices del Custodio..., todo habría sido en vano. Giré la cabeza en el último momento, evitando el bastón de Jaxon. Reuní toda mi fuerza de voluntad para expulsar al Monstruo, empujé hasta que mi forma onírica gritó del esfuerzo. La Tierra tembló bajo mi cuerpo, y una onda expansiva dio la vuelta a todas aquellas flores artificiales, sepultando sus púas bajo la tierra. El Monstruo de Londres chilló mientras mis amapolas volvían a florecer, rodeándolo. Mis defensas recuperaron su lugar, y él salió disparado hacia el éter.

Cuando pude ver de nuevo con claridad, me encontré con que Jaxon estaba perfectamente inmóvil, con ambas manos apoyadas sobre el bastón. Un mechón de pelo le caía sobre la frente, y respiraba con dificultad tras el esfuerzo realizado para mantener el control. Aun así, tenía una sonrisa en los labios.

—Muy bien —dijo.

Tenía mi puñal en una de sus manos, y el bastón en la otra. La rabia me dominó desde lo más profundo de mi interior. Le arrebaté una vela a una libanomántica aterrada y la usé para detener la acometida del bastón. Cuando me atacó con el cuchillo, usé la vela para golpearle en la mano y quitárselo. En cuanto rodeé el mango con el puño, solté un revés con un giro de muñeca. Sobre la ceja de Jaxon apareció una línea escarlata, como una mancha de pintura sobre un lienzo blanco.

—Ah. Más sangre. —Sus guantes eran ya más rojos que blancos—. Me quedan litros en las venas, querida.

—¿Es sangre o absenta lo que tienes en las venas? —Atacó, y aproveché para agarrarle el bastón con las manos. El costado izquierdo me ardía—. Aunque no es que importe demasiado —dije en voz baja—. Sea una cosa u otra, vas a quedarte sin nada.

—Me temo que eso no puedo permitirlo —respondió. Yo tenía las manos húmedas, y apenas podía mantener el agarre sobre el ébano del bastón—. Aún la necesito, ¿sabes? Tengo un truco más que ofrecerte antes del gran número final.

Le solté una patada con el lateral de mi bota y le di en la rodilla. Jaxon aflojó las manos y, de algún modo, conseguí situar el bastón contra su garganta. Ambos nos quedamos inmóviles. Sus pupilas eran unos puntos minúsculos de odio concentrado.

—Adelante —susurró.

Tenía la hoja del bastón junto al cuello, a escasos centímetros del punto donde le latía la yugular. Las manos me temblaban. «Hazlo, Paige. Hazlo.» Pero me había salvado la vida, me había salvado de la locura. «Volverá a por ti si no lo haces.» Pero había sido como mi padre, me había enseñado y me había dado cobijo, me había salvado de vivir la vida sin conocer siquiera mi don. «Eres un objeto de su propiedad. Por eso te salvó. No le importas, nunca le has importado.» Me había dado una vida en Seven Dials. «Pero no te ha escuchado en los momentos importantes.»

Mis dudas me costaron caras. Soltó un gancho con el puño derecho y me dio en la parte baja de la barbilla, justo donde la Dama Perversa me había abierto una herida. Retrocedí, casi encogiéndome del dolor, y al momento el mismo puño impactó contra mi caja torácica. El crujido del hueso resonó por todo mi cuerpo, y caí de rodillas con un grito agónico. El público gritó: algunos vitoreando, otros abucheando. Silbando, como si nada, Jaxon desenvainó la espada, sacándola del hueco del bastón.

Así que ahí acababa todo. Iba a cortarme la cabeza. Punto final.

Pero Jaxon no lanzó la espada contra mi cuello. En lugar de eso, se arremangó y se puso manos a la obra. En la parte interna del brazo se había escrito unas marcas a modo de plantilla. Cuando vi las letras, el corazón me dio un vuelco: «Paige».

Me lo quedé mirando, paralizada. Sus ojos tenían ese brillo maligno que tanta gracia me había hecho en otras ocasiones.

Cuando acabara de grabarse el nombre, no podría usar mi don sin ponerme en un peligro terrible.

En el éter, como espíritu, corría el riesgo de que Jaxon me sometiera, vinculándome. Podía atraparme y tenerme así el tiempo que deseara. Muy listo, Jaxon, siempre pensando…, volviendo mi don en mi contra…

El cuchillo se deslizó por su piel, creando la letra siguiente. Usando las últimas fuerzas que me quedaban, di un salto, abandonando mi cuerpo, y me lancé a su onirosaje, apuntando al corazón.

Jaxon tenía unas defensas inmensas. No tan duras como las de un refaíta, ni tan ilegibles, pero más fuertes que ningunas otras que hubiera visto. Me repelieron al momento, como si hubiera chocado contra un muro. Mi cuerpo se vino abajo, cayendo de nuevo. El costado se me iba humedeciendo cada vez más con sangre nueva, y la piel me brillaba con una mezcla de sangre y sudor. Los gritos y abucheos resonaban por toda la sala.

—¡Mira la pequeña onirámbula! ¡Está cansada!

—¡Acaba con ella, Vinculador!

Pero también había algunos gritos a mi favor. No tenía claro a quién pertenecían las voces, pero oí claramente un grito de «¡venga, Soñadora!». Sentía las piernas como si fueran de paja. No me veía capaz ni de coger una moneda del suelo. Mucho menos de desplazar mi espíritu otra vez.

—¡Soñadora! ¡Soñadora!

—¡Venga! ¡Dale lo que se merece!

«Sangre no es dolor.»

—¡Arriba, muchacha! —gritó una de las mimetocapos—. ¡Levanta!

Me presioné el costado herido con la mano, empapándome los dedos. Podía sobrevivir a esto. Podía sobrevivir a Jaxon Hall.

Presioné el suelo con las almohadillas de los pies. Me lancé a por la vela que estaba tirada en el suelo y corrí a por él, haciendo caso omiso al dolor ardiente que sentía en los hombros. Jaxon se rio. Ataqué una y otra vez, pero él repelió todos los ataques con facilidad. Y, peor aún, sostenía su bastón solo con un brazo. El otro lo tenía a la espalda. Ese hombre que nunca movía un dedo era mucho más fuerte que yo. Recordé lo que me había dicho el Custodio: «No recurras a la rabia. Baila y cae».

Pero la rabia estaba ahí, fluyendo desde todos los rincones de mi mente que había mantenido aislados para no pensar: rabia contra Jaxon, contra Nashira, contra la Abadesa y contra el Ropavejero, y contra el resto de las personas que habían corrompido el sindicato. El sindicato que tanto quería, a pesar de todo. Le golpeé por octava vez, pero una fracción de segundo más tarde me dio con el puño en el vientre. Me doblé en dos, jadeando en busca de aire, con un espasmo en el diafragma.

—Lo siento, cariño —dijo, volviendo a acercar la hoja a la piel del brazo—. Pero no debes interrumpirme. Esto es un trabajo delicado.

Todos los músculos de mi abdomen estaban aún reaccionando al golpe, pero solo tenía un pequeño margen de tiempo para detenerlo. Abrí la espita del oxígeno. La bombona debía de estar vacía.

El puño de su bastón me golpeó en el antebrazo. No grité. No me quedaba aire en los pulmones. Débil, pero aún decidida a luchar, levanté una silla y se la tiré. Jaxon soltó un grito de rabia y cayó, soltando el bastón. Me tiré por el suelo, rodando, intentando hacerme con él, pero lo agarró antes que yo. La hoja me pasó volando sobre la cabeza.

Ahora rebufábamos y escupíamos como animales; desde luego, aquello ya no parecía un duelo. El bastón surcó el aire de nuevo y me dio en el codo, provocándome un dolor insoportable que se extendió hasta la punta de los dedos.

Se me acababa el tiempo. Sacando fuerzas de flaqueza, abandoné mi magullado cuerpo y atravesé el éter, lanzándome directa hacia su onirosaje. Mi forma onírica aterrizó sobre una superficie de hierba y escarcha. La medianoche de Jaxon. De pronto, en el plano físico, la ventana de oportunidad se cerró de golpe. Fuera del onirosaje de Jaxon, el éter tembló. Tuve que salir de allí a toda prisa y regresar a mi cuerpo.

Y no podía respirar.

Me llevé las manos al cuello. De la garganta me salió un débil gemido de pánico. Eso solo me había ocurrido dos o tres veces. Nick lo había llamado «laringoespasmo», una contracción repentina de la laringe cuando desplazaba mi espíritu. Siempre acababa relajándose sola al cabo de medio minuto, pero ya estaba falta de oxígeno tras el desplazamiento. Con los ojos llorosos, levanté la vista y miré a Jaxon.

Demasiado tarde.

Ya se había grabado todo el nombre.

La reserva de oxígeno estaba demasiado baja como para que pudiera servirme de algo. Me estaba ahogando, y Jaxon me sonreía. El corte de la frente le seguía sangrando. Añadió un pequeño rizo a la «y» al final de mi apellido, para rematarlo, pero ya estaba hecho. Lo había acabado mientras yo tenía forma de espíritu. Empezaba a notar su poder sobre mis miembros; sentía las rodillas bloqueadas y la cabeza erguida, rígida. El sudor me caía sobre los ojos. Él extendió el brazo para que todos lo vieran, y las letras brillaron a la luz de las velas.

Paige Eva Mahoney

Lo único que oía era mi propia respiración, débil, el aire que silbaba al pasar por el estrecho espacio entre mis cuerdas vocales.

—Levanta, Paige —dijo.

Me puse en pie.

—Ven a mí.

Me acerqué.

Los mimetocapos chasqueaban la lengua, incrédulos. Aquello era toda una novedad. Ningún vinculador había conseguido hacerse nunca con el espíritu de una persona viva. La onirámbula se había convertido en una sonámbula, derrotada por su propio orgullo, por alguien de un orden a dos niveles por debajo del suyo. Jaxon me cogió del brazo y me hizo girar para que diera la cara ante el público. Yo me movía con torpeza, sin fuerzas, como una marioneta.

—Bueno, yo creo que se puede considerar que está inconsciente, maestra de ceremonias —dijo, pasándome los dedos por el cabello—. ¿Tú qué dices, pequeña vinculada?

Le toqué el brazo con un dedo y abrí ligeramente los labios, como si estuviera fascinada, anonadada.

—Sí, querida mía, ahora estás vinculada.

El público se rio con ganas.

No dije una palabra. Me limité a saltar a su interior, agradeciendo a todas las estrellas del universo que mi padre me hubiera cambiado el nombre de pila.

La vanidad y la convicción de que había triunfado le habían hecho bajar la guardia. Cuando reaccionó, ya era demasiado tarde.

Ya dentro de su onirosaje, me abrí paso por entre una maraña de hierbas y raíces de árboles, arrancando ramas a mi paso. Las ramas iban soltando hojas de color rojo sangre. Mientras corría vi las lápidas cubiertas de musgo que me rodeaban. Se extendían desde el centro, penetrando en las profundidades de su zona hadal, y tenían grabados unos números que se volvían borrosos al pasar a su lado. El onirosaje de Jaxon era un cementerio enorme. El de Nunhead, quizá, donde había adquirido el dominio de su don la primera vez.

No paré. Podía corregir mi segundo nombre, si no le importaba desgraciarse el brazo. No le costaría demasiado adivinar el equivalente en irlandés. Pero mientras corría a toda velocidad hacia el corazón de su onirosaje, hice un esfuerzo para ver los nombres de las tumbas, y observé que no había nombres.

De su zona hadal iban saliendo espectros, altos y translúcidos, criaturas hechas de recuerdos. Intentaban tocarme con los dedos.

—¡Atrás! —les grité.

Mi voz resonó una y otra vez por el interior de la mente de Jaxon. Uno de ellos agarró mi forma onírica entre sus brazos y, por primera vez en mi vida, miré a los ojos de un espectro. Me encontré frente a dos hoyos enormes llenos hasta el borde de fuego.

Cuando me encontraba en el onirosaje de otra persona, era esa persona la que determinaba la apariencia de mi forma onírica, pero solo si se concentraban. Igual que había hecho con Nashira, me imaginé a mí misma más grande, demasiado grande como para que el espectro pudiera agarrarme con los brazos. Los abrió y me solté. Mi forma onírica penetró en la zona crepuscular de Jaxon, cubierta de una hierba espesa y viva, donde olía a lilas. Los espectros fueron tras de mí, pero yo era más rápida. Salté por encima de otra tumba y corrí hacia la luz.

En el centro de la zona soleada de Jaxon había una estatua. Tenía la forma de un ángel, y estaba tendida sobre una tumba, en actitud doliente. Cuando me acerqué, una de sus manos levantó la cubierta de la tumba. Dentro estaba la forma onírica de Jaxon, que abrió los ojos y salió.

—Ahí estás —dijo—. ¿Te gusta mi ángel, cariño?

Se puso las manos a la espalda. El rostro de su forma onírica no era exactamente como el real; era más maduro y tenía rasgos más suaves, casi anodinos. Unos ojos negros y fríos me miraban con odio. El cabello rizado que le crecía en la cabeza era del color del cobre batido, salvo por algún mechón plateado en el nacimiento del pelo.

—Se te ve diferente —dije.

—A ti también. Pero nunca sabrás qué aspecto tiene mi Paige. —Levantó la vista—. ¿O sí?

Una sombra en forma de X planeó sobre mi cabeza. Cuando intenté mover las muñecas, observé que las tenía atadas, igual que los tobillos.

—Pobre muñeca —dijo—. No sabes nada de nada, ¿verdad?

—Tú tampoco. —Bajé las muñecas y las ataduras se evaporaron—. Menos mal que nunca te dije mi nombre, o ese truquito tuyo quizás hubiera funcionado.

En sus labios apareció una sonrisa.

—Veo que puedes cambiar el estado natural de tu forma onírica en el interior de mi onirosaje. Tus talentos no dejan de impresionarme.

Me puse a caminar en torno a él. Su forma onírica seguía de pie, con las manos en la espalda. Sus negros ojos me observaban.

—¿Qué vas a hacer ahora? ¿Harás que baile por el *ring*? ¿Me vas a hacer llorar e implorarte, para demostrar lo fuerte que eres? ¿O quizá pretendes expulsar a mi espíritu a la fuerza? Aunque dudo que tengas fuerzas para eso ahora mismo.

—No voy a matarte, Jaxon —respondí.

—Sería un gran desenlace. Menudo espectáculo. Demuestra que tienen razón. Demuestra que eres una destructora, cariño.

—No soy tu cariño, ni tu querida, ni tu preciosa. Pero no voy a matarte. Voy a quitarte la corona.

Entonces eché a correr.

Él no fue tan rápido. Los espectros no podían atravesar su zona soleada, y con las heridas su forma onírica había perdido capacidad de concentración. Me lancé a la tumba, y la cubierta cayó, cerrándose encima de mí.

Empecé a ver por los ojos de Jaxon. Por todas partes aparecieron colores que brillaban como una tormenta eléctrica. Sistemas nerviosos en el éter que se extendían por doquiera en busca de cualquier actividad espiritual. Veía los rostros del público borrosos, moviéndose. Mi visión —la visión de Jax— enfocaba y desenfocaba constantemente. Todo parecía extrañamente liviano, como si no lo hubiera poseído del todo. Como si su cuerpo estuviera demasiado laxo. Como si no acabara de llenarlo.

Entonces entendí por qué. Mi cuerpo seguía de pie, erguido. De la nariz me asomaba un hilillo de sangre, y tenía la mirada perdida, pero seguía de pie. El cordón argénteo me sostenía en ambos onirosajes.

Podía hacerlo.

El cuerpo de Jaxon cayó de rodillas. Alargué la mano y vi un guante de seda blanco.

—En el nombre del éter —dije, con su voz, y esta vez no me falló.

«Espera.» La voz de su forma onírica era un murmullo en mi oído. «Para.»

—… yo, el Vinculador Blanco, mimetocapo de la cohorte I, sección 4…

«Para. No, no, sal, ¡Sal!»

—… me rindo…

«¡Para! ¡Ciérrame la boca!» El espíritu de Jaxon se resistía, pataleando y gritando, golpeando la cubierta de la tumba. En el plano físico, su mano cayó contra el suelo. «¡Maldita seas! ¡Yo te di de comer! ¡Te di ropa con que vestirte! ¡Te acogí! Estarías muerta de no ser por mí. No serías nada. ¿Me oyes, Paige Mahoney? ¡Serás de ellos si no eres mía…!»

—… ante mi dama —concluí entre jadeos—, la Soñadora Pálida.

Unos dedos rígidos aferraron mi conciencia. Mi visión volvió por un momento al onirosaje de Jaxon, donde la estatua del ángel me agarraba con fuerza. La forma onírica de Jaxon estaba de rodillas, aullando de rabia. Con un crujido de piedra, me arrojó a la oscuridad. Salí disparada por el éter y regresé a mi cuerpo, justo a tiempo para oír que Jaxon recuperaba el control. Levanté los brazos para defenderme, pero otro par de manos bloquearon el bastón. Eliza estaba de pie sobre mí, tirando de Jaxon, que tenía las manos en torno a mi garganta y apretaba con fuerza.

—¡Para, Jaxon, para!

—El torneo ha concluido —anunció Minty Wolfson, entrando en el *ring*—. ¡Suéltala, Vinculador Blanco!

Me lo quitaron de encima. Mis rodillas cedieron bajo mi propio peso. Un par de brazos me rodearon la cintura y me pusieron de nuevo en pie. Nick. Sollozando, le apreté el antebrazo con tanta fuerza que los nudillos se me pusieron blancos.

—Lo has conseguido —me susurró al oído—. Lo has conseguido, Paige.

Hicieron falta seis personas para contener a Jaxon. Tenía las aletas de la nariz hinchadas, los ojos desorbitados de la rabia, y de la barbilla le goteaba sangre. Las mesas del I-4 estaban divididas. Algunas abucheaban, pero eran las menos; dominaban los aplausos, el patear contra el suelo y los gritos:

—¡Polilla Negra! ¡¡Polilla Negra!!

Pero los murmullos de fondo me ponían los nervios de punta. Dejé que Nick y Danica me sostuvieran, pasando los brazos por encima de sus hombros, y que me llevaran al otro extremo del *ring*. Los otros dos habían ido a contener a Jaxon. Eliza vino a nuestro lado y me aplicó una compresa en el costado.

Me pitaban los oídos. No podía pensar. Me parecía imposible que hubiera derrotado a Jaxon Hall.

—Orden —dijo Minty—. ¡Orden!

Dio unas palmadas, pero el público tardó un buen rato en calmarse. Jaxon se quedó en pie junto a Nadine, que le tendió un pañuelo para que se limpiara la sangre de la nariz, y con ellos estaba Zeke. No se separaba de su hermana, pero tragó saliva al mirar a Nick, que no dijo nada mientras me ponía un frasco de gel de fibrina en la mano. Yo me apliqué una dosis generosa en las costillas, pero ya tenía todo el vientre empapado de sangre. A ese paso, antes del amanecer me apodarían la Reina Ensangrentada.

Eliza regresó con una dosis de adrenalina. Crucé una mirada con Nadine, al otro lado del *ring*. No sonreía, pero tenía a Jaxon agarrado del hombro para que no se moviera.

—Traed la corona —ordenó Minty, levantando vítores—. ¡Tenemos una ganadora!

—Un momento —dijo la Abadesa, que atravesó la pista cubierta de ceniza y de sangre—. ¿Qué significa esto?

—El Vinculador Blanco se ha rendido ante su dama.

—Los mimetocapos no se rinden ante sus damas.

—Pues entonces será la primera vez.

—Está claro —dijo la Abadesa, mirándome— que el gran mimetocapo del I-4 no se ha rendido por voluntad propia. Esta chica es una tramposa.

—Es una onirámbula. En el torneo se permite un uso ilimitado de la clarividencia. Si el éter ha dotado a la Soñadora Pálida de un don, tiene todo el derecho a usarlo.

—¿Y qué hay de su evidente traición? ¿De su desprecio al amor y a la autoridad de su mimetocapo?

—Existe una *lex non scripta* sobre la lealtad de una dama, pero no hay normas escritas sobre la naturaleza del combate. Cualquiera que haya leído algún libro sobre este sindicato y sobre su historia lo sabe. Y si a ti te importara la moral, dudo que fueras mimetocapo, Abadesa.

—¿Cómo te atreves? Estás compinchada con esta chaquetera, ¿no? —replicó la Abadesa, con una mueca—. Tú y tus escritorzuelos.

—Yo soy la maestra de ceremonias. Y mi decisión es irrevocable.

Tras su velo dorado, el rostro de la Abadesa se quedó rígido, carente de toda emoción. Le habían arrebatado el poder que tenía como Subseñora interina, poder que les había robado a Hector y a Caracortada. Se giró, escrutando la bóveda con la vista, sin duda buscando con la mirada a su socio en aquella trama, pero no había ni rastro del Ropavejero. La Abadesa cerró el puño y se lo llevó al corazón.

De pronto hubo un tumulto en el otro extremo del Ring de las Rosas. Con un gruñido, Jaxon apartó de un empujón a un nimio que le estaba curando las heridas.

—Atrás —le gritó—. Puede que no sea Subseñor según la interpretación corrupta de la gente de Grub Street, pero ya me resarciré. ¡Fuera de mi vista!

El nimio se alejó del alcance de su bastón, murmurando unas disculpas. Los espectadores se quedaron en silencio, a la espera del tradicional discurso del mimetocapo derrotado.

—Los Siete Sellos ya no existen —se limitó a decir, con una voz tan baja que casi no se oía.

Pero yo lo oí.

Lo oí.

Jaxon Hall era demasiado orgulloso como para quedarse a ver cómo coronaban Subseñora a la que había sido su dama, pero no se iría sin decir la última palabra. Se dirigió al público, apoyando el bastón en el suelo suavemente a cada paso:

—¿Sabes, Paige querida…?, en realidad me siento orgulloso de ti. Realmente, creía que te mantendrías al margen en el Ring de las Rosas, como la débil niña que eras cuando te pusiste a mi servicio, y que te irías de aquí sin una sola muerte en la conciencia. —Se situó delante de mí, con la cara a apenas un palmo de la mía—. Pero no. Has aprendido, cariño, a ser exactamente como yo. —Me agarró de la muñeca y me la apretó tan fuerte que sentí la sangre bombeando en las venas—. Encontraré otros aliados —me susurró al oído—. Te lo advierto: nos volveremos a ver las caras.

Yo no respondí. No iba a seguirle el juego. Nunca más. Con una sonrisa en el rostro, Jaxon dio un paso atrás.

—Así que nuestra Subseñora luchará por la libertad, y sus súbditos por la supervivencia. Pero al final, mi querida Paige, los que buscan la libertad solo la encontrarán en el éter. —Me tocó el pómulo ensangrentado con la hoja de su bastón—. Disfruta de tu libertad, cuando caiga la ceniza. Esta noche, el teatro de la guerra inaugura su función.

—Espero el momento con impaciencia —respondí.

Su sonrisa se volvió aún más grande.

La gente se hizo a un lado para dejarle pasar. Ni el gánster más imprudente se habría atrevido a meterse con él en aquel momento: el Vinculador Blanco, mimetocapo del I-4, el hombre que había estado a punto de ser coronado Subseñor. El hombre a quien tanto le debía, que había sido mi mentor y mi amigo, que podría haber sido nuestro líder si hubiera querido abrir los ojos y ver la amenaza que se escondía entre las sombras. Yo nunca habría pensado que se podía sentir tanto dolor físico y aun así sufrir más por el dolor interior. Nadine recogió el abrigo de Jaxon de la silla y fue tras él.

En la puerta, Jaxon se detuvo. Estaba esperando, claro. Aguardando para ver cuántos de sus Siete Sellos se irían con él.

Danica se quedó sentada en su silla, cruzada de brazos. Cuando la miré, levantando las cejas, se encogió de hombros. Ella se quedaba.

Nick, a mi lado, estaba muy serio. Eliza tenía lágrimas en los ojos; al coger aire, no pudo evitar estremecerse, pero no le siguió. Ellos se quedaban conmigo.

Pero Zeke dio un paso adelante. Luego otro. Tragó saliva y cerró los ojos. Con gesto serio, cogió su chaqueta y se la puso sobre los hombros. Nick alargó la mano y estrechó la suya por última vez antes de que se separara. Zeke me miró, contrito, y luego se fue con su hermana y con Jaxon. Nadine le cogió del brazo y juntos giraron la esquina. Varios de los ladronzuelos y limosneros más leales del I-4 los siguieron.

El efecto de la adrenalina se estaba pasando y empecé a sentir todo tipo de dolores por el cuerpo. Ver a Nick así me partía el corazón, pero la noche no había acabado. Ni mucho menos.

Con delicadeza, Nick me empujó hacia delante. Fui hasta el centro del Ring de las Rosas. Minty cogió la corona del cojín de terciopelo.

—¿Lista?

Me dolía la garganta, así que no habría podido responder de todos modos. Con cuidado, Minty me apoyó la corona sobre la cabeza.

—En nombre de Thomas Ebon Merritt, que fundó este sindicato, te corono, Polilla Negra, como Subseñora de la ciudadela de Scion en Londres, mimetocapo de mimetocapos, líder suprema de la cohorte I y de Devil's Acre. Que tu reino sea largo.

El silencio se prolongó. Yo erguí la cabeza, levantando la barbilla.

—Gracias, Minty —dije, con una voz que me salió demasiado baja.

—¿Tienes una dama o un caballero?

—Tengo dos. Visión Roja —dije— y Musa Martirizada.

Eliza me miró, sorprendida. Yo levanté las manos ensangrentadas, me quité la corona y la tiré a la ceniza.

Se oyeron murmullos de perplejidad entre el público. Minty parecía estar a punto de decir algo, pero mantuvo la boca cerrada.

—Como podéis ver —dije, señalando mis ropas manchadas de sangre—, no estoy en condiciones de hablar demasiado. Pero os debo una explicación para que sepáis por qué me he vuelto contra mi mimetocapo, rompiendo una norma tácita de este sindicato. Por qué lo he arriesgado todo para tener la oportunidad de hablar sin tapujos. Y no ha sido por una corona, ni por un trono. Ha sido para hacer oír mi voz.

Miré a Nick para concentrarme, y él asintió.

—Este sindicato, el sindicato de SciLo —dije, elevando el tono—, se enfrenta a amenazas externas, y llevamos demasiado tiempo haciendo caso omiso. Todos sabemos que Hector de Haymarket no les hacía caso. Dentro de un mes, Scion tiene pensado instalar escudos Senshield por toda la ciudadela. Caminar por las calles libremente, pasando desapercibidos, como hemos hecho siempre, será cosa del pasado. Si no contraatacamos, el ancla nos aplastará. Ya nos han relegado a los bajos fondos, nos desprecian y nos odian, nos culpan hasta por respirar, pero si esto sigue así, si Scion da un paso más, la próxima década el sindicato habrá desaparecido.

—Senshield es una creación de Scion, salida de las tripas del Arconte. Esta Subseñora no solo es una mentirosa y una tramposa —gritó la Abadesa—, sino que también es la principal sospechosa del asesinato de nuestro anterior Subseñor. Mi propio luciérnaga la vio salir de Devil's Acre con la sangre de Hector Grinslathe en las manos.

Entre el gentío se hizo el caos. Algunos ya estaban en pie, pidiendo mi cabeza; otros pedían pruebas consistentes, o que el luciérnaga saliera a declarar.

—No tienes pruebas de eso, Abadesa —dijo la Reina de las Perlas con brusquedad—. La palabra de un amaurótico, sin pruebas consistentes que la sustenten, no vale nada. Y si sabías que la Soñadora Pálida había matado a Hector, ¿por qué la has protegido todo este tiempo?

—Yo creo en la palabra de mis empleados.

—Te lo pregunto otra vez: ¿por qué la protegiste cuando tuviste la posibilidad de que se la declarara culpable en la última reunión de la asamblea?

—El Vinculador Blanco me convenció de que simplemente estaba en el lugar equivocado en el momento equivocado —dijo, escupiendo cada sílaba. La pantalla de distinción tras la que solía esconderse se estaba resquebrajando—. Pero parece que la fe de su mimetocapo era injustificada. Es una traidora y una asesina. Ahora veo claro que, si ha podido revolverse contra su mimetocapo, si tan poco respeto tiene por las tradiciones ancestrales de este sindicato, debe de ser la asesina de Hector. Qué triste que no me diera cuenta antes.

—Tú crees en la palabra de tus empleados, Abadesa —la interrumpí—, pero yo creo en lo que he visto con mis propios ojos. Y lo que he visto es tiranía construida sobre una mentira: la mentira de que los clarividentes somos antinaturales y peligrosos. Que deberíamos despreciarnos a nosotros mismos hasta el punto de condenarnos a la extinción. ¡Nos piden que nos entreguemos para que nos torturen y nos ejecuten, y lo llaman clemencia! —grité, dirigiéndome a la multitud—. Pero la propia Scion es la mayor mentira de la historia. Una fachada de doscientos años para ocultar al verdadero Gobierno de Inglaterra. Los verdaderos inquisidores de la clarividencia.

—¿De quién estás hablando, Subseñora? —preguntó el Filósofo Pagano.

—Habla de nosotros.

Todas las cabezas se giraron hacia la entrada de la bóveda; al momento, se oyó un barullo de gritos y murmullos. En el umbral estaba Arcturus Mesarthim, secundado por sus aliados.

—Refaítas —murmuró Ognena Maria.

—No —dije yo, recuperando la entereza—. Ranthen.

26

La taumaturga

*H*abían venido ocho. A algunos no los había visto nunca; todos vestían prendas imponentes, de cuero, seda y terciopelo negro. Terebell estaba ahí, pero también había otros: plata y oro, latón y cobre, todos con los mismos ojos de color verde amarillento. En el espacio cerrado de la bóveda, a media luz, parecían enormes. Y tenían un aspecto más que amenazante. La gente se fue apartando del *ring*.

—Ese es un refaíta —dijo alguien.

—Como en el panfleto…

—Han venido a salvarnos…

Al menos sabían qué era lo que tenían delante. El Custodio dio un paso adelante, con Terebell. Los otros formaron un semicírculo a ambos lados de ellos.

—Habéis oído hablar de nosotros —dijo el Custodio, paseando la mirada por las filas de videntes— en las páginas de una novela barata. Pero no somos personajes de ficción. Durante dos siglos hemos controlado el Gobierno de Scion, hemos impuesto el ancla allá donde hemos querido y hemos transformado esta ciudadela en un vivero del que alimentarnos. Vuestro mundo no es vuestro, videntes de Londres.

—¿Qué es esto, Subseñora? —gritó un nimio—. ¿Una broma?

—Es evidente que eso son disfraces —dijo Didion, aunque tenía los ojos desorbitados—. Y que esto es un montaje muy elaborado.

—Tú sí que eres un montaje, Didion —dijo Jimmy.

—No es ningún montaje —repliqué.

El grupo de refaítas se acercó a la grada, abriéndose paso entre los videntes. Ivy iba con ellos, siguiendo a Pleione, con llagas en las muñecas y en los tobillos. Los seguían los otros tres fugitivos, acompañados de Lucida y Errai. Me sentí aliviada. Parecían alterados, pero estaban vivos y en pie. Bajé a recibir al Custodio. Él me miró de arriba abajo, analizando mis heridas.

—Los tenían prisioneros en el salón nocturno, tal como sospechabas —murmuró—. Ivy insistió en venir hasta aquí para dirigirse a la Asamblea Antinatural. —Levantó la vista y observó el Ring de las Rosas, sembrado de cadáveres y miembros amputados—. O… lo que queda de ella, supongo.

Asentí. El Custodio se giró hacia la multitud, y los otros Ranthen se situaron a su lado. Con la bóveda en silencio, volví a subirme al estrado.

Cualquiera que hubiera sido el motivo por el que habían manipulado el panfleto, al final me había resultado útil. La gente tenía miedo de los Ranthen, pero también les provocaban curiosidad, e incluso asombro, más que hostilidad.

—Estos son los refaítas —dije—, o una facción de ellos. Su raza son los verdaderos inquisidores de Scion. Llevan controlando a nuestro Gobierno doscientos años, dirigiendo a Weaver y a sus marionetas para que nos hostiguen y nos destruyan. Este pequeño grupo —dije, señalando a los ocho— está dispuesto a ayudarnos a sobrevivir. Respetan nuestro don y nuestra autonomía —añadí, aunque no era cierto del todo—. Pero hay otros refaítas en el Arconte a los que los humanos no les importamos lo más mínimo. Y si se lo permitimos, esclavizarán a todos los videntes.

—Esto es una vergüenza —dijo la Abadesa, esforzándose mucho en parecer decepcionada—. ¿Es que nos tomas por tontos?

—Hortensia —espetó Ivy, con una mueca en el rostro—. Si hay algo en esta sala que sea una vergüenza, eres «tú». Tú y tus mentiras. Nuestras mentiras.

La Abadesa se calló de golpe.

Ante los ojos de todos los videntes distinguidos de la ciudadela de Scion en Londres apareció Ivy, que se dirigió al estrado. Se situó bajo los focos, vestida con sus sucios trapos y descalza, ladeando la cabeza ligeramente para protegerse de la luz. El cabello estaba creciéndole de nuevo, pero aún se distinguía claramente la forma de su cráneo.

—Preséntate, niña —dijo la Reina Perlada.

—Divya Jacob. Ivy. —Bajó la mirada—. La mayoría de vosotros

nunca me habéis visto el rostro, pero solían llamarme la Jacobita. Hasta enero de este año, fui dama del Ropavejero.

Algunos de los videntes del II-4 parecían perplejos; a otros se los veía furiosos. Ivy se agarró el brazo derecho con la mano izquierda.

—Cuando tenía diecisiete años hui de Jacob's Island y trabajé para una iniciadora llamada Agatha durante tres años. El Ropavejero me observó todo ese tiempo. Cuando cumplí veinte años, me convirtió en su dama y me pidió que me uniera a él en una… «iniciativa», como la llamaba él. Me dijo que su gente estaba sufriendo (gente como yo) y que quería mejorar las cosas.

Escuché en silencio. Ivy siguió adelante, perfectamente inmóvil, con sus finos brazos cruzados frente al pecho.

—Vendía videntes a Scion —dijo.

Hubo un gran alboroto. Me puse en pie.

—Dejadla hablar —ordené.

Cuando el volumen del ruido disminuyó lo suficiente, Ivy prosiguió. Yo la escuché. Estaba helada.

No podía ser. De todas las cosas que había podido imaginarme era la única que tenía todo el sentido del mundo, pero mi sindicato no podía haber alcanzado «tal nivel» de corrupción. La Asamblea Antinatural estaba compuesta por un puñado de vagos, sí, y por gente cruel, pero no podía ser que…

—Él lo llamaba el mercado gris. Decía que los reclutábamos para que formaran parte de los traperos. —Respiró hondo varias veces, observando al público—. Pero los que yo le enviaba…, no volvía a verlos. Me dirigí a Caracortada, la dama de Hector, y se lo dije. Ella vino a verle con un grupo de guardaespaldas y pidió que le enseñaran las catacumbas, y encontró a algunos encadenados. —Ivy se agarró los brazos con fuerza, como si tuviera que sostenerse para no caer—. Dijo que tenía que contárselo a Hector. Que una operación así no podía realizarse sin que él lo supiera.

La Reina Perlada agarró su bastón:

—¿Y él hizo algo para impedirlo? ¿Por eso lo mataron?

—No. No lo detuvo. Entró a formar parte.

Esta vez la conmoción se prolongó hasta un minuto, antes de que Ivy pudiera volver a hablar. Ahora entendía lo que quería decir Caracortada. «Nos van a vender.» Scion nos había vendido a los refaítas y ahora nuestros líderes nos vendían a Scion.

—Ni Caracortada ni yo sabíamos qué estaba ocurriendo exactamente. Lo único que sabíamos era que iban desapareciendo videntes y que estábamos ganando dinero. A mí él me tenía aterrada —dijo—. Lo único que me consolaba es que era yo la que escogía los videntes que vendíamos.

—¿Y cómo los escogías? —pregunté en voz baja.

Ivy meneó la cabeza.

—¿Cómo crees…?

—¿Cómo escogías qué videntes vender, Ivy?

Ivy aguantó el embate:

—Cuando éramos Caracortada y yo las que escogíamos, enviábamos asesinos e iniciadores. Ladrones violentos y matones. Gente capaz de hacer daño a los demás por dinero.

—¿Y qué hay de la Abadesa? —dije yo, señalándola con un gesto de la cabeza—. ¿Alguna vez la viste con ellos?

—Sí. Venía a menudo. Su salón nocturno no es más que una tapadera —dijo Ivy, mirándola fijamente—. Ella los atrae a su madriguera, los atiborra de áster rosa y vino, y luego se los vende a…

—¡Mentira! —espetó la Abadesa, haciéndose oír entre los gritos de indignación.

—Pero el Ropavejero no había acabado conmigo —gritó Ivy, levantando aún más la voz, roja de rabia—. Una noche me convocó en estas catacumbas y me pinchó en el cuello con una jeringa llena de flux. Cuando me desperté, estaba en la Torre. Debió de deducir que había sido yo quien le había denunciado. —Esbozó una sonrisa trágica—. Justicia poética.

De pronto lo vi todo negro. La chica que había recibido tantas palizas en la colonia, que había sufrido tantas torturas, había sido en parte la causante de que una gran parte de aquellos prisioneros hubieran acabado allí.

—Así que estabas en Londres cuando murió el Subseñor —señaló Ognena Maria, con el ceño fruncido—. ¿Sabías algo al respecto?

—No. Unos días después de que mataran a Hector me encontré con Caracortada y ella me dijo que había sido la Abadesa. Caracortada la había visto en Devil's Acre, cortándole la cara a Socarrón con un cuchillo de carnicero.

Gritos horrorizados.

—¿Y cómo crees que maté a ocho personas yo sola? —replicó la

Abadesa, con una risa sarcástica—. Qué práctico, que la Jacobita nos dé su testimonio ahora que su única testigo está muerta.

Ivy levantó la vista.

—¿Qué?

—Sí, Jacobita. Tu colega Caracortada, la otra vil augur, está muerta.

Fue evidente que a Ivy aquello le dolió. Se agarró los brazos con fuerza hasta hacerse morados en la piel con la punta de los dedos.

—Se llamaba Chelsea Neves —dijo—, y sin ella no puedo demostrar ni una palabra de todo esto.

—Quizá yo sí pueda.

Si el público ya tenía los nervios de punta con la presencia de los refaítas, aquello acabaría de tensárselos. Cuando vieron entrar a Wynn y a Vern, de Jacob's Island, se echaron hacia los lados, dejándoles sitio. Wynn llevaba la bolsita de salvia colgada del cuello. Ivy emitió un gemido y se lanzó a los brazos de Vern, que la abrazó con fuerza sin decir palabra.

Wynn siguió caminando hasta que llegó al centro del *ring*. Echó una mirada de asco al cuerpo de la Dama Perversa y apartó el cadáver de una patada.

—Si la Subseñora está dispuesta a aceptar el testimonio de otra vil augur —dijo, dirigiéndose a mí e inclinando la cabeza—, os daré el mío.

—¿Otra vil augur? Ningún habitante de Jacob's Island puede testificar ante la Asamblea Antinatural —protestó Didion—. Solo los palmistas pueden hablar ante nosotros. ¡Esto no se puede permitir, Subseñora!

—Adelante, Wynn —le dije—. Dinos lo que sabes.

—La mañana de la muerte de Chelsea Neves, un asesino enmascarado llegó a Savory Dock, donde se ocultaba del sindicato. El guardia me dijo que la Subseñora interina había enviado a esa persona en una misión personal. ¡Aparentemente —gritó, para hacerse oír entre las crecientes protestas—, la misión consistía en cortarle el cuello a Chelsea y rajarle la cara!

—Esas acusaciones son grotescas. Hector era mi mejor amigo, y aunque no tenía ni idea de su supuesta traición, nunca habría matado a su dama. Y ahora, si me perdonáis, buena gente de Londres, voy a regresar a mi salón para seguir con mi duelo en paz. —La Abadesa se dio media vuelta y se dispuso a marcharse seguida de dos de sus videntes—. Ya he sufrido bastante los ataques de esta falsa señora, y ya tengo bastante de sus delirios.

—No, Abadesa, aún no —dije, sin levantar la voz, y lo único que se oyó a continuación fue el sonido de mis pasos sobre el estrado. Los Ranthen se hicieron a un lado para dejarme pasar entre ellos—. En virtud del Primer Código de este sindicato, te acuso de los asesinatos de Hector Grinslathe, Chelsea Neves y sus siete colaboradores: Socarrón, Miss Caralosa, Soplón, Dedosligeros, Pelado, Solapado y el Sepulturero. —Unos pasos más—. También te acuso de secuestro, de tráfico de videntes, de enviar asesinos a sueldo a una sección rival y de alta traición. Permanecerás en arresto domiciliario en tu salón, a la espera de ser juzgada por la Asamblea Antinatural.

Por toda la bóveda se vieron caras de perplejidad.

La Abadesa se rio en silencio.

—¿Y con qué autoridad me acusas? Somos los sinley de Londres. ¿En qué prisión me encerrarás? ¿O vas a matarme y a tirar mi cuerpo a Flower and Dean Street? ¿Qué tipo de Subseñora vas a ser tú?

—Espero ser una Subseñora justa.

—¿Justa? ¿Dónde está aquí la justicia? ¿Dónde están las pruebas, pequeña matona?

—Tú, Abadesa. Tú eres la prueba. Tú —le dije a un recadista, que reaccionó con un respingo—. ¿Podrías mirar el brazo derecho de la Dama Perversa?

—Sí, Subseñora.

Temblando, se arrodilló junto al cuerpo, le desabotonó el puño derecho y la arremangó. Vi cómo la Abadesa palidecía de pronto, al tiempo que acercaba levemente la mano al brazo contrario. En cuanto quedó a la vista el hombro de la Dama Perversa, una sonrisa satisfecha afloró en mis labios.

Un tatuaje de una mano esquelética, austero, en blanco y negro. El recadista tragó saliva. Ognena Marina dio unos pasos y se agachó para verlo más de cerca.

—Es la marca de los traperos —decretó.

—Sí —dije—. La misma marca que lleva ella, y él también —dije, señalando los cadáveres de Escaramujo y del Ejecutor—, y de todos los otros mimetocapos, damas y caballeros que la estaban ayudando en el *ring*, porque todos ellos trabajaban para el Ropavejero. Todos ellos colaboraban con ese… mercado gris. —Levanté la vista y miré a la Abadesa, que estaba tan pálida que ella misma parecía un esqueleto—. Veamos ese brazo, Abadesa.

Ella apretó los dientes y dio un paso atrás, alejándose del *ring* y de las pruebas que había en él. A su alrededor los rostros se oscurecían, las miradas se volvían más duras.

—Arrestadla —ordené.

Y obedecieron. Jimmy O'Goblin, Jack Hickathrift y Ognena Maria reaccionaron inmediatamente, al igual que el resto de los recadistas, cacos y nimios del I-4.

La Abadesa los miró y luego se giró a mirar por encima del hombro. No quedaba ninguno de los traperos a la vista. Incluso sus propios subalternos habían desaparecido. El Ropavejero había dejado abandonada a su asesina. Tardó un momento en darse cuenta de que estaba sola. En un extraño instante de lucidez, vi cada detalle de sus rasgos evolucionando, como si los observara bajo un microscopio. Sus labios retrayéndose por encima de los dientes. Los cabellos sueltos sobre su rostro, en un curioso y delicado contraste con la furia volcánica que parecía estar a punto de estallar.

Y de pronto un monstruo emergió del suelo, a sus pies.

Era un duende que yo no conocía, y que no quería conocer.

Fue lo último que pensé antes de que me golpeara.

—Aquí lo tienes —anunció la Abadesa—: el verdadero asesino de Hector.

Una explosión en el éter me impulsó con fuerza hacia atrás, lanzándome a la tarima otra vez. Algo me succionó el aire de los pulmones, que de pronto parecía haberse congelado, y salió en forma de nube blanca. Quedé aplastada contra el telón del escenario, como inmovilizada por una mano invisible. El pánico me cerró la garganta y me sacudió los miembros. De pronto volvía a ser la niña del campo. El duende no adoptó ninguna forma visible; se manifestó como un muro de fuerza contra mi cuerpo.

Recorrió el perímetro de la bóveda circular una vez, como si estuviera examinando al público. Pasó volando junto a la lámpara de araña, apagando todas las velas. La luz de los faroles se consumió. Las sillas y las mesas traquetearon. Los espíritus y los ángeles guardianes huyeron despavoridos. A mis pies, tenía a varios de los Ranthen paralizados, emitiendo unos lamentos agónicos que me pusieron el vello de punta. Entre ellos estaba el Custodio. Tenía el rostro descompuesto por el dolor, el mismo que sentía en mi propio pecho. La Abadesa estaba de pie, con la mano extendida hacia mí y los músculos de la cara tensos en su esfuerzo por controlar aquella cosa.

Entonces fue como si se cortara un cable. Cayó al suelo, postrada, apoyándose sobre las manos. El duende se elevó sobre nosotros y se filtró por el techo. La presión que sentía desapareció y caí sobre la tarima.

Los focos emitieron una luz temblorosa. Aún rodeada de penumbra, me puse en pie. En el cuello me habían aparecido unas leves marcas plateadas que se ramificaban como venas desde el punto donde tenía el colgante, que brillaba como una brasa. El cordón áureo me vibraba con tal fuerza que sentía sus sacudidas en los huesos. El Custodio se agarraba el hombro, y abría y cerraba la mano derecha, apretando el puño. Por su gesto supe que sufría un dolor atroz. Cuatro de los otros Ranthen estaban en el mismo estado, incluida Terebell. Me puse en pie.

La Abadesa se me quedó mirando, y vi que sus labios articulaban la palabra «imposible». Con una mueca burlona, se sacó un revólver de debajo de la chaqueta y me apuntó al corazón.

Mi campo visual quedó reducido a un túnel; no supe reaccionar. Me limité a levantar tímidamente las manos. El revólver disparó. La bala me pasó rozando.

La Abadesa siguió disparando mientras retrocedía, intentando salir de la bóveda, pero los Ranthen me cubrieron con sus cuerpos. El Custodio recibió tres disparos seguidos y cayó sobre la tarima, con la mano sobre el pecho. Girándose desesperada, como un animal acorralado, la Abadesa atacó a quince videntes con varias bandadas de espíritus y disparó su revólver dos veces más, haciendo caer una cortina del techo. La tela roja cayó sobre las cabezas de los videntes que estaban más cerca.

La bala siguiente alcanzó a Ivy y la tiró al suelo. Debí de gritar, porque oí mi propio grito. La Abadesa se echó a reír.

Se oyó otro disparo, pero no era de la Abadesa.

La bala le dio justo por debajo de las costillas. Otros dos tiros acabaron con ella, uno de Tom el Rimador y otro de Ognena Maria: uno, todo cabeza; la otra, toda corazón. La Abadesa cayó entre el terciopelo rojo, muerta.

Respiré hondo, tragando saliva. Vi el orificio que tenía en la sien, por el que sangraba. Los tres disparos aún resonaban en mi mente.

Nick aún tenía la pistola en la mano y los nudillos blancos de la presión. Estaba a mi lado, y poco a poco reaccionó. Me agarró del brazo, ayudándome a ponerme en pie.

—Paige. —Me agarró la cabeza entre las manos, pálido como el hueso—. Paige, ese duende… Nunca he sentido nada igual…

—No sé —dije, meneando la cabeza. Estaba agotada—. Por favor, intenta…, cura a Ivy, al Custodio y a los otros.

Me apretó el codo y se dirigió al Custodio, que intentaba ponerse en pie apoyándose en las manos. El resto de los integrantes de la Asamblea Antinatural, con sus damas, sus caballeros y sus secuaces, me miraban intentando encontrar sentido a aquella locura, pero yo no sabía qué decir. Jaxon habría sabido cómo explicarlo, pero yo nunca había sido especialmente hábil contando historias. Y desde luego aquella era una historia de lo más rara.

Ahí estaba la flor y nata de Londres. Aquellos líderes tendrían cientos, si no ya miles de seguidores fieles.

—Bueno, Subseñora —dijo por fin Ognena Maria—, esto ya está. Parece que has salido vencedora. Y que tu nombre ha quedado limpio de sospechas.

—¿Qué vas a hacer con esta? —preguntó un mercader enmascarado, señalando a Ivy con un gesto de la cabeza.

Ella ni siquiera levantó la cabeza.

—No habrá castigo sin juicio. Hay que llevar a cabo una investigación completa, empezando por el registro a fondo del salón nocturno de la Abadesa —dije—. ¿Algún voluntario?

—Iré yo con los míos —se ofreció Ognena Maria—. Sé dónde es.

Soltó un silbido, y sus nimios la siguieron fuera de la bóveda.

—Subseñora —dijo un caco, quitándose el sombrero—. La novela contaba una historia impresionante sobre estas criaturas, pero… ¿debemos temerlos o rendirles culto?

—Temernos —gruñó Errai.

Lucilda ladeó la cabeza.

—O rendirnos culto. No rechazaríamos ningún tributo.

—Temerlos —confirmé yo, lanzándole una mirada de advertencia—, y desde luego no hay que rendirles culto.

Cerré los ojos y volví a verlo todo negro.

—Scion puede tener su orden natural. El Vinculador Blanco puede hacer lo que quiera con sus siete órdenes de la clarividencia. Y dado que nuestras acciones hablarán por sí solas y el mensaje le llegará alto y claro a Scion, que nunca escucharía nuestras palabras…, la nuestra será la Orden de los Mimos.

Nada más decir aquello, perdí la visión.

No tengo ni idea de qué pasó después.

Ya no era la Soñadora Pálida, dama del I-4. Ya no era un pájaro cantor encerrado en la jaula dorada de Jaxon. Ahora era Polilla Negra, Subseñora, y seguía siendo la persona más buscada de Scion. En la seguridad de mi onirosaje, me acurruqué sobre las anémonas, empapada en la cálida sangre del renacimiento.

Esta vez mi onirosaje no había sufrido daños tan graves. Algunas grietas en mi armadura mental. El golpe más duro se lo había llevado mi cuerpo.

Cuando emergí por fin de las sombras estaba tendida sobre una alfombra, con un abrigo a modo de almohada bajo la cabeza. Me habían quitado la ropa manchada de sangre. Tenía una lámpara de queroseno a la derecha. El calor que emitía hizo que dejara de temblar, pero estaba cubierta de dolorosas magulladuras.

Tosí.

Un dolor abrasador me atravesó las costillas y se extendió hasta la nuca. Tenía otros dolores repartidos por el cuerpo, desde los nudillos a las piernas, y en el punto de unión entre el cuello y el hombro. No pude reprimir un chillido, que acabó saliendo de mi boca en forma de gruñido mal contenido. Cuando aquel dolor penetrante cesó, no me atreví a moverme otra vez.

Jaxon no se habría despertado tan dolorido. Con un leve dolor de cabeza, quizá. Uno o dos moratones. Ya estaría haciendo planes para arrebatarme el control del sindicato.

Que lo intentara.

En el exterior, todo Londres hablaría de las repercusiones de mi victoria. Estaba convencida de que el Ropavejero no aceptaría la derrota sin más. Seguro que ya estaba preparando su venganza.

Probablemente querían que uno de los suyos dirigiera el sindicato. Seguramente, la Dama Perversa, teniendo en cuenta todo lo que parecía que sabía. Habían comprado los servicios de un puñado de mimetocapos para que acabaran conmigo, asegurando así su victoria.

Ella no era más que un peón en toda aquella trama. Al matarla —y no morir yo—, les había estropeado el plan. El Ropavejero no dejaría que aquello acabara así. Había dejado que su lacaya muriera sola.

Al cabo de un rato, que quizá fuera una hora, o un minuto, apareció una silueta de entre los cortinajes. Tensé el cuerpo, buscando a tientas un cuchillo que no encontré, pero la silueta que apareció ante la luz de la lámpara de queroseno fue la del Custodio.

—Buenas tardes, Subseñora —dijo, con los ojos en llamas.

Volví a dejarme caer sobre el abrigo.

—No me siento tan señora en este momento.

En cuanto hablé, una llamarada de dolor me recorrió de nuevo la mandíbula, hasta el oído.

—Debo confesar que en este momento no tienes un aspecto demasiado regio —dijo él—. Aun así, eres la Subseñora de la Orden de los Mimos. —Se sentó a mi lado y me cogió las manos—. Un nombre interesante.

—¿Qué hora es? —Levanté la mano para tocarme un lado de la cara—. ¿Tú estás bien?

—A los refaítas las balas no nos provocan daños permanentes. Han pasado dos horas desde que acabara el torneo —dijo—. Al doctor Nygård no le hará ninguna gracia que estés despierta.

—Pues no se lo diremos. —Con cierta dificultad, bebí de la cantimplora de agua que me pasó. Me sabía a sangre—. Dime que tienes amaranto.

—Desgraciadamente, no. El doctor Nygård ha ido a Seven Dials a recoger tus posesiones, literalmente «antes de que Jaxon pueda venderlas». Luego tienen pensado unirse a Ognena Maria en el registro del salón de la Abadesa, para buscar cualquier prueba de la implicación del Ropavejero.

Nick era un hombre de juicio, y tenía la capacidad de previsión que cabría esperar de un oráculo.

—No encontrarán nada —dije—. La Abadesa no era más que un recipiente para el duende del Ropavejero. Volverá.

—Y tú estarás esperándolo.

Levanté la vista.

—Era ese duende, ¿verdad?

—Sí. —Me apretó la mano un poco más fuerte—. Un viejo enemigo.

—¿Y cómo pudo controlarlo la Abadesa?

—Esa criatura solo obedece a Nashira. Habrá tenido que ordenarle que siga las órdenes de otro.

Aquello me hizo pensar. Que el mercado gris quizá no fuera una cosa entre el sindicato y Scion. Que podía tener una relación directa con los refaítas. De pronto, aquello se hizo demasiado grande para mi dolorido cerebro, y cerré los ojos para no pensar en ello. Ya lo haría cuando tuviera la cabeza más clara. Si le daba vueltas ahora, colapsaría.

Me armé de valor y eché un vistazo al antiguo espejo colgado de la pared más cercana, enmarcado en dorado. Mi rostro tenía un aspecto horrible: magulladuras y moratones, el labio hinchado…, pero lo peor, sin duda, era la herida de la mandíbula, peor que cualquiera de las huellas que había dejado Jaxon en mi cuerpo: flechas de un negro profundo en una herida roja e hinchada.

—Es una herida limpia —observó el Custodio—. Puede que no deje cicatriz.

En realidad, no me importaba. Si esto iba a convertirse en una guerra, cabía esperarse que llegaran las cicatrices.

Algo más allá, en el pasillo, había tres cuerpos acurrucados entre mantas, durmiendo. Eran Nell, Felix y Jos, muy juntos, tal como dormían en el Poblado para protegerse del frío.

—Les han lavado el cerebro —dijo el Custodio—. No recuerdan nada de lo ocurrido en el salón.

—Entonces no tenemos modo de saber cómo consiguió el Ropavejero que cambiaran el texto del panfleto. —Miré más allá. Ivy estaba sentada en la tarima, con sus finos brazos desnudos, mirando al techo—. ¿Cómo está?

El Custodio se giró a mirarla.

—Le han extraído la bala. El doctor Nygård dice que lo que realmente le duele es el corazón.

—Caracortada. —Suspiré, y el suspiro hizo que me dolieran las costillas—. Sé que ha pasado un infierno, pero no sé si puedo perdonarla por lo que hizo.

—No deberías cargar contra ella si actuó movida por el miedo.

Era cierto. Ivy habría enviado a muchísimas personas a la colonia penitenciaria, pero incidir en su sentimiento de culpa no serviría para corregir lo ocurrido. Di otro sorbo a la cantimplora.

—¿Dónde están los Ranthen?

—Se han retirado a un refugio seguro cerca del Old Nichol. Mañana se irán para hacer correr la voz de que has ganado. —Hizo una pausa—. Varios videntes murmuraban que eres una... taumaturga. No se explican de otro modo que hayas podido resistirte al duende.

Jaxon ya había usado esa palabra para definirme, siempre bromeando. Ahora lo decía un puñado de videntes que rendían culto a lo que ellos llamaban el *zeitgeist*, el espíritu que supuestamente habría creado el éter.

Los fieles no solían tomarse la taumaturgia a la ligera. Aplicaban el término a alguien tocado por el propio *zeitgeist*, alguien con un dominio sin precedentes de los secretos del éter.

—Ellos no saben nada de esto —dije, abriéndome el cuello de la camisa. El colgante estaba en buen estado, pero debajo seguía teniendo aquellas marcas que se extendían por la piel, como venas—. Este es el taumaturgo.

—Y te queda muy bien.

—No quiero que crean que soy una especie de maga que hace milagros, Custodio. Mi mérito, en este caso, es haber llevado un colgante al cuello.

—Ya se lo explicarás más adelante. De momento no te hace ningún daño que hablen. Tú ahora solo tienes que pensar en tu recuperación.

Nos quedamos allí sentados en silencio un rato, con la lámpara entre los dos. Habíamos llegado muy lejos en unas pocas semanas.

—Tengo una pregunta para ti —dijo el Custodio—, si me lo permites.

Volví a beber.

—No hará que me duela más la cabeza.

—Hmm. —Hizo una pausa—. Cuando Jaxon te contrató, parecía estar dispuesto a pagarte por tus servicios la cantidad de dinero que desearas. Aun así, no eres la dama rica que pensaba que serías, o no habrías tenido que recurrir a la financiación de los Ranthen. ¿Qué hiciste con el dinero que te tocaba por contrato?

Hacía tiempo que me preguntaba cuándo llegaría aquella pregunta.

—No hubo tal dinero. Jaxon ni siquiera tiene una cuenta en el banco —dijo—. Todo su dinero procede de nuestro trabajo, y acaba en un pequeño joyero que tiene en su despacho y que compartimos entre todos. Esa es nuestra paga. Después de eso, no sé adónde va.

—Entonces, ¿por qué seguías trabajando para él? —preguntó, mirándome fijamente—. Te mintió.

No pude evitar reírme.

—Porque era lo suficientemente cándida como para pensar que debía ser leal a Jaxon Hall.

—Eso no era candidez, Paige. Te importaba y por eso seguiste trabajando para él. Comprendiste que era necesario para tu supervivencia. —Me agarró la barbilla con la mano enguantada y me la levantó—. No necesitarás el dinero de Terebell mucho tiempo. Al final, la lealtad se impondrá a la codicia. Cuando tengan esperanza.

—¿No es la esperanza otro tipo de candidez?

—La esperanza es la esencia de la revolución. Sin ella, no somos más que ceniza que espera que el viento la arrastre.

Ojalá pudiera creérmelo. Tenía que creérmelo: que la esperanza, por sí sola, nos bastaría para superar aquello. Pero la esperanza por sí sola no podía controlar un sindicato. No acabaría con el Arconte de Westminster, que había resistido todo tipo de embates durante doscientos años. No destruiría a las criaturas que había dentro, que contemplaban el mundo desde mucho mucho antes.

El Custodio bajó la intensidad de la lámpara de queroseno.

—Deberías descansar —dijo—. Tienes un largo reinado por delante, Polilla Negra.

Vi a Ivy al otro lado de la estancia, sentada en la tarima, inmóvil.

—Primero tengo que hablar con ella —dije.

—Buscaré el botiquín de Nick. Ha dejado otra dosis de scimorfina para ti.

Quiso ponerse en pie, pero le toqué el brazo para que no lo hiciera. Sin decir otra palabra, me apoyé en él, uniendo mi frente a la suya. En mi onirosaje se encendió un tenue fuego azul que lo iluminó. Nos quedamos así un buen rato, inmóviles y en silencio, refaíta y humana. Podría haberme pasado así horas, simplemente respirando su olor.

—Custodio —dije, tan bajito que tuvo que acercarse aún más para oírme—. No sé… No sé si…

El fuego de sus ojos bailaba como las llamas de una hoguera.

—No tienes ninguna obligación de decidirlo esta noche —dijo, y me rozó la frente con los labios—. Ve.

Comprobar que me entendía me alivió. Ahora era una persona diferente con respecto a quien era antes del torneo, aún en metamorfosis, pero no tenía ni idea de qué podría ser al día siguiente.

Aun así, tenía la convicción de que, decidiera lo que decidiese, él estaría a mi lado. Sin pensármelo, le besé en la mejilla. Él me pasó los brazos por la espalda y me acogió en su pecho.

—Ve —repitió, con voz más suave.

Le dejé buscando el botiquín de Nick, y crucé el auditorio hasta llegar a la tarima. Me dolía todo el cuerpo, pero las medicinas me ayudaban a soportarlo. Ivy no se movió cuando me senté a su lado.

—Ha sido muy valiente por tu parte contar la verdad.

Sus descarnadas manos se agarraron al borde de la tarima. En la parte superior del brazo derecho se le veía la cicatriz informe que había borrado su tatuaje, una mancha rosa y escarlata que le atravesaba la piel.

—Valiente —repitió, como si fuera una palabra desconocida para ella—. Soy una casaca amarilla.

Aquello era algo que solo podía entender quien hubiera vivido esa pesadilla. Se clavó las uñas en la carne quemada.

—Más de una vez le rogué a Thuban que me matara, ¿sabes? —Meneó la cabeza—. Cuando me enteré de tu plan de huir de allí, me planteé no subir al tren. No tenía derecho a hacerlo, después de lo que había hecho. Y estaba convencida de que Chelsea me había traicionado.

—¿Pensaste que ella le había contado al Ropavejero que lo habías denunciado?

—Eso es lo que pensé, hasta que la encontré. Cuando me dijiste que me había estado buscando, soborné a la centinela de la entrada a Jacob's Island, que me dijo que Chelsea le había contado a Hector lo que yo le había revelado del Ropavejero, y dejó caer que lo sabía por mí. Él fue con el cuento al Ropavejero. —Su voz era el reflejo del dolor—. Ella siempre intentó ver lo mejor en Hector. No dejó de confiar en él..., y eso fue lo que la mató. Desear una vida mejor que la que tuvimos de niñas en aquel barrio de chabolas. La dejé y me volví con Agatha, pensando que estaría segura...

Las lágrimas no le dejaban hablar.

—Subiste al tren, Ivy —le recordé—. Eso es que aún tenías esperanzas de poder vivir la vida que habías soñado.

—Me subí al tren porque soy demasiado cobarde como para afrontar la muerte. —Esbozó una sonrisa temblorosa—. Qué curioso, ¿no? Aunque seamos videntes, aunque sepamos que hay algo más, seguimos temiendo la muerte.

Meneé la cabeza.

—No sabemos qué nos espera al llegar a la última luz. Ni siquiera los ornirámbulos lo saben. —Ivy se mordió los nudillos, sin dejar de pasarse la mano por la cicatriz—. Cuando la Asamblea Antinatural se ponga en marcha otra vez, se te concederá una vista justa y un juicio con jurado. Y te prometo una cosa: el Ropavejero también será procesado por sus crímenes.

—Eso es todo lo que pido —dijo, torciendo el rostro—. Justicia. —Y me miró a los ojos por fin—. Quiero verle la cara, Paige. Antes de que llegue el final.

—Yo también siento curiosidad. —Me puse en pie, y al hacerlo me dolieron todos los músculos—. Chelsea murió entre mis brazos. ¿Sabes qué me dijo que te dijera? —Silencio—. Que lo eras todo para ella y que tenías que arreglarlo. —Eché a caminar—. Así que arréglalo.

Ivy permaneció en silencio, inmóvil. Volví junto a la lámpara de queroseno, me tendí sobre el abrigo y apoyé la mano en la corona: el símbolo del sindicato, el arma que usaría para acabar con Scion.

El Custodio me puso la jeringa en la mano. Me la clavé en la cadera y apreté el émbolo.

Con la ayuda de la scimorfina y sintiendo la presencia del aura del Custodio, me dormí; tuve un sueño agitado que no duró demasiado. En el momento en que las primeras luces del amanecer entraban en la sala, una mano fría me sacudió, devolviéndome a la vida.

—Lo siento, cariño. —Era Nick, que parecía consternado—. Tienes que ver esto. Enseguida.

Un amigo en común

*E*l ordenador portátil de Danica, hecho en Scion, estaba en el suelo, delante de mí: una pantalla de cristal transparente con un fino teclado plateado. Apoyé el peso del cuerpo en un codo, en un precario equilibrio. La scimorfina seguía viajando por mi flujo sanguíneo.

—¿Qué pasa?

Nadie respondió. Me froté la sien, intentando centrarme. Nick, Eliza y Danica estaban a mi lado, rodeados de bolsas y maletas. Seguramente acababan de llegar de Seven Dials. A mis espaldas estaba el Custodio, con el cuerpo inclinado hacia la pantalla. Sus ojos brillaban en la oscuridad.

—Ha empezado hace media hora —dijo Eliza—. Desde entonces no para de repetirse. Por toda la ciudadela.

Miré fijamente la pantalla.

La transmisión no tenía volumen, y no había comentarios de ScionVista, aunque en la esquina de la pantalla flotaba su símbolo. Una línea de texto indicaba que la cámara estaba situada en la cohorte I, sección 5, en el barrio de Lychgate Hill. Eso era el patio interior de Old Paul's donde solían ejecutar a los antinaturales. Los condenados estaban distribuidos en una hilera, sobre un largo entarimado, a menos de un metro uno del otro, de pie sobre unas trampillas de un rojo escarlata. No les habían tapado el rostro.

Sentí un nudo en la garganta. Reconocí a la mujer que estaba en el medio, Lotte, una de las últimas supervivientes de la Era de Huesos, vestida con el uniforme negro propio de una antinatural condenada.

Tenía una profunda herida en la frente, y el cabello atado en un nudo a un lado del cuello, cubierto de magulladuras recientes, al igual que los antebrazos. Puse un dedo sobre la pantalla para acercar la imagen. A su derecha estaba Charles, magullado y sangrando —Charles, que había guiado a otros videntes hasta el tren—, y a su izquierda, Ella, que tenía el uniforme manchado de vómito seco.

—Paige. —Oí que decía el Custodio, pero no pude apartar la vista de la pantalla. Su voz estaba lejos, muy lejos de mí—. No tienes que responder a las provocaciones. Esto es un mensaje para ti, solo para ti. Para que salgas al descubierto.

Sus palabras encontraron confirmación al instante: la pantalla se volvió negra, pero el ancla siguió rotando en la esquina, como una peonza:

PAIGE EVA MAHONEY, ENTRÉGATE AL ARCONTE.

TIENES UNA HORA.

Un momento más tarde se restableció la conexión; se vio una imagen de todo el patio.

—¿Decís que esto ha empezado hace media hora?

Eliza y Nick se miraron y ella asintió.

—Hemos venido todo lo rápido que hemos podido.

Mi onirosaje presionó hacia el exterior, buscando a los demás en el éter. De la nariz de Eliza brotó una gota roja, y Nick gritó algo que apenas oí; la cabeza me estaba explotando con un estallido ensordecedor. Con un grito conseguí recuperar el control y lo contuve en mi interior, presionando hasta que me sangró la nariz. La boca se me llenó de un sabor metálico.

Alguien les habría dicho que era Subseñora, que por fin suponía una verdadera amenaza. Por eso estaban tan callados últimamente, por ese motivo Nashira no había arrasado el I-4 con puño de acero en el momento en que hui de su colonia con la cabeza sobre los hombros. Ella quería que pensara que había esperanza, que podía crear un ejército, para luego acabar conmigo.

Si entraba en el Arconte de Westminster, no volvería a salir. Si no lo hacía, los videntes que veía en la pantalla morirían, y todos los videntes de Londres creerían que no había hecho nada por salvarlos.

—Paige —dijo Jos—. No podemos dejar que mueran.

—Shh —intervino Nell, cogiéndolo entre sus brazos—. Nadie va a morir. Paige no lo permitirá. Ella nos salvó, ¿recuerdas?

—¿Queréis que Paige se entregue? —reaccionó Eliza, meneando la cabeza—. Eso es exactamente lo que quieren ellos.

—A ella no le harán daño. Es una onirámbula.

—Precisamente por eso le harán daño —la corrigió el Custodio.

—Tú no te metas en esto, refaíta —replicó ella—. Hay vidas humanas en juego, y si crees que son menos importantes que la tuya, te puedes ir a…

—El Custodio tiene razón —dijo Nick, sin levantar la voz—. Si perdemos a Paige, perderemos toda la influencia con la que contamos en el sindicato. Perdemos la guerra antes de que empiece.

Nell reprimió un grito de frustración. Los ojos de Jos se llenaron de lágrimas; se agarró la camisa como si fuera un niño de la mitad de su edad.

Un silbido agudo me atravesó los oídos, como un chillido que penetrara en mi cráneo. Una mano me sacudió el brazo.

—Paige —dijo Eliza, con un tono más duro de lo habitual—, no puedes ir. Eres la Subseñora. —Me apretó más fuerte—. Dejé a Jaxon porque estaba convencida de que podías conseguirlo. No hagas que lo lamente.

—Tienes que intentarlo, Paige —dijo Nell—. Por los otros.

—No —replicó Jos con los ojos llorosos—. Lotte no querría que Paige muriera.

—¡Tampoco querría morir ella! —respondió Nell, con un tono que hizo que Jos se encogiera. Luego me miró a mí, con las mejillas rosadas de la rabia—. Mira, yo era amiga de Lotte en la colonia. Tú no eras una bufona. Tu guardián te trataba bien. No nos trates como nos trataban ellos. Como forraje.

Estaban esperando que su Subseñora moviera pieza. Me quedé mirando la pantalla. Los tres prisioneros tenían la boca sellada con un adhesivo dérmico.

—Iré al Arconte —decidí.

—Paige, no —reaccionó Nick, y Eliza con él—. Sabes que no te dejarán salir de allí con vida.

—Nashira cuenta con tu altruismo —dijo el Custodio, sin alterarse—. Si te presentas en el Arconte, te estás poniendo en sus manos.

—He dicho que voy a ir, no que vaya a hacerlo en persona.

Hubo un breve silencio. Nell y Jos cruzaron una mirada, pero el resto de los sellos lo entendió.

—Es demasiado lejos —murmuró Nick—. Hay casi dos kilómetros. Ya te has desgastado mucho en el torneo. Si te pasas…

—Puedes llevarme a las proximidades del Arconte en coche. Y mi cuerpo puede quedarse en el asiento de atrás.

Nick se me quedó mirando un buen rato. Por fin cerró los ojos.

—No veo otra opción. —Respiró hondo—. Danica, Custodio, vosotros venid con nosotros. Eliza, quédate aquí y cuida de los otros.

—Pero Paige está herida —dijo Jos.

—Está bien —respondió Nick, mientras Nell contemplaba la escena—. Sabe lo que se hace.

Me levanté apoyándome en los brazos y apretando los dientes. El dolor era como un puñetazo en el cráneo, bajaba por el costado y se me extendía por la caja torácica, escapando al control de la scimorfina.

Sin plantear ninguna objeción, Danica recogió su equipo en una mochila y se la colgó de los hombros. Nick me cogió en brazos, recogiéndome la cabeza con una mano, y la siguió, saliendo de la sala de conciertos. El Custodio nos cubría la retaguardia. Se sentó a mi lado, en el asiento trasero. Danica, al otro lado, sacó mi máscara de oxígeno y le hizo unos ajustes. Nick cerró las puertas y encendió el motor.

Aquella era su declaración de poder, la promesa de que Scion haría caer todo el peso de su imperio sobre las cabezas de mis colegas clarividentes. Aunque me echara atrás, la maquinaria de la guerra ya no pararía.

Traqueteando, el viejo coche salió disparado en dirección al I-1. Había vigilantes por todas partes, pero Nick los evitó, atravesando las calles más estrechas a toda velocidad. Sentía un dolor palpitante en las heridas, y un martilleo en la cabeza que me golpeaba entre los ojos.

—Aparcaré bajo el puente de Hungerford, cerca de los restaurantes flotantes —propuso Nick—. Tienes que ir rápido, Paige.

Tenía que intentarlo. Por Lotte y Charles, que me habían ayudado en la colonia. Por todos los videntes que habían sido asesinados durante la huida. Por todas las Eras de Huesos de la historia.

El teatro de la guerra abriría sus puertas esa noche. Ahora era Subseñora y me había hecho con el poder del sindicato, tal como le había prometido a Nashira aquel día, en aquel escenario. Habían corrompido el sindicato desde el interior, dejando que se pudriera, mientras ellos gobernaban sobre nuestra ciudadela.

Tenía que haber algo mejor en el futuro. Algo que nos compensara el alto precio que habíamos pagado. Algo más que aquellos juicios interminables, esos días de tormento. Los vagabundos arrastrándose por las cloacas, suplicando compasión a un mundo que no los oía. Encogiéndose a la sombra del ancla. Luchando por la supervivencia entre las sombras: cada minuto, cada hora, cada día de nuestras cortas vidas. Vivíamos un infierno. Y tendríamos que atravesar ese infierno hasta el final para poder dejarlo atrás.

Nick frenó de golpe bajo el puente y aparcó sobre la acera, cerca de los farolillos azules de una barcaza donde se celebraban fiestas. Estaba llena de amauróticos que reían y bebían *mecks*. Más allá, en una pantalla a la que nadie prestaba atención, se veía a los prisioneros sobre el patíbulo, esperándome.

Danica me ató las cintas de la máscara a la nuca.

—Tienes diez minutos antes de que te quedes sin oxígeno —me advirtió—. Te sacudiré el cuerpo, pero puede que no lo notes si estás muy lejos. Atenta al reloj.

No había centinelas a la vista. Miré al Custodio, que guardaba silencio a mi lado. La suya sería la última cara que viera, el último rostro que tendría en la mente antes de adentrarme en el nido del enemigo. Inclinó la cabeza levemente, con tal discreción que los otros no pudieron verlo. Lo suficiente como para darme ánimo.

La máscara se encendió, bombeando oxígeno en mi organismo. Mi cuerpo respiró una última vez por su cuenta, y al momento mi espíritu se liberó de sus ataduras y se elevó en la noche.

En mi forma más pura, la de espíritu, sin la visión limitada a unos ojos insuficientes, Londres se presentaba como un cosmos infinito. Una enorme galaxia de lucecillas, cada una de un color único. Todos aquellos millones de mentes, unidas en una sola corriente de energía subyacente, conectadas por una red de pensamientos, de emociones, de conocimiento y de información. Cada espíritu era un farolillo en la orbe de cristal de un onirosaje. Era la forma más elevada de bioluminiscencia, que trascendía los aspectos físicos del color, adentrándose en un espectro imposible de ver a simple vista.

En el éter no resultaba fácil identificar los diferentes edificios, pero reconocí el Arconte de Westminster en cuanto lo vi. Tenía todo el aspecto de un lugar de muerte y horror, y en su interior había cientos de onirosajes. Me introduje en la primera persona que vi. Cuando abrí los ojos, estaba en el cuerpo de otra mujer.

Resultaba evidente que era un cuerpo diferente. Piernas más cortas, cintura más ancha, un dolor en el codo derecho. Pero no cabía duda de que la que estaba tras aquellos nuevos ojos, y tras aquel visor de centinela, era yo.

A mi alrededor vi unas paredes lisas, unos suelos relucientes y unas luces demasiado brillantes para aquellos ojos nuevos. El corazón de la extraña latió desbocado. Aunque estaba desorientada y asustada, aquella sensación me llenó de energía. Como si me hubiera quitado unas ropas viejas y en su lugar me hubiera puesto un elegante vestido.

No sin esfuerzo, moví las piernas. Era como mover una marioneta; cuando me vi en un espejo dorado, vi que mis movimientos realmente eran de marioneta: torpes, espasmódicos, completamente descoordinados. Aquella imagen me impresionó. Era yo misma. Pero no era yo. La mujer que me devolvía la mirada tendría unos treinta años, y de la nariz le caía una gota de sangre. Era mi armadura.

Estaba lista.

El Arconte de Westminster se elevaba sobre mí, una mole de granito negro y hierro forjado. El reloj era rojo.

Evidentemente, la centinela que había poseído tenía el mando sobre el resto de su unidad, que presentaban armas en cuanto me daba media vuelta. Marchaban tras de mí en formación, rodeándome por todos lados: seis, doce, veinte de ellos. No sabía si lo que oía era mi propio latido o las pisadas de mi escolta.

Mis botas pisaron el mármol rojo del suelo de Octagon Hall, el vestíbulo del Arconte. Unas columnas salomónicas se elevaban hasta el techo, en forma de estrella, de donde colgaba una bonita lámpara de araña dorada.

«Destruiré la doctrina de la tiranía.»

Era el corazón de Scion, el centro de todo. A mi alrededor, las paredes estaban decoradas con unos arcos con los retratos de todos los líderes de la república desde 1859. Miraban hacia abajo desde su posición elevada, con un gesto severo en el rostro, entre sombras. Por encima había ocho tímpanos pintados con fantasiosas escenas de la historia de Scion.

Me quedé bajo la luz de la lámpara lo que me pareció una eternidad, un grano de polvo entre las estrellas, una por arriba, una por abajo.

«Cortaré los cordones que controlan a las marionetas.»

En algún lugar por encima de mi cabeza el reloj de la Torre dio las seis.

Subí un tramo de escaleras y recorrí un largo pasillo flanqueado por bustos de granito que me observaban. Los cuadros se fundían en oleadas de pintura al óleo oscura y oro.

—Alto —dije.

Mi escolta se detuvo en el umbral. Atravesé el arco a solas.

«Arrancaré el ancla del corazón de Londres.»

En el otro extremo de la gran galería había cuatro figuras. En el extremo izquierdo estaba Scarlett Burnish. Su cabello tenía el mismo color rojo de la moqueta, y lucía una sonrisa en los labios. No como la sangre. Demasiado brillante, demasiado falsa. Como sangre de mentira.

En el extremo derecho estaba Gomeisa Sargas, con sus ropajes de cuello alto y una cadena de oro trenzado y topacios colgándole entre los hombros. Había una gran voracidad en su mirada. Por un instante sentí la tentación de felicitarle por aquel gesto de maldad humana tan bien conseguido.

A su lado estaba Frank Weaver, rígido y demacrado como un cadáver. Era como si se hubieran intercambiado los papeles.

Y ahí estaba ella, Nashira Sargas, la soberana de sangre asesina. Cubierta de plata, deslumbrante. Hambrienta y temible. Rodeada de humanos como si fueran sus homólogos, como si fueran sus amigos, aquellos pobres maniquíes sin mente.

—Nadie te ha llamado, centinela —dijo—. Espero que tengáis a la fugitiva, o haré que te arranquen los ojos.

Su voz revolvió algo en un rincón oscuro de mi memoria.

—Hola, Nashira —dije, con una voz que no era la mía—. Cuánto tiempo.

Lo cierto es que no se mostró sorprendida. Ni siquiera vaciló un momento.

—Muy inteligente eso de presentarte en el cuerpo de otra persona, 40 —dijo—, pero un espíritu errante en la piel de una extraña no nos sirve de nada.

—Estábamos dispuestos a mostrarnos clementes —añadió Scarlett Burnish. Tenía exactamente el mismo aspecto que en televisión, como si la hubieran moldeado con vinilo brillante, pero su tono era más distendido—. Si te hubieras rendido y entregado al Arconte en persona, no habríamos tenido ningún problema en liberarlos a todos.

Me quedé perfectamente inmóvil, observando la enorme ancla de Scion que había tras las cuatro butacas.

—¿No te parece que ya has contado suficientes mentiras, Scarlett? Se calló.

El Gran Inquisidor Frank Weaver, situado en lo alto de la tarima, no dijo nada. Al fin y al cabo no era más que un títere. Nashira bajó los escalones, arrastrando su largo vestido negro por el suelo.

—Quizá te haya juzgado mal, a fin de cuentas —dijo, tocando la mejilla a mi anfitriona con un dedo enguantado—. ¿Es que no tienes el valor suficiente como para entregarme tu vida a cambio de la de ellos, Subseñora?

Así que lo sabía.

—Déjalos en libertad —dije—, o lo mato a él.

Con un movimiento ágil, desenfundé la pistola de la centinela y apunté al corazón de Frank Weaver. El Inquisidor se sobresaltó, pero no emitió sonido alguno al ver el punto rojo proyectado sobre su pecho. Scarlett Burnish se le acercó, pero yo disparé a un punto intermedio entre los dos.

Se frenó de golpe.

—Para evitar que Londres vuelva a caer en control de los humanos —dijo Weaver, con tono robótico—, estoy dispuesto a abandonar esta vida mortal.

Gomeisa se rio, con una carcajada que sonó como un chirrido metálico.

—Parece que te equivocabas, Nashira. 40 está dispuesta a acabar con la vida de otro humano en su propio beneficio.

—Lo estoy —respondí—. Por todas las vidas que se ha llevado por delante en vuestro nombre.

Los Sargas no movieron un dedo para intentar proteger a su Gran Inquisidor.

—Aunque quites a este peón de su puesto, no conseguirás frenar lo que se os viene encima —dijo Gomeisa—. Ni aunque revientes vuestras montañas, ni aunque arrases vuestras ciudades, si sacrificas tu vida en tu intento por acabar con nosotros. Nuestro influjo está arraigado a la vida mortal, que nos afianza a esta tierra como un ancla.

—Soy onirámbula, Gomeisa —respondí—. No reconozco ningún ancla que os afiance a esta tierra.

Pero había perdido. No les importaba que disparara a Frank Weaver; lo único que tendrían que hacer era encontrar otro fiel servidor.

No tenía dónde apoyarme.

—Si te ayuda a sentirte mejor —dijo Gomeisa, mirando la pantalla con total indiferencia—, íbamos a hacerlo de todos modos, te presentaras o no. Las vidas de esos pagarán por la que os llevasteis en la colonia, y aun así no bastarán para compensar la pérdida del heredero de sangre.

Kraz Sargas. El refaíta que había matado con una bala y una flor. Scarlett Burnish se llevó la mano al auricular que llevaba en la oreja.

—Echad el ancla —dijo.

En la pantalla, el gran ejecutor se aproximó al interruptor con el que había matado a tantos de los míos. En el momento en que acercaba la mano, enfundada en un guante, Lotte agitó las manos que tenía atadas a la espalda —alguien debía de haberle hecho llegar una hoja cortante— y se soltó las ataduras. Sangraba por la boca, pero en los ojos tenía un brillo triunfal.

—¡En Londres gobierna la Polilla Negra! —gritó a la cámara—. ¡Videntes, ¿me oís?! ¡En Londres gobierna la Poli…!

La emisión se cortó. Algo pequeño y esencial se quebró en mil pedazos. Yo era como un cable de corriente, un fusible encendido, una estrella a punto de estallar y convertirse en supernova. Mi espíritu presionaba los confines de mi onirosaje, yendo al encuentro de la borrasca que se estaba formando en mi mente. Mi visión se tiñó de tonos iridiscentes que me cegaban, como reflejos de luz solar.

—Ese es el destino que les espera a todos —dijo Nashira, mirándome con una sonrisa socarrona—. Puede acabar mañana si regresas ahora mismo.

Un sonido hueco resonó en la garganta de mi anfitriona, algo que recordaba vagamente a una risa.

«Videntes, ¿me oís?»

—Acabará cuando no quede ningún refaíta en este lado del velo

—dije yo—. Cuando os pudráis con el resto de vuestro mundo. Las polillas han salido de la caja, Nashira. Mañana estaremos en guerra.

Una palabra que la mayoría de los videntes del sindicato no usarían jamás. Ni siquiera el término «guerra de bandas» tenía el mismo peso que cuando la palabra se pronunciaba sola.

«¿Me oís?»

—Guerra —dijo Nashira, sin inmutarse—. Nos habéis amenazado con vuestros ladronzuelos y matones antes, y aun así no hemos visto nada. Son amenazas vacías. —Pasó por delante de mí con pisadas silenciosas y se situó junto a las ventanas que daban al puente de Westminster—. Casi ni me habría creído que existía ese sindicato vuestro, de no ser por el flujo constante de videntes que hemos recibido de la Asamblea Antinatural a lo largo de los años.

«¿Me oís?»

—El mercado gris no tenía que haber existido —prosiguió mi enemiga—, pero confieso que ha resultado útil. Los videntes que recibíamos por ese canal siempre eran más poderosos que los que Scion pescaba por las calles. El Ropavejero ha sido nuestro aliado muchos años, junto con la Abadesa, Hector de Haymarket y la Dama Perversa.

—Tres de esos cuatro están muertos. —Empezaba a fallarme la vista—. Parece que tendrás que hacer nuevos amigos.

—Oh, pero conservo un viejo amigo —dijo ella, sin sonreír—. Un aliado de mucho tiempo atrás. Uno que regresó junto a mí a las dos de la madrugada de hoy, tras veinte años de separación. Uno que no te reconoce como Subseñora, a pesar de vuestra... asociación. —Se giró y se puso a mirar por las ventanas—. Señorita Burnish, mándelo llamar. 40 debería conocer en persona a nuestro amigo en común.

Scarlett Burnish atravesó la estancia con la misma elegancia y agilidad que demostraba en el plató, y abrió la doble puerta. Un sonido resonó en el pasillo. El tintineo del metal contra el mármol.

Y cuando llegó, reconocí su rostro.

Sí, lo conocía muy bien.

«Las palabras, onirámbula mía, las palabras lo son todo. Las palabras dan alas incluso a los que han sido pisoteados y se sienten rotos por dentro, quebrados, sin esperanza de reparación posible...»

Ni palabras ni alas.

Bailar y caer.

Como una marioneta. Tantos años bailando.

Las puertas se abrieron de golpe. Levanté la vista, consciente de mi error, consciente de lo estúpida que había sido al confiar, al preocuparme, al dejarle vivir.

—Tú —murmuré.

—Sí. —Llevaba guantes de seda—. Yo, querida mía.

Glosario

El argot empleado por los clarividentes en *La Orden de los Mimos* está inspirado en el léxico utilizado por el hampa londinense en el siglo XIX, con algunas modificaciones respecto al uso y el significado. Otras palabras han sido inventadas por la autora o tomadas del inglés moderno o de una transliteración del hebreo, y adaptadas al español.

Amaranto [sustantivo]: flor que crece en el Inframundo. Su esencia sirve para combatir lesiones del espíritu.

Amaurótico [sustantivo o adjetivo]: no clarividente.

Aprendiz [sustantivo]: alguien que vive con un iniciador y que trabaja para él. Al igual que los limosneros y los vagabundos, no se los considera miembros del sindicato de pleno derecho, pero pueden convertirse en nimios cuando su iniciador los libera del servicio.

Calientasillas [sustantivo]: persona inútil, sin sustancia, que solo piensa en dar buena imagen de sí misma.

Caminanoches [sustantivo]: persona que vende su conocimiento clarividente como parte de un negocio sexual. Puede trabajar de forma independiente o en grupo, en un salón nocturno.

Canto fúnebre [sustantivo]: fórmula recitada usada para mandar a los espíritus a la oscuridad exterior, parte del éter situada fuera del alcance de los clarividentes.

Carroñador [sustantivo]: uno de los insultos más graves en la cultura refaíta. Implica un intento consciente de contribuir a la decadencia del Inframundo.

Carroño [sustantivo o adjetivo]: amaurótico.

Casa neutral [sustantivo]: lugar donde se pueden reunir los videntes de diferentes secciones en territorio de una sección rival.

Centinelas [sustantivo]: también Centis. Fuerza policial de Scion, repartida en dos divisiones principales: la División de Vigilancia Nocturna (DVN), compuesta por clarividentes; y la División de Vigilancia Diurna (DVD), con agentes amauróticos.

Charlatán [sustantivo]: persona que finge ser clarividente para ganar dinero. Actividad terminantemente prohibida por la Asamblea Antinatural.

Cocina rápida [sustantivo]: establecimiento que vende comida caliente para llevar.

Cordón argénteo [sustantivo]: conexión permanente entre el cuerpo y el espíritu. Permite a una persona permanecer durante años en una misma forma física. Es especialmente importante para los onirámbulos, quienes utilizan el cordón para abandonar temporalmente su cuerpo. El cordón argénteo se desgasta con los años, y una vez roto no puede repararse.

Cordón áureo [sustantivo]: conexión entre dos espíritus. Se sabe muy poco sobre él.

Correo Literario [sustantivo]: librería ambulante de Grub Street. Sus empleados distribuyen obras de literatura ilegal por toda la ciudadela para vendérselas a los clarividentes.

Cuervo [sustantivo]: miembro de la Guardia Extraordinaria. El nombre deriva de los cuervos que vivían tradicionalmente en la Torre de Londres en tiempos de la monarquía.

Dama [sustantivo]: o «caballero», si es un hombre. Clarividente joven asociada con un mimetocapo. A menudo se da por hecho que es: [a] la amante del capo, y [b] la heredera de su sector, aunque no tiene por qué ser así. La heredera del Subseñor es la única dama que puede ser miembro de la Asamblea Antinatural.

Ectoplasma [sustantivo]: también ecto. Sangre de los refaítas. De color amarillo verdoso. Luminiscente y ligeramente gelatinoso. Puede emplearse para abrir puntos fríos.

Emim, los [sustantivo] [singular emite]: también «zumbadores». Presuntos enemigos de los refaítas, «los temidos». Nashira Sargas los define como seres carnívoros y brutales, con debilidad por la carne humana. Su sangre se puede usar para enmascarar la naturaleza del don de un clarividente.

Era de Huesos [sustantivo]: la cosecha de humanos clarividentes organizada cada década por Scion para apaciguar a los refaítas.

Espectro [sustantivo]: manifestación de los miedos o de las angustias de una persona. Los espectros moran en la zona hadal del onirosaje.

Éter [sustantivo]: el reino de los espíritus, al que pueden acceder los clarividentes.

Fluxion [sustantivo]: también flux. Psicofármaco que produce desorientación y dolor a los clarividentes.

Forma onírica [sustantivo]: la forma que adopta un espíritu en el interior de un onirosaje.

Glossolalia [sustantivo]: también *gloss*. El idioma de los espíritus y de los refaítas. Entre los humanos clarividentes, solo los políglotas lo hablan.

Inframundo [sustantivo]: también conocido como She'ol o «reino intermedio», es el lugar de origen de los refaítas. Actúa como terreno intermedio entre la Tierra y el éter, pero no cumple ese propósito desde la Caída de los Velos, cuando quedó degradado.

Iniciador [sustantivo]: tipo de vidente del sindicato especializado en formar a los jóvenes aprendices en las artes del sindicato.

Limosnero [sustantivo]: clarividente que ofrece sus servicios por dinero. La mayoría de ellos leen el futuro. El sindicato de los clarividentes prohíbe esta actividad a menos que el limosnero entregue al mimetocapo de la zona un porcentaje de sus ganancias.

Luciérnaga [sustantivo]: guardaespaldas callejero, contratado para proteger a los ciudadanos de los antinaturales por la noche. Se le identifica por una característica luz verde.

Mimetocapo [sustantivo]: líder de una banda del sindicato de clarividentes; especialista en mimetodelincuencia. Generalmente dirige a un grupo reducido de entre cinco y diez seguidores, pero tiene el mando de todos los clarividentes de determinado sector de una cohorte.

Mundo de la carne, el [sustantivo]: el mundo corpóreo; la Tierra.

Nimio [sustantivo]: vidente del sindicato de la categoría más baja, empleado para realizar encargos genéricos para la banda dominante de una sección. Cuando el mimetocapo lo considera adecuado, puede ser ascendido a un rango superior, por ejemplo el de iniciador o recadista.

Novembrina [sustantivo]: celebración anual de la fundación oficial de la ciudadela de Scion en Londres, en noviembre de 1929.

Numen [sustantivo] [plural *numa*]: objetos utilizados por los adivinos y los augures para conectar con el éter; por ejemplo, fuego, cartas o sangre.

Onirosaje [sustantivo]: el interior de la mente, donde se almacenan los recuerdos. Está dividido en cinco «anillos» de cordura: zona soleada, zona crepuscular, medianoche, baja medianoche y zona hadal. Los clarividentes pueden acceder conscientemente a su propio onirosaje, mientras que los amauróticos solo pueden entreverlo cuando duermen.

Pájaro chol [sustantivo]: criatura del sarx alada. Son compañeros de los refaítas y pueden viajar a la Tierra en forma espiritual como psicopompos.

Ranthen, los [sustantivo]: también conocidos como los «marcados». Alianza de refaítas que se oponen al Gobierno de la familia Sargas y que creen en la recuperación del Inframundo.

Refaíta [sustantivo]: habitante humanoide del Inframundo, biológicamente inmortal, que se alimenta del aura de los humanos clarividentes.

Salep [sustantivo]: bebida caliente almidonosa hecha con raíz de orquídea y aderezada con agua de rosas o de azahar.

Sarx [sustantivo]: la carne incorruptible de los refaítas y de otras criaturas del Inframundo (llamados «seres de sarx» o «criaturas de sarx»). Tiene un leve brillo metálico.

Sesión espiritista [sustantivo]: a) para los videntes, reunión para comunicar con el éter; b) para los refaítas, transmisión de un mensaje entre los miembros de un grupo a través de un psicopompo.

She'ol [sustantivo]: el verdadero nombre del Inframundo.

Sindicato [sustantivo]: organización criminal de clarividentes, con base en la ciudadela Scion Londres. Activo desde principios de la década de 1960. Gobernado por el Subseñor y la Asamblea Antinatural. Sus miembros se especializan en mimetodelincuencia con fines lucrativos.

Sindis [sustantivo]: miembros del sindicato de clarividentes.

Subseñor/a [sustantivo]: jefe de la Asamblea Antinatural y capo supremo del sindicato de clarividentes. Tradicionalmente reside en Devil's Acre (el Acre del Diablo), en el sector 1 de la cohorte I.

Susurro [sustantivo]: espíritu que ha sido vinculado a una persona específica o a una sección de la ciudadela. Son los espíritus vagabundos más comunes.

Taumaturgo [sustantivo]: mago que hace milagros. Término usado por algunos videntes para ensalzar a alguien especialmente cercano al éter, o tocado por el *zeitgeist*.

Taxi pirata [sustantivo]: taxi que acepta clientes videntes. Muchos taxistas piratas son empleados del sindicato.

Trampa del arcoíris [sustantivo]: situación en la que un limosnero clarividente engaña a un cliente, normalmente dando predicciones ambiguas que cubren todas las posibilidades. Está prohibido por la Asamblea Antinatural.

Vidente [sustantivo]: clarividente.

Vinculado [sustantivo]: espíritu que obedece a un vinculador.

Zona roja [sustantivo]: segundo nivel de seguridad en la ciudadela de Scion, por debajo de la ley marcial.

Agradecimientos

*E*sta es mi canción de amor a la ciudad de Londres.

Mi primer agradecimiento, el mayor, va a los que habéis acabado este libro, lo cual probablemente signifique que también habéis leído *La Era de Huesos*. Gracias por volver a este mundo y a estos personajes.

Gracias a David Godwin y a todo el personal de David Godwin Associates por creer en mí como escritora, y por estar siempre a una llamada telefónica de distancia.

A Alexa von Hirschberg, gracias por ser la editora más paciente y entusiasta que habría podido desear. A Alexandra Pringle, esa formidable mimetocapo de Bedford Square, por ser una defensora tan implacable de mis libros y una gran inspiración para mí.

Gracias a Justine Taylor y a Lindeth Vasey por salir a la caza de todos los demonios escondidos en los pequeños detalles.

A todo el mundo en Bloomsbury, especialmente a Amanda Shipp, Anna Bowen, Anurima Roy, Brendan Fredericks, Cassie Marsden, Cristina Gilbert, David Foy, Diya Kar Hazra, George Gibson, Ianthe Cox-Willmott, Isabel Blake, Jennifer Kelaher, Jude Drake, Kate Cubitt, Kathleen Farrar, Laura Keefe, Madeleine Feeny, Marie Coolman, Nancy Miller, Oliver Holden-Rea, Rachel Mannheimer, Sara Mercurio y Trâm-Anh Doan. Estos libros no podrían estar en mejores manos.

A Anna Watkins, Caitlin Ingham, Bethia Thomas y Katie Bond, que ya no están en el equipo. Ha sido un gran privilegio trabajar con todos vosotros.

A Hattie Adam-Smith y Eleanor Weil de Think Jam: gracias por vuestro increíble entusiasmo por todo lo relacionado con *La Era de Huesos*.

Los bonitos mapas de las primeras páginas de *La Orden de los Mimos* son obra de Emily Faccini, y la cubierta es una brillante creación de David Mann. Gracias a los dos por darle un aspecto tan bonito al libro.

Gracias al fantástico equipo de Imaginarium Studios —Will Tennant, Chloe Sizer, Andy Serkis, Jonathan Cavendish y Catherine Slater— por vuestra dedicación a la serie *La Era de Huesos*. Will y Chloe, un «gracias» especialmente grande por ser unos lectores tan atentos y por vuestra colaboración.

Gracias a mis editores y traductores en todo el mundo por llevar *La Era de Huesos* y *La Orden de los Mimos* a tantos lectores. Y muchísimas gracias a Ioana Schiau y Miruna Meirosu de Curtea Veche por enseñarme la música de Maria Tănase.

Gracias a Alana Kerr por ser una magnífica Paige en los audiolibros.

Debo dar las gracias también a Sara Bergmark Elfgren, Ciarán Collins y Maria Naydenova por aguantar mis insistentes preguntas sobre idiomas, y a Melissa Harrison por su ayuda en la parte del estornino.

Gracias a mis amigos por aguantar mis largas ausencias del mundo real, sobre todo a Ilana Fernandes-Lassman, Victoria Morrish, Leiana Leatutufu y Claire Donnelly, que han sido mis grandes apoyos este año. Nunca pensé que tendría la suerte de encontrar amigas como vosotras.

Y, por último, gracias a mi familia: por vuestro amor, vuestro apoyo y por las horas de risas juntos. No podría haberme lanzado en este viaje sin vosotros.

LOS SIETE ÓRDENES DE LA CLARIVIDENCIA

—según *Sobre los méritos de la antinaturalidad*—

✳ I. ADIVINOS ✳
—morado—

Necesitan objetos rituales (numa) para conectar con el éter. Utilizados sobre todo para predecir el futuro.

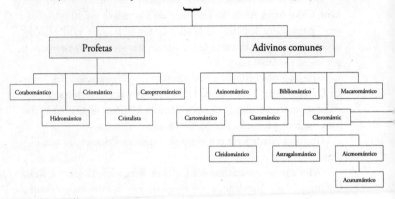

Profetas			Adivinos comunes		
Cotabomántico	Criomántico	Catoptromántico	Axinomántico	Bibliomántico	Macaromántico
Hidromántico	Cristalista	Cartomántico	Ciatomántico	Cleromántic	

Cleidomántico · Astragalomántico · Aicmomántico

Acurumántico

✳ III. MÉDIUMS ✳
—verde—

Conectan con el éter mediante la posesión espiritual. Sujetos a cierto grado de control por parte de los espíritus.

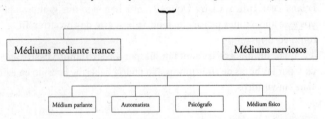

Médiums mediante trance		Médiums nerviosos	
Médium parlante	Automatista	Psicógrafo	Médium físico

✳ IV. SENSORES ✳
—amarillo—

Con percepción del éter a nivel sensorial y lingüístico. A veces pueden canalizar el éter.

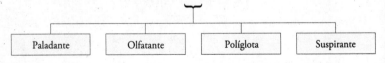

Paladante	Olfatante	Políglota	Suspirante

✳ II. AUGURES ✳
—*azul*—

Utilizan materia orgánica, o los elementos, para conectar con el éter. Utilizados sobre todo para predecir el futuro.

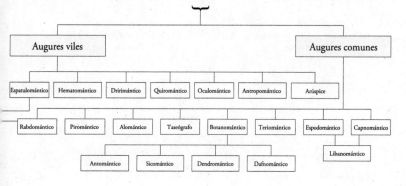

Augures viles

Augures comunes

Espatulomántico | Hematomántico | Dririmántico | Quiromántico | Oculomántico | Antropomántico | Arúspice

Rabdomántico | Piromántico | Alomántico | Taseógrafo | Botanomántico | Teriomántico | Espodomántico | Capnomántico

Libanomántico

Antomántico | Sicomántico | Dendromántico | Dafnomántico

✳ V. GUARDIANES ✳
—*naranja*—

Tienen un grado de control de los espíritus mayor que la media y pueden alterar los límites etereoespaciales normales.

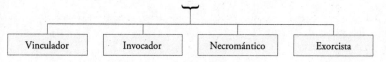

Vinculador | Invocador | Necromántico | Exorcista

✳ VI. FURIAS ✳
—*naranja-rojo*—

Sometidos a cambios internos cuando conectan con el éter, generalmente relacionados con el onirosaje.

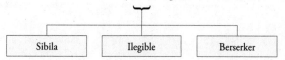

Sibila | Ilegible | Berserker

✳ VII. SALTADORES ✳
—*red*—

Capaces de alterar el éter más allá de sus propios límites físicos. Mayor sensibilidad al éter que la media.

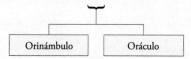

Orinámbulo | Oráculo

ESTE LIBRO UTILIZA EL TIPO ALDUS, QUE TOMA SU NOMBRE

DEL VANGUARDISTA IMPRESOR DEL RENACIMIENTO

ITALIANO ALDUS MANUTIUS. HERMANN ZAPF

DISEÑÓ EL TIPO ALDUS PARA LA IMPRENTA

STEMPEL EN 1954 COMO UNA RÉPLICA

MÁS LIGERA Y ELEGANTE DEL

POPULAR TIPO

PALATINO.